SARAH HARVEY

Wohin mit meinem Bräutigam?

Buch

Lydia MacDonald steht kurz vor ihrer Hochzeit mit Matt Morgan, und sie kann ihr Glück nicht fassen. Matt sieht nicht nur umwerfend gut aus, er ist auch noch vermögend und beruflich überaus erfolgreich. Auf der Liste der »begehrenswertesten Junggesellen Großbritanniens« der »21st Century Woman« steht er auf Platz 28. Und Lydia? Tja, Lydia ist… einfach eine ganz normale junge Frau. Nicht besonders schön, keineswegs wohlhabend und auf der Karriereleiter auch nicht auf den oberen Stufen. Aber Matt liebt sie so, wie sie ist. Nur noch ein letztes Mal vor der Trauung, so haben Matt und Lydia beschlossen, wollen sie noch einmal getrennt voneinander in Urlaub fahren – Matt mit seinen Freunden, Lydia mit ihren Freundinnen. Doch sie suchen sich ausgerechnet dasselbe Traumziel für ihre Reise aus! Zu ihrem Entsetzen muss Lydia feststellen, dass im Ferienressort der Jungs eine ganze Armee von Models zu Gast ist. Was wird Matt wohl tun, wenn er Tag und Nacht von Mädchen umgeben ist, die er sonst nur auf der Titelseite von Modemagazinen zu sehen bekommt? Richtig geraten. Er und seine Freunde feiern in ganz großem Stil. Und so wird Lydia in null Komma nichts von der überglücklichen Cinderella zur vor Eifersucht schäumenden Verlobten, die ihre Hochzeit bedroht sieht. Von ihrem verpfuschten Urlaub ganz zu schweigen. Aber da steht sie erst am Anfang einer höchst rasanten Abfolge von Ereignissen…

Autorin

Sarah Harvey arbeitete als Journalistin, bis sie mit ihrem ersten Roman »Wachgeküsst« ihren Durchbruch als Autorin feierte. Seither wurden alle ihre frech-romantischen Bücher große Erfolge. Sarah Harvey lebt mit ihrem Mann Terry und Hund Freddie abwechselnd in Leicester und Cornwall.

Von Sarah Harvey außerdem erschienen:

Wachgeküsst (54171)
Die Hochzeit meiner besten Freundin (54158)
Drei Frauen und ein Bräutigam (54163)
Eine Braut zu viel (54184)
Rendezvous zu dritt (54202)
Absolut unwiderstehlich (54213)

Sarah Harvey

Wohin mit meinem Bräutigam?

Roman

Aus dem Englischen
von Bärbel und Velten Arnold

GOLDMANN
MANHATTAN

Titel des Originals:
»Goddess in Blue Jeans«

FSC
Mix
Produktgruppe aus vorbildlich bewirtschafteten Wäldern und anderen kontrollierten Herkünften

Zert.-Nr. SGS-COC-1940
www.fsc.org

Verlagsgruppe Random House FSC-DEU-0100
Das für dieses Buch verwendete FSC-zertifizierte Papier
München Super liefert Mochenwangen.

Manhattan Bücher erscheinen im Goldmann Verlag,
einem Unternehmen der Verlagsgruppe Random House GmbH

1. Auflage
Deutsche Originalausgabe April 2006

Umschlaggestaltung: Design Team München
Umschlagfoto: Zefa / Schroll
JE · Herstellung: Str
Satz: Uhl + Massopust, Aalen
Druck und Bindung: GGP Media GmbH, Pößneck
Printed in Germany
ISBN-10: 3-442-54226-x
ISBN-13: 978-3-442-54226-0

www.goldmann-verlag.de

Heiraten.

Ja, dies ist die Geschichte einer Hochzeit.

ABER … (und dieses Aber sollte wirklich groß geschrieben werden) ich will von Anfang an absolut ehrlich sein. Was soll die Geheimnistuerei, nur damit ihr meine Geschichte zu Ende lest, um zu erfahren, ob ich meinen Märchenprinzen bekomme oder nicht. Ich verrate es schon jetzt …

Ich bekomme meinen Mann NICHT.

Jetzt ist es raus. Deutlicher geht es nicht.

Kein »Und so lebten sie glücklich bis ans Ende ihrer Tage«, kein bis über beide Ohren ineinander verliebtes Baden in Konfetti, kein Anschneiden der Hochzeitstorte. Das ist nicht das wahre Leben. Solche Dinge passieren höchstens, wenn du das Glück hast, jemanden kennen zu lernen, der dich nicht nur kurzfristig auf Wolke sieben befördert, sondern dir noch mindestens dreißig weitere himmlische Jahre voller Leidenschaft beschert. Sehen wir den Tatsachen ins Auge – wie viele Männer kennt *ihr*, die über die entsprechenden Charaktereigenschaften, Fähigkeiten und, ja auch das, über die erforderliche Energie verfügen, eine Frau dauerhaft glücklich zu machen?

Eben.

Dies ist also die Geschichte einer nicht stattfindenden Hochzeit.

Meiner nicht stattfindenden Hochzeit.

Kapitel 1

Matt Morgan ist ein guter Fang, das habe ich sogar schwarz auf weiß.

In der Frauenzeitschrift *21st Century Woman* rangiert er unter den fünfzig begehrtesten Junggesellen des Vereinigten Königreichs auf Platz achtundzwanzig. Das Foto darunter zeigt ihn lässig an einem Schreibtisch lehnend. An seinem schnittigen Anzug könnte man sich die Finger schneiden. Sein Steckbrief lautet wie folgt:

Name:	Matt Morgan
Alter:	30
Haare:	goldblond
Augen:	babyblau (ja, das steht tatsächlich so da)
Beruf:	Unternehmer
Gehalt:	200 000 $
Wohnung:	Penthouse in den Docklands
Auto:	Porsche 911 Turbo
Lieblingsbuch:	*Der weiße Pfau* von D. H. Lawrence
Lieblingsfilm:	*Mein linker Fuß* mit Daniel Day-Lewis
Traumfrau:	Penelope Cruz
Wunschdate:	Strandpicknick bei Sonnenuntergang mit einer gekühlten Flasche Champagner und einer heißen südländischen Schönheit

Bei einigen der Top-50-Junggesellen ist eine Telefonnummer angegeben, unter der man ein Date mit dem betreffenden Kandidaten gewinnen kann.

Aber nicht bei Matt.

Weil er nicht mehr lange Junggeselle sein wird.

Matt Morgan heiratet nämlich.

Und zwar mich.

Camilla räkelt sich wohlig wie eine Katze. Sie schlüpft in ihre Jimmy Choo's, reckt ihre langen, schlanken Arme genüsslich über ihrem Kopf und drückt dabei ihre Hände aneinander, sodass ihre perfekt manikürten Fingernägel sich prachtvoll zusammenfügen.

Sie sieht aus, als wäre sie gerade aus einem langen erholsamen Schlaf erwacht.

Das ist sie wahrscheinlich auch, obwohl sie nicht im Bett liegt, sondern an einem Schreibtisch sitzt. Camilla und ich sind Assistentinnen von Mr. Extrem Wichtig im Büro nebenan.

Sie ist diejenige, die wie ein Model aussieht und mit ihren großen blauen Augen, ihrem glänzenden Rotschopf und kilometerlangen Beinen die Kunden betört.

Ich bin diejenige, die auf der ganzen Arbeit hocken bleibt.

Sie schwingt in ihrem Lederdrehstuhl herum, erhebt sich langsam und schlendert zu meiner Büroseite herüber, wo ich gerade mein übliches Mittagessen einnehme: ein Sandwich und einen Apfel. Dabei blättere ich durch eine auf meinem Schreibtisch liegende Zeitschrift.

Genauer gesagt, durch die *21st Century Woman.*

Ich habe sie mir gestern auf dem Nachhauseweg von der Arbeit gekauft und den Artikel schon sechsmal gelesen, ihn dreimal mit meinem besten Freund Thomas durchdiskutiert, ihn viermal mit Matt besprochen und bewundert, ach, und heute

Morgen noch ein weiteres Mal, und jetzt ist Camilla an der Reihe.

Sie steht hinter mir und sieht mir über die Schulter.

»Ist das etwa *dein* Matt, Liddy?«, fragt sie.

Ich nicke.

Sie beugt sich über mich, nimmt die Zeitschrift und hält sie aufgeklappt vor sich. Dabei nickt sie und schürzt bewundernd die Lippen.

»Du Glückliche.«

Stimmt, das bin ich.

Der heiße Junggeselle Nummer achtundzwanzig hätte sich jede Frau der Welt nehmen können. Aber er hat sich für mich entschieden.

Mir wird immer noch schwindelig, wenn ich daran denke. Ich weiß nicht, ob es am Delirium frischen Verliebtseins liegt oder daran, dass ich von dem Schock noch ganz benommen bin.

»Dass ihr beide zusammenkommt, hätte ich nie gedacht«, murmelt Camilla, und ich nicke zustimmend, denn sie hat Recht: Äußerlich ist sie viel eher Matts Typ, als ich es je werden könnte.

Matt war schon mit unzähligen hübschen Frauen zusammen, im Kielwasser seiner persönlichen Beziehungsgeschichte dümpelt eine ganze Flottille hinreißender Schönheiten.

Seine letzte Freundin vor mir war eine sattelfeste Rodeoreiterin und Börsenmaklerin, die mal als Model gearbeitet hat. Sie war ein Meter dreiundsiebzig groß, hatte Augen so blau wie Kornblumen, langes blondes Haar, naturblond versteht sich, Beine wie ein Revuegirl und ein mörderisches Dekolletee. Von ihrem Outfit her hätte sie locker als fünfte Darstellerin in *Sex in the City* durchgehen können, wäre je eine fünfte Figur eingeführt worden, die besser aussieht als die vier anderen. Sie besitzt *sämtliche* Manolo Blahniks *plus* eine riesige Auswahl an Hermes-Taschen und darüber hinaus alles, was Stella McCartney je entworfen hat.

Diese Granate vergleiche man nun mit mir.

Ein Meter dreiundsechzig (Größe und Breite), Augenfarbe schlammgrau, Haarfarbe straßenköterblond, Beine, die auf dem Hackklotz eines Schlachters keineswegs fehl am Platz wirkten, Brustwarzen, die ohne Hilfe einen Kompasses den Weg nach Osten und Westen weisen, und einen Kleiderschrank voller Klamotten, in die ich mich eines Tages mit Sicherheit wieder hineinhungern werde, ehrlich, ich werde es schaffen. Wer wissen will, wie es mir geht, wiederhole den letzten Satz mindestens zwei Jahre lang, so viel zu meinem derzeitigen Zustand.

Gut, vielleicht bin ich ein bisschen hart zu mir selbst, schließlich sind wir selber unsere schärfsten Kritiker, aber Matts Wunschfrau ist nun mal eine südländische Schönheit, und obwohl mütterlicherseits sogar ein Viertel spanischen Bluts in mir fließt, bin ich ganz sicher keine Penelope Cruz. Leider haben sich bei mir nicht die spanischen Gene durchgesetzt, die für hohe Wangenknochen, Mandelaugen und glänzendes Haar sorgen, sondern diejenigen, die einem überall da, wo man es am wenigsten wünscht, einen üppigen Haarwuchs bescheren und einen Hintern, der aussieht wie ein Panzer.

Er hat sie alle gehabt, die Größe-vierunddreißig-Models, die jungfräulichen Sahneschnittchen, die IT-Girls und die Tit-Girls und alles, was sonst noch Tolles herumläuft, und jetzt will Matt Morgan zu jedermanns und nicht zuletzt meinem eigenen Erstaunen ausgerechnet meine unbedeutende Wenigkeit heiraten.

Vielleicht ist es eine Art Umkehrung von Paul Newmans Devise »Warum soll ich auswärts Hamburger essen, wenn ich zu Hause ein Steak essen kann«. Ein Mann kann es auch mal satt haben, immer nur vom Besten zu naschen, und einfach nur Lust auf eine leckere Portion Junkfood: schön heiß und fettig.

Apropos, mein Name ist übrigens Lydia MacDonald. Ich bin nicht mit Ronald verwandt, aber wie das Leben manchmal so spielt (zugegeben, es ist eher eine hinterhältige Anspielung auf die soeben erwähnte panzerartige Dimension meines Hinterteils), ist einer meiner sich am längsten haltenden Spitznamen Big Mac.

Aber nennt mich einfach Liddy.

Wie es dazu kam, dass ich, selbst ernannte Sonia Jackson, im Begriff bin, den heißen Junggesellen Nummer achtundzwanzig zu heiraten?

Nun, diese Frage stelle ich mir selber auch ziemlich häufig.

Ich glaube, er hat durch mein Lachen Feuer gefangen. Es heißt doch, dass hässliche Männer mit beißendem Humor hinreißend schöne Frauen an die Angel bekommen. Glaubt mir, Mädels, es funktioniert auch andersrum. Falls euch auf der Straße mal ein toller Typ begegnet und ihr euch fragt, wie er bei so einer pummeligen, unattraktiven Frau landen konnte, versucht einmal hinter die Fassade zu blicken. Seht der Frau in die Augen, und ihr werdet dort ein gewisses Funkeln entdecken, ein übersprudelndes Temperament, eine Anziehungskraft, die so vorübergehende Attribute wie ein hübsches Gesicht oder einen durchtrainierten Körper bei weitem übersteigen. Wir weniger attraktive Frauen müssen ein paar Extraanstrengungen unternehmen und eine gewinnende Persönlichkeit entwickeln. Damit will ich nicht sagen, dass tolle Frauen nicht auch eine gewinnende Persönlichkeit haben können, Gott bewahre, ich will euch reizende Geschöpfe bestimmt nicht schlecht machen. Ich liebe tolle Frauen, schließlich wäre ich selbst gern eine, aber ihr, denen die Männer zu Füßen liegen, weil ihr ausseht wie Göttinnen in Jeans, müsst doch zugeben, dass ihr euch definitiv weniger ins Zeug legen müsst als wir hässliche Entlein, oder etwa nicht?

Stimmt ihr mir zu?

Mögen einige von euch behaupten, Schönheit sei eine Bürde, aber wer wollte nicht zugeben, dass schöne Frauen es nun mal leichter haben, die Aufmerksamkeit eines Typen zu erregen, auf den sie stehen?

Nicht alle haben es so leicht.

Es ist immer wieder ein Balanceakt, der eine wahre Kraftanstrengung erfordert, die der Umworbene jedoch auf keinen Fall spüren darf. Nichts kann so abtörnend sein wie übertriebenes Interesse.

Ich weiß, das klingt ein bisschen berechnend, aber Fairness ist in der Liebe nun mal ein Fremdwort. Du musst deinen Eroberungsfeldzug mit äußerster Präzision planen und genau wissen, wann der richtige Zeitpunkt für den Übergriff gekommen ist und wann eher ein Rückzug angesagt erscheint. Außerdem natürlich, wie du deine Feinde austrickst und sie dir zu Verbündeten machst.

Erstaunlicherweise musste ich diese Taktik bei Matt gar nicht anwenden.

Ich habe gar nicht erst versucht, ihn anzubaggern, weil ich mir ohnehin nicht die geringste Chance ausgemalt habe, ihn zu kriegen, doch zu meinem Glück war genau das für ihn offenbar eine völlig neue und faszinierende Erfahrung. Wer es gewohnt ist, auf Schritt und Tritt von Hunderten schöner Frauen umschwärmt zu werden, die einem zu Füßen liegen, hält plötzlich inne und blickt neugierig und überrascht nach unten, wenn die verwöhnten Füße plötzlich auf einem kaltem Linoleumboden stehen.

»Wann ist die Hochzeit denn?«

Eigentlich sollte Camilla das wissen, schließlich habe ich sie eingeladen, aber sie öffnet grundsätzlich keine Post, weder ihre eigene noch die von Mr. Extrem Wichtig.

»In acht Wochen, am Samstag, dem 16. August, um vierzehn Uhr in der St. Mary's Church in Whitten on the Green, Wiltshire«, erwidere ich geduldig und hoffe, dass sie es sich endlich merkt.

Camilla ist wie ein exotischer Tropenfisch: sehr schön anzusehen, aber ziemlich phlegmatisch und mit einem Gedächtnis ausgestattet, das sich maximal an die letzten vier Sekunden erinnert.

Mein Telefon klingelt, woraufhin Camilla hochschreckt und schnell davonhuscht.

Eigentlich soll sie während meiner Mittagspause ans Telefon gehen, aber die Wahrscheinlichkeit, dass sie das tut, ist in etwa so groß wie die, dass die Model-Agentur Storm mich entdeckt, also schlucke ich schnell den letzten Bissen meines Sandwichs herunter und nehme ab.

»Tompkin, Tompkin und Timson, was kann ich für Sie tun?«, melde ich mich mit meiner schönsten Telefonstimme.

»Die Förmlichkeiten kannst du dir schenken, Liddy, ich bin's nur.«

»Ich bin's nur« ist Thomas Templer, mein bereits erwähnter bester Freund Thomas.

Wir haben uns in der Schule in Wiltshire kennen gelernt und uns angefreundet, weil wir beide auf U2 standen und beide glaubten, dazu verdammt zu sein, vor schierer Langeweile zu verdorren, weil wir als Teenager gezwungen waren, in dem unserer Meinung nach langweiligsten Ort der Welt zu leben. Mit achtzehn flohen wir gemeinsam in das aufregende London.

Thomas sieht gut aus, ist sympathisch, witzig, und ich liebe ihn über alles. Wenn ich nicht Matt heiraten würde, würde ich sofort ihn nehmen. Warum wir nicht zusammen sind? Thomas will David Beckham heiraten. Damit dürfte alles gesagt sein.

»Du wirst mich lieben, Darling«, sprudelt er atemlos hervor. »Gut, ich weiß, du liebst mich sowieso, aber wenn du das hörst, liebst du mich noch dreimal mehr. Ich habe es gefunden, und es ist perfekt.«

»Was hast du gefunden, und was ist perfekt?«

»Das fragst du noch, Liddy? Das perfekte FERIENZIEL. Für deinen Trip zum JUNGFERNABSCHIED. Also ehrlich, dafür, dass du so ein helles Köpfchen bist, arbeitet dein Gehirn manchmal ganz schön langsam. Und jetzt spitz die Ohren: Es heißt Paradise Bay, und nach dem Foto zu urteilen ist das nicht nur der Name der Ferienanlage, sondern auch noch eine treffende Beschreibung. Die Anlage verfügt über einen eigenen weißen Sandstrand mit Bar, und die Getränke werden dir bis an den Liegestuhl serviert.«

»Klingt gut.«

»Außerdem gibt es ein Thalassotherapiezentrum.«

»Ein Thalasso was?«

»Das ist so ein überkandidelter Name für einen Spa.«

»Verstehe.«

»Was heißt, wir gönnen uns Massagen und Gesichtsbehandlungen und lassen uns die Nägel maniküren. Ach, und es gibt vier Swimmingpools. Einen mit Salzwasser, einen mit Süßwasser, einen mit Quellwasser und einen Hydrotherapiepool. Und das Ganze liegt an einer herrlichen Bucht an der Westküste. Dank meines Firmenrabatts und weil ich so ein netter Kerl bin, ist der Preis unschlagbar. Was sagst du dazu, Liddy, sag doch endlich was!«

»An welcher Westküste, Tom?«

»Von Cornwall«, witzelt er. »An welcher Westküste wohl, Liddy? Du hast mir doch selbst gesagt, wo ich suchen soll!«

»Das ist nicht dein Ernst, oder, Tom?«, entgegne ich, plötzlich vor Vorfreude ein bisschen außer Atem.

»Über so etwas Wichtiges mache ich keine Scherze.«

»Juhu!«, rufe ich, und wir jubeln im Chor.

Hey, we're going to Barbados…

Es ist einfach out, Jungfernabschiede an einem Abend abzuhandeln. Inzwischen muss es mindestens ein Wochenende sein.

Und wir setzen noch einen drauf. Wir machen einen ganzen Urlaub draus. Meine besten Freundinnen und ich jetten für zwei Wochen in die karibische Sonne, um unseren Spaß zu haben. Dass Thomas in einem Reisebüro arbeitet, ist dabei von großem Nutzen. Er ist seit Wochen auf der Suche nach dem Jahrhundertschnäppchen, und der Preis, den er mir gerade für unseren Barbados-Trip genannt hat, macht jeden Zweifel zunichte: Das ist es.

»Ich bin jetzt im Buchungsprogramm, Liddy, ich wusste ja, dass du ja sagen würdest. Wir wären auch verrückt, nicht zuzugreifen. Wie viele sind wir denn nun? Wer kommt definitiv mit? Du und ich sind zwei. Wer ist noch mit dabei?«

»Heather.«

»Aha, die Hexe, die mir meinen Traummann weggeschnappt hat.« Er seufzt dramatisch.

Heather ist die Verlobte meines kleinen Bruders Ben. Falls David Beckham sich nicht outet, bevor Thomas nullt und eine dicke fette Drei vor seinem Alter steht, steigt Ben an die Spitze seiner Top Ten auf. Das Problem ist nur, dass Ben Thomas zwar auch mag, sich seine Liebe aber eher in einem männlichen Handschlag und einer Flasche Bourbon zu Weihnachten äußert, denn er ist so hetero, wie er auf Bourbon steht, und außerdem über beide Ohren in Heather verliebt. Die übrigens ein wahrer Schatz ist. Eine von diesen Frauen, an deren Freund du dich unter keinen Umständen heranmachen würdest, nicht einmal wenn er Brad Pitt wäre, weil sie einfach viel zu liebenswürdig ist, als dass man ihr das antun könnte. Allmählich komme ich zu dem Schluss, dass Thomas offenbar ausschließlich auf Typen fixiert ist, die er sowieso nie kriegen kann.

Ich werfe einen Blick auf meine Liste. Als Nächste steht meine andere beste Freundin drauf.

»Und Fleur.«

»Ah«, seufzt Thomas erfreut. »Unsere zarte schottische Blume.«

»Amy.«

»Sehr gut. Die Partykönigin wird sicher Schwung in den Laden bringen.«

»Maddie.«

»Das verrückte Huhn«, kommentiert er kichernd.

»Aber du magst sie doch.«

»Ich bewundere sie und gebe mich dem masochistischen Nervenkitzel hin, Angst vor ihr zu haben.«

»So schlimm ist sie nun auch wieder nicht.«

»Ich bitte dich Liddy, sie spinnt.«

»Das ist übertrieben. Sie ist, äh … emanzipiert.«

»Alles klar, und ich bin nicht stockschwul, sondern nur ein bisschen affektiert. Wer noch?«

»Bridget.«

»Aha«, murmelt er mit ausdrucksloser Stimme. »Gerade habe ich noch gedacht, die Mischung wäre perfekt. Will sie wirklich mit?«

»Na ja, sie ist immerhin die Freundin unseres Trauzeugen, und Rupert fährt ja auch mit auf Matts Junggesellenabschied. Ich kann sie unmöglich übergehen.«

»Ich weiß, ich hatte nur gehofft, dass sie vielleicht nein sagen würde.«

»Sei nicht so gemein, Thomas.«

»Warum nicht, sie ist schließlich auch immer gemein.«

Ich bin eine Verfechterin der Strategie, schlechte Nachrichten zu bündeln und auf einmal loszuwerden, deshalb setze ich gleich noch eins drauf.

»Ach, und bevor ich's vergesse, Dora kommt auch mit.«

Einen Augenblick herrscht Schweigen in der Leitung.

»Hast du mich verstanden, Tom?«, frage ich, wohl wissend, dass er mich sehr gut verstanden hat.

»Ja«, erwidert er schließlich säuerlich, »aber ich war mir nicht sicher, ob ich meinen Ohren trauen kann. Das darf nicht wahr sein – Düster-Dora kommt auch mit. Wir wollen doch *Spaß* haben, Liddy! Hast du ihr das nicht gesagt? Dora macht nichts Spaß, absolut nichts!«

»Sie ist meine Schwester, Thomas. Wenn sie mitkommen möchte, kann ich ihr den Wunsch wohl kaum ausschlagen.«

»Als Nächstes erzählst du mir bestimmt, dass deine Großmutter auch mitfliegt?«

»Sie hat es ernsthaft in Erwägung gezogen.«

»Liddy!« Mein Name hallt durchs Büro, und der hilflos gejammerte Tonfall veranlasst Camilla, von meiner Zeitschrift aufzublicken, die sie mit an ihren Schreibtisch genommen hat und in der sie nun in aller Seelenruhe schmökert, obwohl ihre Mittagspause eigentlich seit einer Stunde beendet ist.

»Aber dann ist sie zu dem Schluss gekommen, dass sie Großvater nicht einfach eine ganze Woche lang sich selbst überlassen kann«, beende ich hastig meinen Satz.

»Dem Himmel sei Dank, dass es gebrechliche Großväter gibt! Aber warum Dora? Warum, Liddy, sag mir, warum? Dieser Trip ist absolut nichts für sie.«

»Ich weiß. Ich glaube, sie will ein bisschen auf uns aufpassen. Du weißt schon, typisches Große-Schwester-Syndrom, vermutlich hat sie Sorge, dass ich mich danebenbenehme. Aber auf Barbados gibt es bestimmt genug Möglichkeiten, sie ein bisschen aufzutauen. Vielleicht macht sie es à la Shirley Valentine und schnappt sich einen knackigen Einheimischen.«

»Bestimmt, und ich doubele die Bettszenen von Julia Roberts in Pretty Woman II.« Er seufzt. »Na ja, ich kann sie ja jederzeit auf einen One-way-Flug nach Helsinki umbuchen.« Ich höre seine Finger auf der Tastatur klappern, dann folgt ein tiefer Seufzer der Unzufriedenheit.

»Düster-Dora ist gebucht. Ist doch wirklich zum Heulen. Die einzigen Mitglieder deiner Familie, die ich gern dabei hätte, kommen nicht mit. Hat dein Vater seine Meinung zu Emily immer noch nicht geändert?«

Emily ist meine Halbschwester. Die ältere eines Zwillingspaars aus der zweiten Ehe meines Vaters mit seiner ehemaligen persönlichen Assistentin Sam. Da sie erst siebzehn ist, weigert Dad sich hartnäckig, auch nur in Erwägung zu ziehen, sie mit uns reisen zu lassen.

»Ich fürchte nein. Wegen der Reise herrscht zu Hause total dicke Luft. Emily und Dad schreien sich nur noch an oder reden gar nicht mehr miteinander, und die gute alte Sam steht zwischen den Fronten und versucht zu vermitteln.«

»Diese Frau hat wirklich eine Engelsgeduld. Wenn ich nicht schwul wäre, würde ich sie auf der Stelle heiraten.«

»Wenn du nicht schwul wärst, würdest du mich heiraten«, erinnere ich ihn.

»Ein Glück, dass ich doch schwul bin, sonst wäre ich Bigamist. Ich kann mir deinen Vater übrigens beim besten Willen nicht schreiend vorstellen, er ist doch immer die Ruhe in Person.«

»Ich glaube, Emily ist diejenige, die schreit, und Dad übernimmt den Part der Funkstille.«

»Und da heißt es immer glückliche Familie«, seufzt Thomas. »Großartig, nicht wahr?«

»Hm«, brumme ich zustimmend. »Da wir gerade dabei sind – hast du in letzter Zeit etwas von deinem Vater gehört?«

»Du machst Witze, oder? Kein einziges Wort seit fast drei Monaten. Aber ich habe mir fest vorgenommen, diesmal nicht als Erster weich zu werden. Mal sehen, wann er es für nötig erachtet, sich bei mir zu melden. Offenbar lässt die fiese Kuh, die er geheiratet hat, ihn nicht einmal zum Telefonhörer greifen, damit er sich hin und wieder bei seinem Sohn meldet.«

»Du kannst aber auch nicht alles Stephanie in die Schuhe schieben, Thomas. Dein Vater ist immer noch selber Herr seiner Gliedmaßen.«

»Nicht, wenn sie ihn ans Bett fesselt. Das Traurige ist, dass sie gar nicht weiß, was ihr entgeht. Wir könnten so gute Freunde sein, wenn sie mal ein bisschen aus sich herausgehen und mich an ihrem Leben teilnehmen lassen würde. An mir ist doch nichts falsch, Liddy, oder?« Seine Stimme bebt und verrät die Unsicherheit, die er seiner instabilen Kindheit verdankt.

»Du bist der größte Schatz, den es gibt, und eines Tages wird sie das schon kapieren und sich schwarz ärgern, was sie sich hat entgehen lassen. Und wenn sie es nicht merkt – dein Vater weiß es bestimmt. Er liebt dich, das weißt du doch.«

»Taten sagen mehr als Worte, Liddy. Aber was soll's. Ich sollte mich einfach zurücklehnen und abwarten, bis die alte Stiefhexe an ihrer eigenen Verbitterung erstickt. Das wäre der glücklichste Tag in der Geschichte meiner Familie.«

Hinter seinen bitteren Worten verbirgt sich tiefe Verletztheit.

»Da wir gerade von Stiefmüttern reden, wobei ja zwischen deinem Engel Sam und meiner Stiefhexe Stephanie Welten liegen – kommt Sam eigentlich mit auf deinen Trip?«

»Sam? Nein, ich glaube nicht.«

»Oh nein, ich hatte so fest mit ihr gerechnet!«

»Ich denke, es ist zum Teil wegen Emily. Wenn Sam mitfliegt, können sie es Emily schlecht verbieten, und Dad ist wirklich nicht davon angetan, sie zwei Wochen lang mit uns auf ›Sauftour‹ ziehen zu lassen.«

»Das sind vermutlich seine Worte, oder kommen sie etwa aus deinem Mund?«

»Natürlich nicht. Ich habe versucht, ihm zu erklären, dass wir, statt den ganzen Tag die Sau rauszulassen, eher einen Wellnessurlaub planen, aber das hat er mir wohl nicht abgenommen.«

»Vielleicht will er seine Frau genauso wenig mit uns auf ›Sauftour‹ ziehen lassen.«

»Schon möglich. Sam hat sich irgendwie unklar geäußert, was eigentlich gar nicht ihre Art ist. Ich mache mir ein bisschen Sorgen.«

»Was wohl dahinter steckt?«

»Keine Ahnung, aber früher oder später werde ich es schon herausfinden.«

»Und was ist mit deiner richtigen Mama? Die Frau, die ich sein wollte, wenn ich eine Frau wäre?«

»Sie kommt erst zwei Wochen nach unserer Rückkehr aus St. Tropez zurück. Sie fährt also auch nicht mit.«

»Wie schade!«, seufzt er, ehrlich enttäuscht. »Sehe ich dich heute Abend zu Hause? Ich bringe die Prospekte mit, dann kannst du dir die Ferienanlage ansehen.«

»Heute geht es nicht. Ich übernachte bei Matt.«

»Ist ja mal ganz was Neues.« Er seufzt erneut, diesmal erheblich lauter. »Ein weiterer Abend allein. Mit nichts als einem Topf Nudeln und Trevor MacDonald als Gesellschaft.«

Er klingt so traurig, dass ich sofort weich werde. »Wenn du willst, komme ich doch nach Hause.«

»Du spinnst wohl. Geh und beglücke deinen Liebsten. Und lass mich in meiner Rumpelkammer dahinvegetieren, während du ohne mich schickere Domizile beehrst. Aber Spaß beiseite, Liddy, geh zu Matt und mach dir einen schönen Abend mit ihm. Ist doch schön zu wissen, dass wenigstens einer von uns beiden geliebt wird.«

»Du findest bestimmt auch bald jemanden, Thomas, ganz sicher.«

»Natürlich, und dann vermisse ich dich nie mehr. Genieß also die Zeit, solange ich mich noch vor Sehnsucht nach dir verzehre.«

Matt und ich leben nicht zusammen. Jedenfalls nicht offiziell. Offiziell wohne ich nach wie vor mit Thomas in unserer winzigen Mietwohnung in Bow, zwei Zimmer oben, zwei unten, aber Thomas hat Recht: In letzter Zeit bin ich fast nur noch in Matts schickem Apartment in Holland Park anzutreffen. Am Tag unserer Verlobung hat er mir einen Schlüssel zu seiner Wohnung vermacht. Er lag zusammen mit dem Ring in der kleinen Rosenholzschachtel unter dem Satinkissen und hing an einem silbernen Schlüsselring, auf dessen Anhänger unsere Namen und das Verlobungsdatum eingraviert sind. Es war das romantischste Geschenk, das mir je gemacht wurde.

»Da du den Schlüssel zu meinem Herzen bereits hast, dachte ich, ich könnte dir auch den Schlüssel zu meinem Apartment geben.« Das waren seine Worte, und ausnahmsweise fiel mir darauf weder ein Witz noch irgendeine geistreiche Entgegnung ein. Vor Verlegenheit hätte ich beinahe so getan, als müsste ich mich übergeben, aber das fand ich dann doch übertrieben.

Mr. Extrem Wichtig kommt gerade von seinem ausgedehnten Geschäftsessen zurück, und ich trotte hinter ihm in sein Büro, um ihm die gute Nachricht zu überbringen. Matt und ich haben uns darauf geeinigt, zur gleichen Zeit wegzufahren und unseren Urlaub schon vor einer Ewigkeit eingereicht. Mr. Extrem Wichtig weiß also, dass mein Urlaub ansteht, aber ich lege meine Hand dafür ins Feuer, dass er nun trotzdem Zicken macht.

»Ich habe gerade meinen Jungfernabschiedsurlaub gebucht.«

Seine Kinnlade fällt herunter.

»Aha.«

»Wir fliegen nach Barbados«, fahre ich strahlend fort.

Er versucht mein Lächeln zu erwidern und strengt sich wirklich an, der Gute, aber er scheitert kläglich.

»Wann?«, fragt er mit bebender Stimme.

»Der kommende Freitag ist mein letzter Tag. Das wissen Sie doch. Es steht seit Monaten in Ihrem Terminkalender.«

»Wollen Sie uns wirklich eine ganze Woche verlassen, Lydia?«

»Es sind zwei Wochen.«

»Sie wollen zwei Wochen verreisen, Lydia?«, fragt er mit deutlicher Panik in der Stimme. »Ist das Ihr Ernst?«

»Es ist mein Jungfernabschied«, wiederhole ich geduldig. »Wir haben doch darüber geredet.«

»Aber Sie haben doch im September schon drei Wochen Urlaub.«

»Das sind meine Flitterwochen.«

Er sieht zu Camilla hinüber, die gerade mit einem ihrer langen Fingernägel Reste meines Apfels aus ihren weißen Zähnen pult, und stößt einen langen, furchtsamen Seufzer aus.

»Wollen Sie wirklich heiraten, Lydia?«

Ich lege ihm zur Beruhigung eine Hand auf die Schulter.

»Vielleicht sollten Sie für die paar Wochen eine tüchtige Vertretung engagieren.«

Er nickt niedergeschlagen.

Matt holt mich von der Arbeit ab. Er wartet draußen.

Er steht darauf, mit offenem Verdeck in seinem Sportwagen zu sitzen, wenn die weiblichen Angestellten aus dem großen, silbern und gläsern glänzenden Bürogebäude in Scharen herausströmen. Sie werfen ihm bewundernde Blicke zu, kichern und wackeln beim Gehen noch mehr mit den Hintern als sonst, und Matt sonnt sich in der Aufmerksamkeit, die so einem tollen Typen wie ihm in so einem tollen Schlitten unweigerlich zuteil wird.

Wenn ich ganz ehrlich bin, stehe ich auch auf solche Äußerlichkeiten, also darf ich mich über sein gockelhaftes Gehabe nicht beklagen, oder? Insgeheim frohlocke ich, dass ich von all diesen entzückenden Mädels mit den Stupsnasen und dem glänzenden Haar diejenige bin, die über den Bürgersteig stürmt und zu dem tollen Mann in den Sportwagen steigt.

Wie ich ihre neidischen Blicke genieße!

Bevor ich Matt kennen gelernt habe, hat mich nie jemand neidisch angesehen.

Ich beuge mich zu ihm und begrüße ihn mit eine Kuss.

»Ich habe meinen Jungfernabschiedstrip gebucht«, verkünde ich ihm überschwänglich.

»Schön«, murmelt er und vergewissert sich mit einem Blick in den Rückspiegel, dass mein frisch aufgetragener Lippenstift keine Spuren bei ihm hinterlassen hat. »Die Jungs und ich haben auch schon gebucht.«

»Super! Dann ist ja alles klar. Ich bin ganz aus dem Häuschen. Wo fahrt ihr denn hin? Du wirst nie raten, wohin *wir* fliegen! Thomas hat ein unglaubliches Schnäppchen für uns aufgetan. Wir fliegen nach Barbados! Kannst du dir das vorstellen? Barbados! Ist das nicht super!«

Matt sieht mich irgendwie merkwürdig an.

»Das ist nicht dein Ernst, Lids, oder?«

Ich hasse es, wenn er mich Lids nennt. Dann fühle ich mich immer wie eine Tupperdose ohne Deckel.

»Doch. Warum?«

Er lächelt wieder, und mein Magen knurrt vor Erleichterung, bis Matt erneut die Stimme erhebt.

»Jetzt verstehe ich. Du mit deinem verrückten Humor. Du hast herausgefunden, wohin wir fliegen, und willst mir, um mich zu ärgern, weismachen, dass ihr auch nach Barbados wollt. In Wahrheit würdest du natürlich nicht im Traum daran denken, dir das gleiche Ziel auszusuchen wie wir und mir meinen letzten Urlaub als Junggeselle vermiesen, oder?«

Am nächsten Morgen beim Frühstück redet er immer noch nicht wieder mit mir. Gestern Abend hatten wir nicht mal Sex, und wenn wir keinen Sex haben, weiß ich, dass die Kacke am Dampfen ist, denn wenn Matt *eines* jeden Abend will, lieber noch als ein warmes Essen und ein Glas Wein, dann ist es Sex.

Wir sitzen uns in seiner Hightechküche mit dem herrlichen Blick auf den Park gegenüber, ich stochere in einer Schale Müsli herum, während er eine Scheibe Toast mampft und sich hinter der Zeitung vergraben hat, um mich nicht sehen zu müssen.

Dabei sollte er sich eigentlich glücklich schätzen, dass er mich nach seiner endlosen Litanei gestern Abend (mit der er mich vor seinem Übergang zur Funkstille zugetextet hat) überhaupt noch ansehen darf. Er hat mir tatsächlich vorgehalten, dass er niemals gedacht hätte, dass ich mich als Klette entpuppen würde.

Ich starte einen letzten Entspannungsversuch. Vielleicht gelingt es mir ja, die Situation mit Humor zu entschärfen.

»Damit du es weißt, ich stelle dir nicht nach. Aber vielleicht stellst du mir ja nach.« Ich lache, um die trübe Stimmung zu entkrampfen. »Natürlich. Du stellst *mir* nach. *Du* hältst es nicht aus, länger als fünf Minuten von *mir* getrennt zu sein.«

Er senkt seine Zeitung und bedenkt mich mit einem Blick, der keinen Zweifel daran lässt, dass er momentan problemlos auch fünf Jahre lang auf mich verzichten könnte, und die Furche, die sich gestern Abend auf seiner Stirn eingegraben hat, als ich ihm in aller Ruhe erklärt habe, dass das Ganze purer Zufall sei und wir nicht umbuchen können, weil wir die Reise schon bestätigt und bezahlt haben und Thomas nicht einfach in den zentralen Computer eindringen und uns nach Antigua oder sonst wohin umbuchen kann, wird noch tiefer.

»Zum Glück fahren wir an einen Ort, an dem die Sonne scheint, dann habe ich bei der Hochzeit wenigstens eine gesunde Gesichtsfarbe. Vielleicht packe ich sogar meinen String-Tanga-Bikini ein, dann erreichen die Sonnenstrahlen auch Teile von mir, die normalerweise nicht von der Sonne verwöhnt werden. Ach, ich vergaß, in meinem speziellen Fall muss es natürlich eher ein Seil-Tanga-Bikini sein, ein mickriger String-Tanga würde meine voluminösen Arschbacken gar nicht halten, du weißt schon, ich meine diese dicken Taue, die sie zum Festmachen der Queen Mary benutzen …«

Er verzieht immer noch keine Miene.

»Ach, und für das morgendliche Auftragen meiner Sonnencreme habe ich den Trupp engagiert, der immer die Forth Bridge anstreicht, und um diplomatischen Verwicklungen vorzubeugen, habe ich vorsichtshalber die örtlichen Behörden informiert, dass mit japanischen Walfang-Trawlern zu rechnen ist, die sich mit ihren frisch polierten Harpunen schussbereit dem Strand nähern …«

»Hm«, murmelt er und vergräbt sich wieder hinter seiner Zeitung.

Was ich auch sage, er weigert sich standhaft, mir zu glauben, dass es reiner Zufall war. Also haftet mir jetzt das Etikett an, eine krankhafte Klette zu sein.

Das ist doch unfair, oder?

Wie konnte es bloß passieren, dass wir unabhängig voneinander eine Reise auf die gleiche Insel gebucht haben?

Dass wir vor kurzem gemeinsam eine Reportage über das herrliche Barbados im Fernsehen gesehen haben, dürfte einen Teil dazu beigetragen haben. Hingerissen von den Aufnahmen der herrlichen Sandstrände und der kristallklaren See hätten wir uns in den Hintern treten können, dass unsere Flitterwochen schon geplant waren.

(Wir reisen drei Wochen lang durch das gute alte Amerika. Matt will unbedingt nach Miami, um auf den Spuren von Don Johnson zu wandeln, ich will den Geburtsort von Elvis sehen und mit ein bisschen Glück vielleicht sogar auf der Beale Street meinem Jugendidol Bono begegnen.)

Aber was ist überhaupt so schlimm daran, dass wir auf die gleiche Insel fliegen? Mir macht das überhaupt nichts aus. Schließlich käme ich nicht im Traum darauf, jeden Tag zu kontrollieren, was Matt so treibt. Mit Sicherheit gibt es auf Barbados tausend interessantere Dinge zu tun, als die ganze Zeit hinter meinem Freund herzurennen.

Es dauerte drei Tage und bedurfte einer ziemlich lauten Nachricht auf Matts Anrufbeantworter, in der ein aufgebrachter Thomas klarstellte, dass wir seinen Recherchen zufolge von unterschiedlichen Flughäfen starten und unsere jeweiligen Ferienanlagen an völlig entgegengesetzten Enden der Insel liegen, bis Matt seine Eiszeit mir gegenüber beendete.

Aber nun bin ich total stinkig auf ihn, weil er stinkig auf mich war.

Beziehungen sind was Tolles.

Oder um es mit den Worten meiner guten, alten, dreifach geschiedenen Mutter zu sagen: »Eine Beziehung? Da ziehe ich sogar noch Kopfschmerzen vor.«

Kapitel 2

»Weißt du nicht, dass eine Heirat, abgesehen von einer Beerdigung, einer Scheidung und einem Umzug als eines der stressigsten Dinge gilt, die man sich antun kann?«

Dora Düster, wie Thomas sie seit neuestem nennt, schwenkt ungläubig ihr Weinglas, während sie fassungslos über die Dummheit ihrer kleinen Schwester nachdenkt, die tatsächlich so verrückt ist zu heiraten.

»Im Durchschnitt hält eine Ehe im Vereinigten Königreich zurzeit zwei Jahre. Wusstest du das? Vierundzwanzig Monate. Das ist praktisch nichts.«

Dora arbeitet in der Forschung. Sie ist besessen von Fakten und Zahlen, und wenn ihr danach ist, kann sie dich den ganzen Tag mit irgendwelchen Statistiken zutexten (nachdem sie dich vorher eingesperrt hat, damit du gezwungen bist zu bleiben und ihr zuzuhören).

Dora ist drei Jahre älter als ich, zwanzig Pfund leichter und unter der Fassade ihres streng zurückgekämmten schwarzen Haars, ihrer eulenhaften Brille und ihrer sackartigen, formlosen Kleidung eine wahre Schönheit. Sie ist eines dieser Mädchen, die man aus dem Kino kennt, die sich unter der richtigen Anleitung mit ein bisschen Make-up und nachdem sie den Pferdeschwanz gelöst haben, in null Komma nichts vom Mauerblümchen in die Klassenkönigin verwandeln. Nur dass du Dora besser keine Ratschläge erteilst, weil sie dann wahrscheinlich ausrasten und dich mit ihren Stricknadeln erstechen würde.

Dora weiß nämlich genau, dass sie unter ihrer langweiligen Fassade ein hübsches Mädchen ist.

Sie sieht so aus, wie sie aussieht, weil sie so aussehen will.

Das Schlüsselwort, um Dora zu beschreiben, lautet »praktisch«.

Für sie muss alles im Leben einen klar erkennbaren und notwendigen Zweck erfüllen, ansonsten ist es überflüssig. Ganz oben auf ihrer Hassliste steht jede Art von Verschwendung, sei es Zeit, Lebensmittel oder frevelhafter Verbrauch von Umweltressourcen. Und gleich danach kommen Make-up, High Heels, kurze Röcke und jegliche weibliche Accessoires, dicht gefolgt von Männern, die ihrer Meinung nach überhaupt keinem Zweck dienen, außer vielleicht dem, dass sie dir unnötigen emotionalen Schmerz zufügen, dir das ach so wohl geordnete Leben durcheinander bringen und überhaupt eine ständige Quelle von Missmut, Ärger und Zwist sind.

»Männer sind einfach Waschlappen«, stellt sie an mich gewandt klar. »Jeder weiß doch, dass sie nur heiraten, um einen Mutterersatz zu finden.«

Wir sitzen in einem Wein-Bistro, und dies ist in etwa der achtzehnte Antiheiratsgrund, den sie mir in ebenso vielen Minuten an den Kopf geworfen hat, begleitet von Sprüchen wie »Single-Frauen leben länger« und »Ein beängstigend hoher Anteil von Männern wird gleich im ersten Jahr nach der Hochzeit untreu«.

Thomas lauscht ihren weisen Sprüchen mit zusammengekniffenem Mund und gespitzten Lippen. Genau genommen sind sie so fest aneinander gepresst wie die Rosette eines Hundes. Er kennt Dora genauso lange wie mich, also seit etwa zehn Jahren, und verachtet sie mit der gleichen Inbrunst wie die Teilnehmer von Reality-Shows im Fernsehen, Bloody Mary ohne Wodka oder Klamotten aus Lyrca, es sei denn, sie werden von Supermodels in irgendwelchen Work-out-Videos getragen.

Ihre Anti-Heiratstiraden gehen ihm sichtlich auf die Nerven, und deshalb schnippt er ihr in einem kindischen Anfall seit zehn Minuten Knabberkram in die Kapuze ihres praktischen Anoraks, während sie sich ernst über den Tisch beugt und auf mich einredet wie ein eifernder Politiker. Inzwischen ist ihre Kapuze voller gerösteter Erdnüsse und kleiner Käsekräcker in Goldfischform. Amy, die Dora aufmerksam zugehört hat, gähnt und verschränkt ihre sorgfältig manikürten Hände hinter ihrem Kopf.

»Also, wenn ihr mich fragt, ist es gar nicht die Hochzeit an sich, die den ganzen Stress verursacht, schließlich ist es nichts weiter als ein Tag in einem hübschen Kleid, eine nette Party im Kreis deiner Familie und mit all deinen Freunden und ein Fetzen Papier mit ein paar Unterschriften. Nein, das wahre Übel einer Hochzeit ist der Mensch, mit dem du auf einmal verheiratet bist.«

»Stimmt«, bestätigt Maddie mit einem weisen Nicken. »Eine Heirat kann Menschen verändern. Ich kenne einen Typen, der elf Jahre mit seiner Freundin zusammengelebt hat, bevor sie sich schließlich trauten. Drei Wochen später hat sie ihn verlassen.«

Heather stockt vor Entsetzen der Atem.

»Im Ernst?«

Maddie nickt.

»Was ist denn passiert?«

Maddie zuckt mit den Achseln.

»Er wusste es selber nicht genau, deshalb hat er es mir nicht erzählt, aber ich vermute, dass sie ihn als Liebespartner in einer festen Beziehung okay fand, doch nach der Hochzeit wurde ihr plötzlich bewusst, dass sie diesen Mann nun den Rest ihres Lebens am Hals haben würde, und vielleicht genügte er nicht ganz ihren Ansprüchen an einen Ehemann.«

»Aber wenn sie schon so lange zusammen waren, hätte sie das doch wissen müssen.«

»Sollte man eigentlich annehmen, nicht wahr?«

»Warum hat sie ihn dann überhaupt geheiratet?«

»Einige tun es nur wegen des Hochzeitstages selbst, da werden nun mal Kleinmädchenträume wahr.«

»Mein Traum ist es sicher nicht«, stellt Amy klar, wirft ihre blonden Locken zurück und schenkt allen noch einmal Wein nach. »Ich sage euch: Vergesst das Heiraten, und lebt mit euren Geliebten in Sünde. Oder noch besser: Lebt gar nicht erst mit euren Typen zusammen. Warum soll man sich das antun, wo man sich doch jederzeit mit ihnen verabreden kann. Auf diese Weise präsentieren sie sich fast ausschließlich von ihrer guten Seite, und man bekommt möglichst wenig von ihren Makeln mit. Warum abends am Herd stehen, wenn er dich genauso gut zum Essen ausführen kann, und glaubt mir, sie führen dich nur zum Essen aus, wenn sie dich rumkriegen wollen. Und dann erst das ständige Hinterherräumen! Als ob man mit seinem eigenen Kram nicht schon genug zu tun hätte! Und überhaupt: Was für eine antiquierte Einstellung ist das eigentlich, wenn man die ganze Hausarbeit allein den Frauen aufbürdet! Ich verdiene schließlich auch mein Geld. Warum also kann ich abends nicht nach Hause kommen, die Füße hochlegen und mich vor die Glotze hängen, während mein Mann sich um die Wäsche kümmert, bügelt und mir das Abendessen zubereitet?«

»Es sind längst nicht mehr alle Typen so schlimm«, wende ich ein. »Die sexuelle Gleichberechtigung und all das hat bei dem einen oder anderen durchaus Spuren hinterlassen.«

»Schade nur, dass Matt dieser wundersamen Minderheit leider nicht angehört«, stellt Dora sarkastisch fest.

Ich kann darauf nichts erwidern, denn sie hat Recht. In Matts Familie hat der Vater das Geld verdient, während seine

Mutter zu Hause geblieben ist und den Haushalt geschmissen hat. Matts Vater Raymond rührt nicht mal selber seinen Tee um, und auch wenn Matt nicht ganz so schlimm ist – er lebt immerhin seit fünf Jahren alleine –, kostet es höchstwahrscheinlich einige Mühe, ihn dazu zu bewegen, sich an der Hausarbeit zu beteiligen.

»Jedenfalls sollte man auf keinen Fall einen Jamaikaner heiraten«, stellt Maddie klar. »Meine Mutter hat mir immer gesagt, ›Madison‹…«, an dieser Stelle verfällt sie in den so schön klingenden, satten Akzent ihrer Mutter, »›such dir einen netten Engländer. Wenn du einen Jamaikaner heiratest, endest du als sein Eigentum und wirst kein eigenes Leben mehr haben, Mädchen.‹«

»Bleibt das Problem, einen *netten* Engländer zu finden«, setzt Dora ihre Litanei fort. »Schließlich sind sie allesamt Lügner und Heuchler, und egal welche Sprache sie auch sprechen, der Mist, den sie absondern, ist immer der Gleiche.«

»Ich stimme Dora zu«, sagt Amy.

Wir sehen sie alle überrascht an, selbst Dora, denn dass irgendjemand ihr bei irgendetwas zustimmt, kommt eigentlich so gut wie nie vor.

»Nicht dass sie allesamt Lügner und Heuchler sind«, versichert uns Amy schnell, »aber ich glaube in der Tat, dass Männer in einem Punkt auf der ganzen Welt gleich sind. Wenn du erst einmal einen Mann geheiratet hast, weiß er, dass er dich für immer hat und unternimmt infolgedessen keinerlei Anstrengungen mehr, dich zu behalten. Ganz nach dem Motto ›maximale Bequemlichkeit bei minimalem Aufwand‹. Für Männer ist die Ehe schlicht und einfach die Lizenz, ihre Frauen zu versklaven und herumzukommandieren.«

Heather und ich, die einzigen Verlobten am Tisch, sehen uns an.

»Besten Dank für eure aufmunternden Worte«, entgegne ich trocken. »Heather und ich werden unsere Hochzeiten umgehend absagen.«

»Hört nicht auf diese Zynikerinnen«, sagt Fleur lachend und wirft mir eine bestärkende Kusshand zu. »Sie glauben einfach nicht an die Liebe.«

»Ich glaube sehr wohl an die Liebe«, widerspricht Amy ihr. »Ich habe nur eine andere Definition von Liebe. Für mich ist Liebe ein Cocktail aus Hoffnung und Geilheit, gewürzt mit einer Prise Blindheit und Ignoranz, damit der Kater anschließend nicht so schlimm ist.«

»Genau«, pflichtet Maddie ihr bei, und die beiden stoßen an.

»Also, was die Blindheit und Ignoranz angeht, kenne ich mich nicht aus, aber ich bin definitiv geil auf Lewis«, flötet Fleur vergnügt.

Ich lächele sie dankbar an und könnte sie knuddeln, denn sie registriert, dass die Unterhaltung mir und Heather allmählich auf den Geist geht, und versucht, das Thema zu wechseln. So ist Fleur immer, rücksichtsvoll gegenüber ihren Mitmenschen.

Mit ihrer Bemerkung hat sie erkennbar Thomas' Aufmerksamkeit erregt.

»Lewis?«, hakt er nach und zieht fragend eine Augenbraue hoch.

»Ihr neuer Freund«, erkläre ich.

Die fragende hochgezogene Augenbraue beginnt aufgeregt zu zucken.

»Du hast einen neuen Freund und hast es mir nicht erzählt?«, fährt er sie an.

»Die Sache ist noch ganz frisch«, entgegnet sie und lächelt nervös. »Ich wollte das Ganze nicht mit einem Fluch belegen, indem ich es zu früh verkünde.«

»Aber Liddy hast du es schon erzählt?«

»Erst vor zehn Minuten«, versichere ich ihm schnell, »auf der Toilette.«

»Ich habe Fotos …«

Fleur nimmt ihre Tasche von ihrem Schoß, zieht hastig einen Umschlag heraus und reicht ihn Thomas als Friedensangebot.

Er rümpft die Nase, nimmt ihn aber trotzdem entgegen, und im nächsten Moment weicht sein angesäuerter Ausdruck einem Lächeln.

»Oh, SEHR ansehnlich.«

Fleur strahlt über das ganze Gesicht.

»Er ist großartig, nicht wahr?«, stellt sie fest und rollt das R vor lauter Verzückung.

»Schieß los, ich will alles über ihn wissen. Wie habt ihr euch kennen gelernt, wie lange seid ihr schon zusammen, wie ist er im Bett?«

Fleur wird knallrot.

»Tom, bitte«, weist sie ihn mit weit aufgerissenen Augen zurecht. »Es ist alles noch viel zu frisch für ein Verhör.«

»Aber Fleur, du weißt doch, wie sehr ich mich an den Dramen anderer labe. Ich zehre von den Hochs und Tiefs anderer Menschen. Es ist sozusagen die Luft, die ich atme. Du willst mich doch nicht ersticken lassen, oder?«

»Natürlich nicht, aber könntest du die Luft vielleicht noch ein bisschen anhalten? Wenigstens so lange, bis ich die Antworten auf all deine Fragen herausgefunden habe.«

»Willst du damit etwa sagen, du hast noch nicht …?«

»Thomas, ich bitte dich«, fällt sie ihm schnell ins Wort, bevor er die drei gefürchteten Worte »mit ihm geschlafen« aussprechen kann.

»Okay, okay, dann warte ich eben und begnüge mich mit ein bisschen Sauerstoff der Vorfreude.«

»Und? Wie läuft es?«, flüstere ich ihr zu, als Thomas, vorübergehend zufrieden gestellt, zur Theke marschiert, um für Getränkenachschub zu sorgen.

»Gut genug, um darauf zu brennen, es in die ganze Welt hinauszuposaunen, und viel zu gut, um euch jetzt schon alles über ihn zu erzählen.« Sie grinst, nimmt das Foto zurück und betrachtet es verzückt. »Ist er nicht absolut umwerfend? Was er wohl an mir findet?«

»Du meinst, abgesehen von der Tatsache, dass du so eine tolle Frau bist«, ziehe ich sie auf und nehme sie in den Arm.

»Aussehen ist nicht alles«, wirft Dora spitz ein.

»Was du nicht sagst«, entgegne ich trocken. »Wenn das jemand weiß, dann *ich*. Aber das meinte ich auch gar nicht, als ich gesagt habe, dass Fleur eine tolle Frau ist.«

Dora fängt hektisch an zu blinzeln.

»Ich wollte nicht…«, fängt sie an, stockt und fährt dann ziemlich unbeholfen fort: »Meine Meinung kennt ihr ja. Schönheit ist relativ. Was schön ist, bestimmt allein der Betrachter.«

»Was schön ist, bestimmt allein der Weinselige«, stellt Thomas klar, knallt ein voll beladenes Tablett auf den Tisch und setzt sich wieder hin. »Als wir hier ankamen, habe ich in dem ganzen Laden keinen einzigen gutaussehenden Menschen gesehen, vier Karaffen Wein später sehen sie auf einmal alle irgendwie ganz sexy aus.«

»An dem Abend, an dem ich Matt zum ersten Mal getroffen habe, war er in der Tat sturzbetrunken«, stelle ich fest und werfe meiner Schwester einen bissigen Blick zu.

Dora starrt auf den Tisch.

»Tatsächlich?«, meldet Bridget sich mit einem leicht gereizten Ton zu Wort, den ich lieber nicht zu deuten versuche.

Bridget ist zum ersten Mal dabei. Bisher kennt sie nur Thomas und Dora.

Dora und Bridget sind sich zweimal begegnet, aber Bridget hat so wenig Notiz von meiner Schwester genommen, dass ihr bestimmt gar nicht bewusst ist, dass sie sich schon einmal getroffen haben.

Thomas und Bridget haben sich schon öfter getroffen, doch sie sind sich immer mit dem feindlichen Misstrauen zweier Katzen begegnet, deren Territorien sich überschneiden und die einander argwöhnisch mit aufgestellten Schwänzen umkreisen und hin und wieder ein warnendes Fauchen aussto-ßen.

Ehrlich gesagt habe ich Bridget selber erst ein paar Mal gesehen. Wenn Matt und Rupert ausgehen, was sie ziemlich regelmäßig tun, ziehen sie meistens allein los. Wir gehen fast nie zu viert weg, was meiner Meinung nach daran liegt, dass sie einfach keine Lust dazu hat. Ich habe Matt schon etliche Male vorgeschlagen, doch mal gemeinsam etwas zu unternehmen, weil es uns vielleicht ganz gut täte, uns ein bisschen besser kennen zu lernen, immerhin ist sie die langjährige Freundin seines besten Freundes, aber bisher bin ich immer mit irgendwelchen Ausreden abgespeist worden.

Ich glaube, sie mag mich nicht besonders.

Auch die anderen aus unserem Grüppchen scheinen sie nicht im Geringsten zu interessieren.

In der vergangenen Stunde hat sie mit verschränkten Armen und zusammengekniffenem Mund am Ende des Tisches gesessen. Abgesehen von ein paar »Hallos« zur Begrüßung war ihre Frage an mich die erste Äußerung, die sie während des ganzen Abends von sich gegeben hat. Ehrlich gesagt weiß ich gar nicht, warum sie überhaupt mitkommen will. Dabei habe ich absolut nichts dagegen, dass sie mitkommen will, je mehr desto besser, war schon immer mein Motto (vor allem, wenn es um Kuchen geht), ich wünschte nur, sie würde sich ein bisschen mehr Mühe geben, sich mit den anderen Mädels bekannt zu machen und den Abend zu genießen.

Sie müsste sich nicht mal viel Mühe geben.

Meine Freunde sind großartig. Sie sind umgänglich und kontaktfreudig, es macht Spaß, mit ihnen zusammen zu sein, und sie sind allesamt sehr offen. Alles in allem kann man prima mit ihnen auskommen.

Nehmen wir zum Beispiel Fleur.

Fleur ist vor fünf Jahren in die Erdgeschosswohnung unseres Nachbarhauses eingezogen und sofort voll eingeschlagen, bei mir und auch bei Thomas. Sie stammt aus einem kleinen Dorf irgendwo tief in den schottischen Highlands, in dem laut Fleur lediglich drei Familien leben, und ansonsten nur eine Schafherde, zwei Kühe und ein dreibeiniger Hund namens Stewart. Als sie nach London kam, kannte sie niemanden, keine einzige Menschenseele, genau genommen war sie die Personifikation des Alleinseins. Jetzt gleicht sie der alten Frau aus dem Kinderreim, die in einem Schuh lebt und so viele Kinder hat, nur dass Fleurs Leben nicht von Kindern bevölkert wird, sondern von Freunden.

Alle lieben Fleur. Sie ist witzig, direkt und mit ihren großen grünen Augen, ihrem goldenen Haar, das ihr in Wellen auf die Schultern fällt, und ihren gerade mal ein Meter fünfundvierzig eine Mini-Venus.

Amy und Maddie haben Thomas und ich in einem Club auf dem Frauenklo kennen gelernt, direkt nach unserem Umzug nach London. Es war eine dieser Situationen, bei denen man sich trifft und es sofort klick macht. Die Tatsache, dass wir alle sturzbetrunken waren, mag unsere spontane Verbrüderung begünstigt haben, aber unsere Freundschaft hat auch im nüchternen Zustand überdauert und tut es nun schon seit mehr als zehn Jahren. Wir sind definitiv mehr als nur Trink- und Partykumpane. Amy ist sogar meine erste Brautjungfer, mit Maddie, Fleur und Heather als Unterstützung und Thomas als Blumenmädchen.

War nur ein Witz.

In Wahrheit fällt Thomas eine viel wichtigere Aufgabe zu. Eingedenk der außerordentlich wichtigen Rolle, die er in meinem Leben spielt, hat mein Vater selbstlos eingewilligt, seine offizielle Aufgabe als Brautvater nicht allein für sich in Anspruch zu nehmen, und somit werden er und Thomas mich gemeinsam zum Traualtar führen.

Thomas prahlt gerne damit, dass er mich nicht einfach nur zum Traualtar führen, sondern eine Gebühr für mich erheben werde, doch da Matt diesen Scherz bereits etwa zweihundert Mal gehört hat, kann er längst nicht mehr darüber lachen. Außerdem fürchtet er, dass Thomas' Ankündigung, mich im Aufzug eines Zuhälters aus Harlem in einem orangefarbenen Anzug mit breitem Revers zum Altar zu führen, kein Witz ist. Wenn ich nicht wüsste, dass Thomas auf elegante maßgeschneiderte Kleidung steht, würde ich mir auch Sorgen machen.

Heather ist erst vor kurzem zu unserer Clique gestoßen. Sie und Ben sind jetzt seit vierzehn Monaten zusammen und seit zwei Monaten verlobt. Sie ist deutlich ruhiger als wir anderen und meistens hinter einem Buch vergraben, das meistens viel zu intellektuell ist, um es in mein Regal zu schaffen, und ihre hervorstechendste Eigenschaft ist ihre Selbstlosigkeit. Sie ist immer für andere da. Heather ist eine dieser Frauen, die nie einen Geburtstag vergessen, dir eine Suppe nach Hause bringen, wenn du krank bist, und ihre Wochenenden mit irgendwelchen Erledigungen für andere Leute verbringen. Nicht dass sie ein Fußabtreter wäre, bei dem alle ihren Müll abladen, aber sie verfügt einfach über die angeborene Fähigkeit, ein echtes

Bedürfnis zu erkennen, und hat ein ausreichend großes Herz, dieses zu befriedigen.

Ich liebe sie genauso innig wie mein Bruder und kann es kaum erwarten, dass sie endlich offiziell meine Schwägerin wird, aber im Gegensatz zu Matt und mir sind sie und Ben übereingekommen, dass eine ausgedehnte Zeit der Verlobung eine gute Gelegenheit ist, sich richtig kennen zu lernen, bevor sie den nächsten Schritt wagen und vor den Altar treten.

Hoffentlich überstürzen Matt und ich es nicht ein bisschen. Er hat mir schon nach drei Monaten einen Heiratsantrag gemacht, und wir haben den Hochzeitstermin für ein Jahr danach angesetzt, was ja tatsächlich keine allzu lange Zeit ist. Aber warum soll man sich den Kopf mit solchen Überlegungen zerbrechen, wenn man glücklich ist?

»Wie habt ihr euch eigentlich kennen gelernt, Matt und du?«, fragt Bridget plötzlich unvermittelt

Ich sehe sie argwöhnisch an. Nach allem, was ich weiß, versteht Bridget sich blendend mit Matts Ex, jener bereits erwähnten Miss Perfect. Ich kann mich nicht von dem Gefühl befreien, dass es ihr bis heute ein Rätsel ist, was er ausgerechnet an mir findet.

»Hast du die Geschichte wirklich noch nicht gehört?«, fragt Thomas aufgeregt. »Hat Rupert sie dir nicht erzählt?«

Bridget schüttelt den Kopf, wobei ihr ordentlicher Chignon im Deckenlicht glänzt.

»Eigentlich wollten wir doch die Reise besprechen«, versuche ich das Thema zu wechseln, doch vergeblich, denn Thomas ist bereits voll in Fahrt.

Die Geschichte, wie Matt und ich zusammengekommen sind, ist eine seiner Lieblingsgeschichten. Er hat sie schon so oft zum Besten gegeben, dass er sie besser erzählen kann als ich. Er verfügt über die seltene Begabung, etwas Erzähltes exakt widerzugeben, und zwar Wort für Wort, selbst wenn das Gehörte Jahre zurückliegt.

»Also, es fing alles an, als wir auf ein paar Drinks in dieser Kneipe waren. Matt saß am Nebentisch …« Ich blicke entnervt zur Decke, woraufhin Fleur loskichert, und betäube meinen Verdruss mit einem Päckchen gerösteter Erdnüsse.

»… und Amy fand, dass er gut aussah und bedachte ihn mit einer ihrer berüchtigten Anmachen.«

»Ehrlich?«

»Ich bekenne mich schuldig«, gesteht Amy. »Aber wie hätte ich der Versuchung widerstehen sollen? Er war eine Augenweide!«

»Er ist immer noch eine – zumindest, als ich ihn das letzte Mal gesehen habe«, stellt Heather grinsend fest.

Alle nicken zustimmend, und Thomas fährt fort.

»Tja, und dann hat er unserer hübschen Amy einen Korb gegeben, was ihr ja nicht das erste Mal passiert ist …«

»He, werd bloß nicht unverschämt!«, weist sie ihn zurecht.

»Okay, um die Wahrheit zu sagen, er hat sie regelrecht platt gemacht, hat ihre Hoffnungen zerstampft wie eine kleine Wanze unter einem großen Stiefel. Natürlich hat jeder das Recht, nein zu sagen, wenn er angemacht wird. Wenn du nicht interessiert bist, bist du nicht interessiert, aber sein Korb war wirklich heftig, das wäre nun auch nicht nötig gewesen …«

»Was hat er denn gesagt?«

»Das kann ich unmöglich wiederholen, schließlich bin ich …«, er presst eine Hand auf seine Brust, »… eine Lady. Sagen wir einfach, seine Erwiderung war extrem verletzend und absolut unangemessen, weshalb Liddy wirklich aufgebracht war und geradewegs zu ihm hinmarschiert ist, ihm auf die Schulter getippt hat und ihm geraten hat, er solle sich besser einen freundlicheren Charakter zulegen, weil gutes Aussehen vergänglich sei. Im fortgeschrittenen Alter würden ihm sein glänzendes Haar und seine perfekten weißen Zähne ausgefallen sein, und sein hübsches Gesicht werde sich in einen verschrumpelten Fleischhaufen verwandelt haben, der eher geschmolzenem Plastik gleiche, und dann würden Frauen wie Amy ihm nicht einmal mehr in seinen feuchten Träumen erscheinen, geschweige denn ihren Mut zusammennehmen, um in einer Kneipe vor den Augen all seiner dämlich glotzenden Freunde zu ihm zu kommen und sich ihm vorzustellen.«

»Das ist ein Witz, oder?« Bridget sieht mich mit einem Ausdruck an, den ich nicht ganz zu deuten vermag, doch ich hoffe (zumindest ein wenig), dass er neu erwachtem Respekt entspringt und nicht blankem Entsetzen. »Und? Wie hat er reagiert?«

»Zuerst fiel ihm die Kinnlade herunter, doch dann lachte er und entschuldigte sich und sagte zu Liddy, dass er tatsächlich viel zu schroff gewesen sei, aber er habe sich gerade von seiner Freundin getrennt, weshalb er zur Zeit ein bisschen empfindlich sei, und dann hat er uns als Entschuldigung zwei Flaschen Champagner spendiert und uns geholfen, sie zu leeren.«

»Und seitdem sind Liddy und Matt ein Paar?«

»Um Gottes willen, nein. Er war von Anfang an ganz scharf auf sie, aber Liddy wollte nichts von ihm wissen. Er hat sie ständig angerufen und ihr unzählige Nachrichten auf dem Anrufbeantworter hinterlassen, aber Liddy hat sie allesamt ungehört gelöscht.«

»Aber warum denn? Niemand gibt einem Matt Morgan einen Korb«, meint Bridget ungläubig.

»Vermutlich hat ihn genau das am allermeisten fasziniert«, werfe ich ein und sehe sie triumphierend an.

»Stell dein Licht nicht unter den Scheffel, Liddy!«, geht Fleur sofort dazwischen.

»Das tue ich doch gar nicht, ich bin nur realistisch. Ich war absolut sicher, dass er nur darauf aus war, mich zu verarschen oder es mir heimzuzahlen, allein deshalb habe ich ihn nicht zurückgerufen.«

»Er hat sie mindestens achtzehnmal angerufen, es waren doch achtzehn Anrufe, oder, Liddy?«

»Wenn du es sagst, wird es schon stimmen.«

»Und wie seid ihr letztendlich doch noch zusammengekommen?«

»Auf dem Ehemaligentreffen«, erwidern Thomas und ich im Chor.

»Die gute alte Liddy war definitiv solo«, erklärt Thomas melodramatisch, »und wollte auf keinen Fall als einzige Ex-Schülerin als alte Jungfer bei dem Treffen aufkreuzen. Ich hätte ihr ja angeboten, den Macho zu spielen und sie zu begleiten, aber leider fällt darauf bei mir nicht einmal ein Blinder im Dunkeln herein. Also blieb ihr nichts anderes übrig, als entweder allein zu gehen, sich als Lesbe auszugeben und sich von Fleur begleiten zu lassen, nach dem Motto ›Ist meine Freundin nicht toll?‹, oder schließlich doch auf Mr. Absolut Unwiderstehlich zurückzugreifen.«

»Also hast du ihn benutzt«, stellt Bridget unverblümt fest.

»Nett ausgedrückt«, wirft Amy ein, »wirklich.«

»Ich würde es nicht ganz so bezeichnen«, entgegne ich mit einem matten Lächeln.

»Ich würde es ganz und gar nicht so bezeichnen!«, ruft Thomas aufgebracht. »Es war Matts großes Glück. Ansonsten hätte sie sich nie und nimmer noch einmal mit ihm getroffen. Aber wie auch immer, jedenfalls ließ sie sich von ihm zu dieser High-School-Party begleiten, und sie haben sich so gut verstanden, dass sie nichts dagegen hatte, sich noch einmal auf einen Drink mit ihm zu treffen, und so fing alles an.«

»Und dann hat er dir gleich einen Heiratsantrag gemacht?«

»Na ja«, antwortet Thomas für mich, »Liddy hat sich ständig über ihn lustig gemacht und über sich selber und über die Tatsache, dass sie tatsächlich zusammen waren, auch. Du hast immer gesagt, ihr wärt wie das Nilpferd und das süße kleine Küken aus der Matratzenwerbung, stimmt's?«

»Stimmt«, bestätige ich mit einem Grinsen. »Und dreimal dürft ihr raten, wer dabei das Nilpferd war.«

Irre ich mich oder habe ich bei dieser Bemerkung auf Bridgets Gesicht soeben den zarten Anflug eines Lächelns gesehen?

»Bis er schließlich zu dem Schluss kam, dass es nur eine einzige Möglichkeit gab, ihr zu beweisen, wie ernst es ihm war: nämlich um ihre Hand anzuhalten.«

»Oh, wie süß«, meint Bridget, und es klang tatsächlich aufrichtig.

»Ja, nicht wahr?«, entgegne ich sinnierend und beschließe in diesem Augenblick, dass ich Matt nicht länger böse sein will.

»Und das ist das Ende der Geschichte, wir werden heiraten, und das bedeutet, dass WIR einen Jungfernabschiedstrip machen. Also, Thomas, könnten wir uns jetzt bitte wieder dem eigentlichen Anlass unserer Zusammenkunft widmen – unserer Reise nach Barbados?«

Alle stimmen jubelnd zu.

Thomas nickt.

»Aber gerne. Also, Mädels, die beste Nachricht zuerst: Wir haben eine All-inclusive-Reise gebucht, das heißt, sämtliche Drinks sind im Preis inbegriffen.«

Alle brechen erneut in Jubel aus.

»Und wir können essen, so viel wir wollen.«

Diese Ankündigung ruft angesichts verbreiteter Willensschwäche und drohender wachsender Taillenumfänge allgemeines Stöhnen hervor. Es ist immer wieder erstaunlich, wie schnell vergessen wird, dass Alkohol unseren Körpern viel mehr nutzlose Kalorien zuführt als üppiges Essen.

»Im Spa der Anlage kann sich jeder zwei kostenlose Anwendungen aussuchen, alle weiteren Verwöhn- und Verschönerungssitzungen müssen allerdings bezahlt werden. Und was die Schlafgelegenheiten angeht: Jeweils zwei teilen sich ein Doppelzimmer, bis auf Heather, Fleur und mich, wir haben ein Dreierzimmer. Und Liddy darf als Königin der Woche ihren eigenen kleinen Palast bewohnen.«

»Wie meinst du das?«, frage ich neugierig.

»Na ja, die Mädels und ich haben eine Art vorzeitiges Hochzeitsgeschenk für dich«, entgegnet er mit einem breiten Grinsen, langt in seine Tasche und zieht einen Prospekt heraus, den er mir über den Tisch zuschiebt. »Wir haben zusammengeworfen und dir eine bessere Kategorie gebucht.«

Die Seite, die er mir aufschlägt, besteht aus einem einzigen Foto: ein langer Steg, der hinausführt ins tiefblaue Meer und von acht Holzbungalows gesäumt wird.

»Das hier ist deiner«, stellt er grinsend fest und zeigt auf den letzten Bungalow, der am weitesten ins Meer hinausragt.

»Wow!«, bringe ich nur hervor, da ich absolut sprachlos bin.

»Und damit du in deinem Bungalow nicht vereinsamst, leisten Heather, Fleur und ich dir abwechselnd Gesellschaft. Auf diese Weise rücken wir uns auch nicht so auf die Pelle und müssen nicht ständig um den Fön kämpfen. Amy und Maddie, euch habe ich zusammen in ein Zimmer gesteckt, alle anderen, nehmt euch also in Acht vor den Orgien. Ich habe euch extra ein möglichst abgelegenes Zimmer gebucht, damit sich die Beschwerden über den Ruhe störenden Lärm und die nächtlichen Partys in Grenzen halten. Und dich …«, er sieht Bridget an, und sein Lächeln verwandelt sich in einen leicht spitzbübischen Blick, »habe ich mit Dora zusammengelegt.«

Matt erwartet mich bereits.

Ich muss nicht einmal den Schlüssel herausholen. Als er mich die Treppe hinaufsteigen hört, reißt er die Tür auf und begrüßt mich mit einem breiten Grinsen.

Seinem entwaffnenden Lächeln nach zu urteilen, ist er in Versöhnungslaune. Vermutlich hat die Tatsache, dass ich die vergangenen Nächte in meinem eigenen Bett verbracht habe, ihren Teil dazu beigetragen. Ich bin wirklich nicht oft verstimmt, aber wenn, ist es mir deutlich anzumerken.

»Hallo, Süße. Wie schön, dass du dich heute Abend bei mir blicken lässt. Ich hab dich vermisst.«

Er zieht mich zu sich und umarmt mich. Normalerweise würde ich mich darüber freuen, aber nach der frostigen Stimmung, die in den vergangenen Tagen zwischen uns herrschte, kann ich nicht anders und versteife mich ein bisschen. Er küsst mich auf den Kopf und lässt mich wieder los.

»Ich habe uns was beim Take-away bestellt.«

Ich atme erleichtert auf, denn ich habe die typische Sauf-Fresslust, die mich immer befällt, wenn ich zu viel getrunken habe. Wenn ich mit leerem Magen ins Bett gehe, werde ich vermutlich von gebratenem Truthahn träumen und beim Aufwachen feststellen, dass ich Matt verspeist habe.

Er führt mich direkt in die Küche, reicht mir ein Glas Wein, holt das Essen aus dem Ofen, wo er es warm gestellt hat, und lässt sich am Tisch nieder. Ich setze mich ihm gegenüber und werfe einen hoffnungsvollen Blick zum Fernseher, der auf der Anrichte steht. Zehn Uhr. Auf einem der Satellitenkanäle beginnt gerade die Wiederholung der heutigen Eastenders-Folge, aber Matt ist nicht der Typ, der vorm Fernseher isst. Ich finde es durchaus entspannend, aber er mag es lieber förmlich an einem richtigen Esstisch. Selbst um zehn Uhr abends.

Manchmal, wenn er gerade keine Sprechstunde hat, schalte ich den Fernseher einfach ein, aber heute will er reden. Das sehe ich ihm an. Er rührt nicht einmal sein Essen an, sondern sitzt mir einfach nur gegenüber und lächelt mich ein bisschen zu übertrieben an.

»Rupert hat mir erzählt, dass du dich heute Abend mit den Mädels getroffen hast, um die Einzelheiten für euren Barbados-Trip zu besprechen.«

Ich nicke.

»Und? Wie war's?«

»Nett«, erwidere ich gleichgültig.

»Laut Rupert freut sich Bridget schon riesig darauf.«

»Tatsächlich?«, entgegne ich kühl.

Na gut, ich habe ja gesagt, dass ich Matt nicht mehr böse sein will, und das meinte ich auch so, aber bei Männern darf man nie zu schnell die Friedensfahne hissen, sonst gehen sie davon aus, dass man nach einem Streit immer klein beigibt, selbst wenn sie ihn ausgelöst haben.

»Ja, sie würde dich gern besser kennen lernen.«

»Wirklich?«, entgegne ich ehrlich überrascht.

»Aber ja, sie hat Rupert erzählt, dass sie es schön fände, wenn ihr Freundinnen würdet, was natürlich nicht wirklich überraschend ist, wenn man bedenkt, dass sie die Freundin meines besten Freundes ist und du und ich den Rest unseres Lebens gemeinsam verbringen werden.«

Ich bin wirklich gerührt, und zwar sowohl über Bridgets als auch über Matts Worte. Ich kann nicht anders und muss lächeln, woraufhin Matt zufrieden strahlt, weil er es als Zeichen deutet, dass ich auftaue.

»Spare Ribs?«, fragt er und hält mir eine silberne Schale hin.

»Gerne, erst recht in Anbetracht dessen, dass ich längst vergessen habe, wie meine eigenen Rippen aussehen.«

Er lacht.

»Wann hast du dich denn mit Rupert getroffen?«

»Gestern Abend. Wir haben uns genau wie ihr zusammengesetzt, um die Reiseplanung zu machen. Es klingt alles großartig, Lids, das Hotel macht einen super Eindruck. Es gibt sechs Bars, einen Nightclub, ein Fitnesscenter, Gelegenheiten zum Volleyball- und Kricketspielen, und Reitausflüge am Strand kann man auch machen.«

Jetzt kann ich mir ein breites Grinsen nicht verkneifen, denn vor meinem inneren Auge entsteht ein lustiges Bild.

»Ich stelle mir gerade vor, wie du auf einem schwitzenden Hengst durch die Brandung galoppierst – mit abgeschnittenen Jeans und einer schicken Reitermütze auf dem Kopf.«

Matt strahlt, denn er weiß, dass ich ihm vergeben habe.

»Ich wusste gar nicht, dass schwitzende Hengste abgeschnittene Jeans tragen.«

»Ha, ha. Aber eigentlich reiße ich hier die Witze, nicht du. Du musst nur dasitzen und ein nettes Gesicht machen.«

»In letzter Zeit war ich alles andere als nett, ich weiß. Deshalb habe ich ja auch tagelang keinen einzigen Witz mehr von dir gehört. Tut mir wirklich Leid, dass ich mich so dämlich benommen habe, Lids, und das bloß, weil ihr auch nach Barbados fahrt.«

»Dämlich?«

»Gut, ich habe mich völlig danebenbenommen. Ich hatte einen kleinen Aussetzer, und es tut mir Leid. Vergibst du mir?«

»Tja, würde ich ja, wenn du …«, ich breche ab und lecke mir verführerisch die Lippen.

»Wenn ich was?«, drängt er neugierig.

»Wenn du dir sofort abgeschnittene Jeans anziehst.«

Matt lacht, langt über den Tisch und fasst mit seinen soßeverschmierten Fingern nach meiner Hand.

»Weißt du was? Je mehr ich darüber nachdenke, desto besser erscheint es mir, dass wir uns für unseren Trip das gleiche Ziel ausgesucht haben.«

»Ehrlich?«

»Unbedingt. Es hat den unverkennbaren Vorteil, dass ich mich jederzeit auf meinen schwitzenden Hengst schwingen und auf einen Sprung bei dir vorbeikommen kann, wenn ich mich ein bisschen einsam fühle.«

»Oder es dich nach einem jener wilden Ritte verlangt, die nur ich dir geben kann«, füge ich grinsend hinzu, als er seine Spare Ribs weglegt und sich quer über den Tisch beugt, um mich zu küssen.

Kapitel 3

Neun Tage vor unserem Abflug nach Barbados bin ich bei Marks & Spencers.

Es ist Donnerstagmittag, und obwohl Donnerstag in unserer Firma der hektischste Wochentag ist, habe ich es tatsächlich geschafft, das Büro während meiner Mittagspause zu verlassen, was ich vor allem der Tatsache verdanke, dass Mr. Extrem Wichtig den ganzen Tag in einer Sitzung ist und mich deshalb nicht jedes Mal ansieht wie ein getretener junger Hund, wenn ich einen Versuch unternehme, ihn und Camilla allein zu lassen.

Also habe ich die seltene Gelegenheit beim Schopf gepackt und decke mich großzügig für den Urlaub ein. Bisher habe ich mir Folgendes gekauft: ein ganzes Sortiment Sonnenschutzcremes, zwei Badeanzüge, ein Paar total schnuckelige, mit Muscheln verzierte Flip-Flops, drei T-Shirts, einen wunderschön bestickten, knapp sitzenden Ethnorock, der sich perfekt als Freizeitlook für einen Gang in eine der Bars eignet, außerdem ein supersüßes Kleid. Je mehr tolle Sachen ich entdecke, desto mehr freue ich mich auf unseren Trip, nur mein längst überzogenes Kreditkartenlimit trübt meine Begeisterung ein wenig, aber was soll's, man heiratet schließlich nur einmal. Außer natürlich, man macht es wie meine Mutter.

Voll bepackt mit Tragetaschen schlendere ich breit grinsend durch die Lebensmittelabteilung und kaufe noch für heute Abend ein, denn Matt und ich haben Fleur und ihren neuen Freund Lewis zum Essen eingeladen.

Von all meinen Freundinnen mag Matt Fleur am liebsten.

Na ja, vielleicht sollte ich es lieber anders formulieren: Von all meinen Freundinnen ist Fleur die Einzige, die Matt überhaupt mag.

Vielleicht liegt es daran, dass sie die Einzige ist, für die er sich Zeit genommen hat, sie kennen zu lernen.

Das ist übrigens eines der Dinge, die mir in unserer Beziehung wirklich Sorgen bereiten. Er zeigt nicht das geringste Interesse, meine Freunde und Freundinnen kennen zu lernen.

Dabei ist er nicht einer dieser Typen, die ihre Partnerinnen ausdrücklich davon abhalten, sich mit ihren Freunden zu treffen. Ich kann mit ihnen zusammen sein, wann immer ich will, aber jedes Mal, wenn ich ihm vorschlage mitzukommen, redet er sich mit irgendetwas heraus.

Mir ist es rätselhaft, wie man meine Freundinnen nicht mögen kann.

Gut, vielleicht bin ich ein bisschen voreingenommen, aber was sollte man ernsthaft gegen sie haben? Sie sind einfach großartig. Matt hat es eben noch nicht begriffen. Doch auch wenn er es nicht für nötig erachtet, mit meinen übrigen Freundinnen warm zu werden, für Fleur hat er immer Zeit. (Vermutlich liegt es daran, dass sie von meinen Freundinnen die Einzige ist, die voll zurechnungsfähig erscheint, wenn man ihr zum ersten Mal begegnet.) Und als sie uns vorgeschlagen hat, dass wir ihren neuen Lover als Erste kennen lernen dürfen, hat Matt sie sofort zu uns zum Essen eingeladen (eigentlich zu ihm, aber ich fand es so schön, dass er »zu uns« gesagt hat, denn es war das erste Mal, dass er das gesagt hat).

Ein gemütliches Essen zu viert, nur Fleur und Lewis und Matt und ich (was mich wiederum ein bisschen nervös macht, weil Thomas nicht eingeladen ist).

Das ist allerdings nicht Matts Schuld. Fleur hat ein Machtwort gesprochen und darauf bestanden, Lewis ihren Freunden einzeln vorzustellen, anstatt ihn völlig zu überfahren, indem sie ihn allen auf einmal auf dem Präsentierteller zum Fraß vorwirft. Und wenn Thomas bei unserer kleinen Soiree heute Abend dabei wäre, würde der arme Lewis sich fühlen wie David, der gegen eine ganze Armee von Goliaths ankämpfen muss.

Wenn es um die neuen Partner seiner Freunde und deren Interessen geht, ist Thomas wie der spanische Generalinquisitor Torquemada an einem seiner besonders fiesen Tage.

Nicht weil er ein grauenhafter Mensch wäre, weit gefehlt, aber er hatte nun einmal nie eine richtige Familie, deshalb sind seine Freunde alles für ihn. Er liebt sie so sehr, dass er es mit seiner Fürsorglichkeit mitunter ein wenig übertreibt, wann immer jemand Neues auf der Bildfläche erscheint.

Matt ist auch von ihm in die Mangel genommen worden – wobei seine erste Begegnung mit Thomas weniger ein In-die-Mangel-nehmen war als ein langsames Gegrilltwerden über offenem Feuer. Vielleicht ist dies einer der Gründe, warum Matt sich bisher nicht recht für Thomas hat begeistern können.

Vor diesem Hintergrund möchte Fleur Lewis ein bisschen Zeit lassen, erst einmal sie selber besser kennen zu lernen, bevor sie ihn Thomas vorstellt, und deshalb habe ich ihm den heutigen Abend bewusst verschwiegen. Er wäre zutiefst verletzt, wenn er wüsste, dass er ausgerechnet von der ersten offiziellen Vorstellung ausgeschlossen wird, zumal Fleur ihren Liebsten sogar im Vertrauen als möglichen MANN FÜRS LEBEN bezeichnet hat.

Wenn Fleur so etwas sagt, muss er etwas ganz Besonderes sein. Wie Amy und Maddie hat sie nämlich bisher nie auch nur das geringste Interesse an einer festen Bindung gezeigt, wobei sie diese im Gegensatz zu den beiden andern immerhin nicht ständig als absoluten Horror verteufelt. So Leid es mir auch tut, ich verstehe Fleur nur zu gut, dass sie ihn heute Abend lieber nicht dabei haben möchte. Denn so sehr wir ihn auch mögen – er ist ein Freund, den du deinem neuen Partner lieber erst dann präsentierst, wenn die Beziehung sich ein wenig gefestigt hat und dein Neuer bereit ist, die spanische Inquisition über sich ergehen zu lassen, und dich bereits so sehr liebt, dass er nicht gleich das Handtuch wirft, denn wenn er auch nur den Hauch eines Zweifels hegt, ob du die Richtige bist oder er irgendwelche abartigen Charakterzüge oder gar Leichen im Keller hat – Thomas holt alles aus ihm heraus wie ein Frettchen, das einen Kaninchenbau ausräubert.

Mein Handy klingelt fröhlich in meiner Handtasche vor sich hin.

Ich werfe den abgepackten Rucolasalat, den ich gerade auf verschrumpelte Stellen untersucht habe, in meinen Einkaufskorb und gehe ran.

Es ist Fleur.

»Ich habe gerade an dich gedacht«, erzähle ich ihr und lege auch noch etwas Parmaschinken in den Korb.

»Wie schön, junge Braut«, entgegnet sie fröhlich. »Ich wollte nur mal nachfragen, ob es bei heute Abend bleibt.«

»Klar. Ich bin gerade im Supermarkt und suche nach etwas, das ich euch als selbst gekocht kredenzen kann, damit ich euch beeindrucken kann«, scherze ich.

Sie lacht.

»Super. Wann soll ich denn am besten da sein, damit schon alles fertig ist und ich leider nichts mehr tun kann, wenn ich meine Hilfe anbiete?«

»Gegen sieben. Ich mache heute früher Feierabend.«

»Du machst früher Schluss und erlaubst dir sogar eine Mittagspause, man könnte glatt meinen, der Abend wäre dir wichtig.«

»Immerhin lerne ich den Mann kennen, der der Vater deiner Kinder werden soll, also ist der Abend ungeheuer wichtig.«

»Das habe ich nie gesagt!«, widerspricht Fleur empört. »Sag nicht, dass ich das gesagt habe, weil es nämlich nicht stimmt. Vielleicht habe ich es gedacht, aber ausgesprochen habe ich es mit Sicherheit nicht.«

»War doch nur ein Scherz«, beruhige ich sie.

»Da verstehe ich keinen Spaß«, weist sie mich ungehalten zurecht. »Ich bin auch so schon nervös genug, weil du ihn heute Abend kennen lernst. Was, wenn du ihn nicht magst, Liddy?«

»Wenn er so toll ist, wie du behauptest, mag ich ihn bestimmt.«

»Das ist er auf jeden Fall. Es ist wirklich seltsam, obwohl ich unbedingt will, dass du ihn magst, und es mir davor graut, dass du ihn womöglich nicht magst, mag *ich* ihn so sehr, dass es mir ganz egal ist, was andere von ihm halten. Das ist doch ein totaler Widerspruch, oder?«

»Das schon, aber ich glaube, ich weiß, was du meinst.«

»Ich wusste, dass du mich verstehst. Gleichzeitig hab ich Angst, dass er meine Freunde womöglich doof findet, denn in dem Fall würde ich natürlich in seiner Achtung sinken, auch wenn keiner von euch auch nur im Geringsten furchtbar ist, aber gesetzt den Fall, es wäre so, würde er womöglich auch in meiner Achtung sinken, weil er meine Freunde nicht mag, denn wie kann schließlich jemand meine Freunde nicht mögen, die allesamt super sind, und wenn er euch also nicht mag, bedeutet das wiederum, dass er gar nicht so toll ist, wie ich dachte.«

»Was dieses Dilemma angeht, verstehe ich dich auch«, entgegne ich und verspüre plötzlich den Drang, mich ihr anzuvertrauen. »Matt ist auch nicht gerade versessen auf unsere Clique.«

»Heißt das, er mag uns nicht?« Sie klingt verletzt, und ich bereue auf der Stelle, etwas gesagt zu haben.

»Doch, dich mag er«, versichere ich ihr schnell. »Er findet dich sogar klasse. Aber die anderen… tja, also… mit denen kann er nichts anfangen.«

»Oh«, meint sie immer noch verunsichert, »das war mir gar nicht bewusst. Wie seltsam.«

»Er hat sich aber auch noch nie die Zeit genommen, sie kennen zu lernen. Er darf sich eben nicht einfach nur auf seinen ersten Eindruck verlassen.«

»Bist du sicher, dass Matt mich mag? Oder sagst du das nur, damit ich mich besser fühle?«

»Würde ich dich je anlügen?«, frage ich zurück und muss plötzlich an Thomas denken.

»Wenn du befürchten würdest, dass die Wahrheit mich zu sehr verletzen könnte, vielleicht«, erwidert sie schnell.

»In diesem Fall sage ich dir jedenfalls die Wahrheit. Er steht auf dich, er findet dich klasse, und wenn ich manchmal sehe, wie seine Augen aufleuchten, wenn ich deinen Namen erwähne, denke ich, du hast es ihm sogar mehr angetan als ich.«

Sie lacht.

»Red doch keinen Quatsch, Liddy! Hoffentlich wird er Lewis mögen.«

Nach meiner Überzeugung ticken Männer völlig anders als Frauen, wenn es darum geht, ob sie sich verstehen. Bei ihnen läuft es vor allem über gemeinsame Interessen, während bei uns das Emotionale eine viel wichtigere Rolle spielt. Damit will ich nicht sagen, dass nicht auch eine Männerfreundschaft irgendwann emotionale Züge aufweisen kann, aber damit sie Kumpels werden, zählen zuallererst einmal gemeinsame Interessen und ein ähnliches intellektuelles Niveau.

»Trinkt er gern Bier?«

»Er ist ein leidenschaftlicher Biertrinker.«

»Treibt er irgendeinen Sport?«

»Natürlich.«

»Furzt er im Bett und erzählt grauenhafte Witze, wenn er betrunken ist?«

»Auf jeden Fall.«

»Dann werden sie sich bestens verstehen.«

Sie prustet los.

»So gefällst du mir schon besser. Und mach dir wegen heute Abend keine Sorgen. Es wird super, das verspreche ich dir.«

Sie seufzt.

»Du bist ein Schatz, Liddy.«

»Ich weiß. Ich mag dich auch, Fleur, und ich bin sicher, dass ich Lewis mögen werde und Lewis mich, und dass Matt ihn mögen wird und er Matt, und dass jeder jeden mag, und wenn sie nicht gestorben sind, dann leben sie noch heute.«

»Schon gut, schon gut. Ich hab's kapiert. Ich reagiere über und sollte aufhören herumzugrübeln.«

»Alles wird gut«, versichere ich ihr.

»Gut«, wiederholt sie wie zu ihrer eigenen Beruhigung.

»Mehr als gut. Eins muss ich allerdings gestehen: Dass ich Thomas anlügen muss, gefällt mir überhaupt nicht. Wenn er herausfindet, dass wir ihn heute Abend ausschließen, wird er nicht gerade begeistert sein.« Während ich seinen Namen ausspreche, werfe ich schlechten Gewissens einen Biskuitkuchen mit Sirupglasur in meinen Korb, den ich ihm morgen mitbringen werde. Es ist seine absolute Lieblingssüßspeise, und es beruhigt mich, sie ihm zu kaufen, denn es bestätigt mir, dass ich doch eine echte Freundin bin, die an ihn denkt und ihm Gutes tut, auch wenn ich zugelassen habe, dass er heute Abend nicht dabei ist.

»Du lügst ihn doch nicht an, du hast ihm lediglich nicht

alles gesagt«, beruhigt Fleur mich schnell. »Oder hat er dich ausdrücklich gefragt, was du heute Abend machst?«

»Nein, er glaubt, ich würde mit Matt in unserem Liebesnest turteln.«

»Na, siehst du.«

»Ja, du hast ja Recht«, murmele ich und packe auch noch Thomas' Lieblingsvanillepudding in meinen Korb.

»Was kredenzt du uns denn heute Abend?«

»Also, zur Vorspeise gibt es Garnelen«, erwidere ich, weil ich gerade an der Fischtheke stehe und auf etliche Tabletts dieser lecker aussehenden Meerestiere blicke, »mit Parmaschinken und Rucolasalat.«

»Hm, lecker.«

»Wie es weitergeht, weiß ich noch nicht so genau. Hast du irgendwelche Wünsche?«

»Keine Sorge, wir sind nicht wählerisch. Mach einfach, worauf du selber am meisten Lust hast. Lewis isst alles, aber ich warne dich – er haut rein wie ein Scheunendrescher. Oh…«, sie senkt die Stimme und flüstert nur noch, »Chefalarm, ich muss aufhören. Bis um sieben. Du bist die Beste. Ciao.«

»Du bist auch die Beste. Ciao.«

Kaum habe ich mein Handy wieder in der Tasche verstaut und eine zusätzliche Packung Garnelen für Lewis' Bärenhunger in den Korb gelegt, klingelt es schon wieder.

»Lydia, bist du's?«, meldet sich eine unsichere Stimme.

Ich erkenne die Stimme sofort. Meine Stiefmutter Sam.

Seitdem sie von Camillagate-Bändern von Charles und Mrs. Parker Bowles erfahren hat, misstraut sie jeglichen Mobiltelefonen und ist überzeugt, dass sie jedes Mal, wenn sie eine Handynummer wählt, direkt mit der Boulevardzeitung Sun verbunden ist.

»Sam?«

»Ja, Schatz, ich bin's. Du hast nicht zufällig Zeit, dich auf einen Kaffee mit mir zu treffen? Ich bin gerade in der Stadt.«

»Du bist in London?«, frage ich überrascht.

Der Klang ihrer Stimme lässt mich ebenso aufhorchen wie die Tatsache, dass sie in London ist. Sam hasst London fast so sehr wie Mobiltelefone. Sie ist ein echtes Landei, was sie mit ihren Laura-Ashley-Klamotten und ihren grünen Jagdstiefeln hinreichend demonstriert.

»Sam, was ist los? Was machst du hier?«

»Darüber möchte ich lieber nicht am Telefon reden, Liddy.«

»Aber was hast du denn, Sam? Ist alles in Ordnung mit dir?«

»Einigermaßen.«

»Was soll das heißen – einigermaßen? Und Dad? Er ist doch nicht etwa krank, oder?«

»Keine Sorge, es geht ihm gut.«

»Und Emily und Oliver? Sind die Zwillinge auch okay?«

»Ja, von ihren Teenagerzicken einmal abgesehen.« Sie lacht, aber es ist nicht ihr übliches entspanntes, heiteres Lachen, es klingt nervös und gekünstelt.

»Was ist es dann?«

»Treffen wir uns irgendwo, dann erzähle ich es dir. Bitte, Liddy, kannst du kommen?«, fleht sie mich an. »Ich bin in fünf Minuten im Copper Kettle in der Byron Street. Kannst du das einrichten?«

»Natürlich. Aber eine Viertelstunde brauche ich bestimmt, ich bin ein ganzes Stück in der entgegengesetzten Richtung.«

Nach meiner glamourösen Vorspeise wollte ich eigentlich ein großartiges Hauptgericht und eine nicht minder beeindruckende Nachspeise servieren, und zwar nicht nur wegen unserer Gäste, sondern auch um Matt mit meinen Kochkünsten zu beeindrucken.

Wir haben in den vergangenen fünfzehn Monaten zwar das

eine oder andere Mal auf die Schnelle etwas Essbares gezaubert, aber dies ist unsere erste richtige gemeinsame Dinnereinladung, und ich wollte ihm unbedingt beweisen, dass ich entgegen meiner Witze über meine miserablen Kochkünste doch ganz gut kochen kann. Aber wie es jetzt aussieht, habe ich keine Zeit, mir über irgendwelche ausgeklügelten Rezepte Gedanken zu machen, also greife ich nach einer riesigen Ente, einem Sack Orangen und ein paar Bechern Crème Double und hoffe wider alle Vernunft, dass mir später in der Küche eine Eingebung kommt.

Im Augenblick mache ich mir viel zu viele Sorgen um Sam, als dass ich auch nur einen Gedanken an das Essen verschwenden könnte.

Was ist bloß passiert?

Ich jogge den ganzen Weg bis zur Byron Street, sechs Einkaufstaschen in der einen Hand, in der anderen das Handy, mit dem ich im Büro anrufe.

Wir bekommen unsere Überstunden nicht bezahlt, sondern sollen sie theoretisch zu einem passenden Zeitpunkt abfeiern. Ich sage theoretisch, weil es eigentlich nie passt und ich noch nie dazu gekommen bin, meine Stunden abzufeiern. Dafür habe ich immer viel zu viel zu tun. Inzwischen habe ich so viele Überstunden angehäuft, dass ich ohne Weiteres die erste Hälfte des nächsten Jahres bei voller Bezahlung frei machen könnte, da ist ein lächerlicher Nachmittag ja wohl das Mindeste, was die Firma mir schuldet, erst recht, wenn man bedenkt, dass Mr. Extrem Wichtig gar nicht im Büro ist und meine Abwesenheit also nicht einmal zur Kenntnis nimmt.

Das Telefon klingelt mindestens dreißigmal, bis Camilla sich schließlich gähnend und gereizt meldet. Und natürlich rattert sie nicht den Spruch herunter, den wir den Anrufern unserer Firma entgegenträllern sollen, sondern meldet sich nur mit einem kurzen »Hallo?«, als würde sie sich zu Hause in ihrer Badewanne lümmeln oder etwas in der Art.

»Hallo, Camilla, ich bin's«, keuche ich, diesmal ohne mir die Mühe zu machen, sie zum achtmillionsten Mal zu korrigieren. »Ich nehme mir heute Nachmittag frei.«

»Was?« Sie klingt spürbar überrascht und gerät sofort in Panik.

»Die Vorstandssitzung geht bis mindestens sechs Uhr. Mr. Extrem Wichtig weiß, dass ich heute um fünf Uhr gehen wollte, er rechnet also sowieso nicht damit, dass ich nach der Sitzung noch da bin. Allerdings wäre es ganz schön, wenn du noch da wärst, Camilla, und ihm eine Tasse Kaffee machst. Er trinkt doch immer gerne noch einen Kaffee zum Wachwerden, bevor er nach Hause fährt.«

»Um sechs Uhr?«, fragt sie so entgeistert, als hätte ich sie gebeten, bis Mitternacht im Büro zu bleiben.

»Ja, um sechs Uhr. Das fällt noch in unsere normale Arbeitszeit, falls du das vergessen haben solltest.«

»Mit Kaffee?«

»Genau, um sechs Uhr machst du ihm einen Kaffee, und dann kannst du nach Hause gehen, okay? Und bring bitte unbedingt den Sampson-Bericht nach oben zu Doris. Der Bericht ist fertig und liegt an den Chef persönlich adressiert auf meinem Schreibtisch. Könntest du das bitte für mich tun?« Ich rede so langsam und deutlich, als spräche ich mit einem Kleinkind. »Er braucht den Bericht erst morgen früh, aber er kommt bekanntlich schon um sieben, während ich erst um acht komme. Deshalb muss der Bericht noch heute Nachmittag nach oben gebracht werden, alles klar?«

»Kein Problem, Süße.« Sie sagt es so leicht dahin, dass bei mir die Alarmglocken schrillen. In Wahrheit hat sie nicht die Absicht, auch nur einen Finger zu rühren.

Als ich das Gespräch mit Camilla beendet habe, rufe ich sofort bei Doris an und regele, dass sie den Bericht abholt.

Unfassbar! Jetzt muss ich nur noch die Daumen drücken, dass die Vorstandssitzung nicht früher endet und Mr. Extrem Wichtig länger als fünf Minuten mit Camilla allein sein muss. In dem Fall setzt er seinem Leben wahrscheinlich mit einem Sprung aus unserem Bürofenster im zwanzigsten Stock ein vorzeitiges Ende.

Jeder fragt sich jetzt vermutlich, wie jemand, der so wichtig und dynamisch und arbeitsbesessen ist wie Mr. Extrem Wichtig, eine Assistentin einstellen kann, die so … tja, wie kann ich es einigermaßen nett ausdrücken? … nein, es gibt kein nettes Wort dafür … stinkfaul ist.

Die Antwort ist ganz einfach.

Camilla ist die Großnichte des Vorstandsvorsitzenden.

Mr. Extrem Wichtig hatte das Pech, genau zu dem Zeitpunkt neben Doris eine weitere persönliche Assistentin zu benötigen, als Camilla gerade auf Jobsuche war.

Tja, und nun fehlt uns leider immer noch eine weitere Assistentin.

Über dieses Dilemma hat sich Mr. Extrem Wichtig zunächst damit hinweggetröstet, dass Camilla eine wahre Schönheit ist. Ich weiß nicht, warum es so ist, aber in allen Firmen, in denen ich bisher gearbeitet habe, schien den Männern eine hübsche Sekretärin genauso viel zu bedeuten wie eine hübsche Ehefrau. Offenbar gilt eine hübsche Sekretärin neben dem teuersten Dienstwagen und dem größten Büro mit dem besten Blick auf die City als wichtiges Statussymbol.

Inzwischen hat sie ihn jedoch in ein zittriges Wrack verwandelt, und zwar nicht, weil sie es rein äußerlich mit der schönen Helena aus Griechenland aufnehmen könnte, sondern aufgrund ihrer totalen Ineffizienz. Doch dank ihrer familiären Verbindungen, die in unserer Firma eine ähnliche Bedeutung haben wie bei der Mafia, haben wir sie nun am Hals.

Eine Zeit lang konnten wir hoffen, Camilla hätte irgendwann die Nase voll und würde von sich aus gehen, doch nach zwei Jahren ist sie zum festen Inventar unseres Büros geworden, genau wie der Kalender von 2003 an der Wand hinter ihrem Schreibtisch, den sie immer noch nicht gegen einen aktuellen ausgetauscht hat.

Offenbar ist dies der erste Job, den Camilla richtig gern macht.

Was vermutlich daran liegt, dass dies zugleich der erste Job ist, bei dem sie keinen Finger rühren muss.

Manchmal bin ich total frustriert, denn an mir bleibt natürlich alles hängen. Ich muss die Arbeit für zwei erledigen, aber, es mag absurd klingen, ich komme trotzdem gut mit Camilla aus. Sie ist zwar extrem faul, aber zugleich überaus liebenswert, und mit ihrem Klatsch und Tratsch und ihren zotigen Geschichten aus dem Leben der Londoner Jetset-Gesellschaft versüßt sie mir meinen ansonsten ziemlich grauen Büroalltag, und so haben wir uns trotz aller Widrigkeiten miteinander angefreundet.

Wir genehmigen uns gelegentlich nach der Arbeit noch einen gemeinsamen Drink, gehen hin und wieder gemeinsam essen und sehen uns im Kino jeden Film an, auf den weder Thomas noch Camillas beste Freundin Isabella Lust haben.

Ich komme sogar so gut mit ihr aus, dass ich sie nicht nur zu meiner Hochzeit eingeladen, sondern sie auch gefragt habe, ob sie auf den Jungfernabschiedstrip mitkommen will.

Es war geradezu grotesk, als sie antwortete: »Aber wir können doch nicht beide gleichzeitig Urlaub nehmen, dann bleibt ja im Büro alles liegen.«

Ich musste laut loslachen und konnte den ganzen Tag nicht aufhören.

Im Gegensatz zu Mr. Extrem Wichtig.

Ich bin nicht sicher, aber ich könnte schwören, dass er hinter der *Financial Times*, hinter der er sich versteckt hat, Tränen vergoss.

Nach einem kräftigen Regenguss ist es in dem Coffee Shop, in dem jede Menge nasse Gäste und deren feuchte Klamotten langsam in der Wärme trocknen, entsprechend stickig. Der Copper Kettle ist ein uriges altes Café mit bunt durcheinander gewürfeltem Mobiliar, alten gerahmten Bildern an den Wänden und nicht zusammenpassenden Chintzkissen. Es duftet dort immer nach frisch aufgebrühtem Kaffee und warmem Brot, und die Atmosphäre ist warm und freundlich und so gemütlich, dass man beinahe erwartet, am Eingang ein paar schlammverkrustete Gummistiefel herumstehen zu sehen und vor dem Kamin, der die eine Seite des Cafés dominiert und in dem immer ein Feuer knistert, einen ausgestreckten, vor sich hin hechelnden Labrador.

Es ist ein himmelweiter Unterschied und eine willkommene Abwechslung zu den üblichen Londoner Schickimicki-Cafés und deshalb genau Sams Fall.

Da es nur ein paar Blocks von unserer Firma entfernt ist, war ich schon ein paar Mal da, und es ist immer gerammelt voll.

So auch heute.

Ich muss den Raum ein paar Minuten absuchen, bis ich sie an einem der hinteren Tische entdecke. Vor ihr auf dem kleinen Tisch mit Blümchendecke stehen eine große Porzellan-Teekanne, ein Teller mit Sandwiches und einer dieser altmodischen, zweistöckigen, mit Gebäck gefüllten Ständer.

Sam hockt auf der Ecke eines alten Holzstuhls und umklammert eine dampfende Tasse Tee, die sie sich an die Brust drückt wie ein Kind ein Kuscheltier.

Sie sieht aus, als trüge sie die Last der ganzen Welt auf ihren Schultern, doch als sie mich erblickt, steht sie strahlend auf und umarmt mich herzlich.

Sie hat uns immer mit der gleichen Zuneigung behandelt wie Emily und Oliver. Ich habe oft gedacht, dass es verdammt schwer sein muss, Stiefmutter oder Stiefvater zu sein. Man erwartet von dir, dass du dem Kind deines geliebten Partners genauso viel Fürsorge, Aufmerksamkeit und Rücksicht entgegenbringst wie deinen eigenen Kindern, und dennoch gibt es gewisse Grenzen, die du niemals überschreiten kannst, gewisse Dinge, zu denen du keine Meinung haben darfst, und manchmal fühlst du dich so, als gehörtest du trotz allem nicht so hundertprozentig zur Familie, wie du es dir eigentlich wünschst. Es ist ein ständiger Balanceakt, ein Tanz auf einem Drahtseil, von dem du nur allzu leicht herunterfallen kannst, aber Sam hat ihre Gratwanderung bisher scheinbar mühelos vollbracht und ist nie aus dem Gleichgewicht gekommen.

»Ich bin ja so froh, dass du kommen konntest, Liddy.«

»Was ist denn los, Sam?«

Sie setzt sich wieder hin und klopft auf den freien Stuhl neben sich.

»Wie viel Zeit hast du?«

»Den ganzen Nachmittag«, erwidere ich und setze mich.

»Oh, das ist ja super«, entgegnet sie viel zu überschwänglich. »Dann kann ich mir Zeit lassen und muss nicht gleich mit der Tür ins Haus fallen. Möchtest du Tee?« Sie schwenkt die Kanne vor meinem Gesicht herum und zwingt sich, erneut zu lächeln.

»Ja bitte. Allmählich machst du mir Angst.«

»Kein Wunder.« Sie stellt die Teekanne ab, und ich sehe, dass ihre Hände zittern. »Mir geht's nämlich genauso.«

Ich hole tief Luft, nehme ihre zitternden Hände und dränge sie: »Sam, jetzt sag doch endlich, was los ist? Bitte sag es mir!«

Sie sieht mich an, holt ebenfalls tief Luft und platzt heraus: »Ich war beim Arzt.«

»Oh, nein, du bist also doch krank! Warum hast du es mir nicht sofort gesagt? Oh, mein Gott, es ist etwas Schlimmes, nicht wahr? Deshalb bist du so fertig. Aber was auch immer du hast, wir stehen es durch, wir alle zusammen, die ganze Familie, du weißt doch, wie sehr wir dich lieben…«

»Das hast du aber nett gesagt, Liddy, es wärmt mir regelrecht das Herz, aber ich bin gar nicht krank. Jedenfalls nicht so, wie du denkst.« Sie hält inne, schluckt einmal schwer, öffnet mit Tränen in den Augen den Mund… und schließt ihn wieder.

»Sam!«, dränge ich sie so laut, dass die Leute an den Nebentischen sich neugierig zu uns umsehen.

Da Sam extrem auf ihre Privatsphäre bedacht ist, ist ihr die Aufmerksamkeit, die uns plötzlich zuteil wird, unangenehm. Ich muss warten, bis unsere Tischnachbarn sich erneut in ihre eigenen Gespräche vertieft haben. Dann schenkt Sam mir erst einmal eine Tasse Tee ein und reicht mir eine frisches, süßes Brötchen mit Marmelade und Sahne. Erst danach beugt sie sich zu mir und flüstert mir ins Ohr:

»Ich bin schwanger.«

Leider stopfe ich mir genau in dem Augenblick einen viel zu dicken Bissen in den Mund. Vor Schreck schlucke ich ihn ungekaut herunter und bekomme einen Hustenanfall.

Sam klopft mir auf den Rücken, bis ich wieder halbwegs atmen kann.

»Genauso ging es mir auch, als der Arzt es mir gesagt hat.«

Schließlich krächze ich: »Von Dad?«

»Natürlich!«, zischt sie empört und mit weit aufgerissenen Augen. Meine Frage überrascht sie.

»Das hätte ich dem alten Knaben gar nicht mehr zugetraut.«

»Liddy!«

»Wieso? Ich kann mir eben nur schwer vorstellen, wie Dad … na ja … du weißt schon. Bei Mum ist das was anderes. Bei ihr kann ich mir problemlos vorstellen, dass sie sich durch die Betten der alternden Playboys dieser Welt vögelt, nicht dass ich mir das wirklich bildlich vorstelle, um Himmels willen, nein, ich hätte wohl besser gesagt, ich *könnte* es mir vorstellen … aber Dad …«, ich halte stammelnd inne, denn Sam ist so rot angelaufen wie die kleinen Röschen auf meinem Kissen.

»Tut mir Leid.«

»Dein Vater hat mehr drauf, als manch einer sich vorstellen kann«, verteidigt sie ihn.

»So genau will ich es lieber gar nicht wissen«, entgegne ich grinsend. »Hast du es ihm schon gesagt?«

Sie schüttelt den Kopf.

»Nein, du bist die Erste, mit der ich darüber spreche. Ehrlich gesagt habe ich ein bisschen Angst vor seiner Reaktion. Vielleicht denkt er, wir sind zu alt für ein Baby. Er hat erst vor kurzem davon geschwärmt, was wir alles unternehmen können, wenn Emily und Oliver in einem Jahr mit ihrem Studium beginnen und aus dem Haus sind. Er hat sogar davon gesprochen, sich zur Ruhe zu setzen und mehr zu reisen, wenn wir wieder Zeit für uns haben. Ein Baby würde ihm da natürlich einen gewaltigen Strich durch die Rechnung …«

Sie verstummt, als sie sieht, dass ich sie ziemlich breit und blöd angrinse.

»Du lächelst ja.«

»Du bekommst ein Baby.« Inzwischen strahle ich über das ganze Gesicht.

»Heißt das, du findest das gut?«

»Du etwa nicht?«

»Ehrlich gesagt bin ich so perplex, dass ich gar nicht weiß, was ich davon halten soll.«

Natürlich bin ich auch baff, aber ich halte es für eine großartige Neuigkeit. Eine wunderbare, herrliche Freudenbotschaft.

Das sage ich ihr auch, woraufhin Sam so etwas wie ein Lächeln zustande bringt.

»Ich bekomme noch eine Schwester …«

»Es könnte auch ein Bruder werden.«

Ich schüttele den Kopf.

»Glaub mir, es wird ein Mädchen. Darf ich den Namen aussuchen?«

»Den Namen? Oh, Liddy, ich habe es noch nicht einmal deinem Vater erzählt, da kann ich mir doch keine Gedanken über den Namen machen.«

»Umso mehr ein Grund, mir die Wahl des Namens zu überlassen«, entgegne ich grinsend. »Es ist eine Supernachricht!«, versichere ich ihr. »Ehrlich. Eine absolute Supernachricht!«

Ihr Lächeln wird breiter.

»Ja, das ist es, nicht wahr?«

»Absolut. Und ich wette mit dir, dass Dad es genauso sehen wird. Vielleicht trifft ihn erst einmal der Schlag, aber sobald er sich von dem Schock erholt hat, wird er überglücklich sein. Und mit diesem Baby wird aus vielen guten Gründen alles ganz anders sein. Diesmal habt ihr jede Menge Hilfe. Emily und Oliver sind schon siebzehn und, wie du ja selber gesagt hast, keine wirklichen Kinder mehr. Sie werden euch eine große Unterstützung sein, Dora natürlich auch, und ich erst recht, oh, und nicht zu vergessen Thomas. Überleg mal, wie viele Babysitter ihr haben werdet. Wenn du willst, übernehme ich meine neue kleine Schwester auch ganz. Sie kann bei mir leben, und du und Dad könnt sie jederzeit besuchen, wenn ihr nicht gerade auf der Suche nach späten Abenteuern durch die Welt jettet.«

»Späte Abenteuer! Also ehrlich, Liddy! Ich bin gerade mal

ein Jahr älter als Madonna.« Sie tut beleidigt, aber in Wahrheit wirkt sie sehr zufrieden.

»In der wievielten Woche bist du?«

»Äh, wir können schon von Monaten reden, Liddy.«

»Von Monaten?«, frage ich entgeistert.

Sie nickt.

»Ende vierter Monat, wenn du es genau wissen willst.«

»Du bist seit vier Monaten schwanger und hast es nicht gewusst?«

»Ja.« Sie lächelt verlegen. »Ich dachte, es wäre der Beginn der Wechseljahre. So kann man sich irren.«

»Du musst doch gemerkt haben, dass du dich nicht mehr in deine Größe-sechsunddreißig-Klamotten quetschen kannst?« Ich nehme sie genauer ins Visier. »Mir ist allerdings auch nichts aufgefallen.«

Sam, die von Natur aus schlank ist, öffnet ihren Mantel und deutet erst auf ihren Bauch, der leicht als kleines Schmerbäuchlein durchgehen könnte, und dann auf das Gebäck auf dem Tisch.

»Ich habe dieses Zeug massenweise in mich reingestopft und es einfach darauf geschoben, dass ich etwas zugelegt habe. Aber meine plötzliche Naschlust war wohl nur ein Symptom und nicht der wahre Grund für die Zunahme meines Umfangs. Außerdem ist mir nie schlecht geworden, und ich hatte auch nie Heißhunger auf irgendetwas. Weißt du noch, wie es mir mit den Zwillingen ergangen ist? Es war ein einziges Hin und Her: Ich habe ständig irgendetwas heruntergeschlungen, um es anschließend im Bad wieder zu erbrechen.«

Ich nicke.

Ich kann mich noch gut erinnern. Sam macht das Frühstück, Sam isst ihr Frühstück, Sam erbricht ihr Frühstück, Sam macht das Frühstück, Sam isst ihr Frühstück, Sam erbricht ihr Frühstück und so weiter und so fort, genauso war es, und manchmal ging es den ganzen Vormittag so.

»Aber es geht dir gut und dem Baby auch, hoffe ich.«

»Laut Anthony wird diese Schwangerschaft anders sein, weil ich jetzt eine Spätgebärende bin.« Bei dem Wort Spätgebärende zögert sie und seufzt, als sie daran denkt, was es bedeutet. »Alles ist ein bisschen komplizierter, man macht eine Fruchtwasseruntersuchung und so, aber im Augenblick scheint alles in Ordnung zu sein.«

Dr. Anthony Farley war schon Dads Arzt, als er noch in London lebte. Die beiden kennen sich seit ihrem Studium, und auch nach Dads Scheidung von Mum und seinem anschließenden Umzug nach Somerset ist er seinem alten Freund immer treu geblieben. Da er sich strikt weigerte, die Gesundheit seiner Familie jemand anders anzuvertrauen, mussten wir bei jedem Zipperlein nach London fahren.

Für uns Kinder war es immer ein Horror, jedes Mal, wenn wir krank wurden, stundenlang im Zug nach London gekarrt zu werden. Also bemühten wir uns, möglichst gesund zu bleiben, und machten um unsere mit Grippe oder Masern geplagten Freunde immer einen großen Bogen.

»Dann ist also alles in Ordnung?«

Sie nickt.

»Medizinisch gesehen ja, aber ich muss es immer noch deinem Vater sagen.«

»Darf ich es schon jemandem verraten?«

Sie schüttelt den Kopf.

»Nein, bitte nicht. Lass mich erst mit deinem Dad reden.«

»Nicht einmal Matt? Er wird niemandem gegenüber ein Sterbenswörtchen sagen, bevor es offiziell ist, ich verspreche es.«

»Gut, ihm darfst du es sagen, aber sonst niemandem. Sobald ich zu Hause bin, rede ich mit deinem Vater.«

»Du musst mir unbedingt erzählen, wie es gelaufen ist, okay?«

»Mache ich, ich rufe dich morgen an, versprochen.«

Plötzlich kommt mir ein Gedanke.

»Äh … Sam?«

»Ja, mein Schatz?« Ihre Hand schwebt gerade über einem süßen Küchlein.

»Hat Anthony schon eine Ultraschalluntersuchung gemacht?«

»Nein, sie ist für nächste Woche vorgesehen.«

»Egal, mir kam nur gerade der Gedanke, dass … meinst du, es könnten wieder Zwillinge sein?«

Das Küchlein fällt ihr aus der Hand, und sie fasst sich schnell ans Herz, als ob es gerade vor Schreck stehen geblieben wäre.

»Oje, Liddy, daran habe ich noch gar nicht gedacht. Seltsam. Oh, mein Gott, mir schwirrt in letzter Zeit so viel im Kopf herum. Aber du hast Recht, Liddy, was ist, wenn es wieder Zwillinge sind?«

»Du warst einmal eine super Zwillingsmutter, also schaffst du es auch ein zweites Mal«, beruhige ich sie schnell. »Außerdem hieße es, dass du nicht nur für zwei essen darfst, sondern für drei.« Mit diesen Worten lege ich ihr grinsend nicht nur ein leckeres Küchlein auf den Teller, sondern gleich zwei.

Wir feiern die freudige Nachricht angemessen, indem wir sämtliches Gebäck verputzen, also vier Stück pro Nase, und eine weitere Kanne Tee bestellen. Anschließend gehen wir in einen nahe gelegenen Laden für Babybekleidung und ergötzen uns viel zu lange an den unglaublich süßen Babysachen, bis Sam irgendwann einen Blick auf ihre Uhr wirft und kreischend feststellt, dass sie ihren Zug verpasst. Auch mir wird schlagartig bewusst, dass ich seit einer halben Stunde in der U-Bahn sitzen müsste, wenn das Abendessen halbwegs pünktlich auf dem Tisch stehen soll.

Wir verabschieden uns mit einer kurzen, herzlichen Umarmung.

Sam ist über ihren Schock hinweg und strahlt bereits so glücklich, wie es Schwangeren immer nachgesagt wird.

Das war wirklich eine Überraschung, die beste des ganzen Jahres, und ich bin sicher, dass Dad es genauso sehen wird. Tief in ihrem Inneren weiß Sam das auch, aber sie brauchte jemanden, der ihr ein wenig den Rücken stärkt. Jemanden, mit dem sie die Neuigkeit teilen und ihr das Unwirkliche nehmen konnte und der sie in ihrer eigenen Meinung bestärkt, dass Dad zwar geschockt, aber glücklich sein wird. Genau wie wir.

Zu Hause angekommen, springe ich sofort unter die Dusche und ziehe mir frische Sachen an.

Aus Erfahrung weiß ich, dass ich nicht mehr dazu komme, mich zurechtzumachen, wenn ich mich zuerst um das Essen kümmere. Dann nimmt das Kochen sämtliche Zeit in Anspruch. Wenn ich aber vorher schnell dusche und ein bisschen Makeup auflege, werde ich mit dem Kochen trotzdem noch rechtzeitig fertig. Es handelt sich offenbar um eines dieser seltsamen Phänomene bei der zeitlichen Abfolge von Ereignissen, die man besser verstehen würde, wenn man sich einmal gründlich mit Einsteins Relativitätstheorie auseinander setzte. Jeder kennt dieses Phänomen: Du stehst zum Beispiel morgens früher auf als sonst und kommst trotzdem zu spät zur Arbeit. Wie ist das bloß zu erklären?

Als Matt nach Hause kommt, ist das Kartoffelgratin vorbereitet, die Erbsen sind im Topf, und die mit Schalotten und

Orangenscheiben gespickte Ente schmort gemütlich im Ofen vor sich hin.

»Ich weiß nicht, was besser duftet, du oder das Essen«, begrüßt er mich mit einer Umarmung und schnuppert an meinem Hals. »Ist das das Parfüm, das ich dir geschenkt habe?«

Ich nicke freudig.

Eigentlich bin ich eine absolute Chanel-Anhängerin, mein Lieblingsparfüm ist Coco, aber Matt hat mir eins von Dior geschenkt. Es riecht wirklich gut und ist extrem teuer, aber irgendwie passt es nicht richtig zu mir. Aber egal, Matt steht so darauf, dass die Vorteile, es aufzutragen, diesen kleinen Wermutstropfen wettmachen.

Ich sehe ihn an und will ihn umarmen und küssen, aber er wendet sich ab und durchstöbert den Kühlschrank.

»Ist bei der Arbeit alles gut gelaufen?«

»Super. Ich bin endlich den Ferrari losgeworden, den bisher trotz meiner vielen guten Worte einfach niemand haben wollte. Zu einem verdammt guten Preis.«

»Ich habe unglaubliche Neuigkeiten«, verkünde ich strahlend, kippe den Rucolasalat in ein Sieb und gehe zum Spülbecken.

»Was denn?«, fragt er und verleibt sich ein paar Garnelen ein.

»Sam und Dad bekommen ein Baby.«

Er dreht sich mit vor Überraschung zusammengekniffenen Augen zu mir um.

»Du machst Witze, oder?«

»Nein, es ist mein voller Ernst. Ich habe mich heute mit Sam getroffen, sie hat es gerade erst erfahren. Sie ist schon am Ende des vierten Monats und hatte keine Ahnung, stell dir vor …«

»Selber schuld.«

Ich halte mitten im Salatwaschen inne und funkele ihn wütend an.

»Wie bitte?«

»Na ja, sie dürften es ja wohl kaum geplant haben, und dass ihnen in ihrem Alter noch so eine Panne passiert!« Er zuckt mit den Achseln und schaufelt sich eine weitere Ladung Garnelen in den Mund. »Jetzt haben sie bis weit ins Rentenalter eine Last am Bein.«

»Eine Last am Bein?«

»Du weißt schon, was ich meine.«

»Was eine Last am Bein bedeutet, weiß ich, ja.«

»Falls sie es überhaupt behalten wollen.«

»Natürlich behalten sie es«, stelle ich klar. Vor Staunen über seine Reaktion bleibt mir der Mund offen stehen, aber er bemerkt es gar nicht und blickt auf die Uhr.

»Ich mache mich wohl besser mal fertig. Ich glaube, ich nehme ein Bad. Schrubbst du mir den Rücken?«

»Nein!«

»Wie bitte?« Er dreht sich um und lächelt mich an.

»Keine Zeit«, murmele ich.

»Dann eben nicht.« Mit diesen Worten zieht er pfeifend von dannen.

Inspiriert von den Orangen und in dem Wissen, dass Matt immer Massen von Mehl und Milch im Haus hat, habe ich beschlossen, als Nachspeise eine Crêpe Suzette zu kredenzen. Also rühre ich, während er sich zurechtmacht, einen Pfannkuchenteig an.

Erst als ich merke, dass ich wie eine Wahnsinnige mit dem Schneebesen in der Mixtur herumschlage, wird mir bewusst, wie aufgebracht ich bin.

Wie konnte er nur so reagieren?

So verdammt negativ.

Dabei ist es doch eine großartige Nachricht! Ich bekomme noch einen Bruder oder eine Schwester oder vielleicht sogar beides, und das Einzige, was er dazu zu sagen hat, ist, dass Dad und Sam bescheuert sind, sich weitere Kinder aufzuhalsen. Ob er keine Kinder mag? Ich höre auf zu rühren und stutze. Das gibt's doch gar nicht – ich weiß es nicht. Diese Erkenntnis schockiert mich noch mehr als Sams Offenbarung. Ich heirate einen Mann, von dem ich nicht einmal weiß, ob er Kinder haben will. Ich bin einfach immer davon ausgegangen, dass er welche will, aber wenn ich ehrlich bin, haben wir nie ernsthaft über das Thema geredet.

Ich decke gerade den Tisch im Wohnzimmer, als er wieder auftaucht. Mürrisch durchwühle ich sein gutes Silberbesteck, und prompt fällt mir der ganze Salat auf den Boden.

Matt, der die vergangene halbe Stunde damit zugebracht hat, sich in der Wanne zu aalen und sich zu überlegen, welches Hemd und welche seiner Ted-Baker-Jeans er anziehen will, kommt tadellos gekleidet und nach einem angenehmen Eau de Cologne duftend ins Esszimmer und ruft mir zu: »Lass nur, ich mach das schon«, als wäre er der hilfsbereiteste Verlobte der Welt und als könnte ich mich wirklich glücklich schätzen.

Doch in Anbetracht dessen, dass er zu dem heutigen Abendessen nichts weiter beiträgt, als schon mal den Wein zu öffnen, damit er atmen kann, bin ich nicht sonderlich beeindruckt.

Ich bedanke mich nicht einmal, als er mir das Besteck reicht, sondern reiße es ihm aus der Hand und knalle es neben die Teller.

»Du bist wegen irgendetwas sauer auf mich, stimmt's?«

Ich hole tief Luft, bevor ich antworte.

»Deine Reaktion hat mich überrascht, das ist alles«, entgegne ich vorsichtig. Ich zwinge mich, ruhig zu bleiben, denn ich will auf keinen Fall einen Streit vom Zaun brechen, bevor Fleur und Lewis kommen.

»Welche Reaktion?«

Das kann nicht wahr sein! Er hat nicht mal einen Schimmer, warum ich sauer bin.

»Deine Reaktion auf Sams und Dads Baby. Dein Gerede von wegen Last am Bein. Und zu mutmaßen, ob sie es überhaupt behalten wollen! Wie kannst du nur? Es ist mein Fleisch und Blut, über das wir hier reden! Genauso gut könntest du vorschlagen, Ben oder Emily zu erschießen, wenn sie gerade mal wieder ein bisschen anstrengend sind.«

»Keine schlechte Idee. Vielleicht komme ich darauf zurück, wenn Dora mal aufkreuzt.«

»Matt!«

Er hebt die Hände.

»War doch nur ein Witz. Wenn es die beiden glücklich macht, sollen sie doch. Ich meinte ja nur, dass sie mit einem weiteren Baby eine große Aufgabe und familiäre Verpflichtung auf sich nehmen, auf die andere in ihrem Alter gern verzichten würden. Ich wollte dich bestimmt nicht kränken. Aber, he, wenn du dich freust, noch einen Bruder oder eine Schwester zu bekommen, freue ich mich für dich mit.«

»Ja, ich freue mich. Ich freue mich sogar sehr«, entgegne ich, immer noch ein wenig beleidigt.

Er umarmt mich und küsst mich auf die Stirn.

»Dann finde ich es auch toll, Schatz.«

Es klingelt an der Tür.

»Da bin ich wohl gerade noch mal davongekommen«, stellt er fest und zwinkert mir zu.

Ich fasse ihn am Handgelenk, als er sich umdreht und aufmachen will.

»Matt, magst du Kinder?«

»Na klar«, antwortet er. »Sehr sogar«, und ich seufze vor Erleichterung, doch dann fährt er fort: »Aber ein ganzes würde ich, glaube ich, nicht herunterkriegen.«

Mit diesen Worten geht er zur Tür, und das wichtige Gespräch, das wir nie wirklich geführt haben, ist beendet, bevor es auch nur angefangen hat. Kurz darauf ruft er mich ins Wohnzimmer zu unseren Gästen, und während ich ein Lächeln aufsetze, verbanne ich das Thema in einen entfernten Winkel meines Gehirns.

Ich war so gespannt darauf, den Mann kennen zu lernen, der meine auf Unabhängigkeit, Karriere und Freundschaften bedachte Freundin Fleur dazu gebracht hat, übers Heiraten und Kinderkriegen nachzudenken. Und nun steht er endlich leibhaftig vor mir, grinst mich ein bisschen schief und leicht nervös an. Durch seine bloße Existenz füllt er Matts großes Wohnzimmer aus wie ein großes prachtvolles Klavier.

Er ist nicht übermäßig attraktiv, sieht aber ganz gut aus. Er hat einen prägnanten Kiefer, markante Gesichtszüge und große, freundliche, blaue Augen, die fröhlich strahlen, doch das Auffälligste an ihm sind seine breiten Schultern und seine riesige Statur. Er und Fleur halten Händchen, wobei Fleurs Hand in seiner riesigen, fleischigen Pranke beinahe verschwindet.

Die winzige Fleur und dieser Koloss von einem Mann bieten ein eigenartiges Bild.

Er könnte sie beinahe hochheben und in seiner Tasche verschwinden lassen.

Doch das Seltsame ist, dass sie trotz des enormen Größenunterschieds gut zusammenpassen. Wahrscheinlich liegt es an dem Glück, das sie ausstrahlen.

Die frisch erblühte Liebe, die Augen und Haut und unabhängig von Alter oder Gesundheitszustand einen ganz besonderen Glanz verleiht.

Wie sich herausstellt, spielt Lewis Rugby, weshalb er und Matt sofort ein gemeinsames Thema haben.

Und nicht nur das, Lewis ist sogar ein Profispieler, was Matt schwer beeindruckt.

»Er ist einer der beiden Props«, erzählt Fleur mir stolz.

Wir sind in der Küche. Fleur lehnt an der Anrichte, in einer Hand ein großes Glas Weißwein, in der anderen eine Scheibe Parmaschinken, die sie sich stibitzt hat, während ich versuche, den Vorspeisen den letzten Schliff zu geben.

»Und was ist seine Aufgabe?«, frage ich sie.

»Den Ball ins Gedränge zu bringen.«

Ich sehe sie mit großen Augen an.

»Klingt für meinen Geschmack ziemlich pervers«, sage ich im Scherz.

»Ha ha.« Sie streckt mir die Zunge heraus. »Du weißt doch genau, wovon ich rede. Schließlich hat Ben auch mal Rugby gespielt.«

»Er spielt immer noch hin und wieder. Aber nur aus Spaß. Aber Lewis scheint ja ein richtiger Profi zu sein. Wow, Fleur, du hast dir einen Profisportler geangelt!«

»Ja, ist das nicht toll!« Sie leckt sich lasziv die Lippen. »Du müsstest mal seine Muskeln sehen, Liddy.« Sie stößt einen leisen Pfiff aus. Dabei fächert sie sich mit der Hand Luft zu, als wäre ihr heiß. »Sie hauen einen echt um.«

»Hast du seine Muskeln etwa schon gesehen, Fleur?«, ziehe ich sie auf. »Ich meine *alle*?«

Sie versucht, einen verschämten Blick aufzusetzen und zu erröten, was ihr jedoch gründlich misslingt, weil sie ihr Grinsen einfach nicht unterdrücken kann.

»Vielleicht.«

»Also ja.«

Durch die Tür sehe ich Matt und Lewis. Sie stehen jeder mit einem Bier in der Hand am Kamin, lehnen lässig am Sims und unterhalten sich angeregt. Matt lacht über irgendetwas, das Lewis ihm erzählt.

Ich bin begeistert. Endlich versteht Matt sich mal mit jemandem, den nicht er in unseren Kreis eingeführt hat. Nicht dass wir wirklich einen gemeinsamen Freundeskreis hätten, es ist eher eine Art Dreieck, bei dem wir beide uns meistens an den gegenüberliegenden Ecken befinden.

Von Matts Freunden ist Rupert der Einzige, der eine Freundin hat, seine anderen Kumpels sind allesamt überzeugte Singles. Und wie ich bereits erwähnte, treffen wir uns fast nie mit Rupert und Bridget zusammen. Ich fände es schön, wenigstens einige gemeinsame Freunde zu haben, anstatt immer nur getrennt auszugehen – ich mit *meinen* Freundinnen und er mit *seinen* Freunden.

»Die Vorspeisen sehen köstlich aus«, stellt Fleur bewundernd fest und hilft mir, die Platten ins Esszimmer zu tragen.

Matt und Lewis reden über Rugby.

»Wir spielen am Samstag gegen Bath, ein Benefizspiel. Habt ihr nicht Lust mitzukommen? Ich habe noch zwei Freikarten in den ersten Rängen.«

»Super! Ich rufe Rupert gleich nach dem Essen an und frage ihn, ob er Zeit hat.«

Lewis runzelt die Stirn, denn er hat eher Matt und mich gemeint, weil Fleur auch zu dem Spiel geht. Normalerweise wäre ich jetzt sauer auf Matt, aber Rugby ist nun mal wirklich nicht mein Ding, außerdem habe ich Thomas versprochen, ihn zur letzten Anprobe seines Hochzeitsanzugs zu begleiten.

»Ah, Essen fassen!« Matt, der sich seines Fauxpas gar nicht bewusst ist, begutachtet das Essen und reibt sich die Hände.

»Ich hoffe, du hast ordentlichen Hunger mitgebracht, Lewis. Lids kocht nämlich immer für eine ganze Busladung.«

»Genau, und dann verputze ich immer alles ganz allein«, sage ich grinsend.

Wir setzen uns hin und essen.

Ich nutze die Gelegenheit, Lewis gründlich abzuchecken, und was ich sehe, gefällt mir. Während der Vorspeisen und des Hauptgangs sind seine Gedanken offensichtlich ständig bei Fleur, selbst wenn er mit Matt oder mir redet.

Während er redet, tätschelt er gelegentlich ihre Hand oder streicht ihr durchs Haar, als ob er für das, was er sagt, ihre Zustimmung suchte. Hin und wieder nimmt er ihre Hand, führt sie an seinen Mund und küsst sie flüchtig. Eine unbewusste Geste der Zuneigung, denn ich bin ziemlich sicher, dass er gar nicht merkt, dass er das tut.

Fleur ist genauso hingerissen. Sie sorgt dafür, dass sein Teller und sein Wein- und Wasserglas immer gefüllt sind, doch am aufschlussreichsten ist, dass sie selber nur in ihrem Essen herumstochert. Obwohl sie klein und zierlich ist, liebt sie es zu essen. Dass sie sich heute so zurückhält, zeigt, wie sehr es sie erwischt hat.

Fleur hilft mir beim Servieren der Nachspeise. Die Idee mit den Crêpes habe ich kurzerhand verworfen, vor allem weil der Teig furchtbar klumpig geworden ist. Stattdessen gibt es nun eine exquisite Vanille-Eiscreme, garniert mit in Alkohol getränkten Orangenscheiben.

»Und? Wie findest du ihn?« Fleur kann mein Urteil kaum erwarten.

»Er macht einen supernetten Eindruck«, beteuere ich. »Ein toller Typ. Und weißt du was? Ich glaube, er ist total verknallt in dich.«

Ihre Augen strahlen vor Freude.

»Meinst du wirklich?«

»Auf jeden Fall. Er kann gar nicht genug von dir bekommen.«

Sie nickt glücklich.

»Ich glaube, du hast Recht. Er ist sooo süß, Liddy, er hat sogar gesagt, dass er gar nicht weiß, wie er die Zeit überstehen soll, wenn wir auf deinem Jungfernabschiedstrip sind.«

»Warum fährt er nicht einfach mit den Jungs mit?«

»Aber er kennt doch keinen von ihnen.«

»Immerhin kennt er jetzt schon mal Matt.«

»Das stimmt natürlich. Ob Matt etwas dagegen hätte?«

»Bestimmt nicht, aber ich kann ihn ja fragen. Bis die neue Rugbysaison startet, dauert es doch noch ein bisschen, oder?«

»Ich glaube, ja. Aber vielleicht sollte ich Lewis lieber erst einmal fragen, ob er überhaupt Lust hat?« Sie seufzt. »Die Idee ist super, aber es ist ein bisschen wie mit dem Ei und der Henne. Wen fragen wir zuerst? Matt, ob er einverstanden ist, oder Lewis, ob er überhaupt will?«

Doch als wir mit der Nachspeise zurück ins Esszimmer kommen, ist die Sache längst geregelt.

»He, ihr zwei«, empfängt uns Matt freudestrahlend. »Soll ich euch was verraten? Der gute alte Lewis kommt mit auf unseren Männertrip.«

Lewis nickt vergnügt.

»In der Zeit habe ich Trainingspause, und da Fleur mich sowieso verlässt …«

Fleur und ich sehen uns an und prusten los.

»Was ist daran so witzig?«, fragt Matt.

»Nichts«, kichern wir.

»Frauen«, murmeln die Jungs im Chor, und wir grinsen uns noch breiter an.

Ich esse mein Eis und lausche glücklich und zufrieden dem

fröhlichen Smalltalk an unserem Tisch. Was für ein schöner Abend. Wie entspannt und angenehm, und was für eine perfekte Stimmung.

»Soll ich uns noch einen Kaffee machen?«

»Im Kühlschrank liegt eine Flasche Portwein, Schatz.« Matt zwinkert mir zu. »Bringst du die bitte auch mit?«

Ich gehe lächelnd in die Küche.

Wenn ich Matt jetzt noch dazu bringe, Thomas' vorgetäuschte Gehässigkeit und seinen bissigen Humor zu durchschauen, ist die Welt in Ordnung.

Ich setze gerade den Wasserkessel auf, als mein Handy in meiner Handtasche klingelt.

Ich sehe auf die Küchenuhr. Halb zwölf. Wer ruft mich denn um halb zwölf noch an?

Es ist Thomas. Offenbar haben wir einen telepathischen Draht zueinander.

»Ich habe gerade an dich gedacht«, begrüße ich ihn anstelle eines Hallos.

»Das wundert mich gar nicht«, entgegnet er kryptisch. »Meine derzeitigen Schwingungen würdest du selbst dann noch spüren, wenn du in Holland wärst anstatt in Holland Park.«

»Was ist los?«, säusele ich weinselig. »Warum rufst du mich so spät noch an? Und warum die heftigen Schwingungen?«

»Du solltest besser nach Hause kommen.«

»Warum das denn?«, frage ich entsetzt. Ich habe nicht die geringste Lust, den netten Abend schon zu beenden. »Was ist denn los?«

»Du hast Besuch.«

»Besuch? Um diese Zeit? Von wem denn?«

»Von Emily.« Er seufzt aus tiefstem Herzen.

»Emily?«, wiederhole ich sprachlos.

»Ja, du hast richtig gehört.«

»Was, um Himmels willen, hat die denn um diese Zeit bei uns zu suchen?«, krächze ich, und plötzlich schießt mir ein schrecklicher Gedanke durch den Kopf.

Sam hat ihre Neuigkeit zu Hause verkündet, und Emily hat sie schlecht aufgenommen.

Doch alles, was Thomas sagt, ist: »Offenbar ist sie vor einem tyrannischen Regime geflohen.«

Der Nebel lichtet sich.

»Sie hat also wieder Streit mit Dad gehabt«, seufze ich.

»Ja, so etwas in der Richtung.«

»Kannst du sie nicht einfach ins Bett schicken, und ich kümmere mich dann morgen um sie?«

»Wenn das so einfach wäre. Sie hat gedroht, sich von der Battersea Bridge zu stürzen, wenn sie nicht mit dir reden kann.«

»Sag ihr, sie soll sich lieber in die Themse stürzen«, sage ich, genervt darüber, dass meine anstrengende kleine Schwester mir meinen perfekten Abend so jäh ruiniert. »Dann müssen wir sie wenigstens nicht vom Asphalt kratzen.«

»Alles klar, ich leite es weiter«, entgegnet Thomas und lacht.

»Ich nehm ein Taxi«, gebe ich mich seufzend geschlagen.

Ich gehe ins Wohnzimmer, wo die anderen bei Kaffee und Portwein miteinander plaudern. Die Jungs hocken vor Matts Stereoanlage auf dem Boden und spielen glücklich an den Knöpfen herum. Fleur hat es sich auf dem Sofa bequem gemacht, sieht den beiden lächelnd zu und futtert sich durch eine Packung After Eight.

Wie gerne würde ich mich neben sie setzen und meinen Anteil am Portwein und an der Schokolade einfordern, aber leider geht das nicht.

»Ich muss weg«, verkünde ich betrübt.

»Warum denn? Was ist denn los?«

»Irgendwas nicht in Ordnung, Liddy?« Fleur springt sofort vom Sofa auf.

»Eine Familienkrise, tut mir wirklich Leid. Emily ist von zu Hause abgehauen und bei mir aufgekreuzt. Ich kann Thomas unmöglich zumuten, sie sich allein vorzuknöpfen.«

»Kommst du noch mal zurück?«, fragt Matt und sieht mich missbilligend an.

Ich schüttele den Kopf.

»Wahrscheinlich nicht«, erwidere ich mit sichtlichem Bedauern. »Bis ich zu Hause bin und sie beruhigt habe, ist es so spät, dass sich der lange Weg nicht mehr lohnt. Tut mir Leid.«

Matt macht aus seiner Verärgerung kein Geheimnis.

Er ist stinksauer.

»Ist doch kein Problem«, schaltet Lewis sich galant ein, »wir wollten uns sowieso bald auf den Weg machen.«

»Du spinnst wohl! Nur weil Lydia geht, müsst ihr doch nicht auch verschwinden. Ich habe noch eine Flasche Portwein, die darauf wartet, geöffnet zu werden, und meine Lautsprecherboxen im Schlafzimmer habe ich dir auch noch nicht gezeigt...«

Fleur bringt mich schließlich allein zur Tür. Sie umarmt mich, redet beruhigend auf mich ein und bietet mir an, dass ich sie jederzeit anrufen dürfe, falls ich Hilfe benötigen sollte.

Ich schlüpfe betrübt in meinen Mantel und verlasse die gemütliche kleine Party.

Kapitel 4

Ich könnte Emily verfluchen.

Es ist nach Mitternacht, und anstatt an Matt gekuschelt auf dem Sofa zu sitzen, Wein zu trinken und mich mit Fleur und Lewis zu unterhalten, hocke ich auf der Rückbank eines Taxis, das nach abgestandenem Zigarettenqualm und billigen Plastiksitzen stinkt.

Ich rufe bei Dad und Sam an, um sie zu informieren, wo Emily ist, doch das Telefon klingelt und klingelt, ohne dass jemand abnimmt.

Als Nächstes versuche ich es auf Dads Handy, aber ich lande bei einer automatischen Ansage, die mir mitteilt, dass der angewählte Gesprächspartner zurzeit leider nicht erreichbar ist. Ich kann nicht einmal eine Nachricht hinterlassen. Was Handys angeht, stellt sich mein Vater genauso dumm an wie Sam. Immerhin hat er überhaupt eins, nur ist er leider nicht imstande, es auch zu benutzen.

Als ich nach Hause komme, finde ich Thomas und Emily im Wohnzimmer vor. Sie sitzen einander wortlos auf zwei Sofas gegenüber und sehen beide so elend aus wie ich.

Emily hat ihr Aussehen von Sam geerbt: glänzendes, glattes blondes Haar, die gleichen Gesichtszüge und große, hellblaue Augen. Nur dass sie im Gegensatz zu Sams freundlichem Lächeln eine Sauertopfmiene aufgesetzt hat. Eine düstere, vergrämte Sauertopfmiene.

»Liddy!«, bricht es aus ihr heraus, und noch während sie sich auf mich stürzt, bricht sie in Tränen aus. Ich löse mich aus ihrer Umklammerung, schiebe sie auf Armeslänge von mir weg und herrsche sie in meiner besten Zurechtweisungsstimme an: »Was, zum Teufel, machst du hier?«

»Ich bin von zu Hause abgehauen.«

»Mach dich doch nicht lächerlich!«

»Daran ist überhaupt nichts Lächerliches!«, ruft sie aufgebracht und wird blitzartig überheblich.

Emily ist total verzogen. Und daran trage ich vermutlich mehr Schuld als ihre Eltern. Mit ihren großen blauen Augen und ihren blonden Löckchen war sie so ein niedliches, süßes Baby, dass sie mich immer um den kleinen Finger wickeln konnte. Das konnte Oliver zwar auch, doch während er so fröhlich, pflegeleicht und selbstzufrieden geblieben ist, wie er als Baby war, ist Emily viel fordernder und sehr berechnend, wenn man sie nicht richtig zu nehmen weiß.

»Natürlich ist es lächerlich. Du bist siebzehn, Emily.«

»Und wie alt warst du, als du zu Hause ausgezogen bist?«, fragt sie und weicht von mir zurück, als hätte ich sie gestochen.

»Äh...«

»Achtzehn«, kommt sie mir zuvor, denn sie kennt die Antwort genauso gut wie ich. »Also genau ein Jahr älter als ich, und du bist richtig zu Hause ausgezogen und nach London gegangen. Ich will nichts weiter, als zwei Wochen mit meiner Schwester in Urlaub fahren, aber NEIN, dafür bin ich ja noch viel zu jung!«

Darum geht es also.

Ich bin wirklich erleichtert, dass der Grund für Emilys Kurzschlussaktion mein Jungfernabschied ist und nicht der bevorstehende Familienzuwachs.

Ich frage mich, ob Sam bei all dem Theater mit Emily überhaupt dazu gekommen ist, mit Dad über ihr süßes Geheimnis zu reden.

»Das mag ja sein, Emily, aber ich habe damals auch nicht bei Dad gelebt.«

»Womit du es gut getroffen hattest. Ich wünschte, ich hätte das gleiche Glück wie du.«

»Das meinst du nicht im Ernst, oder?«

»Absolut. Er erlaubt mir einfach nichts und behandelt mich immer noch wie ein kleines Kind.« Sie stampft vor Wut mit dem Fuß auf.

»Vielleicht solltest du einfach aufhören, dich wie eins zu benehmen«, wirft Thomas spitz ein.

Sie wirft ihm einen vernichtenden Blick zu, den er mit einem spitzbübischen Lächeln erwidert. Dann hebt er zum Zeichen des Friedens die Hände und verzieht sich in Richtung Küche.

»Ich mache uns jedem eine Tasse Tee, okay?«

»Ich könnte etwas Stärkeres gebrauchen«, entgegnet Emily und lässt sich wieder aufs Sofa fallen.

»Und wovon träumst du nachts, junge Lady?«

»Jetzt klingst du genau wie Dad.«

»Vielleicht ist er manchmal ein bisschen streng, aber er will nur das Beste für dich«, stelle ich fest und setze mich neben sie.

»Dieser Spruch kotzt mich langsam an.«

»Meine Mum hingegen war nicht gerade die beste Mutter der Welt, so sehr ich sie auch liebe. Ich konnte ein ganzes Wochenende verschollen sein, und sie hat es nicht einmal für nötig befunden, zum Telefonhörer zu greifen und sich zu erkundigen, wo ich abgeblieben war und ob es mir gut ging. Sie ist einfach davon ausgegangen, dass wir schon alleine zurechtkommen würden.«

»Aber das bist du doch auch, oder? Du *hast* selbst auf dich aufgepasst.«

»Ja, aber nur, weil mir nichts anderes übrig blieb. Ich weiß, wie schwer es für dich sein muss, Dads Regeln zu akzeptieren, wenn du ständig das Gefühl hast, er will dich davon abhalten, deinen Spaß zu haben, aber in Wahrheit kannst du wirklich froh sein, eine Mum und einen Dad zu haben, die sich um dich kümmern und sich Sorgen um dich machen.«

»Aber du hattest auch Eltern, die auf dich aufgepasst haben, und trotzdem konntest du tun und lassen, was du wolltest. Sie haben dir nie irgendwelche Steine in den Weg gelegt.«

»Glaubst du das im Ernst? Soll ich dir mal erzählen, was bei uns los war, als ich Dad zum ersten Mal meine Absicht kundgetan habe, nach London zu ziehen, und Mum damit einverstanden war? Er hat so einen Streit mit ihr vom Zaun gebrochen, dass sie eine Schreibmaschine nach ihm geworfen hat. Und er hat eine ganze Woche lang versucht, mir meine Pläne auszureden.«

»Aber du bist trotzdem gegangen.«

»Ja.«

»Und trotzdem ist etwas aus dir geworden, oder?«

»Glaubst du das wirklich?«

Zum ersten Mal an diesem Abend ernte ich den Hauch eines Lächelns.

»Für eine große Schwester bist du nicht schlecht«, murmelt sie etwas verlegen.

»Die Sache ist die, ich war mit dem College fertig und hatte in London ein Jobangebot. Es war einfach der richtige Zeitpunkt, wegzuziehen. Du hingegen hast noch ein Jahr Schule vor dir, und du hast selber gesagt, dass du studieren willst. Bei mir wussten Dad und ich lange vor meinem Schulabschluss, dass die Uni für mich nicht in Frage kommt.«

»Es ist nicht nur das, Liddy, er ist so stur, er erlaubt mir einfach nichts.«

»Schon möglich, aber bist du sicher, dass nur er der Sture ist?

Was verbietet er dir denn? Die ganze Nacht auszubleiben? Als Minderjährige Alkohol zu trinken? Zu rauchen? Dass irgendwelche Typen bei dir übernachten?«

Sie zieht einen Schmollmund, sagt aber nichts.

»Wenn du aufhörst, ihn ständig zu nerven, und ihm beweist, dass du vernünftig geworden bist und er dir vertrauen kann, wird er die Zügel mit Sicherheit etwas lockerer lassen. Du musst einfach die richtige Balance finden, was in deinem Alter zugegebenermaßen nicht einfach ist. Und ich sage das nicht herablassend, denn ob du es mir glaubst oder nicht, ich bin noch jung genug, um mich daran zu erinnern, wie es einem mit siebzehn ergeht.«

»Aber was ist, bitteschön, stur daran, beim Jungfernabschiedstrip seiner Schwester dabei sein zu wollen? Und dass Mum nicht mitfährt, ist auch allein seine Schuld. Ich bin sicher, dass sie gerne mitgekommen wäre, aber sie bleibt zu Hause, weil sie denkt, dass er alleine nicht klarkommt.«

»Das siehst du falsch, da bin ich sicher«, stellt Thomas klar.

»Wenn Mum mitfahren würde, dürfte ich auch mitkommen.«

Ich schüttele den Kopf.

»Deine Mum kann nicht mitfahren, und es hat nichts mit Dad zu tun. Jedenfalls verhält es sich anders, als du denkst.« Ich breche ab, denn das Geheimnis kann ich ihr jetzt unmöglich verraten.

Das Telefon klingelt.

Ich werfe einen Blick auf die Küchenuhr. Ein Uhr morgens.

»Das ist bestimmt Dad«, warne ich sie.

Ihr fällt die Kinnlade herunter.

»Bitte sag ihm nicht, dass ich hier bin.«

»Spinnst du? Natürlich sage ich ihm, dass du hier bist. Er wird vor Sorge um dich außer sich sein.«

Ich lasse Emily schmollend im Wohnzimmer sitzen und steuere den Flur an, um ans Telefon zu gehen.

»Sag ihm, dass ich nicht zurückkomme!«, ruft sie bockig hinter mir her. »Wenn ich nicht bei dir bleiben kann, suche ich mir eben etwas anderes, aber ich bleibe in London, dass das klar ist!«

Ich beiße die Zähne zusammen, zähle bis zehn und kann meinen Drang zurückzuschreien gerade noch so unterdrücken.

Aber als ich den Hörer abnehme, meldet sich nicht Dad, sondern Ben.

»Hallo Liddy, sorry, dass ich um die Zeit anrufe, aber du hast nicht zufällig …«

»Em gesehen?«, beende ich den Satz.

»Ist sie bei dir?«

»Ja. Offenbar will sie bei mir einziehen. Toll, was?«

»Gott sei Dank. Dad hat mich eben angerufen, und er ist am Durchdrehen. Er sollte sie um Mitternacht von irgendeiner Party abholen, wegen der es vorher einen Riesenzoff gab. Sie wollte offenbar dort übernachten, aber er hat darauf bestanden, dass sie nach Hause kommt, und als er und Sam sie abholen wollten, hat ihr Freund ihnen erzählt, dass sie gar nicht auf der Party aufgekreuzt ist.«

»Stattdessen ist sie in den nächsten Zug gestiegen und gegen elf bei mir aufgekreuzt. Thomas musste mich von einem Abendessen bei Matt nach Hause bestellen, damit ich mit ihr rede. Wie es aussieht, ist sie ausgerastet, weil Dad und Sam sie nicht mit nach Barbados lassen.«

»Dann bist du also an allem schuld«, scherzt er.

»Wahrscheinlich. Ich bin ja immer an allem schuld. Wie es aussieht, ist sie zu Hause ausgezogen.«

»Schon wieder?«

»Ja. Wenn ich mich nicht irre, ist es in diesem Jahr schon

ihr dritter Auszug. Ich versuche sie gerade davon zu überzeugen, dass Dad kein bösartiger Despot ist und sie das schnell merken wird, wenn sie endlich aufhört, sich ständig wie die große Rebellin aufzuführen.«

»Ich komme schnell vorbei. Vielleicht hilft es, wenn wir sie gemeinsam in die Mangel nehmen.«

»Nicht nötig, Bruderherz. Überlass das nur Thomas und mir, wir bringen sie schon wieder zur Vernunft.«

»Bist du sicher?«

»Klar. Aber ruf Dad an und sag ihm, dass sie bei mir ist und es ihr gut geht. Ich melde mich morgen bei ihm.«

»Na gut, wenn du meinst, dass du alleine klarkommst.«

»Es bringt doch nichts, wenn wir uns beide den Abend versauen. Du bist doch bei Heather, oder?«

»Woher weißt du das?«

»Ich höre ihren Hund im Hintergrund schnarchen.«

Er lacht.

»Stimmt. Als ich aufgestanden bin, hat er im gleichen Augenblick meinen Platz im Bett eingenommen.«

»Wie gesagt, es bringt nichts, dass wir uns beide das Leben schwer machen. Wenn der Hund dich also lässt, leg dich wieder hin.«

»Wenn du meinst.«

»Ja. Ich kriege das schon hin. Schlaf gut, Ben.«

»Mach ich. Ich rufe dich morgen an. Bis dahin weißt du vielleicht, wie es weitergehen soll.«

»Bestimmt. Und grüß Heather ganz lieb von mir.«

»Mach ich.«

Heather ist die erste Freundin meines kleinen Bruders, die er von ganzem Herzen liebt, was wirklich super ist, denn unsere ganze Familie hat an Heather einen Narren gefressen. Er ist wirklich ein Glückspilz, aber sie kann sich ebenso glücklich schätzen. Was Freundinnen angeht, kann Ben nicht gerade über Unterversorgung klagen, im Gegenteil. Er sieht blendend aus, und an Verehrerinnen hat es ihm nie gemangelt. Aber er profitiert nicht nur von seinem Aussehen, er hat auch diesen frech-dreisten Charme, der in jeder Frau den spontanen Drang weckt, ihm entweder eine runterzuhauen oder ihn in den Arm zu nehmen, und genau dieser spezielle Charme macht ihn so attraktiv. Ich vergöttere meinen kleinen Bruder. Streng genommen ist er mein Halbbruder. Er ist vier Jahre jünger als ich, und meiner Mutter zufolge wurde er von einem verheirateten Rennfahrer gezeugt, den sie in Monaco kennen gelernt hat, wohin sie in jenem Sommer geflohen ist, in dem sie meinen Vater verlassen hat. Ich sage meiner Mutter zufolge, weil niemand von uns, Ben inklusive, seinen angeblichen Erzeuger je zu Gesicht bekommen hat. Seit Bens Geburt hat Dad ihn wie seinen eigenen Sohn behandelt, obwohl er und Mum zu jener Zeit gerade ihre Scheidung durchmachten und Dad seine Romanze mit Sam begann.

Ich denke, die ganze Situation wurde dadurch entkrampft, dass Dad und Mum auch nach ihrer Trennung Freunde geblieben sind. Wie ich vermutlich bereits sagte, ist mein Vater ein außerordentlich vernünftiger Mensch. Er hat mir einmal anvertraut, dass er von Anfang an wusste, dass er und Mum nicht zueinander passten und deshalb wahrscheinlich nicht zusammenbleiben würden, doch sie habe ihn regelrecht betört. »Sie hat mir den Kopf verdreht«, waren seine Worte. Als sie ihn dann tatsächlich verlassen hat, war er nicht sonderlich überrascht. Die Zeit mit ihr sei wie eine wunderbare, exotische Urlaubsreise gewesen. Er habe immer gewusst, dass diese Reise eines nicht allzu fernen Tages enden werde. Deshalb habe er jeden einzelnen Moment in vollen Zügen ausgekostet und sich anschließend, als es vorbei war, sehnsüchtig an die gute Zeit zurückerinnert. Doch er wusste auch, dass ihm noch Zeit blieb, mit jemand anders eine weitere Reise zu unternehmen.

Ich erinnere mich kaum noch an die Trennung von Dad und Mum. Dora war sieben und ich gerade erst drei.

Mum verschwand, meine Großeltern väterlicherseits zogen bei uns ein, und das Leben ging im Großen und Ganzen weiter wie vorher.

Kurz vor Weihnachten kam Mum zurück. Sie war hochschwanger und kaufte sich auf der anderen Seite des Dorfes ein Haus. Offiziell lebten wir von da an bei ihr, doch wir pendelten alle zwischen den beiden Häusern hin und her, als wären es zwei Zimmer des gleichen Hauses.

Zwei Jahre später heiratete Dad Sam, und sechs Jahre später wurden die Zwillinge Emily und Oliver geboren. Das ist also meine Familie. Die Zwillinge, blond wie meine Mutter, die schwarzhaarige Dora, ich mit meinem hellbraunen Haar, wie es mein Vater hatte, bevor er ergraute, und der goldblonde Ben mit seinen exotischen, grünen Augen.

Wir sind ein buntes Trüppchen von Halbbrüdern und Halbschwestern, doch unsere unterschiedlichen Elternteile haben uns einander vielleicht näher gebracht, als es bei normalen Geschwistern je der Fall wäre.

Womit ich wieder bei Emily bin.

Sie ist ein typischer Teenager. Je mehr Anlass man ihr gibt, sich gegen irgendetwas aufzulehnen, desto heftiger lehnt sie sich auf. Wenn man irgendetwas strikt verbietet, ist sie umso entschlossener, sich über das Verbot hinwegzusetzen. Am besten begegnet man ihr verständnisvoll, aber entschieden und bedient sich dabei einiger Tricks. Zum Glück habe ich genau den richtigen Mann zur Hand, mir zu helfen.

Ich gehe zu Thomas in die Küche und halte mit ihm Kriegsrat. Fünf Minuten später gehen wir zurück zu Emily.

Wir kommen direkt zur Sache.

»Es ist alles geklärt. Das war eben Ben am Telefon. Er wird mit Dad reden, und ich habe gerade mit Thomas besprochen, dass du hier bleiben kannst.«

»Für heute Nacht?«

»Nein, für immer.«

Ihr bleibt vor Staunen der Mund offen stehen.

»Im Ernst?«

»Ja«, erwidere ich und zwinkere Thomas verstohlen zu. »Es ist ja auch zu unserem Vorteil, wenn die Miete und sämtliche Rechnungen durch drei gehen. Du musst natürlich vom College abgehen und dir einen Job suchen. Wenn du arbeiten musst, kannst du schließlich nicht weiter zur Schule gehen und Abi machen.«

»Ich weiß ja nicht«, wirft Thomas ein, »aber vielleicht könnte Emily ihren Abschluss nebenbei machen, auf einem Abendgymnasium.«

»Daran habe ich noch gar nicht gedacht, aber das könnte gehen. So hoch dürften die Gebühren nicht sein. Du musst sie natürlich selbst bezahlen«, wende ich mich an Emily, »denn wenn du zu Hause ausziehst, werden Dad und Sam dir jede Unterstützung streichen.«

»Du könntest dir ja einen Job für den frühen Morgen suchen, um das Schulgeld zu verdienen«, schlägt Thomas vor, um das Thema noch ein bisschen auszuwalzen. »Und einen normalen Tagesjob für den Lebensunterhalt. Und an den unterrichtsfreien Abenden könntest du hinter der Bar arbeiten.«

»Dafür ist sie noch zu jung«, wende ich ein.

»Das stimmt natürlich«, entgegnet Thomas und nickt nachdenklich. »Aber sie könnte spülen.«

Meine kleine Schwester, die in ihrem ganzen Leben noch

nie die Geschirrspülmaschine ausgeräumt hat, sieht ihn entsetzt an.

»Du lernst hier sicher schnell neue Freunde kennen, das dürfte es dir erleichtern, dass du deine alten nicht mehr siehst«, fährt Thomas fort.

»Und deine Beziehung mit Aran wird bestimmt auch als Fernbeziehung funktionieren«, übernehme ich wieder. »Allerdings solltest du diesem Mädchen, dieser Louise English, von der du mir kürzlich am Telefon erzählt hast, eine deutliche Warnung zukommen lassen, ihm während deiner Abwesenheit bloß nicht zu nahe zu kommen.«

»Du hast eine Nebenbuhlerin?« Thomas reißt die Augen auf und fasst sich in gespieltem Entsetzen an die Brust. »Sobald du weg bist, wird sie natürlich sofort bei ihm auf der Matte stehen, aber egal, ich bin sicher, dass er ein kultiviertes Stadtmädchen einer hinterhältigen Ausspannerin vom Lande tausendmal vorzieht, auch wenn er dich kaum noch sieht. Und auf all den Partys, die du verpasst, weil du einfach zu weit weg bist …«

»… und so viel arbeitest …«, füge ich hinzu.

»So ist es, Lydia, so ist es«, bestätigt Thomas mit einem erneuten nachdenklichen Nicken. »Also auf all den Partys, die du verpasst, weil du so weit weg bist und so viel arbeitest, wird er bestimmt trübselig allein in der Ecke sitzen und an dich denken, anstatt mit dieser …«, er hält inne und sieht Emily fragend an.

»Louise«, sagt sie matt.

»… anstatt mit der reizenden Louise Lambada zu tanzen. Dein Lager musst du natürlich hier auf dem Sofa aufschlagen, weil wir außer dem Wohnzimmer ja nur zwei Zimmer haben, aber ich bin sicher, dass du es dir gemütlich machst, *so* unbequem ist es ja auch nicht, und über deine Badezimmerzeiten und deinen Anteil an der Hausarbeit reden wir dann morgen.

Oh, und da fällt mir noch etwas ein, ein Freund von mir betreibt drei U-Bahnstationen weiter eine Pizzeria, bestimmt könnte ich dir bei ihm einen Job in der Küche besorgen, du weißt schon, den Abwasch erledigen, Müll rausbringen, putzen und so weiter.«

»Und ich könnte mal in meiner Firma nachfragen, ob sie nicht noch jemanden für die morgendliche Putzkolonne gebrauchen könnten. Wir beide in der gleichen Firma – das wäre doch was. Allerdings wärst du ja schon fertig, wenn ich morgens käme, weil die Putzkolonne schon um fünf Uhr anfängt. Schlaf doch einfach eine Nacht darüber und sag uns morgen, was du willst, dann rufe ich ein paar Leute an und organisiere dir ein paar Vorstellungsgespräche.«

Emily nickt benommen.

»Und wir können auch gleich morgen früh das hiesige College aufsuchen und checken, ob sie dort in etwa den gleichen A-Level-Stoff auf dem Lehrplan haben wie in deinem jetzigen. Du willst die Klasse ja sicher nicht komplett wiederholen, was du natürlich müsstest, wenn sie nicht mit den gleichen Büchern arbeiten, vor allem in Englisch, ich weiß ja, wie tief du dich in *Romeo und Julia* reingekniet hast.«

»Hmm«, murmelt sie.

»Du siehst müde aus, Em«, stelle ich fest und lächele sie an. Auf einmal tut sie mir ein bisschen Leid. »Willst du vielleicht die erste Nacht mit bei mir im Zimmer schlafen?«

Sie nickt.

»Dann geh schon mal hoch. Ich komme gleich nach.«

Sie nickt erneut, rappelt sich hoch und stapft die Treppe hinauf.

Thomas und ich grinsen und besiegeln unseren Triumph mit einem verstohlenen Handschlag.

Auf keinen Fall wird Emily ihr schönes Zimmer mit eigenem

Bad gegen unser Wohnzimmersofa tauschen. Und genauso wenig wird sie ihr komfortables Leben aufgeben, mit einer Mutter, die es für wichtiger hält, dass ihre Tochter sich ihren Schulbüchern widmet, anstatt sie mit Küchen- und Hausarbeit zu schikanieren, und Dad als kostenlosem Taxifahrer, der zugleich ihren spendablen Bankmanager spielt, wann immer sie knapp bei Kasse ist. All das wird sie nie und nimmer für einen Alltag hergeben, der mit niederen Arbeiten ausgefüllt ist.

»Sind wir nicht ein tolles Team?«, fragt Thomas grinsend.

»Das beste.«

»Tut mir Leid, dass dein Abend dahin ist.«

Ich zucke mit den Achseln.

»Ist ja nicht deine Schuld.«

Er mustert mich von oben bis unten und registriert mein aufgedonnertes Outfit.

»Du hast dich ja ganz schön in Schale geworfen.«

»Wir hatten eine kleine Dinnerparty«, entgegne ich, ohne nachzudenken.

»Ach ja? Mit einem von Matts appetitlichen Kumpels?«

Mir rutscht das Herz in die Hose. Oh nein! Jetzt hat er mich gefragt, und ich kann ihn unmöglich anlügen. Thomas und ich sind immer absolut ehrlich zueinander, was mitunter verdammt hart sein kann, aber so sind wir nun mal. Es ist einer der Gründe für unsere unzertrennliche Freundschaft.

»Äh, nein, nicht ganz«, erwidere ich ausweichend.

»Was meinst du damit, ›nicht ganz‹?«

»Wir haben Fleur und ihren neuen Freund eingeladen«, platze ich heraus.

Es sackt in sich zusammen, ich sehe es ihm förmlich an, seine Gesichtszüge, sein Mund, alles an ihm erschlafft, und dann sagt er, ohne mich anzusehen: »Ah ja, verstehe. Und hättest du es mir erzählt, wenn ich dich nicht gefragt hätte? Nein, natürlich nicht«, antwortet er, bevor ich etwas sagen kann. »Dass du es vorhin nicht erwähnt hast, ist Bestätigung genug.«

»Es tut mir Leid«, murmele ich.

»Was? Dass ihr mich ausgeschlossen habt oder dass du mich angelogen hast? Nein«, stellt er klar und hebt eine Hand, »mach dir keine Vorwürfe. Du bist nicht verpflichtet, mich bei allem und jedem in dein Leben einzubeziehen. *So* Not leidend bin ich nun auch nicht. Wenn du und meine anderen besten Freunde übereinkommen, mich auszuschließen, ist das allein eure Sache. Ich frage mich nur, womit ich das verdient habe…«

Er lässt sich aufs Sofa fallen, legt den Kopf in die Hände und beginnt zu schniefen.

»Oh, mein Gott«, bringe ich hervor und setze mich voller Schuldgefühle neben ihn, »es tut mir so Leid, Thomas, aber Fleur war furchtbar aufgeregt, Lewis unserer Clique vorzustellen, und da hat sie beschlossen, es lieber nach und nach zu tun. Sie wollte dich bestimmt nicht verletzen, du bist nur immer so wahnsinnig fürsorglich, wenn es um uns geht…«

Plötzlich bemerke ich, dass er hinter seinen Händen gar nicht weint, sondern sich halb totlacht.

»Du Miststück. Du verarschst mich, stimmt's?«

Er nickt.

»Du kannst nichts vor mir verbergen, Lydia MacDonald. Du hast ein solches Geheimnis aus deinen Abendplänen gemacht, dass ich mir schon gedacht habe, dass du nichts Gutes im Schilde führst. Und dafür, dass du mich ausgeschlossen hast, hast du es nicht besser verdient, du tolle Superfreundin.«

»Das ist nicht auf meinem Mist gewachsen, Thomas, ich hoffe, das weißt du.«

Er nickt.

»Klar weiß ich das. Fleur ist einfach ein Angsthase. Wenn

dieser Typ sich keiner eingehenden Befragung durch Thomas Templer stellen kann, ist er nicht gut genug für sie. Aber egal, leg los, erzähl mir alles über ihn! Ist er so ein falsches Spiel wert?«

»Er ist sehr nett.«

»Heißt sehr nett, dass er wirklich sehr nett ist, oder willst du sagen, dass er so langweilig ist wie abgestandenes Spülwasser?«

»Nein, in diesem Fall trifft definitiv die erste Variante zu. Er macht sogar einen äußerst liebenswürdigen Eindruck.«

Wir unterhalten uns bis zwei Uhr morgens weiter, dann schlüpfe ich endlich in mein Bett zu Emily, doch sie wirft im Schlaf ständig die Arme und Beine um sich, sodass ich eine furchtbare und kurze Nacht habe und am nächsten Morgen so zerschlagen bin, dass ich glatt den Wecker überhöre. Mir bleibt gerade noch Zeit, Emily schnell hallo und tschüss zu sagen, bevor ich zur U-Bahn eile und zur Arbeit fahre.

Doch unser ausgeklügelter Plan muss funktioniert haben, denn als ich nach Hause komme, ist Emily bereits zurück in Somerset, und als ich am Abend mit Sam telefoniere, erzählt sie mir, Emily sei so lammfromm, dass sie ihre Tochter kaum wieder erkenne.

Außerdem hat Sam meinem Vater die große Neuigkeit der Woche heute Morgen beim Frühstück aufgetischt. Ihrer Meinung nach hat er es gut aufgenommen, allerdings sei er nach dem Frühstück in seinem Anzug und mit Hausschuhen zur Arbeit gegangen.

Jetzt, so erzählt sie mir, habe er es sich mit einem großen Whiskey in seinem Sessel am Kaminfeuer gemütlich gemacht, was bei Dad ein deutliches Zeichen von Aufgewühltheit ist, denn normalerweise trinkt er fast nie Alkohol. Inzwischen, so Sam, habe er auch seine Hausschuhe verlegt, dafür trage er ein breites Lächeln zur Schau, das von Stunde zu Stunde breiter werde.

Sam zufolge wollen sie noch ein bisschen warten, bevor sie es Oliver und Emily erzählen, jedenfalls mindestens so lange, bis Emily den Müll rausgetragen hat und der letzte Zug nach London abgefahren ist.

Was es sonst noch zu unserem unterbrochenen Abend zu sagen gibt?

Thomas hat mir vergeben, und heute Morgen hat Fleur mich angerufen, um sich für den wundervollen Abend zu bedanken, den wir ihr und Lewis bereitet haben, und um mir zu sagen, wie nett Lewis mich und Matt findet. Es freut mich, dass es ihr gefallen hat, aber was Matts Nettigkeit angeht, bin ich mir nicht so sicher. Er ist immer noch sauer auf mich wegen gestern Abend.

Aber egal, ich will mich dadurch nicht runterziehen lassen, denn nächste Woche um diese Zeit werde ich nicht früh ins Bett gehen, weil ich kaputt bin und meine verstimmte andere Hälfte in einer Stinklaune ohne mich ausgegangen ist. Ich werde früh ins Bett gehen, weil ich schon um Mitternacht wieder aufstehen muss, um den Zug nach Gatwick zu nehmen – und nach BARBADOS zu fliegen!

Kapitel 5

Wir fallen schwitzend wie Bratkartoffeln und mehr als nur ein bisschen angetrunken aus den beiden Taxis und halten uns aneinander fest, damit wir überhaupt aufrecht stehen können. Dafür, dass es früher Nachmittag ist, gackern wir eindeutig zu viel. Die einzigen Stocknüchternen unter uns sind Dora, die uns missbilligende Blicke zuwirft, und Bridget, die ihre Emotionen hinter der respektablen Maske der braun getönten, auf UV-Durchlässigkeit getesteten Gläser ihrer überdimensionalen Jackie-O-Sonnenbrille verbirgt und in ihrem Leinenkostüm absolut cool aussieht. Keine von beiden ist während des Fluges den zahlreichen Versuchungen erlegen, allerdings aus sehr unterschiedlichen Gründen: Bridget, weil sie auf dem Standpunkt steht, die Luft in Flugzeugen trockne den Körper furchtbar aus, weshalb man seiner Haut und seinen inneren Organen zuliebe ausschließlich Wasser trinken solle, und Dora, tja, also laut Tom ist sie nun einmal eine Partyverderberin und Spaßbremse erster Güte.

Was Dora angeht, kennt Thomas wirklich keine Gnade, aber ihre Beziehung zueinander ist sowieso durch permanente Wortgefechte geprägt. Allerdings hat sie seit Beginn unserer Reise in der Tat nur den Miesepeter gespielt. An allem hatte sie etwas auszusetzen, dabei haben wir es in Wahrheit bisher ziemlich gut getroffen.

Auf Thomas' Vorschlag haben wir alle vorab Plätze reserviert, damit wir während des Fluges zusammen sitzen. Doch irgendjemand – dem Unbekannten sei auf ewig gedankt – hat unsere Reservierung komplett verpfuscht, und die einzige Möglichkeit, den Fehler zu beheben, bestand darin, für uns alle einen kostenlosen Klassenwechsel vorzunehmen, woraufhin die Sitze breiter, die Stewardessen hübscher und die Drinks verlockender wurden, da sie nämlich keinen Penny kosteten.

Dieser glückliche Zufall zu Beginn unseres Trips hat uns alle in einen Freudentaumel versetzt, nur meine anstrengende Schwester nicht. Sie interessierte sich für keinen der zahlreichen, nicht mehr ganz aktuellen britischen Spielfilme, überflog die umfangreiche Speisekarte nur mit einem flüchtigen, säuerlichen Blick (ja, man reichte uns tatsächlich eine *Speisekarte*, aus der wir unser Essen wählen konnten, man stelle sich das vor, eine *Speisekarte* in einem Flugzeug!) und bestellte sich dann einen spärlichen gemischten Salat. Nichts weiter. Während wir anderen vor Staunen über die gereichten Toilettenartikel den Mund nicht zubekamen, gut gefüllt mit Cordon bleu und Champagner die witzigen Augenmasken ausprobierten und unsere Gesichter mit Erfrischungsspray benetzten, verwickelte sie einen gestressten Flugbegleiter in eine Diskussion darüber, wie sehr es die Umwelt belaste, nach jedem Flug Hunderte von Minizahnbürsten und Plastikkämmen zu entsorgen, die man zweifelsohne genauso unbedacht wegwarf, wie man sie nach dem Start verteilte.

Verblüffenderweise beginnt Doras Lieblingswort »praktisch« mit den gleichen Buchstaben wie unser Lieblingswort »Party«. Aber meiner Schwester zufolge sind wir nicht zum Spaß und zum Vögeln und zum Amüsieren auf dieser Welt, sondern als aufmerksame Wächter, die dafür Sorge zu tragen haben, unseren Planeten zu bewahren und in einem guten Zustand an die nächste Generation zu übergeben. Ich will ihre Meinung gar nicht heruntermachen, ich finde ihre Einstellung sogar extrem bewundernswert, aber das ist genau das Schlagwort, wenn es um

Dora geht: »extrem«. Dabei sollte man eher darauf bedacht sein, immer einen gesunden Mittelweg zu finden.

Kein Wunder, dass Thomas sie Düster-Dora nennt.

Das Paradise Bay Hotel, der Inbegriff von opulentem Luxus, ist bestimmt das mit Abstand tollste Hotel, in dem wir je in unserem Leben abgestiegen sind.

Schon beim Anblick des Zugangs zu der Anlage bleibt uns vor Staunen der Mund offen stehen. Es ist ein prächtiges, altes, weiß getünchtes Plantagenhaus wie in den Südstaaten der USA mit einer riesigen, von etlichen steinernen Säulen flankierten Tür und unzähligen Schiebefensterreihen. Man fühlt sich schlagartig in *Vom Winde verweht* versetzt.

Überall stehen Steintöpfe mit Blumen in den exotischsten Farben, Männer in weißen Uniformen und mit goldenen Revers kümmern sich um unser Gepäck, und sogar ein roter Teppich ist für uns ausgerollt, über den wir in das Foyer, einen marmornen Wahnsinn, gelangen.

Am Eingang werden wir von strahlendem Sonnenschein, singenden Vögeln und einem gut aussehenden Barbadier empfangen. Er hat schmale Hüften und breite Schultern, die in seiner eleganten Kleidung besonders zur Geltung kommen. Sein Anzug ist so weiß wie sein Lächeln, und dieses wiederum ist so breit und weiß wie der Sandstrand in der Bucht hinter dem Hotel, auf den wir durch die offene Tür am Ende des riesigen Foyers einen Blick erhaschen.

Er breitet die Arme aus und begrüßt uns überschwänglich.

»Willkommen im Paradise Bay Hotel, verehrte Damen! Mein Name ist George, und ich habe die Ehre, mich während eures Aufenthalts in unserem schönen Hotel persönlich um euch zu kümmern. Wann immer euch der Sinn nach irgendetwas steht, fragt einfach nach mir, also nach ähm … George …

also George …«, er gerät ins Stottern, als Amy und Maddie lächelnd an ihm vorbeiziehen, »Tag und Nacht, rund um die Uhr … wow.« Er atmet schwer aus, den Blick auf Maddies Hintern gerichtet, und tut so, als würde er sich mit den Papieren in seiner Hand Luft zufächern.

»Maddie kann sich schon jetzt als angebaggert betrachten«, flüstert Fleur und grinst. »Wenn das keine Rekordzeit ist.«

»Oh nein«, flötet Thomas und ahmt Fleurs süßen schottischen Akzent nach. »Der Rekord liegt bei 0,4 Sekunden, 2003 im Central Pub in Newquay, als ein Mann just im Augenblick ihres Anblicks über sie hergefallen ist. Diesmal hingegen hat es bis zum Auftreten spontaner Geilheit ungefähr 1,5 Sekunden gedauert, also nicht Goldmedaillenniveau, aber immerhin silbermedaillenverdächtig.«

George redet mit uns, checkt aber immer noch Maddie ab.

»Wenn ihr mir bitte folgen würdet, verehrte Damen, ich versorge euch so schnell wie möglich mit allem, was ihr fürs Einchecken benötigt, und dann bringen wir euch ruckzuck auf eure Zimmer und zum Strand.«

Er führt uns zu einer Sitzecke und bittet uns, auf Rattansesseln mit bunt geblümten Kissen Platz zu nehmen. Während wir in dem mit Blumen dekorierten Empfangsbereich die Anmeldeformulare ausfüllen, bringt uns eine strahlende braunäugige Schönheit frisch gepressten Orangensaft und eisgekühlte Handtücher zur Abkühlung.

Thomas und ich strahlen uns glücklich an.

Ich denke an Mr. Extrem Wichtig und die Tränen in seinen Augen, als ich an meinem letzten Arbeitstag frühzeitig aus dem Büro spaziert bin, und trage unter »Beruf« breit grinsend *Entkommenes Mädchen für alles* ein. Ein leicht schlechtes Gewissen habe ich schon, dass ich ihn mit Camilla und der unglaublich unfähigen, nervösen Aushilfe allein gelassen habe, die ihm die

Personalabteilung geschickt hat. Vor allem nachdem sie gleich an ihrem ersten Arbeitstag irrtümlicherweise mehrere komplizierte Berichte geschreddert hat, deren Zusammenstellung mich zwei komplette Tage gekostet hatte, und darüber hinaus auch noch eine vertrauliche Mitteilung von Mr. Extrem Wichtig an Mr. Noch Wichtiger über individuelle Gehaltszulagen in der ganzen Firma verbreitet hat. Aber meine momentane Hochstimmung lasse ich mir nicht auch nur ansatzweise vermiesen. In meinem Glücksrausch hätte ich das Flugzeug gar nicht gebraucht, ich hätte selber herfliegen können. Beim Anblick meiner angegebenen Berufsbezeichnung kichert Thomas, zwinkert mir zu und trägt auf seinem Formular *Schlangenbeschwörer* ein.

Nachdem der Papierkram erledigt ist, werden wir auf unsere jeweiligen Zimmer geführt. Wir vereinbaren auszupacken, uns ein wenig frisch zu machen und uns in einer halben Stunde am Strand zu treffen.

Ich werde in eine andere Richtung geführt als die anderen, weil ich ja besonders verwöhnt werden soll. Die kommenden zwei Wochen werde ich in einem auf Pfählen über dem Meer gebauten Wasserbungalow verbringen. Der Weg dorthin führt über den Strand, der so weiß ist, dass er mich blendet.

Ich setze meine Sonnenbrille auf, die ich mir ins Haar geschoben hatte, und lasse die wunderschöne Szenerie auf mich einwirken. Damit meine ich nicht nur den Anblick, sondern auch die Klänge und die Gerüche. Außer ein paar fröhlichen Stimmen höre ich nur das Meeresrauschen und das wiederholte melodische Tirilieren eines tropischen Vogels, der sich irgendwo versteckt hat. Und so seltsam es auch klingen mag, neben der frischen salzigen Luft und dem Duftgemisch unzähliger Tropenblumen rieche ich sogar den Sonnenschein.

Keine vorbeirasenden Autos, kein Benzingestank und vor

allem kein endloses Tastaturgeklapper und keine verzweifelte Baritonstimme, die alle fünf Minuten ruft: »Lydia, ich brauche Ihre Hilfe.«

Es ist einfach herrlich.

Und erst mein Zimmer... wie soll ich es bloß beschreiben? Ein freundlich lächelnder Angestellter, der meine Taschen schleppt, führt mich über den Strand zu einem langen Holzsteg, der in das azurblaue Meer hinausragt. Von dem Steg gehen zehn Wasserbungalows ab, an jeder Seite fünf, die jeweils durch ein breites Stück Meer voneinander getrennt sind, sodass jeder einzelne Bungalow über ausreichend Privatsphäre verfügt. Meiner ist der letzte auf der rechten Seite.

Das Lächeln des Pagen wird noch breiter, als er die Tür öffnet und mich hineinwinkt. Ich bedanke mich und betrete mit vor Staunen und Ehrfurcht geöffnetem Mund mein neues temporäres Zuhause.

Es gibt einen großen Hauptraum mit Holzfußboden und einem Himmelbett, über dem endlos ein Ventilator im Kolonialstil seine Kreise zieht. In einer der Ecken stehen ein Stuhl und ein Schreibtisch, auf dem hochwertiges Schreibpapier bereitliegt, das so dick ist, dass man es kaum falten kann. Gegenüber dem Bett befindet sich eine schöne Schrankwand, in der diskret ein großer Fernseher untergebracht ist. Rechts neben dem Schrank steht ein hübsch gepolsterter Queen-Anne-Sessel, links ein Holztischchen, auf dem neben einem Telefon auch ein Früchtekorb und eine Flasche Mineralwasser bereitstehen. Übergroße Verandatüren, vor denen neben Gazegardinen auch Verdunkelungsvorhänge hängen, um die Hitze draußen zu halten, führen auf einen großen Balkon, der sich über die gesamte Rückseite meines Holzbungalows erstreckt. Auf dem Balkon gibt es zwei Holzliegestühle mit cremefarbenen Liegepolstern und zwischen den Liegen einen niedrigen

Tisch, auf dem eine dicke, mit Muscheln verzierte Duftkerze steht. Am anderen Balkonende steht ein weiterer Tisch mit zwei Holzstühlen, und dahinter führt eine Treppe direkt von meinem Balkon hinunter ins Wasser, das so klar ist, dass ich auf dem Meeresgrund die Korallen wachsen sehe, zwischen denen tropische Fische in den schillerndsten Farben ihre Kreise ziehen.

Neben dem Hauptraum gibt es noch einen kleinen Ankleideraum mit zwei großen Schränken und einem Toilettentisch mit Spiegel. Auf dem Toilettentisch steht eine Keramikschale mit Wasser, auf dessen Oberfläche frische Blumen schwimmen, große pinkfarbene Hibiskusblüten, die zwar keinen betörenden Duft entfalten, aber wunderschön anzusehen sind.

Der Ankleideraum führt in ein riesiges Bad, dessen eine Hälfte nicht überdacht ist, sodass man unter freiem Himmel im Glanz der Sterne duschen kann. Es gibt zwei Duschen, vermutlich eine für sie und eine für ihn, und eine Badewanne, in der bequem noch ein Dritter Platz hätte. Darüber hinaus gibt es zwei Waschbecken, wiederum eins für sie, eins für ihn, um die jeweils ein reichhaltiges Sortiment an Lotionen und Mittelchen drapiert ist, das selbst Frauen mit einem unstillbaren Bedarf an Schönheitsprodukten zufrieden stellen dürfte.

Ich widerstehe dem Drang, mich auf der Stelle mit einem Freudenschrei ins Wasser zu stürzen, und werfe mich stattdessen mit einem Freudenschrei auf das frisch bezogene weiße Bett. Begeistert strahle ich den Deckenventilator an, als ob die seichten, erfrischenden Luftbrisen, die er zu mir herunterwedelt, pure Glücksstrahlen wären.

Bisher wusste ich gar nicht, dass es solche paradiesischen Orte überhaupt gibt. Mein bisher exotischster Urlaub war ein einwöchiger Trip in die Bretagne, wo sich die schöne Landschaft, die es dort geben soll, während der gesamten Ferienzeit hinter einem dunklen Vorhang von Dauerregen verborgen hatte.

Ich bin im Urlaubshimmel gelandet.

Matt wäre von all dem hier auch begeistert. Und wie! Ob er auch so ein tolles Hotel hat wie wir? Aber wie toll es auch immer ist, er teilt sich ein Zimmer mit Rupert, was aus meiner Sicht in jedem Fall ein schwerer Wermutstropfen wäre.

Apropos Matt, er hat vor unserer Abreise doch noch so weit eingelenkt, dass wir einige leidenschaftliche Nächte zusammen verbringen konnten. Und während ich bereits in Gatwick im Flieger saß, hat er sich auf den Weg nach Heathrow gemacht, von wo sein Flug etwas später startete als meiner.

Ich frage mich einen Moment lang, was er wohl genau in diesem Augenblick gerade macht, doch dann verbanne ich den Gedanken aus meinem Kopf. Dies ist mein Jungfernabschiedstrip, also Liddy, vergiss deinen Zukünftigen und lass es krachen!

Plötzlich fällt mir unsere Verabredung am Strand ein, und ich wende mich meinem Koffer zu.

Entgegen weit verbreiteter Meinung ist das Packen eine Leichtigkeit, wenn du übergewichtig bist.

Packliste der unverzichtbaren Reiseutensilien für gut bestückte Frauen:

1) Sonnencreme, eimerweise.

2) Sarong

3) Sarong

4) Sarong

5) Sarong

6) S…

Erraten? S… könnte natürlich für einen weiteren Sarong stehen, aber es gibt noch etwas, das mit S anfängt, das ich in der Hoffnung, irgendwo zwischen all den Sarongs in meinem

Koffer ein Fünkchen Motivation zu finden, immer in meinem Urlaubsgepäck dabei habe, und das ist:

Slim You, das perfekte Magazin für alle Ladies, die ein paar Pfunde zu viel auf den Hüften haben!

Es gibt doch nichts Inspirierenderes, als mit einem Eis in der einen Hand und einem Kalorienbombencocktail in der anderen am Strand zu liegen und darin zu schmökern.

Ich sehe mir die strahlende, schlanke Frau auf der Titelseite an und lasse sie schnell wieder unter meinem Stapel Sarongs verschwinden.

Der SARONG. Er

Sollte **A**lle **R**öllchen, **O**berschenkel und **N**icht präsentablen **G**efahrenzonen kaschieren.

Meine Lieblingsdefinition ist:

Sackartiger **A**rsch und **R**anzen? **O**berste Regel: **N**iemals **G**-Strings.

Noch sechs Wochen bis zu meinem großen Tag, und ich bin immer noch fett. Dabei wollte ich vor der Hochzeit unbedingt abnehmen. Vielleicht sollte ich lieber sagen, ich *werde* vor der Hochzeit noch abnehmen, immerhin bleiben mir noch sechs Wochen, und das reicht ja wohl, um zwei Kleidergrößen einzuschrumpfen, oder? Gut, wir haben das Datum vor fast einem Jahr festgelegt, und ich habe mir damals schon geschworen, in Kleidergröße sechsunddreißig zu heiraten, aber dass ich zurzeit immer noch Größe vierzig trage, Tendenz zweiundvierzig, heißt doch noch lange nicht, dass ich meine überflüssigen Pfunde bis zu meinem großen Tag nicht noch verlieren kann, oder?

Ich bin wie Dr. Evil, ich habe nämlich ein zweites Ich. Das magere Ich. Ein Klon von mir, der mich in meiner Vision auf Schritt und Tritt verfolgt, vor allem wenn ich esse. Dieses Ich passt in alle Größe-sechsunddreißig-Klamotten, die ich seit meinem achtzehnten Geburtstag, als ich noch hübsch und schlank war, in meinem Schrank horte. Na ja, einigermaßen hübsch. Jedenfalls war ich nicht immer so ausladend wie heute. Es gab eine Zeit, da wog ich weniger als Dora, kaum zu glauben, und ich wünsche mir nichts sehnlicher zurück als meine alte Jugendfigur.

Leider platzt mein Wunschtraum jedes Mal wie eine Seifenblase, sobald ich mit einer bestimmten Art Essen konfrontiert werde. Einer Art, die ich über alles liebe.

Ich bin nämlich ein echter Junkfood-Junkie.

Ich bin süchtig nach allem, was dick macht, und einer jener Menschen, die niemals einen Schokoriegel nur zur Hälfte essen und sich die andere Hälfte aufsparen oder eine Packung Kekse geöffnet beiseite legen können, ohne sie restlos zu verputzen. Ich kann nie nur ein Stück Kuchen essen, ich brauche immer gleich mehrere, und was Chips angeht, komme ich mit einer Tüte nie aus, und, so traurig es ist, mit zwei Tüten leider auch nicht.

Seitdem Matt um meine Hand angehalten hat, schwöre ich mir abzunehmen, damit ich an meinem Hochzeitstag schlank und schön bin, aber wenn es darum geht, wirklich mit dem Abspecken zu beginnen, denke ich immer mañana, mañana.

Eigentlich hatte ich gehofft, während dieser zwei Wochen einen Kick zu bekommen. Bei all dem frischen Fisch und dem frischen Obst müsste mir das Abspecken hier schließlich viel leichter fallen, außerdem kann ich jeden Tag schwimmen und am Strand entlangjoggen. Also schiebe ich den schiefen Sarongturm ein wenig zur Seite, sodass meine Diätzeitschrift wieder zum Vorschein kommt, und nehme mir vor, nach dem Auspacken zu joggen. Am besten beginne ich den Urlaub gleich so, wie ich weitermachen will. Wenn ich mich richtig ins Zeug lege, mich während meines Aufenthalts überwiegend von frischem Obst ernähre und regelmäßig ins Fitnessstudio gehe, könnte ich total verwandelt nach Hause zurückfliegen. Gebräunt und schlank wie eine echte Beautyqueen. Ich sehe schon Matts Gesicht vor mir, wie er in der Ankunftshalle des Flughafens steht, um mich abzuholen. Zuerst sieht er an mir vorbei und hält unter den ankommenden Passagieren nach der pummeligen Liddy Ausschau, die er kennt, doch dann wendet er seinen Blick meinem Alter Ego zu, der schlanken Liddy, deren Schönheit ihn in den Bann zieht, und dann runzelt er plötzlich die Stirn, denn irgendetwas an dieser exotischen Schönheit kommt ihm bekannt vor. Schließlich hellt sich seine Miene auf, und er strahlt übers ganze Gesicht, als ihm auf einmal klar wird, dass diese umwerfende Frau tatsächlich seine Verlobte ist …

Oje. Auch wenn ich hier im Reich der Fantasie bin – dies ist leider eine jener Fantasien, die niemals wahr werden. Es sei denn, das Hotel verfügt neben all den Wellnesseinrichtungen auch über eine eigene Klinik für plastische Chirurgie, aber zimperlich, wie ich bin, käme so etwas für mich sowieso nicht in Frage. Also werde ich nicht als die Liddy meiner Wunschträume nach Hause fliegen, aber wenn ich mich ein bisschen anstrenge, könnte ich auf der Rückreise zumindest ein paar Pfund leichter sein.

Zurück in der Realität, aber was für einer herrlichen Realität!

Ich krame gerade eine schön weite, kurze Hose, Größe zweiundvierzig, hervor, die meine strammen Oberschenkel kaschiert, und durchstöbere den Koffer nach meinem nagelneuen Sport-BH, als Thomas ohne anzuklopfen hereinspaziert.

»Hi Liddy! Was für eine supergeile Anlage, findest du nicht auch? Fleur, Heather und ich haben eine Eidechse im Bad, und weißt du, was wir noch haben? Wir haben *jeder* eine eigene Minibar, und mein Einzelbett ist so groß wie in England ein

Doppelbett, und wir haben einen Balkon mit Meerblick und ein Bad unter freiem Himmel, und überhaupt ist unser Zimmer absolut super...« Er schnappt vor Aufregung nach Luft, doch ihm fehlen die weiteren Worte, als er sich ehrfürchtig in meinem Bungalow umsieht. Seufzend stellt er fest: »Wow, *dein* Zimmer ist auch nicht schlecht!«

Wie eine umhersummende Biene, die nicht recht weiß, auf welcher verlockenden Blüte sie sich zuerst niederlassen soll, läuft er völlig entrückt in meiner Luxushütte hin und her.

»Dieses Bett ist ja der reinste Wahnsinn! Und der Schreibtisch! Und dieser Blick! Und dieser Traum von einem Badezimmer! In die Wanne passt ja eine ganze Rugbymannschaft. Apropos – ob hier vielleicht zufällig gerade eine Rugbymannschaft abgestiegen ist und ich vielleicht das Glück habe, heute Abend in der Bar ein ganzes Team kennen zu lernen...«

Er dreht sich zu mir um, packt mich und wirbelt wie von Sinnen mit mir durch den Raum.

»Oh, Liddy, es ist so toll hier, und apropos Bar – bist du so weit? Unten am Strand ist Happy Hour, und wir haben beschlossen, uns in alphabetischer Reihenfolge durch die Karte zu trinken. Fleur beginnt mit einem Acapulco, und ich überlege, ob ich mir zur Einstimmung einen Adam's Apple gönne. Was ist mit dir, bist du dabei?«

Ja, was ist mit mir?

Ich werfe einen Blick auf die kurze Hose.

Ich denke an meine Oberschenkel.

Ich werfe erneut einen Blick auf die kurze Hose und stelle mir vor, wie ich den Strand entlangjogge.

Dann denke ich an die Cocktails. Ich stelle mir vor, wie ich an einer Theke aus Bambus und Palmenblättern sitze und erst an einem Aphrodite nippe, dann einen Barracuda probiere und danach einen Cosmopolitan...

Ich lege die kurze Hose zurück in den Koffer und nehme einen Sarong heraus.

Leider habe ich mich schon verbrannt, besonders auf der Nase, die es immer als Erstes erwischt (was laut Matt daran liegt, dass sie der Sonne am nächsten ist), und mein Haare sind so struppig, als hätte ich einen Finger in die Steckdose gesteckt. Ich spüre regelrecht, wie meine Nase brät, egal wie viel Sonnencreme mit Lichtschutzfaktor dreißig und Antifaltenformel ich mir auch ins Gesicht klatsche, aber, ehrlich gesagt, ist mir das momentan ziemlich egal, denn ich sitze an einem Traumstrand mit feinstem weißen Sand, und vor mir steht mein absoluter Lieblingscocktail: ein Daiquiri (ja, ich habe mich bereits bis D vorgearbeitet) mit Erdbeeren und gestoßenem Eis. Links von uns spielen ein paar ansehnliche, halb nackte Barbadier Volleyball und ziehen dabei eine ziemliche Show ab. Amy und Maddie sehen ihnen mit heraushängenden Zungen zu wie zwei hechelnde Hunde, wobei ihr Hecheln in diesem Fall nichts mit der sengenden Sonne zu tun hat.

Mein Glas scheint sich nie zu leeren, egal wie oft und intensiv ich auch an meinem pinkfarbenen Strohhalm ziehe, was vermutlich an den aufmerksamen Kellnern liegt, die jedes Mal herbeieilen, wenn sie ein leeres Glas sehen, und es auffüllen, bevor man überhaupt gemerkt hat, dass man es ausgetrunken hat.

Erstaunlicherweise bin ich immer noch einigermaßen nüchtern. Ich bin ohnehin fest entschlossen, die beiden Wochen *nicht* im Alkoholrausch an mir vorbeiziehen zu lassen, denn an einem Ort wie diesem wäre das wirklich eine unglaubliche Zeitvergeudung. Es gibt hier so viel zu sehen und zu unternehmen und zu genießen, dass Trinkorgien auf der Prioritätenliste ziemlich weit unten stehen.

Ich berate mit den Mädels, was wir mit den verbleibenden

Stunden des Nachmittags anfangen könnten. Wir haben fast alle ausgepackt, nur Dora und Bridget lassen noch auf sich warten.

Wahrscheinlich streiten sie über irgendetwas.

Dabei müssten sie als Zimmergenossinnen eigentlich gut miteinander klarkommen, wie Ying und Yang. Bridget ist mit drei Koffern angereist, Dora mit einem kleinen Rucksack, also dürfte es bei der Frage, wer wie viel Platz im Schrank beanspruchen kann, schon mal kein Problem geben. Und dass Dora Bridget irgendwelche Klamotten entwendet, ist auch ausgeschlossen, denn Bridgets Sachen sind viel zu teuer und nicht aus grobem, recyclebarem, naturfarbenem Jutestoff. Darüber hinaus besitzt Bridget mehr Make-up als Chanel und Dora gar keins, sodass die beiden sich auch nicht über die Ablage über dem Waschbecken in die Haare kriegen können.

»Auweia! Laurel und Hardwear sind im Anmarsch!«, verkündet Maddie.

Ich blicke auf und sehe Bridget und Dora zum Strand hinunterkommen. Sie sehen aus wie die Vorher- und Nachher-Version aus einer Frauenzeitschrift zum Thema »Was man auf keinen Fall tragen sollte«.

Dora, die Vorher-Version, trägt marineblaue Shorts mit ordentlichen Bügelfalten an der Vorderseite. Ihren Hosenbund hat sie so hoch gezogen, dass er glatt als BH-Bügel durchgehen könnte. Dazu trägt sie schwarze Turnschuhe von der Sorte, wie wir sie früher in der Grundschule im Sportunterricht anhatten, und eine gestärkte, kurzärmelige weiße Bluse.

Ihr schönes Haar wird von einem scheußlichen Plastikband zurückgehalten, und überall da, wo sie sich vernünftigerweise, aber leider nicht sorgfältig genug, mit einer dicken Schicht Sonnenschutzcreme eingeschmiert hat, ist ihre Haut von einem weißen, glänzenden Film überzogen.

Bridget hingegen trägt einen Christian-Lacroix-Bikini, eine wunderschöne gehäkelte Missoni-Tunika und exquisite Miu-Miu-Ledersandalen. Ihre Zehennägel sind perfekt französisch manikürt, und ihr geschmeidiges goldblondes Haar hat sie mit einem farblich dazu passenden, feinen Chiffonschal von Laurel zurückgebunden. Ihre Haut hat bereits einen honigfarbenen Ton angenommen und glänzt vor Gesundheit und von der teuersten Sonnencreme, die man für Geld kaufen kann.

Sie ist die personifizierte Strandeleganz und sieht aus, als wäre sie soeben der Vogue entstiegen.

Dora dagegen sieht aus, als wäre sie einem Campingprospekt aus den Siebzigern entsprungen.

Ich schirme meine Augen ab und sehe Bridget an, die sich in meiner Nähe niederlässt.

»Deine Tunika sieht klasse aus.«

»Danke.«

»Deine übrigen Klamotten auch.«

»Danke.«

Sie lässt sich elegant auf einer freien Sonnenliege nieder, und sofort eilen zwei Kellner aus der Strandbar herbei und bieten ihre Dienste an.

»Manche Menschen haben einfach ein angeborenes Stilgefühl und wissen intuitiv, was zusammenpasst. Ich bin in dieser Hinsicht eine absolute Niete. Wenn ich so eine Tunika anhätte, würden alle denken, ich ginge im Nachthemd meiner Großmutter spazieren. Wobei ich damit natürlich nicht sagen will, dass deine Tunika aussieht wie das Nachthemd meiner Großmutter!«, füge ich schnell hinzu, als Bridget leicht pikiert guckt. »Sie sähe nur an *mir* so aus.«

Bridget bestellt sich ein Mineralwasser, das ihr erstaunlich schnell und übertrieben galant serviert wird.

»Ich bin eher Elefant als elegant«, plappere ich weiter. »Ich beneide die Leute, die ohne jede Anstrengung immer eine natürliche Grazie ausstrahlen und eine gute Figur machen, ganz egal, was sie sich schnell überwerfen. Meine Mutter gehört auch zu dieser Sorte, und eigentlich sollte man denken, ich hätte etwas von ihrem Talent geerbt, aber Fehlanzeige, ich habe in etwa so viel Stil wie ein Schulterpolster aus den Achtzigern.«

Bridget nickt. Ich weiß nicht, ob sie damit zeigen will, dass sie mir zuhört, oder ob sie mir von ganzem Herzen zustimmt. Sie nippt zuerst an ihrem Wasser, bevor sie den Kopf in den Nacken legt und das Glas in einem Zug leert. Der gleiche Kellner eilt sofort wieder herbei, doch sie weist die angebotene Cocktailkarte zurück und bestellt sich noch ein Wasser.

»Du trinkst aber viel Wasser«, stelle ich fest. Auf dem Flug hat sie eineinhalb Liter Evian getrunken und musste nur zweimal zur Toilette. Bei der Menge müsste ich alle paar Minuten.

Sie nickt erneut.

»Wasser ist gut für die Haut und überhaupt sehr gesund.«

»Ich weiß, aber es bedarf einiger Selbstdisziplin, jeden Tag so viel zu trinken.«

»Das stimmt, aber es tut dir gut, also ist es die Mühe wert. Außerdem ist es eine gute Methode abzunehmen. Wenn du glaubst, hungrig zu sein, hast du in Wahrheit oft nur Durst. Du solltest es mal ausprobieren.«

In der Zwischenzeit hat Dora es sich auf einer anderen Sonnenliege bequem gemacht. Sie hat ihre Shorts und ihr T-Shirt abgelegt und beeindruckt mit einem unförmigen schwarzen Badeanzug.

Sie trinkt ebenfalls Mineralwasser, wenn auch nicht ganz so begeistert wie Bridget.

Zu meinem völligen Unverständnis hat Dora dem Alkohol so gut wie abgeschworen. Dabei ist sie einem Glas guten Wein, gar nicht mal abgetan. Warum also lässt sie sich nicht einfach ein bisschen gehen und genehmigt sich hin und wieder ein Gläschen?

»Unser erster Tag im Paradies. Was wollen wir unternehmen?«

»Also, ich für meinen Teil kann hier gut und gerne den ganzen Nachmittag sitzen bleiben und mir diese knackigen Hintern ansehen«, murmelt Maddie wollüstig. »Wow, ist das heiß an diesem Strand, und das liegt definitiv nicht an der sengenden Sonne.«

»Stimmt«, bestätigt Amy. »Barbadische Hintern sind irgendwie so hoch und stramm. Wie stellen sie das bloß an? Ich kämpfe jeden Tag gegen meinen Hängearsch und die Gesetze der Schwerkraft an.«

Sie verrenkt sich und betrachtet ihr Hinterteil, das meiner Meinung nach der Inbegriff eines perfekten Pos ist: ein kleiner Pfirsich in einem Bikini. Wäre sie nicht meine Freundin, würde ich sie dafür hassen, dass sie ihre Schönheit derart verleugnet.

»Von mir aus können wir gerne hier bleiben und noch ein bisschen Sonne tanken«, murmelt Fleur, während sie sich vorne noch einmal einölt.

»Ich schließe mich an«, sagt Heather.

»Noch irgendwelche Getränke gefällig?«

»Sollten wir nicht lieber auf unsere Zimmer gehen und uns ein wenig ausruhen?«, wirft Dora besserwisserisch in die Runde. »Immerhin haben wir einen langen Flug hinter uns und kaum geschlafen.«

»Wir können doch hier am Strand ein Nickerchen halten«, entgegnet Maddie gähnend, präsentiert uns ihre kleine pinkfarbene Zunge und rollt sich auf die Seite. »Auf diese Weise können wir zu neuen Kräften kommen und gleichzeitig braun werden.«

»Es ist nicht gut, gleich am ersten Tag zu viel Sonne abzubekommen.« Dora schüttelt den Kopf. »Du wirst schon rot, Lydia.«

Ich gebe es zwar ungern zu, aber Dora hat vermutlich Recht, zumindest was mich anbelangt. Wenn ich es am ersten Tag mit der Sonne übertreibe, werde ich es später bereuen, das ist so sicher wie das Amen in der Kirche. Außerdem ist mein Bungalow so fantastisch, dass es nicht gerade eine Strafe wäre, den herrlichen Strand für eine Weile zu verlassen.

»Wir können doch noch eine halbe Stunde hier bleiben und dann auf unsere Zimmer gehen und uns ein paar Stündchen aufs Ohr hauen«, schlage ich vor.

Nach einer Stunde verlassen wir den Strand und verabreden uns für halb acht in einem der Hotelrestaurants.

Zurück in meinem Bungalow hole ich mein Handy aus dem Zimmersafe und wähle Matts Nummer. Ich lande direkt auf seiner Mailbox.

»Hi, ich bin's. Wollte dir nur sagen, dass wir gesund und munter angekommen sind. Ruf mich an, wenn du in deiner Anlage bist, okay? Nur, damit ich weiß, dass du heil gelandet bist. Ich liebe dich. Ach, übrigens, wir wohnen im Paradies. Ich wünschte, du könntest meinen Bungalow sehen. Ach, wärst du doch jetzt bei mir! Ich liege gerade auf meinem Himmelbett und habe nichts als meinen Bikini und eine glitschige Schicht Sonnencreme auf der Haut …«

Bevor ich mich hinlege, stelle ich den Wecker meines Handys auf vier Uhr, damit ich später die letzten Sonnenstrahlen auf meinem Balkon genießen kann. Nach Schlafen ist mir gar nicht zumute, aber ich möchte mich ein bisschen ausruhen. Ich betrachte eine Weile den langsam über meinem Kopf kreisenden Deckenventilator, und dann fallen mir die Augen zu …

Als ich sie wieder öffne, ist es nach sechs.

Ich habe vier Stunden geschlafen!

Als Erstes greife ich nach meinem Handy.

Natürlich, der Wecker hat nicht geklingelt, weil ich die Uhr noch nicht umgestellt habe. Als Nächstes wird mir siedend heiß klar, dass ich zwar ein paar angenehme Stunden auf meinem Balkon in der Nachmittagsonne verpasst habe, aber leider keinen Anruf. Warum hat Matt nicht zurückgerufen? Er muss doch längst angekommen sein, es sei denn, sein Flug hatte Verspätung. Ich wähle noch einmal seine Nummer, und wieder ist sofort die Mailbox dran. Er muss sein Telefon ausgeschaltet haben, also ist er vielleicht tatsächlich noch im Flugzeug. Oje, hoffentlich nicht, so möchte man seinen Urlaub schließlich nicht beginnen.

Ich steuere die Dusche an.

Zum Glück weckt sie meine Lebensgeister. Es ist wirklich unglaublich, unter freiem Himmel zu duschen. Zuerst dachte ich, es wäre vielleicht ein bisschen merkwürdig, aber im Gegenteil, es ist herrlich! Das warme Wasser, die seichte Brise, und über mir der sich allmählich verdunkelnde Abendhimmel. Als ich aus der Kabine trete, höre ich ein Telefon klingeln, doch meine kurz aufflammende Hoffnung, endlich von Matt zu hören, zerschlägt sich sofort wieder, denn es ist mein Zimmertelefon, das bimmelt, und nicht mein Handy.

Es ist Thomas.

»Bist du soweit?«

»Ich habe verschlafen. In einer Viertelstunde bin ich fertig, okay?«

»Gut, wir sind angezogen und sitzen in den Startlöchern. Sollen wir dich abholen, oder treffen wir uns oben im Restaurant?«

»Treffen wir uns oben.«

Wir speisen in einem Restaurant mit Blick aufs Meer. Es trägt den treffenden Namen »The Ocean Grill«. Laut dem Hotelprospekt verfügt die Anlage über acht verschiedene Restaurants, von denen »The Ocean Grill« vor allem auf Meeresfrüchte spezialisiert ist. Obwohl das Abendessen in unserem Pauschalangebot enthalten ist, mussten wir in diesem Restaurant vorher reservieren, da es sich größter Beliebtheit erfreut. In weiser Voraussicht und da dies unser erster Abend ist und wir uns zum Auftakt unseres zweiwöchigen Freudenfestes etwas ganz Besonderes gönnen wollen, hat Thomas uns bereits von England aus einen Tisch reserviert.

Das Restaurant ist wunderschön. Auf den Tischen stehen Kerzen und zusätzlich zu den üblichen Gedecken aus Besteck und Leinenservietten die gleichen schönen pinkfarbenen Blumen wie in meinem Bungalow.

Auf der Meerseite des Restaurants erstreckt sich eine durchgängige Fensterfront, hinter der eine steile Klippe zum Strand abfällt und die einen grandiosen Blick auf den unter uns wogenden Ozean bietet.

Mir wird der Platz am Tischende zugewiesen, und während die Kellner erlesene Appetizer auftragen, entkorkt Thomas eine Magnumflasche Champagner, die mein lieber Dad und Sam offenbar zur Feier unseres ersten Abends für uns geordert haben.

»Ich möchte einen Toast ausbringen. Auf Liddys Jungfernabschied! Und auf ihre bevorstehende Ehe!«

»Auf Liddys Zukunft!«

»Eine Rede, eine Rede!«, verlangen Maddie und Amy lauthals, und die anderen stimmen ein.

»Also gut«, setze ich freudestrahlend an. »Ich will euch einfach nur sagen, dass ich superglücklich bin, an so einem unglaublich schönen Ort zu sein, aber am meisten bedeutet es mir, so wunderbare Freunde zu haben, die dieses Paradies mit mir teilen. Auf euch!«

»Auf uns!«, rufen sie alle fröhlich im Chor und erheben ihre Gläser ein weiteres Mal.

Kellner in makellosem Weiß bringen uns die Speisekarten, auf die wir uns sofort wie ausgehungert stürzen und die wir aufgeregt durchblättern und mit Inbrunst studieren, als handelte es sich um einen spannenden Roman.

»Ich nehme die Flunder«, verkündet Fleur.

»Versuch lieber den Hummer.«

»Hier gibt es Hummer?«

»Auf der nächsten Seite. Lobster Thermidor auf einem Bett zerlassener Butter mit Chilimus.«

»Wow! Hört euch mal das an!«, ruft Maddie. »Petersfisch gefüllt mit Jakobsmuscheln, Riesengarnelen und weißem Krabbenfleisch, dazu geröstete rote Paprika.«

»Klingt göttlich«, stimmt Amy ihr zu. »Aber ich glaube, ich nehme die Schwertfischfilets.«

»Und ich nehme das Meeresfrüchtekebab«, verkündet Thomas entzückt.

»Ich muss sagen, es klingt alles köstlich«, stellt Bridget wohlwollend fest.

Bridget sitzt neben mir, was mir gelegen kommt, denn so kann ich sie endlich etwas besser kennen lernen.

Bisher hatten wir kein einfaches Verhältnis zueinander, distanziert und höflich wäre wohl die richtige Beschreibung, deshalb war ich positiv überrascht, dass sie mitgekommen ist.

Ich habe keine Ahnung, wie viel sie als Einkäuferin für so ein unglaublich angesehenes und exquisites Kensingtoner Bekleidungsgeschäft verdient, aber ihre Eltern schwimmen offenbar im Geld, sodass sie es sich locker erlauben kann, Urlaub in der Karibik zu machen, wann immer ihr der Sinn danach steht.

Nachdem wir alle bestellt haben, wendet sie sich mir zu und fragt: »Und? Sind alle Hochzeitsvorbereitungen getroffen?«

»Fast alle.«

»Soll das heißen, ihr seid mit der Planung noch nicht durch?«

Irgendwie klingt aus Bridgets Mund alles nach Kritik, aber ich rufe mir Matts Worte ins Gedächtnis, nach denen sie sich angeblich mit mir anfreunden will, und lächele sie an.

»Ein paar Kleinigkeiten fehlen noch, aber es ist alles aufgelistet. Du kannst dir ja gar nicht vorstellen, wie lang meine To-do-Liste war und wie wenig Zeit ich hatte, alles zu erledigen, aber inzwischen konnte ich erstaunlicherweise fast überall einen fetten Haken machen. Eigentlich fehlen jetzt nur noch die kleinen Partygeschenke, die wir bestellt haben. Zum Glück hat mir meine Stiefmutter jede Menge geholfen. Sam ist wirklich ein Engel. Und sie ist SO gut organisiert.«

»Genauso schlimm wie du«, zieht Maddie mich auf.

»Bei der Arbeit muss ich so organisiert sein, dass es zwangsläufig auf mein Privatleben abfärbt«, erkläre ich an Bridget gewandt. »Anderenfalls würde ich im absoluten Chaos versinken, als Ausgleich sozusagen.«

Maddie rümpft missbilligend die Nase. Für sie sind organisierte Menschen Langweiler, weshalb sie jede Art von Planung für komplette Zeitverschwendung hält. Ihr Motto lautet schlicht und einfach: »Lass dich treiben und alles auf dich zukommen.« Aber es scheint ihr gut zu bekommen.

»Und wie sieht dein Hochzeitskleid aus?«, fragt Bridget, während sie in einem Hummerstück herumstochert, als wäre es vergiftet.

»Wie ein Zelt.«

Sie starrt mich an.

»Ein Zelt?«

»Genau. Ein weißes Seidenzelt. Ich habe es bei den Konstrukteuren des Millenium Dome in Auftrag gegeben. Es hat an der Taille ein Gummiband, damit es sich eventuellen Gewichtsschwankungen vor dem entscheidenden Tag genauso anpasst wie der extremen Völlerei mit Hochzeitstorte am großen Tag selbst. Außerdem tausche ich es nach dem Kaffeetrinken gegen meinen Freizeitlook aus, damit wir es anschließend als Zelt für die abendliche Party verwenden können.«

Bridget verzieht keine Miene.

Dora auch nicht.

»Mach dich nicht immer selber so schlecht, Lydia«, sagte sie missbilligend.

»Genau«, pflichtet Thomas ihr bei.

Ich kippe vor Überraschung beinahe vom Stuhl. Zum ersten Mal stimmt er mit etwas überein, das aus dem Mund von Düster-Dora kommt.

»Wo sie Recht hat, hat sie Recht. Du musst nicht zwangsweise Größe vierunddreißig tragen, um schön zu sein. Ich wäre jedenfalls jederzeit lieber ein Botticelli als ein Giacometti.«

»Das sagt sich leicht, wenn man nicht aussieht wie ein Buddha im Badeanzug.«

Für jemanden, der in einer Kaffeepause vier Donuts verdrücken kann, ist Thomas erstaunlich schlank und muskulös.

»Und welche Blumen hast du ausgesucht?«, meldet sich Bridget wieder zu Wort.

»Rosen. Es wird alles sehr traditionell ablaufen.«

»Welche Farbe?«

»Meine sind hellrosa und die der Brautjungfern rosa und cremefarben. Am liebsten hätte ich ja Lilien genommen, aber leider bin ich gegen Lilien extrem allergisch.«

»Und die Kleider der Brautjungfern?«, bohrt Bridget weiter.

»Keine«, murmelt Maddie trocken. »Wir gehen nackt.«

»Wir tragen goldene Kleider«, wirft Amy ein. »Aus weichem Stoff«, fügt sie schnell hinzu, als sie Bridgets skeptischen Blick sieht, »nicht aus goldfarbenem Lamé. Sie sind sehr geschmackvoll.«

»O ja, das kann ich mir vorstellen«, entgegnet Bridget überfreundlich, ohne ihre Skepsis zu verbergen.

»Es wird eine grandiose Hochzeit«, springt Fleur mir zur Seite.

Hoffentlich hat sie Recht.

Die Feier wird bei Dad und Sam stattfinden.

In einem weitläufigen, alten, steinernen Pfarrhaus im Zentrum des kleinen Dorfes Whitten-on-the-Green. Die Kirche, in der wir uns das Jawort geben, befindet sich direkt nebenan. Wie praktisch. Dad und Sam wohnen noch näher an der Kirche als der Pfarrer selbst, der gegenüber dem Kirchplatz in einem wesentlich moderneren und pflegeleichten Haus lebt.

Entgegen Bridgets Zweifeln ist alles bestens organisiert. Matts Eltern haben keine Kosten gescheut und sich zum Glück bereit erklärt, das nötige Kleingeld für die Hochzeitsfeier beizusteuern.

Dad hat sich wegen dieses Traditionsbruchs eine Weile schwer getan, aber als ihm klar wurde, was »keine Kosten scheuen« tatsächlich bedeutet, hat er großmütig eingewilligt und war dankbar, dass es ihm erspart bleiben würde, das Geld für ein fünfgängiges Menü für zweihundert Leute locker machen zu müssen. Zumal ich Dad und Sam anfangs noch vorgeschlagen hatte, ein Festzelt in ihrem Garten aufzubauen und den etwa achtzig vorgesehenen Gästen selbst gemachte Limonade, gegrillten Seeteufel und frische Erdbeeren zu servieren. Mir ist es ziemlich schnurz. Ein Zelt in Dads und Sams Garten wäre sicher nett und entspannt gewesen und für mich eine Erinnerung an glückliche Zeiten aus Kindheitstagen, aber in

Sedgeborough Hall zu feiern, kann ich mir genauso gut vorstellen, mit den italienisch anmutenden Gärten und Brunnen und dem riesigen Tanzsaal.

Zu meiner großen Freude haben sich Matts Eltern trotz der großzügigen Finanzspritze nicht weiter in unsere Planung eingemischt. Das Einzige, was sie, abgesehen vom Ort des Empfangs, geändert haben, ist die Gästeliste. Die zusätzlichen einhundertzwanzig Gäste sind vorwiegend Freunde, Geschäftspartner und Mitglieder ihres Golfclubs, und was die Familie angeht – na ja, Matt hat zwar keine Geschwister, aber dafür unglaublich viele Cousins und Cousinen, die er, obwohl er sie alle seit Jahrzehnten nicht mehr gesehen hat, massenweise zu unserer Hochzeit einladen musste. Insgesamt kommen auf der Morgan-Seite sage und schreibe dreiunddreißig Cousins und Cousinen zusammen, nicht mitgezählt diverse Ehefrauen, Ehemänner, Verlobte oder sonstiger Anhang, nicht zu vergessen die siebzehn Kinder, von denen zwölf unter zehn sind. Darüber hinaus sind natürlich auch die unzähligen Tanten, Onkel und Großeltern eingeladen.

Ich sehe es bildlich vor mir: Auf meiner Seite der Kirche sind gerade mal zweieinhalb Bankreihen gefüllt, während auf Matts Seite wegen Überfüllung eine Eintrittsgebühr verlangt werden muss.

Aber solange diejenigen dabei sind, die mir wirklich wichtig sind, soll es mir egal sein. Je mehr Leute kommen, desto lustiger wird die Party, und wie Thomas hervorgehoben hat, soll ich bloß mal an all die vielen Hochzeitsgeschenke denken.

Da Matts Eltern die gesamte Feier finanzieren, bleibt mir sogar noch ein Budget für die Dinge, die mir wirklich wichtig sind, wie zum Beispiel …

»Was wirst du denn für Schuhe tragen?«, fragt Bridget.

Also, meine Schuhe sind wirklich toll, und wenn ich über

irgendetwas keine Witze mache, dann über tolle Schuhe. Damit ich sie auch nach der Hochzeit noch tragen kann, habe ich mich für eine etwas weniger traditionelle Variante entschieden. Und tief in die Tasche gegriffen habe ich auch. Wenn ich mir in meinem ganzen Leben nur ein einziges Paar Jimmy Choo's gönnen darf, ist meine Hochzeit doch der perfekte Vorwand. Es sind elegante, mit Perlen besetzte Sandaletten, und es war eine Qual, sie nicht schon mit in den Urlaub zu nehmen.

Ich berichte Bridget stolz von meiner Errungenschaft und nehme zufrieden zur Kenntnis, dass sie anerkennend nickt.

»Raymond und Miriam sind bestimmt schon ganz aufgeregt«, stellt sie fest.

Raymond und Miriam sind Matts Eltern. Ehrlich gesagt habe ich sie erst ein paar Mal gesehen. Matt ist nicht der Typ, der seine Verwandtschaft jedes Wochenende beim Sonntagsbraten trifft, um mit der Familie auf Tuchfühlung zu bleiben.

Wir sind gut miteinander ausgekommen, aber sie waren auch viel zu höflich, als dass irgendwelche Misstöne hätten aufkommen können.

»Das klingt ja alles wunderbar, Liddy.« Bridget lächelt mich an, und diesmal entdecke ich keinen unterschwelligen Sarkasmus, es scheint ein aufrichtiges Kompliment zu sein.

Ich lächele vorsichtig zurück.

»Findest du?«

»Aber ja, mehr als das.«

»Danke«, seufze ich, und es kommt von Herzen, doch dann macht sie meine Freude zunichte, indem sie fortfährt: »Ich hätte nie im Leben gedacht, den Tag zu erleben, an dem Matt Morgan eine Frau zum Altar führt.«

»Nein?«

Sie schüttelt den Kopf.

»Ich habe ihn immer für einen eingefleischten Junggesellen

gehalten. Du musst das gewisse Etwas haben, Lydia MacDonald.«

Eigentlich sollte ich so eine Feststellung als Kompliment verstehen, doch die Art, wie sie es sagt, gibt mir klar und deutlich zu verstehen, dass Bridget sich beim besten Willen nicht vorstellen kann, was dieses gewisse Etwas wohl sein könnte.

Aber ich bin bereits gewöhnt, dass die Leute überrascht sind, wenn sie hören, dass Matt und ich nicht nur ein Paar sind, sondern auch in den heiligen Stand der Ehe treten werden, deshalb bekümmert mich ihre Bemerkung nicht weiter. Was mich nachdenklicher stimmt, ist, dass ich selbst nicht den leisesten Hauch einer Ahnung habe, was dieses gewisse Etwas wohl sein könnte.

Kapitel 6

Wir sind in einer Bar namens »Sunset View«, die ihrem Namen alle Ehre macht: Am Ende der Bucht auf einem erhöhten Vorsprung liegend, offenbart sie uns einen perfekten Blick auf die langsam im Meer versinkende Abendsonne.

Es ist kurz nach zehn, und ich befinde mich in jenem merkwürdigen Übergangszustand, der einen manchmal befällt, wenn man mehrere Zeitzonen überschreitet.

Obwohl wir seit zwei Uhr nachmittags englischer Zeit unterwegs sind und es jetzt in England bereits zwei Uhr nachts ist, bin ich hellwach. Normalerweise würde ich längst im Bett liegen und selig vor mich hin schlummern. Mit Matt. Der übrigens immer noch nicht angerufen hat. Was ich nur deshalb weiß, weil ich treue Braut, die ich bin, extra ein kleines Handtäschchen mit in die Bar genommen habe, um mein Handy dabeizuhaben.

Wir sind an einem Urlaubsort mit Spaßgarantie, und ich glaube nicht, dass in dieser Bar außer mir sonst noch jemand mit traurigem Gesicht ein Handy belauert und auf einen Anruf wartet. Unsere Ferienanlage ist mit etwa dreihundert Gästen voll belegt, und mindestens die Hälfte von ihnen scheint sich heute Abend im Sunset View eingefunden zu haben. Alle amüsieren sich prächtig.

In der Laube, in der laut Prospekt auch Hochzeiten gefeiert werden, spielt eine Band. Die Musiker tragen alle die gleichen, ordentlich gebügelten schwarzen Hosen und Hemden mit schrillen Motiven tropischer Blumen, Palmen und Papageien in den grellsten Farben. Alle strahlen über das ganze Gesicht, offenbar macht ihnen ihr Auftritt Spaß, denn sie schwingen zu ihrer eigenen Musik so wild die Hüften wie der Perkussionist seine Maraca.

Der Rhythmus fährt in die Knochen.

Selbst die Gäste, die nicht tanzen, wippen mit den Zehen im Takt, trommeln mit den Fingern, wiegen die Schultern oder nicken mit dem Kopf.

Maddie, Thomas und Amy stürmen sofort auf die Tanzfläche, während wir anderen die Bar ansteuern, um uns ein paar Drinks zu gönnen. Vor der Theke drängen sich die Massen, aber ich habe Glück und steuere einen gerade frei gewordenen Barhocker am äußersten Ende an, während Fleur und Heather sich durch die Menschenmenge kämpfen, dicht gefolgt von einer schimpfenden Dora und Bridget. Von meinem Barhocker aus beobachte ich, wie Thomas die Annäherungsversuche eines wohl beleibten Italieners namens Alfredo abwehrt, der ihn bereits während des Abendessens angeschmachtet hat.

Über das Stimmengewirr und die Musik höre ich meine Freundinnen einander ihre Getränkewünsche zuschreien.

»An unserem ersten Abend sollten wir Champagner trinken!«, ruft eine überschwängliche Fleur.

»Wenn du mich fragst, sollten wir jeden Abend Champagner trinken!«, gluckst Heather schon reichlich beschwipst.

»Ihr wollt doch wohl nicht noch mehr Champagner trinken?«, wirft Dora missbilligend ein.

»Ich hätte nichts dagegen, aber das Zeug, das sie hier servieren, lässt sich wohl schwerlich als Champagner bezeichnen«, stellt Bridget naserümpfend fest.

Ich frage mich, ob ich bei dem Lärm womöglich mein Handy überhört habe. Also vergewissere ich mich mit einem Seitenblick, dass ich nicht beobachtet werde, nehme mein Handy aus der Tasche und checke das Display. Nichts. Nur die Uhrzeit, die immer noch auf englische Zeit eingestellt ist. Keine verpassten Anrufe, kein kleiner Briefumschlag, der den Eingang einer SMS anzeigt. Ich seufze und pfeffere das Handy ziemlich grob zurück in die Tasche, als wäre mein kleines Telefon schuld, dass Matt sich noch nicht gemeldet hat. Nach so einem vorzüglichen Abendessen an so einem herrlichen Ort sollte ich eigentlich entspannt und glücklich sein. Doch leider hat Heather mir nach dem Essen auf dem Weg zur Bar freudig anvertraut, dass Ben sie heute schon zweimal angerufen hat. Die Jungs sind pünktlich auf die Minute gelandet und glücklich in ihrer Ferienanlage angekommen.

Warum also hat Matt mich noch nicht angerufen?

Vielleicht war der wilde Sex doch einfach nur wilder Sex und keine glückliche Versöhnung, und er ist immer noch sauer auf mich. Aber warum sollte er das sein? Schließlich hatten wir nun wirklich keinen ernsthaften Streit, oder? Aber aus welchem Grund auch immer er sich nicht meldet, die Funkstille trübt meine Stimmung, und dass ich mich darüber ärgere, macht mich doppelt sauer.

»So tief in Gedanken versunken, junge Frau?«

Ich sehe auf und blicke in das Gesicht einer Frau, die auf dem Barhocker neben mir sitzt. Es ist eine ältere Dame mit wohlgeformten Wangenknochen und grauweißem, zu einer eleganten Bobfrisur frisiertem Haar. Sie lächelt freundlich und ist ihrem Akzent nach zu urteilen ebenfalls Engländerin.

»So tief in Gedanken versunken?«, wiederholt sie. »Ich gäbe einiges darum, wenn ich sie lesen könnte.«

Ich lache.

»Das ist schon besser. Sie sind viel zu jung, um so ernst dreinzublicken. Was bedrückt Sie denn?«

»Gar nichts, wirklich nicht.«

»Lügen Sie nicht, junge Frau, ich bin viel zu alt, um darauf hereinzufallen. Wenn eine Frau diesen speziellen Blick hat, denkt sie immer, und damit meine ich ausnahmslos *immer*, an einen Mann.«

Als ich zögere, hält sie mir ihre schlanke, runzelige Hand hin.

»Lulu Dalton.«

Ich ergreife die Hand.

»Lydia MacDonald.«

»Sie sind Engländerin?«

Ich nicke.

»Ich komme aus London, nein, ursprünglich aus Wiltshire, aber ich lebe seit elf Jahren in London.«

»Ich bin auch aus London, aus Hampstead Heath. Ich lebe schon viel zu lange dort. Nett, Sie kennen zu lernen.«

»Ganz meinerseits«, entgegne ich, so wie mein Vater formelle Begrüßungen zu erwidern pflegt.

»Warum also das lange Gesicht? Haben Sie Kummer mit einem Mann?«

»Kummer wäre übertrieben, eher ein Mangel an Kommunikation. Er ruft einfach nicht an.«

»Verstehe«, entgegnet sie und seufzt. »Die entsetzliche Hölle eines schweigenden Telefons. Ich kenne das nur zu gut. Wie oft habe ich in meiner Jugend frierend in einem zugigen Flur auf der untersten Treppenstufe neben dem Telefon gehockt und bin von Minute zu Minute nervöser geworden.«

»Wenigstens muss man heute nicht mehr neben dem Telefon hocken, sondern kann es immer dabeihaben.« Ich öffne meine Tasche und zeige ihr mein Handy.

»Ja, ja«, stellt sie fest und seufzt erneut. »Ein moderner Segen oder doch eher ein Fluch? Ich weiß nicht recht. Also, welcher Mann ruft denn nicht an, und wo ist er?«

»Mein Verlobter Matt. Er ist in einem Ferienort auf der anderen Seite der Insel. Ich habe um die Mittagszeit eingecheckt, und er sollte etwa vier Stunden nach mir eintreffen. Ich habe ihn angerufen, um mich zu vergewissern, ob er gut angekommen ist, aber er ist nicht drangegangen und hat auch nicht zurückgerufen.«

»Sie sind nicht im gleichen Hotel? Sind Sie eines dieser neumodischen Paare, die getrennt Urlaub machen?«

»Nein, nein. Wir heiraten bald, und das hier ist mein Jungfernabschied. Er feiert auch, nur an einem anderen Ort, und hat sich vermutlich sofort ins Vergnügen gestürzt. Typisch Mann, wahrscheinlich hat er vergessen, dass ich überhaupt existiere.« Ich versuche, möglichst gleichgültig zu klingen, aber vergeblich.

»Sie heiraten, junge Frau, na dann, herzlichen Glückwunsch! Der Mann da vorne ist übrigens mein Mann. Er hält sich für Fred Astaire.«

Sie zeigt auf einen kleinen eleganten Mann auf der Tanzfläche. Sein ebenfalls ergrautes Haar ist vom Tanzen zerzaust und klebt ihm in kleinen Löckchen am Kopf. Mit seiner hellblauen Bügelfaltenhose, seinem noch hellblaueren Polohemd und seinen weißen Tennisschuhen sieht er so tuntig aus, dass ich ihn, wenn Lulu ihn mir nicht soeben als ihren Mann vorgestellt hätte, spontan Alfredo zugeordnet hätte, dem beleibten Italiener.

»Arthur ist mein zweiter Ehemann. Er ist wirklich ein Schatz, sehr aufmerksam, aber es hat auch seine Zeit gebraucht, bis ich ihn so weit hatte. Ich glaube, als zweite Ehefrau hat man es leichter. Ein Mann kann aus seinen Fehlern lernen, liebe Lydia, und glauben Sie mir, mit seiner ersten Frau hat Arthur einen Riesenfehlgriff gemacht. Ist es Ihre erste Hochzeit?«

»Die erste und letzte hoffentlich.«

»Ein schöner Vorsatz, meine Liebe, nur leider läuft es nicht immer so, wie man es sich wünscht. Mit zunehmendem Alter verändern sich die Menschen, und nicht immer zur Freude des Partners. Manchmal verändert man sich so, dass man nicht mehr zusammenbleiben will. Aber was rede ich da! Ich sollte Ihnen Hoffnung auf eine wunderbare Zukunft machen. Wann ist denn die Hochzeit?«

»Am Samstag, dem 16. August.«

»So bald! Sind Sie schon lange zusammen?«

»Seit einem Jahr und vier Monaten.«

»Eine ziemlich stürmische Liebe also. Arthur und ich haben uns drei Jahre Zeit gelassen, aber bei uns gab es auch einige Komplikationen, und wenn wir gekonnt hätten, hätten wir uns sicher früher das Jawort gegeben.«

»Komplikationen?«, hake ich nach.

»Na ja, wir haben uns während eines Wahlkampfes im Gemeindesaal einer Kirche in Aldershot kennen gelernt. Ich habe Briefumschläge mit Wahlpropaganda gefüllt, während Arthur die Haushalte abgeklappert hat. Es ist schon mal eine gute Basis für eine Beziehung, wenn man die gleichen Ansichten darüber hat, wie das Land, in dem man lebt, regiert werden sollte. Leider waren wir beide verheiratet, weshalb wir erst mal eine Affäre hatten, meine Liebe, aber es war Lust auf den ersten Blick, und zwar auf beiden Seiten. Wir konnten einander einfach nicht widerstehen.«

»Lust oder Liebe?«, hake ich nach und lächele über ihre Wortwahl.

»Beides – und von beidem jede Menge.« Sie lächelt ebenfalls.

»Und wie lange sind Sie schon zusammen?«

»Oh, es müssten jetzt bald achtzehn Jahre sein. Ja, genau,

achtzehn Jahre. Habe ich erwähnt, dass ich letzten Dienstag einundachtzig geworden bin?«

»Sie sind einundachtzig?« Ich starre sie fassungslos an.

»Ich habe meinen Pass dabei, falls Sie mir nicht glauben.« Das meint sie natürlich im Scherz, aber sie lächelt zufrieden über mein ungläubiges Staunen.

»Dann waren Sie, als Sie Ihren Mann kennen gelernt haben …«

»Dreiundsechzig«, sagt sie und hilft mir auf die Sprünge, »gucken Sie nicht so überrascht, auch sechzigjährige Frauen können sich noch verlieben.«

»Freut mich zu hören.«

»Nur die Jahre zwischen dreißig und sechzig sind langweiliges, sexloses Ödland.«

Sie sieht, wie mir die Kinnlade herunterfällt, und prustet los.

»Keine Sorge, ich scherze nur. Es ist keine Frage des Alters, meine Liebe, man muss nur den Richtigen finden, einen, der dich anmacht, der dich auf Touren bringt und den Motor möglichst lange mit hoher Geschwindigkeit am Laufen hält. Sexuelle Kompatibilität ist verdammt schwer zu finden und ist nicht vorhersehbar. Dass einem der Anblick eines Päckchens gefällt, heißt noch lange nicht, dass einen beim Auspacken auch der Inhalt in Wallung bringt.«

»Dann haben Sie ja besonderes Glück gehabt, denn neben allen anderen Vorzügen sieht Arthur auch noch supergut aus.«

»Für so einen alten Kauz bestimmt«, bestätigt sie. »Er ist sozusagen mein junger Gespiele. Mein erster Mann hat seinen Geist zur gleichen Zeit aufgegeben wie mein altes Auto, also habe ich beide durch ein neueres Modell ersetzt.«

Sie lächelt ihn liebevoll an, woraufhin er ihr zuwinkt. Dabei wackelt er mit sämtlichen Fingern und strahlt freudig über sein faltiges Gesicht.

»Er ist erst sechsundsiebzig. Am Freitag wird er siebenundsiebzig. Die Reise hierher schenken wir uns immer gegenseitig zum Geburtstag. Hier haben wir nämlich vor fünfzehn Jahren geheiratet, und seitdem kommen wir zweimal im Jahr.«

»Oh, wie schön! Für uns ist es das erste Mal.«

Dora, Bridget, Fleur und Heather kommen mit unseren Drinks, und ich stelle sie Lulu vor. Thomas ist nirgendwo zu sehen, Amy und Maddie tanzen noch, aber ich zeige sie Lulu, woraufhin sie begeistert feststellt, wie hübsch sie seien und dass Arthur sie bestimmt mögen werde, da er auf hübsche junge Frauen stehe.

»Sie müssen ihn unbedingt kennen lernen«, stellt sie an mich gewandt fest und winkt ihn herbei.

Mit einem breiten Lächeln verlässt Arthur die Tanzfläche und kommt mit wiegenden Schritten auf uns zu. Bei Lulu angekommen, nimmt er als Erstes ihre Hand und küsst sie.

»Arthur, mein Liebster, das ist Lydia. Sie heiratet am 16. August. Sie feiert hier ihren Jungfernabschied.«

»Das ist ja großartig!« Er fasst mich an den Händen und drückt mir auf jede Wange einen dicken Kuss.

»Und das sind meine Freundinnen«, stelle ich die anderen vor, als auch die beiden Tänzerinnen sich zu uns gesellen und nach ihren Drinks lechzen. Immer noch tänzelnd drückt er allen der Reihe nach einen Kuss auf die Wange, dann geht er wieder zu Lulu und nimmt erneut ihre Hand.

Er wirkt nicht älter als sechzig.

Ich sage ihm das, woraufhin er über das ganze Gesicht strahlt und versichert, dass er es allein seiner Frau zu verdanken habe, dass er sich so gut gehalten hat.

»Sie macht mich glücklich, und das hält mich jung.« Er wendet sich mit einem Zwinkern an Fleur. »Hat Ihnen schon mal jemand gesagt, dass Sie aussehen wie Kylie Minogue?«

»Nein«, lügt sie und lächelt ihn an.

»Lulu sieht aus wie Jean Harlow«, stellt er stolz fest und nimmt erneut ihre Hand, »nur dass sie noch schöner ist.«

»Das will ich auch hoffen«, entgegnet Lulu, »immerhin ist sie schon seit vielen Jahren tot.«

»Ist eine glückliche Beziehung das Geheimnis ewiger Jugend?«, frage ich sie, als Arthur ihr einen weiteren Handkuss gibt.

»Bestimmt nicht allein, aber ich denke, es kann helfen. Wer glücklich ist, runzelt nicht so oft die Stirn und hat folglich weniger Falten. Eigentlich müsste ich steinalt aussehen, denn mein Ex-Mann war weiß Gott nicht gerade ein angenehmer Zeitgenosse, und ich war immerhin vierzig Jahre mit ihm zusammen. Er war viel zu sehr mit sich selbst beschäftigt, um irgendjemanden außer sich selbst glücklich zu machen. Trotzdem haben wir drei wunderbare Kinder in die Welt gesetzt. Zusammen haben wir sieben Kinder, nicht wahr, mein Schatz?«

»Äh, was hast du gesagt, meine Liebe?«

»Dass wir sieben Kinder haben.«

»So ist es, mein Täubchen. Sieben, meine Glückszahl.«

Er küsst ihre Hand wie zum Beweis gleich siebenmal.

»Hättest du Lust, mit mir zu tanzen, mein Engel?«

»Obwohl wir von all diesen umwerfenden jungen Frauen umringt sind, ziehst du es vor, mit einer alten Schachtel wie mir zu tanzen?«

»Du weißt doch, meine Teuerste, ich habe nur Augen für dich.«

Mit albernem Gekicher schieben sie sich wie Teenager aufs Parkett, wo sie einen beeindruckenden Samba hinlegen.

»Entweder ich würde alles dafür geben, in ihrem Alter so zu sein wie sie, oder ich werde euch bitten, mich umzubringen, wenn ich in ihrem Alter so wäre«, murmelt Amy, während sie die beiden über ihren Rumpunsch misstrauisch beobachtet.

»Ich finde sie klasse. Sie versprühen so eine Lebenslust.«

»Und Lust aufeinander.« Ich beiße mir auf die Unterlippe. »Das treibt einem ja die Schamesröte ins Gesicht.«

»Warum denn? Einen Seniorenpass in der Tasche zu haben, heißt doch nicht, dass du keinen Sex mehr hast.«

»Sieh dir nur Mick Jagger an.« Maddie schielt mich mit nach innen verdrehten Augen an.

»Bezieht der etwa schon Rente?«, fragt Heather ungläubig.

»Anspruch hätte er bestimmt schon.«

»Wow, kaum zu glauben.«

»Eben. Man hat einfach diese Klischees vom Altwerden im Kopf – Tweedkostüme, geliehene Bücher aus der Stadtbibliothek, Teekränzchen und so weiter, aber es muss nicht so sein, wenn du nicht willst. Seht euch die beiden an.«

Arthur und Lulu tanzen inzwischen Lambada.

»Glaubst du, Matt und du seid in dreißig Jahren auch so?«, fragt Heather, während sie die beiden beobachtet.

»Darüber habe ich noch nie nachgedacht«, erwidere ich und versuche, mir vorzustellen, wie ich wohl als alte Dame aussehen könnte, doch vergeblich.

»Ihr habt euch noch nie ausgemalt, wie es ist, zusammen alt zu werden?«, fragt sie überrascht. »Ich male mir das ständig aus. Ben und ich in einem Cottage am Meer mit mindestens dreißig Enkelkindern, die uns ständig besuchen kommen, wie wir gemeinsam mit ihnen und den vier Hunden am Strand picknicken …«

»Ein Cottage? Mit vier Hunden und dreißig Enkelkindern, die ständig zu Besuch kommen? Da braucht ihr wohl eher eine Villa«, scherzt Fleur.

»Du weißt schon, was ich meine«, entgegnet Heather und

errötet ein wenig. Sie hasst es, im Zentrum der Aufmerksamkeit zu stehen. »Ich kann mir eben lebhaft vorstellen, wie Ben und ich unsere letzten gemeinsamen Jahre verbringen. Oje, klingt das nicht furchtbar, ich rede über unsere letzten gemeinsamen Jahre, dabei bin ich gerade mal vierundzwanzig!«

»Es ist nichts Schlimmes daran, seine Zukunft zu planen«, pflichtet ihr Dora bei.

Heather lächelt sie dankbar an.

»Genau das sagt Ben auch immer. Er hat unser weiteres Leben schon genau geplant. In zwei Jahren, also wenn ich sechsundzwanzig bin, heiraten wir. Zwei Jahre später, also wenn ich achtundzwanzig bin und er dreißig, bekommen wir unser erstes Kind und zwei Jahre danach unser zweites. Mit etwa vierzig will er sich zur Ruhe setzen. Deshalb arbeitet er als Investmentbanker, obwohl ihm der Job stinkt, aber so werden wir genug Geld haben und es uns leisten können, dass er sich so früh aus dem Berufsleben verabschiedet und ich meinen Job aufgeben kann. Ich muss ja zu Hause bleiben und mich um die Kinder kümmern. Dann ziehen wir ans Meer, irgendwo auf halbem Weg zwischen meinen Eltern und deinem Vater und Sam, Liddy. Allerdings muss unser Umzug genau dann stattfinden, wenn unser ältestes Kind elf Jahre alt ist, damit der Schulwechsel möglichst leicht fällt. Ben widmet sich dann der Malerei, und vielleicht haben wir sogar noch einmal Lust auf ein weiteres Baby …«

Ich höre ihr mit offenem Mund zu.

Während mein Bruder und sie ihr komplettes Leben genau geplant haben, können Matt und ich uns nicht einmal über unsere Wunschliste für unsere Hochzeit einigen.

»Natürlich weiß ich, dass sich so ein Plan niemals eins zu eins umsetzen lässt«, fügt Heather hinzu, »Babys kommen nun einmal nicht auf Knopfdruck, aber zu wissen, was wir eigentlich wollen, gibt uns ein Ziel, das wir erreichen wollen und für das wir arbeiten.« Zu meinem Entsetzen wendet sie sich erneut mir zu und fragt: »Wie sieht es denn mit Matts und deinem Lebensplan aus, Liddy?«

»Was für eine dumme Frage«, mischt Fleur sich ein. »Liddy hat doch nicht einmal einen Plan für ihre Altersvorsorge.«

»Hat sie doch«, stellt Maddie klar und zwinkert mir zu. »Matt…«

»Also ehrlich«, meldet sich Dora zu Wort. Ihre Missbilligung ist unverkennbar. »Du kannst dich nicht auf den Staat verlassen – und auf einen Mann erst recht nicht.«

»Ich habe sehr wohl einen Plan«, protestiere ich schwach, doch niemand schenkt mir Gehör.

»Ehrlich, Dora, leg doch endlich mal deine Siebziger-Jahre-verbrennt-eure-BHs-Anti-Männer-Leier ab. Die ist absolut out.« Maddie zündet sich genüsslich eine Zigarette an, nicht etwa, weil sie eine rauchen will, sondern weil sie weiß, dass sie Dora damit erst recht auf die Palme bringt.

»Im Gegensatz zu dir bin ich ja wohl definitiv nicht diejenige, die sich im Zeitalter der freien Liebe austobt«, giftet Dora zurück. »Wenn die Befreiung der Frau für dich darin besteht, dich einmal quer durch London zu vögeln, tun mir all die Frauen Leid, die viele Opfer gebracht haben, dir diese Freiheit zu verschaffen.«

»Es geht einzig und allein um die Freiheit der Wahl, Dora, und wenn ich mich dafür *entscheide*, mich von einem Mann aushalten zu lassen – womit ich nicht sagen will, dass ich das tue oder jemals tun werde –, also *wenn* ich mich dafür entscheide, werde ich es ohne die geringsten Skrupel und Bedenken tun und ohne dabei auch nur im Geringsten ein schlechtes Gewissen zu haben.«

»Dass du nur schwer wegen irgendetwas ein schlechtes Gewissen haben kannst, Madelaine Grant, kann ich mir gut vorstellen, denn nach allem, was ich in den vergangenen Jahren von dir gehört und gesehen habe, hast du gar kein Gewissen.«

»Wohingegen du ein Übermaß davon hast, das dich dazu treibt, den Willen anderer hemmungslos zu unterdrücken. Du redest von unseren Vorgängerinnen, die dafür gekämpft haben, dass wir heute frei entscheiden können, wie wir leben wollen, aber genau jetzt und hier versuchst du, mir meine Wahlfreiheit abzusprechen. Du kannst nicht ständig allen anderen vorschreiben, was sie zu denken und zu tun haben, Dora, du bist eine absolute Despotin, und dein Verhalten widerspricht zu hundert Prozent den Prinzipien der Freiheit, die du immer so hochhältst.«

Ich habe Dora noch nie sprachlos erlebt.

Niemand sagt mehr etwas.

Maddies Argumentation ist einfach perfekt.

Am liebsten würde ich aufstehen und ihr applaudieren.

Viele Leute, die sie nicht richtig kennen, begehen den Fehler, Maddie zu unterschätzen. Sie sehen in ihr ein Partygirl, das immer nur auf Spaß bedacht ist, übersehen dabei aber, dass besagtes Partygirl, das aus einer eher wenig vornehmen Gegend in Essex stammt, ein Stipendium für eine sehr renommierte Privatschule erhalten hat und danach einen ausgezeichneten Abschluss in Betriebswirtschaft, Politik und amerikanischer Geschichte hingelegt hat, und zwar an einer äußerst angesehenen Universität (der Hinweis auf Bootsrennen mag dazu dienen, die in Frage kommenden Universitäten ein wenig einzugrenzen).

Für ihre Ausbildung hat Maddie sich ein Bein ausgerissen. Während ihres Studiums hat sie zwei Teilzeitjobs angenommen, damit sie anschließend nicht mit einem Schuldenberg dastünde, und nachdem sie jahrelang so hart geschuftet hatte, war sie der Meinung, etwas verdient zu haben. Sie wollte es sich mal richtig gut gehen lassen. Während dieser Zeit haben Dora und ich sie kennen gelernt, und genau so nimmt Dora sie nach wie vor wahr. Sie hält Maddie sowohl moralisch als auch intellektuell für Ödland und begegnete ihr von Anfang an mit spontaner Abneigung. Nie hat sie sich die Mühe gemacht, ein wenig tiefer zu graben und herauszufinden, wer oder was Maddie wirklich ist: blitzgescheit und mit einem Intellekt ausgestattet, der ihrem eigenen ganz offen gesagt – und ich meine es gar nicht böse, sondern spreche nur schlicht und einfach die Wahrheit aus – weit überlegen ist. Natürlich ist Dora ein cleveres Mädchen, aber sie ist viel zu engstirnig, um das Beste aus sich herauszuholen. Mit Scheuklappen versehen – das trifft es wohl am besten.

Dass Maddie, die sich während ihres Studiums mit diversen Putzjobs über Wasser gehalten hat, ihr Geld heute lieber als Model für Unterwäsche verdient, hat auch nicht gerade dazu beigetragen, Doras Sympathie für sie zu steigern.

Während Models ja oft für einfältige Häschen gehalten werden, nutzt Maddie ihren Körper und ihr Aussehen dazu, Geld zu verdienen, welches sie dann dank ihres beträchtlichen Geschäftssinns profitabel anlegt. Auf diese Weise kommt sie problemlos über die Runden.

Sie hat gleich zwei interessante Portefeuilles.

Eins beinhaltet jede Menge umwerfende Fotos von ihr, das andere ausgeklügelte Grafiken über einige abenteuerliche und ziemlich erfolgreiche Spekulationen am Aktienmarkt.

Doch davon weiß Dora nichts, und nachdem sie die Sprache wiedergefunden hat, zieht sie weiter über Maddie her, und die zahlt es ihr mit gleicher Münze heim. Bald liefern sich die beiden ein hitziges Wortgefecht. Es ist unser erster Abend, und schon ist der Krieg eröffnet.

Ich komme zu dem Schluss, dass es an der Zeit ist, einzuschreiten.

»Könntet ihr bitte aufhören zu streiten! Schließlich sind wir hier, um unseren Spaß zu haben. Ich finde es furchtbar, wenn sich Leute in den Haaren liegen. Könntet ihr nicht einfach nett zueinander sein?«

Sie halten tatsächlich inne, doch dann wendet Dora sich *mir* zu. Ihre dunklen Augen funkeln.

»Oh Liddy, wann wirst du endlich erwachsen? Wir leben nun mal nicht in einer Welt, in der alle nett zueinander sind und der amtierende Premierminister mit dem Oppositionsführer Händchen haltend über eine Wiese voller knallgelber Gänseblümchen hüpft, über der weiße Friedenstäubchen ihre Kreise drehen, während im Hintergrund *Loving you is easy* gespielt wird.«

»Das war für deine Verhältnisse sehr bildhaft ausgedrückt«, entgegne ich trocken und erschrecke im gleichen Moment, dass ich so gemein zu ihr bin. Normalerweise bin ich nie gemein zu Dora und lasse ihre neurotischen Sprüche neutral an mir abprallen. Sie sieht mich überrascht und zugleich verletzt an und öffnet den Mund, bereit zur Gegenattacke.

Erleichtert sehe ich, dass Thomas sich wieder zu uns gesellt, worauf ich mich von ihr ab- und ihm zuwende. Eine einfache Möglichkeit, dem drohenden Streit aus dem Weg zu gehen.

»Wo warst du?«

»Ich bin nur ein bisschen herumgelaufen und habe den Ort und die Leute abgecheckt, die sich hier so herumtreiben.«

»Du meinst, du bist losgezogen, um das Männerangebot abzuchecken«, stelle ich mit einem Lächeln fest.

»Du kennst mich einfach zu gut. Diese Bar hier schließt um elf, sollen wir weiterziehen?«

»Ja, lasst uns runtergehen zur Strandbar, da ist open end. Was haltet ihr davon? Kommt ihr alle mit?«

»Ich bestimmt nicht«, stellt Dora klar. »Meint ihr nicht, es ist Zeit, ins Bett zu gehen? Immerhin sind wir seit vier Uhr heute Morgen auf, und zwar vier Uhr englische Zeit. Ich bin völlig fertig.«

»Ich hab den kritischen Punkt überwunden«, erwidere ich achselzuckend. »Außerdem habe ich am Nachmittag ein ausgiebiges Nickerchen gemacht.«

»Einige von uns haben eben das Glück, sich kein Zimmer teilen zu müssen, und finden die nötige Ruhe zum Schlafen«, meckert Dora und sieht Bridget vorwurfsvoll an.

»Ich kann mir gar nicht vorstellen, dass Bridget laut ist.«

»Es ist auch gar nicht Bridget, die den Krach macht, sondern das ganze Brimborium, das sie mithat. Wie zum Beispiel ihr Handy, das unentwegt bimmelt oder piept oder brummt. Außerdem föhnt sie sich eine geschlagene Stunde lang die Haare, weshalb einem das endlose Dröhnen auf den Geist geht, nicht zu vergessen dieser Apparat, mit dem sie sich ihre lackierten Finger- und Fußnägel trocknet. Und dann hat sie auch noch einen Hornhautentferner für ihre Füße und ein Gerät, mit dem sie sich ihre Gesichtscreme einmassiert. Ich muss jetzt auf mein Zimmer, damit ich wenigstens ein paar Stunden Ruhe habe, bevor sie das Sandstrahlgebläse anwirft, um ihr Make-up zu entfernen.«

Ich schüttele entnervt den Kopf.

Dora war schon immer unausstehlich, wenn sie müde ist.

Bridget tut mir Leid, wirklich, aber nicht genug, um ihr einen Zimmertausch anzubieten.

Und so geht Dora ins Bett, während wir anderen die Strandbar ansteuern.

Als wir es uns in der Bar gemütlich gemacht und einen weiteren Drink intus haben, beschließen die anderen, Hochzeit zu spielen.

»Na los, Mrs. Morgan, auf zur großen Hochzeitsprobe«, fordert Thomas mich feuchtfröhlich auf.

Ich hebe abwehrend die Hände.

»Kommt gar nicht in Frage. Vergiss es.«

Thomas verfolgt mich ein paar Runden um die zentrale Theke, bevor es mir schließlich gelingt, ihn mit einem Barhocker abzuwehren.

»Na gut, wenn du nicht mitspielst, muss ich wohl den Part der Braut übernehmen.«

Er schnappt sich von der Thekenecke eine Vase voller farbenprächtiger Blumen, verteilt sie und setzt sich als Schleier ein Zierdeckchen auf. Amy und Heather, die jede eine Blume halten, sind offensichtlich die Brautjungfern. Nur der Bräutigam fehlt seltsamerweise, bis Maddie, die weder Braut noch Brautjungfer sein will, die Rolle übernimmt. Pater Fleur steht der gespielten Zeremonie vor, als Geistlichen-Kragen hat sie sich ein weißes Taschentuch um den Hals gebunden.

Ich sitze inzwischen auf dem Barhocker, mit dem ich vor zwanzig Minuten Thomas abgewehrt habe, vor mir eine Piña Colada, und sehe ihnen, leicht verlegen, aber grinsend zu.

»Wenn du ruhig bleibst, während um dich herum alle aus dem Häuschen sind, weißt du, dass du alt wirst«, murmele ich in Abwandlung des berühmten Gedichts von Alfred Lord Tennyson. Die vermeintliche Braut, die ihr T-Shirt mit einem Pullover ausgestopft hat, beendet die Aufführung gerade mit dem Lied *I'm just a girl who can't say no.*

Jetzt schüttele ich mich vor Lachen, wobei ich im rechten Augenwinkel einen Mann bemerke, der ebenfalls an der Theke sitzt und das ungewöhnliche Schauspiel mit einem Ausdruck amüsierter Verwunderung verfolgt.

Ich habe den anderen so aufmerksam zugesehen, dass ich sein Kommen gar nicht bemerkt habe.

Ich lächele ihn entschuldigend an.

Er erwidert mein Lächeln.

»Gehörst du auch zu dieser Chaotentruppe?«

»Wir feiern einen Jungfernabschied«, entgegne ich. »Das heißt, wir dürfen uns hemmungslos betrinken und uns entsprechend verhalten.«

»Jungfernabschied? Wer ist denn die Braut? Doch wohl bestimmt nicht der junge Kerl, der kurz vor der Entbindung eines Pullovers steht.« Sein Blick wandert zwischen Maddie, Fleur, Amy und Heather hin und her. Mich zieht er offenbar nicht in Betracht.

»Äh … also, die bin ich«, entgegne ich ruhig, »auch wenn ich nicht gerade wie die ideale Kandidatin aussehe …« Gerade wollte ich sagen, dass ich in einem Strauß blühender Rosen der Stachel bin, doch er kommt mir zuvor.

»Da du die Einzige bist, die nüchtern wirkt, habe ich nicht daran gedacht.«

»Ach so, du kannst dir also grundsätzlich vorstellen, dass jemand um meine Hand anhält?«

Er blinzelt mich verwirrt an.

Ich werde rot. Normalerweise werde ich nicht so schnell rot, aber meine Bemerkung war ziemlich dämlich, wenn man bedenkt, dass ich den Typen noch nie gesehen habe.

»War ein blöder Spruch«, murmele ich verlegen.

Er nickt.

»Irgendwie schon. Aber jeder macht mal dumme Sprüche«, stellt er freundlich fest.

»Einige öfter als andere.«

Er hält mir eine Hand hin.

»Jonathan Wyatt. Die meisten Leute nennen mich Johnny.«

»Lydia MacDonald, du kannst mich auch Liddy nennen oder Idiotin. Nach ein paar Bier klingen die beiden Namen sowieso gleich.«

»Dann nenne ich dich Idiotin«, entgegnet er mit einem nachdenklichen Nicken. »Klingt irgendwie gut. Und passt zu dir.«

Er zieht mich auf, aber er meint es nett, deshalb wehre ich mich nicht.

»Ehrlich. Das hier ist nicht mein Ding.«

»Gut, ich glaube dir. Aber Glückwünsche sind doch in Ordnung, oder?«

»Glückwünsche?«

»Anlässlich deiner bevorstehenden Hochzeit.«

»Ach so, ja, natürlich. Vielen Dank.«

»Und wo ist der glückliche Bräutigam, während du auf unserer schönen Insel einen draufmachst?«

»Er feiert auch, allerdings auf der anderen Seite der Insel. Zusammen mit seinen Freunden – in Coconut Cove.«

»Kenne ich bestens.«

»Machst du auch hier Urlaub?«

Er schüttelt den Kopf.

»Ich bin vor zehn Jahren hergekommen, um Urlaub zu machen. Und dann habe ich mich in Barbados verliebt, und jetzt lebe ich hier.«

»Arbeitest du hier? In der Ferienanlage, meine ich?«

»Kann man so sagen. Ich kümmere mich um die Swimmingpools.«

»Cooler Job!«

»Meinst du? Das dürften einige Leute anders sehen.«

»Es gibt ja auch genug Leute, die Idioten sind. Glaub mir, ich kenne mich aus. In meinen Ohren klingt es herrlich. Den ganzen Tag draußen in der Sonne am Wasser …«

»… in der glühenden Hitze stinkende Chemikalien zusammenmixen, merkwürdige, manchmal abscheuliche Dinge aus dem Wasser fischen, tote Frösche aus den anfälligen Filtern entfernen«, setzt er meinen Satz mit einem Lächeln fort.

»Na ja, wenn man es so nimmt«, ich schüttele den Kopf, »für mich klingt es trotzdem nach einem tollen Job.«

Er lächelt mich an.

»Wie lange lebst du schon hier?«

Er rechnet im Kopf zusammen.

»Seit fast sechs Jahren.«

»Dann kennst du die Insel also ziemlich gut, oder?«

»Ich denke schon.«

»Und? Kannst du irgendetwas empfehlen, das wir uns auf keinen Fall entgehen lassen sollten?«

»Natürlich, es gibt jede Menge zu unternehmen und zu sehen, und nicht zu vergessen das Essen natürlich. Die barbadische Küche ist die beste überhaupt, und da ich aus New Orleans die würzige Küche Lousianas gewohnt bin, muss das Essen schon verdammt gut sein, um mich zu beeindrucken. Ich kann dich in ein paar wirklich gute Restaurants führen, Restaurants, in denen die Einheimischen essen.«

Thomas und ich gehen Arm in Arm zurück zu meinem Bungalow, zum einen weil wir uns lieben, aber auch weil er so betrunken ist, dass er sich ohne Hilfe kaum noch auf den Beinen halten kann.

Er sieht mich mit verschleiertem Blick von der Seite an.

»Na los, raus mit der Sprache!«, fordere ich ihn auf. »Dir brennt doch irgendetwas auf der Zunge.«

»In der letzten Stunde hatte ich dir einiges zu sagen, aber du warst ja nicht ansprechbar.«

»Wovon redest du?«

»Von deinem netten Techtelmechtel mit diesem tollen Hecht.«

»Meinem was?« Und dann dämmert es mir. »Meinst du Johnny? Er arbeitet in der Ferienanlage, kümmert sich um die Swimmingpools.«

»Aha, Johnny heißt er also. Wenn du dich dazu herabgelassen hättest, mich mit ihm bekannt zu machen, hätte ich das natürlich gewusst, aber du warst ja so in deine interessante Unterhaltung vertieft, dass du deine Freunde völlig vergessen hast.«

»Es war wirklich interessant. Er lebt seit sechs Jahren auf Barbados, deshalb habe ich ihn gefragt, was wir uns während unseres Aufenthalts unbedingt ansehen und was wir unternehmen sollten.«

»Du bist schon komisch. Da wimmelt es hier von Multimillionären, und du angelst dir ausgerechnet den Poolboy«, stellt er sarkastisch fest. »Schnapp dir für deine letzte voreheliche Nummer lieber einen großzügigen Geldsack.«

»Ich habe nicht mit ihm geflirtet«, verteidige ich mich, »wir haben uns nur unterhalten. Und was die letzte voreheliche Nummer angeht – du weißt genau, dass das nicht mein Stil ist.«

»Eine letzte Nummer ist ein unverzichtbarer Bestandteil eines Jungfernabschieds«, belehrt er mich, aber seinem Lächeln entnehme ich, dass er mich nur aufzieht.

»Ist ja super. Heißt das, dass eine letzte Nummer auch ein unverzichtbarer Bestandteil des Junggesellenabschiedes ist?«, entgegne ich und halte ihn fester, damit er nicht über die Holztreppen stolpert, die auf meinen Steg führen. Während Thomas in voller Montur ins Bett fällt und sofort laut losschnarcht, nehme ich mein Handy aus meiner Tasche. Juhu! Endlich hat jemand angerufen.

»Sie haben vier neue Nachrichten«, verkündet mir die Computerstimme quälend langsam. »Die erste Nachricht wurde empfangen um neunzehn Uhr siebenunddreißig.«

Um neunzehn Uhr siebenunddreißig war ich doch im Zimmer. Muss eine dieser merkwürdigen Zeitverzögerungen sein, die im Ausland manchmal zwischen dem Senden und Empfangen einer Nachricht liegen.

Ich strahle über das ganze Gesicht, als ich eine vertraute Stimme fröhlich sagen höre: »Hi Liddy, wollte dir nur kurz mitteilen, dass wir wohlbehalten gelandet sind. Hier ist es absolut super. Ich hoffe, ihr benehmt euch da unten.«

Leider wird mir nach wenigen Sekundenbruchteilen bewusst, dass die vertraute Stimme meinem Bruder gehört und nicht Matt.

Die nächste Stimme klingt so verzweifelt, dass ich sie sofort als die Stimme von Mr. Extrem Wichtig erkenne.

»Lydia, ich brauche dringend die Akte über das Caser-Projekt. Bitte rufen Sie Camilla an, und sagen Sie ihr, wo sie die Akte findet. Ich bin Ihnen auf ewig dankbar.«

Ich muss laut lachen.

Also wirklich, die beiden sind absolut unfähig.

Caser-Projekt. Mit großem C. Die Akten sind alphabetisch geordnet. Sind sie wirklich zu blöd, sie allein zu finden?

Die nächste Nachricht zaubert das Lächeln zurück auf mein Gesicht. Sie ist von meiner Schneiderin. Mein Hochzeitskleid ist fertig.

Entgegen meinen Witzen habe ich das perfekte Kleid gefunden, und zwar aus folgenden Gründen: Das eng geschnittene Oberteil presst mich an der richtigen Stelle zusammen, also an meiner Taille, und betont meine Brüste. Das lange Rockteil verbirgt jede Menge Sünden, unter anderem meinen fetten Hintern und meine baumstammartigen Oberschenkel, und obwohl das Kleid schulterfrei ist, bedecken dankenswerterweise kleine Ärmelchen meine schwabbeligen Oberarme.

Es wird speziell für mich angefertigt, und jedes Mal, wenn ich zur Anprobe gehe, wünsche ich mir nichts sehnlicher, als dass die Schneiderin sagt: »Oh, Sie haben ja mächtig abgenommen, wir müssen es ein bisschen enger machen«, aber das sagt sie natürlich nie. Ich weiß ja, dass ich, wenn ich abnehmen will, einiges von dem Essen streichen müsste, das ich jeden Tag in mich hineinschaufele, vor allem die Kekse, den Knabberkram, die Schokolade und den unverzichtbaren Kuchen, aber das ist leichter gesagt als getan. Natürlich habe ich schon mal das Wort Willenskraft gehört, aber all die Menschen, die von Natur aus schlank sind, kennen einfach nicht den betörenden Ruf eines Stücks Schokolade oder die magische Anziehungskraft einer Schokoladentorte. Ganz zu schweigen von der unwiderstehlichen Verlockung warmer Toastbrote mit Butter.

Doch trotz allem sehe ich in meinem neuen Kleid wirklich toll aus, auch wenn es ein Eigenlob ist. Natürlich würde ich ohne meine Schwabbelarme und ohne meinen Speckranzen noch besser aussehen, aber abgesehen von meiner Figur erwartet mich eine Traumhochzeit, und es wäre schließlich vermessen zu erwarten, dass ausnahmslos alles perfekt ist.

Und so lässt mich die Nachricht, dass mein Hochzeitskleid fertig ist, tatsächlich freudig lächeln, jedenfalls bis ich die letzte Nachricht abgehört habe, die wieder nicht der ersehnte Anruf meines Verlobten ist. Es ist Sam, die sich erkundigen will, ob wir wohlbehalten angekommen sind. Gute alte Sam. Nett von ihr zu hören, und das Gleiche gilt natürlich auch für Ben. Aber ich bin schwer enttäuscht.

Matt hat immer noch nicht angerufen.

Kapitel 7

Da wir eine Gruppe sehr unterschiedlicher Menschen sind, die gemeinsam Urlaub machen, haben wir uns auf ein paar Grundregeln geeinigt, damit wir unsere Ferien möglichst reibungslos und ohne allzu viele Unstimmigkeiten genießen können.

Regel Nummer eins lautet, dass wir die wilden Nächte stark einschränken wollen, weil die Tage viel zu wertvoll sind, um sie total verkatert in abgedunkelten Zimmern zu verbringen. Gegen diese Regel haben wir bereits am ersten Tag verstoßen. Ob wir die anderen etwas gewissenhafter einhalten?

Regel Nummer zwei lautet, dass wir, auch wenn wir uns tagsüber trennen und unterschiedliche Dinge unternehmen, jeden Morgen gemeinsam frühstücken, sozusagen um Kontakt zur Truppe zu halten und sicherzustellen, dass es allen gut geht und sich jeder amüsiert.

Heather und Fleur haben sich aufgerafft.

»Kein Thomas?«, fragen sie und sehen sich nach ihm um.

»Er schläft wie ein Murmeltier. Wir haben alles versucht, ihm sogar sein geliebtes Bananenbrot in Aussicht gestellt, aber er wollte einfach nicht wach werden.«

Maddie schwänzt ebenfalls, womit durch ihre und Thomas' Abwesenheit auch Regel Nummer zwei bereits in den ersten beiden Tagen gebrochen wurde. Laut Amy ist Maddie gegen drei Uhr morgens in den Armen eines gutaussehenden texanischen Ölbarons namens Dwight aus der Strandbar gewankt und seitdem nicht mehr gesichtet worden.

Regel Nummer drei lautet, dass wir immer aufeinander Acht

geben wollen und niemand alleine loszieht, ohne den Rest der Gruppe wissen zu lassen, wo er ist, und da Maddie sich bei niemandem gemeldet hat, ist auch Regel Nummer drei in den Wind geschlagen.

Regel Nummer vier: Wir wollen uns nicht zu viele Regeln auferlegen, sondern einfach nur ausspannen und unseren Spaß haben. Weshalb wir unter Berücksichtigung dieser Regel gleich nach dem Frühstück an den Strand ziehen, um den herrlichen Morgen zu genießen und auszuspannen.

Wir aalen uns genüsslich auf den bequemen Sonnenliegen, die auf dem weißen Strand bereitstehen, und sehen ein paar knackigen Barbadiern zu, die unter den Palmen Kricket spielen, wobei die Kulisse des azurblauen Ozeans einen mehr als angenehmen Ersatz für das übliche Grün eines Kricketplatzes bietet. Doch wirklich entspannen können wir uns erst, als Maddie endlich strahlend wie eine Schneekönigin den Strand entlanggeschlendert kommt und wir uns keine Sorgen mehr um sie machen müssen.

Sie hat die gleichen Klamotten an wie gestern Abend, ihre granatenmäßigen hochhackigen Sandaletten baumeln an den Riemchen in ihrer Hand, und auf dem Kopf trägt sie den Strohhut ihres Texaners.

»Sie ist zurück«, verkündet Fleur.

»Wo warst du?«, frage ich sie.

»Oder besser gesagt, wo kommst du gerade her?«, stellt Amy sie grinsend zur Rede.

Maddie strahlt über das ganze Gesicht.

»Ich bin eine Lady«, entgegnet sie blasiert, »und Ladies küssen nicht und verraten nichts.«

»Mag sein, aber du bist auch Mad Maddie, und Mad Maddie redet wie ein Wasserfall. Also komm schon, wo hast du dich herumgetrieben?«

Weitere Bestärkung braucht sie nicht. Sie lässt sich auf das Ende von Amys Liege fallen, grinst einmal in die Runde und legt los.

»Er ist mir im Sunset View sofort ins Auge gefallen. Wow, ein knackiges Kerlchen, habe ich gedacht, und dann hat er mich die ganze Zeit beim Tanzen beobachtet. Ich habe ständig damit gerechnet, dass er einen Annäherungsversuch macht und mit mir tanzt, aber Fehlanzeige. Als Amy und ich uns dann irgendwann hingesetzt haben, kam ein Kellner an unseren Tisch und hat uns eine Flasche Bollinger auf Eis hingestellt.«

»Und? War sie von ihm?«, fragt Heather mit leuchtenden Augen. Die Geschichte gefällt ihr.

»Nein.« Maddie schüttelt ihre ebenholzfarbenen Locken. »Ich dachte natürlich, sie wäre von ihm und fand es auch ganz nett, aber gleichzeitig auch ziemlich bescheuert, deshalb war ich erst mal ein bisschen abgetörnt, aber dann hat der Kellner auf den Spender der Flasche gedeutet, und es war dieser kleine, dicke, glatzköpfige Franzose, der auf der Tanzfläche die ganze Zeit versucht hat, sich von hinten an Amy heranzumachen und ihr seinen Unterleib an den Hintern zu drücken.«

»Also habt ihr die Flasche natürlich postwendend zurückgehen lassen, oder?«, will Bridget wissen.

»Natürlich nicht!«, erwiderte Amy empört. »Wir haben uns bei ihm bedankt und sie ausgetrunken. Nach dem Motto ›Einer geschenkten Bolly schaut man nichts ins Maul‹.«

Bridget rümpft abfällig die Nase und vertieft sich erneut in ihre *Vogue*, doch Amy fährt unbeeindruckt fort.

»Er hat sie den ganzen Abend ignoriert, und als er später noch in der Strandbar aufgekreuzt ist, hat er sie auch da links liegen lassen. Irgendwann sehen wir, dass er aufbrechen will, doch anstatt die Bar zu verlassen, steuert er geradewegs auf

Maddie zu, nimmt ihre Hand und fragt sie: »›Bist du so weit? Das Auto steht bereit.‹«

»Cool«, stelle ich fest und nicke beeindruckt.

»Absolut cool«, stimmt Fleur mir zu.

»Und du bist einfach mitgegangen?« Bridgets Gesicht taucht erneut über der Zeitschrift auf. »Du hattest doch keinen Schimmer, mit wem du dich einlässt.«

»Ich kann schon auf mich aufpassen«, entgegnet Maddie arrogant.

»Sie hat einen Schwarzgurt in Karate«, erkläre ich der überraschten Bridget.

»Genau, sie könnte jeden Typen mit ihren Oberschenkeln zerquetschen«, fügt Amy lachend hinzu, woraufhin alle losgackern.

Bridget ist sichtlich beeindruckt, doch sie zuckt trotzdem mit den Schultern und sagt: »Ist ja alles schön und gut, aber gegen eine durch die Luft jagende Kugel kannst du auch mit deinen eisernen Oberschenkeln nichts ausrichten, also kannst du dich trotz allem verdammt in die Scheiße reiten, wenn du mit einem Mann abziehst, den du kaum kennst.«

Maddie lehnt sich völlig unbeeindruckt zurück und seufzt verträumt: »Er hat den absolut größten …«

»Jaaaaaaa«, lechzt Thomas und kann es kaum erwarten, mehr zu hören.

»… Palast in Sugar Hill«, beendet sie den Satz lachend, »quasi direkt neben Sir Cliff.«

»Sir Cliff?«

»Cliff Richard.«

»Oh, meine Mum liebt Cliff Richard.« Heathers Augen weiten sich vor Ehrfurcht.

»Sein Haus hat sechs Schlafzimmer, sechs Bäder und einen riesigen Pool mit einem fantastischen Meerblick. Wobei ich den Blick nicht weiter zur Kenntnis genommen habe, wie ihr euch sicher vorstellen könnt…«

Bridget schüttelt langsam den Kopf, sagt aber nichts.

»Wirst du ihn wiedersehen?«

Maddie zuckt mit den Schultern. »Keine Ahnung.«

»Du hast ihm nicht deine Telefonnummer gegeben?«

»Nein.«

»Und seine hast du dir auch nicht aufgeschrieben?«

»Nein.« Sie gähnt mit weit aufgerissenem Mund.

»Also triffst du dich doch noch mal mit ihm?«

Sie zuckt erneut mit den Schulter. »Que será será.«

»Aber ich dachte, er gefällt dir.«

»Tut er ja auch.« Sie zwinkert Heather zu, von der die letzte Bemerkung stammt. »Aber mir gefallen eine Menge Leute.«

»Aber er könnte doch ›derjenige welcher‹ gewesen sein.«

»›Derjenige welcher‹?«, hakt Maddie nach, obwohl sie genau weiß, was Heather meint.

»Na ja, derjenige, mit dem du den Rest deines Lebens verbringen möchtest«, erklärt Heather.

»Auf keinen Fall. Das ist völlig ausgeschlossen.«

»Wie willst du das wissen, wenn du ihn nicht wieder siehst und dir nicht die Zeit nimmst, ihn richtig kennen zu lernen?«

»Weil es einen solchen Mann nicht gibt, deshalb.«

Heather ist eine unverbesserliche Romantikerin.

Maddie nicht.

So einfach ist das.

Für Maddie sind Beziehungen pures Vergnügen, Heather hingegen glaubt, dass es kein Vergnügen ohne Anstrengung gibt.

Ich denke, das Schlüsselwort heißt Commitment.

Maddie legt sich in ihren Beziehungen nicht fest.

Sie folgt ihrer Libido und nicht ihrem Herzen.

Sie glaubt nicht daran, dass Männer und Frauen imstande sind, eine langfristige Beziehung einzugehen.

Das ist das Einzige, worin Maddie und Dora sich einig sind.

Zum Glück ist Dora nicht da. Sonst hätte sie sich garantiert über Maddies Geschichte mokiert. Sie ist nach dem Frühstück auf ihr Zimmer gegangen, um »ein paar Sachen zu holen« und seitdem nicht wieder aufgetaucht.

Maddie, die nach ihrer beinahe schlaflosen Nacht ziemlich erschöpft ist, hat sich gerade zurückgelegt und die Augen geschlossen, doch nach wenigen Augenblicken schießt sie wieder hoch.

»Mist! Ich habe meine Sonnencreme vergessen.«

»Kein Problem.« Amy beugt sich über die Armlehne ihrer Liege und bringt die größte Strandtasche zum Vorschein, die ein Mensch je gesehen hat.

Amy ist unsere Sonnencreme-Königin.

Sie hat für jeden einzelnen Teil des Körpers eine spezielle Creme, und jede dieser Cremes in sämtlichen Schutzfaktoren zwischen fünfzehn und fünfzig.

»Ihr kennt mich doch, ich gehe immer auf Nummer sicher.« Sie schürzt die Lippen und mimt Julia Roberts in *Pretty Woman*. »Außerdem will ich später nicht wie eine wandelnde alte Handtasche aussehen. Vergesst nicht, sonnenbaden ist wie Leder gerben.«

»Was steht denn heute auf dem Programm? Vielleicht ein bisschen sonnen, schwimmen und beim Volleyball zusehen?«

»Oje, immer diese schwierigen Entscheidungen!«

»Heute bitte nichts Anstrengendes«, murmelt Maddie und verdreht die Augen. »Ich habe letzte Nacht maximal eine Stunde geschlafen.«

»Ich dachte, ich könnte mir meine erste Wellness-Behandlung gönnen. Fleur hat zu ihrem letzten Geburtstag eine Aromatherapie-Massage bekommen und fand sie absolut klasse, stimmt's, Fleur?«

»Herrlich«, pflichtet Fleur bei und nickt. »Absolut herrlich.«

»Klingt super, aber ich für meinen Teil bin für einen Runde Totalrelaxen.« Zur Bestärkung ihrer Worte lässt Maddie sich wieder rücklings auf ihre Liege fallen, setzt ihre Sonnenbrille auf und zieht sich den Strohhut ins Gesicht, als ob sie nichts mehr von der Außenwelt wissen wollte.

»Und bei einer Massage kannst du nicht relaxen?«

»Doch, aber nur, wenn die Masseure an den Strand kämen und ich meine Liege nicht verlassen müsste, um mich in den Wellnessbereich zu schleppen.«

In diesem Moment kommt Dora auf uns zumarschiert. Sie trägt das gleiche Outfit wie gestern, einschließlich der dicken weißen Glibberschicht Sonnencreme. An ihre Brust gepresst hält sie einen kleinen Rucksack, auf ihrer Brille hat sie getönte Gläser aufgesteckt. Sie lässt sich auf die Sonnenliege neben Maddie plumpsen, klappt die getönten Gläser hoch und mustert mich mit missbilligendem Blick.

»Du trinkst um diese Zeit schon Alkohol«, mäkelt sie mit einem Blick auf mein Cocktailglas.

»Es ist reiner Fruchtsaft.«

Ich rechne schon halbwegs damit, dass sie zu mir kommt und an meinem Glas schnuppert, doch sie rümpft nur die Nase, als ob sie mir zwar nicht glauben würde, jedoch dieses eine Mal bereit ist, mich davonkommen zu lassen. »Das will ich auch hoffen«, murmelt sie, als wäre ich ein übermütiger Teenager, der über die Gefahren von Alkohol am frühen Vormittag belehrt werden müsste.

»Was machen wir heute?«

»Darüber reden wir gerade«, erwidere ich.

»In der Bucht nebenan kann man reiten«, informiert uns Amy.

»Und hier kann man surfen«, fügt Fleur begeistert hinzu. »Oder wir mieten uns jeweils zu viert ein Tretboot und fahren um die Wette.«

»Viel zu anstrengend«, stöhne ich, wälze mich auf den Bauch und seufze vor Freude, als Amy sich unaufgefordert zu mir herüberbeugt, um mir den Rücken einzuschmieren.

»Wir könnten auch schnorcheln und die Fische bestaunen.«

»Oder einen Ausflug nach St. James machen.«

»Wir könnten auch den ganzen Vormittag sonnenbaden, zum Mittagessen in das Restaurant auf der Klippe gehen und uns vielleicht am Nachmittag ein bisschen im Spa verwöhnen lassen, falls wir es schaffen, uns vom Strand wegzuschleppen. Was haltet ihr davon?«, murmele ich in meine Bauchlage.

Alle bekunden träge ihre Zustimmung, nur eine zieht, wie erwartet, wieder einmal nicht mit.

»Also, ich dachte, wir könnten heute an die Ostküste fahren«, meldet sich Dora zu Wort und kramt aus ihrem Rucksack einen Stapel Prospekte und einen Barbados-Reiseführer hervor. »Wir könnten das 1743 erbaute Codrington College besichtigen, das als eines der schönsten Herrenhäuser von Barbados gilt. Es beherbergt ein Seminar für anglikanische Priester, die sich über jeden Besuch freuen. Und danach könnten wir uns die St. John's Parish Church ansehen, die 1676 errichtet wurde…«

Maddie fällt ihr ins Wort.

»Kein Sightseeing, bitte nicht heute«, stöhnt sie und presst sich mit aller Kraft die Hände auf die Ohren, als würde ihr der Kopf explodieren, wenn sie ihn nicht festhielte.

Dora sieht sie finster an, und ich erwarte eine sarkastische

Bemerkung, doch sie rümpft nur die Nase und sagt: »Okay, mag ja sein, dass du dazu keine Lust hast, aber ich werde definitiv nicht den ganzen Tag in der Sonne braten und mich zu Tode langweilen.«

»Warum macht nicht einfach jeder, was er will, wenn wir unterschiedliche Interessen haben?« Amy richtet sich auf und schmiert ihre Beine noch dicker mit Sonnencreme ein. »Wir haben uns doch darauf geeinigt, dass wir nicht zwangsweise den ganzen Tag zusammenkleben wollen.«

»Stimmt, aber wir haben auch gesagt, dass keiner ganz allein losziehen soll«, murmele ich, überzeugt davon, dass an unserem ersten richtigen Urlaubstag außer Dora mit Sicherheit niemand Lust auf eine Sightseeingtour hat.

»Warum stimmen wir nicht einfach ab?«, schlägt Fleur diplomatisch vor.

»Eine gute Idee, aber dann müssen wir erst noch auf die beiden Abwesenden warten.«

»Die beiden? Ich dachte, nur Thomas fehlt.«

Heathers leere Sonnenliege fällt mir erst jetzt auf.

»Wo ist denn Heather abgeblieben?«

Amy deutet auf das andere Ende des Strandes, wo eine gerade noch zu erkennende Gestalt, die sich ein Handy ans rechte Ohr drückt, durch das flache Wasser watet.

»Das tägliche Telefonat mit ihrem geliebten Benjamin«, verkündet sie und verzieht das Gesicht. »Er ruft sie *jeden Tag zweimal* an! Einmal morgens, um ihr einen guten Morgen zu wünschen und ihr zu sagen, dass er sie liebt, und einmal abends, um ihr eine gute Nacht zu wünschen und ihr zu sagen, dass er sie liebt. Nicht zu vergessen die unzähligen SMS. Also ehrlich, man könnte meinen, sie hätten sich zwei Jahre nicht gesehen.«

»Dein kleiner Bruder ist so ein Schatz«, seufzt Fleur.

»Ich weiß«, seufze ich ebenfalls, allerdings aus einem anderen Grund.

Matt hat mich immer noch nicht zurückgerufen, und das wirft einen Schatten auf diesen wunderbaren Tag. Ich weiß, dass ich das nicht zulassen sollte, aber es nagt einfach an mir. Ich kann es gar nicht fassen, dass er sich noch nicht gemeldet hat. Selbst wenn er nur gesagt hätte: »Hi Süße, ich bin gut angekommen, und mir geht's gut«. Dass alles in Ordnung ist und er nicht tot in irgendeinem Straßengraben liegt, weiß ich zum Glück von Heather via Ben, ich weiß sogar, dass er sich prächtig amüsiert, und genau das ist es ja, was so an mir nagt. Er hat sich sofort mit Vollgas ins Partygeschehen gestürzt, und das heißt tanzen, trinken, Spaß haben, trinken, flirten, Witze reißen, trinken, essen, gelegentlich schlafen und anschließend noch mehr trinken, aber es heißt offenbar nicht, seine Verlobte anzurufen.

Amy scheint meine Gedanken lesen zu können.

»Hast du etwas von Matt gehört, Liddy?«

Ich schüttele den Kopf.

»Einige Männer sind eben so, andere so«, stellt Fleur fest und lächelt mich an. Offenbar meint sie, ich könnte ein wenig Zuspruch gebrauchen.

»Was soll das heißen? Dass einige aufmerksam und liebenswert sind und andere rücksichtslose Mistkerle?« Ich versuche zu lachen, doch es klingt bitterer als beabsichtigt. »Ich wette, Lewis hat dich auch schon angerufen.«

Statt einer Antwort lächelt sie mich mitleidig an. Die Antwort lautet also offenkundig ja.

»Ich habe mal folgenden Vergleich gehört«, schaltet Amy sich einen Hauch zu fröhlich ein. »In jeder Beziehung gibt es offenbar eine Blume und einen Gärtner. Der Gärtner übernimmt die komplette Pflege, und die Blume wird verwöhnt. Irgendwie klang es besser, aber so ähnlich ging es.«

»Dass es besser klang, glaube ich dir gerne«, meldet sich Bridget zu Wort und verdreht die Augen.

»Aber die Botschaft kommt ja wohl trotzdem rüber«, stellt Amy klar und sieht Bridget ebenfalls abschätzig an. »Einer der Partner ist immer der aufmerksamere und tut mehr für den anderen. Aber das heißt noch lange nicht, dass man sich deshalb mehr oder weniger liebt. Liddy ist eben eine Gärtnerin, sie ist schon immer eine gewesen, und zwar nicht nur in ihren Liebesbeziehungen, sondern auch im Umgang mit ihren Freundinnen und Freunden.«

»Echt?«, frage ich.

»Natürlich. Warum würdest du dich sonst mit so einem anstrengenden, altklugen, armseligen Wurm wie mir abgeben?«

Thomas ist schließlich von den Toten erwacht. Er stakst auf Zehenspitzen über den heißen Sand und lässt sich auf eine freie Liege fallen.

»Wohingegen Maddie definitiv die größte Blume ist, die es überhaupt gibt.«

»Stimmt«, bestätigt Maddie, nicht im Geringsten verärgert. »Aber was ist, wenn es in einer Beziehung zwei Gärtner gibt?«

»Oder zwei Blumen?«, fragt Thomas. »Zwei wunderschöne, egozentrische Orchideen, die beide den besten Platz im Gewächshaus beanspruchen und so viel Evian, wie sie nur irgend vertilgen können.«

»Es ist vermutlich alles eine Frage des Gleichgewichts«, meint Amy nachdenklich. »Zwei Gärtner machen sich gegenseitig vor lauter Liebenswürdigkeit das Leben zur Hölle, zwei Blumen verenden an Vernachlässigung.«

»Weißt du eigentlich, was du da sagst? Dass eine Beziehung *nur* funktionieren kann, wenn der eine Partner fürsorglich und nett ist und der andere ein egoistisches Arschloch.«

»Das ist vielleicht ein bisschen krass ausgedrückt, aber in etwa verhält es sich so, ja.«

»Ihr meint also, Matt sei ein egoistisches Arschloch?«

Niemand antwortet.

»Aber Heather und Ben sind ja wohl beide Gärtner«, wirft Fleur ein. »Wie kann das funktionieren?«

»Nein«, widerspreche ich ihr. »Heather ist eine zarte, empfindliche Blume, und Ben pflegt sie liebevoll. Aber Heather lässt Ben stets wissen, dass sie seine Pflege zu schätzen weiß, deshalb funktioniert ihre Beziehung.«

»Es bedarf also eines Gärtners und einer Blume, die imstande ist, ihre Dankbarkeit zu zeigen? Oje, das wird mir allmählich zu kompliziert. Können wir nicht lieber einfach die Typen verfluchen, die nicht anrufen, wenn sie sollten?« Maddie fächert sich mit einem von Doras Prospekten Luft zu, als ob die Mühsal des Nachdenkens ihr den Schweiß auf die Stirn getrieben hätte.

»Ich finde es schlicht und ergreifend unmöglich, dass Matt noch nicht angerufen hat«, stellt Dora abschätzig fest. »Mal ehrlich, Lydia, ich weiß wirklich nicht, warum du dir das bieten lässt. Aber er ist ja immer so rücksichtslos.«

»Wahrscheinlich hat ihn die neue Umgebung total in den Bann gezogen«, höre ich mich zu meiner eigenen Überraschung sagen, »du weißt schon, die tolle Landschaft und so.«

»›Und so‹ klingt gut«, wirft Thomas ein und grinst mich verschmitzt an, »sofern du damit ein großes, eiskaltes Bier gemeint hast.«

»Oh ja, das klingt gut. Ich könnte auch eins vertragen.«

»Ich weiß ja nicht, Bier? Ich lechze eher nach einem Orangensaft.«

»Ich auch.«

»Also, mir steht der Sinn eher nach etwas anderem«, meint

Maddie und stößt einen bewundernden Pfiff aus. »Wenn das kein Prachtexemplar ist!«

Wir schießen alle hoch, um zu sehen, was beziehungsweise wen Maddie meint. Wenn sie jemanden als Prachtexemplar bezeichnet, muss er mindestens aussehen wie Brad Pitts jüngerer, noch ansehnlicherer und vor allem noch zu habender Bruder, denn sie stellt allerhöchste Ansprüche.

Wir werden nicht enttäuscht. Seiner dunklen Haut, seinem schwarzen Haar und seiner leicht römische Nase nach zu urteilen, würde ich tippen, dass er Italiener ist, außerdem sieht er aus, als wäre er von Leonardo Da Vinci persönlich gemeißelt worden. Maddies prägnante Beschreibung trifft es auf den Punkt: Er ist ein Prachtexemplar.

»Na los! Bring deine Verführungskünste zum Einsatz!«, drängt Amy sie, als der Schönling seinen knackig braunen, fast nackten Körper etwa sieben Meter von uns entfernt auf einer Sonnenliege zurechtrückt, doch Maddie schüttelt den Kopf.

»Absolut nicht meine Liga«, sagt sie.

Wir sehen sie verblüfft an.

»Das meinst du nicht im Ernst, oder?«

»Doch. Natürlich würde ich ihn mir liebend gerne angeln, aber so einem Prachtkerl fliegen die Frauen doch nur so zu, und ich habe keine Lust, mir einen Korb zu holen. Um so einem Typen auch nur einen Funken Interesse zu entlocken, musst du schon ein Supermodel sein.«

»Ehrlich?«, frage ich.

»Unbedingt«, versichert sie mir mit einem entschiedenen Nicken.

Vielleicht habe ich deshalb nichts von Matt gehört. Ich bin nicht seine Liga, und jetzt ist er von Mädels seiner Wettkampfklasse umzingelt und verschwendet keinen Gedanken mehr an mich. Verdammt, jetzt fange ich schon wieder damit an. Diese

Paranoia treibt mich noch in den Wahnsinn. Ich nehme mir vor, keinen weiteren Gedanken an Matt zu verschwenden, rede mir ein, dass schon alles in Ordnung sein wird, und beschließe, ab sofort nur noch meinen Spaß zu haben, ganz egal, ob er sich meldet oder nicht. Also warte ich, bis alle ihre Drinks geordert haben, und lenke das Gespräch behutsam wieder auf die Frage, was wir heute noch unternehmen wollen.

Wir einigen uns schließlich auf unseren ursprünglichen Plan, den ganzen Morgen am Strand zu faulenzen und uns ein bisschen von den Strapazen des Vortages zu erholen, der uns wegen der anstrengenden Anreise und der anschließenden Feierei alle ziemlich geschafft hat. Anschließend wollen wir in einem der hervorragenden Restaurants einen Mittagssnack einnehmen und uns am Nachmittag eine Massage gönnen, damit unsere armen, reisegeplagten Glieder in Party- und Urlaubsstimmung kommen. Die enttäuschte Kulturfanatikerin Dora wird mit dem Versprechen vertröstet, morgen aktiver zu sein, woraufhin sie sich sofort in die Hotelbibliothek verzieht und sich mit noch mehr Prospekten eindeckt, damit sie alles genau für uns planen kann.

Irgendwann döse ich auf meiner Sonnenliege ein und wache nur hin und wieder halb auf, wenn eine meiner Freundinnen mir eine neue Lage Sonnencreme aufträgt, damit ich nicht verbrenne. Dabei träume ich irgendeinen unausgegorenen Traum, in dem ich unentwegt versuche, Matt anzurufen, aber immer wieder die falsche Nummer wähle.

Während ich vor mich hin döse, kehrt Heather zurück, die beim Telefonieren so weit den Strand entlanggewandert ist, dass wir sie gar nicht mehr sehen konnten.

Sie plaudert fröhlich mit Fleur und erzählt ihr, wie gut es Ben und die anderen Jungs getroffen haben. Sie sind am anderen Ende der Insel gelandet, da, wo die West- und die Südküste zusammentreffen. Ihre Anlage heißt Coconut Cove. Thomas und ich haben sie in einem der Kataloge gesehen. Sie hat fünfzig Zimmer mehr als unsere Hotelanlage und ist weniger auf Wellness ausgerichtet als auf einen Sporturlaub, was den Jungs sicher sehr gelegen kommt und sie ohne jeden Zweifel so auf Trab hält, dass sie ihre Handys nie zur Hand haben…

Gegen Mittag gehen wir auf unsere Zimmer, duschen uns den Schweiß und die Sonnencremeschicht des Vormittags ab und schlendern nach einem leichten Mittagessen, das aus gegrilltem Fisch und frischen Früchten bestanden hat, über den sandigen Pfad zu den langen, flachen, weißen Gebäuden mit den strohgedeckten Dächern, in denen die verschiedenen Wellnessbereiche untergebracht sind.

Dora hat sich geweigert, uns zu begleiten. Für sie ist ein Spa ein Tempel der Genusssucht, den sie niemals betreten würde. Sie hat sich auf ihr Zimmer zurückgezogen und sich in den Berg von Ausflugsprospekten und Reiseführern vertieft, die sie sich in der Bibliothek ausgeliehen hat.

Außerdem ist sie sowieso eher eine Einzelgängerin und steht nicht darauf, ständig in Gesellschaft zu sein.

Ihr Sozialverhalten lässt einiges zu wünschen übrig.

Im Grunde hat sie überhaupt keine Freunde und kommt nur gezwungenermaßen mit Leuten zusammen.

Wenn ich darüber nachdenke, ist ihre längste Beziehung zu einem anderen Menschen die zu mir.

Mit Sam kommt sie zwar ganz gut klar, aber irgendwie ist ihr Verhältnis ein wenig steif, was ich überhaupt nicht verstehe, weil Sam so warmherzig ist. Für mich ist sie wie eine zweite Mutter. So sehr ich meine eigene Mum auch liebe, Sam empfinde ich viel mehr als richtige Mutter. Sam hat meine aufgeschlagenen Knie verarztet und Hausaufgaben mit mir gemacht, hat mir Hühnerbrühe gekocht, wenn ich krank war, und sie hat jedes Jahr die Qual auf sich genommen, mir eine neue Schuluniform zu kaufen.

Meine eigene Mutter war jenes in die Jahre gekommene Glamourgirl, das in unberechenbaren Abständen in unser Leben hereinschneite und wieder verschwand, und wenn sie wieder auftauchte, dann jedes Mal mit überschwänglichen Umarmungen und für Kinder völlig ungeeigneten Geschenken wie zu großer Kleidung oder Schminkutensilien. Sie zog immer eine Duftwolke teuren Parfüms hinter sich her und hatte gelegentlich auch noch einen neuen, auf jeden Fall immer unglaublich reichen »Onkel« im Schlepptau.

Spaß ja, Stabilität nein.

Aber mir müssen diese etwas außergewöhnlichen Lebensverhältnisse ganz gut gefallen haben, denn im Großen und Ganzen habe ich meine Kindheit in guter Erinnerung.

Mitunter war diese unregelmäßige Pendelei zwischen unserem einen Zuhause und dem anderen nicht ganz einfach. Es gab ja keine gewohnte Routine. Wir wohnten nicht eine Woche bei Mum und die andere bei Dad und Sam. Mum überlegte sich manchmal von einer Sekunde auf die andere zu verreisen. Manchmal nahm sie uns auch einfach mit, was Dad überhaupt nicht gefiel, vor allem nicht, wenn es während der Schulzeit passierte oder wir eigentlich zu ihm hätten kommen sollen und nicht auftauchten, weil wir plötzlich am anderen Ende der Welt waren. Es kam auch vor, dass sie uns nervige Zwerge um zwei Uhr morgens auf dem Weg nach Gatwick verschlafen und quengelig und ohne vorherige Ankündigung oder Absprache vor Dads und Sams Haustür ablud.

Doch egal, was auch passierte, Dad und Sam sorgten immer nach Kräften dafür, dass wir uns nicht allzu entwurzelt fühlten, und anstatt irgendwelche Vernachlässigungsängste zu empfinden, war ich überglücklich, als die Zwillinge kamen. Eigentlich war das alte Pfarrhaus für mich erst nach ihrer Geburt ein richtiges Zuhause, voller Wärme, fröhlichem Gelächter und dem Geruch nach Babypuder und frisch gewaschener Wäsche. Es machte mir nicht einmal etwas aus, wenn die beiden sich in den frühen Morgenstunden die Seele aus dem Leib schrien. Ich habe endlos mit ihnen gespielt und sie – und nebenbei auch mich – stundenlang damit unterhalten, wie in der Fernsehsendung »Blue Peter« mit Klebeband und Klopapier alle möglichen lustigen Sachen zu fabrizieren. Später kamen dann die Familiensonntage mit den Fahrradtouren, dem Sonntagsbraten und den vor dem Fernseher auf dem Wohnzimmerboden ausgebreiteten Zeitungen, wenn der Nachmittagsfilm begann.

Dora, die damals fünfzehn war, konnte sich für die Zwillinge nur wenig begeistern, doch sie ging die Ankunft der beiden an wie alles andere in ihrem Leben auch: praktisch und mit oft gnadenloser Effizienz. Sie wechselte Windeln mit der Leichtigkeit einer Norland Nanny und organisierte das Baden mit militärischer Präzision.

Ich glaube, die Umstände unserer Kindheit haben bei ihr das Gegenteil von dem bewirkt, was es bei mir auslöste.

Während sie mich flexibler und anpassungsfähiger gemacht haben, haben sie bei meiner Schwester zu Starrheit und einem krankhaft ausgeprägten Pflichtgefühl geführt und zu dem unbändigen Drang, immer alles unter Kontrolle zu haben.

Sie müsste sich dringend mal ein bisschen entspannen.

Das hier wäre genau das Richtige für sie, beschließe ich, als ein süßes siamesisches Mädchen namens Lao darangeht, sanft meinen Rücken und meine Schultern durchzukneten. Wenn sie sich doch bloß einmal verwöhnen ließe!

Eine schöne Massage, um die Verhärtungen in ihren Schultern wegzukneten, ihre Haltung zu entkrampfen und ihre allgemeine Verspanntheit zu lösen. Im Hintergrund spielt beruhigende Musik, und es ist absolut göttlich, sich von geübten Händen die Schmerzen aus den Muskeln vertreiben zu lassen.

Nach einer harten Arbeitswoche hat Matt nichts lieber, als dass ich ihm ein Bad einlasse, im Schlafzimmer Kerzen anzünde und ihm später seinen Rücken massiere. Da er diese Liebenswürdigkeit so gut wie nie erwidert, genieße ich es umso mehr, auch einmal so verwöhnt zu werden.

Als Lao fertig ist, bin ich fast eingeschlafen.

In der Kräutertee- und Saftbar des Spa treffe ich die anderen.

»Wie fühlst du dich?«

»Frisch, entspannt und gut drauf.«

»Wow, also nicht nur zweifach gut, sondern gleich dreifach gut.«

Maddie kommt als Letzte.

»Und?«, fragen wir sie. »Wie war es bei dir?«

»So schön wie Sex ohne den Schweiß und die Anstrengung«, entgegnet sie seufzend und lacht. »Jetzt bleibt nur noch eins.«

»Was denn?«

»Wir müssen entscheiden, was wir mit dem Rest des Tages anfangen.«

Nach dem schweren Essen und dem reichlich geflossenen Alkohol am Vorabend wollen wir es heute ein wenig leichter angehen lassen. Wir entscheiden uns für ein Restaurant, in dem ein hervorragendes Meeresfrüchtebüfett angeboten wird.

Der Abend wird ein voller Erfolg. Wir probieren die seltsamsten Fische, lachen uns kringelig und fordern uns gegenseitig heraus, Baby-Tintenfisch-Tentakel zu essen. Und gewissenhaft, wie wir sind, trinken wir tatsächlich nur Mineralwasser.

Es war ein wunderbarer Tag, und damit er perfekt zu Ende geht, fehlt mir nur noch eins. Doch als ich auf mein Zimmer komme und mein Handy aus dem Safe hole, ist es das alte Lied.

Drei verpasste Anrufe und zwei SMS. Aber wieder keine Nachricht von Matt.

Um mich aufzumuntern, ziehe ich die Vorhänge auf, sodass ich vom Bett aus in die stille, dunkle Nacht hinaussehen und die funkelnden Sterne am Himmel betrachten kann. Unter mir plätschern die Wellen leise gegen die Holzpfähle, auf denen mein Bungalow sicher über den Tiefen des Meeres steht, ansonsten ist es absolut still. Ich dämmere sofort weg.

Doch nach wenigen Minuten schrecke ich aus dem Schlaf.

Ich sitze senkrecht im Bett. Was ist das bloß für ein Geräusch?

Ich brauche ein paar Sekunden, bis mir klar wird, dass es Lustschreie sind (nicht einer, etliche, immer wieder), und sie kommen aus dem Bungalow nebenan.

Von wegen friedliche Ruhe und Stille.

Wenigstens lassen andere es sich gut gehen. Dem Klang nach zu urteilen sogar SEHR gut.

Ich vergrabe mein Gesicht im Kissen, um mein Lachen zu ersticken.

Kapitel 8

Beim Frühstück schaffen wir es irgendwie, die von Dora für den ganzen Tag angesetzte Besichtigungstour auf den Nachmittag zusammenzustreichen, und während die anderen den idyllischen Strand ansteuern, habe ich mich nach meiner gestrigen Erfahrung in der Welt der Schönheitsexperten dazu inspirieren lassen, mich ein weiteres Mal verwöhnen zu lassen.

Ich habe mir einen Frisörtermin besorgt.

Es war Thomas' Idee. Er meinte, wenn mir die Massage gestern gefallen habe, dürfe ich mir den Frisör auf keinen Fall entgehen lassen. Und ob ich nicht sowieso Lust hätte, mir für die Hochzeit eine neue Frisur zuzulegen.

Natürlich wird in der Ferienanlage dafür gesorgt, jedes nur erdenkliche Bedürfnis zu befriedigen.

Wenn ich mit dem Gesicht nach unten auf einem antiken Tisch aus der Zeit Louis des Vierzehnten gefesselt und von einem ein Meter achtzig großen, nackten Schweden mit einem dampfenden Baguette geschlagen werden wollte, würden sie mir diesen Wunsch mit Sicherheit auch erfüllen.

Wie auch immer, ein Anruf genügte, und schon hatte ich eine Stunde später einen Termin beim hoteleigenen Top-Stylisten.

Der Salon ist wunderschön.

Der Boden ist aus Marmor, die Wände sind mit Schwammtechnik getüncht, die Spiegel haben vergoldete Rahmen, und überall stehen schwere barocke Blumengefäße mit frisch geschnittenen Blumen. Im Hintergrund spielt klassische Musik, und die Frau, die mich in Empfang nimmt, ist von den Haarwurzeln bis zu den Spitzen ihrer lackierten Findernägel von makelloser Schönheit. Der ganze Salon ist so durchgestylt, dass ich ihn in London vor Ehrfurcht nicht betreten würde, aber das Empfangspersonal ist herzlich und freundlich und verbreitet eine unbeschwerte Stimmung, sodass ich mich sofort wohl fühle. Und dieses entspannte Gefühl steigert sich noch, als ich gebeten werde, vor einem der goldgerahmten Spiegel in einem gemütlichen Frisierstuhl Platz zu nehmen und mir ein Stapel Zeitschriften und ein alkoholfreier Cocktail gereicht werden.

Thomas hat darauf bestanden, dass ich mich vom Chef des Salons persönlich frisieren lasse. Er ist natürlich der Teuerste, aber Thomas hat mich daran erinnert, dass ich mir schließlich nur äußerst selten einen wirklich guten Haarschnitt gönne und ich meine Frisur immerhin jeden Tag trage, weshalb ich dafür mindestens so viel Geld investieren kann wie in ein anständiges Outfit. Erst recht in Anbetracht der Tatsache, dass ich bald heirate. Ich brauche in der Tat eine vernünftige Frisur, denn mein Haar steht normalerweise in alle Richtungen ab, und ich weigere mich, es mir in klassischer Manier hochzustecken, weil ich finde, dass das einfach nicht zu mir passt. Und warum sollte ich an meiner Hochzeit eine Hochsteckfrisur tragen, wenn ich es sonst nie tue? Ich hätte es lieber auf elegante Art zerzaust und mit ein paar Blumen geschmückt – so wie Madonna, als sie *Ray of Light* herausbrachte.

Obwohl ich eher wie Einstein aussehe.

Um mich inspirieren zu lassen, blättere ich durch die Zeitschriften, während die Dame, die mich zu meinem Platz geleitet hat, ihren Kopf durch eine abgedunkelte Tür am Ende des L-förmigen Raums steckt und sagt: »Mr. Curry, Ihr Zehn-Uhr-Termin ist da.«

Ich bewundere gerade die glänzende Lockenpracht eines ausgesprochen attraktiven brünetten Models, als mich die Nennung des Namens überrascht von der Zeitschrift aufblicken lässt. Der Name kommt mir seltsam vertraut vor, und das Gleiche gilt für die Stimme, die mit einem heiteren »Ist gut, Darling« antwortet.

Ich blicke in den Spiegel und mustere den Mann, der hinter mir erscheint, und im nächsten Augenblick bleibt mir vor Staunen der Mund offen stehen.

Wenn meine Augen mir keinen Streich spielen, und ich bin ziemlich sicher, dass sie das nicht tun, ist Mr. Curry, Top-Stylist und Inhaber des Bajun-Lights-Frisörsalons, niemand anderer als Paul Curry.

Wer Paul?

Tja, diese Frage sollte man lieber meinem Freund Thomas stellen…

Wie bitte?

Liddy hat gesagt, ich wäre der Richtige, um mich nach Paul zu fragen? Er trat in Liddys und mein Leben, als wir sechzehn waren, er ist gerade mal anderthalb Jahre älter. Liddy und ich machten damals alles gemeinsam, und wir hatten beide einen Wochenendjob in Sedgeborough Hall, einem wirklich vornehmen herrschaftlichen Anwesen mit Hotel in Somerset, das von unserem Zuhause nur ein paar Dörfer entfernt war. Schon mal gehört, nicht wahr? Liddy hat dort zu ihrem Hochzeitsempfang geladen.

Es war unser erster Arbeitstag.

Wir saßen in einem kleinen Büro und warteten total aufgeregt auf unseren neuen Boss, der uns einweisen sollte, und dann betrat dieses Prachtexemplar von einem Mann den Raum. Er war einfach super.

Es war Liebe auf den ersten Blick.

Für uns beide.

Für Liddy und für mich.

Aus unserem Zweierteam wurde ein unzertrennliches Trio, ein unbändiges Dreiergrüppchen mit Paul als unserem König, Liddy und mir als seinen Fans.

Wäre nicht erstaunlich schnell klar geworden, dass er anders gepolt war und die Jagdrechte somit natürlich mir zufielen, hätten wir uns sicher um ihn gestritten.

Das Problem war, dass ich zwar durchaus kein hässliches Entlein bin, aber was gutes Aussehen angeht, spielte Paul in einer Liga mit, die so weit über meiner eigenen stand, dass ich auf eine Mitfahrgelegenheit bei der nächsten Weltraummission hätte hoffen müssen, um ihm wenigstens für einen Kuss seiner Füße nahe genug zu kommen.

Trotzdem träumte ich von ihm, zumal Paul ständig diese Bemerkungen fallen ließ, die ich so verstehen konnte, dass er tatsächlich auf mich stand. Irgendwelche unbedeutenden Kleinigkeiten, etwa ein Zwinkern bei der Arbeit, wenn wir eigentlich dazu bestimmt waren, mit Pokerface die feinen Pinkel zu bedienen, oder er hielt mir während der Kaffeepause im Personalraum einen Platz neben sich frei. Außerdem aß er zu seinem Kaffee immer einen Riesen-Marsriegel, den er dann mit mir teilte.

Je weiter der Sommer voranschritt, desto gewisser wurde ich, dass wir uns näher kamen. Und dann ging eines tragischen Tages am Südflügel des Hotels einer der Wasserspeier in die Brüche und mit ihm ein Teil des gotischen Gesimses, und als wäre dieses Missgeschick ein düsteres Omen, ging es von da an auch mit unserer Beziehung bergab.

Das Management bestellte sofort ein Team von Restauratoren, da für den kommenden Tag eine wichtige Hochzeitsfeier anstand.

Die Arbeiter begannen an einem der heißesten Sommertage, die der August bis dahin gesehen hatte, mit der Reparatur. In null Komma nichts waren sie bis zur Taille nackt und trugen nichts mehr am Leib als ihre zerschlissenen Jeans. Der frische Schweiß glänzte schimmernd auf ihrer goldbraunen Haut, und Paul hätte um ein Haar ein weiteres Fenster kaputt gemacht, so weit hängte er sich heraus, um einen Blick auf die schwitzenden Arbeiter zu erhaschen.

Später an diesem Tag sah ich ihn seinen Marsriegel mit Bob, dem Baumeister, teilen, einem Prachtkerl von einem Mann, der mehr Muskeln hatte, als in einem Fitnessstudio versammelt sind, und mein Herz zerbrach so wie das Gesims, das der Wasserspeier zerschlagen hatte.

Jeder kennt das Gefühl. Wenn du jung und verliebt bist, glaubst du, über eine Enttäuschung nie mehr hinwegzukommen und dich in deinem ganzen Leben nie wieder zu verlieben, und egal, wie sehr auch alle auf dich einreden und dir versichern, dass du darüber hinwegkommst, du glaubst ihnen nicht, auch wenn sie natürlich meistens Recht haben.

Aber in meinem Fall lagen sie falsch.

Bis zum heutigen Tag ist Paul mein Maßstab, der Mann, mit dem ich alle anderen, die ich kennen lerne, vergleiche, und dieser Vergleich fällt fast immer zu ihren Ungunsten aus.

Ich heulte mich an Liddys Schulter aus und verzehrte mich achtzehn Monate nach diesem wankelmütigen Mann, bis ich beschloss, mit Liddy nach London zu ziehen.

Und dann passierte etwas Merkwürdiges.

Ich weiß auch nicht, woran es lag, vielleicht war es

mein Entschluss, nicht länger hinter ihm herzulaufen wie ein japsendes Hündchen hinter seinem Herrchen, vielleicht nimmt das Leben manchmal auch einfach seltsame Wege, um jemandes Interesse an einem wach zu halten, aber im gleichen Moment, in dem wir verkündeten, nach London zu ziehen, machte er mit Bob, dem Baumeister, Schluss und mir eindeutige Avancen.

Damals war ich überzeugt, dass sein Interesse sofort wieder erlöschen würde, wenn ich bliebe. Also zogen wir nach London, und ich hielt den Kontakt zu ihm nur sehr sporadisch aufrecht, wohingegen er mir jede Menge Briefe schrieb, mich oft anrief und mich immer wieder um ein Treffen bat.

Doch je mehr er mich umgarnte, desto mehr entzog ich mich ihm.

Vielleicht rächte ich mich an ihm.

Vielleicht hatte ich auch Angst, dass er mich, wenn er mich bekäme, womöglich gar nicht haben wollte.

Nachdem Liddy und ich schon eine Zeit lang in London gewesen waren, kam ich schließlich zu dem Schluss, dass wir uns lange genug nicht gesehen hatten, und so lud ich ihn ein.

Wir hatten uns zwei Jahre nicht gesehen, aber der Funke war immer noch da. Wir aßen zu Abend, und er war begeistert von meiner Lasagne, und wir tranken eine Flasche Wein. Nach dem Essen führte ich ihn in meine Lieblingsbar, doch seltsamerweise flirteten wir den ganzen Abend mit anderen Männern, woraufhin wir uns mächtig in die Haare kriegten, und zum Schluss sprang er überstürzt in sein Cabriolet und machte sich um drei Uhr morgens auf den Rückweg nach Wiltshire.

Und das war's.

Ich meldete mich nie mehr und reagierte nicht auf seine Anrufe.

Nicht, weil ich nichts mehr von ihm wissen wollte, sondern weil mir klar geworden war, dass ich noch warten musste. Und da war er plötzlich. Ich erkannte sein Gesicht auf Anhieb, als es mich aus dem beeindruckenden Barbados-Prospekt anstarrte.

Die Zeit war gekommen …

Er legt die Hände auf meine Schultern und massiert sie leicht.

»Guten Tag, meine Liebe. Ich heiße Paul und bin heute Ihr Stylist. Was kann ich für Sie tun an diesem wunderschönen …«

Eigentlich wollte er »Tag« sagen, doch als er mich im Spiegel sieht, verstummt er, und anstatt den Satz zu beenden, bleibt sein Mund vor Überraschung offen stehen.

»Hallo Paul«, sage ich und lächele ihn an.

Er starrt mich einen Moment lang sprachlos an, dann fasst er sich an die Wangen, als wollte er seine vor Staunen gespreizten Kiefer zusammendrücken, und ruft: »So wahr ich hier stehe – es ist tatsächlich Lydia MacDonald!«

Im nächsten Moment wird mein Stuhl herumgewirbelt, er kniet vor mir nieder, wirft seine Arme um mich, schmiegt seinen Kopf an meine Brust und umarmt mich so fest, dass ich kaum noch Luft kriege. Dann richtet er sich wieder auf, nimmt mein Gesicht in beide Hände und blickt mir direkt in die Augen.

»Ich kann dir gar nicht sagen, wie ich mich freue, dich zu sehen, Lydia M.! Aber was, zum Teufel, machst du hier?«

»Das Gleiche wollte ich dich auch gerade fragen.«

»Ich? Wie du siehst, arbeite ich hier, ich Glücklicher, und das verdanke ich meinem sehnlichen Wunsch nach Sonne, einem Haufen harter Arbeit und einem ordentlichen Quäntchen Glück. Aber was, um alles in der Welt, hat dich hierhin verschlagen?«

»Ich feiere meinen Jungfernabschied.«

»Jungfernabschied? Jungfernabschied!«, ruft er wie Lady Bracknell beim Anblick einer bestimmten Handtasche. »Mein Gott, du heiratest! Das glaube ich nicht. Ausgerechnet unsere Liddy mit der pinken Punkfrisur und den Anti-Establishment-Sprüchen beugt sich der spießigsten aller konventionellen Spießigkeiten!«

Pinke Punkfrisur.

Als kleines Mädchen hatte ich dank meines Vaters und seinen Vorstellungen von Kinderfrisuren, die er aus der damaligen Werbung für Pears-Seife hatte, einen schlichten Topfhaarschnitt, doch sobald ich aus dem Haus war und mich mit meinen Freundinnen traf, kämmte ich mir die Seiten zurück und band sie zu einem Pferdeschwanz zusammen, formte das verbleibende Haar in der Mitte mit Hilfe eines Stücks Seife zu einem falschen Irokesenschnitt und färbte das Ganze anschließend mit pinkem Haarspray.

Nett anzusehen.

Oder auch nicht.

Jedenfalls bestimmt nicht der Stil, den ich für meine Hochzeit wählen würde. Apropos Hochzeit …

»Ist mir schon klar, dass euch Snobs das überraschen würde«, stelle ich lachend fest.

»Euch Snobs? Du wirfst mich doch nicht etwa mit den feinen Pinkeln von Sedgeborough Hall in einen Topf, oder? Wir waren immer die Außenseiter, liebe Liddy, zu denen gehörten wir nie.«

Sedgeborough Hall ist eines der vornehmsten Hotels in Somerset. Als Thomas, Paul und ich dort gearbeitet haben, waren wir sechzehnjährige Rebellen, die bei Feiern und Hochzeiten wie meiner gekellnert haben. Wir waren junge Aufrührer mit entsetzlichen Frisuren, die sich, statt zu arbeiten, ständig nach draußen gestohlen haben, um an verbotenen Zigaretten zu ziehen, die wir allerdings weder richtig auf Lunge geraucht noch wirklich genossen haben. Wir drei waren wild entschlossen, die Regeln ständig zu brechen, immer hart an der Grenze des Erlaubten, um mehr Spaß an der Arbeit zu haben, ohne unsere Jobs wirklich aufs Spiel zu setzen.

Den Briefen nach zu urteilen, die ich anlässlich meines Hochzeitsempfangs erhalten habe, wird das Hotel immer noch von den gleichen Leuten betrieben.

Sie werden vor Überraschung tot umfallen, wenn ich dort aufkreuze – herausgeputzt, mit normaler Frisur und in einem langen weißen Kleid. Damals habe ich immer lauthals verkündet, dass ich nie heiraten würde, weil mir das einfach zu überholt und spießig war, und als Thomas und ich nach London gegangen sind, haben wir verbreitet, wir würden nach Amsterdam ziehen, um dort Pornostars zu werden.

»Wir haben geschworen, nie wieder einen Fuß in dieses Etablissement zu setzen«, überlegt Paul laut.

»Stimmt«, bestätige ich. »Insofern entbehrt es nicht einer gewissen Ironie, dass ich dort meinen Hochzeitsempfang gebe.«

»Das ist ja, als ob Johnny Rotten sich ums Präsidentenamt bewerben würde. Schieß los! Wer ist der Glückliche, der das Herz des begehrenswertesten Mädchens von ganz Somerset erobert hat? Ich will alles wissen, jedes noch so kleine Detail, bis hin zu der Frage, welche Unterhosen er trägt.«

»Also gut, er heißt Matt Morgan und leitet eine Autoniederlassung in London, und er …«

Ich halte inne, denn obwohl er darauf gedrängt hat, jedes

noch so intime Detail zu erfahren, hört er mir gar nicht mehr zu.

»Ich dachte, du wolltest alles erfahren«, sage ich vorwurfsvoll, aber er guckt mich nur mit glasigen Augen an. »Dabei scheine ich dich schon jetzt zu langweilen.«

»Hast du Matt Morgan gesagt, Leiter einer Autoniederlassung in London?«, entgegnet er, ohne auf meinen Vorwurf einzugehen.

»Äh, ja.«

»Das gibt's doch gar nicht!«, ruft er verzückt, beugt sich hinab zu meinem Zeitschriftenstapel, fischt die unterste heraus und wedelt vor meinen Augen mit ihr herum, der *21st Century Woman*.

Es ist die Ausgabe des letzten Monats.

»Matt Morgan, der begehrte Junggeselle Nummer achtundzwanzig?«, fragt er nach Luft ringend und hält mir die Zeitschrift hin.

Plötzlich wird mir klar, dass seine Augen nicht vor Langeweile glasig waren.

Ich nicke.

»Wow! Die Mädels und ich lechzen schon seit Wochen nach ihm.«

Ich blättere automatisch die Zeitschrift durch und suche die Seite, auf der Matt vorgestellt wird.

»Vorsichtig«, warnt Paul mich mit einem verschmitzten Grinsen, »die Seiten könnten aneinander kleben.«

»John Paul!«, sage ich entrüstet.

»War nur ein Witz. So hat mich übrigens schon seit Jahren keiner mehr genannt.«

»Mach nur weiter so, dann fallen mir noch weitaus schlimmere Namen für dich ein«, drohe ich.

Ich brauche nicht lange, bis ich die Seite gefunden habe.

Paul blickt über meine Schulter auf das Foto von Matt und seufzt.

»Du kannst dich wirklich sehr glücklich schätzen«, stellt er neidvoll fest.

»Ich weiß«, entgegne ich.

Ich betrachte sehnsüchtig Matts lächelndes Gesicht und verspüre irgendwo in der Gegend meines Herzens einen Stich.

Warum hat er mich nicht angerufen?

»Wenn du nun also etwas so durch und durch Anständiges tust, wie den Junggesellen Nummer achtundzwanzig zu heiraten, und dann auch noch im noblen Sedgeborough Hall, bist du also nie ein Pornostar geworden, oder?«

Ich blicke von der Zeitschrift auf und schüttele den Kopf.

»Wer landet schon da, wo er in seiner Jugend landen wollte? Du wolltest damals Künstler werden.«

»Ich *bin* Künstler, meine Liebe. Warte nur, bis du siehst, was ich aus deinen Haaren mache. Sunny!« Er winkt einem jungen Mädchen, das gerade dabei ist, auf einer Ablage über mehreren nebeneinander liegenden Waschbecken flauschige weiße Handtücher zu stapeln. »Wasch dieser jungen Dame die Haare und bereite sie so weit vor, dass ich loslegen kann. Und geh behutsam mit ihr um, sie ist etwas ganz Besonderes.« Er beugt sich herab und küsst mich auf den Kopf. »Ich öle nur noch schnell mein Werkzeug, aber ich bin sofort wieder da und kümmere mich um dich.«

Ich starre ihn mit weit aufgerissenen Augen an.

»Meine Schere, Lydia, meine Schere. Also ehrlich, du bist vielleicht kein Pornostar geworden, aber du hast so schmutzige Gedanken, als wärst du einer.«

Während Paul seine Utensilien holt, werde ich zu einem Waschbecken gerollt, wo mir ein junges Mädchen die Haare wäscht und mir anschließend so herrlich angenehm eine Pflegespülung einmassiert, dass ich schwören könnte, meine Haare angesichts dieser Verwöhnung wohlig seufzen zu hören.

Dann werde ich zurück zu Paul gerollt, der meine nassen Locken in die Finger nimmt und ausgiebig prüft. Das Gleiche tut er mit meinem Gesicht.

»Ah ja, ich sehe schon, du brauchst eine weiche, feminine Frisur mit etwas mehr Struktur, die deine Gesichtszüge ein wenig auflockert und den Scheitel deines Kopfes ein wenig hebt, das gibt ein bisschen mehr Volumen ...«

»An Volumen mangelt es mir nun wirklich nicht«, witzle ich und zeige ihm meine Fettrolle, die sich im Sitzen immer über meinen Hosenbund wölbt.

»Dabei warst du doch früher immer gertenschlank«, stellt er überrascht fest. »Wie ist das passiert?«

»Ich stehe eben mehr auf Kuchen als auf Sport«, erwidere ich grinsend.

»Auch mehr als auf Bettsport?«, fragt er zwinkernd. »Wenn das so ist, ist Junggeselle Nummer achtundzwanzig vielleicht doch nicht so gut im Bett, wie sein Foto in der Zeitschrift vermuten lässt.«

»Er ist schon ganz gut«, murmele ich gespielt verschämt.

»Das klingt so, als solltest du ihn mir mal vorbeischicken, damit ich ihm ein bisschen Unterricht geben kann. Ich bin im Bett nicht nur ganz gut, ich bin eine absolute Granate.«

»Immer noch ganz der alte JP – die Bescheidenheit in Person«, stelle ich mit einem Lächeln fest. »Bist du beim Haareschneiden auch so gut?«

»Besser«, stellt er grinsend klar.

»Dann leg doch endlich mal los, und schlag dir meinen Verlobten aus dem Kopf.«

»Hört, hört, ihr seid sogar verlobt«, säuselt er lachend, während er mit flinken Händen zu schneiden beginnt.

Erst beim Föhnen traut er sich endlich, mir die entscheidende Frage zu stellen: »Ich nehme an, du hast noch Kontakt zu *ihm*, oder?«

Das *ihm* ist emotional aufgeladen.

Seine Lippen sind gespitzt.

Er wirkt eher defensiv.

»Könnte man sagen, wir wohnen zusammen.«

»Hätte ich mir denken können. Du warst schon immer der einzige Mensch, zu dem er eine Bindung eingehen konnte.« Er hält einen Moment inne und betrachtet nachdenklich sein Spiegelbild. »Obwohl ich glaube, dass er eine Zeit lang etwas von mir wollte.« Er hält erneut inne und fügt dann sanft hinzu: »Wollte er doch, oder, Liddy?«

»Ja. Aber ich glaube, er war ziemlich verletzt, als du eure Beziehung für Bob, den Baumeister, aufgegeben hast.«

»Bob, der Baumeister, oh ja.« Er verdreht die Augen und schwelgt für einen Moment in Erinnerungen. »Eine andere Granate aus meiner Vergangenheit.«

»Ihr wart beide sehr jung«, stelle ich lachend fest.

Er seufzt nur und fängt an zu singen.

And they called it puppy love though I guess they'll never know. And how he loved me so OH.

Der Schluss, der eigentlich ausgiebig in die Länge gezogen wird, endet abrupt in einem erstickten Aufschrei. Paul starrt in den Spiegel, und er starrt weder sein noch mein Spiegelbild an.

»Oh«, sage ich entschuldigend, als ich ebenfalls im Spiegel sehe, wer soeben den Salon betreten hat. »Das habe ich ganz vergessen, dir zu sagen – Thomas ist auch hier.«

Sie stehen einander in beinahe identischer Pose gegenüber und schätzen sich prüfend ab. Hände in die Hüften gestemmt, den Kopf zur Seite geneigt.

Zwei Pfauen, die einem Urinstinkt folgend in Machopose ihr Gefieder ausfahren.

Fehlt nur noch, dass sie sich anknurren.

Oh, mein Gott.

Ich zwinge mich zu einem Lächeln.

»Guck mal, wer das ist, Thomas: JP, John Paul, unser alter Freund Paul.«

Schweigen.

»Sieh nur, Paul, das ist Thomas. Tom. Dein alter Kumpel, mit dem du dir immer Marsriegel geteilt hast.«

Schweigen.

»Wollt ihr euch denn gar nichts sagen?«, frage ich fassungslos, »immerhin habt ihr euch wer weiß wie viele Jahre nicht gesehen.«

»Miststück«, sagt Thomas.

»Hure«, entgegnet Paul.

Oje!

»Was sagst du zu meiner neuen Frisur?«, frage ich Thomas, um die Situation zu entschärfen.

Thomas mustert mich und wendet sich mit vor Verachtung gekräuselten Lippen und stählernem Blick wieder Paul zu.

»Das nennst du einen Haarschnitt? Da sieht ja selbst ein Orang-Utan-Arsch besser aus.«

Dann hält er mir einen Arm hin.

»Komm, Liddy, lass uns gehen. Bevor sie dich hier noch mehr verunstalten.«

»Hm.«

Ich zucke an Paul gewandt entschuldigend mit den Schultern und bin heilfroh, dass mir der Haarschnitt auf meine Zimmerrechnung gesetzt wird und wir uns nicht länger herumdrücken müssen, während ich zahle. Ich nehme Thomas' Arm, werfe meinem alten Freund noch ein tröstendes Lächeln zu, forme mit den Lippen ein lautloses »Danke« und verlasse mit dem verächtlich dreinschauenden Thomas den Salon.

Wir gehen nach draußen, und er marschiert schweigend in kerzengrader Haltung den mit großen Kieselsteinen und exotischen Gewächsen gesäumten Sandweg entlang, bis wir um die Ecke und außer Sicht sind. Er wirft die Hände in die Luft und rennt schreiend zum Strand hinunter, wo er sich am Ufer in den Sand wirft und sich darin suhlt wie ein gestrandeter Fisch.

Als ich ihn einhole, ist er von Kopf bis Fuß eingesandet, aber seine Augen strahlen so hell wie die Sonne.

Ich bin total verwirrt.

»Oh Liddy, oh Liddy«, seufzt er, »ich glaube, ich bin verliebt.«

»Und was war das da drinnen dann gerade für eine Vorstellung? Ihr habt euch furchtbar benommen. Jeder, der euch gesehen hätte, würde denken, dass ihr euch hasst.«

»Liebe und Hass liegen sehr nah beieinander«, sinniert er.

»Ich kenne den Spruch nur zu gut, aber glaubst du wirklich, dass er auf dich und Paul zutrifft?«

Er zuckt mit den Schultern.

»Auf alle Fälle verdanke ich ihm, dass ich keinen Zweifel mehr hatte, ein Mann zu sein, der sich eher in Michael Douglas verlieben würde als in Catherine Zeta Jones«, stellt er seufzend fest. »Aber er hat mich verlassen. Meine erste Liebe. Du weißt doch, wie es heißt. Die erste Liebe …«

»… hält nie«, beende ich den Satz, »weil man keine Ahnung hat, wie man eine Beziehung richtig führt und pflegt, wenn man noch jung und unerfahren ist.« Zu meiner Bemerkung wackele ich à la Groucho Marx mit den Augenbrauen.

»Eigentlich wollte ich sagen ›vergisst man nie‹, aber du hast natürlich Recht.«

»Ihr habt euch nicht einmal geküsst.«

»Stimmt, ich habe ihn nur aus der Ferne angehimmelt.«

»Und letztendlich warst du derjenige, der das Weite gesucht hat, oder hast du das vergessen? Als er gerade anfing, sich wieder für dich zu interessieren, sind wir nach London gezogen.«

»Es ist, wie du gesagt hast, wir waren einfach noch zu jung. Es wäre eine kurze Affäre geworden, und dann wäre es aus und vorbei gewesen. Für immer.«

»Heißt das, du hast ihn dir aufgehoben?«

»Du weißt doch, Liddy: Das Beste solltest du dir immer für den Schluss aufheben.«

»Mit der Liebe ist es schon verdammt kompliziert, nicht wahr?«

»Mit unserer nicht«, entgegnet er und lächelt mich an. »Soll ich nicht einfach hetero werden und dich heiraten?«

»Gute Idee«, erwidere ich und will ihn umarmen, doch dann fällt mir ein, dass er von Kopf bis Fuß voller Sand ist. »Aber als Erstes gehen wir in meinen Bungalow und spritzen dich ab.«

»Das ist der beste Vorschlag des Jahres«, knurrt er, stürzt sich auf mich und tut so, als würde er zärtlich an meinem Ohr kauen.

Zurück in meinem Bungalow, springt Thomas kurz unter die Dusche und gesellt sich dann zu mir aufs Bett, wo ich mir gerade eine peinliche Fernsehschmonzette ansehe, der ich mich weitaus stärker hingebe, als es das Drehbuch oder der Plot verdient hätten. Eigentlich, denke ich, sollte ich draußen sein und das Beste aus dem Tag machen.

»Hey, den Film kenne ich!«, ruft Thomas und macht es sich neben mir bequem. »Sie bekommt ein Baby von ihm, aber er ist leider der Ehemann ihrer besten Freundin, und ihre beste Freundin ist ebenfalls schwanger, allerdings vom besten Freund ihres Mannes, und sie weiß es, aber er nicht.«

Er ist noch ganz gerötet, und obwohl auch mein Aprikosen-Bodypeeling dafür verantwortlich sein könnte, habe ich das Gefühl, dass es an etwas anderem liegt – oder sollte ich besser sagen an *jemand* anderem?

Ich mustere sein lächelndes Gesicht, und auf einmal dämmert mir, dass ich vielleicht ein wenig naiv war.

»Es ist wirklich ein unglaublicher Zufall«, stelle ich beiläufig fest.

»Was?«, entgegnet er, mit den Augen immer noch am Bildschirm klebend.

»Paul ausgerechnet auf dieser Insel zu treffen – in unserer Ferienanlage«, sage ich so gleichgültig wie möglich.

»Stimmt«, bestätigt er, wobei er ein wenig zu heftig nickt und die Nagelhaut an einem seiner Finger ein wenig zu intensiv begutachtet.

»Ein *unglaublicher* Zufall«, wiederhole ich, und nachdem wir uns wieder eine Weile schweigend dem Film zugewandt haben, drehe ich mich zu ihm um, nehme seine Hand und sage: »Sei ehrlich zu mir: Du wusstest, dass er hier ist, stimmt's?«

Er linst mit gespielter Unschuld unter seinen dicken schwarzen Augenwimpern hervor und sieht mich von der Seite an.

»Na gut, Liddy«, sagt er schließlich, »sagen wir einfach, der tolle Preis, die herrliche Anlage und die Freidrinks waren nicht die einzigen Anreize, nach Paradise Bay zu kommen.«

Er rollt übers Bett, schnappt sich den Prospekt über den Wellnessbereich vom Nachttisch und schlägt die Seite mit dem Gruppenfoto des gesamten Personals auf, das dort arbeitet.

Beim ersten Hinsehen ist es mir gar nicht aufgefallen, aber von der Mitte des Fotos lächelt mir Paul entgegen, umgeben von den Mitarbeiterinnen seines Frisörsalons und den fünf hübschen Asiatinnen, die in der Anwendung arbeiten.

»Das gleiche Foto war auch in den Unterlagen vom Reisebüro«, gibt Thomas zu und beißt sich reumütig auf die Unterlippe.

»Warum hast du mir das nicht gesagt?«

Er zuckt mit den Schultern.

»Ich war mir gar nicht absolut sicher, ob er es wirklich ist, das Foto ist ja ziemlich klein, und die Leute sind nur schwer zu erkennen, aber ich schwöre dir, dass ich das Reiseziel nicht allein wegen ihm ausgesucht habe. Außerdem wollte ich natürlich auf keinen Fall riskieren, dass du denkst, ich würde deine Pläne für deinen Trip aus eigenen Beweggründen manipulieren, und dann … ach, ich weiß auch nicht. Vermutlich wollte ich das Ganze nicht mit einem Fluch belegen. Ich habe befürchtet, allein die Tatsache, dass ich dir von meiner Vermutung erzähle, könnte die Wahrscheinlichkeit erhöhen, dass ich bei unserer Ankunft feststellen müsste, dass er es doch nicht ist. Klingt ziemlich bescheuert, oder?«

Ich schüttele den Kopf.

»Jedenfalls versuche ich schon seit unserer Ankunft all meinen Mut zusammenzunehmen und bei ihm hereinzuspazieren, um mich zu vergewissern, ob er es wirklich ist. Da war dein Frisörtermin heute natürlich die perfekte Gelegenheit für mich, wie zufällig bei ihm aufzukreuzen und den Überraschten zu spielen. Das ist ein weiterer Grund, weshalb ich es dir nicht gesagt habe.«

Ich nicke verständnisvoll. Wenn ich eines nicht kann, dann schauspielern, nicht einmal, wenn es um mein Leben geht.

»Aber warum hast du es so lange rausgeschoben? Wir sind schon zwei Tage hier. Ich an deiner Stelle wäre in der ersten halben Stunde bei ihm hereingeplatzt.«

»Keine Ahnung, ich hatte einfach so ein blödes Gefühl, wie wenn – na ja, stell dir vor, du bist jahrelang total in Robbie Williams verknallt, und schließlich triffst du ihn und stellst fest, dass er gar nicht so sexy und charmant ist, wie du ihn dir immer vorgestellt hast. Stattdessen erweist er sich als lähmender Langeweiler, dessen Lieblingshobbys nicht Sex und wilde Ausschweifungen sind, sondern das Sammeln von Lokomotiven oder Briefmarken.«

»Soll das heißen, du hattest Angst, dass er sich verändert hat?«

Thomas nickt kleinlaut.

»Und womöglich doch nicht dieser perfekte makellose Liebesgott ist, dessen vermeintliche Unerreichbarkeit ihn für dich nur noch begehrenswerter gemacht hat und der dein Leben in den vergangenen Jahren mit Hoffnung erfüllt hat?«

»Besser hätte ich es auch nicht auf den Punkt bringen können«, stellt er seufzend fest. »Ich hatte jahrelang dieses perfekte Bild in meinem Kopf, diese entzückende, verzaubernde Fantasievorstellung, und all dies drohte in Sekunden zerstört zu werden.«

»Und? Hat er?«

»Sich geändert?«

»Ja.«

»Na ja, er sieht immer noch super aus, und ein ziemliches Miststück ist er auch noch, außerdem ist er inzwischen sehr erfolgreich und von der Sonne herrlich gebräunt, also«, sein ausdrucksloser Blick verwandelt sich in ein breites Grinsen, »sagen wir einfach, es sieht im Moment ganz hoffnungsvoll aus.«

»Eine Frage noch.«

»Schieß los!«

»Sieht meine Frisur wirklich aus wie ein Orang-Utan-Hintern?«

»Natürlich nicht.«

»Puh, da bin ich aber froh.«

»Ich würde sagen, sie erinnert eher an den Hintern eines stark behaarten Hundes.«

Irgendwie schaffen wir es, uns von dem Film loszureißen und an den Strand zu gehen, wo die anderen sich bereits an unserem Stammplatz ausgebreitet haben.

Im Gegensatz zu Thomas' vernichtendem Urteil über meine Frisur sind meine Freundinnen voll des Lobes und begrüßen mich mit Komplimenten. Die aufbauenden Worte kommen gerade richtig, denn bevor wir an den Strand gegangen sind, habe ich noch einmal mein Handy gecheckt, und – richtig – Matt hat sich immer noch nicht gemeldet.

Als Wiedergutmachung für seine Beleidigungen bietet Thomas mit leicht schuldbewusstem Blick an, für alle ein Eis zu holen.

Amy hat mir eine Sonnenliege reserviert. Damit meine neue Frisur so lange wie möglich schön bleibt, setze ich mich hin und umhülle sie vorsichtig mit einem Seidentuch, wie ich es mir von Bridget abgeguckt habe, die ihr Haar auf diese Weise vor der Sonne schützt.

Es ist gar nicht so einfach, wie es aussieht.

Zu meiner Überraschung sieht Bridget mir einen Moment zu, wie ich mit dem Tuch kämpfe, erhebt sich dann von ihrer Liege, kommt zu mir und schickt sich an, mir zu helfen. »Lass mich mal, ich zeige dir, wie es geht.«

Behutsam und geschickt legt sie das Tuch um meinen Kopf.

»Na bitte. Schöner Haarschnitt übrigens, steht dir gut.«

»Danke.«

»Nichts zu danken«, entgegnet sie mit einem Lächeln.

Bridgets Lächeln hat etwas Merkwürdiges, es ist ein bisschen so, als ob du von der Polizei angehalten wirst und einen Strafzettel zu befürchten hast, aber mit einer Verwarnung davonkommst. Es ist sehr freundlich, aber du fragst dich, womit, in aller Welt, du es verdient hast.

»Tolle Frisur.« Amy lächelt mich an. »Ich habe mich schon gefragt, ob man es hier wagen kann, zum Frisör zu gehen, ich könnte nämlich auch eine kleine Auffrischung gebrauchen. Meinst du, es wäre einen Versuch wert?«

»Auf jeden Fall«, erwidere ich mit einem Lächeln.

Ich will ihr gerade genüsslich alles über Paul erzählen, als ich von Heather abgelenkt werde, die mit ihrem Handy in der Hand über den Strand stürmt, als würde sie von einem hungrigen, wilden Tier verfolgt. Sie schnauft und keucht wie eine Verrückte.

Amy und ich sehen uns besorgt an. Diese aufgeregte, rotgesichtige Frau mit den wirren Augen hat nichts von der ruhigen, besonnenen, liebenswürdigen Heather, die wir kennen.

»Was ist denn los, Heather?«

Sie lässt sich auf die Liege neben mir fallen, schnappt sich meine *Slim You* und fächert sich mit heftigen Bewegungen Luft zu.

»Was los ist?«, schreit sie hysterisch. Ich habe sie noch nie so außer sich gesehen. »Ben hat mich gerade angerufen, das ist los!«

Ich setze mich verwundert auf.

»Normalerweise freust du dich doch wie ein Schneekönig, wenn er anruft.«

»Ich weiß. Aber ihr könnt euch nicht vorstellen, was sich in Coconut Cove abspielt.«

Alle blicken auf, unterbrechen, was auch immer sie gerade tun, und fragen im Chor: »Was denn?«

Am lautesten fragen natürlich Fleur und ich.

»Eine verdammte Schönheitsköniginnen-Parade! Das ist los!«

»Eine was?«

»Ihr habt richtig gehört! Die verdammte Miss World ist da! Miss Seht-mich-an-wie-scharf-ich-in-meinem-Bikini-aussehe! Das ist los!«

Schließlich gelingt es uns, sie so weit zu beruhigen, dass wir Näheres aus ihr herausbringen.

»In der Ferienanlage, in der unsere Jungs abgestiegen sind, findet gerade die Wahl zur Miss Amerika statt«, jammert Heather gequält, »und zwar der Teil, in dem die Schönsten der Schönen sich in Badebekleidung präsentieren und filmen lassen. In der Anlage wimmelt es nur so von schönen Frauen.«

»Du willst uns verarschen!«, schreit Fleur auf.

»Ich wünschte, du hättest Recht. Sie sind gestern Abend angekommen. Wie es scheint, wird Coconut Cove von der großen Versuchung heimgesucht, und mein Verlobter ist da unten, umgeben von tollen Frauen.«

»Glaubt ihr, dass sie es wussten«, fragt Fleur aufgebracht, »und deshalb dort gebucht haben?«

»Natürlich nicht«, stelle ich klar.

»Wer hat die Reise gebucht?«, will Amy wissen.

»Thomas jedenfalls nicht. Matt würde sich nicht einmal einen Frisörtermin von ihm besorgen lassen, geschweige denn ihm die Buchung eines Urlaubs überlassen.«

»Rupert hat die Reise gebucht«, sagt Bridget, klappt ihr Buch zu, das sie gerade gelesen hat, und legt es auf ihren Schoß. Inmitten des weiblichen Aufruhrs bietet sie ein Bild ruhiger Besonnenheit.

»Dann ist ja alles klar«, stellt Dora fest, die nicht die Einzige unter uns ist, die Rupert aus tiefstem Herzen verachtet.

»Ich bin sicher, dass es kein abgekartetes Spiel war«, lenkt

Amy besänftigend ein, die sich normalerweise nicht gerade als die Stimme der Vernunft auszeichnet.

Bridget bedenkt Amys Bemerkung mit einem höhnischen Schnauben, das ich lieber ignoriere.

»Ich stimme Amy zu«, sage ich, »am besten beruhigen wir uns alle erst einmal wieder.«

Ich wende mich Heather zu und lächele sie aufmunternd an.

»Es ist doch vollkommen egal, ob sie von lauter nackten geilen Missen umgeben sind. Ben würde dich nie betrügen. Ich kenne meinen Bruder, er ist einer der ehrlichsten, aufrichtigsten Männer, denen man über den Weg laufen kann.«

Heather lächelt matt zurück.

»Da hast du Recht. Das ist er.«

»Ich weiß, dass ich Recht habe, und du hast absolut nichts zu befürchten.«

Ich verstumme, als plötzlich eine entsetzliche Erkenntnis in mir aufsteigt und mich mit der feinen Subtilität eines Vorschlaghammers niederstreckt.

Ich sitze hier und beruhige Heather, weil ich mit Gewissheit weiß, dass mein liebenswerter, süßer kleiner Bruder die Frau, die er liebt, um nichts in der Welt betrügen würde, doch er ist nicht der einzige Mann in Coconut Cove, der in Versuchung geführt werden kann.

Ich schieße so schnell hoch, dass meine Sonnenliege nach hinten rutscht und Amys Cocktail umstößt, der sich in einem Regenbogen auf den Sand ergießt und versickert.

»Ach du heilige Scheiße!«, schreie ich, und meine Brust verengt sich, als mir schlagartig klar wird, was die soeben verbreitete Neuigkeit bedeutet.

Alle schweigen und sehen mich erschrocken an.

Ich fluche eigentlich nie. Ich habe schon zu viele andere

Laster, um der langen Liste auch noch dieses hinzuzufügen, doch dieser Moment verlangt nach etwas Drastischem.

»*Mein* verdammter Verlobter ist ja auch da unten und umgeben von einem verfluchten Haufen umwerfend aussehender Schlampen!«

Es bedarf jeder Menge beruhigender Worte und der Hälfte von Fleurs Piña Colada, bis ich mich wieder auf meine Sonnenliege setze.

»Wenigstens weiß ich jetzt, warum er mich nicht angerufen hat«, murmele ich und genehmige mir noch einen weiteren großzügigen Schluck Alkohol.

»Ob er mich deshalb nicht anruft?«, schniefe ich elend.

»Natürlich nicht«, meint Fleur und nimmt meine Hand, »er amüsiert sich einfach und ist viel zu beschäftigt, das ist alles.«

»Aha«, entgegne ich wie Miss Marple, wenn sie das letzte Puzzleteilchen einfügt und den Mörder entlarvt. »Er amüsiert sich und ist zu beschäftigt – womit denn wohl bitte schön?«

»Jetzt sei doch nicht albern«, weist sie mich schnell zurecht.

»Du hast ja Recht, ich bin albern«, räume ich ein und versuche, meine irrationale Panik in den Griff zu kriegen. Ob er wirklich die Frau betrügen würde, die er in sechs Wochen heiraten will? Hängt vermutlich davon ab, was auf dem Markt ist. Jetzt reiß dich endlich zusammen, Lydia McDonald, er würde dich niemals betrügen! Oder womöglich doch?

Er ist von Schönheitsköniginnen umgeben, und ich bin gewiss nicht Miss World, aber ich bin hoffentlich auch nicht die Gewinnerin des Hässlichkeitspreises. Also – würde er mich betrügen?

Ist das der Grund, warum er mich nicht angerufen hat? Weil er von tollen Frauen umgeben ist, die mich und meine Handynummer so restlos aus seinem Kopf gelöscht haben wie Tafelkreide, die mit einem Schwamm weggewischt wird?

»Rupert würde nicht mit anderen Frauen anbändeln, oder?«, wende ich mich an Bridget, die von uns allen als Einzige völlig ruhig geblieben ist und von der man daher vermutlich am ehesten eine klare und vernünftige Antwort zu erwarten hat.

Sie zuckt ungerührt mit den Schultern.

»Natürlich würde er das tun.«

»Wie bitte?« Ich habe das Gegenteil erwartet, deshalb bin ich nicht sicher, ob ich richtig gehört habe.

»Ich habe gesagt, natürlich macht er sich an andere Frauen heran. Er trinkt sich etwas Mut an, guckt sich die bestaussehende Brünette aus, füllt sie den ganzen Abend mit Champagner ab und versucht mit allen Mitteln, ihr an die Wäsche zu gehen.«

»Eine Brünette? Aber du bist doch blond, ich dachte, er steht auf Blondinen«, stottere ich sinnlos.

»Tut er auch. Ruperts Motto lautet: Ein bisschen Abwechslung tut gut.«

»Also gehst du davon aus, dass er dich betrügt.«

»Ich gehe davon aus, dass er es versucht.«

»Und obwohl du das weißt, bleibst du bei ihm?«

Sie zuckt mit den Schultern.

»Er ist ein Mann. Und Männer sind alle gleich. Wenn ich ihn verlasse und mir einen anderen suche, wird sich der Neue aller Wahrscheinlichkeit nach genauso verhalten, nur dass er sich womöglich geschickter anstellt. Ich käme also vom Regen in die Traufe, wie man so schön sagt.«

Erstaunlich, mit welcher Sachlichkeit sie das sagt.

»Du weißt also, dass er andere Frauen anbaggert.«

Sie nickt.

»Und das macht dir nichts aus?«

Sie schweigt einen Moment.

»Vermutlich *würde* es mir etwas ausmachen, wenn er zum Ziel käme, aber normalerweise ist er viel zu betrunken, bevor er es schafft, ernsthaft zur Sache zu kommen.«

Ich bin völlig fertig.

Rupert hat immer gerne den Partylöwen heraushängen lassen, aber dass er immer auf Anmache aus ist, wenn er ohne Bridget ausgeht, war mir nicht klar. Er ist Matts bester Freund, und jetzt sind sie zusammen in Coconut Cove.

Normalerweise haben gute Freunde einiges gemeinsam, zum Beispiel die Lebenseinstellung und die Interessen. Aber was Ruperts Interessen angeht, teilt Matt diese hoffentlich nicht.

Ich habe Matt immer voll und ganz vertraut, allerdings vor allem, weil ich nie einen Anlass hatte, ihm zu misstrauen. Wenn mir jedoch entgangen ist, dass Rupert ständig darauf aus ist, fremde Frauen aufzureißen, könnte ich vielleicht auch bei Matt irgendetwas übersehen haben, oder?

Ach was, das ist doch lächerlich. Ich lasse mich von der allgemeinen Hysterie anstecken.

Es ist der dritte Tag meines Jungfernabschiedstrips.

Ich werde in wenigen Wochen heiraten.

Ich bin mit meinen besten Freundinnen und meinem besten Freund auf einer paradiesischen Insel.

Es sollte die schönste Zeit meines Lebens sein.

Und was tue ich? Ich denke nur an Matt, der auf der anderen Seite der Insel vielleicht ein bisschen zu *sehr* die schönste Zeit seines Lebens genießt.

Maddie hat Recht: Das ist wirklich albern.

»Das ist wirklich albern«, verkünde ich laut. »Wir sollten unseren Aufenthalt hier in vollen Zügen genießen, anstatt uns darüber den Kopf zu zerbrechen, was unsere Typen auf der anderen Seite im Schilde führen oder auch nicht.«

Meine Feststellung wird mit allgemeiner halbherziger Zustimmung quittiert.

»Das ist die richtige Einstellung, Liddy«, stellt Maddie fest und tätschelt meine Hand.

Alle widmen sich wieder dem, was sie vor der ganzen Aufregung getan haben.

Maddie und Amy unterhalten sich mit gedämpften Stimmen. Heather setzt sich hin und nimmt sich eine meiner Zeitschriften, blättert aber nur lustlos darin herum, anstatt sie zu lesen. Fleur sieht nicht wirklich glücklich aus, und selbst Bridget hat ein bisschen von ihrer schier unerschütterlichen Gelassenheit verloren und fächert sich etwas aufgeregt mit der *Times* vom Vortag Luft zu.

Ich versuche, mich auf den Artikel über die ausgewogene Zufuhr gesunder Kohlehydrate zu konzentrieren, an dem ich mich gerade versucht habe, aber der Absatz über Mischbrot bleibt mir trotz mehrmaligen Lesens irgendwie im Halse stecken.

Als Thomas zurückkommt, tun wir alle so, als ginge es uns super, was uns jedoch grandios misslingt. Er sieht uns prüfend an und drückt jedem ein schmelzendes Eis in die Hand, das von niemandem mit dem gebührenden Enthusiasmus entgegengenommen wird. Er baut sich vor uns auf und sieht in die Runde.

»Was ist denn mit euch los?«, fragt er schließlich, nachdem er jede Einzelne von uns ins Visier genommen hat. »Solche Sauertopfmienen habe ich zum letzten Mal gesehen, als mein Bruder Graham und meine kleine Schwester Eve an Weihnachten einmal gewettet haben, wer von ihnen eine ganze Zitrone aufessen kann.«

Für einen Moment herrscht Schweigen, dann reden wir alle auf einmal drauf los. Nach ein paar Sekunden hebt Thomas die Hände, um uns zum Schweigen zu bringen, und reibt sich scherzhaft die Ohren.

»Pst, ich glaube, ich habe verstanden. Wollt ihr testen, ob ich gut im Puzzeln bin? Mal sehen, ob ich mir alles richtig zusammengereimt habe. Die Anlage, in der eure Männer abgestiegen sind, ist voller umwerfender Grazien, und das hat unter den Frauen in Paradise Bay eine Massenhysterie ausgelöst. Richtig?«

»Genau.«

»Verstehe«, entgegnet er, setzt sich hin, nimmt sich meine Zeitschrift und beginnt sie durchzublättern.

»Das ist also alles?«

»Was ist also alles?«, murmelt er, während er einen Artikel über Schuhe mit Keilabsätzen studiert.

»Ist das alles, was du dazu zu sagen hast?«

Er sieht uns über den Rand der Zeitschrift an.

»In Coconut Cove tummeln sich ein paar tolle Frauen – na und?«

»Na und?«, wiederholen wir ungläubig.

»Ja, na und! Die ganze Insel ist voller schöner Menschen. Was macht es da schon aus, wenn noch ein paar dazukommen? Betrachtet es doch mal von der anderen Seite: Wie viele gutaussehende Männer gibt es hier in Paradise Bay?«

»Haufenweise«, erwidert Fleur schnell.

Maddie und Amy nicken zustimmend.

»Wir sind von einigen der bestaussehenden Männer umgeben, die ich je gesehen habe«, stellt Amy fest.

»Echte Prachtkerle«, meint Maddie.

»Und? Was haben wir mit ihnen angefangen?«

Alle sehen einander an.

»Eben!«, ruft Thomas und wirft die Hände hoch. »Absolut gar nichts! Na gut, abgesehen von Maddie natürlich, aber wir anderen haben sie nur angegafft, schön von weitem, versteht sich. Wir haben sie angeguckt, aber nicht angemacht. Jedenfalls die von uns, die in festen Händen sind. Was ich sagen will, ist…«

»Vertrauen ist das A und O«, beende ich seufzend seinen Satz.

»Genau.«

»Das haben wir auch schon festgestellt.«

»Aber ihr habt es noch nicht richtig verinnerlicht. Also, wie wär's, wenn wir die Sache folgendermaßen sehen: Einige der schönsten Frauen der USA sind zurzeit im gleichen Hotel untergebracht wie eure Männer.«

»Besten Dank für die Erinnerung. Eigentlich solltest du unsere Stimmung heben, anstatt uns noch weiter runterzuziehen.«

»Halt doch mal kurz die Luft an, ich bin ja noch nicht fertig. Also, was tun die Männer aller Voraussicht nach genau in diesem Moment?«

»Frauen angaffen«, erwidert Maddie ein bisschen zu heiter.

»Vielen Dank, Maddie«, stöhnt Heather.

»Okay«, nimmt Thomas den Faden wieder auf, »wahrscheinlich hat Maddie Recht, und *wo* gaffen sie die Frauen vermutlich an?«

»In der Bar«, stellt Fleur mürrisch fest.

»Genau. Und wie attraktiv finden wir, bescheiden wie wir sind, unsere Männer, wenn sie so betrunken sind, dass sie keinen klaren Satz mehr formulieren können und dazu neigen, an irgendwelchen merkwürdigen Orten umzukippen und in ihrer eigenen Kotze einzuschlafen?«

»Hm.« Wir nicken alle und bekunden murmelnd unsere Zustimmung.

»Und was sollten da wohl erst die Schönheitsköniginnen mit unserer schwofenden Junggesellentruppe anfangen? Sie kriegen doch vermutlich jeden Tag Angebote von milliardenschweren Playboys, umwerfend aussehenden Sportlern und berühmten Schauspielern, seit sie das erste Mal mit dem Hintern gewackelt haben! Was meint ihr?« Er nimmt Bridget ins Visier. »Würdest du Rupert vorziehen oder Brad Pitt?« Er schürzt die Lippen und tut so, als würde er darüber nachdenken, wem er den Vorzug gäbe. Dann wendet er sich mir zu: »Matt oder Tom Cruise? Ja, das hat was. Matt? Oder Tom Cruise? Für welchen Mann würde ich megahübsche Schönheitskönigin mich entscheiden? Tja, was für eine schwierige Entscheidung! Oh, wie wär's mit Lewis?« Er zwinkert Fleur zu. »Oder doch lieber Robert de Niro mit seinem charismatisch markanten Gesicht? Oh, mein Gott, wie SOLL ich mich bloß entscheiden?«

Thomas' Einlage ist sarkastisch, aber äußerst wirkungsvoll und sehr, sehr wahr. Und, wie wir alle zugeben müssen, ziemlich lustig, selbst Dora lächelt. Wir grinsen alle. Das Problem ist nur, dass Fleur, Heather und Bridget im Moment genauso fühlen wie ich und ich das dumme Gefühl habe, dass uns das Grinsen viel zu schnell wieder vergehen wird.

Ich hatte Recht.

Uns ist das Lachen vergangen, aber das hat diesmal weniger mit unseren Männern zu tun als mit der Tatsache, dass Dora unsere selbst ernannte Reiseleiterin ist.

Es ist viel zu schnell Nachmittag geworden, und wir haben unser Versprechen an Dora gehalten und sind auf Besichtigungstour. Barbados ist wunderschön, und ich könnte unsere Tour auch genießen, wäre da nicht die dröhnende Stimme meiner Schwester, die sich endlos über alles auslässt, was wir sehen.

Sie versucht, uns zu belehren.

Sie hält uns allesamt für flatterhafte Partygänger, für oberflächlich und unkultiviert und versucht diesen Missstand durch eine Überdosis an Kultur wettzumachen. Sie zeigt uns Kirchen und Kanzleien, Gebäude und Landschaften, alte Häfen und alle möglichen Sehenswürdigkeiten, die ich unter normalen Umständen allesamt faszinierend gefunden hätte. Doch sie nimmt unserem Ausflug jeglichen Spaß, wir kommen uns vor wie auf einer Schulexkursion. Gut, nach dem morgendlichen Zwischenfall sind wir sowieso nicht in bester Verfassung, aber selbst wenn wir alle in Superlaune wären, würde Dora uns mit ihren endlosen Vorträgen und ihrem unbändigen Drang, so viel Kultur wie nur irgend möglich in einen einzigen Nachmittag zu packen, gehörig den Tag verhageln.

»Ob sie uns hinterher eine Klassenarbeit schreiben lässt?«, flüstert Amy mir zu, als Dora uns geschlagene zwanzig Minuten in der Sonne stehen lässt, um uns die Geschichte eines ganz speziellen Monuments herunterzubeten.

Ich lache. Zum ersten Mal seit unserem Strandbesuch heute Morgen.

»So gefällst du mir schon besser«, stellt Amy fest und lächelt mich freundlich an. »Kannst du mir einen Gefallen tun, Liddy?«

»Welchen denn? Meine Schwester erschießen?«

»Auch keine schlechte Idee, aber ich wollte dich um etwas anderes bitten.« Sie beißt sich auf die Unterlippe. »Ich wollte dich bitten, Matt zu vergessen.«

»Wie bitte? Du meinst, ich soll mit ihm Schluss machen?«, entgegne ich und verstehe sie bewusst falsch.

»Du sollst ihn für die Dauer unserer Reise vergessen, und das meine ich ernst. Ich kenne dich und weiß deshalb, wie sehr es an dir nagt, dass er dich noch nicht angerufen hat. Aber lass dir dadurch nicht die Reise verderben, und bilde dir bloß nicht ein, dass er sich wegen des Schönheitswettbewerbs noch nicht gemeldet hat. Es ist sein Junggesellenabschied und damit seine letzte offizielle Gelegenheit, noch einmal richtig einen draufzumachen und sich auszutoben, bevor er sich häuslich niederlässt. Das Ganze dürfte in eine einzige durchzechte Party ausarten, die sie nur unterbrechen, wenn sie sich gelegentlich daran erinnern, dass sie auch noch etwas essen müssen, oder wenn sie einfach nicht mehr können und ihrem Schlafbedürfnis nachgeben.«

»Sie hat Recht.« Zu meiner Überraschung bläst Bridget, die neben uns steht, ins gleiche Horn.

»Außerdem teilt er sich mit Rupert ein Zimmer, und was das bedeutet, kannst du dir ja vorstellen. Rupe, ich rufe mal gerade Liddy an ... Kann nicht wahr sein, stehst du so unter ihrer Knute?« Bridget imitiert exakt Ruperts schleppende Stimme, wenn er zu viel getrunken hat. »He, noch bist du nicht verheiratet! Sei nicht so ein Weichei, hier, zieh dir noch ein Bier rein! Und soll ich dir noch etwas sagen«, fügt sie, nun wieder mit ihrer eigenen Stimme, hinzu: »Ich würde Rupert sogar zutrauen, dass er Matts Telefon an sich genommen hat.«

»Glaubst du das wirklich?«

»Zutrauen würde ich es ihm. Vor einigen Wochen war ich mal bei ihm, als sie in seiner Wohnung ein Vorbereitungstreffen für Matts Junggesellenabschied abgehalten haben. Sie haben eine Liste mit Dingen erstellt, wie sie Matt foppen und welche Aufgaben sie ihm auferlegen wollten.«

»Welche denn zum Beispiel?«, frage ich entsetzt.

»Ich habe nur einen kurzen Blick auf die Liste erhascht, dann haben sie sie weggerissen, als handelte es sich um ein hochgeheimes Dokument, aber ganz oben stand, dass sie ihm gleich am Flughafen in Heathrow die Hose abnehmen und ihn zwingen wollten, die Reise in einem Minirock anzutreten.«

Ich kann nicht an mich halten. Obwohl ich mich elend fühle, muss ich lachen. Wir lachen alle.

»Also mach dir keine Gedanken, dass er sich noch nicht gemeldet hat, okay?«

Wahrscheinlich haben sie Recht.

»Ich will es versuchen«, verspreche ich ihnen und blicke mitleidig in Heathers und Fleurs unglückliche Gesichter.

»Also, wir haben unser Bestes gegeben, dich aufzumuntern, jetzt bist du an der Reihe, etwas für uns zu tun«, sagt Amy und hakt sich bei mir unter, während wir hinter Dora hertrotten, die uns einen steilen Hang hinauf zu unserer nächsten Besichtungsstation führt.

»Ich will es versuchen«, sage ich noch einmal.

»Such uns ein historisches Restaurant, damit wir wenigstens etwas zu Abend essen können, während Dora sich über ›das großartige kulturelle Erbe und dessen Herkunft‹ ergeht.«

Sie dreht sich zu Bridget um und bedeutet ihr, sich zu uns zu gesellen, und zu meiner freudigen Überraschung kommt sie zu mir und hakt sich an meiner anderen Seite unter.

»Du hast nicht zufällig auch den zweiten Punkt auf der Liste gesehen, oder?«, fragt Amy sie grinsend.

Bridget nickt viel sagend.

»Nur so viel – sie haben Matt am Flughafen nicht nur seine Hose abgeknöpft, bei ihrer Rückkehr sollte Liddy auch mal ihre Unterwäscheschublade checken und nachsehen, ob vielleicht ein Mieder mit Schößchen fehlt.«

»Oh nein«, stöhne ich, »wie furchtbar.«

»Ja, nicht wahr«, bestätigt Amy vergnügt. »Was für eine Vorstellung, wie Matt in Minirock und Mieder über den Flughafen watschelt!«

»Hauptsache, sie haben nicht auch noch deine Jimmy-Choo-Schuhe genommen«, meint Bridget und lächelt mich an.

Ich schüttele den Kopf.

»Das Schlimmste an der ganzen Sache ist, dass meine Unterwäsche meinem Zukünftigen tatsächlich passt. Ich muss unbedingt abnehmen.«

Kapitel 9

Trotz meiner guten Vorsätze schlafe ich die nächste Nacht schlecht.

Nach der unerquicklichen Nachricht wälze ich mich bis drei Uhr morgens herum, falle schließlich in einen unruhigen Schlaf und wache drei Stunden später wieder auf, um erneut ins Grübeln zu verfallen.

In der Hoffnung, mich vielleicht mit Essen von den albernen Gedanken abzulenken, die mich die ganze Nacht geplagt haben, sitze ich bereits um sieben am Frühstückstisch. Immer wieder habe ich ihn vor mir gesehen, in seinem tollen Hotel und umgeben von schönen Frauen.

In einer Frustfressattacke lade ich mir meinen Teller gerade mit Bananenbrot und Ananas voll, als Fleur erscheint. Sie sieht ebenfalls übernächtigt und elend aus. Anstatt mich zu begrüßen, zieht sie mitfühlend eine Augenbraue hoch, lädt sich eine ähnliche Portion auf, nimmt noch einen Riesenstapel Pfannkuchen mit Sirup dazu und stellt ihn zwischen uns.

Zehn Minuten später stößt Heather zu uns. Sie hat rot unterlaufene Augen und ist ein bisschen zerzaust. Sie nimmt sich drei Croissants, belädt sich ihren Teller mit Plunderteilchen, setzt sich mit einem matten Lächeln auf den Stuhl mir gegenüber und stopft sich wortlos voll.

An dem Frühstücksbüffet darf man sich nach Herzenslust bedienen, und als der Rest unserer Truppe eintrifft, legen wir uns gerade zum vierten Mal nach.

»Seit wann seid ihr denn schon hier?«, fragt Amy und mustert ungläubig den Stapel benutzter Teller auf unserem Tisch.

»Viel zu lange«, stöhnt Fleur und klopft sich auf ihren prallen Bauch.

»Das nennt man wohl Frustessen«, jammere ich und unterdrücke einen wenig damenhaften Rülpser. »Ich fühle mich, als hätte ich ein ganzes Sofa verschluckt.«

Heather schweigt und stopft sich ein weiteres Plunderteilchen in Mund.

Amy schüttelt den Kopf und seufzt.

»Was ist denn mit euch los? Geht es immer noch um die Sache von gestern?«

Wir nicken jämmerlich.

»Aber warum nur? Nehmt euch ein Beispiel an Bridget, sie stopft sich auch nicht die Backen voll.«

»Weil sie *weiß*, dass Rupert vermutlich nichts Gutes im Schilde führt«, stellt Fleur klar.

»Genau«, bestätige ich, »die Ungewissheit ist das Schlimmste. Dabei ist das, was sich in meiner Vorstellung abspielt, mit Sicherheit tausendmal schlimmer als das, was sich wirklich in Coconut Cove abspielt. Aber ich weiß es eben nicht hundertprozentig, und genau das macht mich wahnsinnig.«

»Wenn das so ist – warum erkundet ihr nicht einfach, was die Jungs da unten treiben?«

»Und wie sollen wir das, bitte schön, anstellen?«

»Wir haben doch einen Spion in ihrem Lager. Heather hängt alle fünf Minuten am Telefon und redet mit Ben«, stellt Maddie sachlich fest. »Wenn ihr also wissen wollt, was da unten abgeht, fragt ihn doch einfach.«

»Stimmt, das ist eine gute Idee.« Fleur sieht uns hoffnungsvoll an.

»Oder Liddy ruft ihn an, er ist schließlich ihr Bruder.«

»Ja, das wäre auch eine Möglichkeit.« Fleur nickt und ringt sich ihr erstes Lächeln des Tages ab.

»Traut ihr Ben das wirklich zu?«, fragt Amy nachdenklich. »Ich weiß ja, dass er ein herzensguter Junge ist, aber ihr wisst doch, wie Typen drauf sind, wenn sie allein unterwegs sind. Ich meine, von wegen verschworene Männergemeinschaft und so.«

»Was soll das heißen, verschworene Männergemeinschaft?«, nuschelt Heather, wobei ihr ein paar Krümel aus dem Mund fallen.

Amy sieht Thomas an.

»Also gut, als Ehrenmann ist es wohl an mir, es euch zu erklären«, beginnt er. »Die Grundregel auf jedem Junggesellenabschied lautet: ›Alles, was hier abgeht, bleibt unter uns.‹ Mit anderen Worten, es verstößt gegen einen heiligen Ehrenkodex, irgendetwas auszuquatschen und seine Kumpels bei Frauchen zu verraten, ganz egal, was auf dem Trip passiert. So lieb und nett dein Bruder also auch sein mag ...«

»Es ist nicht besonders fair, von ihm zu verlangen, den Informanten zu spielen«, beendet Amy den Satz.

»Das ist doch lächerlich!«, meldet Dora sich zu Wort. »Wie kann man sich bei so etwas Unmoralischem auf einen Moralkodex berufen?«

»Tom hat Recht«, fährt Amy fort und ignoriert Dora. »Das kannst du unmöglich von ihm verlangen, Heather. Es wäre schlicht und einfach unfair.«

»Vermutlich hast du Recht«, gibt Heather sich widerwillig geschlagen. »Aber normalerweise erzählt er mir sowieso fast alles. Glaube ich zumindest«, fügt sie zögerlich hinzu.

»Das ist doch wirklich absurd!« Ich reiße ihr das Plunderteilchen aus der Hand. »Jetzt misstraut Heather sogar schon Ben. Ich kann es nicht fassen! Es ist einfach absolut, vollkommen … *absurd!*«, wiederhole ich schließlich, weil mir kein treffenderes Wort einfällt. »Wenn bei den Jungs irgendetwas Anstößiges abliefe, würde Ben es mir oder Heather mit Sicherheit erzählen. Aber was soll das überhaupt, das Einzige, was wir wissen, ist doch, dass in der gleichen Anlage ein paar gut aussehende Frauen abgestiegen sind. Na und? Wie Thomas gestern sehr zutreffend festgestellt hat, wimmelt es hier auch von ansehnlichen Typen, und haben wir uns auf sie gestürzt? Nein, haben wir nicht.«

»Ich schon«, wirft Maddie ein und schürzt die Lippen.

»Ja, aber du bist auch Single, das ist der feine Unterschied. Wenn du in einer glücklichen Beziehung wärst, würdest du deinen Freund nie und nimmer betrügen, ganz egal, wie das Angebot auch wäre, so einfach ist das.«

Ich weiß nicht, wen ich mehr überzeugen will, mich oder meine Freundinnen, aber ich fahre unbeirrt fort. »Warum vergessen wir den ganzen Quatsch nicht einfach und amüsieren uns? Ich meine, wenn wir ihnen nicht vertrauen, was finden wir dann überhaupt an ihnen?«

»So ist es.« Dora klatscht in die Hände. »Seht euch doch mal um«, fordert sie uns auf. »Wie schön es hier ist. Und denkt daran, dass nur ein verschwindend geringer Teil der Menschheit je die Möglichkeit hat, das hier zu erleben. Und wir gehören zu den Glücklichen! Das ist vielleicht *der* Urlaub eures Lebens, vergesst das nicht!«

Ich nicke langsam. Auch wenn ich es nur ungern zugebe, diesmal hat meine Schwester Recht.

»Und ihr wundert euch, warum Männer mir gestohlen bleiben können«, fügt sie als Nachbemerkung zu ihrer Standpauke hinzu.

Wenn ich es recht bedenke, hat sie den Nagel auf den Kopf getroffen. Aber ich werde die quälenden Gedanken einfach nicht los. Dabei bin ich bisher noch nie von Selbstzweifeln geplagt worden. Mein Erfolg bei Männern war zwar nie besonders phänomenal, aber es hat sich immer alles so gütig für mich gefügt, dass ich nie größeren Kummer hatte, es sei denn, ich hatte ihn selbst zu verantworten.

Mein erster richtiger Freund hieß Benjamin Gaskell.

Wir sind uns in meinem letzten Schuljahr in Wiltshire näher gekommen und sage und schreibe acht Wochen miteinander gegangen, bevor Thomas und ich nach London geflohen sind.

Er war jung und süß und knackig wie ein frisch gereifter Apfel, und wenn ich ihn geküsst habe, schmeckten seine Lippen nach Honig.

Klingt ziemlich schwärmerisch, ich weiß, aber so war es. Eine schwärmerische, unschuldige Liebe.

Wir haben uns unter Tränen verabschiedet und uns versprochen, zusammen und einander treu zu bleiben und uns, wann immer möglich, zu besuchen, aber wenn man so jung ist und so weit auseinander, ist das utopisch.

Wir haben telefoniert und uns gelegentlich Briefe geschrieben, doch es dauerte nicht lange, und eine andere pflückte sich meinen Apfel. Ich habe eine Weile gebraucht, ihn zu vergessen. Drei Jahre, um genau zu sein.

Ich gehörte nie zu der Sorte Mädchen, die sich selbst über die Typen definieren, mit denen sie gerade zusammen sind. Deshalb genoss ich mein Singledasein. Irgendwann habe ich dann jemanden kennen gelernt, den ich ausreichend mochte, um mich mit Haut und Haar auf das Junge-trifft-Mädchen-Abenteuer einzulassen.

Mein zweiter Freund war ein Typ namens Neil Hunter, und ich lernte ihn ein paar Wochen vor meinem einundzwanzigsten Geburtstag an der Brottheke im Supermarkt bei mir um die

Ecke kennen. Was uns zusammenbrachte, war unsere gemeinsame Leidenschaft für schokoladen- und karamellgefüllte Biskuits. Besser gesagt stritten wir uns um die letzte Packung dieser frisch gebackenen Leckerbissen und kamen schließlich überein, uns das Päckchen am besten zu teilen, woraufhin ich den Mann, den ich kaum kannte, nach Hause begleitete, wo wir uns dann den ganzen Nachmittag lang den Bauch voll schlugen.

Irgendwann habe ich ihn verlassen. Es musste sein. Er war zwar ein netter Kerl, aber wir übten einen schlechten Einfluss aufeinander aus. Unsere wichtigste gemeinsame Leidenschaft, die, wie ich heute weiß, jede andere Leidenschaft überwog, war nämlich das Essen.

Ein paar Monate später trat John Taylor in mein Leben.

Nein, nicht der Gitarrist einer ziemlich angesagten Achtziger-Jahre-Band, aber immerhin kam er auch aus der Musikbranche, genauer gesagt, war er Verkäufer in einem Plattenladen.

Er liebte seine Musik so leidenschaftlich wie ich mein Essen.

Er wusste, angefangen bei den Sechzigern, alles über Musik, und ich war schwer beeindruckt … bis ich merkte, dass er NUR über Musik redete. Alles andere interessierte ihn nicht. Wir waren bei ein paar Supergigs dabei, sind in die Oper und in Konzerte gegangen, haben in seiner Wohnung gesessen und uns stundenlang durch seine gigantische Plattensammlung gehört, und es war alles super, aber wann immer ich mit ihm über Dinge reden wollte, die mich neben der Musik auch noch interessierten, wie Filme oder Bücher, wollte er nichts davon wissen, und wenn ich ihm vorschlug, doch mal mit mir zu wandern, in einem Restaurant zu essen oder ins Kino oder Theater zu gehen, biss ich immer auf Granit.

Nach ein paar Monaten war es natürlich vorbei.

Meinen nächsten Freund lernte ich bei der Arbeit kennen. Er hieß Harry London und war intellektuell, gebildet und charmant. Ich war total in ihn vernarrt... ungefähr zwei Monate lang. Dann war der Charme schlagartig verflogen. Es war, als wäre ich abends mit diesem interessanten, amüsanten, anregenden Menschen ins Bett gegangen und neben einem egozentrischen, gereizten, wichtigtuerischen Idioten wieder aufgewacht.

Wie man seine Meinung so drastisch über Nacht ändern kann?

Tja, ich fürchte, ich bin schlicht und einfach ernüchtert.

Zwischen Harry und mir hat es auf einer Büroparty gefunkt, auf der der Sekt in solchen Strömen floss wie der Niagara an einem regenreichen Tag. Leider prägte das unsere Beziehung irgendwie auf unheilvolle Weise, jedenfalls waren wir während unserer ersten acht Wochen fast immer blau. Meistens hingen wir mit Harrys ebenso weinseligen Freunden in seinen Lieblingsbistros herum.

Harry ist einer dieser Menschen, die zu jedem Anlass Wein trinken, außer zum Frühstück, obwohl er mir als Gegenmittel für meinen Kater auch zum Frühstück hin und wieder ein Gläschen anbot, wenn ich mal wieder mit dem Kopf in die Hände gestützt dasaß und stöhnte, dass es so nicht weitergehen könne, was oft vorkam, viel zu oft.

Als ich wieder einmal an einem Sonntag mit einer Zweiliterflasche Evian und ein paar Paracetamol leidend auf dem Sofa lag, den Kopf jammernd auf Thomas' Schoß gebettet, machte Thomas mir ziemlich unmissverständlich klar, dass niemand mich zwinge, literweise Alkohol in mich hineinzukippen und es allein in meiner Hand liege, weniger zu trinken, egal was Harry mache. Als wir also das nächste Mal ausgingen, beherzigte ich diesen simplen Rat und trank konsequent nur

Mineralwasser, egal wie sehr Harry und seine Trinkkumpane auch auf mich einredeten, in ihr Burgunder-Zechgelage miteinzusteigen.

An diesem Abend machte ich die erstaunliche Entdeckung, dass ich Harry mit klarem Kopf gar nicht mochte.

In Wahrheit war er ein doofer, dünkelhafter, dickköpfiger Dämlack.

Und das war's dann.

Finito.

Nummer fünf war Eddie Lucas. Wir konnten uns ausschütten vor Lachen, hatten einen Riesenspaß, und im Bett lief es auch super, aber das war's auch im Wesentlichen. Es war nett mit ihm, aber etwas Ernstes wurde nie aus uns. Wir waren ein Jahr zusammen und sind immer noch Freunde, auch wenn ich ihn, seit ich mit Matt liiert bin, kaum noch sehe. Matt kann sich nicht so recht mit der Idee anfreunden, dass ich mit einem meiner Exlover nach wie vor befreundet bin. Es läuft nichts mehr zwischen uns, wir sind nur noch gute Freunde, aber in gewisser Weise kann ich Matt ja verstehen, deshalb treffe ich mich aus Rücksicht auf seine Gefühle nicht mehr mit Eddie allein. Wir telefonieren gelegentlich oder treffen uns in einer größeren Gruppe, aber mehr nicht. Es dauerte eine ganze Weile, bis unsere gegenseitige Zuneigung verpuffte, denn wir mochten uns wirklich sehr. Deshalb musste einige Zeit ins Land gehen, bis ich mich wieder auf jemand anders einlassen konnte.

Dieser Jemand war Nummer sechs. Nathan Green. Sexy, aber ein ziemlicher Kotzbrocken. Genau so einen braucht jede Frau einmal, oder? Einen Typen, der dich wie Dreck behandelt und von dem du trotzdem nicht genug kriegen kannst. Keine Ahnung, woran es liegt, vielleicht haben wir ja alle eine masochistische Ader in uns und springen deshalb auf diese fiesen Kerle an, oder vielleicht glauben wir auch, dass jemand nur dann begehrenswert ist, wenn wir um ihn kämpfen müssen, jedenfalls war ich absolut scharf auf diesen Mann.

Als ich ihn kennen lernte, war er noch mit einer anderen Frau zusammen, doch wir verstanden uns so gut, dass wir unweigerlich Freunde wurden. Als er sich ein Jahr später von seiner Freundin trennte, wurden wir ebenso unweigerlich ein Paar.

Es war einfach super mit ihm, viel besser, als ich es je für möglich gehalten hätte. Er brachte mich zum Lachen, törnte mich an, forderte meinen Geist heraus, war mein Freund und Lover zugleich. Ich glaubte wirklich, den perfekten Mann gefunden zu haben.

Doch schon nach einem Monat fing er an, komisch zu werden; er mied es, mit mir zu telefonieren, mied jeglichen Augenkontakt, mied mich insgesamt. Es gehörte nicht viel dazu, zu begreifen, dass mit unserer Beziehung irgendetwas nicht stimmte, und ich war ziemlich gekränkt und enttäuscht, wenn auch nicht sonderlich überrascht, als ich kurz darauf herausfand, dass er sich wieder mit seiner Ex traf.

Zwei Wochen später jedoch stand er vor meiner Tür, winselte um Verzeihung, behauptete kleinlaut, er habe den größten Fehler seines Lebens begangen, und ich verliebte dumme Kuh verzieh ihm. Wieder zwei Wochen später fing alles von vorne an.

So wäre es ewig weitergegangen. Wenn ich ihn gelassen hätte, wäre er zwischen mir und seiner Ex hin und her gependelt wie das Pendel einer alten Standuhr, aber für so eine Art von Beziehung bin ich nicht zu haben. Bei mir heißt es: alles oder nichts. Entweder wollte er mich oder die andere, und wenn er von der anderen nicht lassen konnte, wollte er mich nicht so sehr, als dass ich ihn noch hätte wollen können, auch wenn ich mich immer noch nach ihm verzehrte. Ich weiß nicht, ob irgendjemand meiner Logik folgen kann.

Jedenfalls war ich hinter ihm her, bis ich Nummer sieben kennen lernte: Matt.

Das war's. Sieben Männer. Manche halten die Sieben ja für eine Glückszahl.

Dora ist entsetzt, dass ich mit sieben Männern geschlafen habe.

Dora hatte in ihrem Leben einen einzigen Freund – als sie einundzwanzig war. Er hieß Nigel Taylor, und sie hat ihn an der Uni kennen gelernt. Er studierte das Gleiche wie sie, und sie mochten sich vom ersten Tag an. Je weiter sie mit ihrem Studium fortschritten, desto näher kamen sie sich, wobei Dora sehr zurückhaltend war. In ihrem letzten Studienjahr ließ sie sich darauf ein, dass aus ihrer Freundschaft eine Beziehung wurde … und dann machte er ein paar Wochen später Schluss.

Ich habe Nigel auch kennen gelernt, und er war wirklich ein anständiger Kerl. Ich bin sicher, dass er nur deshalb Schluss gemacht hat, weil er zum Promovieren nach Edinburgh gehen, Dora aber unbedingt in London bleiben wollte. Bedauerlicherweise war Dora fest davon überzeugt, dass er sie nur habe ins Bett kriegen wollen und deshalb keine Veranlassung gesehen habe, die Beziehung fortzusetzen, nachdem er sein Ziel erreicht hatte.

Wie sie sagt, hat sie seit dieser Erfahrung für ihr ganzes Leben genug von Männern.

Ich hingegen glaube nicht, dass der arme alte Nigel wirklich der Auslöser für ihren Männerhass war. Vermutlich war er nur derjenige, der das Fass bei ihr zum Überlaufen gebracht hat. Ich glaube, dass sie wegen meiner Mutter zweieinhalb Jahre gebraucht hat, bis sie ihm so weit vertrauen konnte, aus ihrer Freundschaft mehr werden zu lassen. Mum hat ihre Männer so häufig gewechselt wie andere ihre Unterwäsche, und ich weiß definitiv, dass Dora auf keinen Fall so werden will wie sie.

Aus diesem Grund missbilligt sie wahrscheinlich auch meine sieben Eroberungen.

Da meine sechs bisherigen Beziehungen allesamt gescheitert sind, habe ich mich aus ihrer Sicht vermutlich ohne nachzudenken und ohne jeden Sinn und Verstand hineingestürzt. Genau wie meine Mutter aus Doras Sicht mit ihren Liebschaften verfährt. Und sie hat ja Recht, meine bisherigen Beziehungen sind tatsächlich alle gescheitert, aber wie sollst du, bitte schön, jemals den Mann deiner Träume finden, wenn du nicht einmal welche ausprobierst?

Ob du bei irgendetwas gut bist, weißt du schließlich immer erst, wenn du es ausprobiert hast.

Und was vorehelichen Sex angeht, halte ich es nach dem Motto: Wer will schon die Katze im Sack kaufen?

Dora ist so ernst. Dabei ist sie nicht einmal vier Jahre älter als ich. Zweiunddreißig, um genau zu sein, und bei ihrer Geburt waren unsere Eltern noch keine neun Monate verheiratet. Also wirklich, Mum und Dad, wie ungehörig.

Dora muss ihre Haare aufmachen und nicht nur ihre Haare, sondern auch sich selbst. Sie muss anfangen zu leben. Sie muss Risiken eingehen und das Leben auskosten, doch seit Nigel will sie nichts mehr von Männern wissen. Natürlich sind Männer und Sex nicht das alleinige Erfolgsrezept für ein erfülltes Leben, aber für die meisten Frauen ist das nun einmal ein integraler Bestandteil ihres Lebens, oder etwa nicht?

Ich glaube, Dora braucht Sexualkundeunterricht.

Thomas meint, wir sollten sie mal zu Lolita schicken.

In Thomas' und meiner Schulklasse gab es ein Mädchen namens Libby Baker.

Wir nannten sie Lolita.

Wenn du Nachhilfe in Sachen Sex brauchtest, gingst du nicht zur Biologielehrerin, sondern du trafst dich auf eine Zigarette und einen Cappuccino in einer Ecke der Schulmensa mit Lolita.

Sie wusste alles über das Thema.

Wenn du irgendwelche Probleme oder Fragen hattest, musstest du nur Libby fragen und hattest die Antwort.

Doch wenn du sie fragtest, mit wie vielen Männern sie geschlafen habe, lächelte sie nur süß und erwiderte geziert: »Ach, so mit einem Dutzend in etwa.«

Thomas hat mal über den Daumen gepeilt, mit wem sie es den kursierenden Gerüchten zufolge getrieben hat, und kam auf siebenunddreißig Namen. Seitdem ist ein Baker'sches Dutzend für uns nicht mehr zwölf, sondern siebenunddreißig. Wie auch immer, wenn ein Mädchen vor seinem neunzehnten Geburtstag mit siebenunddreißig Typen schlafen kann, finde ich meine sieben vor meinem dreißigsten Geburtstag eher bescheiden, egal was meine liebe große Schwester dazu sagt.

Matts Liste flachgelegter Frauen hingegen ist länger als die Warteliste für eine Dauerkarte von Arsenal.

Warum soll ich aufhören?

Verdammt. Warum lande ich bei jedem Gedankengang zwangsläufig wieder bei Matt?

»Hör auf, Liddy!«, weise ich mich selbst zurecht. »Hör endlich auf!«

»Hör auf, Liddy!«, wiederholt Thomas meine eigenen Gedanken laut. »Ich weiß genau, woran du gerade denkst. Lass es einfach!«

Ich schweige. Eigentlich will ich ihm widersprechen, aber ich kann nicht, denn er hat ja Recht, und er ertappt mich immer, wenn ich versuche, ihm was vorzumachen. Er nimmt meine Hände und sieht mich an.

»Was hältst du davon, wenn wir uns jetzt auf rundum angenehme Weise verwöhnen lassen?«, schlägt Thomas vor.

»Klingt super.«

»Solange wir nicht dabei essen müssen«, stöhnt Fleur und hält sich ihren prallen Bauch.

»Das verstehst du also unter einem sinnlichen, wärmenden, rundum angenehmen Verwöhnprogramm«, stelle ich an Thomas gewandt fest.

»Ist es doch auch, oder etwa nicht?«, entgegnet er und räkelt sich genüsslich auf seiner Sonnenliege, während Amy, Maddie, Fleur und ich noch mehr Öl in seine müden Glieder massieren.

»Für dich vielleicht. Für uns ist es Sklavenarbeit.«

»Sklavenarbeit?«, entgegnet er gespielt beleidigt. »Es sollte ein Liebesdienst sein.«

Ich beuge mich hinab zu seinem Ohr.

»Meinst du etwa, wir täten das für dich, wenn wir dich nicht lieben würden?«

Thomas hatte vorgeschlagen, dass wir uns am Strand gegenseitig eine Art hausgemachte Wellnessbehandlung verabreichen, und zwar an unserem Lieblingsplatz bei den Palmen, wo diejenigen, die Schatten bevorzugen, im Schatten liegen, und diejenigen, die sich grillen wollen, in der Sonne braten können. Außerdem ist es nicht weit bis zur Strandbar, sodass wir uns jederzeit mit Getränken versorgen können.

Eigentlich sollte es reihum gehen, aber bisher scheint nur Thomas auf seine Kosten zu kommen. Er hat bereits eine Maniküre, eine Pediküre und eine Kopfmassage hinter sich. Im Moment genießt er gerade eine Ganzkörpermassage, während Heather ihm laut aus dem Buch vorliest, an dem er gerade dran ist, eine romantische, hinreißend schöne Liebesgeschichte, die beinahe klingt wie Musik.

Es erübrigt sich wohl, zu sagen, dass Dora und Bridget sich ein paar Meter von uns distanziert haben, um keinen Zweifel daran zu lassen, dass sie uns für komplett bescheuert halten. Doch sowohl sie als auch das Pärchen hinter ihnen, das vor fünf Minuten verstohlen umgezogen und zwei Sonnenliegen an uns herangerückt ist, um in unserer Hörweite zu sein, lauschen Heather angeregt.

Als wir schließlich mit Thomas fertig sind, ist Maddie an der Reihe, gefolgt von Amy und Fleur. Die arme Heather wird dazu verdonnert, weiterzulesen, während wir ihr die Zehennägel lackieren, und zum Schluss bin ich dran.

Vier Paar Hände kneten sanft und behutsam meine verspannten Muskeln durch, dazu im Hintergrund Heathers angenehme Stimme, die weiter aus dem Buch vorliest – es ist wirklich erstaunlich, wie schnell sich meine Sorgen in nichts auflösen.

Entspannt und glücklich treibe ich in meiner eigenen kleinen Welt dahin.

Plötzlich klingelt Heathers Telefon.

Wir fahren alle zusammen, auch Heather. Sie lässt das Buch fallen und reißt das Handy an sich.

»Es ist Ben.«

Die anderen lassen sich zurückfallen, nur ich setze mich aufrecht hin.

»Stell auf Lautsprecher, Heather«, drängt Thomas sie.

Sie sieht erst Thomas und dann mich unsicher an.

Ich zucke mit den Schultern.

»Mach schon!«, fordert Amy sie auf.

Sie runzelt die Stirn, drückt aber dennoch den entsprechenden Knopf und meldet sich mit einem zögerlichen »Hallo«.

Bens fröhliche Stimme ertönt erstaunlich klar aus dem winzigen Telefon.

»Hi, Heather! Ich bin's. Alles klar bei dir?«

»Ja, alles bestens.«

»Du klingst so seltsam. Ist irgendwas?«

»Nein, überhaupt nicht«, stammelt sie. »Wie geht es euch denn so? Ich meine … bei euch wimmelt es doch von schönen jungen Frauen.«

Er lacht.

»Ah, verstehe. Du machst dir doch nicht etwa Sorgen, oder?«

»Nein, natürlich nicht«, lügt Heather und läuft noch röter an. »Aber ein paar von uns sind schon ein bisschen beunruhigt.«

»Ich weiß, Matt hat erzählt, dass Liddy ihm schon ein paar Mal auf die Mailbox gequatscht hat.«

Er hat also all meine Nachrichten erhalten und trotzdem nicht zurückgerufen? Warum nicht? Was spielt er für ein Spiel?

Heather sieht mich an und lächelt nervös.

»Matt steht nicht zufällig neben dir, oder? Ich glaube, sie würde sehr gern kurz mit ihm reden.«

Bens Schweigen spricht mehr als tausend Worte.

Meine Stimmung sinkt auf den Nullpunkt.

»Ben?«, drängt Heather ihn.

»An unserem gigantischen Pool werden gerade Filmaufnahmen von dem Schönheitswettbewerb gemacht«, gesteht er schließlich. »Ein paar von den Jungs sind hingegangen und sehen zu.«

»Und Matt ist einer von ihnen.«

»Ja, und Rupert, Alistair, Henry und Guy, die übliche Bande. Sie führen sich auf wie kleine Jungs in einem Süßigkeitenladen. Sie rennen idiotisch grinsend herum und sabbern vor Vorfreude, während sie in der Hosentasche mit ihrem Kleingeld klimpern.«

Wir sehen uns an und runzeln die Stirn, sogar Bridget.

»Aber mach dir keine Sorgen, Heather. Sie drücken sich nur

die Nasen an der Schaufensterscheibe platt, denn sie dürfen den Laden definitiv nicht betreten und nichts kaufen.«

»Aber das würden sie, wenn sie dürften«, murmele ich.

Leider rutscht es mir ein wenig zu laut heraus.

»Ist Liddy bei dir?«, will Ben wissen.

»Ja.«

»Kann sie uns hören?«

Heather sieht uns an und wird knallrot.

»Heather?«, bedrängt er sie.

»Sorry …«, stammelt sie verlegen. »Ich habe das Telefon laut gestellt.«

Die meisten Männer fänden das sicher gar nicht lustig.

Doch mein sympathischer, in sich ruhender kleiner Bruder lacht nur, hebt seine Stimme um einige Dezibel und ruft: »Hallo Mädels!«

»Hallo Ben!«, erwidern wir im Chor.

»Ich wusste gar nicht, dass wir eine Konferenzschaltung haben.«

Wir lachen nervös.

»Tut mir Leid, Ben«, melde ich mich und nehme die Schuld auf mich.

»Das will ich auch hoffen. Uns so auszuspionieren. Und? Wie steht's bei euch?«

»Ganz gut. Und bei euch? Amüsiert ihr euch schön?«

»Das ist die Millionärsfrage, oder? Wenn ich sage, ja, wir amüsieren uns köstlich, machst du dir wahrscheinlich noch mehr in die Hose, als wenn ich sage, nein, ohne euch ist es hier unten ziemlich traurig. Habe ich Recht?«

»Du hast den Nagel auf den Kopf getroffen, Ben.«

»Und wir haben diese nette kleine Konferenzschaltung, weil Heather euch von der Wahl der Miss Amerika in unserer Anlage erzählt hat.«

»Wie würdest du dich denn fühlen, wenn du erfahren würdest, dass bei uns gerade die Wahl des Mister-wer-hat-am-meisten-in-der-Hose-Universum stattfinden würde?«

Ben muss laut lachen.

»Schon klar, Schwesterchen. Aber keine Sorge, ich behalte sie alle im Auge. So, und jetzt muss ich los. Ich treffe mich mit Lewis, Freddie und Andy zum Mittagessen. Ich rufe dich später noch mal an, Heather. Ich liebe dich.«

»Ich dich auch«, haucht Heather in den Hörer.

»Richte Matt aus, dass er mich anrufen soll!«, rufe ich noch, aber er hat die Verbindung schon beendet.

Wir sehen uns an und seufzen sehnsüchtig.

Er hat Heather gesagt, dass er sie liebt, obwohl er wusste, dass wir ihn alle hören konnten.

»Ich liebe deinen Bruder auch«, seufzt Fleur.

»Und ich erst«, haucht Thomas.

»Er ist wirklich süß.« Sogar Amy ist beeindruckt.

»Du bist ein echter Glückspilz, Heather«, stellt Bridget fest.

Ich lächele sie matt an, und sie lächelt zurück. Für einen Augenblick können wir uns ineinander hineinversetzen, und ich spüre, dass sie traurig ist, und zwar aus den gleichen Gründen, die mir seit unserer Ankunft so auf der Seele liegen.

Trotz seiner Absicht, mich zu beruhigen, hat Ben mich noch weiter runtergezogen. An seinem Vergleich mit den kleinen Jungs im Süßigkeitenladen ist einfach viel zu viel Wahres dran, als dass ich ihn auch nur im Entferntesten witzig finden könnte, und als wir ihn bedrängt haben, uns zu erzählen, was die Jungs treiben, hat er uns nicht etwa damit beruhigt, dass sie sich schon nicht danebenbenahmen, sondern er hat versprochen, sie im Augen zu behalten. Mit anderen Worten, es gibt Anlass, sie im Auge zu behalten.

Da haben wir's – ich mache mir schon wieder Sorgen.

Die Stimmung ist im Keller, und wir beschließen, essen zu gehen. Das hervorragende Büfett wird uns schon aufheitern.

Es handelt sich um ein selbst ernanntes Feinschmeckerparadies voller erlesener Köstlichkeiten, und das Beste ist, dass diese Köstlichkeiten einem allesamt fertig serviert werden. Warum schmeckt von anderen Leuten zubereitetes Essen eigentlich immer besser als Selbstgekochtes? Jede einzelne Speise in diesem Restaurant ist der reinste Genuss, ein Freudenfest für den Gaumen und für sämtliche Sinne. Ganz zu schweigen von den Desserts; es gibt jeden Tag Kuchen, und das gleich dreimal, sogar zum Frühstück. Wie ich schon sagte, es ist ein wahres Gourmetparadies.

Während die anderen sich an einem Tisch niederlassen und bei einem der lächelnden, mit geblümten Hemden und weißen Hosen bekleideten Kellner Getränke bestellen, nehme ich mir einen Teller und schlendere an den Bergen von Pasta, Salat, frischem Fisch, saftigen Garnelen, Reis und allen möglichen anderen barbadischen Spezialitäten entlang, die allesamt einen verführerischen, würzigen Duft verströmen. Ich habe mir hier ein neues Essritual angewöhnt. Bevor ich meinen Teller fülle, nehme ich erst einmal das gesamte Angebot in Augenschein, damit ich nicht den Fehler mache, alles, was mir spontan zusagt, aufzuladen und dann festzustellen, dass ich etwas anderes noch lieber genommen hätte.

Heute jedoch umrunde ich das gesamte Büfett zweimal, und mein Teller ist immer noch leer.

Ich will gerade zu meiner dritten Runde ansetzen, als mir plötzlich klar wird, dass ich keinen Appetit habe.

Ich und keinen Appetit?

Gut, wir haben üppig gefrühstückt, aber das heißt bei mir normalerweise gar nichts.

Ich höre auf, das Büfett zu umkreisen wie ein Flugzeug, das

auf seine Landeerlaubnis wartet, und starre verwirrt auf meinen Teller.

Ich habe tatsächlich keinen Appetit. Zum ersten Mal seit eineinhalb Jahren. Oder vielleicht auch zum ersten Mal seit meiner Teenagerzeit.

Schließlich schiebe ich lustlos ein paar Salatblätter auf meinem Teller hin und her, während die anderen es sich schmecken lassen.

So ist das also, wenn man keinen Hunger hat.

Kein so gutes Gefühl, wie ich dachte.

Ich fühle mich irgendwie vollkommen leer, außer in meinem Magen.

Wer hätte gedacht, dass dreieinhalb Tage ohne Kontakt zu Matt und eine Nachricht, die mich normalerweise nicht weiter interessieren würde, mir derart auf den Magen schlagen könnten?

Die anderen beschließen einstimmig, sich nach dem Essen erneut an den Strand zu legen, um sich zu sonnen, aber ich weiß genau, dass sie in Wahrheit nur beieinander hocken und sich den Mund darüber zerreißen wollen, was in Coconut Cove womöglich abgeht oder auch nicht…

Dora und Bridget, die sich das vermutlich ebenfalls denken, wollen sich Schnorchel und Schwimmflossen ausleihen und das Riff vor unserer Bucht nach exotischen Fischen abtauchen.

Wenn ich besser schwimmen könnte, wäre ich schwer versucht, mich ihnen anzuschließen.

Ich kann einfach nicht den ganzen Tag am Strand hocken und über die Jungs ablästern. Ausgeschlossen, das ertrage ich nicht. Es macht mich krank und raubt mir den Verstand. Ich muss irgendetwas tun, um auf andere Gedanken zu kommen.

Ich komme zu dem Schluss, dass ich mich, um die in meinem Kopf umherspukenden Gedanken zu verbannen, am besten auf meinen Körper konzentriere. Ich muss ein bisschen Schweiß vergießen. Also werde ich ins Fitnessstudio gehen. Meine Sportallergie ist von der zehrenden Ungewissheit, die mich auf einmal befallen hat, schlagartig geheilt, mein Phlegma hat sich wegen Verlustangst verflüchtigt. Ich kann meinen massigen, pummeligen Körper nicht länger ertragen. Ich werde Abspecken.

Oder ich verliere Matt an eine Bikinischönheit.

Für den Zusatz schelte ich mich, ich bin schon wieder paranoid, und das gefällt mir gar nicht.

Während die anderen lethargisch zurück an den Strand trotten, steuere ich die Rezeption an und habe binnen weniger Minuten einen Termin für eine Trainingsstunde mit dem hoteleigenen Personal Trainer.

Irgendwie habe ich es nicht über mich gebracht, die anderen zu fragen, ob vielleicht jemand mitkommen will. Sie liegen sowieso lieber am Strand, und ich kann es ihnen nicht verdenken. Ich würde mich auch lieber im Kreis meiner Trost spendenden Freundinnen mit Süßigkeiten voll stopfen, um den Kummer zu vergessen, doch es täte mir nicht gut.

Also gehe ich auf mein Zimmer und krame schließlich doch noch meine ganz unten im Koffer versteckten bequemen Shorts und meine Turnschuhe hervor.

Ziemlich verlegen mache ich mich auf den Weg zum Fitnessstudio, das direkt hinter dem Spa und dem Frisörsalon in einem luftigen Gebäude untergebracht ist. In Sportklamotten fühle ich mich nämlich immer beobachtet und bilde mir ein, alle würden sich über mich lustig machen, weil man mir meine Unsportlichkeit regelrecht ansieht. Als wandelnder Fleischkloß in so einem Outfit herumzulaufen, ist ein bisschen, wie wenn du eine Designersonnenbrille auf dem Kopf statt auf der

Nase trägst. Du machst es, weil es bei den anderen so cool aussieht, aber du glaubst, dass alle, die dich sehen, es bei dir total bescheuert finden.

Das Fitnessstudio ist ein wahrer Muskelpalast. Der riesige Raum ist mit den modernsten Geräten ausgestattet, aus den Lautsprechern hämmert genau die richtige Musik, um dem Besucher Adrenalinschübe durch die Adern zu jagen. Es gibt Geräte zur Straffung der Oberschenkel und zum Aufbau der Armmuskulatur, damit die Speckschwarten an den Oberarmen nicht mehr herumschlabbern wie Ersatzsegel im Wind, andere, die deinen Bauch so platt machen wie eine Seezunge, und wieder andere, die deinen Hintern in Form bringen und von einem Kartoffelsack in einen perfekt geformten Pfirsich verwandeln.

Die Hightechgeräte zeigen die verbrannten Kalorien in zwanzig verschiedenen Sprachen an, und eine Computersimulation demonstriert, wie du am Ende des Jahres aussehen wirst, wenn du das mörderischste Fitnessprogramm einhältst, das je ersonnen wurde, seit die britische Speziallufteinheit SAS beschlossen hat, aus Helden zu bestehen … Und in diesem gigantischen Fitnesstempel befinden sich exakt zwei Menschen. Eine Frau, die ihren mokkafarbenen Gesichtsfalten nach zu urteilen in den Sechzigern sein muss, dabei aber eine Figur hat wie Madonna: Sie besteht nur aus Sehnen und Muskeln. Außerdem ein Typ, den ich auf Ende zwanzig schätze, und zwar sowohl alters- als auch gewichtsmäßig, wenn man mal von britischen *stones** ausgeht.

Trotz der extrem leistungsstarken Klimaanlage schwitzt er so heftig, dass er aussieht, als käme er gerade aus der Dusche. Nein, stimmt nicht, er sieht so aus, als stünde er noch darunter.

* Anmerkung der Übersetzer: stone = britische Gewichtseinheit, die 6,35 kg entspricht

Sein Gesicht ist so rot wie mein Nike-T-Shirt, denn er joggt gerade auf einem Laufband und schnauft dabei wie eine Dampflok.

Ich gehe in die Umkleide, setze mich auf die Bank, um meine Flip-Flops gegen Socken und Turnschuhe zu tauschen, und verfluche mich für meine bescheuerten Ideen. Ich wünschte, einer von den anderen wäre bei mir oder noch besser, ich wäre bei ihnen und läge faul am Strand.

Ich schnüre mir gerade die Schuhe zu, als jemand den Raum betritt.

Ich blicke auf, und mir bleibt augenblicklich der Mund offen stehen, denn vor mir steht die schönste Frau, die ich je gesehen habe. Wie Halle Berry, nur zehnmal schöner. Ich weiß, das ist kaum vorstellbar, aber diese Frau haut einen wirklich um. Sie ist eine wahre Göttin. Eine Göttin in Jeans. Mit anderen Worten eine normale Frau, die aber völlig jenseits des Normalen ist.

»Wow!«, rutscht es mir tatsächlich heraus, und sie sieht mich an und lächelt. Offenbar ist sie solche Reaktionen gewohnt. Mir hingegen ist meine unbeholfene Taktlosigkeit total peinlich.

Oje, jetzt kommt sie auch noch auf mich zu.

Ich werde rot.

»Hast du bei mir gebucht?«

Hab ich das?

Für einen Moment bin ich sprachlos.

Ich glaube ja.

Ich nicke dümmlich.

»Großartig. Dann bist du also Lydia?«

Ich nicke erneut.

Sie hält mir eine Hand hin, und ich ergreife sie schüchtern.

»Ich bin Petronella und heute dein Personal Trainer.« Sie hat eine sanfte, rauchige Stimme, die den Ohren schmeichelt wie eine Liebkosung. »Ich ziehe mich nur schnell um, dann können wir loslegen, okay?«

Ich nicke wieder, woraufhin sie sich ohne jede Spur von Scham oder Verlegenheit einfach vor mir auszieht, wobei sie natürlich keinerlei Grund hat, wegen irgendetwas verlegen zu sein.

Wenn ich so einen Körper hätte, würde ich splitternackt durch die ganze Anlage laufen.

Wow! Diesmal bewundere ich sie zum Glück nur in Gedanken.

Ich zwinge mich, sie nicht anzuglotzen, doch vergeblich. Zum Glück ist sie so mit dem Aus- und Anziehen beschäftigt, dass sie es nicht merkt, und als sie schließlich in einem Lycrahöschen steckt, das bei mir nicht einmal eine Pobacke bedecken würde, dreht sie sich zu mir um, strahlt mich an und sagt: »Willst du mir nicht erst einmal ein bisschen von dir erzählen, bevor wir ein Programm für dich zusammenstellen?«

Ich zögere.

»Nun komm schon, zier dich nicht so!«

Ich beiße mir auf die Unterlippe.

Ich hasse Situationen wie diese.

Normalerweise werden dir solche Fragen auf Dinnerpartys oder Dienstseminaren gestellt. Ihre Aufforderung erinnert mich an mein letztes Managementseminar im vergangenen Februar, das ich immerhin mit einem Diplom abgeschlossen habe. Der etwas einschüchternde Kursleiter hat mir exakt die gleiche Frage gestellt, und ich habe die Antwort noch parat.

»Ich heiße Liddy und bin Waage, weshalb es mir manchmal schwer fällt, Entscheidungen zu treffen, aber dafür bin ich gut organisiert und sehr gewissenhaft. Ich werde im nächsten Jahr dreißig, aber das behalte ich meistens lieber für mich. Ich liebe meinen Job, weil er manchmal große Herausforderungen an mich stellt. Ich liebe Herausforderungen. Ursprünglich wollte ich Jazzsängerin werden, aber bei meiner Stimme konnte ich das vergessen. Ich teile mir mit meinem besten Freund eine Wohnung in London und stehe auf Kuchen …«

Sie lächelt mich nachsichtig und freundlich an.

»Das ist wirklich schön zu hören, Lydia, ehrlich, aber eigentlich meinte ich eher deine körperliche Verfassung. Welche Übungen machst du, wie oft treibst du Sport, welche Ziele hast du im Hinblick auf dein Fitnesstraining? Dass du eine Schwäche für Kuchen hast, ist allerdings schon mal ein guter Hinweis …«

Ich laufe vor Verlegenheit rot an.

Natürlich meinte sie meine körperliche Verfassung, und ich Trottel texte sie mit irgendwelchem dummen Zeug zu. Lydia Idiotin! Ich weiß, woran es liegt. Leute, die besser aussehen als ich, schüchtern mich immer total ein.

Welcher sozialen Klasse jemand entstammt, ist mir völlig egal, ein Mensch ist ein Mensch, egal, ob er Peregrine Fauntleroy Windsor heißt oder Wayne Boggs, und egal, ob er in einer ärmlichen Mietsbehausung mit Außentoilette in Hackney groß geworden ist oder in einem prachtvollen Landhaus in Surrey, umgeben von Tausenden von Quadratmetern Park. Im Grunde sind wir alle gleich.

Deshalb verstehe ich nicht, warum ich diesen Grundsatz nicht auch beherzigen kann, wenn es ums Aussehen geht.

Ich teile die Gesellschaft nach Schönheit in unten und oben ein.

Schöne Menschen schüchtern mich ein, weil ich nicht zu ihnen gehöre.

»Oh, die Frage ist schnell beantwortet. Ich treibe keinen Sport, und irgendwelche sportlichen Ziele habe ich auch nicht. Na ja, abgesehen davon, dass ich am Tag meiner Hochzeit ein bisschen schlanker sein möchte.«

»Du heiratest?«

»So ist es zumindest vorgesehen«, bestätige ich. »Falls ich bis dahin in mein Kleid passe.«

»Herzlichen Glückwunsch. Und was das Kleid angeht, da mach dir mal keine Sorgen. Wie lange bist du hier?«

»Zwei Wochen. Aber heute ist schon unser vierter Tag, also bleiben nur noch zehn …«

»Das kriegen wir schon hin. Wenn du ab jetzt jeden Tag zu mir kommst, musst du dein Hochzeitskleid eher enger machen lassen.«

Jeden Tag?

Ich habe bei meinem Besuch des Fitnessstudios eher an eine meiner typischen Liddy-MacDonald-einmal-und-nie-wieder-Aktionen gedacht, wie damals, als ich mich zum Taekwondo angemeldet habe und nur einmal hingegangen bin, oder als ich Klavierstunden genommen habe und nach dem dritten Mal das Handtuch geworfen habe, obwohl ich zehn Stunden im voraus bezahlt hatte, was ich natürlich geflissentlich verdrängt habe.

Doch Petronella sieht mich mit einem Gesichtsausdruck an, der keinen Widerspruch duldet. Also nicke ich schwach und lasse mich von ihr in ein riesiges Studio mit abgefedertem Holzboden und einer Spiegelwand führen.

In einer Ecke steht ein Stuhl neben einer Musikanlage, ansonsten gibt es in dem Raum keinerlei Möbel. Vor der Spiegelwand befindet sich eine Ballettstange, und die hohen Fenster, durch die genügend Licht hereinfällt, bewahren den Raum vor neugierigen Blicken.

Petronella dreht sich zu mir um und lächelt mich aufmunternd an.

»Gut, Liddy, ich arbeite nach dem ganzheitlichen Prinzip. Fitness und Wohlbefinden lassen sich nur erreichen, wenn Kopf und Körper miteinander im Einklang sind. Ich versuche, deine Problemzonen hier oben anzugehen«, sie tippt sich an die Stirn, »genauso wie deine Probleme weiter unten«, sie klopft sich auf den Bauch und auf den Hintern.

Ich nicke, als ob ich verstünde, was sie mir da erzählt.

»Hast du schon mal Yoga gemacht?«

»Nein, aber mit zehn konnte ich die Beine hinter meinem Kopf verschränken«, erwidere ich grinsend. Warum rede ich bloß immer so ein dummes Zeug daher, wenn ich nervös bin?

Warum bin ich immer nervös, wenn ich neue Leute kennen lerne?

Warum bin ich immer supernervös, wenn ich gut aussehende Leute kennen lerne?

Zum Glück lacht sie.

»Dann fangen wir am besten ganz langsam an. Als Erstes machen wir ein paar Bodenübungen, damit ich sehe, wie stark deine Muskeln sind, und danach gehen wir ein bisschen an die Geräte und checken, wie es um deine Ausdauer bestellt ist, okay?«

Sie umfasst die Ballettstange, beginnt mit ein paar Streckübungen und fordert mich auf, ihre Bewegungen nachzumachen.

Ich reiße mich zusammen, umfasse ebenfalls die Stange und imitiere Petronellas elegante Streckübungen, so gut ich es mit meinen ungelenken Gliedern kann.

Danach verlassen wir die Ballettstange und machen unzählige Yogaübungen. Das Ganze dauert zwanzig Minuten. Zwanzig Minuten, in denen ich meinen schmerzenden Körper in Positionen zwinge, die nicht einmal im Kamasutra vorkommen.

Dann hält sie inne. Ich entknote meine Beine hinter meinem Rücken und stöhne. Wenn das der gemächliche Anfang sein soll, will ich mir lieber gar nicht ausmalen, wie es in ihren Fortgeschrittenenstunden zugeht.

Bevor wir in den Raum mit den Geräten wechseln, lässt sie mich noch ein paar Bück- und Streckübungen machen.

Ich erhasche einen Blick von uns beiden im Spiegel.

Ich habe mich die ganze Zeit gezwungen, nicht in den Spiegel zu sehen, doch in meiner jetzigen Position kann ich nicht anders.

Ich bin vornübergebeugt, und mein Kopf steckt zwischen meinen Beinen.

Mein Hintern befindet sich Seite an Seite mit dem von Petronella.

Es sieht aus, als hätte man eine perfekte kleine Erbse neben eine dicke, runzelige, alte Walnuss platziert.

Ich könnte heulen.

Nicht nur über den bejammernswerten Zustand meines Hinterteils, sondern auch, weil mir der Rücken höllisch wehtut.

Andererseits verleiht mir der Schock die Kraft und Entschlossenheit, nicht schlappzumachen und das mörderische Übungsprogramm fortzusetzen.

Es folgt eine halbe Stunde Aerobic zu unglaublich schnellem Reggae, offenbar um meinen Kreislauf richtig in Schwung zu bringen. Danach gönnt Petronella mir tatsächlich eine fünfminütige Pause mit einer Flasche Wasser, und dann geht es an die Geräte: Ich muss an jedem zehn Minuten trainieren, danach heißt es Gewichte stemmen.

Obwohl ich die ganze Zeit glaube zu sterben, halte ich bis zum Schluss durch, und diese bemerkenswerte Leistung versetzt mich in Hochstimmung.

Während ich mir, vor mich hin summend, den Schweiß abdusche, wird mir bewusst, dass ich nicht ein einziges Mal an Matt gedacht habe.

»Und jetzt wirst du es, verdammt noch mal, auch nicht tun«, weise ich mich streng zurecht und summe weiter.

Ich wanke fix und fertig, aber voller Inspiration zurück an den Strand. Es ist kaum zu glauben, aber wahr – ich habe für den Rest unseres Urlaubs für jeden Morgen eine Trainingseinheit bei Petronella gebucht.

»Na, wie war's?«, fragt Thomas. Er hebt den Kopf ein wenig von der Liege und blinzelt mich schläfrig über den Rand seiner Sonnenbrille an.

»Super. Eine einzige Qual, aber klasse. Du hättest mitkommen sollen, ich habe gerade eine absolut tolle Frau kennen gelernt. Eine wahre Göttin.«

Thomas kneift die Augen zusammen.

»Ich dachte, ich wäre der einzige Homo in dieser Ferienanlage.«.

»So habe ich es nicht gemeint, und das weißt du.« Ich schneide eine Grimasse. »Aber wenn mir plötzlich der Sinn nach ein bisschen sapphischer Liebe stünde, wäre sie wahrscheinlich genau mein Typ. Sie ist DIE Göttin in Jeans. Das Nonplusultra.«

Auf den Spruch mit der Göttin sind Thomas und ich gekommen, als wir an einem heißen Sommertag mit Thomas' voll aufgedrehtem Ghetto-Blaster heimlich auf dem Dach der Schule hockten, David Bowies *Venus in Jeans* lauschten und uns unbesiegbar fühlten, weil wir unsere Doppelstunde Englisch hatten sausen lassen und uns stattdessen in der Sonne aalten, rauchten und zusahen, wie unter uns die Welt ihren Lauf nahm.

Als wir von unserem Posten auf dem Dach Leute beobachteten und gerade dieser Song lief, kam plötzlich dieses Mädchen vorbei. Ein ganz normales, natürliches Mädchen, kein Model oder Filmstar, sondern eine Normalsterbliche wie wir. Sie war atemberaubend hübsch. Wenn wir seitdem jemanden als Göttin in Jeans bezeichnen, ist es die höchste Auszeichnung, die es zu verleihen gibt. Eine Auszeichnung für normale Mädchen oder Frauen, die einem im Alltag begegnen, nicht für Filmdiven, Popstars oder andere Idole.

Dabei steht *Göttin* für männliche Verehrung und Anbetung.

Und *Jeans* für die Tatsache, dass die so Titulierten mit beiden Beinen auf dem Boden stehen.

Laut Thomas beruht wahre Schönheit nicht nur auf deinem äußeren Erscheinungsbild, sondern hat auch viel mit deinem Lebensgefühl zu tun, mit deinem Selbstvertrauen und der Frage, ob es dir gelingt, die alltäglichen Missgeschicke und Enttäuschungen zu ignorieren, die dich unglücklich durchs Leben stolpern lassen, wenn du ihnen zu viel Aufmerksamkeit schenkst, anstatt optimistisch in die Zukunft zu blicken.

Mein Ziel ist, eine Göttin in Jeans zu werden. Mich voll und ganz zu akzeptieren, wie ich bin – und nebenbei ein bisschen abzuspecken.

»Und wer ist diese Superfrau?«, will Thomas wissen.

»Sie heißt Petronella. Obercool, sage ich dir. Am besten kommst du morgen mit. Sie wird dir gefallen.«

»Du gehst morgen wieder ins Fitnessstudio?«

»Morgen und an jedem weiteren Tag bis zu unserer Abreise.«

»Nicht schlecht, Liddy, echt.« Er strahlt mich an.

Zwei Gestalten mit Schwimmflossen und hochgeschobenen Taucherbrillen mit zur Seite geklappten Schnorcheln entsteigen dem Wasser.

Thomas mustert sie über den Rand seiner Sonnenbrille.

»Du meine Güte!«, staunt er. »Ursula Andres in doppelter Ausfertigung!«

In Wahrheit sind es natürlich Bridget und Dora.

Dora trägt nach wie vor ihren schwarzen Badeanzug, doch jetzt klebt er vor Nässe wie eine zweite Haut an ihrem Körper und betont äußerst vorteilhaft ihren üppigen Busen und ihre schmale Taille. Sie trägt keine Brille, und ihr dunkles glänzendes Haar ist nach hinten gestrichen, sodass ihr Gesicht voll zur Geltung kommt.

»Wow!«

Der Ausruf kommt von Fleur, die neben mir liegt.

»Deine Schwester hat ja eine Superfigur.«

»Ich weiß«, seufze ich.

»Warum versteckt sie sie bloß unter diesen furchtbaren, unförmigen Klamotten?«

»Keine Ahnung.« Ich seufze erneut, denn ich weiß es wirklich nicht. Wenn ich Dora wäre und so eine Figur hätte, würde ich nur in perfekt sitzenden Klamotten umherstolzieren oder in Hotpants wie Kylie Minogue. Sie weiß wirklich nicht zu schätzen, mit welchen Vorzügen sie ausgestattet ist.

Warum muss ausgerechnet ich das einzige Pummelchen in der Familie sein?

Emily ist eine wahre Elfe, genau wie ihre Mutter, die schon immer zierlich war. Oliver hat schmale Hüften und breite Schultern, Ben ist groß, muskulös und sportlich.

Nur ich komme nach meinem Vater.

Als Einzige.

Nach unserem klein geratenen, rundlichen, aber liebenswürdigen Dad.

Ich verehre ihn, aber mein Aussehen hätte ich lieber von Mum geerbt.

Mum und Dora haben beide Figuren wie Postergirls aus den

Fünfzigern. Für ihre zweiundfünfzig Jahre ist meine Mutter immer noch eine wahre Augenweide, und im Gegensatz zu Dora geizt sie nicht mit ihren Reizen. Sie trägt bevorzugt taillierte Blusen, Etuikleider und Push-up-Tops.

Dora lässt sich auf das Ende meiner Liege plumpsen und bespritzt mich mit kaltem Salzwasser.

Ich mustere ihre Schenkel. Keine Spur von Zellulitis. Sie sind einfach nur lang, glatt und fest, und obwohl sie sich ständig mit Faktor fünfzig eincremt, haben sie sich bereits gleichmäßig goldbraun gefärbt. Ich stelle mir den Anblick meiner eigenen Beine, die ich tunlichst unter einem Sarong verberge, vor und sehe vor meinem inneren Auge rot gefleckte, wabbelige Orangenhaut. Ich werfe erneut einen Blick auf Doras Beine.

Sie ist in unserer Patchwork-Familie meine einzige Vollschwester. Also müssen wir doch zumindest teilweise die gleichen Gene haben. Ob ich Beine wie Dora hätte, wenn ich auf die Kuchenschlemmerei verzichten würde?

Sie trocknet sich mit meinem Handtuch ab und rubbelt sich ihr dunkles Haar, bis es ihr zerzaust und halbtrocken zu Berge steht und ihr Gesicht umgibt wie ein Heiligenschein. Sie ist wirklich hübsch. Zwar bedeuten ihr Make-up, schöne Klamotten oder Accessoires absolut nichts. Aber sie achtet sehr wohl auf eine gesunde Lebensweise und gesundes Essen. Sie trinkt keinen Alkohol und kippt, genau wie Bridget, literweise Mineralwasser in sich hinein. Bisher habe ich ihr komplettes Desinteresse an allem Mädchenhaften immer für ziemlich unnatürlich gehalten, doch wenn ich sie mir jetzt ansehe, muss ich zugeben, dass sie von uns allen die von Natur aus Schönste ist.

Könnte ich auf Kuchen verzichten?

Und statt Wein Wasser trinken?

Wenn ich zur Belohnung so aussähe wie Dora?

Gebongt. Ich fasse einen guten Vorsatz für mein neues Leben: Keinen Kuchen mehr und keinen Alkohol, und jeden Tag zu Petronella ins Fitnessstudio, wie ich es mir ja sowieso vorgenommen habe, damit ich Beine bekomme wie Dora. Klingt doch gar nicht schwer, oder? Und selbst wenn es sich als doch nicht so einfach entpuppen sollte, ist es auf jeden Fall einen Versuch wert.

Ich bin nicht die Einzige, die dem Strand ein paar Stunden den Rücken gekehrt und etwas anderes gemacht hat.

Maddie und Amy schwanken Arm in Arm auf uns zu; offenbar haben sie nach dem Mittagessen auf dem Rückweg zum Strand einen Zwischenstopp in der Strandbar eingelegt und es sich während der vergangenen Stunden bei ein paar Drinks gut gehen lassen. Sie glühen genauso wie ich, wenn auch aus einem anderen Grund.

Amy wedelt mit einem Flyer.

»He, Mädels, heute Abend steigt eine Riesenparty! Sind wir dabei?«

Ich denke an meinen neuen Vorsatz.

Was soll's, jahrelanges Fehlverhalten kann schließlich nicht in einer einzigen Woche wettgemacht werden, also kann eine Party mehr oder weniger auch nicht schaden.

»Natürlich sind wir dabei. Was gibt's denn?«

»Eine Cocktailparty, und zwar im buchstäblichen Sinne.«

»Was soll das heißen?«

»Es ist eine Kostümparty. Jeder soll sich als sein Lieblingscocktail verkleiden.«

»Sich als Cocktail verkleiden?«

»So hat George es ausgedrückt.«

»Äh … wie, bitte schön, verkleidet man sich denn als Cocktail?«

»Ganz einfach. Ich gehe als Sex on the Beach«, verkündet Maddie grinsend.

»Und wie machst du das?«, hake ich nach.

»Na, ganz einfach. Ich ziehe mir meine geilsten Aufreißer-Dessous an und schnalle mir eine Luftmatratze auf den Rücken.«

»Das meinst du nicht im Ernst, oder?«

Dora steht blankes Entsetzten ins Gesicht geschrieben, doch Maddie grinst sie nur geheimnisvoll an.

»Das siehst du heute Abend.«

»Ganz bestimmt nicht«, protestiert Dora. »Ich gehe nämlich auf gar keinen Fall auf eine derart …«, sie ringt nach den passenden Worten, um ihrer Verachtung unmissverständlich Ausdruck zu verleihen, beendet den Satz aber schließlich eher harmlos: »… überflüssige Veranstaltung.«

»Oh, bitte, Dora«, versuche ich sie umzustimmen. »Es tut uns allen gut, mal loszulassen und uns zu amüsieren. Ich helfe dir auch bei deinem Kostüm.«

»Ich brauche keine Hilfe, weil ich mich nämlich unter keinen Umständen als ein alkoholisches Getränk verkleiden werde. Was für eine lächerliche Idee!«

»Ach komm schon«, rede ich auf sie ein, »du wirst schon sehen, es macht Spaß, und du solltest dir dringend ein wenig Spaß gönnen.«

»Sie braucht sich gar nicht zu verkleiden«, stellt Maddie nicht gerade leise fest. »Sie kann doch einfach eine Flasche Bells mit sich herumtragen und als Whisky Sour gehen.«

»Sei nicht so gemein«, zische ich ihr zu.

Sie lächelt Dora reumütig an, aber ich weiß, dass sie es nicht ehrlich meint.

»Das beste Kostüm wird prämiert«, erzählt Amy begeistert, »mit einem Essen für zwei Personen im Red Lobster.«

»Das ist das Restaurant, das Johnny empfohlen hat«, sage ich ohne nachzudenken.

»Ach, tatsächlich? *Johnny?*« Thomas wirft mir Kusshände zu.

Ich rümpfe die Nase und sehe ihn finster an.

»Wir sollen es unbedingt ausprobieren, hat er gesagt. Es soll sehr gut sein.«

Maddie, die unser Mienenspiel beobachtet hat, fragt: »Wer ist Johnny?«

»Der Typ, der für den Pool zuständig ist«, erwidere ich, so beiläufig wie möglich.

»Oh, der Poolboy!« Maddie schürzt anerkennend die Lippen. »Welcher Film war das noch, Tom. Du weißt schon, der, in dem die gelangweilte Hausfrau eine heiße Nummer mit dem Poolboy schiebt?«

»Ihr seid einer schlimmer als der andere«, stelle ich seufzend fest.

In der Hoffnung auf einen etwas vernünftigeren Kommentar wende ich mich Fleur und Heather zu.

»Das Restaurant soll wirklich super sein. Es steht auf einer Klippe mit Blick aufs Meer, und angeblich gibt es dort den besten Hummer der Insel.«

»Klingt gut«, stellt Fleur fest.

»Es liegt in der Nähe von Hackleton's Cliff«, schaltet sich Dora ein. »Von dort soll man den besten Blick an der gesamten Ostküste haben. Der Legende nach ist die Klippe nach einem Mann benannt, der mit seinem Pferd über den Klippenrand geritten ist, um sich umzubringen.«

»Hast du das aus einem deiner Reiseführer?«

Sie nickt.

»Das arme Pferd«, murrt Heather.

»Und was ist mit dem armen Mann?«

»Im Gegensatz zu dem Pferd hat er sich immerhin aus freien Stücken in die Tiefe gestürzt.«

»Wir sollten das Restaurant auf jeden Fall ausprobieren.«

»Oh ja!«, stimmt Fleur begeistert zu. »Und wenn wir dann immer noch mies drauf sind, können wir uns ja auch über die Klippe ins Meer stürzen.«

»Aber erst nach dem Dessert«, stelle ich klar.

»Und am besten, bevor der Kellner die Rechnung gebracht hat«, fügt Thomas hinzu.

Kapitel 10

Maddie und Amy gehen auf ihr Zimmer, um sich nach der ersten Runde Drinks ein bisschen hinzulegen und frische Kraft für die abendliche Party zu tanken.

Ich gehe ebenfalls in meinen Bungalow.

Irgendwie reizt mich dieser erste Preis. Ich habe auch schon eine gute Idee und brenne darauf, sie in die Tat umzusetzen. Ich werde als ein Cocktail gehen, der Matt und mich umgehauen hat, als wir das letzte Mal zusammen aus waren. Er wird aus drei verschiedenen Sorten Rum gemixt, dazu kommt jede Menge Fruchtsaft, weshalb er viel harmloser schmeckt, als er in Wirklichkeit ist, und als Krönung kommt noch ein Schuss Pernod dazu. Er heißt Zombie, vermutlich weil man sich beim Aufwachen am nächsten Morgen genau so fühlt.

Ich finde mein Kostüm sehr wirkungsvoll, dafür dass es so wenig aufwändig ist.

Und natürlich sehr speziell.

Die Jeans, die ich auf der Reise getragen habe, ist am Knie schon ziemlich zerschlissen, also füge ich noch ein paar strategisch platzierte Schnitte hinzu, ziehe dazu ein T-Shirt an, in das ich ebenfalls ein paar Löcher schneide und ein bisschen Dreck hineinreibe, verpasse mir mit meinem Lidschatten ein graues Gesicht, reibe mir ein starkes Gel in die Haare, halte den Kopf nach unten und föne mich fünf Minuten. Fertig.

Das Styling macht Spaß, obwohl es natürlich schade ist, dass ich meine neue Frisur zerstören muss. Aber mit dem Effekt bin ich am Ende sehr zufrieden, auch wenn ich nicht sicher bin, ob ich tatsächlich aussehe wie ein Zombie oder doch eher, als hätte ich einen Finger in die Steckdose gesteckt.

Zum Schluss ziehe ich mir mit meinem hellroten Lippenstift noch eine schnörkelige Linie übers Kinn, die das Blut meines letzten Opfers darstellen soll und mache mich auf den Weg zu Fleurs, Heathers und Toms Zimmer.

Fleur öffnet mir die Tür. Sie trägt ihren Lieblingsminischottenrock und geht, wie sie mir mit einem Lächeln verkündet, als Highland Fling.

Sie mustert mich, und ihr Lächeln wird noch breiter.

»Als was, um alles in der Welt, gehst du denn?«

»Als Zombie«, erwidere ich grinsend.

»Oje, dem bin ich auch schon mal erlegen. Mir ging es in meinem ganzen Leben noch nie so schlecht. Der nächste Morgen war die reinste Hölle.«

»Davon kann ich auch ein Lied singen«, entgegne ich teilnahmsvoll. »Wo ist Thomas?«

»Ta da!« Bei der Nennung seines Namens springt Thomas mit großer Geste aus dem Bad.

»Und? Was sagt ihr zu meiner Verkleidung?«

Er stemmt eine Hand in die Hüfte und stolziert wie ein Model quer durchs Zimmer.

Ich mustere ihn vergnügt.

Er trägt nichts außer einer orangefarbenen Speedo-Badehose, gelben Plastik-Flip-Flops und einer riesigen orange-gelben, türkisch gemusterten Krawatte.

»Ich gehe als Mai Tai.« Er zeigt auf seine scheußliche Krawatte. »My Tie – kapiert?«

»Oje«, stöhnt Fleur und verdreht die Augen gen Himmel, während ich mich vor Lachen schüttele.

»Wo hast du denn diese scheußliche Krawatte aufgetrieben?«

»Heather hat sie mir aus einem meiner Urlaubs-T-Shirts gemacht«, erwidert Thomas strahlend.

Heather, die zusammen mit Thomas aus dem Bad gekommen ist, trägt ihren bevorzugten Minijeansrock und ein hübsches, knappes Lurex-Top. Aus irgendeinem merkwürdigen Grund hat sie ein rundes Stück pinkes Kunstfell an ihrem Bauchnabel befestigt; es ist etwa doppelt so groß wie eine englische Pfundmünze.

Sie sieht, dass ich sie mit ratlos schielenden Augen anstarre, und grinst vergnügt.

»Ich gehe als Fuzzy Navel*«, klärt sie mich auf und streichelt liebevoll ihre Fellflusen.

»Tolle Idee – so raffiniert, und zugleich so einfach umzusetzen. Du kannst dir ja gar nicht vorstellen, wie lange ich gebraucht habe, mich herzurichten – und nun sieh dir an, wie ich in meiner Verkleidung aussehe.«

»Die Lorbeeren gebühren eigentlich Amy. Es war ihre Idee, weil ich nicht wusste, was ich anziehen soll. Kommt, die anderen warten in der Strandbar auf uns.«

Auf dem Weg zur Bar schlägt uns hämmernde Musik und lautes Gelächter entgegen, und uns begegnen jede Menge Leute in den merkwürdigsten Kostümen. Ich sehe eine Shirley Temple, eine Cinderella, einen Bischof und sogar ein pinkes Eichhörnchen an uns vorbeiziehen. In der Bar drängen sich noch mehr Leute in ausgefallenen Verkleidungen, der ganze Laden ist mit aufgeblasenen Fruchtimitaten dekoriert. An den Palmen hängen Ananasfrüchte und Bananen, vom Bambusdach der Bar hängen Kirschen und Kokosnüsse herab. Ein Discjockey in

* Anmerkung der Übersetzer: deutsch: flauschiger Nabel

einem schrillen Hawai-Hemd spielt fetzige Musik. Seine Anlage steht direkt gegenüber der Theke. Am Strand brennen farbige Fackeln, einige Gäste tanzen im Sand. Amy steht an der Theke. Sie hat ihre weich fallenden, blonden Locken hochgesteckt und trägt ein wunderschönes Chiffonkleid, das ihre blasse, zart gebräunte Haut hervorragend zur Geltung bringt. Dazu trägt sie zauberhafte weiße Riemchensandalen, ihre Finger- und Fußnägel hat sie einer französischen Maniküre und Pediküre unterzogen. Sie sieht absolut umwerfend aus. Ich starre sie mit einer Mischung aus Bewunderung und Neid an.

»Als was gehst du denn?«, frage ich schließlich und versuche meinen Neid zu unterdrücken.

»Als White Lady«, erwidert sie strahlend.

»Warum ist mir so etwas nicht eingefallen?«, frage ich und stoße einen Seufzer aus.

»Aber du siehst doch klasse aus. Du gehst als Zombie, stimmt's?«

»Ja«, bestätige ich.

»Ein tolles Kostüm. Bestimmt gewinnst du damit.«

»Danke, aber es gereicht mir nicht gerade zum Vorteil.«

»Du siehst jedenfalls besser aus als manch einer hier«, meint sie und deutet mit hochgezogener Augenbraue auf Thomas.

Maddie hat ihre Drohung nicht wahr gemacht, in Dessous und mit einer umgeschnallten Luftmatratze zu erscheinen. Stattdessen trägt sie ein wunderschönes orangefarbenes Sommerkleid. Dazu hat sie sich passende Blumen ins Haar gesteckt und einen knalligen orangefarbenen Lippenstift aufgetragen, der sich schimmernd von ihrer dunklen Haut abhebt.

»Ich gehe als Orange Blossom«, verrät sie mir aufgekratzt. »So nennen die Amerikaner offenbar einen Gin mit Orangensaft.«

Sie sieht sehr weiblich aus und absolut umwerfend. So sehr

mir meine eigene Verkleidung auch zunächst gefallen hat, inzwischen erscheint sie mir doch eine Spur zu schlicht und gammelig.

Immer treffe ich haarscharf daneben.

Mein Grundproblem ist eben, dass ich einfach keinen eigenen Stil habe.

Offenbar hat George in seinem Büro eine ganze Liste mit Cocktailnamen ausgehängt und jede Menge Accessoires zur Ausschmückung der jeweiligen Verkleidungen zur Verfügung gestellt. Von ihm haben Maddie ihre schönen Blumen und Fleur das rote Seidentuch, das ihr über ihrem weißen ärmellosen T-Shirt als Schärpe dient. Auch Amys feine weiße Blumen, die sie sich wahllos ins Haar gesteckt hat, stammen aus Georges Fundus, und ebenso Heathers pinkes Kunstfell, das ihren Nabel ziert. Und sie sehen allesamt atemberaubend aus. Ich will auch atemberaubend aussehen. Aber dummerweise musste ich wieder einmal meinem elenden Zwang nachgeben, immer alles alleine tun zu wollen und auf fremde Hilfe zu verzichten. Es ist ja schön und gut, auf eigenen Beinen zu stehen, aber manchmal kann ein bisschen Hilfe nicht schaden. Hätte ich jemanden um Rat gebeten, sähe ich jetzt auch so umwerfend und bezaubernd aus wie meine Freundinnen, anstatt in Lumpen rumzulaufen, und noch dazu mit einem Gesicht, das so scheußlich und Furcht erregend wie nur irgend möglich geschminkt ist.

War nicht gerade eine deiner besten Ideen, Liddy MacDonald.

Als Nächste kommt Bridget, und sie geht als … hm, um ehrlich zu sein, ich bin nicht sicher, was sie eigentlich darstellen will. Jedenfalls sieht sie toll aus, was bei ihr jedoch nichts Außergewöhnliches ist. Sie trägt ein schlichtes, aber wunderschönes knöchellanges hellgrünes Kleid aus gehäkelter Seide, ihr ansonsten glattes blondes Haar fällt ihr in sanften Wellen auf die Schultern.

Das Einzige, womit ich sie eventuell in Verbindung bringen könnte, ist Crème de Menthe, aber dafür ist die Farbe ihres Kleides eigentlich nicht kräftig genug und zu meerwasserfarben. Tatsächlich erinnert sie ein bisschen an eine Seejungfrau. Gibt es einen Cocktail, der so heißt?

»Äh, Bridget, was bist du eigentlich?«, frage ich sie schließlich zögernd.

Sie lächelt mich gelassen an, langt in ihre wunderschöne, mit Perlen besetzte Butler-and-Wilson-Handtasche, nimmt einen Schraubenzieher heraus und lächelt mich an. »Ich gehe als Screwdriver.«

Wir müssen beide lachen.

Also verbirgt sich hinter ihrer trockenen Fassade tatsächlich ein Sinn für Humor.

»Es ist natürlich ein bisschen gemogelt, aber ich wollte unbedingt dieses Kleid anziehen. Meinst du, ich komme damit durch?«

»Notfalls kannst du den Schraubenzieher ja an einer Schnur befestigen, die du dir wie eine Kette um den Hals hängst. Eigentlich siehst du aber aus wie eine Meerjungfrau. Gibt es nicht irgendeinen Cocktail, der so heißt?«

»Wenn es keinen gibt, können wir ja schnell einen erfinden«, schlägt sie grinsend vor. »Wie wär's mit etwas Wodka und einem Schuss blauem Curaçao für das Meer. Der Rand des Glases müsste in Meersalz getaucht sein, und als Dekoration nimmt man ein wenig Seegras.«

»Klingt scheußlich, aber wenigstens müsstest du dann nicht den ganzen Abend den Schraubenzieher mit dir herumtragen.«

»Vielleicht bräuchte ich ihn dann nicht mehr für mein Kostüm, aber aus Sicherheitsgründen sollte ich ihn vielleicht trotzdem behalten«, stellt sie fest, als Alfredo in einem extrem gewagten Aufzug an uns vorbeizieht.

»Zum Beispiel könnte ich ihn einsetzen, um seine Hände von meinem Hintern fern zu halten. Was meinst du, als was er gekommen ist?«

»Vielleicht als Perverser«, schlage ich vor.

»Könnte sein, aber dafür bräuchte er eigentlich gar kein Kostüm.«

Wir lachen beide, und es ist, als hätte sie den eisernen Vorhang zwischen uns ein wenig gelüftet.

»Hast du eine Ahnung, wo Dora steckt?«

Bridget schüttelt den Kopf.

»Als ich sie zuletzt gesehen habe, saß sie auf ihrem Bett und hat ein Buch über gefährdete Amphibien des Archipels gelesen. Ich glaube kaum, dass sie die Absicht hat zu kommen.«

»Das meinst du nicht im Ernst, oder?«

»Wieso? Du hast doch nicht etwa geglaubt, sie würde kommen, oder?«

»Nein, aber ich habe es gehofft.«

»Wenn dir daran gelegen ist, musst du zu ihr gehen und ihr das sagen. Komm, ich begleite dich. Gemeinsam schaffen wir es vielleicht, sie zu überzeugen.«

Bridgets und Doras Zimmer liegt hinter dem Steg, der zu meinem Bungalow führt, direkt hinter dem Strand und hinter etwas Gebüsch versteckt. Es ist weit und breit das einzige Zimmer, in dem noch Licht brennt. Alle anderen sind auf der Party. Dora sitzt auf ihrem Bett und liest. Sie sieht nicht einmal auf, als Bridget und ich das Zimmer betreten, sondern blättert nur eine Seite um und sagt gelangweilt: »Ganz egal, was ihr sagt, ich werde mich unter keinen Umständen zurechtmachen wie eine Geisteskranke und auf eine Kostümparty gehen.«

»Wie kommst du darauf, dass wir deshalb gekommen sind?«

Schließlich sieht sie zu uns auf und zieht eine Augenbraue hoch.

»Ihr wollt mir doch nicht weismachen, dass ihr aus einem anderen Grund hier seid, oder?«

»Nein«, erwidere ich, »denn genau deshalb bin ich hier. Ich möchte, dass du mitkommst.«

»Ich will aber nicht. Ich hasse es, mich zu verkleiden, und das solltest du eigentlich wissen, Liddy, schließlich habe ich es schon als Kind gehasst.«

»Ich möchte trotzdem, dass du mitkommst, und, ehrlich gesagt, ist es mir völlig egal, ob du dich verkleidest oder nicht, Hauptsache, du bist bei mir.«

Sie runzelt die Stirn.

»Bitte, Dora«, bettele ich sie an.

»Du willst *wirklich*, dass ich mitkomme?«

»Aber ja. Ich will nicht, dass du hier alleine in deinem Zimmer hockst.«

»Keine Sorge, ich langweile mich schon nicht.« Sie zeigt auf den Bücherstapel auf ihrem Schreibtisch.

»Du kannst doch nicht den ganzen Abend allein in deinem Zimmer hocken wollen. Das Buch kannst du doch immer und überall lesen, Dora. Du solltest draußen am Strand sein, unter den Sternen, und dem Konzert der nachtaktiven Tiere lauschen, die diese wunderbare Insel beherbergt, die frische Seeluft auf deiner Haut genießen und neue, interessante Menschen kennen lernen. Stell dir nur vor, was für eine Vergeudung es wäre, das pralle Leben da draußen zu verpassen und dich stattdessen hier einzubunkern und in einem Buch zu vergraben.«

Offenbar schlage ich den richtigen Ton an, denn meine Worte scheinen zu wirken.

Noch hab ich sie nicht rumgekriegt, aber sie sieht nicht mehr ganz so unnachgiebig aus.

»Und ich muss mich wirklich nicht verkleiden?«

»Nein.«

»Sehe ich nicht total bescheuert aus, wenn alle anderen verkleidet sind, nur ich nicht?«

»Ich habe doch auch kein richtiges Kostüm an«, versucht Bridget sie zu bestärken.

»Und sonst macht es dir doch auch nichts aus, anders angezogen zu sein als alle anderen«, füge ich hinzu.

»Das stimmt«, bestätigt sie.

Ich denke kurz nach.

»Ich habe eine Idee«, sage ich schließlich. »Ich kann dir ein T-Shirt leihen, auf dem vorne die Skyline von New York prangt. Du kannst es anziehen und sagen, dass du als ein Manhattan gehst.«

Volltreffer! Dora lächelt!

»Heißt das ja?«, frage ich flehentlich und klimpere mit den Wimpern.

Sie legt ihr Buch weg.

»Vielleicht.«

»Du brauchst dir nur ein anderes Oberteil anzuziehen«, rede ich weiter auf sie ein.

»Na gut, aber bevor ich endgültig zusage, sehe ich mir das T-Shirt erst einmal an.«

Das T-Shirt steht ihr besser als mir.

Es ist ärmellos und hellgrün, was sehr gut zu ihrem dunklen Haar und ihren grünen Augen passt.

»Und? Was meinst du?«, frage ich sie.

Sie sieht Bridget an, die zustimmend nickt, und wirft einen erneuten Blick in den Badezimmerspiegel.

»Kann man anziehen«, stellt sie fest.

Das ist schon mal etwas. Wir überreden sie, auch noch meinen Jeansrock anzuprobieren, aber er ist ihr viel zu weit. Immerhin lässt sie sich darauf ein, meine hübschen, mit Perlen besetzten Badesandalen anzuziehen, was ihre Leinenshorts nicht mehr ganz so freizeitmäßig aussehen lässt, sondern ihr fast einen niedlichen Touch verleiht. Schließlich versuche ich auch noch mein Glück, sie ein wenig zu schminken, doch sie starrt mich mit ihrem gefürchteten, stählernen Blick an, woraufhin ich meinen Lippenstift schnell wieder wegstecke und sie prüfend ins Visier nehme.

Sie sieht ganz passabel aus.

Sie ist von Natur aus hübsch, weshalb sie im Grunde gar kein Make-up braucht, und das Outfit steht ihr supergut.

»Und?«, fragt sie, und es ist kein »Und? Wie sehe ich aus?«, sondern ein »Und? Bist du fertig mit mir?«, womit sie mir zu verstehen gibt, dass sie sich einzig und allein mir zuliebe so herausputzen lässt, aus keinem anderen Grund.

»Wir sind fertig«, sage ich, »bis auf eine Kleinigkeit. Dafür brauche ich allerdings deine Hilfe, Bridget.«

Ich genehmige mir die schnellste Dusche meines Lebens, föhne mir sorgfältig meine Haare und schlüpfe in ein knappes rotes Kleid und ein Paar Stöckelschuhe, die Bridget für mich ausgewählt hat. Anschließend lasse ich mich sorgfältig von Bridget schminken, was sie so gut macht, wie ich es selber nie und nimmer hinbekommen würde. Dazu trage ich zwei mit Erdbeeren besetzte Haarklammern, die eigentlich Emily gehören, sich aber seit einem gemeinsamen Zeltausflug im vergangenen Sommer in meinem Schminketui befinden und dafür sorgen, dass mir das Haar nicht ins Gesicht fällt. Der rote Lippenstift ist diesmal perfekt auf meine Lippen aufgetragen, anstatt mein Kinn zu verunzieren.

Als ich fertig bin, verlassen wir das Badezimmer. Dora wartet ungeduldig auf meinem Bett und zappt gelangweilt durch die Fernsehkanäle.

»Überraschung!«, kündet Bridget meinen Auftritt an und gestikuliert dazu mit den Händen. »Lydia nach einer kleinen Rundumerneuerung. Und? Was meinst du?«

»Gegenüber der Gruftiemontur ist das eine Verbesserung«, stellt Dora trocken fest und schaltet den Fernseher aus. »Aber was genau stellst du denn jetzt dar?«

»Einen Erdbeerdaiquiri«, erwidere ich grinsend. »Meinen Lieblingscocktail. Ich weiß gar nicht, warum ich nicht gleich darauf gekommen bin.«

Als wir zurück in die Bar kommen, ist die Party in vollem Gange.

Hinter der Theke ist Antoine voll in seinem Element und zieht mit seinem Cocktailshaker eine große Show ab.

»Sieh an, Tom Cruise«, meint Dora geringschätzig.

»Wo? Wo?«, ruft Thomas, der sie beim Wort nimmt.

»Sie meint Antoine. Er zieht die gleiche Nummer ab wie Tom Cruise in *Cocktail*, und er steht ihm in nichts nach.«

»Die anderen sind an dem Tisch da drüben«, verkündet Thomas und deutet in die entsprechende Richtung.

»Geht doch schon mal zu ihnen, ich besorg uns etwas zu trinken«, wende ich mich an Bridget und Dora.

An der Theke drängen sich lauter vertraute Gesichter.

»Wie gefällt Ihnen mein Kostüm, meine Liebe?«, flötet eine freundliche Stimme.

Es ist Lulu, die wirklich elegant aussieht. Sie hat sich aus ihrem Bettlaken eine Toga gewickelt und trägt sie so, dass eine Schulter frei bleibt.

»Äh, Sie sehen klasse aus, aber haben Sie sich womöglich im Motto geirrt? Das ist doch keine Toga-Party.«

»Ich weiß, meine Beste. Ich bin ein Between the Sheets: Brandy, weißer Rum, Curaçao und Zitronensaft. Wollen Sie mal einen probieren?«

»Ich will auf jeden Fall probieren«, raunt Arthur mit einem lüsternen Zwinkern.

Hatte ich eine Halluzination, oder hat der alte Knacker ihr tatsächlich gerade in den Hintern gekniffen?

Er ist in ähnlicher Aufmachung erschienen, allerdings ist seine Toga extrem kurz. In Wahrheit ist sie so kurz, dass man beim Tanzen seine Unterhose sieht.

Nicht gerade ein erfreulicher Anblick. Ein Mann seines Alters sollte definitiv keinen Tanga tragen.

Plötzlich schiebt sich Amy neben mich, in jeder Hand einen Drink.

»Ich dachte, ich koste mal von mir«, erklärt sie mir strahlend und schwenkt ihre Cocktails, doch dann fällt ihr die Kinnlade herunter. »Oh, du hast dich ja umgezogen! Dabei hat mir deine Zombieverkleidung supergut gefallen. Du hättest bestimmt gewonnen.«

»Das glaube ich kaum«, entgegne ich und zeige auf eine Vorbeitanzende in einem unglaublichen Kostüm aus einer durchsichtigen Plastikfolie, die wie ein Champagnercocktailglas geformt ist. Die Beine der Tänzerin bilden den Glasstiel. Unter dem Plastikkegel, der die Schale des Glases darstellen soll, trägt die Tänzerin ein grünes Chiffonkleid für die Créme de Menthe, auf ihrem Kopf sitzt als Kirsche eine rote Kappe, deren Zipfel in Andeutung des Stängels grün angemalt ist, und in der Hand hält sie einen Sonnenschirm aus Papier.

»Ah ja, verstehe. Ein tolles Kostüm.«

Wir gesellen uns an den Tisch zu den anderen, die damit

beschäftigt sind, die anderen Gäste anzugaffen und die besonders aufwändigen Kostüme zu bewundern. Jede Verkleidung, die jemandes Lieblingscocktail darstellt, wird mit einem erfreuten Aufschrei quittiert.

Der Italiener hat Boxhandschuhe an und trägt einen kurzen seidenen Morgenmantel, wie ihn die Boxer im Ring normalerweise tragen. George zufolge, der als unser Gastgeber einen weißen Smoking trägt, ist er als Punch* gekommen.

Maddie kann sich die Bemerkung nicht verkneifen, dass sie sich gerne »auf ein paar Runden« mit ihm einlassen würde und er aussehe, als ob er einen ganz schön k.o. machen könne.

Wie mir scheint, ist Maddie von unserem italienischen Freund ziemlich angetan.

Vielleicht liegt es an seinem bewussten Desinteresse an ihr.

Sie ist es gewohnt, dass die Männer hinter ihr her sind, doch er hat sie bisher noch keines Blickes gewürdigt.

Der rattenscharfe Russe ist ganz in Schwarz gekommen. Ich habe keine Ahnung, als was seine Freundin geht, aber in ihrem hauchdünnen hellblauen Chiffonkleid sieht sie wie immer hinreißend aus.

Petronella sieht ebenfalls umwerfend aus.

Sie trägt ein Kleid im Fünfzigerjahre-Stil, das komplett aus den Titelseiten alter Cosmopolitan-Ausgaben zusammengesetzt ist.

»Du musst mir nicht sagen, als was du gehst. Das ist ja das unglaublichste Kostüm, das ich je gesehen habe. Es muss dich Jahre gekostet haben, es fertig zu stellen.«

»Ich verrate dir ein kleines Geheimnis. Meine Mutter hat es mir vor sieben Jahren gemacht, und ich trage es jedes Mal, wenn

* Anmerkung der Übersetzer: kann auf Deutsch Bowle, aber auch Faustschlag bedeuten

das Hotel zur Cocktailparty lädt. Wenn du genau hinsiehst, kannst du erkennen, wie alt die Titelseiten sind. Ich muss höllisch aufpassen, dass mir niemand aus Versehen einen Drink über mein Kleid schüttet.«

»Oder dir mit einer brennenden Zigarette zu nahe kommt«, füge ich hinzu.

»Daran habe ich noch gar nicht gedacht!«, ruft sie und reißt die Augen vor Entsetzen weit auf. »Vielleicht sollte ich entsprechend den Hotelvorschriften einen Aufkleber tragen: Achtung Brandgefahr!«

»Wenn ich doch noch etwas tragen könnte, das mir mit siebzehn gepasst hat«, sage ich seufzend, als Petronella von einem bewundernden Gast auf die Tanzfläche gezogen wird. »Ach, wäre das schön!«

Maddie sieht ihr ebenfalls bewundernd nach.

»Ich werde mir auch solche Zöpfe flechten lassen«, verkündet sie, während Petronella die Tanzfläche im Sturm erobert. »Am Strand gibt es ein Mädchen, bei dem man es machen lassen kann.«

Als Nächstes sehe ich Paul die Strandbar ansteuern. Er wird von den drei jungen Thailänderinnen aus dem Spa begleitet. Er trägt einen eleganten schwarzen Anzug, ein rotes Hemd und auf dem Kopf rote Teufelshörner, wodurch unschwer zu erkennen ist, dass er als El Diablo geht.

Sie gehen direkt an den Strand und mischen sich unter die Tanzenden.

Ich sehe Thomas an. Er unterhält sich mit Fleur, aber ich weiß, dass er Paul ebenfalls gesehen hat. Als er in Sicht kam, haben Thomas' Augen kurz aufgeleuchtet, aber jetzt tut er so, als hätte er ihn nicht gesehen.

Seit seinem unmöglichen Auftritt in Pauls Frisörsalon vor zwei Tagen und seinem anschließenden dramatischen und ziemlich sandigen Geständnis seiner unsterblichen Liebe unten am Wasser hat er sich ihm nicht mehr genähert. Ich habe keine Ahnung, welches Spiel er spielt. Er hat so lange auf das Wiedersehen gewartet, und jetzt lässt er die kostbare Zeit, die uns noch bleibt, untätig verstreichen. Wahrscheinlich braucht er einen Schubs in die richtige Richtung, vorausgesetzt, dass Paul für ihn die richtige Richtung ist.

Als wir jünger waren, war er so auf ihn fixiert.

Wahrscheinlich bringt er ihm immer noch ein bisschen von jener Ehrfurcht entgegen, mit der er ihm damals begegnet ist, als wir noch alle in Sedgeborough Hall gearbeitet haben.

Vielleicht sollte ich mich in guter Absicht einmischen.

»Warum gehst du nicht einfach zu dem Hotelfrisör?«, frage ich Maddie.

»Meinst du, da kann ich mir auch Zöpfchen flechten lassen?«

»Siehst du den Typen da hinten? Den mit der schwarzen Hose, den Hörnern und dem dreifach gezackten Schwanz?«

Sie kneift die Augen zusammen und versucht ihn auf der überfüllten Tanzfläche auszumachen.

»Oh, ja«, schnurrt sie und taxiert mit geübten Augen Pauls Hintern.

»Er ist der Hotelfrisör, warum fragst du ihn nicht einfach? Oder noch besser«, fahre ich fort und vergewissere mich mit einem Seitenblick auf Thomas, dass er nicht zuhört, »warum lädst du ihn nicht auf einen Drink mit uns ein, um die Angelegenheit zu besprechen?«

»Gar keine schlechte Idee, er ist ganz süß, nicht wahr?« Maddie hat die Augen immer noch auf Pauls wogenden paillettenbesetzten Hintern gerichtet, der unter den flackernden Discostrahlern glitzert wie eine Wunderkerze.

»Er ist nicht süß, er ist eine absolute Granate.«

Bekanntlich ist Maddie eine Frau, die sich nie lange ziert, und da sie meine Freundin ist, schenke ich ihr lieber reinen Wein ein, wenn ich mich schon ihrer Hilfe bediene.

»Süß, aber superschwul«, verrate ich ihr und halte sie am Ellbogen zurück.

»Ach so«, entgegnet sie mit einem Ausdruck der Erkenntnis. »Dann sollten wir ihn vielleicht mit Thomas verkuppeln. Unser guter alter Freund ist schon ziemlich lange solo. Was meinst du, Liddy? Sollen wir die beiden miteinander bekannt machen?«

»Wieder bekannt machen«, stelle ich klar.

Sie schaltet schnell.

»Sie kennen sich?«

»Der Typ, den du da siehst, ist Thomas' erste Liebe.«

Sie formt ihren Mund zu einem überraschten O.

»Das ist ein Witz, oder?«

»Aber nein.«

»Und er arbeitet hier?«

»Ja.«

»Wusste Thomas das?«

»Ja und nein. Nachdem er die Reise für uns gebucht hatte, hat er das Foto von John Paul in dem Prospekt entdeckt – aber eben erst danach.«

»Mein Gott, was für ein Zufall.«

»Ich würde es eher Schicksal nennen.«

»Natürlich, du bist ja auch eine gefühlsduselige alte Romantikerin«, entgegnet sie und lächelt mich liebevoll an.

»Mag schon sein, aber ich fürchte, das Schicksal hat ihm bisher nicht die passende Gelegenheit beschert, deshalb glaube ich, er braucht vielleicht eine kleine Aufmunterung, damit er die Gelegenheit endlich beim Schopf ergreift.«

»Willst du damit sagen, dass er sie nicht längst ergriffen hat?«, fragt Maddie überrascht.

»Er legt so ein Schneckentempo an den Tag, dass er bald gar nicht mehr vorankommt und sich selber im Weg steht«, erwidere ich. »Ich bin wirklich versucht, mich einzumischen, aber wenn ich ihm dadurch seinen ausgeklügelten Plan vermassele, würde ich mir das nie verzeihen.«

»Aber wenn wir nichts tun und er dadurch den Anschluss verpasst, um es mal so auszudrücken, würdest du es dir auch nie verzeihen.«

»Stimmt«, bestätige ich und sehe zu, wie Paul Alfredos übereifrige Annäherungsversuche abwehrt. »Womöglich will er aber gar nicht, dass ich mich einschalte. Vielleicht sollte ich das Ganze einfach den beiden überlassen. Ich habe, wie gesagt, das Gefühl, er verfolgt irgendeinen Plan.«

»Aber einen ziemlich schnarchigen, oder?«

»Ja, aber ich habe Angst, dass ich ihm alles verpatze, wenn ich mich einmische.«

»Wenn du dir über jeden Schritt in deinem Leben sorgenvoll den Kopf zerbrichst, bleibt dir gar keine Zeit mehr, überhaupt irgendwelche Dinge zu genießen.«

»Genau in die Falle droht Thomas gerade hineinzutappen.«

»Dann überlass die Sache einfach mir.« Und mit diesen Worten, einem Zwinkern und einem verschmitzten Grinsen stürmt sie auf die Tanzfläche.

Eins muss man ihr lassen: Sie fackelt wirklich nie lange herum.

Binnen Sekunden hat Maddie sich unter die Tanzenden gemischt, quatscht mit Paul wie mit einem alten Bekannten und schleppt ihn an unseren Tisch, bevor ich auch nur meinen Drink an meinen Mund geführt habe. Doch zu meinem Entsetzen steht Thomas im gleichen Augenblick, in dem Paul sich niederlässt, auf und stürmt davon.

Am Strandausgang der Bar holt Liddy mich ein.

»Wie unhöflich von dir«, weist sie mich zurecht. Ich lächele sie entschuldigend an.

»Ich dachte, du bist hierher gekommen, um Paul zu sehen.«

»Manchmal kann es etwas Beängstigendes haben, wenn man sich irgendetwas zu sehr herbeiwünscht.«

»Und deshalb rennst du einfach weg.«

»Du hast es erfasst. Es ist alles eine Frage des richtigen Timings, Liddy.«

»Und heute ist nicht der richtige Zeitpunkt?«

Ich zeige auf meine Verkleidung.

»Na super, ich trage meine Speedo, eine Krawatte, die eher in die Siebziger passen würde, und sonst gar nichts. Ich bin auf eine ernsthafte Beziehung mit ihm aus, Liddy. Dieser Aufzug taugt doch nicht für ein ernsthaftes Anliegen. Andererseits ist es natürlich genau das richtige Outfit, ihm meinen supersexy Körper zu präsentieren.« Ich spanne meine Muskeln an und werfe mich in Positur, bis Liddy lachen muss.

Manchmal fällt es mir schwer, ich selbst zu sein.

Manchmal frage ich mich, ob ich es überhaupt *bin*.

Ich weiß natürlich, dass ich schwul bin, und hatte nie auch nur den geringsten Zweifel daran, außer natürlich beim Anblick von Kelly Brooks Titten.

Aber dieses schrille Auftreten, diese zur Schau gestellte Extrovertiertheit.

Manchmal tue ich etwas, weil es mir *angebracht* erscheint, aber nicht, weil ich es wirklich tun *will*. Anderseits bin ich nun mal nicht der Typ, der dunkle Anzüge trägt und die Times liest.

Liddy hält mir manchmal vor, ich würde mit meinem

schrillen Auftreten lediglich meine Unsicherheit überdecken, denn tief in meinem Innern sei ich entsetzlich schüchtern. Ich lache sie dann immer aus, doch hin und wieder denke ich, dass sie vielleicht gar nicht so Unrecht hat. Ständige quälerische Selbstanalyse ist eine weitere meiner traurigen Charaktereigenschaften, und ich habe mir schon oft den Kopf über die Tatsache zerbrochen, warum ich mich ausgerechnet zu dem Zeitpunkt geoutet habe, als mein Vater meine verhasste Stiefmutter geheiratet hat.

Selbst ich erkenne, dass es mir vor allem um Aufmerksamkeit geht. »Seht mich an!«, rufe ich, und normalerweise tun das die Leute auch. Heute Abend jedoch will ich ausgerechnet von jemandem, der mir wichtig ist, nicht angesehen werden, jedenfalls nicht in diesem Aufzug.

»Ich will, dass Paul mehr in mir sieht als nur einen kurzen heißen Flirt«, erkläre ich Liddy. »Ob du es glaubst oder nicht, in Wahrheit will ich nichts anderes als alle anderen auch: eine stabile Beziehung mit jemandem, der mich liebt und dem ich etwas bedeute. Na bitte, jetzt weißt du's. Ich sehne mich nach einer festen Beziehung. Und wer würde sich wohl ernsthaft mit jemandem einlassen, der vor allem darauf aus zu sein scheint, sich mit Unmengen Alkohol zuzuschütten, und das auch noch in diesem Outfit?«

Ich beschließe, mich schnell umzuziehen und mir in irgendeinem abgeschiedenen Eckchen einen Drink zu gönnen. Bei der lieben Liddy entschuldige ich mich und sage ihr, dass ich gleich zurückkomme und sie sich an meiner Stelle in der Zwischenzeit um Paul kümmern soll. Um den dunklen Weg zu meinem Zimmer erkennen zu können, muss ich den Kopf gebeugt halten und renne prompt in jemanden hinein. Der Angerempelte schreit erschrocken auf, wankt gefährlich, wie ich selber, und fasst mich an der Schulter, um uns beide vorm Hinfallen zu bewahren. Zum Glück ist der Pechvogel, in den ich hineingelaufen bin, nicht sauer, im Gegenteil: Er lacht sich halb tot.

»Hoppla!«, ruft er.

Ich stammele eine Entschuldigung, werde aber durch ein »Kein Problem, dein Outfit gefällt mir ausgesprochen gut, Süßer« zum Schweigen gebracht.

Die Stimme ist wohlklingend, tief und freundlich.

»Danke, aber findest du es nicht ein bisschen schrill?«

Der Besitzer der Stimme tritt aus dem Schatten.

»Was sagst du denn zu meinem Outfit, Schätzchen?«

Ich starre auf ein leuchtendes, über und über mit Pailletten besetztes Flamencokleid, einen Kopfschmuck, wie ihn Revuemädchen tragen, mit lang geschwungenen, pink- und orangefarbenen Federn, Schuhe mit zehn Zentimeter hohen Absätzen, unzählige Armbänder und Ringe an Händen, deren Fingernägel mit Glitzersternchen geschmückt sind, Ohrringe, so groß wie Satellitenschüsseln, und ein Diamanthalsband, das den verräterischen Adamsapfel verdeckt.

Ich strahle über das ganze Gesicht.

Es ist viel zu schön hier, um die kostbare Zeit mit dem Auskurieren von Katern zu vergeuden, deshalb haben wir – mit Ausnahme des ersten Abends – unseren Vorsatz eingehalten und uns, was unseren Alkoholkonsum angeht, stark zurückgehalten.

Doch Maddie übt einen schlechten Einfluss auf uns aus.

Auf ihre Initiative haben wir uns alle den Cocktail bestellt, den wir selbst darstellen. Die Gläser bilden eine lange Reihe.

Sie behauptet, wenn wir uns die Cocktails alle zusammen teilen, würden wir unterm Strich pro Nase nicht mehr als einen einzigen trinken, aber einer dieser Cocktails ist stark genug, vieren von uns den Rest zu geben. Jeder von ihnen enthält mindestens drei verschiedene Sorten Alkohol, und die Rationen sind in Barbados mehr als doppelt so groß wie im bescheidenen, guten alten Großbritannien.

Ich hadere gerade mit mir, ob ich tatsächlich von dem Fuzzy Navel kosten soll, als Thomas endlich zurückkommt und sich wieder zu uns gesellt. Obwohl er über eine Stunde weg war, trägt er zu meiner großen Überraschung immer noch seine Speedo und seine schrille Krawatte. Er wird von den drei farbenprächtigsten Gestalten begleitet, die ich je gesehen habe.

»Wo warst du? Ich dachte, du wolltest dich umziehen?«

»Wollte ich auch, aber ich habe meine Meinung geändert«, entgegnet er und grinst bis über beide Ohren.

Seine Augen leuchten, und er scheint vor lauter Freude beinahe überzuschnappen. Für einen Moment denke ich, dass er ein paar Champagnercocktails zu viel getrunken hat, doch dann geht mir auf, dass er einfach nur überglücklich ist und das Funkeln in seinen Augen seiner neu entdeckten Liebe zu seinen drei Begleitern gilt, die er mitgebracht hat. Er scheint nicht einmal zu merken, dass ich es entgegen seiner Aufforderung, Paul bei Laune zu halten, irgendwie geschafft habe, ihn sich klammheimlich davonstehlen zu lassen, und zwar verständlicherweise ziemlich verletzt, denn für ihn ist Thomas' Verhalten nichts anderes als eine schroffe Brüskierung.

»Alle mal herhören«, begrüßt Thomas uns, »das ist Martha, das ist Mona, und das ist Mimi. Zusammen sind sie die ›Third Degree‹.«

Ich habe von ihnen bereits in der in Leder gebundenen Informationsbroschüre gelesen, die in meinem Bungalow auf dem Tisch liegt. Sie sind Bestandteil des Unterhaltungsangebots und treten jeden Dienstagabend in der Starlight Lounge in einer Travestie-Show auf. In ihren schrillen bunten Kostümen sehen sie aus wie Paradiesvögel.

»Hallo«, begrüßt mich Martha und hält mir ihre manikürte, mit Ringen und Armbändern geschmückte Hand hin. »Ich bin Martha.«

»Freut mich, dich kennen zu lernen«, erwidere ich und schüttele ihr die Hand.

»Und ich bin Mona.«

»Und ich Mimi.«

»Es war uns eine Freude, euch kennen zu lernen, meine Süßen, aber leider müssen wir uns jetzt verabschieden, zumindest vorübergehend. Wir müssen gleich auftreten. Ladies? Seid ihr so weit?«

»Wir sind immer so weit. Ihr kommt doch mit und seht euch unsere Show an, oder?«

»Natürlich, was für eine Frage«, erwidert Thomas begeistert und wendet sich mir zu, während die drei mit wippenden Hüften Richtung Starlight Lounge davontänzeln.

»Du kommst doch auch mit, Liddy, oder?«

»Natürlich«, erwidere ich und freu mich mit ihm.

»Na los, gehen wir! Ich will unbedingt einen guten Platz haben.«

Und mit diesen Worten eilt er den Dreien hinterher.

»Wie es aussieht, habe ich soeben meinen besten Freund verloren«, stelle ich an die anderen gewandt fest.

»Dafür hat er drei neue Freunde gefunden, die ihm in jeder Hinsicht weit mehr zu bieten haben«, stellt Amy mit einem Lächeln fest und hakt sich bei mir ein. »Aber du hast ja immer noch uns.«

»Allerdings nicht alle, fürchte ich«, korrigiert Maddie sie

und nickt in Doras Richtung, die sich entgegen ihrem Versprechen gerade leise davonstiehlt und ihr Zimmer ansteuert.

»Gute Nacht!«, rufe ich ihr hinterher. Sie dreht sich um und winkt mir zu.

»Tja«, seufzt Maddie und schüttelt ihre ebenholzfarbenen Locken, »sie verbringt so viel Zeit im Bett. Es ist ein Jammer, dass sie sich dort nichts Interessanteres vorstellen kann als zu lesen oder zu schlafen.«

Die Third Degree sind großartig. Sie singen und tanzen sich durch ein unglaubliches Repertoire an Liedern und ermuntern uns zum Mitsingen.

Ist es nicht bemerkenswert, dass sämtliche Frauen jede einzelne Silbe von *I will survive* auswendig können?

Muss irgendwie genetisch begründet sein.

Offenbar weißt du als Frau von Geburt an, wie du das gesamte Männergeschlecht mit einem einzigen Lied an den Pranger stellen kannst.

»Sind sie nicht klasse?«, fragt Thomas ehrfürchtig, als sie nach ihrer einstündigen atemberaubenden Show zur Schlussverbeugung nach vorne auf die Bühne kommen und sich mit stürmischem Applaus feiern lassen. »Was meinst du, ob sie Platz für einen Vierten haben? Ich glaube, ich habe meine neue Berufung entdeckt. Vom Reisebürokaufmann zum Star – was sagst du dazu?«

»Wenn das mal so einfach wäre«, entgegne ich mit einem Lächeln.

»Du glaubst, mir fehlen die Starqualitäten?«

»Aber nein, ich halte dich für einen großen Star, das weißt du doch.«

»Danke, Liddy«, entgegnet er mit einem selbstgefälligen Lächeln und nimmt mich kurz in den Arm.

»Schade nur, dass du eine Stimme hast wie ein asthmatischer Ochse.« Ich blinzele ihn arglos an.

»Ich habe eine exzellente Stimme«, protestiert er und tut beleidigt. »Das kann ich beweisen.«

Er hat Recht. Ich wollte ihn nur aufziehen. Er singt ziemlich gut.

»Komm«, fordert er mich auf und nimmt meine Hand. »Wir haben vereinbart, uns nach der Show hinter der Bühne zu treffen und noch auf einen Drink in die Strandbar zu gehen.«

»Wie nett, aber solltest du dich nicht eigentlich mit jemand anders auf einen Drink treffen?«, frage ich und nicke Richtung Theke, wo Paul seit Beginn der Show sitzt. Doch anstatt sich die Vorstellung anzusehen, hat er die ganze Zeit nur Augen für Thomas gehabt, der wiederum so getan hat, als würde er es nicht bemerken, allerdings weiß ich trotz seiner perfekten Schauspielerei, dass es nur Show war.

»Alles zu seiner Zeit, Liddy«, entgegnet er lächelnd, »alles zu seiner Zeit.«

»Aber die Zeit ist knapp, Tom, wir haben nur noch zehn Tage, und du hast zehn Jahre darauf gewartet.«

»Genau. Ein zehn Jahre währender Traum, der in einem Augenblick zerplatzen könnte wie eine Seifenblase, wenn er nein sagt.«

»Wenn du ihn nicht fragst, wirst du nie erfahren, was er für dich empfindet.«

»Ich arbeite mich langsam vor. Aber verlass dich drauf, ich werde mein Ziel erreichen. Und jetzt komm, die Mädels warten sicher schon.«

Als wir hinter die Bühne kommen, haben die Third Degree ihre Kostüme bereits abgelegt. In ihren blauen Jeans und T-Shirts, ohne Make-up und Pailletten und ohne Federn und falsche Nägel hätte ich sie nicht wiedererkannt. Sie sind jetzt einfach nur noch sie selbst, ein Trio lächelnder gutaussehender Barbadier. Der einzige Hinweis darauf, was sie noch vor zehn Minuten waren, sind ihre hochhackigen Sandalen. Ob sie nur vergessen haben, sie auszuziehen, oder ob das ihre normale Fußbekleidung ist? Leider kenne ich sie noch nicht gut genug, um sie zu fragen.

Thomas ist da weniger zurückhaltend.

»Warum habt ihr die Schuhe angelassen?«, fragt er.

»Jemand hat die Tasche mit unseren normalen Schuhen vergessen«, erwidert Martha und sieht Mimi scharf an, die entschuldigend lächelt. »Diese Dinger bringen mich um, kann ich dir sagen, es ist die absolute Hölle.«

»Wir können gerne tauschen«, schlägt Thomas vor und bietet Martha seine Flip-Flops an.

»Nett von dir, aber lass mal, ich kann ja barfuß gehen, wenn der Schmerz unerträglich wird.«

Er sieht Thomas' enttäuschten Blick. »Es sei denn, du *willst* gerne mit mir tauschen.«

Thomas strahlt bis über beide Ohren. Er stöckelt in Marthas hübsch mit Perlen besetzten, hochhackigen Sandalen, die sein Speedo-Krawatten-Outfit noch schriller aussehen lassen. Wenigstens passen die Sandalen farblich. Unsere drei neuen Freunde und Thomas schnattern wild durcheinander, erzählen sich extrem schmutzige Witze, über die sie sich kaputtlachen, und erinnern mich jetzt noch mehr an eine Schar knallbunter Vögel, auch wenn ihr Aufzug nicht mehr ganz so schrill ist wie vorhin.

Als wir uns der Strandbar nähern, rennen sie alle auf einmal los.

»Wie sie mit diesen Absätzen rennen können, ist mir absolut schleierhaft«, murmelt Fleur.

»Wahrscheinlich wollen sie in der Bar sein, bevor sie schließt«, vermutet Heather mit einem Lächeln.

»Die Bar schließt nie.«

»Ach ja. Ist das nicht furchtbar? Eine vierundzwanzigstündige Versuchung.«

»Wenn sie nicht aufpassen, rennen sie die Bar um«, stellt Maddie trocken fest, als Thomas über einen Stuhl stolpert und eine Bauchlandung macht.

Es ist bereits weit nach Mitternacht, bis ich wieder in meinem Bungalow bin.

Die anderen sind noch in der Bar geblieben und haben nicht die geringsten Anstalten gemacht aufzuhören. Um mich nicht zu stören, schlafen sie heute Nacht alle in ihren eigenen Zimmern, wenn sie endlich genug haben, und so freue ich mich auf eine seltene Nacht ganz allein, was wirklich herrlich ist, weil ich mich endlich mal so richtig breit machen und nach Herzenslust schnarchen kann.

Beim Ausziehen höre ich das zweimalige Piepen meines Handys, das den Eingang einer Nachricht verkündet. Da ich mein Kleid noch halb anhabe, stolpere ich beinahe, als ich zum Safe stürme. Ich nehme das Telefon heraus und wähle die Nummer der Mobilbox.

Es meldet sich eine Männerstimme, aber leider nicht die von Matt.

»Hallo Liddy. Ich bin's, Dad. Sam und ich wollten nur mal hören, ob ihr da unten euren Spaß habt. Außerdem wollten wir dich wissen lassen, dass Emily sich wieder eingekriegt hat. Ihre Wut darüber, dass sie nicht mitfahren durfte, hat sich so weit gelegt, dass sie ihren offiziellen Pflichten als Brautjungfer nun doch nachkommen wird. Ach ja, und Tante Noëlle hat angerufen, um mitzuteilen, dass ihr der Kuchen diesmal gelungen ist. Die kaputte Zeitschaltuhr ist repariert, sodass ihr die Torte diesmal nicht verbrannt ist. Gott sei Dank. Außerdem hat sie gesagt, dass Onkel Bernard genug Brandy an die Torte getan hat, um selbst einen Bauarbeiter umzuhauen, also lass auf deinem Empfang um Himmels willen niemanden von dem Zeug essen, der anschließend noch Auto fahren muss. Ich hoffe, du hast einen tollen Urlaub. Pass auf dich auf und mach's gut, meine Kleine. Ach, und grüß auch deine Schwester ganz herzlich von uns. Richte ihr aus, dass sie sich endlich ein Handy zulegen soll, damit ich mich auch bei ihr mal melden kann.«

Guter alter treusorgender Dad.

Er ist das genaue Gegenteil von meiner absolut unzuverlässigen Mum.

Ich sollte ihn zurückrufen, um ihn wissen zu lassen, dass es uns gut geht, aber wenn es hier zwei Uhr nachts ist, ist es in England sechs Uhr morgens, also noch ein bisschen zu früh. In einer Stunde ist Dad auf. Aber in einer Stunde bin ich definitiv nicht mehr auf. Die Cocktails fordern ihren Tribut, und ich kann kaum noch meine Augen aufhalten oder die Hand lange genug heben, um den Rest meines Make-ups zu entfernen.

Außerdem kann Dad es gar nicht leiden, wenn ich trinke – ungeachtet der Tatsache, dass ich inzwischen ein großes Mädchen bin. Und egal, wie sehr ich mich auch verstelle, er entlarvt mich, selbst wenn ich mir nur ein winziges Schlückchen genehmigt habe.

Thomas und ich haben ihn immer die Wodkapolizei genannt, als wir endlich alt genug waren, um in dem Dorfpub auf der anderen Seite der Wiese hinter unserem Haus bedient zu werden. Wodka war damals mit Abstand unser Lieblingsgetränk.

Er konnte die winzigste Menge Alkohol auf fünfzig Meter Entfernung riechen.

Ist es nicht unglaublich – da bin ich beinahe dreißig Jahre alt und mache mir immer noch in die Hose, weil mein Vater vielleicht mit mir schimpft, weil ich getrunken habe!

Die nächste Nachricht ist von Tante Noëlle, Dads älterer Schwester, die seine Mitteilung in etwa wiederholt, nämlich dass die wunderschöne, mit Rosen verzierte Torte fertig ist und in der Woche vor der Hochzeit nur noch glasiert werden muss.

Keine weiteren Nachrichten.

Auch wenn ich mir fest vorgenommen habe, mir Matts ausbleibenden Anruf nicht zu sehr zu Herzen zu nehmen, verspüre ich jetzt das unbändige Verlangen, mit ihm zu sprechen. In den vergangenen vier Tagen habe ich zweimal täglich versucht, ihn zu erreichen, ohne Erfolg, wie jedermann weiß, deshalb benutze ich diesmal das Hoteltelefon, damit meine Nummer nicht wieder auf seiner Liste der entgangenen Anrufe erscheint. Aus verletztem Stolz will ich nicht, dass er weiß, dass ich ihn schon wieder angerufen habe. Ich wähle seine Nummer, und mir schlägt das Herz bis zum Hals, als es auf der anderen Seite klingelt. Es klingelt endlos, dann springt die Mailbox an. Ich lasse ein paar Minuten verstreichen und wähle erneut. Ich komme mir vor wie eine Stalkerin. Diesmal lande ich direkt auf seiner Mailbox. Ich lasse erneut einige Minuten verstreichen und versuche es wieder. Wieder die Mailbox. Jemand hat das Telefon ausgeschaltet.

Aus dem Nachbarbungalow ertönen ein weiteres Mal die ekstatischen Lustschreie. Doch diesmal lache ich nicht. Mir ist eher zum Weinen zumute.

Kapitel 11

Am nächsten Tag schlendern wir nach dem Frühstück ein bisschen durch die Anlage, schwimmen im Pool, essen eine Kleinigkeit und suchen dann unseren Lieblingsplatz am Strand auf. Während wir noch unsere Handtücher auslegen und unsere Sonnencremes und Zeitschriften auspacken, eilen bereits die sympathischen Kellner herbei und wollen wissen, ob wir irgendetwas aus der Strandbar wünschen.

»Hat schon jemand Lust auf einen Drink?«, fragt Bridget.

»Ich gäbe alles für eine Tasse englischen Tee.«

»Das kann nicht dein Ernst sein, oder?«

»Doch, ich vermisse meinen Tee.«

»Ich auch, und Marmite.«

»Oh ja, ein Toast mit Marmite«, lechzt Thomas. »Wie lecker!«

»Ich vermisse meinen Hund«, verkündet Heather traurig.

Heather ist stolze Besitzerin eines großen Schäferhundes namens Lomax, der extrem gefährlich aussieht, in Wahrheit aber lammfromm ist. Wenn ich es mir recht überlege, ist Heather im Grunde auch lammfromm, und das meine ich positiv. Sie arbeitet als Tierarzthelferin und hat Lomax aufgenommen, als er in einer kalten Winternacht als Welpe vor der Tierarztpraxis ausgesetzt wurde. Sie hatte ihre Einkäufe im Mitarbeiterkühlschrank vergessen und war an jenem Abend extra noch einmal zwei U-Bahn-Stationen zurückgefahren, um sie zu holen, weil sie einen Jahrestag mit Ben hatte und ihn bekochen wollte. Sie fand Lomax zitternd in einem Karton auf der Türstufe, und als Ben Heather an diesem Abend in ihrem winzigen Apartment besucht hat, musste er sich nicht nur sein leckeres Steak, sondern auch Heathers Bettdecke mit dem Neuankömmling teilen.

Für die Zeit unseres Urlaubs hat Heather Lomax zu ihren Eltern nach Devon gebracht, und obwohl sie weiß, dass er dort bestens versorgt ist und sich in der herrlichen Landschaft von Devonshire austoben kann, vermisst sie ihn genauso wie Ben.

»Wie könnt ihr an so einem Ort über Dinge reden, die ihr von zu Hause vermisst!«, sagt Dora und beschwert sich im gleichen Atemzug über die brennende Sonne. Sie verkriecht sich unter einem riesigen weißen Sarong und sieht aus wie eine zugedeckte Leiche auf einer Sonnenliege.

»Du vermisst nicht etwa das englische Wetter, oder, Dora?«, zieht Maddie sie auf.

Schweigen unter dem Leichentuch.

Maddie nutzt die Gelegenheit, Dora äußerst undamenhaft den Stinkefinger zu zeigen.

»Der Stoff ist durchsichtig, ich sehe alles!«, ertönt eine schrille Stimme.

»Vielleicht sollten wir das Thema wechseln?«, schlägt Amy diplomatisch vor.

Wir starren uns ausdruckslos an.

Wie schwierig es doch ist, auf Kommando zu reden. Normalerweise reden wir uns den Mund fusselig, bis wir schwarz werden, doch kaum werden wir zum Quasseln aufgefordert, verschlägt es uns die Sprache.

»Ich habe eine Idee«, bricht Fleur schließlich das viel zu lange Schweigen und richtet sich auf. »Wie wär's mit dem Spielchen ›Wo siehst du dich in zehn Jahren‹?«

»Oh ja, super, das ist eins meiner Lieblingsspiele!« Thomas stützt sich auf die Ellbogen und strahlt uns vergnügt an. »Also, ich wohne in einem Haus gleich bei Liddy um die Ecke und habe einen jungen, hingebungsvollen Geliebten aus Spanien namens Paulo …«, er zwinkert mir zu, weil er meint, Paulo sei das spanische Pendant zu Paul, »der mir jeden Wunsch von den Lippen abliest und die ganze Zeit in einer knallengen Speedo durchs Haus läuft, sogar beim Kochen – er ist selbstverständlich ein exzellenter Koch. Ich bin inzwischen berühmt, denn ich arbeite natürlich schon lange nicht mehr im Reisebüro, sondern habe mir als brillanter Modedesigner einen Namen gemacht …«

»Modedesigner?«

»Ja. Ich möchte meine eigene Dessouskollektion entwerfen. Ich werde der Tanga-König sein!«

»Thomas Templer.« Amy rollt die Worte im Mund, als lutschte sie genüsslich ein Bonbon. »Ein toller Name für einen Modedesigner.«

»Ja, nicht wahr? Das finde ich schon seit langem. Außerdem bin ich für Liddys Kinder natürlich der verrückte, alte, ehrenwerte Onkel Thomas. Ich verziehe sie nach Strich und Faden, habe enorm Spaß mit ihnen und schicke sie dann völlig aufgedreht nach Hause, damit sie ihre Mutter in den Wahnsinn treiben. Ach, und ich habe einen kleinen Shitzu namens Zoe, nein, besser gleich zwei, Zoe und Chloe, schließlich braucht doch jeder einen Gefährten, nicht wahr?«

Maddie lacht, rollt sich auf den Bauch und sieht mich an.

»Was ist mit dir, Liddy?«

»Ich lebe hoffentlich mit Matt in einem alten Haus auf dem Land, habe vier Kinder, die der verrückte Onkel Thomas sich ausborgen und verziehen kann, ach ja, und dazu noch ein paar Hunde.«

»Aber Matt mag doch gar keine alten Häuser«, wirft Bridget gelangweilt ein und dreht sich um. »Und Hunde hasst er.«

»Wie kann man denn Hunde hassen?«, fragt Heather mit vor Entsetzen weit aufgerissenen Augen, als sie sich vorstellt, dass jemand etwas gegen ihren geliebten Lomax haben könnte. »Du hast mir nie erzählt, dass er Hunde hasst, Liddy.«

Es stinkt mir gewaltig, mich zu offenbaren, aber was bleibt mir anderes übrig.

»Ich wusste es nicht«, gestehe ich mit einem Achselzucken. »Er hat es mir nie gesagt.«

Ich wende mich Bridget zu.

»Ist er wirklich ein Hundehasser?«

Sie nickt, kramt eine Schachtel Zigaretten aus ihrer Tasche und zündet sich eine an.

Bridget ist Gelegenheitsraucherin. Wie mir erst kürzlich aufgefallen ist, zündet sie sich fast immer kurz vor dem Mittagessen eine an. Ob sie es auf diese Weise schafft, jeden Mittag mit einem winzigen Salat auszukommen? Vielleicht sollte ich anfangen zu rauchen, um endlich abzunehmen, doch für diese bescheuerte Idee gebe ich mir in Gedanken sofort ein paar hinter die Ohren. Lieber lebendig und pummelig als ein abgemagertes Skelett.

Bridget haucht Rauchringe aus.

»Er ist als Kind gebissen worden und macht seitdem einen großen Bogen um jeden Hund.«

Ich seufze tief. Ich liebe Hunde und habe mir immer schon gewünscht, irgendwann einmal mindestens drei zu besitzen. Dass Matt keine Hunde mag, trifft mich völlig unerwartet.

»Als Nächstes erzählst du mir bestimmt, dass er das Landleben auch hasst«, sage ich halb im Scherz.

»Er ist ein absoluter Stadtmensch«, entgegnet Bridget und zuckt entschuldigend mit den Schultern. »Jetzt mal ehrlich, Lydia, dir wird ja wohl nicht entgangen sein, wie selten er seine Eltern besucht?«

Sie hat Recht, Matt und ich sind seit achtzehn Monaten zusammen und haben seine Eltern exakt zweimal besucht. Das erste Mal, um mich ihnen vorzustellen, und beim zweiten Mal hat er ihnen erzählt, dass wir verlobt sind, womit er sie, glaube ich, genauso überrascht hat wie mich.

»Ich dachte, es hätte eher mit seinen Eltern zu tun als mit ein bisschen Gras, Bäumen und ländlicher Idylle.«

»Mit seinen Eltern versteht er sich ganz gut, aber mit der Landschaft hat er es weniger. Statt auf grüne Felder, Jagdhunde und Galoschen steht er eher auf grelles Neonlicht, Bars und Streetwear.«

»Und wie steht es mit Kindern?«, murmele ich und fürchte mich vor der Antwort.

»Hat er nie erwähnt«, erwidert sie knapp. »Das musst du ihn selber fragen.«

»Heißt das etwa, du hast mit ihm noch nie darüber gesprochen?« Dora kommt langsam unter ihrem Tuch hervor wie eine wieder zum Leben erweckte Leiche. Ich weiß nicht, ob sie die Augen so zusammenkneift, weil die Sonne sie blendet oder weil sie es nicht fassen kann.

»Äh, nein, nicht so richtig.«

»Was soll das heißen – nicht so richtig? Entweder hast du mit ihm darüber geredet oder nicht.« Sie klingt wie eine Oberlehrerin, und bei ihrem Ton sträuben sich mir die Nackenhaare, aber ich habe keine Lust, mich provozieren zu lassen.

Ich rufe mir Matts Reaktion in Erinnerung, als ich ihm von Dads und Sams spätem Babyglück erzählt habe.

»Ansatzweise«, murmele ich ausweichend.

Sie verdreht die Augen.

»Du hast also nicht richtig mit ihm darüber geredet, stimmt's? Hast du wenigstens mit ihm besprochen, wie ihr nach der Trauung eure Finanzen regeln wollt?«

Ich könnte ja lügen, aber warum sollte ich?

»Nein«, entgegne ich so lapidar wie möglich, als wäre es das geringste Problem auf der Welt.

»Und ob er damit einverstanden ist, dass du weiter arbeitest, oder ob er womöglich von dir erwartet, die brave Hausfrau zu spielen, die ihm das Haus putzt, das Essen kocht und seine Klamotten wäscht und bügelt?«

»Du glaubst doch wohl nicht im Ernst, dass er von mir verlangt, meinen Job an den Nagel zu hängen?«

»Na bitte – du weißt es nicht. Worüber redet ihr beiden eigentlich?« Sie rümpft verächtlich die Nase.

»Sie reden nicht, sie verkehren miteinander«, wirft Maddie ein. Dabei wackelt sie mit dem Becken und zwinkert mir zu.

»Das ist überhaupt nicht witzig, Madelaine. Wie es scheint, gibt es in dieser Beziehung ein extremes Kommunikationsdefizit. Wirklich, Lydia, ich mache mir größte Sorgen...«

Es reicht. Ich beende ihre Standpauke, indem ich mich abrupt erhebe.

»Ich glaube, ich habe genug von der Sonne, ich gehe auf mein Zimmer und ruhe mich ein bisschen aus.«

»Aber wir sind doch erst seit zehn Minuten hier.«

»Ich habe letzte Nacht schlecht geschlafen und fühle mich nicht besonders gut.«

»Soll ich mitkommen?«, fragt Thomas besorgt.

»Nein, danke, ich brauche nur ein bisschen Ruhe.«

Ich lasse meine Sachen an Ort und Stelle liegen, drehe mich um und marschiere los. Nach ein paar Metern höre ich hinter mir leise Schritte im Sand, und Dora fasst mich am Arm und hält mich zurück.

»Warte, Lydia. Ich weiß, was du denkst. Du denkst, dass ich ständig nur an dir herumnörgele, aber...«

Ich schüttele ihre Hand ab.

»Das *denke* ich nicht nur, Dora. Du nörgelst den ganzen Tag an mir herum und gehst mir damit tierisch auf die Nerven. Ich will es nicht mehr hören! Tu mir also bitte den Gefallen, und lass mich in Ruhe!« Mit diesen Worten drehe ich mich um, marschiere weiter und lasse Dora, die es offensichtlich gar nicht fassen kann, dass ihre normalerweise so sanfte Schwester ihr einmal klipp und klar die Meinung gesagt hat, mit offenem Mund zurück.

Ich brauche keine Dora, die mir vorbetet, was mir mein Kopf sowieso bereits sagt.

Wie gut kenne ich den Mann wirklich, den ich bald heiraten will?

Wie es aussieht, nicht annähernd gut genug.

Zurück in meinem Bungalow, setze ich mich auf die Treppe, die von meinem Balkon zum Wasser hinunterführt, lasse meine Zehen im kühlen Wasser baumeln und verputze in Rekordzeit eine große Tafel Schokolade aus der Minibar.

Ich betrachte die leere Verpackung und schüttele verzweifelt den Kopf. Es muss mir ziemlich elend gehen, dass ich so eine Riesentafel in Sekundenschnelle vertilge. Ich fühle mich in der Tat elend, und zwar nicht nur wegen Matt, sondern auch wegen Dora. Ich hätte sie nicht so anfahren sollen. Inzwischen bereue ich, denn mir ist sehr wohl bewusst, dass ich vor allem deshalb so ungehalten reagiert habe, weil sie Recht hat. Es gibt so viele, für unsere Beziehung relevante Dinge, über die Matt und ich nicht geredet haben, Schlüsselfragen, die darüber entscheiden könnten, ob unsere Ehe Bestand haben wird oder nicht. Offenbar bin ich einfach davon ausgegangen, dass wir uns schon irgendwie durchwursteln würden, weil ich dachte, dass wir ähnliche Lebensentwürfe hätten und deshalb schon alles glatt ginge, doch wenn ich jetzt darüber nachdenke, frage ich mich, woher ich diesen Optimismus bloß genommen habe.

Es ist so leicht, sich von der Vorfreude auf seine Hochzeit mitreißen zu lassen und dabei die Hauptsache, nämlich das, was danach kommt, völlig aus den Augen zu verlieren. Wir werden uns versprechen, bis ans Ende unserer Tage zusammenzubleiben, doch das Einzige, worüber wir bisher ausführlich gesprochen haben, ist sein Wunsch nach einem Haus mit einer größeren Garage, damit er sich zusätzlich zu seinem Porsche auch noch einen Ferrari anschaffen kann, und was es an unserem Hochzeitstag zum Frühstück geben soll.

Wir müssen wirklich dringend miteinander reden, aber was für ein bescheuerter Zeitpunkt, dies endlich zu kapieren! Ich kann ihn jetzt schließlich schlecht anrufen und fragen, ob er eigentlich Kinder mit mir haben will. Abgesehen davon, kann ich ihn sowieso nicht anrufen, weil er nie drangeht. Und wenn ich ihn doch an die Strippe bekäme und er mich wissen ließe, dass er keine Kinder will? Ich bin einfach immer davon ausgegangen, dass ich eines Tages welche bekommen würde. Könnte ich mit einem Mann zusammen sein, der definitiv keine Kinder will? Außerdem habe ich immer davon geträumt, wieder aufs Land zu ziehen, wenn ich eine Familie habe. Ich kenne viele, die ihre Kinder mit Freuden in London großziehen, aber ich habe nun einmal diesen idyllischen Traum, die herrlichen Sonntage auf dem Land, die ich mit Dad, Sam, Dora und den Zwillingen verbracht habe, mit meinem eigenen Mann und meinen eigenen Kindern zu wiederholen.

»Pass auf, dass die Baby-Haie dir nicht die kleinen Zehen abknabbern!« Thomas' Stimme reißt mich aus meinen Gedanken.

Ich lache trocken.

»Jetzt lachst du noch«, sagt er und macht Anstalten, sich

neben mich zu setzen, »aber wenn du ohne Zehen durch die Gegend humpelst, wirst du dir wünschen, auf den verrückten Onkel Thomas gehört zu haben.«

Ich rutsche zur Seite und mache ihm Platz.

»Ich weiß, du wolltest allein sein, aber du hast so traurig ausgesehen, dass ich mal nach dem Rechten sehen musste. Worüber denkst du nach, Liddy?«

»Dass du womöglich niemals der verrückte Onkel Thomas sein wirst, wenn Matt keine Kinder will.«

Er sieht mich Stirn runzelnd an.

»Bist du deshalb in so einer Stinklaune davongestapft? Meinst du wirklich, er will keine?«

Ich nicke.

»Ich will ehrlich sein, Thomas – wir haben noch nie darüber geredet. Wie es überhaupt Unmengen von Dingen gibt, über die wir längst hätten reden müssen, aber aus irgendwelchen Gründen ist es nie dazu gekommen.«

»Nicht jeder ist so gut organisiert wie Ben und Heather«, versucht er mich aufzumuntern. »Nicht alle haben fertige Lebenspläne in der Tasche, manchen von uns ist es nun mal in die Wiege gelegt, spontan durchs Leben zu stolpern und nicht irgendeinem Drehbuch zu folgen.«

»Aber das ist es ja gerade, Tom, ich habe einen Lebensplan, auch wenn mir das bis eben gar nicht klar war. Ich will noch ein paar Jahre arbeiten, dann möchte ich Kinder bekommen und zurück aufs Land ziehen, ich will Hunde haben und eine große Bauernküche, in der die Kinder am Küchentisch malen, während ich das traditionelle Sonntagmittagessen koche, und nach dem Essen möchte ich einen Spaziergang durch die Wiesen und die Felder machen, neben uns die Kinder auf dem Fahrrad und die tollenden Hunde …«, ich halte kurz inne, »doch wie es scheint, ist es das genaue Gegenteil von dem, wie

Matt sich sein Leben vorstellt, und das ist mir unheimlich. Was ist, wenn ich plötzlich feststelle, dass ich jemanden geheiratet habe, der so grundlegend anders ist als ich, dass wir gar keine Chance haben, es bis ans Ende unserer Tage miteinander auszuhalten? Und ich rede von elementaren Dingen, Tom, Dingen, die die Grundlage einer guten Beziehung sind und von denen ich längst wissen sollte, wie er darüber denkt. Stattdessen habe ich mich von meinen eigenen Erwartungen leiten lassen. Zum Beispiel bin ich immer davon ausgegangen, dass er natürlich Kinder haben will, aber seine Reaktion auf Sams Schwangerschaft hat mir wirklich einen Schrecken eingejagt.«

»Gut, aber vielleicht war er auch nur schockiert, dass dein Dad in seinem Alter noch einen Knirps in die Welt setzen will, wo er und Sam doch, alle Kinder aus erster Ehe mitgezählt …«, er hält inne und zählt sie an seinen Fingern ab, »bereits fünf Kinder haben. Mit dem neuen Baby sind es also sechs, und sechs Kinder sind ein ziemlicher Haufen, das kann einem schon einen Schrecken einjagen, erst recht, wenn man bedenkt, dass das älteste einunddreißig ist und das jüngste erst in drei Monaten geboren wird.«

»Mag ja sein, aber Dad kommt prima damit klar.«

»Ja, aber nicht jeder Mann ist wie dein Vater, Lydia MacDonald.«

»Was wirklich jammerschade ist«, stelle ich fest.

»Wenn ich du wäre, würde ich mir darüber nicht allzu sehr den Kopf zerbrechen«, versucht er mich zu beruhigen und nimmt mich in den Arm. »Mit Männern und Babys ist es das Gleiche wie mit Männern und Tattoos.«

»Wie soll ich das denn verstehen?«

»Dass sie eins wollten, wissen sie erst, wenn sie tatsächlich eins haben, und sie haben nur eins, weil ihr Freund auch eins hat.«

Ich pruste los.

»Du bringst mich einfach immer zum Lachen«, sage ich und umarme ihn liebevoll, »nur ist das Ganze leider gar nicht lustig.«

»Aber zum Heulen und Trübsal blasen auch nicht«, entgegnet er ernst. »Immerhin habt ihr Zeit, bis ihr alt und grau seid, herauszufinden, was ihr noch nicht voneinander wisst. Du wirst schon dafür sorgen, dass eure Beziehung läuft, Liddy, wenn du das nicht in deinem tiefsten Inneren glauben würdest, würdest du nicht einmal im Traum in Erwägung ziehen, Matt zu heiraten.«

»Du hast ja Recht«, sage ich langsam.

»Pass auf, die anderen bleiben am Strand, und wenn wir nicht zurückkommen, treffen wir uns alle um halb acht im Hauptrestaurant. Wir haben also noch ein paar Stunden, in denen ich dich ein bisschen verwöhnen und aufheitern kann. Was hältst du davon?«

»Klingt gut.«

»Ja?«

»Ja.«

»Du machst dir keine Sorgen mehr?«

»Ich bemühe mich.«

»Gut, als Erstes brauchen wir eine Nagelfeile.«

»Habe ich.«

»Gesichtspackungen.«

»Hab ich auch.«

»Pflegespülung.«

»Muss ich nachsehen.«

»Dann brauchen wir schönen Nagellack.«

»Muss ich auch nachsehen.«

»Einen guten Film.«

»Ich hole die Programmzeitschrift.«

»Und wir brauchen Schokolade.«

Ich beiße mir reuig auf die Unterlippe.

»Ich bin vorhin über die Minibar hergefallen. Weiß du was – ich laufe schnell zum Souvenirladen und besorge uns eine Toblerone. Was hältst du davon?«

»Göttlich. Ich suche in der Zeit alles Weitere zusammen.«

»Bin gleich wieder da.«

Ich gehe über den Steg zurück in den Hauptbereich der Anlage, in dem sich die Läden befinden. In der Nähe des großen Swimmingpools entdecke ich meinen neuen Freund Johnny, der gerade das Becken reinigt. Er trägt nichts weiter als seine Shorts, und etliche Mädels in Bikinis belagern den Pool und sehen ihm dabei begeistert zu. Ich bin überrascht, dass Maddie und Amy nicht unter den Gafferinnen sind. Er ist gut gebaut. Muss wohl an seiner Arbeit und seinem Leben im Freien liegen.

Er blickt auf, pustet sich sie Haare aus der Stirn und winkt mir zu, als er mich sieht.

»Hallo!«

»Hallo!« Ich gehe zu ihm.

»Raffiniertes Teil«, stelle ich fest und zeige auf den Apparat, mit dem er den Dreck vom Boden des Pools aufsaugt.

»Eigentlich ist es nur ein besserer Staubsauger«, erklärt er mir und zeigt auf das Ende der langen Stange, das er über den Boden des Pools schiebt und das tatsächlich aussieht wie der Bürstenaufsatz eines ganz normalen Staubsaugers, »aber es funktioniert. Für zu Hause wäre so ein Ding auch nicht schlecht«, fügt er grinsend hinzu, »dann könnte ich vom Bett aus das komplette Haus saugen. Was hast du vor?«

»Mich mit Schokolade eindecken.« Ich schaue ihn an und deute auf den Laden.

»Kummerfraß? Auf Barbados?«, fragt er im Scherz. »Und? Genießt ihr eure Ferien?«

»Ja, meistens schon.«

»Eigentlich hätte ich ein begeistertes Ja erwartet. Was ist los, Lydia Idiot?«

Ich zucke mit den Schultern. Ich habe keine Lust, ihm den wahren Grund für mein Stimmungstief zu verraten, deshalb sage ich nur: »Manchmal ist es in einer großen Gruppe nicht ganz einfach, alle zufrieden zu stellen.«

Er richtet sich auf und sieht mich einen Augenblick nachdenklich an.

»Ich hab 'ne Idee. Ich sollte dich mit dem personifizierten Wunder namens Welcome bekannt machen.«

»Wie bitte?«

Er lächelt und legt den Sauger weg. »Komm mit! Ich stelle ihn dir vor.«

»Wo gehen wir denn hin?«

»In die Bibliothek.«

Während wir auf dem gewundenen Sandweg das Hauptgebäude ansteuern, sehe ich ihn von der Seite an.

»Sag mal, kümmert ihr euch nicht auch um die Pools in Coconut Cove?«

»Ja.«

»Hast du von dem Schönheitswettbewerb gehört, der dort stattfindet?«

»Nicht nur gehört, ich habe auch ein bisschen davon gesehen.«

»Angeblich wimmelt es in der Anlage von Schönheiten in knappen Bikinis.«

»Jawohl, Ma'am, genau die sind mir über den Weg gelaufen.« Meine Frage scheint ihn zu amüsieren.

»Warum grinst du so?«

»Weil du das alles andere als lustig zu finden scheinst.«

»Sehr nett.«

»Ich hab es nicht so gemeint, und das weißt du auch. Warum rückst du nicht einfach raus mit der Sprache?«

»Ich habe keine Ahnung, worauf du anspielst«, entgegne ich, während er mir die Tür zur Bibliothek aufhält.

»Ich habe ein gutes Gedächtnis, Lydia MacDonald.« Zum Beweis nennt er mich bei meinem vollen Namen. »Und wenn ich mich recht entsinne, macht dein Bräutigam genau in diesem Moment Urlaub in Coconut Cove.«

Ich seufze, und dann lächele ich zum ersten Mal an diesem Tag.

»Also gut, du hast mich ertappt.«

»Schön, dann wissen wir jetzt also beide, woran wir sind. Schieß los, was willst du wissen?«

»Keine Ahnung, ich kann es wirklich nicht konkret sagen.«

»Dann muss ich dir vielleicht ein bisschen auf die Sprünge helfen«, entgegnet er und grinst mich an. »Hast du ein Foto von ihm?«

»In meinem Bungalow … Nein, warte mal!«

Auf dem Tisch vor mir liegt ein Stapel Zeitschriften, amerikanische, deutsche und auch ein paar englische. Und tatsächlich, darunter auch die richtige Ausgabe der *21st Century Woman*, genau wie im Frisörsalon.

Ich schlage die vertraute Seite auf und reiche Johnny die Zeitschrift.

»Da ist er, Nummer achtundzwanzig.«

»Das ist dein Zukünftiger?«

»Tu nicht so überrascht, oder willst du mich beleidigen?«

»Überhaupt nicht, ich habe nur nicht damit gerechnet, ihn ausgerechnet in einer Zeitschrift präsentiert zu bekommen.« Er sieht ihn sich näher an. »Außerdem hätte ich ihn nie für deinen Typ gehalten.«

»Warum nicht? Sieht er zu gut aus?«

»Nein, zu glatt. Ich dachte, du stündest mehr auf… waschechte Männer. Männer, die kein Make-up tragen zum Beispiel.« Er hält sich die Zeitschrift noch dichter vors Gesicht. »Nicht einmal für eine Fotosession. Aber ich kenne dich ja kaum, also sollte ich mich mit derartigen Mutmaßungen wohl lieber zurückhalten.« Er gibt mir die Zeitschrift zurück und hebt die Hände, als wollte er mir bedeuten, dass er es nicht so gemeint hat.

»Jetzt weißt du also, wie er aussieht. Und? Hast du ihn gesehen?«

»Ich glaube ja. Wenn ich mich nicht irre, hat er sich einen hinter die Binde gekippt, als ich das letzte Mal in Coconut Cove war.«

»Das war alles? Er hat sich nur betrunken?«

Jetzt grinst er wieder.

»Du willst wissen, ob er ein guter Junge war und die Finger von anderen Frauen gelassen hat, stimmt's?«

Ich lächele verlegen.

»So ist es«, gebe ich betreten zu.

»Wenn ich könnte, würde ich dir das ja gerne bestätigen, aber ich habe ihn wirklich nur ein paar Mal gesehen, und da hing er Bier trinkend an der Bar herum. Aber ich würde mir an deiner Stelle keine Sorgen machen. Die Kandidatinnen müssen nämlich nicht nur gut aussehen, in ihre Wertung geht auch ihr Benehmen ein. Man erwartet von ihnen, dass sie immer schön brav sind, außerdem haben sie einen Anstandswauwau dabei, der selbst Mike Tyson in Angst und Schrecken versetzen würde.«

»Ist er so riesig?«

»Er ist eine Sie. Und sie ist in der Tat ein Koloss und so Furcht einflößend, dass man schon ein totaler Idiot mit Selbstmordabsichten sein müsste, um sich mit ihr anzulegen. Außerdem dürfte dein Zukünftiger doch wohl kaum so dumm sein, die Hochzeit aufs Spiel zu setzen … oder gar das Risiko einzugehen, dich zu verlieren.«

»Ich bin ziemlich bescheuert, nicht wahr?«

»Dein Nachname ist doch auch Idiotin, oder?«

Ich lache, und er strahlt mich an.

»So gefällst du mir schon besser. Wenn du lachst, anstatt die Stirn in Falten zu legen. Sorgenvolles Stirnrunzeln ist in diesem Land verboten, wusstest du das nicht? Und jetzt komm, damit ich dir endlich zeigen kann, warum ich dich hierher gebracht habe.«

In der Bibliothek gibt es jede Menge Bücher und Zeitschriften zum Ausleihen für die Gäste, außerdem zahlreiche Prospekte und Reiseführer über die Insel. Johnny steuert einen Beistelltisch an, auf dem stapelweise bunte Prospekte liegen. Er nimmt einen und reicht ihn mir.

»Hier, den wollte ich dir zeigen. Welcome Tours. Welcome ist ein guter Kumpel von mir, er organisiert täglich einen supertollen Bootsausflug. Ihr fahrt einmal an der ganzen Insel entlang, schwimmt in einsamen Buchten, und mittags wird irgendwo an einem schönen Strand gegrillt … Vielleicht ist das was für euch. Falls ihr Interesse habt.«

»Wow!«, sage ich, nehme den Prospekt und betrachte das Foto auf der Vorderseite. »Ich hätte große Lust. Sieht super aus. Ich glaube, das ist genau das Richtige für uns. Vielen Dank.«

»Gern geschehen.«

»Ich meine für alles.«

»Wie ich schon sagte – gern geschehen. So, dann mache ich mich wohl mal wieder an die Arbeit.«

»Ja, nicht dass du wegen mir Ärger bekommst.«

»Kein Problem. Viel Spaß dann morgen. Der Trip wird euch gefallen, da bin ich sicher.«

»Ich auch. Die Bilder sehen klasse aus, danke nochmals.«

Als er weg ist, schnappe ich mir die *21st Century Woman* und sehe mir das Foto von Matt noch einmal genau an.

Johnny hat Recht. Matt ist wirklich geschminkt. Das war mir noch gar nicht aufgefallen.

Ich muss kichern.

Den Prospekt in der einen Hand und die *21st Century Woman*, die ich mir in der Bibliothek »ausgeliehen« habe, in der anderen, schlendere ich zurück an den Strand. Es geht mir um Längen besser.

Die Mädels dösen immer noch vor sich hin.

Dora und Bridget liegen im Schatten einer Palme, während die anderen in der Sonne braten, um ihre diversen Körperpartien zu bräunen, was ihnen mit unterschiedlichem Erfolg gelingt.

Dora sieht mich an, zieht eine Augenbraue hoch und verzieht den Mund zu einem halbherzigen Lächeln. Da ich Dora kenne, weiß ich, dass das das Äußerste ist, was ich als Entschuldigung von ihr erwarten kann.

»Morgen wird ein toller Bootsausflug angeboten«, verkünde ich und reiße die anderen aus ihrer Lethargie. Der Prospekt wandert von Hand zu Hand. »Sie segeln die ganze Küste entlang und zeigen den Touristen Sachen, die man von Land aus nicht sehen kann. Außerdem legen sie zum Shoppen in St. John's an, und dann geht es wieder zurück, mit einer Mittagspause an einem einsamen Strand, an dem gegrillt wird und an dem man nach Lust und Laune sonnenbaden, angeln oder im Meer schwimmen kann. Was haltet ihr davon? Hat jemand Lust mitzufahren?«

»Klingt super.«

»Ich bin dabei.«

Alle sind begeistert, sogar Dora, die sich sofort bereit erklärt, zur Rezeption zu gehen und den Ausflug für den nächsten Tag für uns zu buchen.

Ich gehe zurück zu Thomas, der mich im Boudoir erwartet.

Die Schokolade habe ich ganz vergessen, doch als ich ihm erzähle, warum, nimmt er es mir nicht übel.

»Einen Tagesausflug auf einem Segelboot?«, ruft er und blättert den Prospekt durch. »Auf Empfehlung von Johnny? Er hat gute Ideen, dein Johnny, das muss ich ihm lassen.«

»Die anderen fahren alle mit, du bist doch auch dabei, oder?«

»Klar. Du weißt doch – nette Jungs stehen auf Segler … und manche auch auf den Poolboy«, fügt er mit einem verschmitzten Lächeln hinzu, aber als ich nicht anbeiße, lässt er das Thema fallen, klopft auf das Bett und bedeutet mir, mich neben ihn zu setzen.

»Ich habe alles vorbereitet. Bevorzugt Madam für ihre Fingernägel Pink, Preiselbeere oder French Manicure?«, fragt er mich und zeigt auf die bereitgestellten Fläschchen auf dem Nachttisch. »Für das Gesicht hätten wir eine Seetang- oder eine kühlende Gurkenmaske anzubieten …«, er hält inne und zeigt auf die Zeitschrift in meiner Hand.

»Was hast du da?«

Ich zeige auf das Profil von Matt.

»Ah, den alten Artikel über die heißen Junggesellen. Wo hast du den denn aufgetrieben?«

»In der Bibliothek.«

»Lass noch mal sehen.«

Ich lege mich neben ihn aufs Bett, und während unsere Gesichtspackungen trocknen, lesen wir zum tausendsten Mal Matts biographische Angaben.

»Name: Matt Morgan«, liest Thomas laut.

»Stimmt nur teilweise«, werfe ich grinsend ein. »Sein Rufname ist eigentlich Raymond, nach seinem Vater, aber er lässt sich bei seinem zweiten Vornamen nennen.«

»Das hast du mir nie erzählt.«

»Weil ich es niemandem verraten darf. Ich habe es auch erst herausgefunden, als wir den ganzen Papierkram für die Hochzeit erledigt haben. Er hat mich zu absoluter Geheimhaltung verpflichtet, weil er seinen Namen so hasst. Du musst mir versprechen, es niemandem zu erzählen, Tom, nicht einmal Rupert weiß es, und die beiden sind immerhin seit einer Ewigkeit dicke Freunde.«

»Ich und etwas weitererzählen?« Thomas grinst mich unschuldig an.

»Versprich es mir!«, beharre ich, als sein Grinsen ins Spöttische umschlägt.

»Du kennst mich doch. Ich verspreche nichts, was ich nicht halten kann.«

Ich kenne Thomas in der Tat. Wenn ich ihm kein Versprechen abringe, spricht er Matt von jetzt an bei jeder Gelegenheit nur noch mit Raymond an, aber Matt ist für mich im Augenblick so weit weg, dass ich nicht weiter auf der Sache herumreite.

»Alter: dreißig.« Thomas lässt mir sowieso keine Gelegenheit, denn er liest einfach weiter.

»Das ist eine glatte Lüge«, stelle ich klar, »er ist letztes Jahr Weihnachten einunddreißig geworden.«

»Aha, nachdem er genullt hat, zählt er die Jahre also rückwärts. Haar: goldblond, das stimmt aber wenigstens, oder?«

»Es stimmt insofern, als es seine momentane Haarfarbe ist, aber seine natürliche ist es nicht.«

»Willst du mir etwa erzählen, er färbt sich die Haare?«

»Ja. Eigentlich hat er braunes Haar. Er gibt alle vier Wochen ein Vermögen für seine Strähnchen aus.«

»Oje«, Thomas verzieht angewidert das Gesicht, »wie in den Achtzigern.«

»Sein Frisör macht es wirklich gut, du merkst gar nicht, dass es nicht seine natürliche Farbe ist.«

»Kann ja sein, aber ich weiß nicht, Liddy. Vielleicht denke ja nur ich so, aber als Mann lässt man sich einfach nicht die Haare färben, das passt einfach nicht.«

»So denkst nur du«, sage ich und beschließe, auf keinen Fall das Make-up zu erwähnen. »Mich stört es überhaupt nicht.«

»Augen: babyblau.«

»Stimmt. Obwohl – wenn mich jemand fragen würde, würde ich sie eher als kornblumenblau bezeichnen.«

»Ich auch. Beruf: Unternehmer. Dass das nur die halbe Wahrheit ist, weiß sogar ich.«

Thomas hat Recht. Matt ist Eigentümer einer riesigen Sportwagenniederlassung in London, doch der eigentliche Unternehmer war sein Vater, der das Geschäft aus dem Nichts aufgebaut hat. Matt hat den Laden lediglich übernommen, als sein Dad sich vor ein paar Jahren zurückgezogen hat. Eigentlich hat Matt nicht viel zu tun, da das Geschäft auch ohne ihn läuft, während er selber Golf spielt.

»Einkommen: 200 000 Pfund Sterling. Wow! Ich wünschte, ich würde auch so viel verdienen.«

»Eine weitere Lüge.«

»Er hat für den Artikel großzügig übertrieben, was?«

»Nein, im Gegenteil. Er verdient sogar noch mehr, aber er hatte Angst, dass der Sachbearbeiter vom Finanzamt Frauenzeitschriften liest.« Ich muss grinsen.

»Wohnung: Penthouse in den Docklands. Wieder eine Lüge, es sei denn, ihr seid umgezogen, ohne es mir zu erzählen.«

»Er hat befürchtet, dass ihm verzweifelte Frauen die Tür einrennen, wenn er seine wahre Adresse preisgibt. In seiner Fantasie wurde Holland Park offenbar von tollen Frauen überrannt, die es alle auf ihn abgesehen haben.«

»An Selbstbewusstsein mangelt es ihm jedenfalls nicht. Nächster Punkt. Auto: Porsche Cabrio 911 Turbo.«

»Stimmt. Und er liebt sein Auto mehr als jede Frau.«

»Lieblingsbuch: *Der weiße Pfau* von D. H. Lawrence.«

»Eine dreiste Lüge. Das letzte Buch, das er gelesen hat, war *Die Geschichte des Autos*. Ich hatte allerdings gerade *Der weiße Pfau* gelesen, und er fand, dass es intellektueller klingt.«

»Lieblingsfilm: *Mein linker Fuß*.«

»Von wegen!«, ereifere ich mich. »Sein Lieblingsfilm ist *3 Engel für Charlie*. Für Matt ist ein Film dann gut, wenn jede Menge flotte Schlitten und heiße Schnitten vorkommen, die Handlung interessiert ihn nicht weiter.«

»Traumfrau: Penelope Cruz.« Thomas sieht mich mit hochgezogenen Augenbrauen an. »Wie bitte? Warum antwortet er nicht: ›Meine wunderschöne Verlobte‹?«

»Tja, so ist das leider. Wobei sie seit ihrer Trennung von Tom Cruise in seiner Gunst gesunken ist. Tom Cruise ist nämlich sein absoluter Actionstar.«

»Meiner auch!«, ruft Thomas mit strahlenden Augen.

»Hm«, stimme ich zu, »gegen eine kleine Action-Nummer mit ihm hätte ich auch nichts einzuwenden.«

»Wunschdate: Strandpicknick bei Sonnenuntergang mit einer kalten Flasche Champagner und einer südländischen Schönheit.«

»Das stimmt«, seufze ich, »und obwohl ich im Augenblick unglaublich heiß bin, einen Strand in Reichweite habe *und* eine Decke auftreiben könnte«, ich schnipse mit den Fingern, »wäre ich für sein Wunschdate definitiv nicht seine Traumfrau. Mal ehrlich, Thomas, glaubst du, er ist glücklich damit, dass er sich ein handwarmes Mädel aus Wiltshire geangelt hat?«

»Er kann sich überglücklich schätzen, dass er dich hat, mehr kann ich dazu nicht sagen. Ach was, nicht nur überglücklich, er müsste sich in einem permanenten Glücksrausch befinden. Darf ich dich etwas fragen, Liddy? Hat es dich gestört, dass er sich in der Zeitschrift präsentiert hat?«

»Er hat mich ja nicht etwa um Erlaubnis gebeten. Aber ich habe kein Problem damit. Warum fragst du?«

»Na ja, er setzt sich ja ganz schön auf den Präsentierteller.«

»So habe ich es noch gar nicht gesehen.«

»Alle Leserinnen dürften ihn anhimmeln.«

»Das ist mir auch schon durch den Kopf gegangen, aber ich hatte es ziemlich gut verdrängt. Danke für die Erinnerung.«

»Ich wollte dir nicht die Laune verderben, Liddy, ich habe mich nur gefragt, was dieser Artikel mit dir angestellt hat.« Er klopft auf die Zeitschrift. »Schließlich bist du sonst auch nicht so unsicher, wenn es um Männer geht. Vielleicht war der Artikel so eine Art Auslöser?«

»Kann schon sein.« Ich zucke mit den Schultern. »Aber die Tatsache, dass wir jetzt schon fünf Tage hier sind und er mich immer noch nicht angerufen hat, dürfte wohl auch eine Rolle spielen.«

»Klar, aber er könnte alle möglichen guten Gründe haben. Steigere dich da bloß nicht rein, sonst verdirbst du dir den ganzen Urlaub.«

»Ich weiß, aber Ben ruft Heather jeden Tag mehrmals an, und Fleur und Lewis haben auch schon ein paar Mal miteinander telefoniert.«

»Ja, aber sie gehören zu den berechenbaren Typen, Liddy, du hast dir nun mal einen anderen ausgesucht. Matt ist vollkommen anders als Lewis und Ben. Du stehst auf Männer, die etwas Unvorhersehbares, Unberechenbares haben. Wenn du mit einem Schoßhündchen zusammen wärst, das jedes Mal springt, wenn du mit den Fingern schnipst, würdest du dich schnell langweilen, und das weißt du auch.«

»Vor unserem Abflug nach Barbados hätte ich dir zugestimmt, aber jetzt bin ich mir da nicht mehr so sicher, Tom. Vielleicht würde mir ein Mann, auf den ich mich verlassen kann, auch ganz gut gefallen ...«

Thomas seufzt und streckt dem Foto von Matt die Zunge heraus.

»Ruf sie an, du Ratte!« Er zieht eine grimmige Grimasse und strahlt mich im nächsten Moment an. »Ich habe eine Idee: Vielleicht sollten wir das Bild von Matt an die Wand hängen und es mit Sachen beschmeißen. Oder wir verpassen ihm einen kleinen Schnauzer und eine dicke Brille ...« Er hält sich das Foto dicht vor die Nase und stellt sich Matt bestimmt gerade mit einem gezwirbelten Schnauzbart und ein paar weiteren Schönheitsfehlern vor, doch plötzlich kneift er argwöhnisch die Augen zusammen und sieht mich erstaunt an.

»Apropos unterschiedliche Männertypen, Liddy – ist dir schon aufgefallen, dass Matt auf dem Foto geschminkt ist?«

Ich muss erneut lachen.

Kapitel 12

Am nächsten Morgen stehe ich superfrüh auf, lasse Thomas schlafen und gehe ins Fitnessstudio, um mein drittes Training mit Petronella zu absolvieren. Anschließend treffe ich mich mit den anderen beim Frühstück.

Thomas stopft sich wie immer mit Bananenbrot voll, Bridget pickt in einem kleinen Fruchtsalat herum, und die anderen gönnen sich, begleitet von genussvollem Schmatzen und Bekenntnissen ihres schlechten Gewissens, ein komplettes Amercian Breakfast: Bacon, Eier und Pfannkuchen mit Ahornsirup. Auch Dora langt zu. Anfangs hatte ihr Gewissen damit zu kämpfen, ob es nicht verwerflich sei, angesichts Millionen verhungernder Menschen der Völlerei zu frönen, doch nachdem sie vergeblich versucht hat, das Management zu überzeugen, alles übrig gebliebene Essen Wohltätigkeitsorganisationen zuzuführen, lässt sie sich jetzt von der Vorstellung leiten, dass alles, was sie nicht isst, direkt in den Müll wandert, was beinahe so verwerflich ist, wie sich voll zu stopfen, während andere hungern.

Petronella vor Augen entscheide ich mich für die gesunde Variante, doch anders als Bridgets Fruchtsalat hat meiner die Dimension der öffentlichen Staatsverschuldung und besteht aus einem Berg frischer Erdbeeren, Kiwis, Sternenfrüchte, Litschis und Mangos, serviert in einer halben Melone und gekrönt von einer, wie es scheint, kompletten, klein geschnittenen Ananas.

»Willst du das alles essen, oder willst du dich damit schmücken und einen auf Carmen Miranda machen?«, fragt Thomas mit weit aufgerissenen Augen, als ich mich ihm gegenüber an den Tisch setze.

»Beides«, erwidere ich grinsend, spieße ein großes Stück Ananas auf meine Gabel und halte es mir wie einen Haarschmuck über mein linkes Ohr.

»Du wirkst etwas fröhlicher.«

»Tatsächlich?«

Wahrscheinlich hat er Recht. Also gut, betrachten wir mich als fröhlich. Es hat schließlich keinen Sinn, sich über etwas den Kopf zu zerbrechen, das sowieso nicht eintritt. Außerdem steht uns ein herrlicher Tag bevor. Wir werden mit Musik und Champagner hinaus aufs Meer fahren, in einsamen Buchten picknicken und mit exotischen Fischen schwimmen. Heute ist kein Tag, um mies drauf zu sein, der heutige Tag ist dafür da, rundum genossen zu werden. Ich werde nicht zulassen, dass meine blühende Fantasie und Matts ausbleibender Anruf mir meinen Urlaub verderben.

Das Boot soll uns um Punkt neun am Ende des hoteleigenen Bootsanlegers aufnehmen.

Nach dem Frühstück gehen wir alle noch einmal auf unsere Zimmer, um uns für die Tour zurechtzumachen, und vereinbaren, uns um zehn vor neun an dem Anleger zu treffen.

Ich muss nur meine Tasche, meinen Sonnenhut und etwas Sonnencreme holen, deshalb schlendere ich schon um halb neun Richtung Anleger und genieße die relative Ruhe an dem noch fast menschenleeren Strand und das leise Rauschen des Meeres, das endlich einmal nicht von Stimmen und Musik übertönt wird.

Wie ich in den vergangenen Tagen bemerkt habe, sind die meisten Gäste um diese Zeit beim Frühstück. Der Strand füllt sich erst ab zehn, wenn man also die wahre Schönheit von Barbados auf sich wirken lassen will, ohne den üblichen Ferienrummel, dann ist dies die Zeit, sich in den Sand zu setzen, die Zehen ins Wasser zu strecken und die Stille zu genießen.

Der hoteleigene Anleger liegt am anderen Ende der Bucht, gegenüber meinem Bungalow. Er besteht aus einem langen Holzsteg, der aufs Meer hinausführt und am Ende in einem rechten Winkel nach links abbiegt. An der seeabgewandten Seite dieser L-förmigen Holzmole liegen drei Motorboote, einige Tretboote und mehrere Paddelboote, die man sich ausleihen kann. Außerdem gibt es ein Boot mit einem gläsernen Boden, durch den man die Fische beobachten kann. Maddie hat bereits gedroht, nackt unter dem Boot herzutauchen und allen Fischguckern den Schock ihres Lebens einzujagen.

Eine andere Gruppe Frühaufsteher hat sich ganz vorne auf dem Anleger unter einem strohgedeckten Sonnenschutz versammelt und wartet darauf, von einem der Motorboote auf der aufblasbaren Banane übers Wasser gezogen zu werden. Unschlüssig, ob ich sie für mutig oder verrückt halten soll, sehe ich zu, wie sie sich in die Schwimmwesten zwängen und das aufgeblasene Monstrum besteigen.

Beim Näherkommen sehe ich, dass Thomas auch schon da ist. Er sitzt mit gesenktem Blick auf dem Rand des Anlegers, lässt seine Füße über dem Wasser baumeln und füttert mit einem Brötchen, das er vom Frühstücksbüfett hat mitgehen lassen, die Fische.

Als er aufblickt, sieht er mich und winkt mich zu sich heran.

Bei meinem Gang über den langen Steg brennen die heißen Holzbohlen unter meinen nackten Füßen.

»Guck mal, da ist Nemo!«, ruft er, als ich bei ihm bin. »Ich habe ihn gefunden.«

Ich setze mich neben ihn und starre ins Wasser. Ein Schwarm kleiner grauer Fische jagt in verschiedene Richtungen hinter kleinen wippenden Brötchenstückchen her. Unter ihnen zeichnen sich einige größere Fische ab. Hin und wieder schießt einer von ihnen an die Oberfläche und schnappt seinen kleinen Artgenossen den Brötchenkrumen weg, um den sie so erbittert gekämpft haben. Das Ganze scheint ziemlich unfair.

Plötzlich zeigt Thomas aufgeregt aufs Wasser.

»Guck mal, Liddy, da vorne!«

Ein kleiner Hai schwimmt durch die Bucht auf uns zu. Thomas' Brötchenstücke interessieren ihn nicht die Bohne, dafür umso mehr das Gewimmel der kleinen Fische, die gierig nach den Krumen schnappen.

»Guck!«, ruft er erneut, als Bridget hinter uns auftaucht, »das ist Rupert!«

Im Gegensatz zu den Fischen schnappt Bridget nicht sofort nach dem Köder.

Sie sieht genauer hin und schüttelt den Kopf.

»Nein«, stellt sie mit einem Lächeln klar. »Rupert kann viel kraftvoller zubeißen.«

Thomas blickt grinsend zu ihr auf.

Zwei Motorboote durchpflügen inzwischen röhrend die Bucht, eins von ihnen zieht die riesige Banane hinter sich her. Die Passagiere werden in die Luft geworfen wie Reiter auf einem bockenden Pferd, und in diesem Moment wird mir bewusst, warum ich mir bisher noch keins der Boote ausgeliehen habe: Ich werde nämlich schnell seekrank. Schon bei einem kurzen Ausflug mit dem Tretboot wird mir manchmal schlecht. Mein Magen grummelt schon, offenbar beginnt der Fruchtberg allmählich zu gären. Ich lege mir schützend eine Hand auf den Bauch und tippe Thomas auf die Schulter.

»Ich weiß nicht, ob dieser Ausflug wirklich eine gute Idee ist«, zische ich ihm zu.

Er bemerkt meine Hand auf dem Bauch, sieht mich mitleidig an, fördert aus der Tasche seiner Shorts ein Pillenröllchen zu Tage und reicht es mir.

»Tabletten gegen Reisekrankheit?«, frage ich und überfliege die Kurzbeschreibung auf dem Aufdruck.

»Ich bin doch Reiseverkehrskaufmann, sie sind für mich ein unverzichtbares Utensil, das ich jederzeit zur Hand habe.«

»Und du glaubst, sie nützen auch für solche Zwecke?«

»Ein Bootsauflug *ist* doch eine Art Reise. Eigentlich müssten sie die gleiche Wirkung haben wie Tabletten gegen Seekrankheit. Ich habe zum Frühstück auch zwei genommen.«

Die anderen kommen aufgeregt schnatternd die Mole entlanggetapst. Der immer lächelnde George ist auch bei ihnen. Er trägt Maddies Taschen und hat den Blick bewundernd auf ihren in extrem kurzen Shorts steckenden Hintern gerichtet. Als sie das Ende der Mole erreichen, erfüllt ein kollektives bewunderndes Raunen die Luft. Ein wunderschöner Klipper schiebt sich um die Felsen am Ende der Bucht, seine weißen Segel blähen sich im Wind.

Er sieht aus wie aus dem Film *Meuterei auf der Bounty* und ist so beeindruckend, dass ich meine drohende Übelkeit sofort vergesse und stattdessen vor Aufregung bebe.

Ich bin nicht die Einzige, die überwältigt ist, Fleur hüpft beim Anblick des Klippers vor Entzücken auf und ab.

»Ist das das Schiff, mit dem wir rausfahren?«, fragt sie und zerrt George am Ärmel wie ein quengelndes Kind, das um Aufmerksamkeit bettelt.

George nickt.

»So ist es. Euer privates Piratenschiff.« Er deutet mit großer Geste Richtung Horizont. »Gleich trägt es euch hinaus in die wunderschöne blaue Karibik, auf eine Reise voller Romantik und Abenteuer.«

»Wie aufregend das aus seinem Mund klingt«, stellt Thomas bewundernd fest und mustert einen Moment lang Georges wohlgeformten muskulösen Hintern, der in einer cremefarbenen Bermudashorts steckt.

Das verbliebene Motorboot bringt uns in zwei Touren hinaus zu dem Schiff, wo wir vom Kapitän persönlich empfangen werden, einem richtigen Seebären, der seinem breiten und freundlichen Lächeln nach zu urteilen mit George verwandt sein muss.

»Willkommen an Bord, verehrte Ladies«, dröhnt er mit seiner wohlklingenden, freundlichen Stimme. »Ich heiße Welcome und will meinem Namen heute alle Ehre machen.«

An Bord befinden sich bereits einige Passagiere. Sie sind in Parrot Cay zugestiegen, dem Hotel in der viereinhalb Kilometer weiter oben gelegenen Bucht. Das Ressort scheint ein verstecktes Liebesnest zu sein, in dem ausschließlich Paare buchen. Wie sich schnell herausstellt, sind die vier ausgesprochen netten Paare tatsächlich nach Barbados gekommen, um die Hochzeit der liebenswürdigen Alison und des unglaublich attraktiven Noah zu feiern, die vor drei Tagen an ihrem Hotelstrand stattgefunden hat.

Das strahlende Paar schwelgt in seinem Glück, und zwar hemmungslos. Die beiden kleben förmlich aneinander und küssen sich unentwegt. Sie sind verräterisch blass, und eine ihrer Begleiterinnen vertraut mir mit einem leichten Rippenstoß und einem Zwinkern an, dass sie zu diesem Bootsausflug ihr Zimmer seit ihrer Vermählung das erste Mal verlassen.

Wir segeln die Küste hinab Richtung Süden und nehmen unterwegs, am Coral Club, noch weitere Passagiere auf.

Der Coral Club ist allem Anschein nach eine einzige riesige Partyanlage. Bei der Suche nach einem Hotel sind wir auch auf diesen Club gestoßen, aber er war selbst uns eine Nummer zu heftig. Wir wollten durchaus irgendwohin, wo man auch mal einen draufmachen kann, wenn einem danach ist, aber mit seinen vier Nachtclubs und der Werbung, dass alles rund um die Uhr geöffnet ist, war er nicht ganz das, was wir gesucht haben.

Am Coral Club wankt eine Gruppe Frauen in völlig unpassender Kleidung an Bord. Ihre acht Zentimeter hohen Absätze verhaken sich in den Deckplanken.

Sie sind zwischen Ende dreißig und Anfang vierzig, tragen Hotpants, Miniröcke und String-Bikinis über ihren sich abzeichnenden Sonnenbrandstreifen und plappern wild durcheinander wie ein Schwarm Papageien.

Einige von ihnen sind vom vielen Trinken sichtlich angeschlagen, aber sie sind eine lustige Clique und freunden sich schnell mit den anderen Passagieren an.

Eine der Frauen kommt direkt zu uns herüber und setzt sich freundlich lächelnd neben mich.

»Hi.« Sie hält mir die Hand hin.

Ich schüttele sie und bemerke, dass ihre Fingernägel so gleichmäßig geformt sind, dass es künstliche sein müssen. Sie sind blau lackiert und mit kleinen Gänseblümchen verziert. Das wäre für sich genommen nicht besonders erwähnenswert, aber sie passen perfekt zu dem Bikini, den sie unter ihrem kurzen Jeansrock und ihrer pink gestreiften Bluse trägt. Die Bluse hat sie unter ihren großen Brüsten zusammengebunden, sie gibt den Blick auf ihre nicht ganz straffe Taille und ihren gepiercten Bauchnabel frei. An dem Metallring ihres Piercings hängt eine weitere Gänseblume. Ihre Zehennägel sind passend zu dem Rest angemalt, und vorne auf ihren Schuhen mit den zehn Zentimeter hohen Keilabsätzen prangt ebenfalls jeweils eine große Plastikgänseblume.

»Ich bin Denise.«

Ich hätte mich nicht gewundert, wenn sie sich als Gänseblümchen vorgestellt hätte.

»Liddy«, entgegne ich und lächele sie an.

»Was hat euch hübsche Mädels hierher geführt?«

»Wir feiern meinen Jungfernabschied«, antworte ich.

»Das trifft sich gut, wir feiern nämlich auch eine Art Abschied. Wir sind auf einem Schnauze-voll-von-unseren-Kerlen-Trip.«

»Wie bitte?«

»Du hast richtig gehört. Maggie, Janice, Louise und ich sind alle für eine Woche vor unseren nörgelnden Ehemännern geflohen, und Carol-Anne, das ist die da vorne mit den roten Haaren und einem Drink in jeder Hand, feiert hier ihre Scheidung. Mit uns.«

»Oh, wie schade«, entgegne ich etwas bedrückt. Meine gute Laune hat durch diese Enthüllung einen plötzlichen Dämpfer bekommen.

»Ja. Dafür kannst du dich umso glücklicher schätzen. Was für ein herrlicher Ort für einen Jungfernabschied! Damals bei Carol-Anne hat es geschüttet wie aus Eimern, aber hier ist es einfach nur super.« Ich stimme ihr zu, und wir seufzen beide und genießen einen Augenblick schweigend die Schönheit unserer Umgebung.

»Dann hast du also beides mitgemacht?«, frage ich und nehme den Faden wieder auf, während ich mich gleichzeitig bei Welcome bedanke, der eine weitere Runde Drinks herumreicht, »ihren Jungfernabschied und jetzt ihre Scheidung.«

»Genau.« Denise nickt und nimmt sich einen beinahe leuchtenden Cocktail, der prächtig mit zwei Kirschen und einem Papierpapagei dekoriert ist.

»Das ist doch traurig, oder?«

Sie nickt erneut.

»Willst du wissen, was das Traurigste an dem Ganzen ist?«

Nicht wirklich, aber ich nicke trotzdem.

»Ihr Jungfernabschied war genau vor einem Jahr.« Sie schüttelt den Kopf und nimmt einen großen Schluck von ihrem Drink, als könnte der Alkohol ihr Trost spenden.

»Ein Jahr!«, wiederhole ich erschrocken und verschütte beinahe meinen Getränk. »Wie lange war sie denn dann überhaupt verheiratet?«

»Oh, nur etwa drei …«

»Drei Monate?«, falle ich ihr entsetzt ins Wort. Amy und Maddie, die mir gegenübersitzen, unterbrechen ihr Gespräch und hören neugierig zu.

Denise hält erneut inne, nimmt einen weiteren Schluck von ihrem Drink, schiebt sich eine der Kirschen in den Mund und schüttelt kauend den Kopf.

»Wochen?«, wimmere ich leise.

Sie schüttelt erneut den Kopf.

»Stunden«, stellt sie schließlich klar, schluckt die Kirsche herunter und seufzt in leidvoller Erinnerung.

»Du willst mich auf den Arm nehmen!«

»Ich wünschte, es wäre so. Sie hat ihren Mann, beziehungsweise ihren Ex-Mann, erwischt, wie er es während ihres Hochzeitsempfangs auf der Toilette mit einer der Brautjungfern trieb.«

»Oh, mein Gott, das muss sie ziemlich aus der Fassung gebracht haben.«

»Aus der Fassung gebracht? Sie war fuchsteufelswild. Die betreffende Brautjungfer war ihre Schwester. Offenbar lief zwischen den beiden schon seit Monaten etwas, und Carol-Anne war völlig ahnungslos. So viel dazu, wenn man meint, jemanden zu kennen. Sie war also einen Tag lang verheiratet und hat am nächsten die Scheidung eingereicht. Wenigstens hat sie dabei genug herausgeholt, um diese Reise zu finanzieren.«

»Armes Mädchen.«

»Das kann man wohl sagen«, stimmt Denise mit einem Seufzer zu und trinkt aus. »Am Anfang war es ziemlich schwer für sie, aber inzwischen geht es ihr schon wieder ganz gut. Oder besser gesagt, es wird ihr wieder gut gehen, sobald wir das Prozac absetzen«, fügt sie hinzu, als Carol-Anne beim Anblick der heftig knutschenden Jungvermählten in Tränen ausbricht.

»Ich geh wohl besser mal zu ihr und kümmere mich um sie«, sagt Denise, lächelt mich entschuldigend an, rappelt sich etwas unsicher auf und wankt auf ihren Keilabsätzen zu ihrer Freundin.

»Carol-Anne, nun reg dich doch nicht so auf. Warum trinkst du nicht einfach noch ein Gläschen Champagner. Oder einen Cocktail. Wie wär's mit einem Cocktail?«

»Unglaublich!«, zischt Amy. »Antidepressiva und Alkohol?«

Ich habe keine Ahnung, was Denise ihr verabreicht, aber zwei Minuten später hat Carol-Anne aufgehört zu weinen. Stattdessen lacht sie wie eine wilde Hyäne, nimmt Denise und eine andere ihrer Begleiterinnen, die zu hellroten Hotpants Schuhe mit Korkabsätzen trägt und Heather zufolge Janice heißt, in die Arme und führt einen spontanen Cancan auf.

»Da siehst du, was das Heiraten Frauen antun kann«, stellt Dora fest und macht ein spitzes Gesicht.

»Was wir da sehen«, schießt Maddie sofort zurück, »ist wohl eher die Folge einer Scheidung. Und zwischen einer Hochzeit und einer Scheidung gibt es bekanntlich einen kleinen Unterschied.«

»Beides ist untrennbar miteinander verbunden, oder willst du das etwa bestreiten?«

»Sie hat Recht«, mische ich mich zögernd ein und zucke mit den Schultern. »Wer nicht heiratet, kann auch nicht geschieden werden.«

»Das mag ja sein, aber nicht jede Heirat muss zwangsläufig zur Scheidung führen. Dieses Schiff könnte sinken, aber wir haben es trotzdem bestiegen, weil es aller Wahrscheinlichkeit nach gut gepflegt und in einem einwandfreien Zustand ist und deshalb eben vermutlich nicht sinken wird. Wenn ein Paar heiratet, dessen Beziehung stabil genug ist, nicht nur Friede-Freude-Eierkuchen-Zeiten auszuhalten, stehen die Chancen gar nicht so schlecht, dass die Ehe funktioniert.«

Wir sehen Maddie alle völlig baff an.

Da sie, was sie selber angeht, nicht gerade eine Verfechterin häuslichen Ehedaseins ist, klingen ihre Worte so, als würde eine Ernährungsberaterin die Vorzüge von Sahnetorte preisen.

Sie zuckt mit den Schultern.

»Auch wenn ich selber vielleicht nicht heiraten will, heißt das doch noch lange nicht, dass ich die Vorzüge nicht sehe, die die Ehe für andere haben kann, für Leute, die anders denken als ich. Das nennt man übrigens unvoreingenommen und aufgeschlossen sein.« Sie sieht Dora gezielt an, und Dora starrt herausfordernd zurück. Ihre Augen durchbohren einander eine kleine Ewigkeit, doch schließlich wendet Dora ihren Blick als Erste ab. Zum Glück gibt es um uns herum zu viel zu sehen und zu bestaunen, um einen Streit über das Pro und Kontra des Heiratens vom Zaun zu brechen.

Es ist wunderschön, die herrliche Küste der Insel einmal von der See aus zu sehen, statt wie sonst vom Strand aufs Meer zu blicken. Die meiste Zeit während unserer Fahrt nach St. John's hängen wir über der Reling und bewundern die malerischen kleinen Buchten und Dörfer. An den anderen Ressorts, die wir passieren, halten die Badenden im Wasser kurz inne und winken uns zu.

In St. John's bummeln wir durch die Straßen, kaufen Souvenirs und ein paar Klamotten ein und bestaunen den Schmuck. Es gibt ein paar richtige Schnäppchen, die wir uns leider trotzdem nicht leisten können. Zum Mittagessen legen wir an einem einsamen Strand an und helfen beim Errichten eines Lagerfeuers, auf dem ein barbadisches Festmahl aus frischem gegrilltem Fisch und gerösteten Süßkartoffeln zubereitet wird.

Nach dem Essen liege ich voll gestopft auf einer der ausgegebenen Stranddecken, nippe an meinem eisgekühlten Champagner mit Mangosaft, lasse mir die Seebrise übers Gesicht streichen und genieße die wärmenden Strahlen der leicht diesigen Sonne.

Das Leben könnte nicht schöner sein. Na gut, ein bisschen schöner könnte es doch sein – wenn Matt mich angerufen hätte und sich nicht inmitten einer ganzen Schar attraktiver Singlefrauen tummeln würde.

Für alle, die nach dem Essen noch etwas Tatendrang verspüren, organisiert Welcome ein Kricketspiel.

Er überredet Maddie mitzuspielen. Denise rennt, immer noch in ihren hochhackigen Schuhen, kreischend über den Strand und schwingt den Schläger so wild, dass alle, die sich in der Nähe des Spielfeldes aufhalten, sich instinktiv ducken.

Carol-Anne hat es sich mit einer ihrer Begleiterinnen am anderen Ende des Strandes mit einer Flasche Wein auf einer Decke bequem gemacht und versucht, nicht wieder in Tränen auszubrechen.

Ich betrachte die beiden: Denise, die sichtlich die Freiheit ohne ihren Mann genießt, und Carol-Anne, die wegen ihrer Scheidung weint.

»Glaubst du, dass wir in ein paar Jahren auch so drauf sind?«, frage ich Thomas, der neben mir auf der Decke liegt.

»Wie meinst du das?«

»Geschieden und verbittert wie Carol-Anne oder verheiratet und genervt wie Denise?«

»Gibt es denn nur diese beiden Möglichkeiten?«

»Das hoffe ich um meines eigenen Glückes willen nicht.«

»Natürlich nicht«, meint Amy, die neben uns liegt. Sie deutet auf Alison und Noah, die gerade Händchen haltend und kichernd wie Teenager diskret hinter einer Düne verschwinden.

»Ihr könntet auch sein wie die beiden.«

»Aber sie sind frisch verheiratet und zählen nicht. Vielleicht streiten sie in ein paar Jahren wie Hund und Katze.«

»Oder sie sind glückliche unzertrennliche Turteltauben«, wirft Thomas ein. »Du siehst heute ganz schön schwarz, kann das sein?«

»Ja. Liegt vermutlich an der traurigen Geschichte über Carol-Annes Hochzeit.«

»Ach komm, Liddy, du musst wohl zugeben, dass das, was ihr passiert ist, ziemlich ungewöhnlich ist. Außerdem ist der Tag heute viel zu schön, um sich über die dunklen Seiten des Daseins den Kopf zu zerbrechen.«

»Da hast du Recht. Bisher war unser Ausflug wirklich super, und ich bin so froh, dass wir ihn gemacht haben.«

»Ich auch«, ruft Amy und bricht in Jubel aus, weil Maddie Denise mit einem gekonnten Schlag rausgekickt hat.

»Tja«, sagt Thomas und sieht mich nachdenklich an. »Da sollten wir deinem Freund Johnny für die Empfehlung dieses Trips wohl einen Drink ausgeben, wenn wir ihn das nächste Mal sehen.«

»Gute Idee«, stimme ich zu.

Als die Kricketpartie vorbei ist, sammeln Welcome und seine Crew uns alle ein und führen uns zurück an Bord. Beim Durchzählen stellt er fest, dass zwei Passagiere fehlen. Es sind Alison und Noah, die auf unser Rufen und unter allgemeinem Applaus errötend hinter der Sanddüne hervorkommen.

Als wir endlich vollzählig sind, wendet das Schiff, fährt zurück die Küste hinauf und steuert unsere jeweiligen Ressorts an. Wir sehen alle hinaus aufs Meer und halten nach fliegenden Fischen Ausschau, als Thomas auf einmal entzückt aufkreischt und auf den Horizont zeigt.

»Wow, seht euch das an!«

Wir folgen seinem Blick und sehen ein Schiff, das genauso aussieht wie unseres und direkt auf uns zusegelt. Es wirkt majestätisch und führt uns vor Augen, wie großartig auch unser eigenes Schiff aussehen muss, wenn es mit aufgeblähten Segeln übers Wasser gleitet.

»Das, meine Damen und Herren«, verkündet Welcome mit dröhnender Stimme, »ist die Windward Princess. Sie ist unser Schwesterschiff; während wir immer die Küste von Nordwesten in Richtung Süden heruntersegeln, startet sie im Süden und fährt hinauf Richtung Norden. Auf diese Weise können unsere Urlaubsgäste sich auch einen Eindruck von der jeweils anderen Hälfte der Insel machen. Wir begrüßen uns traditionell, wenn wir aneinander vorbeifahren. Wenn ich also gleich bis drei zähle, erwarte ich, dass jeder von euch winkt und laut ahoi ruft. Alles klar?«

Thomas klatscht aufgeregt in die Hände, als Welcome laut zählt: »Eins, zwei, drei, Ahoi!«

»Ahoi!«, rufe ich ein wenig gehemmt, und im Vergleich zu den anderen, die sich die Seele aus dem Leib schreien und winken, sind meine Handbewegungen eher zurückhaltend. »Ahoi! Ah… was, zum Teufel, ist das denn?«

Meine Arme und meine Kinnlade fallen herunter, als die Windward Princess voller ebenfalls ahoi rufender und winkender Passagiere an uns vorbeisegelt und ich ein bekanntes Gesicht erblicke. Oder sollte ich lieber sagen, einen bekannten Körper?

Es ist ohne jeden Zweifel Matt.

Doch anstatt zu winken, liegt er auf Maddies Lieblingsplatz, auf der Sonnenliege vorne im Bug, und lässt sich von einer Blondine in einem knappen Bikini die Schultern einölen. Sie hockt rittlings auf seinem nur mit einer engen Shorts bekleideten Hintern.

Und im nächsten Augenblick ist das Schiff mit einem lauten Flattern seiner aufgeblähten Segel an uns vorbeigezogen.

»Hast du das gesehen?«, bringe ich hervor.

»Natürlich, es war großartig, nicht wahr?«

»Ich meine nicht das Schiff. Ich rede von Matt!«

»Matt? Wo?«

»Er war auf dem Schiff!«

»Echt? Cool.«

»Cool?«, wiederhole ich fassungslos.

»Hat er gewunken?«

»Gewunken? Er lag wie ein Seestern mit ausgestreckten Armen und Beinen auf einer Sonnenliege, und zwar unter einer blonden Tussi, die auf seinem Hintern hockte. Wie, zum Teufel, hätte er da winken sollen?«

»Was?«

»Du hast richtig gehört.«

»Bist du sicher, dass es Matt war?«

»Absolut! Na ja, ich glaube es jedenfalls. Ich weiß auch nicht. Was meinst du?«, wende ich mich an Maddie, die direkt neben mir steht.

»Ich habe Matt nicht gesehen. Bist du sicher?«

Ich denke einen Moment nach.

»Ich dachte, ich hätte ihn gesehen, aber ich könnte mich auch täuschen.«

»Bridge, hast du Matt auf dem Schiff gesehen?«, ruft Maddie ihr zu.

Bridget schüttelt den Kopf.

»Nein, warum fragst du? Hat ihn irgendjemand gesehen?«

»Liddy meint, sie hätte ihn gesehen.«

»Ich habe ihn nicht gesehen«, stellt Heather achselzuckend fest.

»Ich auch nicht«, fügt Fleur hinzu.

»Und von den anderen Jungs habe ich auch keinen gesehen«, meint Bridget, um mich zu beruhigen. »Vielleicht war es jemand, der ihm ein bisschen ähnlich sieht.«

»Hast du den Typen, den du für Matt gehalten hast, ganz deutlich gesehen?«, fragt Dora.

»Nein, sein Gesicht war ja von einem riesigen Paar Titten verdeckt«, erwidere ich aufgebracht.

»Es war nicht Matt.« Thomas nimmt meine Hand und sieht mir in die Augen. »Außer dir hat ihn niemand gesehen, Liddy. Offenbar vermisst du ihn so, dass du schon Halluzinationen hast.« Er zwinkert mir zu.

»Ob ich Halluzinationen habe, weiß ich nicht, aber in einem hast du Recht: Ich vermisse ihn wirklich. Vielleicht war es tatsächlich jemand, der ihm ähnlich sieht. Sie waren ja ein ganzes Stück weit entfernt.«

Alle nicken mitfühlend.

Wir erreichen Paradise Bay pünktlich zum Sonnenuntergang und ankern etwa zweihundert Meter vor der Küste, um zuzusehen, wie der rote Feuerball spektakulär auf dem Wasser aufsetzt und versinkt.

Die anderen sind alle im Bug versammelt und begleiten das atemberaubende Naturschauspiel mit lauten Ahs und Ohs, doch ich habe keine Augen für die Schönheit der Natur.

Ich sitze im Heck und teile mir mit Carol-Anne eine Flasche Wein.

Kapitel 13

Wir sind seit einer halben Stunde von dem Bootsausflug zurück, und seit zwanzig Minuten hänge ich mit dem Kopf über der Kloschüssel.

Keine Ahnung, warum mir so schlecht ist. Ob die Unmengen von Melone Schuld sind, die ich vertilgt habe, oder der gegrillte Hummer, den es zum Mittag gab, oder der Seegang oder vielleicht doch der Anblick von Matt beziehungsweise des Typen, den ich für Matt gehalten habe, wie er auf dem Schiff genüsslich von einer Bikinischönheit mit Sonnencreme eingerieben wurde. Jedenfalls ging es mir das letzte Mal so schlecht, als ich meine Enthaarungscreme mit Zahnpasta verwechselt und meine perlweißen Zähne versehentlich mit einer Zahnbürste voller Enthaarungsmittel bearbeitet habe.

An diesem Abend ist Fleur an der Reihe, mit mir das Bett zu teilen, deshalb hat sie mich auf mein Zimmer begleitet und hat mir während der vergangenen zwanzig Minuten das Haar zurückgehalten, meinen Rücken gerieben und beruhigend und mitfühlend auf mich eingeredet.

»Geht es dir jetzt besser?«, fragt sie vorsichtig, als ich schließlich von der Schüssel ablasse und mich erschöpft gegen die Badezimmerwand fallen lasse.

»Ich werd's schon überleben.«

»Ist es der Magen oder das Herz?«, fragt sie intuitiv, aber ich bringe nur ein mattes, nichts sagendes Lächeln zustande, denn in Wahrheit weiß ich selber nicht, warum mir so schlecht ist.

»Lass dich nicht zu irgendwelchen falschen Schlüssen hinreißen.« Genau das sage ich mir schon die ganze Zeit, seit ich den Mann erspäht habe, der wie ein schnurrender ausgestreckter Löwe dalag, auf dessen Rücken eine halb nackte Schönheit hockte, die genüsslich ihre öligen Hände über seinen Körper gleiten ließ, und den ich für meinen Verlobten gehalten habe. Doch außer mir will ihn niemand gesehen haben, und genauso wenig irgendeinen der anderen Jungs aus Matts Truppe, also ist die Wahrscheinlichkeit groß, dass es lediglich jemand war, der Matt sehr ähnlich sieht und nicht Matt selbst. Ich versuche mir schon die ganze Zeit mit aller Kraft einzureden, dass die anderen Recht haben und der Mann an Bord wirklich nicht Matt war, aber als er mir das erste Mal ins Auge fiel, war ich absolut sicher. »Ich lasse dir ein Bad ein«, verkündet Fleur und reicht mir eine Flasche Mineralwasser.

Nachdem ich mir achtmal die Zähne geputzt und mich jedes Mal vergewissert habe, dass ich auch wirklich Zahnpasta nehme, geht es mir inzwischen etwas besser.

Das Bad ist wirklich verlockend, die Riesenwanne für drei ist voller Schaum, der nach Orchideen duftet.

Während ich mich ausziehe und mich dankbar ins Wasser gleiten lasse, geht Fleur kurz raus, dann lugt ihr Kopf erneut durch die Tür.

»Das sieht aber wirklich einladend aus. Meinst du, du hast noch ein Plätzchen für jemand Kleines wie mich?«

»Hier ist noch Platz für mehrere Kleine und einen Großen«, entgegne ich und lächele sie an.

Sie kommt ins Badezimmer, zieht sich rasch aus und lässt sich wohlig seufzend auf der anderen Seite der Wanne in das warme Schaumbad gleiten. Ich vermeide es, sie anzusehen und zähle stattdessen Schaumbläschen.

Offenbar kennen Menschen mit einer Superfigur kein

Schamgefühl. Aber wofür sollten Menschen mit Superfiguren sich auch schämen?

Fleur sieht einfach klasse aus. Sie ist eine Göttin in Jeans, eine Miniatur-Venus, eine schottische Kylie Minogue, zierlich, aber perfekt proportioniert.

Sie lächelt mich aufmunternd an.

»Ich würde es ja auf eine Wette ankommen lassen, aber da ich nun mal ein knauseriges schottisches Mädchen bin und sowieso weiß, woran du gerade denkst, behalte ich meinen Einsatz lieber für mich.«

»Bin ich so einfach zu durchschauen?«

Sie nimmt eine Handvoll Schaum und bläst ihn in meine Richtung. »Du darfst dich nicht zu irgendwelchen voreiligen Schlüssen hinreißen lassen«, rät sie mir und wiederholt meine eigenen Gedanken.

»Das versuche ich ja.«

»Es war bestimmt nicht Matt«, versichert sie mir zum fünfzigsten Mal.

»Wahrscheinlich hast du ja Recht, aber ich war mir absolut sicher, als ich ihn gesehen habe ...«

»Na gut, also angenommen, es war tatsächlich Matt – vielleicht gehörte das alles zum normalen Bordservice? Du weißt doch, was sie sich hier alles einfallen lassen, vielleicht war sie eine Art persönliche Sonnencremeeinreiberin und hat jeden Kerl an Bord eingeschmiert.«

»Wenn das so ist – warum hatten wir dann keinen Prachtkerl mit einem Eimer voll Faktor-50-Creme an Bord? Hä? Sag es mir!«

»Weil es keine hundertprozentige Gleichberechtigung zwischen Mann und Frau gibt, egal, was deine Schwester auch predigt«, erwidert Fleur gewitzt.

Es ist doch immer wieder seltsam, wie einige Dinge durchaus Sinn machen können und gleichzeitig überhaupt keinen Sinn ergeben. Ich weiß genau, was sie meint. Mangel an Gleichberechtigung. Zumindest auf den ersten Blick ein plausibler Erklärungsversuch.

»Immerhin haben wir hier in unserem Spa auch Leute, die uns nach Strich und Faden verwöhnen … Unser Boot war ein Partyboot, vielleicht waren die Jungs ja mit einem Spa-Boot unterwegs, und Matt hat sich unterwegs massieren lassen.«

»Ich mag mich irren, aber tragen unsere Masseurinnen nicht ordentliche weiße Kittel anstatt mit Pailletten besetzte *aquamarinfarbene* Bikinis?«

»Ich glaube schon«, gibt sie sich geschlagen und lächelt mich entschuldigend an.

»Trotzdem besten Dank für deine Aufheiterungsversuche.«

Sie nickt und betrachtet nachdenklich mein trauriges Gesicht.

»Mensch, Liddy, das hat doch alles nichts zu bedeuten, davon bin ich überzeugt.«

Ich zucke mit den Schultern.

»Außerdem waren die beiden Boote ein ganzes Stück voneinander entfernt.«

Ich beiße mir auf die Unterlippe und denke kurz darüber nach. So gerne ich es mir auch einreden würde – die Wahrscheinlichkeit, dass genau in diesem Moment jemand auf dieser Insel Urlaub macht, der aussieht wie Matts Zwillingsbruder, erscheint mir äußerst gering.

Also ist es sehr wahrscheinlich, dass ich tatsächlich Matt gesehen habe. Bleibt die Frage, was genau er da getrieben hat.

»Glaubst du, er würde mich betrügen?«, platze ich heraus.

Sie sagt: »Natürlich nicht«, doch die Pause vor ihrer Antwort spricht Bände.

»Natürlich nicht«, wiederholt sie, diesmal entschiedener.

Ich warte, bis Fleur leichtfüßig aus der Wanne gestiegen ist, sich abgetrocknet hat und in einem flauschigen Bademantel auf den Balkon hinausgegangen ist, bevor ich mich selber aus dem Wasser hieve.

Ich habe Fleur schon oft nackt gesehen. Ich habe all meine Freundinnen schon häufig nackt gesehen, und Thomas sowieso, den ich wegen seiner Angewohnheit, nackt zu schlafen, ständig unbekleidet durchs Haus laufen sehe, wenn er sich nach dem Zubettgehen noch etwas zu trinken holt oder auf die Toilette geht, ohne auch nur daran zu denken, sich etwas überzuziehen. Ich weiß gar nicht, ob es meinen Freunden schon mal aufgefallen ist, dass sie *mich* noch nie im Evakostüm gesehen haben.

Wie gerne würde ich diese negative Einstellung zu meinem Körper ein und für alle Mal loswerden und meine Üppigkeit mit ganzem Herzen akzeptieren.

Es gibt durchaus auch Zeiten, in denen ich mich mag und in denen ich mit meinem Aussehen zufrieden bin, aber wenn du eine Göttin in Jeans sein willst, musst du dich selber voll und ganz akzeptieren und dich in deiner eigenen Haut jederzeit wohl fühlen, nicht nur hin und wieder, wenn du gerade mal gut drauf bist.

Eine Göttin in Jeans muss nicht in erster Linie gut aussehen, sie muss sich vor allem gut fühlen und sich dementsprechend verhalten.

Mir ist aufgefallen, dass meine Unsicherheit nur dann zu Tage tritt, wenn ich über Matt nachgrübele.

Es ist die alte Geschichte, ich kann einfach nicht glauben, dass jemand wie er tatsächlich jemanden wie mich lieben kann. Es ist, als wartete ich nur darauf, dass es schief geht, überall sehe ich schlechte Vorzeichen. Vielleicht hatte Thomas Recht, und ich habe wirklich halluziniert. Vielleicht hat der

Typ auf dem Boot Matt nicht einmal ähnlich gesehen. Ich rede mir so intensiv ein, dass er mich vielleicht betrügt, dass ich sein Gesicht inzwischen sehe, wo es gar nicht ist.

Es ist wirklich hirnverbrannt! Ich befinde mich auf meinem Jungfernabschiedstrip und will in sechs Wochen heiraten, doch anstatt mich zu erholen und zu amüsieren, mache ich mir von morgens bis abends Sorgen, dass mein Zukünftiger sich auf Barbados durch die Betten bumst. Ich interpretiere viel zu viel in irgendwelche Dinge hinein und mache aus Mücken Elefanten. Ich muss mich dringend aus diesem Labyrinth des Zweifelns befreien. Dies ist kein Ort, um in Selbstmitleid zu zerfließen und sich seiner Unsicherheit hinzugeben, dies ist ein Ort, um seinem Glücksstern zu danken, dass man hier sein darf, und um das Leben in vollen Zügen zu genießen.

Fleur genießt ihr Leben in vollen Zügen.

Sie liegt auf dem Balkon auf einer Holzliege und sieht verträumt hinauf in den funkelnden Sternenhimmel.

Ich lasse mich auf die Liege neben ihr fallen.

Sie lacht sich halbtot und reißt mich mit.

»Du solltest einfach mal mit Matt reden«, sagt sie.

»Das würde ich ja, wenn ich ihn irgendwann mal ans Telefon kriegen würde.«

»Tja, das macht die Sache wohl noch schlimmer.«

»Das kannst du wohl sagen. Dass ich bisher nicht einmal einen Pieps von ihm gehört habe, lässt meine Fantasie Amok laufen. Dabei sollte ich ihm eigentlich vertrauen.«

Sie nickt langsam.

»Weißt du, was jetzt genau das Richtige für uns wäre? Eine schöne Tasse Tee.«

»In Krisenzeiten Tee. Typisch englisch.« Ich muss lächeln.

Fleur sieht mich schelmisch an, steht auf und geht nach drinnen.

Ein paar Minuten später kommt sie mit einem Tablett zurück, das sie auf den niedrigen Tisch zwischen unsere Liegen stellt. Darauf befinden sich eine Teekanne, zwei Tassen mit Untertassen und mein Handy.

»Oh«, sagt sie mit kritischem Blick auf das Tablett. »Ich habe die Milch vergessen. Bin in ein paar Minuten zurück, okay?« Mit diesen Worten verschwindet sie wieder.

Ihre Diskretheit und Liebenswürdigkeit entlocken mir ein Lächeln. Ich nehme das Telefon und wähle Matts Nummer.

Doch wie immer lande ich direkt auf der Mailbox.

»Hi, hier ist Matt. Ich kann im Moment leider nicht drangehen, aber wenn du mir eine Nachricht hinterlässt, verspreche ich, so schnell wie möglich zurückzurufen.«

»Lügner!«, schimpfe ich leise, während ich auf den Piepton warte, und fahre dann fort: »Hallo Matt, hier ist Liddy, erinnerst du dich noch, deine Freundin? Kannst du mich bitte anrufen? Wir sollten dringend miteinander reden.«

Dann drücke ich die Löschtaste, vernichte meinen Text und spreche ihm noch einmal auf die Box.

»Hi, Matt, ich bin's, Lids (bäh). Ich hoffe, es geht dir gut, und du amüsierst dich schön. Ich liebe dich. Bis bald, ciao.«

Damit kann ich besser leben.

Ich will keine Nörgel-Freundin sein ... was sage ich da? Verlobte!

Ich vergesse ständig, dass wir verlobt sind.

Fleur lugt um die Ecke.

»Und? Gute Nachrichten?«, fragt sie hoffnungsvoll.

»Dreimal darfst du raten.«

»Wahrscheinlich sitzt er beim Essen.«

»Wie spät ist es?«

»Halb neun.«

Halb neun. Natürlich sitzt er um diese Zeit in irgendeinem

Restaurant, und Matt geht grundsätzlich nicht ans Telefon, wenn er isst, also hat er es auf seinem Zimmer gelassen. Ich stehe auf, gehe zum Balkongeländer, stütze mich auf und sehe hinaus auf das ruhige, dunkle Meer.

»Wie geht es dir?«

»Schon besser.«

»Wie viel besser?«, hakt sie nach.

Ich atme die herrliche Nachtluft ein und beschließe, dass ich mich um Längen besser fühle. Ich sage es ihr und frage sie: »Wollen wir noch etwas unternehmen?«

»Willst du denn nicht ins Bett?«

»Nein.« Ich drehe mich zu ihr um. »Ich will tanzen.«

»Aber dir war doch gerade noch höllisch schlecht.«

»Ich weiß. Aber offenbar musste mein Körper nur irgendetwas loswerden, das meine Übelkeit verursacht hat – was auch immer es war.«

»Und jetzt braucht dein Körper ein wenig Ruhe«, stellt sie klar, kommt zu mir und streicht mir in mütterlicher Manier eine Haarsträhne hinters Ohr.

»Mein Körper muss sich jetzt auf einer Tanzfläche auspowern«, widerspreche ich ihr.

»So einfach wie die Ursache deiner Übelkeit wirst du deine Gedanken an Matt nicht los«, stellt sie grinsend fest.

»Ich weiß. Dafür kann ich beim Tanzen jede Menge Kalorien verbrennen. Komm, wir suchen die anderen und machen einen drauf.«

Kapitel 14

Die Mädels haben es sich in einer versteckten Sitzecke in einer der zahlreichen Hotelbars gemütlich gemacht. Sie heißt Casablanca und macht einen gewollt zwielichtigen Eindruck.

Der Boden ist mit verschiedenfarbigen Fliesen in kräftigen Terrakotta- und edelsteinartigen Grün- und Blautönen ausgelegt. Die Wände sind in einem gedämpften erdfarbenen Ton gestrichen, der das schwache rötliche und bernsteinfarbene Licht der tiefhängenden Lampen und Wandleuchter eher absorbiert als verstärkt. Die ganze Bar wirkt wie eine marrokanische Kasbah, obwohl die Teppiche an den Wänden eher türkisch aussehen.

Die Theke für die Drinks befindet sich am anderen Ende der Bar, doch in einer der Ecken gibt es noch eine weitere, kleinere Theke, an der Hukas ausgeliehen werden, jene orientalisch anmutenden Wasserpfeifen, die man normalerweise mit Opiumhöhlen assoziiert. Die Tafel mit den angebotenen Rauchwaren liest sich allerdings eher wie eine Einkaufsliste für Kräutertees, wobei die Mischungen mit Apfel, Orange und Zimt die drei absoluten Favoriten zu sein scheinen.

Die Gäste trinken Cocktails mit so zweifelhaften Namen wie Bacardi Bogart, Black Velvet Bacall oder Play it again Sam'buca. Tanzende Paare schieben sich zur Musik einer Band, die verwirrend oft zwischen einem sambaartigen Rhythmus und einem jazzigen Swing hin- und herwechselt, ziellos über die dunkle Tanzfläche. Das Mobiliar ist abgenutzt, die Bezüge sind verblichen und riechen nach dem Rauch der Huka und gewürznelkenhaltiger Räucherstäbchen. Doch insgesamt haftet dem Ort einen anrüchiger Charme an.

Alle sind da, sogar Dora, die um diese Zeit normalerweise murmelt, dass ihr Bett auf sie warte. Sie sitzen rechts von der Tanzfläche auf einer erhöhten, kreisförmigen Sitzecke, auf dem Tisch vor ihnen stehen etliche leere und volle Gläser.

»Wie geht's dir?«, fragt Fleur, und ich weiß, dass sie nicht von meiner Übelkeit spricht.

»Besser. Glaube ich zumindest.«

»Ging es dir nicht gut?«, fragt Amy besorgt, als wir uns zu ihnen setzen.

»War nur ein bisschen verzögerte Seekrankheit.«

»Dann weißt du ja, was dir jetzt gut tut, oder?«, fragt Maddie und grinst mich an.

»Wodka«, antworten sie und Amy für mich im Chor.

»Ich hätte lieber einen Apfel-Zimt-Tee«, sage ich, während ich die Getränkekarte überfliege.

»Apfeltee?«, fragt Amy in gespieltem Entsetzen.

»Mit Zimt?«, fügt Maddie hinzu und schlägt sich die Hand vor ihren weit aufgerissenen, zu einem O geformten Mund.

Ich strecke den beiden die Zunge heraus.

»Schließlich ist nicht jeder ein Wodkaholic.«

»Wir sind auch keine Wodkaholics«, erwidert Amy und schlägt sich die Hand auf die Brust.

»Wie lange seid ihr denn schon hier?«

»Noch nicht lange, höchstens zwanzig Minuten.«

Ich deute auf die zahlreichen leeren Gläser auf dem Tisch und ziehe die Mundwinkel nach oben.

»Und ihr wollt mir weismachen, dass ihr keine Wodkaholics seid?«

»Die standen schon bei unserer Ankunft da, der Service hier lässt ein bisschen zu wünschen übrig.«

»Klar«, entgegne ich, wohl wissend, wie aufmerksam die Kellner hier sind, »und ich sage meine Hochzeit ab und gehe ins Kloster.«

»Nein, es stimmt«, sagt Heather. »Der Tisch wurde seit unserer Ankunft nicht abgeräumt. Irgendetwas auf der Tanzfläche nimmt alle in Beschlag.«

Tatsächlich haben die Leute aufgehört zu tanzen und umringen stattdessen die Tanzfläche. Sie tuscheln, feuern an und klatschen. Sogar die sonst so geschäftigen Kellner haben sich zu ihnen gesellt. In der Mitte des begeisterten Publikums wird Rumba getanzt, und zwar von einer Frau, die wild mit zwei Kellnern über die Tanzfläche wirbelt. Sie bewegt sich wie eine professionelle Tänzerin, und die beiden Kellner müssen alles geben, um mit ihr mitzuhalten. Es ist eine eindrucksvolle Darbietung. Sogar aus den umliegenden Bars sind die Leute herbeigeströmt, um zuzusehen. Arthur und Lulu sind auch da, und Arthurs alternde Augen haben sich ausnahmsweise einmal von seiner angebeteten Lulu gelöst. Er blickt geradezu ehrfürchtig auf die Tanzfläche.

Der Anblick ist ein Genuss. Doch während ich das Schauspiel mit einem bewundernden Lächeln verfolge, dämmert mir allmählich, dass mir der Hintern der Rumbatänzerin irgendwie bekannt vorkommt.

Ich kneife die Augen zusammen, um in dem abgedunkelten Raum besser sehen zu können.

Und ich bin nicht die Einzige, die intensiv auf die Tanzfläche starrt.

»Mutter!«, ruft Dora schließlich in einem unterdrückten Aufschrei.

»Mum?«, bringe ich ungläubig hervor, sicher, dass ich schon wieder halluziniere.

Dora nickt stumm. Ihr Mund steht immer noch offen.

»Bist du sicher?«

Sie nickt erneut.

»Ich dachte, sie ist in Frankreich.«

Dora nickt auch diesmal.

»Von allen verdammten Kneipen in dieser Stadt muss sie ausgerechnet in meine kommen«, lispele ich in einer ziemlich verunglückten Humphrey-Bogart-Imitation.

Dora scheint plötzlich unter einer spontanen Lähmung zu leiden. Ich hingegen verspüre keine derartige Beeinträchtigung, sondern springe umgehend von meinem Stuhl auf, bahne mir einen Weg durch die begeisterten Zuschauer und tippe auf ihre wippende Schulter.

»Entschuldigung, darf ich um diesen Tanz bitten?«

Sie dreht sich um, schreit erfreut auf, umarmt mich, wobei ich von einer Chanel-Wolke eingehüllt werde, und bedeckt mein ganzes Gesicht mit stürmischen Küssen. Mums typische Art, mich zu begrüßen.

»Darling! Na endlich! Ich warte schon den ganzen Abend auf dich.«

»Du hast den ganzen Abend auf mich gewartet? Du hast doch gesagt, du könntest nicht kommen. Was, um alles in der Welt, tust du hier?«

»Es sollte eine Überraschung sein. Freust du dich? Bitte sag, dass du dich freust!«

»Natürlich freue ich mich!«, rufe ich und umarme sie nun meinerseits. »Ich bin überglücklich.«

Die Menge tut enttäuscht ihren Unmut kund, als ich Mum aufgeregt und immer noch ungläubig von der Tanzfläche zu unserem Tisch führe. Sie feuern sie an weiterzumachen, und die beiden Kellner strecken die Hände aus, um sie zum Weitertanzen zu animieren.

»Das ist meine Tochter!«, verkündet sie laut, woraufhin ich

bis zu den Haarwurzeln erröte, »ich habe sie seit Monaten nicht gesehen, bitte entschuldigt mich«, und mit diesen Worten bedankt sie sich bei ihrem Publikum mit jeder Menge Handküssen wie ein Filmstar aus den Fünfzigern.

»Was machst du denn hier?«, fragt Dora sie, als Mum schließlich vor ihr steht. Sie presst die Frage in einer ziemlich schrillen Tonlage und mit nur schwer unterdrücktem Unmut hervor, woraus ich schließe, dass Mums plötzliches Erscheinen sie bei weitem nicht so freut wie mich.

»Ich habe mich in St. Tropez gelangweilt, Darling, und ich habe es so bereut, nicht bei euch zu sein, dass ich einen Freund, der für einen Kurztrip auf die Bahamas jetten wollte, gefragt habe, ob er mich nicht mitnehmen kann. Er war so nett, mich hier abzusetzen.«

Sie sagt es, als hätte er sie nach einer Party in seinem Auto nach Hause gebracht und nicht in einem Lear Jet quer über den Atlantik befördert.

Thomas, Amy, Maddie, Fleur, Heather und sogar Bridget hängen förmlich an ihren Lippen und hören ihr voller Ehrfurcht und Bewunderung zu.

Nur Dora zieht ein Gesicht, als hätte man ihr den Hintern versohlt.

Ich weiß genau, was sie denkt, und ihr Verdruss rührt nicht nur von der Ankunft ihrer Mutter, für die sie eine eigenartige töchterliche Verachtung empfindet, sondern sie erzürnt auch das Transportmittel, das meine Mutter gewählt hat. Dora verachtet meine Mutter noch stärker als das Abschlachten von Walen oder das Abholzen der Wälder, und zu allem Überfluss kommt sie dann auch noch in einem Privatjet eingeflogen. Was für eine schändliche Dekadenz! Genauso gut könnte man losziehen und ein paar unterprivilegierte Kinder erschießen oder ein paar tausend Hektar Regenwald abholzen.

»Aber du hast doch gesagt, du schaffst es nicht«, stellt sie anklagend fest und lässt keinen Zweifel, dass ihr das Erscheinen meiner Mutter missfällt.

»Ich weiß, aber ich wollte euch unbedingt sehen und an diesem bedeutenden Abschnitt in Liddys Leben teilnehmen, und als Ronaldo mir dann erzählt hat, dass er hier runterfliegt, wusste ich, dass es Schicksal sein musste.«

»Wann bist du denn angekommen?«, frage ich mit einem breiten Lächeln.

Sie wirft einen Blick auf ihre überdimensionierte Männer-Rolex, die sie immer trägt. Um in dem dämmerigen Licht überhaupt etwas erkennen zu können, muss sie blinzeln. Sie ist extrem kurzsichtig, weigert sich aber standhaft, eine Brille oder Kontaktlinsen zu tragen. Sie zieht ein Leben in der Unschärfe vor, offenbar lässt das viele Dinge in milderem Licht erscheinen.

»Vor etwa vier Stunden«, beantwortet sie schließlich meine Frage. »Dieser liebenswürdige Mann am Empfang – wie heißt er noch? Greg? Gary?«

»George«, antworten wir im Chor.

»Genau, George. So ein gutaussehender und zuvorkommender junger Mann...« Sie hält inne und lächelt verzückt, während sie sich George in Erinnerung ruft. »Er hat mir erzählt, dass ihr auf irgendeinem Bootsausflug seid, also musste ich mich alleine vergnügen, bis ihr wieder zurück wart. Netterweise hat er mir diese Bar empfohlen. Hier ist es wirklich nett, findet ihr nicht auch?«

»Wenn man auf so etwas steht«, entgegnet Dora bewusst abfällig und stellt damit unzweifelhaft klar, dass sie das nicht tut. »Unten am Strand gibt es eine viel schönere Bar, wo es frische Fruchtcocktails und *herrliche frische Seeluft* gibt«, fügt sie hinzu, als Mum ihrer Handtasche eine kubanische Zigarre entnimmt und sie fachkundig anzündet.

Dass Mum raucht, war Dora schon immer ein Dorn im Auge. In Wahrheit gibt es jede Menge Dinge, die Dora an Mum missfallen. Die beiden haben sich nie besonders gut verstanden. Irgendwie ist die normale Mutter-Tochter-Beziehung bei ihnen auf den Kopf gestellt, denn Dora gebärdet sich wie eine Matriarchin, die gegen Mums rebellische Teenagerallüren ankämpft. Kaum hat Mum ihre Zigarre angezündet, wedelt Dora auch schon mit den Händen vor ihrem Gesicht, um den Rauch zu vertreiben, dabei hat Mum wirklich darauf geachtet, niemanden zu belästigen.

»Mein Gott, du bist gerade mal fünf Minuten hier, und schon verpestest du die Luft.«

»Ich bin gerade mal fünf Minuten hier, nachdem ich um die halbe Welt gereist bin, um euch beide zu sehen, und meine älteste Tochter hat mich noch nicht einmal willkommen geheißen.«

Dora hustet gekünstelt und verengt zur Abwehr des eingebildeten Rauches die Augen.

»Das sollte dir vielleicht einiges sagen.«

Mum schlägt sofort zurück, indem sie Dora den Zigarrenrauch direkt in ihr wütendes Gesicht bläst. Dabei sieht sie sie so unverfroren an, dass ich nicht anders kann als lachen.

Das wiederum nimmt Dora zum Anlass, mich mit vor Wut verzerrtem Gesicht anzugiften: »Verstehe. Du hältst natürlich zu ihr. Wie immer. Sie benimmt sich ihr ganzes Leben lang wie eine Göre, die gerade die Schule abgeschlossen hat, und du lachst nur über ihre Flausen und bestärkst sie noch in ihren albernen Allüren. Ihr ganzes Leben lang hat sie sich um niemanden gekümmert außer um sich selbst, und jetzt erwartet sie, dass wir uns freuen, wenn ihr zufällig gerade mal danach ist, sich bei uns blicken zu lassen.«

»Dora«, ermahnt eine schockierte Heather sie sanft, »so

kannst du doch nicht mit deiner Mum reden. Immerhin ist sie deine Mutter. Du solltest ihr etwas mehr Respekt entgegenbringen.«

»Respekt muss man sich verdienen«, zischt Dora zurück. »Man zollt ihn nicht einfach nur so aus Jux und Tollerei, bloß weil man zufällig die gleiche Blutgruppe und ein paar gemeinsame Gene hat. Und was den Hinweis angeht, dass sie immerhin meine Mutter ist – das ist doch grotesk. Zum Muttersein gehört mehr als der bloße Akt, dich auf die Welt gebracht zu haben. Zum Beispiel bei seinen Kindern zu bleiben und Teil der Familie zu sein, anstatt sich in der Welt herumzutreiben und immer neue Männer aufzutun! Guck sie dir doch an, Liddy, guck sie dir an, und frag dich, ob du wirklich heiraten willst! Aber vielleicht wirst du ja wie sie und machst dir das Heiraten zum Hobby!«

»Dora!« Ich bin schockiert über ihren Ausbruch.

»Schenk dir deine Belehrungen, du weißt genau, wie sie ist. Ich gehe jetzt ins Bett!«

Mit diesen Worten steht sie von unserem Tisch auf und stapft so wütend über die Tanzfläche, dass ihr selbst die knutschenden Paare, denen eben noch alles um sie herum egal war, schnell aus dem Weg gehen.

»Ich wusste ja, dass deine Schwester Probleme hat, aber Junge, Junge, sie ist wirklich ein schwieriger Fall.« Maddie schüttelt den Kopf, und ihre schönen Afrolocken hüpfen und schimmern in dem gedämpften Licht der Barbeleuchtung wie gesponnene Seide.

»Vielleicht sollte ich …«

Mum hält mich mit ruhiger Hand zurück.

»Mach dir wegen ihr keine Gedanken. Bis morgen früh wird sie sich abgeregt haben. Am Anfang ist sie immer so, wenn wir uns länger nicht gesehen haben. Ich rede morgen mit ihr. Sie wird sich schon wieder einkriegen.«

»Ich bin mir da nicht so sicher.«

»Sie wird sich einkriegen. Ab jetzt musst du nicht mehr ihre Mum spielen, Liddy, jetzt bin ich ja hier.«

»Ist ja witzig, ich dachte immer, Dora spielt für mich die Mum und nicht umgekehrt.«

»Es mag ja sein, dass Dora sich für vernünftig hält, aber in Wahrheit bist du die Vernünftigere, mein Schatz.«

Thomas, der genauso erfreut ist, sie zu sehen, wie ich, fragt sie zögernd: »Wie oft waren Sie verheiratet, Mrs. …äh…«, er hält inne und versucht, sich an ihren derzeitigen Nachnamen zu erinnern.

»Thomas, mein Süßer, wie oft habe ich dir schon gesagt, dass du Annabel zu mir sagen sollst. Ich war fünfmal verheiratet.«

»Wirklich?«, frage ich. »War es nicht dreimal?«

Sie lächelt geheimnisvoll.

»Nein, behalt es für dich«, sage ich schnell und hebe die Hände. »Falls ich zwei deiner Männer verpasst haben sollte, will ich es lieber gar nicht wissen.«

Sie gluckst vergnügt.

»Vielleicht war ich ein paar Mal zu oft verheiratet, aber eins steht fest: Ich habe jede einzelne Ehe und jeden meiner Männer genossen.«

»Du bereust nicht, dass deine Ehen in die Brüche gegangen sind?«

»Ich bereue gar nichts. Das ist mein Lebensmotto. Außerdem hätte ich ohne meine Ehen und ohne meine Männer auch nicht meine wunderbaren Kinder. Und wenn ich eins nicht bereue, dann sind es meine Kinder.«

»Nicht einmal Dora?«, fragt Thomas ungläubig.

Mum lächelt.

»Nein. Nicht einmal Dora. Aber ich glaube, die Leute legen

viel zu viel Wert darauf, dass eine Heirat angeblich ein Bund fürs ganze Leben ist. Dadurch setzen sie sich viel zu sehr unter Druck.«

»Das stimmt«, bestätige ich und nicke ernst.

»Ich für meinen Teil hoffe jedenfalls, dass meine Ehe lebenslang hält«, meint Heather wehmütig.

Mum langt zu ihr hinüber und tätschelt ihre Hand.

»Natürlich hoffst du das, schließlich heiratest du meinen großartigen Sohn. Wer wollte ihn nicht für immer an sich binden?«

Heather lächelt scheu und lässt ihr feines hellbraunes Haar herunterfallen wie einen Vorhang, hinter dem sie sich verstecken kann. Vermutlich hat sie einen ziemlichen Respekt vor meiner Mutter, was mich nicht besonders wundert, denn sie kann eine recht einschüchternde Art haben. Sie wirkt so selbstsicher und selbstbewusst, dass du dich, ohne dass sie es beabsichtigt, minderwertig fühlst, weil du nicht über die gleiche Furchtlosigkeit und Selbstsicherheit verfügst wie sie. Für sie ist jede Herausforderung ein großes Abenteuer, das man herunterschluckt wie eine Auster. Nicht herumknabbern oder zögernd probieren, sondern einfach komplett in den Mund schieben, schlucken und genießen.

So wie jetzt. Sie ist um die halbe Welt gejettet, als wäre es eine kurze Busfahrt, bloß um uns zu sehen.

»Und? Bleiben Sie?«, fragt Thomas hoffnungsvoll.

»Bei meinem jetzigen Mann? Solange ich Lust habe, ja«, erwidert sie mit einer der Bedeutungsschwere ihrer Worte unangemessenen Beiläufigkeit.

»Ich meinte, ob Sie hier in diesem Ressort bleiben.«

»Ach so, natürlich. Direkt neben Liddy.«

»Was?« Ich blinzele sie überrascht an. »Aber der Bungalow neben mir ist doch schon belegt.«

»Er war belegt, Darling. Aber das Personal hier ist wirklich sehr entgegenkommend. Ich habe ihnen einfach erklärt, dass es die letzte Woche meiner Tochter als unverheiratete Frau ist und ich um der Mutter-Tochter-Beziehung willen unbedingt in ihrer Nähe sein müsse. Und, voilà, es hat geklappt, und jetzt bin ich in dem Bungalow direkt neben dir.«

»Und was ist mit den Gästen, die bisher dort untergebracht waren?«

»Sie waren freundlicherweise bereit, in einen freien Bungalow am anderen Ende des Stegs umzuziehen.«

Der alternde, aber immer noch verdammt gut aussehende, russische Unternehmer und seine umwerfend hübsche Vorzeigefreundin sind also umgezogen, und stattdessen hat sich meine Mutter direkt neben mir eingenistet.

Das heißt, ich werde nicht mehr Nacht für Nacht Ohrenzeugin ihrer pornographischen Darbietungen.

Ich werde sie vermissen.

»Es muss herrlich sein, in Südfrankreich zu leben«, meint Thomas bewundernd.

Thomas steht auf meine Mutter, er verehrt sie und würde am liebsten so sein wie sie. Er bewundert ihren Lebensstil und hält seinen eigenen für zu gezwungen, zu gekünstelt und zu langweilig; er meint, es fehle ihm an Savoir-vivre.

Er sieht sie mit ehrfürchtigen Rehaugen an wie ein verknalltes Groupie, das plötzlich völlig unerwartet vor seinem verehrten Rockstar steht.

»Oh ja, das stimmt, die Franzosen sind so anders als die Engländer. Inzwischen kommt mir England so eng vor, ich weiß gar nicht mehr, wie ich es dort so lange ausgehalten habe.«

Mum hat nie offiziell verkündet, fest nach Frankreich zu ziehen, aber in den vergangenen Jahren hat sie immer weniger Zeit in England verbracht. Ihr Haus in Wiltshire ist verschlossen und eingemottet und wird höchstens mal betreten, wenn Dora oder ich unserer Heimat einen Wochenendbesuch abstatten, doch um ehrlich zu sein, wohnen wir dann sowieso lieber bei Dad, Sam und den Zwillingen.

Wenn ich darüber nachdenke, wird mir bewusst, dass ich Mum seit letztem Jahr Weihnachten nicht gesehen habe. Sie ruft sehr oft an, aber das kann auch daran liegen, dass ich mich ebenfalls ziemlich oft bei ihr melde. Dora dagegen wartet stur darauf, dass Mum sie anruft, und denkt gar nicht daran, sich ihrerseits bei ihr zu melden. Anschließend beschwert sie sich bitterlich, dass Mum nie bei ihr anruft, und wenn ich sie frage, warum sie denn nicht anruft, sagt sie, sie würde es ja tun, wenn Mum es für nötig erachten würde, sich bei ihr zu melden. Man mag es glauben oder nicht, Mum erzählt mir exakt das Gleiche. Und so warten die beiden stur auf einen Anruf, der nie kommt.

Dora steht auf dem Standpunkt, dass es an Mum ist, als Mutter den ersten Schritt zu tun, doch inzwischen sind sie beide erwachsen, wobei ich die Bezeichnung »erwachsen« angesichts ihres kindischen Verhaltens, mit dem sie einander begegnen, fast für ein bisschen gewagt halte. Jedenfalls sollten sie sich beide bemühen, Kontakt zu halten. Was sie jedoch nicht tun.

Mum unterhält Thomas und die anderen immer noch mit Geschichten aus ihrem Leben an der Côte d' Azur.

»... und ich liebe es wirklich, in St. Tropez zu leben, aber seitdem diese Hopper dort eingefallen sind, ist es auch nicht mehr das, was es mal war.«

»Sie meint Hip Hopper«, erkläre ich der verwirrten Fleur.

Unsere Unterhaltung wird von einem Kellner unterbrochen, der mit einer Flasche Champagner in einem Eiskübel an unseren Tisch tritt und ihr diesen mit einer leichten Verbeugung hinhält.

»Von dem Gentleman da hinten in der Ecke. Mit den besten Empfehlungen und einem Dankeschön für den guten Rat.«

Wir blicken uns alle um, um zu sehen, wer der besagte Gentleman ist. Es ist der zurückhaltende Rasseitaliener. Er winkt ihr zu.

»Ah, Roberto«, stellt Mum strahlend fest. »Wie nett von ihm.« Sie wirft ihm eine Kusshand zu.

»Roberto?«

Wir haben ihn seit unserer Ankunft nur aus der Ferne bewundert. Meine Mutter hingegen ist gerade mal zwei Stunden da, und schon duzen sich die beiden.

»Ja, wir haben uns vorhin an der Theke kennen gelernt. Ein wirklich schnuckeliger Junge.«

»Schnuckeliger Junge?« Maddie, die ihn mit weitaus anzüglicheren Umschreibungen tituliert hat, während sie ihn aus der Ferne angeschmachtet hat, schüttelt ungläubig und zugleich bewundernd den Kopf.

»Welchen guten Rat hast du ihm denn gegeben?«, frage ich.

»Wie er sein Liebesleben besser in den Griff bekommt. Offenbar tut er sich schwer, Kontakt zu Frauen zu finden.«

»Was?«

Sie schüttelt betrübt den Kopf.

»Er sieht so gut aus, dass sich ihm keine Frau nähert. Sie trauen sich einfach nicht. Dabei wünscht er sich nichts mehr, als dass endlich mal eine den Mut fasst, zu ihm zu gehen, mit ihm zu reden und …«

Sie wollte noch mehr sagen, doch Maddie ist bereits aufgesprungen und hat unseren Tisch verlassen.

»Das Mädchen ist ganz nach meinem Geschmack«, murmelt Mum anerkennend, während sie zusieht, wie Maddie sich zwischen den Tanzenden einen Weg Richtung Theke bahnt.

Thomas klatscht.

Heather und Fleur lachen.

Amy nickt ebenfalls anerkennend. Allerdings sieht sie ein wenig enttäuscht aus, dass sie Maddie nicht zuvorgekommen ist.

Gott sei Dank ist Dora nicht mehr da. Sie hätte das Ganze zutiefst missbilligt.

Thomas nutzt Maddies überstürzten Abgang und rutscht auf den frei gewordenen Platz auf der Sitzbank neben meiner Mutter.

»Und? Wie lange bleiben Sie?«

Ich lache.

»So etwas brauchst du Mum nie zu fragen«, informiere ich ihn, »denn sie weiß es in der Regel selber nicht.«

»Lange genug«, erwidert Mum und nickt in meine Richtung, »um sicherzustellen, dass du einen tollen Jungfernabschiedsurlaub hast. Und jetzt lasst uns den Champagner köpfen. Schließlich haben wir allen Grund zu feiern!«

Was für ein Abend!

Meine Mutter hat unserem Trüppchen einen ganz neuen Geist eingehaucht, einen Geist, der in den letzten Tagen gefehlt hat. Selbst Bridget versteht sich bestens mit ihr. Den guten Vorsatz, nicht zu viel Alkohol zu konsumieren, werfen wir nun endgültig über Bord, und wir trinken und tanzen ohne jede Zurückhaltung. Genauso soll ein Jungfernabschiedsurlaub sein. Als wir bei der vierten Flasche Champagner sind, tanzen wir allesamt mit den Kellnern Rumba, und dass mich alle angaffen, ist mir völlig egal, denn ich genieße den Abend in vollen Zügen.

Wenn ich betrunken bin, habe ich ein Alter Ego. Ich verwandele mich plötzlich von einem introvertierten und unsicheren Mädchen in eine gesellige Frau. Alle um mich herum sind auf einmal großartige Menschen, jeder ist ein neuer Freund, der nur darauf wartet, von mir umarmt zu werden. Selbst die zwielichtigsten Gestalten sind nette Leute.

Betrunken bin ich eine Gefahr für mich selbst.

Wenn ich nüchtern bin, ist mir diese Gefahr sehr wohl bewusst, wenn ich aber betrunken bin, ist mir alles egal.

Deshalb bin ich zu dem Schluss gekommen, dass der nüchterne Zustand für mich am sichersten ist.

Dann kann ich mich in der Regel auf mein Urteilsvermögen verlassen. Nach zwei Gläsern Wein verlässt mich mein Urteilsvermögen. Zum Glück habe ich Freundinnen, die mit mir durch dick und dünn gehen. Oder durch hick und Gin, je nachdem, wie es gerade kommt.

Ich liebe meine Freundinnen.

Und das tue ich in jedem Zustand, egal ob ich nüchtern oder betrunken bin.

Ich selber gefalle mir in betrunkenem Zustand allerdings besser.

Betrunken habe ich mehr Nachsehen mit meinen Fehlern und Makeln. Betrunken finde ich mich nicht zu fett, sondern kurvenreich, sexy und weiblich. Betrunken finde ich mich nicht mittelmäßig, sondern umwerfend. Betrunken bin ich nicht auf den ersten Blick kontaktfreudig, unter der Fassade in Wahrheit aber unsicher, nein, betrunken bin ich gesellig, übersprühend vor Temperament und fröhlich.

Plötzlich dämmert mir, wie ich bin, wenn ich betrunken bin. Betrunken bin ich genauso wie meine Mutter in nüchternem Zustand.

Um zwei Uhr morgens wanken Fleur und ich zurück in meinen Bungalow.

Ich bin sternhagelvoll, aber immer noch klar genug, um

meinem Ritual zu folgen und mein Handy zu checken. Da es die ganze Woche so hartnäckig geschwiegen hat, werfe ich nur einen flüchtigen Blick auf das Display und hätte den kleinen Umschlag beinahe übersehen, der den Eingang einer Textnachricht anzeigt.

Aus irgendeinem Grund zittern meine Hände, als ich die Menütaste drücke, um die SMS zu lesen, und es ist nicht der Alkohol, der das Zittern verursacht.

Hallo Schatz. Tut mir Leid, dass ich mich jetzt erst melde, aber Handys funktionieren hier nicht richtig. Hoffe, ihr habt eine tolle Zeit. Bei uns ist alles super. Waren heute in Orchid World. War klasse. Vermisse dich. Liebe dich. Matt xxx

Vermisse dich. Liebe dich. Und drei Küsse.

Endlich!

Matt hat sich bei mir gemeldet.

Ich jubele vor Freude so laut auf, dass Fleur, die bereits in voller Montur auf dem Bett liegt und eingenickt ist, erschrocken hochschreckt, irgendetwas murmelt und sich wieder zurückfallen lässt. Ich lasse mich neben ihr aufs Bett plumpsen, das Handy an meine Brust gedrückt, und weiß nicht, ob ich lachen oder weinen soll. Wenn er heute in Orchid World war, kann er unmöglich auf einer großbusigen Blondine geritten, äh … ich meine auf einem Schiff durch die Wellenkämme geritten sein.

Kapitel 15

Am nächsten Morgen weckt uns das hartnäckige Gebimmel des Zimmertelefons. Fleur, deren sonnengebleichtes, wallendes Haar vom Schlaf ganz zerzaust ist, gähnt, streicht sich ein paar Haarsträhnen aus dem Gesicht, greift nach dem Telefon, das auf ihrer Bettseite steht, und reicht mir den Hörer.

»Guten Morgen!«, trällert eine fröhliche Stimme, bevor ich überhaupt die Chance habe, ein verschlafenes Hallo in die Muschel zu nuscheln. »Wir frühstücken heute auf meiner Terrasse, Schätzchen. Kommt ihr rüber, wenn ihr so weit seid?«

Und schon hat sie aufgelegt, kein Widerspruch möglich.

»Frühstück bei Mum«, teile ich Fleur mit. »Sobald wir fertig sind.«

Fleur sieht mich mit hochgezogenen Augenbrauen an.

»Ich erinnere mich noch an das letzte Mal, als wir bei deiner Mum gefrühstückt haben.« Sie lächelt. »Es war der Morgen, nachdem du Matt kennen gelernt hast. Weil es näher war, haben wir uns in der Wohnung deiner Mutter abgelegt, nachdem der Club zugemacht hatte, und dann kam sie aus heiterem Himmel aus Paris eingeflogen und hat uns alle aufgeweckt, als sie zu uns ins Bett gekrochen kam. Ich war TOTAL beeindruckt, denn sie hatte zum Frühstück vom Montmartre frische Croissants mitgebracht. Meine Wenigkeit aus der hintersten Provinz beim Frühstück in Kensington mit Croissants aus Paris!«

Mum hat eine wirklich kleine Wohnung nicht weit von Harrods. Und wenn ich klein sage, meine ich winzig. Ein Immobilienmakler würde sie vermutlich als schmuck und kompakt beschreiben, in Wahrheit ist sie so kompakt, dass du sie beinahe in deiner Handtasche verschwinden lassen könntest, aber sie ist zugleich super elegant und liegt in einer Gegend mit einer der besten Postleitzahlen Londons. Ich persönlich würde sie eher gegen eine größere Wohnung in einer weniger angesagten Gegend eintauschen, aber es ist schließlich Mums Wohnung. Als Zufluchtsort, wenn sie mal auf dem Sprung in London ist, ist sie ideal für Mum, ein perfekter Unterschlupf nach ausgedehnten Einkaufsbummeln oder Partys, wenn es zu spät ist, noch nach Wiltshire zu fahren, oder wenn sie nach einer ihrer vielen Auslandsreisen spätabends noch in Gatwick oder Heathrow landet.

Fleur schwelgt immer noch in Erinnerungen.

»Thomas, du und ich haben uns das riesige Bett geteilt, und deine Mum hat sich quer über das Fußende gelegt und die ganze Tagesdecke voll gekrümelt, während sie uns von irgendeiner Party im Baton Rouge auf der Seine erzählte, auf der sie jede Menge berühmte Leute getroffen hat.«

»Wenn ich mich recht entsinne, war nur eine einzige Berühmtheit da«, unterbreche ich sie, »und ob er wirklich berühmt war, weiß der Kuckuck, immerhin hatten wir bis dahin noch nie von ihm gehört.«

»Und dann hat Matt dich auf deinem Handy angerufen«, erinnert Fleur sich weiter und räkelt sich. »Dein Gesichtsausdruck war wirklich zum Schießen. Du bist aus allen Wolken gefallen, dass er sich tatsächlich bei dir gemeldet hat.«

»Das Gefühl habe ich auch heute noch jedes Mal, wenn er mich anruft«, gestehe ich.

Nachdem er mir endlich eine SMS geschickt hat, kann ich wieder Witze darüber machen.

Eine einzige Nachricht von ihm, und schon ist die Welt wieder eitel Sonnenschein. Ich habe nicht mal einen Kater, dabei müsste es mir nach dem gestrigen Abend eigentlich ziemlich schlecht gehen.

Aber so glücklich es mich auch macht, endlich ein Lebenszeichen von ihm erhalten zu haben – ein bisschen irritiert es mich auch, dass ich so heftig auf seine Nachricht reagiere. Ich will mich und meine Stimmung nicht in diesem Maße von jemand anderem abhängig machen. Bisher war ich immer stolz auf meine Unabhängigkeit. Ich bin mit meinem Leben rundum zufrieden, egal, ob es einen Mann gibt, der es mit mir teilt, oder nicht. Deshalb sollte ich immer gut drauf sein, nicht nur, wenn Matt sich gerade zufällig mal gemeldet hat. Mit dem festen Entschluss, künftig unabhängiger zu sein, scheuche ich Fleur aus dem Bett, und wir eilen ins Bad, um uns fertig zu machen.

Wir duschen gleichzeitig, unterhalten uns lauthals aus unseren jeweiligen Kabinen und reißen Witze darüber, wer wohl die Kabine für »ihn« erwischt hat. Danach schlüpfen wir in unsere Bikinis und die guten alten Sarongs und huschen in Flip-Flops zu Mums Wasserbungalow nebenan.

Alle haben sich auf ihren Balkon gequetscht. Heather und Thomas teilen sich eine Sonnenliege, Maddie und Amy die andere. Eine düster dreinschauende Dora und eine strahlende Bridget sitzen auf den beiden Stühlen am Tisch. Mum thront in dem Sessel, den Maddie ihr aus dem Schlafzimmer hinausgetragen hat, wie eine Königin in der Mitte.

Mum ist wirklich jedermanns Liebling. Eine strahlende Figur, um die sich andere gern scharen, um ihren brillanten Geschichten zu lauschen, wie Nachtfalter, die unaufhörlich die unwiderstehliche Lichtquelle umflattern. Beim Frühstück hängen wir alle an ihren Lippen – auch Bridget hört ihr andächtig zu.

Ich bin inzwischen dazu übergegangen, vieles von dem, was meine Mum zum Besten gibt, mit Vorsicht zu genießen.

Sie kennt mit Sicherheit nicht so viele Rock-, Pop- und Filmstars, wie sie behauptet, und ich bin auch nahezu sicher, dass sie Witze macht, wenn sie steif und fest behauptet, mütterlicherseits von den Grimaldis aus Monaco abzustammen. Außerdem kann ich mir kaum vorstellen, dass sie im Sommer 1970 tatsächlich für Pablo Picasso in dessen Haus *Notre-Dame-de-vie* in Mougins Modell gesessen hat, denn nach allem, was ich weiß, hat Picasso in jenem Jahr nur ein Bild gemalt, nämlich *Matador mit Akt*, und weder die nackte Frau noch der Matador sehen meiner Mutter auch nur im Entferntesten ähnlich.

Als ich irgendwann meinen Mut zusammengenommen und sie mit dieser Tatsache konfrontiert habe, hat sie mich nur angelächelt, als wäre ich zwar ein liebes süßes Mädchen, aber auch ein bisschen dämlich, und hat gesagt: »Seit wann hat der gute Pablo es denn darauf angelegt, die Personen, die er gemalt hat, gut zu treffen?«

Sie hat für alles eine passende Antwort.

Aber auch, wenn es ihren Geschichten an Glaubwürdigkeit mangelt, unterhaltsam sind sie allemal.

Offenbar hat Mum die komplette Frühstückskarte rauf und runter bestellt, und zwar gleich doppelt.

Der kleine Holztisch zwischen Dora und Bridget hatte mit Sicherheit noch nie eine solche Last zu tragen. Wir haben Früchte und Gebäck und Eier in etwa acht verschiedenen Variationen. Außerdem Toast, eingemachte Früchte, einen Berg Pfannkuchen, einen Berg kleiner Pizzen und natürlich Champagner, denn: »Wir haben allen Grund zum Feiern«, verkündet meine Mum. »Ich bin so froh, euch alle zu sehen.«

Sie schenkt mir ein Glas ein und reicht es mir. Ich nehme es leicht widerwillig entgegen, denn die vergangene Nacht steckt mir noch in den Knochen.

»Und wie geht es meinem wunderbaren Schwiegersohn in spe?«

»Gut. Offenbar amüsiert er sich prächtig.«

»Hat er sich etwa bei dir gemeldet?« Dora spitzt sofort die Ohren.

»Er hat mir gestern Abend eine SMS geschickt.«

»Das wurde ja auch langsam Zeit. Hat er auch geschrieben, warum er dich so lange ignoriert hat?«, fragt sie in aggressivem Ton.

»Ja, Dora, er hat sich durch sämtliche Teilnehmerinnen des Schönheitswettbewerbs gevögelt, fünf am Tag, wenn du es genau wissen willst, und war einfach zu erschöpft, als dass er mich zwischendurch noch hätte anrufen können.« Ich strecke ihr die Zunge heraus. »Spaß beiseite, er hatte Probleme mit seinem Handy. Irgendwas mit dem Empfang.«

»Ach so, und das Zimmertelefon oder Ruperts Handy konnte er natürlich nicht benutzen«, stellt sie trocken fest.

Ich war so überglücklich, überhaupt von ihm gehört zu haben, dass ich darauf noch gar nicht gekommen bin. Aber wenn ich jetzt darüber nachdenke, hat Dora Recht. Was für eine popelige Ausrede.

Bridget sieht, wie mir die Kinnlade herunterfällt.

»Ruperts Handy funktioniert wahrscheinlich gar nicht«, sagt sie und lächelt mich freundlich an. »Seine Handys sind grundsätzlich entweder kaputt oder gerade verloren gegangen. Sein letztes ist ihm aus der Brusttasche in ein volles Bierglas gefallen.«

Alle lachen.

»Männer!«, pflichtet Fleur ihr bei. »Lewis ist genauso. Seit ich ihn kenne, hat er schon die vierte Telefonnummer. Er verliert seine Handys auch alle naselang. In den letzten eineinhalb Jahren hat er offenbar zwölf Telefone durchgebracht. Das ist fast eins pro Monat. Wenn er nicht von einem Handyanbieter gesponsert würde, hätte ihn das schon ein Vermögen gekostet.«

Sie lenken das Gespräch behutsam weg von Männern und ihren Anrufgewohnheiten, und dann erzählt uns Mum eine weitere haarsträubende Geschichte.

Doch mir geht Doras Einwurf nicht aus dem Kopf, und Mum offenbar auch nicht, denn als sich unsere Runde auflöst, nimmt sie mich zur Seite.

»Ist mit dir und Matt alles in Ordnung, Lydia?«

»Natürlich, warum sollte es nicht in Ordnung sein?«

»Weil er sich nur ein einziges Mal bei dir gemeldet hat, obwohl du schon seit einer Woche hier bist, und weil ihr vor eurer Reise ein paar alberne Streitereien hattet.«

»Sag mir sofort, wer gepetzt hat!«, entgegne ich aufgebracht und verschränke die Arme vor der Brust.

»Sei doch froh, dass deine Freundinnen dich lieben und sich Sorgen um dich machen.«

»Matt liebt mich auch«, entgegne ich stur.

»Na, dann ist ja alles bestens, nicht wahr?«

Ich nicke.

»Aber falls du mal Probleme hast, kannst du immer zu mir kommen, das weißt du doch, oder?«

Ich nicke wieder.

»Ich bin natürlich nicht immer da, wenn du mich brauchst, das ist mir schon klar, aber das heißt nicht, dass ich dich nicht über alles liebe, klar?«

Diesmal nicke ich nicht, sondern lächele sie an.

»Natürlich weiß ich das, du dumme alte Kuh«, versichere ich ihr, »und Dora weiß es in ihrem tiefsten Inneren auch. Danke für das Frühstück.«

»Genau, danke für das Frühstück!«, rufen Maddie und Amy

im Chor, während sie, immer noch Croissants mampfend, an uns vorbeiziehen.

»Ach, übrigens!«, ruft Mum uns hinterher, als wir alle in Richtung Strand abdampfen, »ich lade euch heute Abend zum Essen ein. Am besten treffen wir uns um sieben Uhr in der Strandbar. Und vergesst nicht, euch in Schale zu werfen!«

»Und wenn wir schon etwas vorhaben?«, fragt Dora missbilligend.

»Habt ihr nicht. Das habe ich vorher gecheckt.« Meine Mutter lächelt sie nachsichtig an.

»Kommst du nicht mit an den Strand?«, frage ich sie.

»Ach, Darling, mich plagt noch der Jetlag«, erklärt sie und küsst mich flüchtig auf die Wange. »Ich hau mich noch ein bisschen aufs Ohr.«

Wie nicht anders zu erwarten, lässt Dora am Strand Luft ab.

»Das ist doch wieder mal typisch von ihr. Kommt hier eingeflogen wie eine gute Fee und betört die Mädels mit ihrer Freizügigkeit, als wäre sie die beste Mutter der Welt. Ist ja auch so praktisch, einfach zu verdrängen, dass sie uns als Kinder quasi ausgesetzt hat. Wären Dad und Sam nicht gewesen, wären wir im Heim gelandet.«

»Jetzt übertreib mal nicht, Dora, so schlecht ist sie nun auch wieder nicht. Es gibt jede Menge Kinder, die zwischen ihren Eltern hin- und herpendeln.«

Dora sieht mich bestürzt an.

»Habe ich richtig gehört? So schlecht ist sie nicht? Hast du denn vergessen, wie oft sie einfach davongejettet ist und uns allein zurückgelassen hat?«

»Das klingt so, als hätte sie uns mutterseelenallein uns selber überlassen. Dabei waren wir doch immer bei Dad und Sam, wenn Mum verreist ist.«

»Ja, ja, der Punkt ist nur, dass Dad und Sam uns nicht immer erwartet haben. Wie oft hat sie uns ohne vorherige Absprache einfach bei ihnen abgeladen?«

»Mag ja sein, aber Dad hat das immer locker gesehen. Wir sind doch in beiden Häusern ein- und ausgegangen, als wären wir in beiden daheim.«

»Für die eine oder andere Nacht verfrachtet zu werden oder gelegentlich auch mal ein Wochenende, wäre ja in Ordnung gewesen, aber so war es ja wohl ganz und gar nicht.«

»Nein?«

Dora seufzt verzweifelt.

»Heißt das, du erinnerst dich nicht mehr daran, wie sie Ben, dich und mich einmal kurz nach Weihnachten bei Sam abgeladen hat, angeblich um einen Tagestrip nach London zu machen, damit sie uns neue Klamotten zum Anziehen kaufen könnte? Sie wollte uns um sieben Uhr abends wieder abholen und uns mit zu sich nehmen und ins Bett bringen. Um neun Uhr hat Sam sie angerufen, um mal nachzuhorchen, wo sie denn bleibt, und da war sie gerade in Marokko gelandet.«

Ich schnappe nach Luft.

»Nein, daran erinnere ich mich nicht.«

»Du warst ja auch erst fünf und total aufgeregt, weil du so lange aufbleiben durftest. Wahrscheinlich war dir alles andere egal.«

»Und wie konnte das passieren? Hat sie Sam belogen?«

»Nein, sie wollte wirklich einen Einkaufsbummel machen, aber dann ist sie in der Stadt zufällig ein paar alten Freunden in die Arme gelaufen, die über Neujahr wegfahren wollten, und hat spontan beschlossen, sich ihnen anzuschließen. Sie ist erst nach einem Monat zurückgekommen. Glaubst du vielleicht, sie hat das Haus bei Dad und Sam um die Ecke gekauft, damit wir ihn jederzeit besuchen konnten? Von wegen, sie wollte nur zwei willige Babysitter in ihrer Nähe haben, die jederzeit bereit waren, spontan einzuspringen.«

»Ich erinnere mich an fast alles, Dora, und kann verstehen, warum du so sauer bist, aber ich finde, du übertreibst ein wenig. Es mag ja sein, dass es für Mum bequem war, Dad und Sam direkt um die Ecke zu haben, aber wir haben davon auch profitiert, und das Gleiche gilt für Ben. Sein Vater war schließlich nicht da, und Dad hat ihn wie sein eigenes Kind behandelt. Dass Mum nicht mehr mit Dad zusammenleben wollte, heißt ja nicht, dass sie nicht gesehen hat, was für ein guter Vater er war. Außerdem weißt du genauso gut wie ich, wie sehr sie das Landleben hasst, sie ist durch und durch ein Großstadtmensch, und trotzdem ist sie für *uns* nach Wiltshire gezogen.«

Dora runzelt die Stirn.

»Mag ja sein, und wie häufig bekommen wir sie heute zu sehen? Alle Jubeljahre einmal!«

»Stimmt, aber inzwischen sind wir auch erwachsen, und jeder von uns lebt sein eigenes Leben. Außerdem ist sie eben so. Du solltest sie akzeptieren, wie sie ist. Ich für meinen Teil habe jedenfalls gelernt, mich einfach zu freuen, wenn ich sie mal sehe.«

»Und es stört dich nicht, dass du sie nur zu sehen bekommst, wenn sie dich sehen will und nicht andersherum?«

»Vielleicht, ab und zu mal, aber immerhin ist sie hier hergekommen, das ist doch was.«

»Dahinter steckt mit Sicherheit ein anderer Grund, darauf kannst du Gift nehmen. Warum hätte sie sonst erzählt, sie könne nicht kommen, und taucht dann wie aus heiterem Himmel doch unangekündigt auf?«

»Warum bist du nur immer so misstrauisch, Dora?«

»Das liegt allein an ihr. Alles muss immer so laufen, wie es ihr in den Kram passt, und das ist nicht in Ordnung. Sie benutzt ihre Mitmenschen wie Spielbälle, Liddy, und das geht nicht.«

»Wie meinst du das?«

Dora seufzt.

»Ach, nichts, vergiss es. Sie geht mir manchmal unheimlich auf die Nerven, das ist alles.«

»Das ist doch leicht abzustellen«, entgegne ich und umarme sie. »Lass es nicht zu. Genieße einfach ihre fröhliche Seite, und ignoriere den Rest.« Ich fahre mir mit der Hand über den Kopf, um ihr zu veranschaulichen, wie sie einfach alles an sich abperlen lassen soll.

»Na gut, vielleicht sehe ich einige Dinge wirklich zu eng, aber du, liebes Schwesterherz, siehst einige Dinge, die ungeheuer wichtig sind, viel zu locker.«

»Was denn, zum Beispiel?«

»Dich selber. Du bist wichtig, Liddy, und wenn ich manchmal sehe, wie du dich von anderen behandeln lässt, glaube ich, dass du das vergisst.«

Mein Blick legt ihr unmissverständlich nahe, nicht schon wieder anzufangen, und ausnahmsweise lässt sie es tatsächlich.

»Du kommst doch heute Abend mit zum Essen, oder?«, frage ich sie und nutze die Gelegenheit, das Thema zu wechseln.

»Ich könnte mir durchaus etwas Angenehmeres vorstellen, das kannst du mir glauben.«

»Aber du kommst?«

»Willst du mich dabeihaben?«

Ich nicke.

»Dann komme ich.«

Am Nachmittag regnet es tatsächlich, weshalb wir den Strand fluchtartig verlassen und uns in meinem Bungalow alle zusammen in einem der Satellitenkanäle einen Film ansehen.

Es ist richtig gemütlich, wie wir uns wie ein Wurf junger Hunde zu acht auf meinem riesigen Bett zusammengekuschelt haben und uns über Eddy Murphys Kapriolen in einer Komödie aus den Achtzigerjahren schlapp lachen.

Während des Films haben wir uns durch etliche große Tüten Chips und zwei Tüten Lakritzmischung gemampft, Letztere dank Heather, die lakritzsüchtig ist, und da am Abend noch unser großes Essen mit Mum auf dem Programm steht, beschließen die anderen, sich meiner Trainingsstunde bei Petronella anzuschließen, die ich wegen der Frühstückseinladung meiner Mutter von acht Uhr morgens auf fünf Uhr nachmittags verlegt habe.

Nach der Sporteinlage ziehen wir uns auf unsere jeweiligen Zimmer zurück und takeln uns auf, um mit Maddies Worten zu sprechen. Bevor wir in das von Mum ausgewählte Restaurant aufbrechen, treffen wir uns wie verabredet in der Strandbar. Bezeichnenderweise hat sie uns einen Tisch im besten Restaurant der Anlage reserviert. Das einzige, in dem auch All-inclusive-Gäste zahlen müssen.

Zum Glück hat sie darauf bestanden, uns alle einzuladen.

Ich sage, zum Glück, weil ich zwar noch Geldreserven habe, diese aber lieber im Spa verprassen will, damit meine Taille vielleicht doch noch ein bisschen schmaler und meine Haut ein wenig straffer wird, anstatt meine letzten Kröten für köstliches, aber kalorienintensives Essen zu verbraten. Außerdem habe ich gehört, dass genau dieses Restaurant von stinkreichen, ortsansässigen Geschäftsleuten frequentiert wird, und wenn die reichen Geldsäcke dort speisen, heißt das, dass ich es mir nicht leisten kann.

Es macht wirklich einen unglaublich exklusiven Eindruck und ist das einzige Restaurant der Anlage mit einer strengen Kleiderordnung. In allen anderen Restaurants ist lässiger

Schick angesagt, in diesem wird Vollschale erwartet. Es befindet sich direkt hinter der Hauptbucht in einer kleinen Bucht am Ende eines vierzig Meter langen Stegs und steht auf Holzpfählen über dem Meer. Es ist rund und hat die Form eines großen Tintenfischs. In dem runden Mittelbereich befinden sich ein Empfangsbereich mit Rattansesseln, niedrigen Tischen und einer kleinen Bar. Genau in der Mitte, hinter einer halbkreisförmigen Theke aus Edelstahl, ist der Küchenbereich untergebracht, in dem emsiges und geschäftiges Treiben herrscht.

Die Esstische befinden sich in den Fangarmen der krakenförmigen Holzkonstruktion, sodass man völlig zurückgezogen in seinem eigenen Privatbereich speisen kann.

Wir haben einen Fangarm ganz für uns allein. Mum thront am Kopfende der beiden zusammengeschobenen Tische, und wir sitzen darum herum.

Das Restaurant ist wirklich teuer. Auf der Speisekarte stehen keine Preise, und in einem solchen Fall ist klar, dass man für jedes einzelne Gericht mehr als den durchschnittlichen Wochenverdienst eines normalen Arbeitnehmers hinlegen muss. Neben meiner Mutter stehen auf einem Beistelltisch in zwei Eiskübeln vier Flaschen Champagner bereit. Ein typisches Zeichen von Extravaganz, das sich nur Leute leisten können, für die Geld keine Rolle spielt. Ich habe keine Ahnung, warum Mum immer Geld hatte. Angeblich war unser Ururgroßvater irgendein unbedeutender russischer Angehöriger der Zarenfamilie, dem es gelang, den Wirren der Revolution mitsamt den Familienjuwelen zu entkommen. Er soll in Barcelona gelandet sein und dort die Tochter eines wohlhabenden Weinhändlers geheiratet haben, dessen Urgroßtochter wiederum einen unbedeutenden englischen Würdenträger mit einem umso ansehnlicheren Landsitz in Hampshire geheiratet haben soll, auf dem inzwischen achtzehn Luxuswohnungen mit eigenem Fitnesscenter und exquisiten Gemeinschaftsanlagen entstanden sind. Ich glaube, meine Mutter hat einen Anteil an den Verkaufserlösen besagter Wohnungen erhalten, so hat sie es mir jedenfalls erzählt. Allerdings habe ich ja bereits erwähnt, dass ich mit zunehmendem Alter längst nicht mehr alles für bare Münze nehme, was meine Mutter so erzählt.

Ich bin ziemlich sicher, dass der riesige Diamant auf ihrem Ringfinger nicht dem Erbe ihrer russischen Vorfahren entstammt, sondern das Geschenk eines ihrer wohlhabenden Liebhaber war. Die Liebhaber meiner Mutter sind immer wohlhabend und, zumindest ihrer eigenen Behauptung zufolge, manchmal auch berühmt.

Dass sie mit siebzehn mit Sean Connery verlobt war, gehört jedoch mit Sicherheit zu ihren weniger glaubwürdigen Geschichten, auch wenn ich trotz meiner Zweifel in der High School gern damit vor meinen Mitschülern geprahlt und davon geträumt habe, aufgrund der engen Verbindung das Angebot zu bekommen, das nächste Bond-Girl zu werden.

Soeben hat sie den Kellnern bedeutet, die Flaschen zu entkorken und einzuschenken, und wartet darauf, dass alle Gläser gefüllt sind und sie einen Trinkspruch zum Besten geben kann.

»Auf euch, Mädels!«, wiederholt sie ihren Toast von heute Morgen beim Frühstück. »Und auf Liddys bevorstehende Hochzeit!«

Die anderen beten ihre Worte im Chor nach, und wir trinken.

»Dann schieß mal los, Liddy! Ich möchte alles über deinen großen Tag wissen. Hast du dir ein Kleid aus den Zeitschriften ausgesucht, die ich dir geschickt habe?«

»Äh … nein«, antworte ich vorsichtig, »aber sie haben mich sehr inspiriert.«

»Genau«, flüstert Thomas, der neben mir sitzt, mir leise ins Ohr. »Sie haben dir gezeigt, was auf keinen Fall in Frage kommt.«

Als ich Mum von unseren Hochzeitsplänen erzählt habe, hat sie mir als Erstes einen Stapel unglaublich mondäner französischer Zeitschriften mit spindeldürren Models in atemberaubenden Haute-Couture-Hochzeitskleidern geschickt. Alle absolut weltfremd und so ganz und gar nicht für mich geeignet, dass es schon beängstigend war. Und dann hat sie mir einen Scheck über achttausend Pfund geschickt, damit ich mir davon das Hochzeitskleid meiner Träume kaufe. Ich habe davon eintausendzweihundert Pfund für ein Kleid investiert, das ich zusammen mit Sam ausgesucht habe, und mit dem Rest trotz Doras heftigen Protests ihr fälliges Studentendarlehen abbezahlt.

Mal ganz ehrlich, vom wirklichen Leben hat meine Mum keine Ahnung.

Ich liebe sie über alles, aber mir geht einfach nicht in den Kopf, wie sie mir einen Scheck über zig tausend Pfund schicken kann, während Dora einen Full-time-Job hat und sich verschulden muss, um ihr Studium zu finanzieren und ihren Doktor zu machen.

Es geht einfach darum, die richtigen Prioritäten zu setzen, und obwohl ich überzeugt bin, dass Mum die besten Absichten hat, liegt sie oftmals einfach daneben.

»Aber du hast dich für ein Kleid entschieden?«

»Oh ja, ich bin sogar hier auf Barbados angerufen worden, dass es fertig ist.«

»Wie sieht es denn aus? Beschreib es mal!«

Ich schüttele den Kopf.

»Komm lieber nach England, und sieh es dir an.«

Sie nickt und verkündet: »Ich habe mein Kleid auch schon.«

»Oh, super.«

»Ja, ich habe es bei diesem fabelhaften kleinen Couturier in Paris anfertigen lassen. Ein Traum aus herrlichster roter Seide.«

»Wie schön, Mutter, das passt ja richtig gut zu den pinkfarbenen Kleidern der Brautjungfern und dem hübschen Arrangement aus roséfarbenen Rosen, das Liddy schon für dich bestellt hat, weil du ja versprochen hast, dein Outfit farblich auf das der anderen abzustimmen«, wirft Dora sarkastisch ein.

»Keine Sorge«, falle ich ihr ins Wort, um weiteren Streit zu vermeiden, »wir haben auch tonnenweise weiße Rosen bestellt. Wir ändern es einfach, das ist bestimmt überhaupt kein Problem.«

»Nicht nötig, Darling, ich stehe auf Widersprüche.«

»Das ist mehr als offensichtlich«, stellt Dora trocken fest.

»Gibt es eine *Croque en bouche*, wie ich dir vorgeschlagen habe? Diese Hochzeitstorte aus gefüllten Windbeuteln ist auf dem Kontinent zurzeit wahnsinnig angesagt und sieht einfach super aus.«

»Nein, dafür stehe ich viel zu sehr auf Kuchen. Ich möchte eine traditionelle Hochzeitstorte haben. Du müsstest sie mal sehen, sie ist ein wahres vierstöckiges Kunstwerk, und jede Schicht ist mit weißen und pinkfarbenen Rosen dekoriert, die man sogar essen kann.«

»Sie sieht wirklich super aus«, bestätigt Fleur, die dabei war, als ich die Torte aus einem Katalog ausgesucht habe, den Tante Noëlle mir gezeigt hat.

»Noch mehr Rosen?«

»Ja«, bestätige ich freudig und gehe darüber hinweg, dass Mums Begeisterung sich in Grenzen hält.

»Ihr könnt euch ja gar nicht vorstellen, wie viele Schattierungen es bei weißen und roséfarbenen Rosen gibt. Angefangen bei dem feinsten Hauch Rosa bis hin zu einem kräftigen leuchtenden Pink, und weiße Rosen sind ja nicht einfach nur weiß, es gibt ein klares, reines Weiß, hell cremefarben, kräftig cremefarben, nicht zu vergessen weiße Rosen mit einem ganz leicht pinkfarbenen Rand und …«

Ich bemerke mindestens vier gelangweilte Gesichter, weshalb ich meinen Vortrag über die Schönheit weißer und roséfarbener Rosen lieber beende.

Mums Hochzeiten, jedenfalls die, auf denen ich war und von denen ich weiß, waren allesamt keine großen Feste, sondern hatten eher etwas erfrischend Spontanes. Nichts von langer Hand Geplantes und Formelles, wie Matt und ich es vorhaben.

Ihr zweiter Mann war ein indischer Hotelier, den sie in Bombay geheiratet hat, und die vollendete hinduistische Zeremonie dauerte beinahe länger als die Ehe selbst. Ihre dritte Trauung fand auf einem Schiff im Golf von Biscaya statt, wo Mum und ihr griechischer Schrotthändler-Millionär vom Kapitän getraut wurden. Gerüchten zufolge soll sie außerdem vor ein paar Jahren in Gretna Green einen pensionierten Bankier geehelicht haben, doch falls das überhaupt stimmt, hat auch diese Ehe nicht lange gehalten, zumindest bin ich seit Stelios keinem weiteren neuen Ehemann vorgestellt worden.

Dad war Mums erster Mann, und als sie sich im Standesamt das Jawort gaben, mussten sie ihre Trauzeugen von der Straße aufklauben. Das klingt vielleicht nach einer überstürzten Entscheidung, und sie waren tatsächlich ziemlich in Eile, denn, wie ich ja bereits erwähnte, hätten sie bei längerem Warten einen zusätzlichen Gast gehabt, nämlich Dora.

Es wäre schön gewesen, Mum mehr in die Planung meiner eigenen Hochzeit einzubeziehen, aber ich glaube, sie hätte den ganzen Zirkus nicht ertragen, all die kleinen Details, die organisiert werden müssen wie die Auswahl der Serviettenfarbe und der Partygeschenke, der Schuhe für die Brautjungfern, der Frisuren, und so weiter und so fort. All das hätte sie mit Sicherheit um den Verstand gebracht, wohingegen Sam ihren Spaß daran hatte.

»Dann ist also sozusagen alles organisiert?«, fragt sie mich.

»Ja, fast alles.«

»Ich freue mich schon darauf, meine neuen angeheirateten Verwandten kennen zu lernen. Sieht Matts Vater so gut aus wie sein Sohn?«

Dora, die gerade vorsichtig an ihrem Champagnerglas nippen wollte, beginnt auf diese Frage wild zu husten. Wahrscheinlich stellt sie sich gerade vor, wie unsere Mum während des Hochzeitsempfangs meinen künftigen Schwiegervater anbaggert.

Alle Augen sind auf sie gerichtet, als sie ihr Glas behutsam zurück auf den Tisch stellt.

»Ich verstehe übrigens gar nicht, warum du nicht auch längst verheiratet bist, Dora«, platzt Mum heraus.

Falls sie wirklich nicht weiß, warum Dora noch nicht verheiratet ist, hat Dora vielleicht doch Recht mit ihrer Behauptung, Mum kenne ihre eigenen Kinder nicht besonders gut.

»Weil meine Mutter mit so schlechtem Beispiel vorangegangen ist, dass mir die Lust aufs Heiraten lebenslang vergangen ist«, entgegnet Dora trocken.

»Dass die Ehe zwischen deinem Vater und mir in die Brüche gegangen ist, Dora Darling, bedeutet doch nicht zwangsläufig, dass du selber nicht sehr wohl eine Beziehung haben kannst, die Bestand hat.«

Dora bedenkt sie mit einem derart hasserfüllten Blick, dass ich eine Gänsehaut bekomme.

Maddie, die mir gegenübersitzt, hat den Blick ebenfalls gesehen, runzelt die Stirn und zieht fragend eine Augenbraue hoch.

Ich zucke mit den Achseln und drehe mich zu Mum um.

»Darf ich dich etwas fragen? Warum hat die Ehe zwischen dir und Dad denn nicht funktioniert?«

»Ich war einfach noch zu jung, Darling. Ich war erst zwanzig, als ich deinen Vater geheiratet habe, und du veränderst dich nun mal, wenn du älter wirst. Man hat auf einmal unterschiedliche Lebensentwürfe. Als wir uns kennen lernten, passten wir zusammen, aber ein paar Jahre später war alles anders. ›Wir haben uns auseinander gelebt‹ ist keine schwache Ausrede, sondern ein sehr plausibler Trennungsgrund. Ich bin inzwischen absolut überzeugt, dass man nicht zu jung heiraten sollte, es sei denn, du hast das Glück, jemanden gefunden zu haben, der sich mit dir weiter entwickelt und auch noch zu dir passt, wenn ihr euch beide verändert habt.«

»Und ab welchem Alter sollten Leute deiner Meinung nach heiraten?«

»Wenn sie ihre Midlifecrisis hinter sich haben«, erwidert sie und lacht. »Ich weiß nicht, Liddy, das kann man so allgemein nicht sagen, es kommt auf die jeweiligen Partner an und muss in jedem Fall gut abgewogen werden.«

»Gut, dann nehmen wir einen konkreten Fall. Mich. Ich bin deine Tochter, also solltest du mich gut genug kennen. Bin ich deiner Meinung nach zu jung zum Heiraten?«

»Du wirst bald dreißig, Liddy, Schätzchen, das heißt, meine Midlifecrisis-These könnte fast zum Tragen kommen«, witzelt sie.

»Vielen Dank, Mum.«

»Es ist doch nichts Schlimmes daran, dreißig oder noch älter zu sein. Jedes Alter hat seine Vor- und Nachteile. Die entscheidende Frage ist, ob *du* dich zu jung für die Ehe fühlst.«

Ich schüttele den Kopf.

»Ich finde, für eine Braut bin ich eher ziemlich alt.«

»Spinn doch nicht rum!«, wirft Dora murrend ein. »Alte Jungfern und all den Quatsch gibt es nicht mehr.«

»Nein«, meldet sich Maddie zu Wort und sieht Dora verschmitzt von der Seite an. »Nur alte Meckerziegen.«

Ich muss lachen und genehmige mir schnell einen Schluck.

»Und? Glaubst du immer noch an die Ehe?«, frage ich meine Mutter über den Rand meines Glases.

»Ich würde jederzeit wieder heiraten.«

»Ich dachte, dir wären Kopfschmerzen noch lieber als eine feste Beziehung?«

»Nein, da zitierst du mich falsch. Ich habe gesagt, dass ich *furchtbare* Kopfschmerzen einer *furchtbaren* Beziehung vorziehen würde. Eine gute Beziehung ist etwas völlig anderes, und wenn ich eine gute Beziehung mit jemandem hätte, würde ich sehr wohl in Erwägung ziehen, noch einmal zu heiraten. Das Grundprinzip der Ehe gefällt mir nämlich nach wie vor. Einen Menschen zu finden, der dein Freund und Geliebter ist und dich durch dein ganzes Leben begleitet, ist doch etwas Wunderbares. Egal, was deine Schwester auch sagt, Liddy, der Mensch ist nicht zum Alleinsein geboren, wir sind Herdentiere. Wir jagen besser zu zweit.«

Als sie erwähnt wird, sieht Dora von der Speisekarte auf und wirft Mum einen finsteren Blick zu.

»Und welchen Rat kannst du mir mit auf den Weg geben?«

»Benutze immer deinen Verstand, wenn du Entscheidungen zu treffen hast. Folge niemals blind deinem Herzen, damit handelst du dir nur Schwierigkeiten ein. Aber höre sehr wohl hin, was dein Herz dir zu sagen hat, und beziehe es in deine Entscheidungen ein.«

Ich nicke nachdenklich.

»Und?«, fragt sie. »Was sagt dir dein Verstand im Augenblick?«

»Ich glaube, er sagt mir, dass Matt in letzter Zeit ein bisschen rücksichtslos war.«

»Und dein Herz?«

Ich lächele.

»Es rät mir, ihm zu verzeihen und darüber hinwegzusehen und mich zu amüsieren.«

»Oh, was ist das denn?«, schaltet sich Dora ein und straft uns mit einem ihrer vernichtenden Blicke. »Höre ich da im Hintergrund nicht noch eine Stimme? Na klar, ein anderer wichtiger Teil deines Körpers versucht sich ebenfalls dringend Gehör zu verschaffen, Lydiaherz.«

»Ja? Welcher denn?«, frage ich irritiert.

»Dein Magen natürlich. Er fordert dich auf, endlich die Klappe zu halten und in die Speisekarte zu gucken, anstatt von irgendwelchen bescheuerten Hochzeiten zu quatschen.«

Kapitel 16

Um Dora zu besänftigen, die extrem mies drauf ist (noch mieser als sonst), willigen wir am nächsten Morgen ein, einen Ausflug zu einem Mangrovensumpf in ein Naturschutzgebiet zu machen, wo etliche Vogelarten und die für die Insel berühmten grünen Meerkatzen zu bestaunen sind. Nach ihrem Wutausbruch gegenüber Mum gestern Abend war sie während des gesamten Essens extrem still. Sie ist ja auch sonst bei solchen Anlässen nicht gerade die Geselligste, aber gestern war es schlimm. Ich habe versucht, mit ihr zu reden und herauszufinden, was ihr über die Leber gelaufen ist, aber sie hat mich wie immer nur angegiftet, also habe ich sie schmollen lassen und beschlossen, mir von ihr auf keinen Fall den Abend verderben zu lassen. Im Gegensatz zu ihr freue ich mich wirklich, Mum zu sehen, und das Abendessen war großartig.

Die anderen fanden es auch super. Das Essen war vorzüglich, die Gesellschaft überaus angenehm, und beim Essen konnten wir unter uns die Fische vorbeiziehen sehen. Als es dunkel wurde, konnten wir die Sterne zählen und einfach nur die Schönheit des Ortes und des Moments genießen.

Nur Dora schien alldem nichts abgewinnen zu können. Dazu war sie viel zu gefangen in ihrer eigenen Welt und haderte mit einer Vergangenheit, die bei weitem nicht so schlecht war, wie sie sie darstellt. Ich wünschte wirklich, ich könnte ihr helfen, nach vorne zu blicken, denn in Wahrheit schadet sie sich mit ihrer Vorwurfshaltung selbst am meisten, nicht nur, was ihre Beziehung zu Mum angeht, sondern auch, was ihre eigene Chance betrifft, sich einer anderen Lebenseinstellung und einem anderen Leben zu öffnen, in dem es vielleicht auch für sie ein bisschen Liebe gibt.

Wenigstens scheint unser Ausflug zu den süßen Affen mit den ernsten schwarzen Gesichtern Dora ein wenig aufzuheitern, obwohl Maddie lautstark darauf hinweist, dass Dora wohl endlich ein paar gleichgesinnte Freunde gefunden habe, woraufhin ich die normalerweise stets von mir bewunderte Maddie zur Seite nehme und ein ernstes Wörtchen mit ihr rede. Trotz allem ist Dora immer noch meine Schwester.

Am Abend wollen wir nach St. Lawrence Gap fahren, wo wir durch die Bars ziehen und tanzen wollen. Mit seinen zahlreichen gut besuchten und beschallten Discocafés und Restaurants ist St. Lawrence Gap der Ort auf Barbados, den man aufsucht, wenn man einen draufmachen will.

Ich habe mich mit den anderen an der Rezeption verabredet, wo wir uns Taxis bestellen wollen.

Braun gebrannt und in Hochstimmung habe ich es heute gewagt, meinen Mini-Jeansrock anzuziehen, der für meinen Geschmack normalerweise ein bisschen zu kurz ist. Dazu trage ich einen karibisch anmutenden Nackholder in Blau- und Goldtönen sowie umwerfende hochhackige Sandalen, die bequem genug sind, um darin durch die Bars zu ziehen und die ganze Nacht zu tanzen.

Und wenn ich sage die ganze Nacht, meine ich auch die ganze Nacht.

Wir sind fest entschlossen, die Nacht durchzumachen. Eigentlich hatten wir uns ja vorgenommen, während unseres Urlaubs nicht die Nacht zum Tage zu machen, aber nachdem Matt sich endlich bei mir gemeldet hat, sehe ich das alles etwas lockerer. Ich bin bereit, einen draufzumachen.

Die anderen erwarten mich aufgedonnert und geschminkt in sexy Klamotten (das gilt vor allem für Thomas) an der Rezeption. Amy reißt die Augen auf, als ich auf sie zuschreite. Sie nimmt meine Hände und lässt mich eine Dreihundertsechzig-Grad-Drehung machen.

»Wow! Du siehst super aus!«

»Ich fühle mich auch super«, entgegne ich grinsend. »Ich hatte zwar erst vier Trainingsstunden mit Petronella, aber ich habe schon jetzt das Gefühl, dass meine Schwabbelpartien ein bisschen straffer geworden sind.«

Heute Abend sind wir komplett. Mum, die unseren Tagesausflug mit einem neuerlichen Verweis auf ihren Jetlag geschwänzt hat, ist dabei, und selbst Dora, von der ich sicher war, dass sie sich mit irgendwelchen Ausflüchten entschuldigen würde, kreuzt kurz nach meiner Mutter zusammen mit Bridget auf. Ich freue mich, sie zu sehen, und lasse vor Überraschung den Mund offen stehen, als ich ihr Kleid und die hochhackigen Schuhe sehe. Und zwar nicht eins von ihren üblichen schlabberigen Sommerkleidern mit einem Rockteil bis zu den Fußknöcheln und Ärmeln bis zu den Fingerspitzen. Es ist zwar schwarz, Doras Erkennungsfarbe, aber es ist zugleich ein kleines Schwarzes, und zudem noch eins von Gucci. Kein Zweifel, es muss Bridget gehören. Keine Ahnung, wie sie Dora da hineinbekommen hat, aber sie sieht umwerfend aus, wenn auch ein wenig verlegen. Am liebsten würde ich ihr sagen, wie toll ihr das Outfit steht, aber ich kenne meine Schwester. Wenn ich darum zu viel Aufsehens mache, huscht sie sofort auf ihr Zimmer und zieht sich um.

»Seid ihr startklar?«, fragt Maddie. »Die Taxis sind da.«

»Ja, wir sind so weit«, erwidere ich und lächele meine Schwester aufmunternd an.

St. Lawrence Gap. In dem Ort wimmelt es nur so von Menschen, überall dröhnt Musik. Die Luft ist heiß und voller Düfte und Gerüche. Es riecht nach Gewürzen, Schweiß und einem aufregenden Gemisch sinnlicher Parfüme und natürlicher Ausdünstungen. Nachtschwärmer in coolen Klamotten pendeln zwischen den Clubs und Bars hin und her, und je weiter der Abend voranschreitet, desto unsicherer sind sie auf ihren Beinen.

Ernüchtert vom Anblick so vieler Betrunkener, steuern wir als Erstes ein Restaurant an, um unseren Mägen eine ordentliche Grundlage zu verschaffen. Wir quetschen uns in ein überfülltes, heruntergekommenes Gebäude mit kahlen Steinwänden und grob zusammengehauenem Mobiliar und setzen uns in der Mitte des Raumes an einen Tisch, der von einer großen Sturmlaterne beleuchtet wird, die aussieht, als hätte sie schon Jonas auf der Suche nach seinem Wal den Weg geleuchtet.

Wir bestellen köstliche barbadische Spezialitäten, bestehend aus scharf gewürzten Meeresfrüchten und Gemüse, gefolgt von tropischen Früchten. Wir essen, plaudern und lachen, trinken Rumpunsch und lauschen den lauten Reggaerhythmen, die im Hintergrund dröhnen. Alle sind in Hochstimmung, selbst zwischen Dora und Mum scheint das Eis ein bisschen zu schmelzen, immerhin hat Dora sich freiwillig neben Mum gesetzt. Ich stelle verwundert fest, wie glücklich und befreit ich mich fühle, und zum ersten Mal seit unserer Ankunft sehe ich voller Vorfreude dem vor uns liegenden Abend entgegen. Es ist traurig, dass ich mir den Urlaub von Matts Funkstille und diesem albernen Aufmarsch der Schönheitsköniginnen derart habe vermiesen lassen. Erst jetzt, umgeben von meinen fröhlich lachenden Freundinnen, wird mir bewusst, dass der Urlaub genau so sein sollte, eine Zeit, in der ich mich im Kreis meiner liebsten Freundinnen noch einmal so richtig ausleben kann, in der ich mich erhole, meine letzten Wochen als unverheiratete Frau genieße und meine bevorstehende Hochzeit angemessen feiere.

Menschen tanzen auf der Straße, als wir das Restaurant schließlich verlassen und einen Jazzclub ansteuern, der uns mit seinem Blues-Sound anlockt.

Ein gut aussehender Barbadier mit einem Lächeln so breit wie Amerika schnappt sich Maddies Hand, als wir vorübergehen, wirbelt sie zu sich herum und beginnt, mit ihr zu tanzen. Lächelnd fällt sie sofort ein in seine Bewegungen, ihre Hüften schwingen im Gleichtakt, ihre Arme umstreifen den Körper des anderen, ohne ihn jedoch zu berühren, als ob eine unsichtbare Kraft dafür sorgte, dass sie sich im gleichen Rhythmus wiegen.

Wir sehen ihnen fasziniert zu, betört wie von dem magischen Tanz einer Python, doch dann bricht Amy den Bann, indem sie Maddie am Arm packt und sie mit uns in Richtung des Clubs zieht, in den wir eigentlich wollen. Ihr Tanzpartner zuckt mit den Schultern, hält ihr enttäuscht die Hände hin und wirft ihr eine Kusshand zu, als sie mit uns weiterzieht. Seine Begleiter lachen und klopfen ihm tröstend auf den Rücken.

Der kleine Eingang des Clubs täuscht über den dahinter liegenden riesigen, höhlenartigen Raum hinweg.

Eine Treppe führt hinab in einen gewölbten Keller, der so lang sein muss wie die Straße über uns, die sich zwischen den Häusern bis zum Hafen hinunterzieht. Die Atmosphäre ist düster und verraucht, der Bass dröhnt so laut, dass er einem durch Mark und Bein geht und mit dem Herzschlag um die Wette hämmert.

Wir bahnen uns tanzend einen Weg durch die Menge zur

Theke, bestellen uns Rum mit Cola, und da es für jede Unterhaltung viel zu laut ist, stehen wir einfach nur da, nippen an unseren Drinks und wiegen unsere Körper im Takt zur Musik. Nach einer Weile gehen wir an eine andere Theke, und schließlich wechseln wir den Club, um richtig zu tanzen. Der Club hat kein Dach und wird von flackernden Fackeln beleuchtet, die an den bröckelnden Wänden hier und da von Metallringen gehalten werden. Die Tische und Sitzplätze sind aus Stein gehauen, als Tanzfläche dient das Gras unter unseren Füßen. Zu der hämmernden Musik tanzen einige der Gäste Limbo, die Stange, unter der sie sich hindurchschieben, ist in der Mitte der grasigen Tanzfläche aufgebaut. Andere Gäste tänzeln um sie herum, wippen im Takt zur Musik und applaudieren jedes Mal, wenn die Stange tiefer gelegt wird.

Wir schieben uns am Rand der Menge Richtung Bar, als Amy mich plötzlich am Arm zupft.

»Liddy, ist das da vorne nicht Matt?«

Mein Blick folgt ihrem Finger.

Trotz der Dunkelheit erkenne ich, warum Amy meint, es sei Matt.

Die Größe stimmt, die Haarfarbe stimmt, die Figur passt, und das Hemd könnte eins von denen sein, die ich vergangene Woche so liebevoll gebügelt und ihm eingepackt habe.

Aber ich hoffe inständig, dass er es nicht ist, denn der Typ, der Matt sein könnte, tanzt mit einer großen Blondine. Falls man das so nennen kann. In Wahrheit haben sie einander ihre Knie zwischen die Schenkel geschoben, umfassen sich fest am Hintern und reiben sich lasziv aneinander.

Und als ich sie mit zusammengekniffenen Augen anstarre, um durch den stickigen Mief aus Schweiß und Rauch etwas erkennen zu können, rücken sie noch näher aneinander und küssen sich.

»Es kann unmöglich Matt sein«, stellt Thomas klar, als ihre Lippen sich berühren.

Als ich die beiden gerade richtig im Blick habe, schiebt sich leider eine größere, von der Bar kommende Gruppe Gäste an uns vorbei. Sie wanken und lachen, reden miteinander und reichen einander Drinks, während sie sich einen Weg durch die Menge bahnen und ein paar Tische auf der anderen Seite des Raums ansteuern. Für ein paar Augenblicke verschwindet das Paar aus unserem Blickfeld. Und als die Bande sich endlich an uns vorbeigeschoben hat und der Blick wieder frei ist, sind Matt und die langhaarige Blondine verschwunden.

Oder, besser gesagt, der Typ, von dem wir meinen, dass es Matt gewesen sein könnte.

»Er war es nicht«, sagt Fleur.

Maddie und Amy sehen einander an und sagen nichts.

»Er war es nicht.« Heather tätschelt meinen Arm.

Bridget und Dora wechseln einen Blick.

»Er war es nicht«, sage ich ausdruckslos und mit einem beklemmenden Déjà-vu-Gefühl. Mein vorübergehendes Glücksgefühl zerplatzt wie eine Seifenblase.

Ich seufze.

Die ersten Tage unseres Urlaubs habe ich gelitten, weil er sich nicht gemeldet hat, dann hat mir die Frage auf der Seele gebrannt, ob er der Typ auf dem Klipper war oder nicht, dann hat er sich endlich gemeldet, und ich war glücklich und absolut sicher, dass er unmöglich der Typ auf dem Schiff gewesen sein kann. Und jetzt das.

»Er war es nicht, Liddy«, sagt Thomas.

»Bist du sicher?«

»So sicher, wie ich schwul bin.«

»Du hast zugegeben, schon einmal Lust auf Kelly Brook gehabt zu haben«, erinnere ich ihn und lächele matt.

»Aber nur wegen ihrer Titten. Alle schwulen Männer stehen auf schöne Titten.«

»Du meinst also, es war nicht Matt.«

»Ja.«

Wir schweigen beide einen Moment. Schließlich nicke ich.

»Also gut. Er war es nicht.«

Thomas drückt meine Hand.

»Natürlich nicht.«

»Ich brauche ein bisschen frische Luft«, sage ich.

Er sieht nach oben, um mich darauf aufmerksam zu machen, dass wir unter freiem Himmel stehen, fragt dann aber: »Soll ich mitkommen?«

»Nein, mir ist nur ein bisschen warm, sonst nichts. Was hältst du davon, wenn ihr austrinkt und wir uns in ein paar Minuten auf der Tanzfläche treffen?«

Ich stürme nach draußen, bevor er darauf besteht, mich zu begleiten. Ich will einfach nur ein paar Minuten allein sein und meine Fassung zurückgewinnen, und um ehrlich zu sein, will ich auch noch einmal nach dem Typen Ausschau halten, der wie Matt aussah, um mich zu vergewissern, dass er wirklich nur ein Doppelgänger war und nicht Matt, denn wenn es wirklich Matt war … daran will ich lieber gar nicht denken.

Ich stürme zum Ausgang, halte auf dem Weg dorthin nach dem Typen Ausschau, kann ihn jedoch nirgendwo sehen. Draußen wimmelt es von Leuten. Ich blicke in beide Richtungen, doch das Gewimmel der wankenden, singenden und schreienden Menge versperrt mir den Blick. Also entscheide ich mich für links, dränge mich durch die Menge und gehe bis zum Ende der Straße und zurück. Doch von dem vermeintlichen Matt und der Blondine keine Spur.

Vielleicht hatten Fleur und Thomas Recht, und er war es nicht.

Was heißt hier vielleicht? Sie hatten Recht, er war es nicht, basta.

Wie albern von mir, in der vagen Hoffnung, sie zu entdecken, die Straße nach den beiden abzuklappern, wobei ich ihn ja, genau genommen, gerade nicht entdecken will, und das alles bloß, um mich zu vergewissern, dass er nicht hier ist und es nicht Matt war, den ich eben gesehen habe.

Ich gehe zurück zum Club und schüttele über meine eigene Blödheit den Kopf.

Was ist bloß in mich gefahren?

Seit Heather uns von dem Schönheitswettbewerb erzählt hat, bin ich von einer Art Eifersuchtswahn befallen und sehe überall Matt-Phantome. Ich muss mich zusammenreißen. Warum, um alles in der Welt, sollte Matt mich betrügen? Wir sind doch ein glückliches Paar. Natürlich haben wir unsere Höhen und Tiefen und gelegentlich auch mal Streit, aber wir heiraten bald. Und er ist schließlich nicht der Typ, der es darauf anlegt, es kurz vor der Hochzeit noch einmal mit einer anderen Frau zu treiben. Oder etwa doch? Als letzte Affäre vor der Ehe?

Nun gut, als er noch nicht mit mir zusammen war, war er ein absoluter Draufgänger. War es vielleicht verliebte Blindheit von mir, zu glauben, dass er sich geändert hat, bloß weil er mit mir zusammen ist?

Er sagt, dass er mich liebt, und man würde doch unter keinen Umständen jemanden verletzen, den man liebt, oder?

Außerdem würde man doch niemandem einen Heiratsantrag machen, wenn man noch Erfahrungen mit anderen Frauen machen will. Oder?

Natürlich nicht.

Ich will gerade wieder zurück in den Club gehen und das Ganze vergessen, als ich am Eingang Bridget entdecke, die mit bitterbösem Blick an die Außenwand gelehnt auf dem Boden sitzt und sich mit einem Getränkebon Luft zufächert.

»Was machst du denn hier?«, frage ich sie.

»Das frage ich mich auch gerade«, entgegnet sie grimmig.

»Alles in Ordnung?«

»Ich weiß nicht.«

»Was ist denn los?«

»Ich habe gerade Rupert gesehen.«

»Wo?«

Sie zeigt nach rechts.

»Sie waren tatsächlich hier«, grollt sie.

»Eben gerade?« Mir rutscht das Herz in die Hose.

»Vor zwei Minuten«, bestätigt sie. »Ich bin nach draußen gegangen, um etwas frische Luft zu schnappen.«

Oh, mein Gott! Wenn Rupert gerade hier draußen war, ist es gut möglich, dass der Typ drinnen doch Matt war... mit einer anderen Frau.

»Hast du mit ihm gesprochen?«

»Hätte ich«, erwidert sie mit einem höhnischen Unterton, »wenn er nicht umgekippt und mit dem Kopf zuerst hingeknallt wäre.«

»War er betrunken?«

»Das ist die Untertreibung des Jahrzehnts, aber ja, er war betrunken.«

»Und? Was hast du gemacht?«

Sie zuckt mit den Schultern. »Nichts.«

»Du hast ihn einfach da liegen lassen?«

»Als ich gerade überlegt habe, ob ich ihm ein paar Tritte verpassen sollte, während er da unten lag, kamen dein Bruder und ein paar von Matts Rugbykumpels. Sie haben ihn kurzerhand an den Ellbogen und an den Fußknöcheln gepackt und abtransportiert.«

»Ben?«

»Ja«, knurrt Bridget.

»Und sie haben ihn weggetragen?«

»Ja.« Sie wedelt noch heftiger mit dem Getränkebon.

»War Matt bei ihnen?«, platze ich schließlich heraus. Die Frage lag mir schon im ersten Moment auf der Zunge, aber ich habe mich nicht getraut, sie zu stellen.

»Nein.« Sie sieht zu mir auf und lächelt matt. »Ich habe nach ihm gefragt. Laut Ben ist er früher gegangen und wollte zurück zum Ressort fahren, weil ihm ein bisschen schlecht war.«

»Also kann er nicht der Typ gewesen sein, den wir da drinnen gesehen haben«, sage ich. Mir fällt ein Stein vom Herzen.

»Nein, außer er hat gelogen und ist gar nicht zurückgefahren«, erwidert sie und sieht mich im nächsten Moment beschämt und entschuldigend an. »Oh, tut mir Leid, Liddy, wie gemein von mir. Ich bin einfach stinksauer auf Rupert, aber ich sollte meine Wut nicht an dir auslassen. Ich weiß wirklich nicht, was ich an diesem Kerl gefressen habe. Seit unserer Ankunft hier hat er mich kein einziges Mal angerufen. Kein einziges verfluchtes Mal hat er es für nötig befunden, den verdammten Hörer in die Hand zu nehmen und sich zu erkundigen, wie es mir geht. Ich habe ihn dreimal angerufen. Das erste Mal gleich nach unserer Ankunft, um mich zu vergewissern, dass er wohlbehalten angekommen ist, aber er hat nicht zurückgerufen. Am Tag danach habe ich ihn erneut angerufen, weil ich mir Sorgen gemacht habe. Wieder nichts. Und dann habe ich ihn gestern noch einmal angerufen, weil er sich auch auf meinen zweiten Anruf hin nicht gemeldet hat, und als ich ihn an der Strippe hatte, hat er mir gesagt, dass er gerade keine Zeit zum Reden habe, weil ›die Kumpels‹«, sie imitiert gekonnt Ruperts schleppende Sprechweise, »ihn unten in der Hacienda Bar zur Happy Hour erwarten würden. Von wegen Happy Hour, sie haben wohl eher Happy Days ... und Nächte, nicht zu vergessen, eine ausgelassene, nie endende Orgie, ohne auch nur einen einzigen verdammten Gedanken an uns zu verschwenden. Hat es etwas damit zu tun, dass Männer so anders sind als Frauen, Liddy? Frauen zerbrechen sich ständig den Kopf darüber, ob es ihrem Partner gut geht und wo er wohl gerade ist, wohingegen Männer sich einen Dreck für das Befinden ihrer Partnerin interessieren.«

Ich weiß genau, was Bridget durchmacht.

»Es tut mir so Leid. Und ich heule euch die ganze Zeit wegen Matt die Ohren voll. Warum hast du mir das nicht früher erzählt?«

»Du hattest doch selber genug Probleme.« Ihre Gesichtszüge werden weicher, und sie bringt sogar ein Lächeln zustande.

»Egal, du hättest es mir trotzdem sagen sollen. Du weißt schon, geteiltes Leid ist halbes Leid. So oft, wie ich euch schon mit meinen Problemen belästigt habe, müssten sie sich eigentlich schon längst verflüchtigt haben.«

Wir schweigen beide einen Moment, dann sieht sie mich mit ernstem Gesicht an.

»Matt liebt dich, das steht fest.«

Ich trete überrascht zurück.

Aus Bridgets Mund ist das eine bedeutungsschwere Aussage.

»Meinst du wirklich?«

»Ich weiß es. Und du solltest es auch wissen.« Sie zuckt mit den Achseln. »Auch wenn er manchmal nicht gerade der Aufmerksamste unter der Sonne ist.«

»Das kannst du laut sagen.«

»Er kann auch ein richtig chauvinistisches Arschloch sein.«

»Allerdings.«

»Und er hat schon verdammt viele Frauen gehabt.«

»He, ich dachte, du wolltest mich aufmuntern!«

Sie lacht schuldbewusst.
»Wollte ich auch. Tut mir Leid.«
»Muss es nicht. Ich bin selber mein schlimmster Feind. Ich mache mir einfach zu viele Gedanken, weißt du, ich muss immer alles analysieren, warum dies, warum das und so weiter. Ich mache mich selber fertig, ehrlich.«
»Für mich übernimmt das Rupert.«
Wir verziehen beide das Gesicht.
»Und was willst du jetzt machen?«
Sie zuckt mit den Achseln.
»Auf lange Sicht habe ich keine Ahnung, aber fürs Erste, denke ich, ist es das Beste, mich genauso zu verhalten wie er, also so zu tun, als ob er nicht existierte.« Sie stößt sich von der Wand ab und demonstriert ihre Entschlossenheit, indem sie den Rücken durchdrückt. »Es gibt nur eins, was jetzt zu tun ist.«
»Nämlich?«
»Na ja, wenn man bedenkt, dass wir hier sind, um deinen Jungfernabschied zu feiern, haben wir uns bisher ziemlich zurückgehalten. Deshalb bin ich dafür, jetzt da reinzugehen und uns abzuschießen.«
»Meinst du das im Ernst?«
»Absolut. Heute knallen wir uns mal richtig zu. Und dann taumeln wir zum Strand runter und sehen uns den Sonnenaufgang an. Einen karibischen Sonnenaufgang sollten wir unbedingt gesehen haben, wenn wir schon mal hier sind.«
»In dem Fall sollten wir lieber erst zurück in unsere Anlage fahren. Falls wir nämlich umkippen, bevor die Sonne aufgeht, können wir uns dort wenigstens darauf verlassen, dass George irgendjemanden beauftragen wird, uns in unsere Zimmer zu schaffen.«
»Du hast Recht. Es gibt Safer Sex, Sonnenschutzcreme, wa-

rum also nicht auch beim Trinken auf Nummer sicher gehen? Sehr vernünftig. Wo sind die anderen?«

»Auf der Tanzfläche.«

Bis wir die anderen zusammengetrommelt, unsere letzten Drinks heruntergekippt und zwei Taxis für die Rückfahrt organisiert haben, ist es vier Uhr morgens.

Da wir alle dringend auf die Toilette müssen und unsere Strandhandtücher holen wollen, huschen wir als Erstes schnell auf unsere Zimmer. Wir sind nach wie vor entschlossen, am Strand den Sonnenaufgang abzuwarten.

Ich fühle mich leicht beschwipst und euphorisch und nehme eine Flasche Champagner aus der Minibar, um sie mit an den Strand zu nehmen.

Bridget erwartet mich bereits.

»Ich war nicht im Zimmer, ich habe hinter einen Busch gepinkelt«, vertraut sie mir unbekümmert an, »und dann habe ich mir von einer der Swimmingpoolliegen ein Handtuch stibitzt. Die Leute sind selber schuld, wenn sie ihre Handtücher die ganze Nacht da liegen lassen, um sich die besten Plätze zu sichern.«

»Cool, Bridget!«, rufe ich und umarme sie.

Einige schaffen es nicht mehr zurück.

Thomas zufolge, der als Nächster kommt und eine Luftmatratze und vier Flaschen Bier bei sich hat, liegt Heather mit ihrem Handy auf dem Bett und säuselt Ben irgendwelche Liebesbotschaften zu. Offenbar hat er ihr seit unserer Rückkehr ins Hotel schon drei SMS geschickt.

Ist er nicht ein Schatz, mein lieber kleiner Bruder?

Heather kann sich wirklich glücklich schätzen.

Fleur hat uns ebenfalls versetzt. Offenbar ist dem kleinen Wirbelwind die Puste ausgegangen, und als sie sich aufs Bett gesetzt hat, um ihre Sandaletten gegen ihre Flip-Flops zu tauschen, ist sie mitten beim Schuhewechseln nach hinten übergekippt und sofort eingeschlafen.

Mum ist gar nicht erst auf ihr Zimmer gegangen, wird es aber vermutlich auch nicht mehr zum Strand schaffen. Thomas erzählt uns atemlos und aufgeregt, dass sie nur bis zur Ocean View Bar gekommen ist, wo sie von einem attraktiven Franzosen angesprochen wurde, der ein bisschen aussieht wie Robert de Niro mit grauen Haaren.

»Hattest du den Eindruck, dass sie ihn kannte?«, frage ich ein wenig besorgt.

»Keine Ahnung, aber falls nicht, dürfte sich das dem Blick nach zu urteilen, mit dem er sie angestarrt hat, schnell ändern.«

»Glaubst du, ich muss mir Sorgen um sie machen?«

»Nein, absolut nicht. Dein Swimmingpoolknabe war auch da, er hat zusammen mit dem Franzosen getrunken. Die beiden scheinen sich gut zu kennen, und du hast ja gesagt, dass er nett ist. Ehrlich gesagt frage ich mich, was er den ganzen Tag tut, die Pools sind doch alle einwandfrei und sauber. Wahrscheinlich verbringt er die meiste Zeit an der Bar.«

»Das stimmt nicht«, nehme ich ihn in Schutz.

»Du legst dich ja mächtig für ihn ins Zeug. Man könnte meinen, du stehst auf ihn.«

Ich schnappe mir das kleine Handtuch, das Bridget als Kissen benutzt, und ziehe ihm damit schnell eins über. Er springt auf, jault wie ein junger Hund, und wir knurren uns mit zusammengekniffenen Augen an, aber dann hört er auf zu jammern, und ich stelle die Handtuchschläge ein.

Fünf Minuten später stoßen Amy und Maddie zu uns. Sie haben noch einen Abstecher in die Strandbar gemacht, wo Amy den Barkeeper Antoine hinterlistig mit ihrem Ausschnitt abgelenkt hat, während Maddie sich drei Flaschen Weißwein aus dem Kühlschrank stibitzt hat.

»Die Drinks sind ja sowieso alle frei. Aber hier können wir den Wein in der Horizontalen genießen«, erklären sie zu ihrer Entschuldigung und legen sich nebeneinander auf ein riesiges, rot gestreiftes Handtuch.

Zu meiner großen Überraschung ist auch Dora noch einmal zurückgekommen. Sie liegt neben mir auf einer umweltfreundlichen, aber unbequemen Binsenmatte. Wir sechs bilden einen Kreis wie in einem Pfadfinderlager, zwischen uns die aus der Bar entwendeten Weinflaschen, Thomas' Bier und mein mitgebrachter Champagner.

»Ein Lagerfeuer wäre nicht schlecht«, stellt Bridget fest und entkorkt gekonnt den Champagner.

»Und ein paar Kartoffeln für die Glut, ich habe einen Mordshunger.«

»Der typische Saufkohldampf«, merkt Thomas weise an.

»Ob es auch einen Strandservice gibt? So etwas wie einen Zimmerservice, nur dass die bestellten Sachen an den Strand gebracht werden?«

»Keine Ahnung, aber sie scheinen hier für alles gewappnet«, entgegnet Thomas. »Ich gehe mal nachsehen.« Er hievt sich auf seine Füße. »Bin in einer Sekunde zurück.« Und schwankend fügt er hinzu: »In einer Säufersekunde.«

Nach fünf Minuten kommt er zurückgetorkelt.

»Und? Hattest du Glück?«

»Eine Runde Club Sandwiches, dank des neuen Verehrers deiner Mutter. Er ist offenbar der Eigentümer des Hotels.«

Er hält kurz inne, damit wir die Neuigkeit verdauen können.

»Er kam heute Morgen hereingeschneit, seitdem kriecht ihm das Personal in den Arsch und scharwenzelt um ihn herum, genau wie deine Mutter übrigens. Als ich in die Bar kam, hatte sie die Hände auf seinen Knien und er seine auf ihren. Allerdings hat er sie schnell weggezogen, als er mich gesehen hat. Deine Mutter geht wirklich schnell zur Sache.«

»Von ihr kann ich noch etwas lernen«, stellt Maddie mit einem Grinsen fest.

»Wie heißt er?«, frage ich.

»Alle nennen ihn Monsieur Charles, keine Ahnung, ob das sein Vor- oder Nachname ist. Wie deine Mum mir erzählt hat, haben sie herausgefunden, dass sie gemeinsame Freunde und Bekannte und die gleichen Lieblingslokale in St. Tropez haben. Sie redet fließend Französisch! Ich wünschte, ich könnte auch eine andere Sprache.«

Offenbar verstehen sie sich prächtig. Hin und wieder schallt ihr Gelächter durch die warme Nachtluft zu uns herüber und übertönt das leise Rauschen der sanft auf den Strand rollenden Wellen.

»Ich glaube, da hat sich deine Mutter einen wirklich dicken Fisch geangelt«, stellt Maddie fest. »Am besten holst du deinen Hut aus der Mottenkiste, denn ich habe das Gefühl, dass gleich nach deiner Hochzeit die nächste anstehen wird.«

»Schon wieder ein neuer Stiefvater, hurra!«, rufe ich und halte wie zum Anstoßen mein Glas hin.

»Ich an deiner Stelle würde ihn mir schön warm halten. Stell dir vor, wie angenehm es wäre, einen Stiefvater zu haben, der dir jederzeit Zutritt zu diesem Paradies hier verschaffen kann.«

»Dann wäre ich zwar nur auf meinen eigenen Vorteil bedacht, aber du hast Recht«, entgegne ich.

»Glaubst du wirklich, dass deine Mum noch mal heiratet?«, fragt Amy.

Dora und ich sehen uns mit schiefem Lächeln an.

»Ich würde es ihr ohne Weiteres zutrauen«, stellt Dora trocken fest; sie klingt allerdings nicht so verbittert, wie ich es erwartet hätte.

»Es muss schön sein, so offen für Beziehungen zu sein, und das, nachdem die vorherigen allesamt gescheitert sind. Irgendwie ist es eine Art von Optimismus, den ich auch gerne hätte«, überlegt Amy laut.

»Optimismus oder Blödheit?«, fragt Dora und schenkt sich von dem Wein ein. »Was steckt eurer Meinung nach dahinter, wenn eine Frau so oft heiratet?«

»Optimismus«, sagt Bridget.

»Blödheit«, widerspricht Maddie.

»Entweder das, oder sie steht auf Hochzeitstorten«, stellt Amy grinsend fest.

»Nein, Darling«, imitiert Dora unsere Mutter, »keine Hochzeitstorte, sondern *Croque en bouche*, das ist in St. Tropez gerade der letzte Schrei.«

Die anderen lachen schallend. Sie haben Dora noch nie den Clown spielen sehen. Es kommt ja auch nicht gerade oft vor, aber ein Gläschen Wein scheint schon genügt zu haben, sie ein wenig aufzulockern.

»Lasst uns nicht über Hochzeiten reden«, werfe ich schnell ein, um das Thema zu wechseln. »Eigentlich ist jetzt der passende Moment, um über den Sinn des Lebens zu philosophieren. Betrunken lässt es sich viel besser überlegen, wie man die Welt verbessern kann.«

Alle nicken und schweigen.

Ich blicke in die Runde. Alle sehen hinaus aufs Meer, in ihre eigenen Gedanken versunken. Ich wünschte, ich könnte ihre Gedanken lesen und wüsste, was sie gerade denken …

Thomas

Wenn das Ganze ein Musical wäre, wäre jetzt der Moment, in dem wir alle ein Lied anstimmen würden. Wir würden über den Strand tanzen, die Palmen umkreisen und dabei wehleidig beklagen, dass wir unsere Liebe an Männer vergeuden, die sich einen Dreck für uns interessieren.

Ich habe immer geglaubt, dass ich Paul heiraten würde. Aber ich kann mir nicht vorstellen, dass ich je in einem baiserartigen Traum in Weiß zum Traualtar schreite. Es ist so unfair! Warum sind die schönen Klamotten für Frauen reserviert? Vielleicht sollte ich mich als Schotte ausgeben, damit ich wenigstens einen Kilt tragen kann, falls ich je heiraten sollte. Gibt es wirklich einen Unterschied zwischen einem Kilt und einem Rock, oder wird das nur von schottischen Männern verbreitet, damit sie sich männlicher fühlen können? Was rede ich denn da! Ich fabuliere über Röcke! Bin ich etwa ein heimlicher Transvestit?

Dora

Wie sie da alle sitzen und mit feuchten Augen herumträumen.

Was für eine erbärmliche Zeitverschwendung.

Der Himmel stehe uns bei, wenn Mum wirklich noch einmal heiratet.

Ich werde nie heiraten.

Keine Ahnung, warum Liddy das nicht genauso sieht.

Ich hasse Hochzeiten.

Bridget

Wenn ich heirate, lasse ich mir mein Hochzeitskleid von Amanda Wakeley anfertigen.

Ihr Stil ist einfach zeitlos klassisch. Allerdings käme

ich dann vermutlich in meiner Hochzeitsnacht in meiner verführerischen Agent-Provocateur-Unterwäsche aus dem Badezimmer unserer Flitterwochen-Suite, um Rupert dabei zu erwischen, wie er in dem Kleid, für das ich ein paar tausend Pfund hingeblättert habe, um meine Familie und Freunde zu beeindrucken, im Zimmer umherstolziert. In Wahrheit werden Rupert und ich vermutlich gar nie heiraten, jedenfalls nicht einander. Er wird sich eine Frau suchen, die die gleiche Größe hat wie er, damit er sich ihre Kleider ausleihen kann. Ob wohl jemand hier weiß, dass er ein heimlicher Transvestit ist?

Maddie

Ob Liddy wirklich heiraten will? Sie scheint im Moment ein schweres Vertrauensproblem mit Matt zu haben. Vielleicht ist es eine Projektion ihrer eigenen Ängste davor, die Bürde wirklich auf sich zu nehmen und ihr Ja-Wort zu geben. Vielleicht will sie vor der Ehe noch einmal eine letzte Affäre. Vielleicht liegt Thomas gar nicht so falsch, wenn er sie mit Johnny aufzieht. Er ist ja wirklich ein netter Kerl. Nicht unbedingt mein Typ, aber sehr attraktiv. Andererseits – was ist überhaupt mein Typ? Gibt es den überhaupt? Eigentlich habe ich noch nie darüber nachgedacht. Vermutlich bin ich davon ausgegangen, dass es sowieso keinen einzelnen Mann gibt, der alles, worauf ich stehe, in sich vereint … wobei, dieser Roberto ist in meinen Augen fast perfekt. Ich glaube, ich frage ihn, ob er Lust hat, morgen Abend mit mir auszugehen. Was rede ich denn da! Ein zweites Date? Ich hatte noch nie mit einem Mann ein zweites Date, aber ich glaube wirklich, Roberto könnte es wert sein. Wenn man den richtigen Mann fände, wäre der Gedanke ans Heiraten gar nicht so schlecht, aber das würde ich Amy gegenüber *niemals* zugeben. Nach allem, was ich bisher übers Heiraten zum Besten gegeben habe, würde sie mich auslachen.

Amy

Ich bin so froh, dass ich Single bin. Ich hätte absolut keine Lust, mir den Urlaub von einem unaufmerksamen Freund verderben zu lassen. Andererseits wäre ein aufmerksamer Freund ganz nett, einer, der mich liebt und mich mit Aufmerksamkeit überhäuft. Oh, und mit teuren Geschenken natürlich, das wäre echt super. Dabei fällt mir ein, dass ich immer noch kein Hochzeitsgeschenk für Liddy und Matt habe. Ich bin gespannt, was auf der Liste noch übrig ist. Jedenfalls schenke ich ihnen auf keinen Fall so etwas Langweiliges wie eine Suppenschüssel oder Handtücher. Vielleicht wäre ein Gutschein für einen Besuch bei Anne Summers nicht schlecht. Ob ich wohl jemals heirate? So abstoßend finde ich den Gedanken gar nicht, aber das würde ich Maddie gegenüber *niemals* zugeben. Nach allem, was ich bisher übers Heiraten zum Besten gegeben habe, würde sie mich auslachen.

Wie Sirup, der mit Wasser verdünnt wird, hellt sich der dunkle Himmel allmählich auf.

»He, Leute, wacht aus euren Träumen auf, die Sonne geht auf!«

»Oh, da sollten wir ein Lied anstimmen. *Here comes the sun.*«

»Wie bitte?«

»Ach, nichts.« Thomas setzt sich aufrecht hin und dreht sich mit einem erwartungsvollen Lächeln Richtung Meer.

Ehrfürchtige und bewundernde Ausrufe begleiten den strahlenden orangefarbenen Ball, der wie Phoenix mit dem Feuer aus dem Meer aufsteigt und gen Himmel entschwebt.

»Seht euch das an!«

»Wie schön.«

»Wow!«

»Großartig. Einfach großartig.«

»Wir haben's geschafft, Mädels. Wir haben die Sonne in Barbados aufgehen sehen. Wie fühlt ihr euch?«

Wir sehen uns alle an.

»Fix und fertig«, erwidern wir im Chor.

Kapitel 17

Da Heather und Fleur vermutlich tief und fest schlafen, kommt Thomas mit zu mir, um sich wenigstens noch ein paar Stunden aufs Ohr zu hauen. Während er sich erschöpft auf mein Bett fallen lässt, rufe ich die Rezeption an und sage meine Trainingsstunde mit Petronella ab. Danach wähle ich Matts Nummer.

Ich habe mir so lange eingeredet, dass er es nicht war, den ich gestern Abend gesehen habe, dass ich es inzwischen sogar glaube, und ein netter Plausch mit ihm wäre jetzt doch genau das Richtige, um die letzten Zweifel zu beseitigen. So früh am Morgen erwarte ich nicht wirklich, ihn an die Strippe zu bekommen, aber ich kann ihm zumindest eine Nachricht hinterlassen, die er sich nach dem Aufwachen anhören kann.

»Hi Matt, ich bin's. Ruf mich doch mal an, wenn du aufwachst. Ich…« Eigentlich wollte ich sagen »Ich liebe dich«, aber aus irgendeinem Grund wollen mir die Worte nicht über die Lippen kommen. Ich hüstele. »Ich…«, stammele ich, »ich rufe dich später noch mal an.« Ich stelle das Telefon aufs Nachtschränkchen und lege mich neben Thomas, der sich im Schlaf herumrollt, irgendetwas murmelt und vertraut den Arm um mich legt. »Meinst du, Matt liebt mich so wie du?«, frage ich ihn leise, doch als Antwort bekomme ich nur ein Schnarchen.

Um die Mittagszeit werde ich wach. Thomas singt unter der Dusche *Tragedy*.

Ich reibe mir den Schlaf aus den Augen und greife in der Hoffnung auf neue Nachrichten als Erstes nach meinem Handy. Wieder Fehlanzeige.

»Matt hat nicht zurückgerufen, habe ich Recht?«, fragt Thomas. Er steht in der Tür, rubbelt sich die Haare trocken und sieht danach aus wie ein Igel.

»Bin ich so leicht zu durchschauen?«

»Ich jedenfalls sehe es dir an.«

»Warum hat er mich nicht angerufen?«

Thomas zuckt zaghaft mit den Schultern.

»Ich wünschte, ich wüsste die Antwort, Liddy, aber ich habe keine Ahnung. Ehrlich nicht.«

Ich mustere grimmig mein Handy. Er muss meine Nachricht bekommen haben, also warum bloß ruft er nicht zurück?

»Es ist so gemein. Ich erwarte ja gar nicht, dass er mich alle fünf Minuten anruft, aber ein einziges Mal hätte er sich doch wenigstens melden können.«

Thomas nickt zustimmend.

»Ich hätte nie gedacht, dass er so ist. Vielleicht hat meine Schwester Recht, und ich kenne ihn wirklich nicht genug, um ihn guten Gewissens heiraten zu können.«, murmele ich. »Vielleicht sollte ich die ganze verdammte Hochzeit abblasen.«

»He!«, ruft Thomas und stürzt herbei, setzt sich neben mich auf die Bettkante und tröstet mich. »So extreme Reaktionen passen doch gar nicht zu dir.«

»Was ist denn daran extrem? Vielleicht sollte ich mir ein Beispiel an Ben und Heather nehmen, die eine lange Verlobungszeit einplanen und sich erst einmal richtig kennen lernen wollen, bevor sie ans Heiraten denken. Ich kenne Matt gerade mal seit eineinhalb Jahren, Thomas, das ist nichts. Überleg doch mal, ich kenne den Milchmann länger als Matt, und es käme mir nicht im Traum in den Sinn, ihm zu geloben, den Rest meines Lebens mit ihm zu verbringen.«

»Das könnte natürlich auch daran liegen, dass unser Milchmann zweiundsechzig ist und ein Glasauge und ein lahmes Bein hat.« Er lacht. »Spaß beiseite, Liddy, du kannst deine Beziehung zu Matt ja wohl kaum mit deiner Beziehung zu jemandem vergleichen, den du einmal in der Woche siehst, um deinen Joghurt zu bezahlen. Außerdem geht es nicht allein darum, wie lange man sich kennt, sondern vor allem um die Intensität der Gefühle.«

»Und wenn diese Gefühle nachlassen?«

»Willst du damit etwa sagen, dass das bei dir der Fall ist?«, hakt er nach und sieht mich erstaunt an.

»Nein, natürlich nicht... ach, ich weiß auch nicht. Ich begreife nur einfach nicht, warum er es nicht für nötig hält, mich anzurufen, obwohl ich ihn ausdrücklich darum gebeten habe!«, platze ich heraus und schleudere mein Handy ans Bettende, was eigentlich gar nicht meine Art ist. »So würde ich nie jemanden behandeln, den ich liebe, ich finde es schlichtweg... unverschämt!«, rufe ich. »Genau das ist es nämlich: unverschämt! Wetten, dass er seine Mutter sofort angerufen hat, um ihr mitzuteilen, dass er wohlbehalten angekommen ist. Und in der Firma hat er sich bestimmt auch gemeldet, um zu checken, ob alles in Ordnung ist. Und ich? Nichts, eine popelige SMS! Mehr bin ich ihm nicht wert!«

»Wahrscheinlich hat er niemanden angerufen, Liddy. Nach allem, was wir gehört haben, sind sie viel zu sehr mit Saufen und Feiern beschäftigt, um sich irgendwo zu melden.«

»Das werde ich herausfinden.«

»Wie denn?«

»Zuerst werde ich seine Mutter anrufen und dann seine Firma und werd fragen, ob er sich gemeldet hat.«

»Das kannst du nicht tun, Liddy.«

»Warum denn nicht?«

Er hält sich die Faust ans Ohr, als wäre sie ein Telefon.

»Hallo, hier ist Lydia«, meldet er sich mit piepsiger, atemloser Stimme, »ich stelle nur ein paar Nachforschungen an, weil Ihr Sohn, Schrägstrich, Boss es nicht für nötig hält, mich anzurufen und ich ihm deshalb nicht mehr traue und gar nicht mehr weiß, ob ich ihn überhaupt heiraten will.«

»Ich muss es natürlich ein bisschen geschickter anstellen. Das letzte Mal, als ich mit Matts Mutter gesprochen habe, hat sie mir erzählt, dass sie für die Hintergrundmusik beim Hochzeitsessen eine Harfenspielerin engagieren wollte. Ich habe ihr gesagt, dass ich darüber erst einmal nachdenken muss, und natürlich habe ich sie nicht zurückgerufen, weil ich auf Harfengezupfe nun wirklich verzichten kann.«

»Aber vielleicht wäre es ganz schön.«

»Aber ich habe schon eine Jazzband angefragt.«

»Verstehe, das ist natürlich noch besser.«

»Ich könnte sie anrufen und ihr grünes Licht für ihre Freundin mit der Harfe geben und nebenbei fragen, ob sie etwas von Matt gehört hat.«

»Aber du hast doch gerade gesagt, dass du schon eine Jazzband engagiert hast. Warum rufst du sie nicht an und teilst ihr mit, dass du ihre Freundin mit der Harfe *nicht* dabeihaben möchtest, und fragst sie beiläufig, ob sie vielleicht zufällig etwas von Matt gehört hat?«

»Weil sie dann sofort schlechte Laune bekommt und über nichts anderes mehr mit mir reden will. Sie wird mir vorgaukeln, sie habe Besuch von ein paar Freundinnen zum Bridgespielen und müsse jetzt auflegen.«

»Woher weißt du das?«

»Weil sie immer so reagiert, wenn mir ihre Ideen für unsere

Hochzeit nicht gefallen. Sie geht jeder Konfrontation aus dem Weg und denkt, wenn sie erst gar nicht mit mir über ihre Anliegen redet, können wir uns auch nicht streiten. Nicht, dass ich es auf Streit mit ihr anlegen würde, aber sie ist eben immer so kurz angebunden mit mir, dass es gar nicht dazu kommt.«

»Oje. Bin ich froh, dass ich keine Schwiegereltern habe.«

»Ja, da kannst du wirklich drei Kreuze machen.« Ich zucke mit den Achseln. »Zumindest kann ich jetzt eine weitere Fertigkeit in meinen Lebenslauf aufnehmen: gute diplomatische Fähigkeiten.«

»Die hast du schon seit neunundzwanzig Jahren. Wie hättest du es schließlich sonst mit Dora aushalten können?«

»Also, was meinst du? Soll ich anrufen?«

»Wenn ich nein sagen würde, würdest du es doch trotzdem tun, habe ich Recht?«

Ich nicke.

»Dann tu, was du nicht lassen kannst.«

Diesmal fliegt mein Handy um ein Haar durch die Balkontür ins Meer. Ich bin stinksauer!

»Matt hat bei ihr angerufen«, knurre ich in Thomas' Richtung. »Sofort nach seiner Ankunft. Um ihr zu sagen, dass er gut gelandet ist.«

»Oje.«

»Ja, und um das herauszufinden, habe ich jetzt zu allem Überfluss nicht nur eine Harfenspielerin am Hals, die ich nicht haben will, sondern auch noch vier ungebetene Extragäste, die ich noch nie gesehen habe, plus den Horrorenkel ihrer Schwester als Blumenstreujungen mit Rüschenhemd, Weste und Knickerbocker aus blauem Samt.«

»Oje«, entfährt es Thomas erneut. »Ich dachte, seine Eltern

hätten bisher keine besonderen Ansprüche gestellt, was die Planung der Hochzeit angeht?«

»Ja, aber seine Mutter muss wohl ein Zeichen von Schwäche bei mir gewittert haben.«

»Hat er sie einmal angerufen oder mehrmals?«

»Einmal, und heute Morgen hat sie eine Ansichtskarte von ihm bekommen.«

»Oje«, entfährt es ihm zum dritten Mal.

»Genau«, bestätige ich mit finsterer Miene. »Und jetzt ist das Büro an der Reihe. Da muss ich wenigstens keine Zugeständnisse für meine Hochzeit machen, um an meine Informationen zu kommen. Ich verstehe mich gut mit Matts persönlicher Assistentin Sandy. Ich frage sie einfach geradeheraus.«

»Das kannst du doch nicht machen.«

»Warum nicht?«

»Weil sie sich Matt auf jeden Fall mehr verpflichtet fühlt als dir, egal, wie gut ihr euch versteht, und ihm deshalb bei der erstbesten Gelegenheit brühwarm von deinem Anruf erzählen wird. Du musst geschickter vorgehen. Kannst du sie nicht nach irgendeiner Adresse fragen? Erzähl ihr doch, dass du gerade deine Urlaubskarten schreibst und eine Anschrift vergessen hast.«

»Keine schlechte Idee. Aber nach wessen Adresse könnte ich fragen?«

»Wie wär's mit ihrer? Angeblich versteht ihr euch doch gut. Also könntest du ihr ja auch eine Karte schreiben, oder?«

»Thomas, du bist ein Genie!«, rufe ich und umarme ihn.

Fünf Minuten später kehre ich missmutig zurück.

»Spar dir deine Worte, ich sehe schon, er hat sich gemeldet.«

»Gleich am ersten Tag, und vor zwei Tagen noch einmal. Irgendetwas ist da im Busch, Tom. Warum ruft er alle anderen an, nur mich nicht? Irgendetwas ist da vorgefallen. Ich weiß es.«

»Gut. Ich berufe einen Kriegsrat ein«, sagt Thomas.

»Wie bitte?«

Er greift zum Zimmertelefon.

»Ich habe es satt, dass dir diese Geschichte den Urlaub versaut. Wir klären das jetzt auf, ein für allemal, und dafür brauchen wir die Hilfe der anderen.«

Nachdem wir die anderen auf den neuesten Stand gebracht haben, sind alle einer Meinung.

»Es macht keinen Sinn, hier herumzuhocken und uns verrückt zu machen, was die Jungs da unten treiben oder auch nicht«, sagt Maddie. »Wir müssen hinfahren und uns ein eigenes Bild machen.«

»Selber die Initiative zu ergreifen, ist immer besser, als untätig Däumchen zu drehen«, verkündet Dora zu meiner großen Überraschung.

Zu meiner noch größeren Überraschung hält Thomas Dora die Hand hin, die sie nach kurzem Zögern ergreift, und schüttelt sie kräftig.

»Das war das Klügste, was du die ganze Woche gesagt hast. Genau genommen, war es das Klügste, was du je von dir gegeben hast, seit ich dich kenne.«

Dora zieht ihre Hand wieder weg, als ob Thomas sie gebissen hätte, und bedenkt ihn mit einem bissigen Blick.

»Und was sollen wir deiner Meinung nach tun?«, fragt Fleur an Thomas gewandt. »Einfach in die Anlage hineinspazieren, uns neben sie an einen Tisch setzen und die Jungs den ganzen Abend anglotzen?«

»Wir können uns auch als Kokosnüsse verkleiden und uns in einer Palme verstecken«, schlage ich vor und kichere, als mir auf einmal klar wird, wie absurd das alles ist. »Für mich wäre das ein Kinderspiel, ich müsste mich nur mit Bratensoße einschmieren und mir ein paar Tage lang die Beine nicht rasieren.«

Alle lachen. Sogar Bridget.

»Ob wir ausgerechnet als Kokosnüsse gehen sollten, weiß ich nicht, aber die Idee mit der Verkleidung gefällt mir«, meldet sich Heather zu Wort. »Wie wäre es, wenn wir Tarnkleidung anziehen und uns im Gebüsch verstecken?«

»Abgesehen davon, dass es die beknackteste Idee ist, die mir je zu Ohren gekommen ist, könnt ihr das sowieso vergessen«, stellt Dora trocken fest. »Auf Barbados ist jegliche Tarnausrüstung per Gesetz verboten.«

»Als Quelle sinnloser Informationen ist sie einfach unschlagbar«, entgegnet Thomas sarkastisch, und ihre vorübergehende Waffenruhe schmilzt wie Eis in der Sonne. »Aber die Tarnkleidung könnt ihr tatsächlich vergessen. Wer sich in Coconut Cove unauffällig unter die Gäste mischen will, darf sich nicht in Khakiklamotten werfen, sondern er muss in Schickimickiklamotten rumlaufen, mit Vaseline auf den Zähnen und Creme auf den Augensäcken.«

»Der Schönheitswettbewerb!«, ruft Maddie.

»Genau«, bestätigt Thomas. »In der Anlage wimmelt es von grinsenden Grazien mit aufgedonnerten Frisuren und mordsmäßigen Titten. Wir machen uns zurecht und mischen uns unter sie.«

Er nimmt sich zwei Apfelsinen aus meinem Obstkorb, schiebt sie sich unter sein T-Shirt, zieht einen gewaltigen Schmollmund und streckt uns seine falschen Möpse entgegen. Dabei schielt er beinahe vor Anstrengung.

»Ich könnte als Miss Busenwunder aus Bow gehen«, sagt er mit affektiert hoher Stimme.

»Ja, und ich als Miss Fehl am Platz«, stelle ich grinsend fest. »Ich würde niemals bei einem Schönheitswettbewerb zugelassen.«

»So ein Unsinn. Du musst dir nur ein bisschen Make-up ins Gesicht klatschen, dich in einen megahippen Abendfummel werfen und eventuell deine Haarpracht etwas stärker zur Geltung bringen.«

»Ich nehme an, du meinst die auf meinem Kopf und nicht die auf meiner Brust«, stelle ich grinsend fest.

»Hängt davon ab, worauf Matt steht«, sagt er, nimmt die Apfelsinen aus dem T-Shirt und reicht sie einer entsetzten Bridget. »Natürlich meine ich deine Kopfhaare, dumme Nuss.«

»Und rein zufällig hast du auch einen Koffer voller Perücken und Glitzerfummel dabei«, ziehe ich ihn auf.

Er sieht mich an, als wäre ich eine komplette Idiotin.

»Nein«, sagt er und gibt mir durch ein Zwinkern zu verstehen, dass ich zwar ein bisschen begriffsstutzig sein mag, er mich aber trotzdem mag. »Allerdings kenne ich zufällig ein paar *Damen*, die all das haben, was wir brauchen …«

Sie sind über den ganzen Holzsteg zu hören. Ihre Absätze klappern über die Holzbohlen, ihr fröhliches Geschnatter hallt durch die klare Luft bis zu uns.

»Würdet ihr beiden jetzt *bitte* endlich gehen, ihr trödelt ja entsetzlich herum.«

»Du hast gut reden, du bist ja auch kein Packesel wie Mimi und ich. Trägst du überhaupt irgendetwas?«, höre ich Mona eingeschnappt fragen.

»Ja, was trägst du überhaupt?«, plappert Mimi ihr nach.

»Ich bin die Künstlerin unter uns. Meine Hände sind mein Werkzeug, deshalb sind sie nicht zum *Tragen* da, sondern zum *Kreieren*.«

»Das Einzige, was du prima kreierst, ist eine Szene«, stellt Mimi klar, woraufhin sie alle drei losgackern.

»Wow! Dieses Zimmer ist ja der reinste Wahnsinn!« Martha stakst auf Stilettos in meinen Wasserbungalow, die man sonst allenfalls in Ginger Spices' Wohltätigkeitsladen finden kann.

Offenbar ist ihr beim Anblick des übertriebenen Luxus der Neid in die Kehle gefahren, denn bei »der reinste Wahnsinn« wird ihre Stimme plötzlich tief.

»Jetzt seht euch das an!«, ruft Mimi, die als Nächste hineingestöckelt kommt und unter der Last des größten Schminkkoffers, den ich je gesehen habe, beinahe zusammenbricht. »Ein kleiner Unterschied zu unseren Personalunterkünften.«

»Wo wir uns eine kleine Zelle teilen müssen«, fügt Mona naserümpfend hinzu, die nun auch hereinspaziert, schwer beladen mit einem Riesenhaufen Kleidern.

»Und zu dritt in einem Bett schlafen«, seufzt Mimi.

»In einem Einzelbett, wohlbemerkt«, sagt Mona, legt den Kleiderstapel aufs Bett und fasst sich in einer Geste der Verzweiflung an die Stirn.

»Ohne Matratze«, jammert Mimi, lässt sich gegen Mona fallen und tut so, als würde sie weinen.

»Und Kakerlaken als einziger Gesellschaft«, setzt Mona noch einen drauf.

Martha verdreht die Augen.

»Ihr dürft die beiden nicht ernst nehmen. Sie übertreiben maßlos. In Wahrheit ist unser Zimmer ganz nett.«

»Nett? Gibt es eine deprimierendere Beschreibung als *nett*?«, fragt Mimi.

»Ja, du hast Recht«, seufzt Mona. »Wie sehe ich aus? ...*nett*... Wie war dein Essen, Darling? ...*nett*... Was hältst von meinem Kleid, Darling? ...*nett*...«

Ich muss daran denken, wie oft Matt mit diesem Wort auf

meine Fragen geantwortet hat und beteilige mich an dem Grimassenspiel, bis Martha Mimi und Mona mit einem strengen Blick zum Schweigen bringt.

Dann nimmt sie uns ins Visier.

»Wie ich gehört habe, braucht ihr reizenden Damen unsere Hilfe?«

Wir nicken wie wild.

»Und dahinter steckt ein kleines Männerproblem?«

Wir nicken weiter, jetzt allerdings begleitet von missmutigem Gegrummel.

»Nun, ich kenne da eine unschlagbare Methode, eure Kerle davon abzuhalten, euch Kummer zu bereiten.«

»Ja?«

Wir sind alle ganz Ohr.

»Ja. Da hilft nur eins: Kleinholz aus dem Scheißkerl machen!«, schmettert Martha in den Raum wie eine Fernsehpredigerin. »Gib ihm den Laufpass, schieß ihn zum Mond, verbanne ihn aus deinem Leben, wirf ihn in einen Eimer mit der Aufschrift ›Fehltritt‹, versenk ihn im Müllschlucker für den Abfall deines Lebens! Das ist meine Meinung ... Es SEI DENN«, sie hält inne, und wir sehen sie andächtig und mit offen stehenden Mündern an, »du meinst, er ist deine kostbare Zeit«, sie senkt ihre Stimme und kehrt zu ihrem normalen schmeichelnden Tonfall zurück, »und Mühe noch wert. In dem Fall könnte ich ein bisschen von *meiner* Zeit erübrigen und mir jede erdenkliche Mühe geben, euch zu helfen. Der bezaubernde Thomas sagte, ihr wollt euch als himmlische Geschöpfe verkleiden und euch unter die Schönheiten in Coconut Cove mischen.«

»Hältst du uns für verrückt?«, frage ich gereizt.

Martha schwebt graziös zu mir herüber und streicht mir sanft mit einem ihrer langen, rot lackierten Fingernägel über den Wangenknochen.

»Nein, meine Hübsche, ihr seid nicht verrückt, die Liebe macht einen verrückt.«

»Da hört ihr's!«, ruft Amy.

»Mit wem fangen wir an? Wen verschönere ich zuerst?«

Sie hat die Wahl zwischen mir, Amy, Fleur und Bridget, die mir anvertraut hat, dass auch sie unbedingt wissen will, was Rupert treibt, da sie ernsthaft überlege, ihm den Laufpass zu geben. »Seit ich ihn kennen gelernt habe, hat er jeden Tag an Reiz für mich verloren« – so waren ihre Worte.

Thomas will auch mitkommen, angeblich, um auf mich aufzupassen, aber er scheint vergessen zu haben, wie gut ich ihn kenne. In Wahrheit kann er einfach nicht der Versuchung widerstehen, schöne Kleider anzuprobieren und sich zu schminken.

Wir fünf wollen nach Coconut Cove, um uns ein eigenens Bild davon zu machen, wie wild unsere Jungs da unten die Sau rauslassen.

Heather fühlt sich nicht in der Lage, und Maddie bleibt bei ihr, um ihr Gesellschaft zu leisten und sie davon abzuhalten, sich sämtliche Fingernägel abzukauen. Dora hält uns natürlich alle für verrückt und will von der Aktion nichts wissen, aber Bridget wollte zur allgemeinen Überraschung unbedingt mit.

»Ich finde, Liddy sollte als Erste zurechtgemacht werden«, schlägt Thomas großmütig vor, dabei weiß ich, dass er es von uns allen am wenigsten abwarten kann, geschminkt zu werden.

Alle anderen nicken, woraufhin mich die drei »Damen« mitsamt ihren umfangreichen Utensilien in mein fürstliches Bad führen und mit der Arbeit beginnen.

Eine halbe Stunde später verlangen Mimi und Mona lauthals Einlass, um mein Gesicht in Augenschein zu nehmen. Nachdem sie für mein Outfit gesorgt und mein Haar zurechtgemacht haben, hat Martha sie mit dem Auftrag ins Schlafzimmer gescheucht, sich schon mal um Thomas zu kümmern, damit sie sich in Ruhe meinem Gesicht widmen kann.

»Ist sie fertig? Können wir reinkommen?« Mimi lugt durch die Tür und klatscht aufgeregt in die Hände.

»Ja, sie ist fertig! Oder?« Mona schlüpft hinter Mimi ins Bad und zieht zu Fleurs Enttäuschung die Tür hinter sich zu. Eigentlich wollte sie auch mit reinkommen.

»Psst«, zischt Martha laut. »Einen Künstler bei der Arbeit drängt man nicht zur Eile! Hier noch ein Pinselstrich, da noch ein Tupfer ... und da ist sie ... die Venus von Milo. Platzt ruhig vor Neid, ich präsentiere euch die neue ...«, sie zwinkert mir zu, »Lydia MacDonald. Neu, wenn auch nicht verbessert, denn Perfektion lässt sich nun mal nicht steigern.«

Sie tritt zur Seite, und ich werfe mich, dem Kleid entsprechend, in Pose.

»Und? Wie sehe ich aus?«

Mimi klatscht noch kräftiger, und ihre fuchsiafarbenen Lippen formen ein vollendetes »Ooooh« der Bewunderung.

»Umwerfend!«, schwärmt sie.

»Toll!«, bestätigt Mona.

»Wow! Wow! Wow!«

»Großartig!«

»Märchenhaft!«

»Sensationell!«

»Göttlich!«

Kein einziges schlichtes »Nett«. Mir schwillt vor Stolz die Brust. Oder lasse ich mich zu sehr von den Schmeicheleien hinreißen, die aus diesen Glamourmündern auf mich einprasseln? Nein, sie meinen es ehrlich, und ausnahmsweise bade ich einmal genüsslich in dem Meer von Komplimenten, ohne sie gleich wieder anzuzweifeln ... jedenfalls nicht zu sehr.

»Darf ich euer Werk jetzt bitte auch mal sehen?« Endlich darf ich mich umdrehen und mich im Spiegel betrachten, den ich die ganze Zeit im Rücken hatte.

Sie haben mich in eins von Monas Kleidern gezwängt, das, weil Mona dünner und größer ist als ich, unten von Mimi umgesäumt werden musste, die zusätzlich zu ihren zahlreichen anderen Talenten auch eine geübte Schneiderin ist. Das Kleid ist lang, rot, mit Pailletten besetzt und sieht so divenhaft aus, dass es Diana Ross gehören könnte, aber das Beste ist, dass es aus einem Stoff ist, der auf magische Weise wie eine Rundumkorsage wirkt und daher nicht nur meinen Hintern und Bauch strafft, sondern auch meine übrigen Problemzonen. Es lässt meine Taille schmaler erscheinen, macht aus meinem Hängepo einen Knackarsch und lässt meine Brüste fest und straff nach vorne stehen.

Auf dem Kopf trage ich Mimis Beyonce-Perücke. Wallende Locken in Karamell-, Honig- und Goldtönen ergießen sich wie ein Wasserfall über meine Schultern, und Martha hat mein Gesicht so gekonnt geschminkt, dass ich mich kaum wiedererkenne. Das ist natürlich genau der gewünschte Effekt, denn schließlich wollen wir uns nicht nur aufdonnern, sondern vor allem verkleiden.

Dass Martha, Mona und Mimi sich selbst das Make-up mit Maurerkellen ins Gesicht klatschen, hat Marthas Schminkfähigkeiten keinen Abbruch getan. Ihr Werk wirkt dezent und absolut natürlich. Es ist einfach perfekt!

Ich bin total begeistert.

»Wow!«, platze ich heraus.

»Gefällst du dir?«

»Superspitzenklasse! Ihr seid großartig, alle drei.« Ich drehe mich um und umarme sie begeistert, woraufhin sie losgackern und vor Freude glucksen. »Ich komme mir vor wie Cinderella, und das ist super, denn vorher habe ich mich immer gefühlt wie der Kürbis, der in die Kutsche verwandelt wird.«

»Und wir sind die guten Feen.«

»Auch wenn die Frage jetzt etwas unpassend erscheint, aber könnt ihr mich nicht auch an meiner Hochzeit zurechtmachen? Vorausgesetzt natürlich, das Fest wird nicht abgeblasen.«

»Oh, eine Hochzeit, ich liebe Hochzeiten. Heiratest du hier? Hier richten sie ganz tolle Hochzeiten aus, in einer Laube direkt am Meer mit einer Steelband, die im Hintergrund spielt.«

»Leider nein. Wir heiraten in England.«

»Das ist ein weiter Weg, aber weil du es bist, meine Süße, denke ich darüber nach. Ich wollte schon immer mal nach England.«

Die anderen haben unser Freudengeschrei gehört und hämmern gegen die Tür. Sie können es gar nicht erwarten, mich zu bestaunen.

»Zeit für den großen Auftritt! Zeit für den großen Auftritt!«, ruft Mimi aufgeregt, und Mona öffnet mit großer Geste die Tür und singt dazu eine Fanfare.

Martha drängt mich hinaus.

»Wow! Du siehst aus wie die dicke ältere Schwester von Jessica Simpson«, stellt Thomas grinsend fest.

Ich weiß nicht, ob ich ihn umarmen oder ohrfeigen soll.

»Und du siehst Marilyn Monroe so ähnlich, dass es einem regelrecht unheimlich wird«, entgegne ich.

»Meinst du, ich habe es mit den Titten ein bisschen übertrieben?« Er sieht vorsichtig hinab in seinen imposanten Ausschnitt.

»Nein, sie lenken die Leute vielleicht von einem anderen Teil deiner Anatomie ab.«

Er ist sichtlich erleichtert und wirft sich in triumphierender Geste seinen Chiffonschal à la Brigitte Bardot um den Hals.

Als Nächstes macht Martha sich daran, Thomas zu schminken, während die beiden anderen Bridget, Amy und Fleur das richtige Outfit verpassen. Als sie alle so gut wie fertig sind, schicken sie mich zur Rezeption, um ein Taxi zu bestellen. Ich eiere auf meinen geliehenen, fünfzehn Zentimeter hohen Absätzen durchs Foyer, als plötzlich eine seit kurzem vertraute Stimme meinen Namen ruft.

»Lydia?«

Ich bleibe wie angewurzelt stehen und wage kaum, mich umzudrehen.

»Liddy?«, wiederholt die Stimme, diesmal jedoch etwas zögerlicher.

Ich drehe mich langsam um.

»Äh, hallo Johnny. Du hast mich also erkannt?«

»Na ja, deine Haare sind irgendwie seltsam, und dieses Kleid, …« Er hält inne, doch seine hochgezogenen Augenbrauen sprechen Bände. »Aber deine Augen sind unverwechselbar.«

»Ehrlich?«, frage ich und bin überrascht, wie sehr mir sein Kompliment schmeichelt, denn es war definitiv ein Kompliment.

»Gehst du auf einen Kostümball?«

Kostümball, ich verdrehe verzweifelt die Augen. All die Komplimente, mit denen Martha, Mona und Mimi mich überhäuft haben, verflüchtigen sich zu einer blassen Erinnerung. Ich bin fassungslos.

»Das wollte ich eigentlich«, murmele ich, »aber jetzt kommen mir Zweifel, ob ich das Richtige anhabe.«

»Du siehst klasse aus.«

Jubel!

»Ehrlich?«

»Absolut.«

»Und, äh, als was habe ich mich deiner Meinung nach verkleidet?«

»Hmm …« Er sieht mich so lange an, dass mein spontaner Jubel erneut zu verkümmern droht, doch dann kommen magische Worte über seine Lippen.

»Heather Locklear.«

Er nickt nachdrücklich, und ich strahle vor Begeisterung.

»Wo ist diese tolle Party eigentlich?«

»Äh, es ist im Grunde gar keine richtige Party«, erwidere ich ausweichend, ringe verzweifelt nach einer plausiblen Erklärung für meinen Aufzug und hoffe inständig, dass er nicht weiter nachbohrt.

Zum Glück tut er das nicht, aber leider kommt in diesem Augenblick Thomas in seinem Ausgehkleid und mit hochhackigen Sandaletten durchs Foyer auf mich zugestöckelt. Johnny guckt zweimal hin, runzelt die Stirn, sieht mich an, sieht wieder Thomas an, blinzelt, als wollte er seinen Blick scharf stellen, legt den Kopf auf diese reizende Weise zur Seite, wie Hunde es tun, wenn sie irgendetwas nicht ganz verstehen, und sieht erneut mich an und dann wieder Thomas.

Und dann fällt bei ihm der Groschen.

Er richtet seinen Blick erneut auf mich und ist sichtlich bemüht, nicht loszuprusten.

»Na dann wünsche ich euch einen schönen Abend.«

»Danke. Fährst du jetzt nach Hause?«

»Nein. Ich treffe mich noch mit ein paar Freunden in der Bar.«

»Wie nett. Dann dir auch einen schönen Abend.«

»Danke, Lydia, ich werde mich bemühen. Vielleicht sehen wir uns ja später noch.«

»Ja, vielleicht.«

Als Johnny weg ist, eilt Thomas zu mir.

»Er hat dich also erkannt?«

Ich nicke.

»Er hat gesagt, ich sähe aus wie eine jüngere Version von Heather Locklear«, berichte ich ihm stolz und seufze.

»Ich wüsste eine gute Lösung für dich.«

»Nämlich?«

»Vergiss Matt, und treib es mit dem Poolboy. Als letzten Fick vor der Ehe sozusagen!«

»Thomas!«, rufe ich.

»Was ist denn? Als ich dir gesagt habe, dass du aussiehst wie Jessica Simpson, bist du jedenfalls nicht dahingeschmolzen.«

»Ich schmelze gar nicht dahin! Außerdem hast du gesagt, ich sähe aus wie die dicke ältere Schwester von Jessica Simpson! Das ist ein kleiner Unterschied!«

»Und woher willst du wissen, dass er es als Kompliment gemeint hat? Vielleicht hält er Heather Locklear für eine Vogelscheuche.«

Bescheuert wie ich bin, beiße ich an.

»Es *war* ein Kompliment! Außerdem hat er gesagt, meine Augen seien unverwechselbar.«

»Aha«, ruft er triumphierend. »Da haben wir's. Und du willst nicht dahinschmelzen! Dass ich nicht lache. Vielleicht sind deine Augen so unverwechselbar, weil sie bei seinem Anblick jedes Mal sprühen.«

»Vielleicht sollte ich mir lieber meine Sonnenbrille aufsetzen«, stelle ich fest und gehe über seine Bemerkung hinweg.

»Jetzt? Aber es wird doch gleich dunkel.«

»Na ja, wenn meine Augen so unverwechselbar sind, erkennt Matt sie womöglich auch wieder.«

»Bestimmt, und ich bin eine sechzehnjährige Jungfrau.« Thomas macht einen Schmollmund, was mit seinen rot angemalten Lippen und der blonden Perücke so lustig aussieht, dass ich laut loslache. Bis ich kapiere, was er mir sagen will.

»Du meinst, Matt könnte mir in die Augen sehen und würde nicht erkennen, dass es meine sind?«

Er sieht auf die Uhr.

»Nein, ich wollte nur sagen, dass du dir keine Sorgen machen musst, dass er dich erkennt, denn bis wir in Coconut Cove sind, ist es längst dunkel, und Matt dürfte bereits reichlich getankt haben. Du kannst dir deine Sonnenbrille also sparen, seine Pupillen dürften genug getrübt sein. Vielleicht versucht er sogar, dich anzubaggern. Dich mit dir selber zu betrügen. Was das Moralbarometer dazu wohl sagen würde?«

»Oh, Thomas«, seufze ich frustriert. »Vielleicht sollten wir das Ganze lieber vergessen. Es ist eine Schwachsinnsidee.«

»Unsinn. Wir haben lang und breit darüber gesprochen. Komm schon, Liddy, du schaffst das. Du bist eine ausgewachsene Henne, kein dummes Küken. Wo bleiben eigentlich die anderen? Sie müssten doch längst hier sein.«

»Hier sind wir! Wir kommen!«, ruft Amy und eilt über den Marmorboden auf uns zu. Damit sie in ihren silbernen Riemchensandaletten nicht über den Saum ihres langen grünen Kleides stolpert, hat sie den Rock hochgerafft und hält ihn fest.

Ein paar Sekunden stehen wir einfach nur da und betrachten uns schweigend, dann prusten wir eine nach der anderen los.

»Ist unser Vorhaben nicht total verrückt?«, fragt Fleur atemlos.

»Wahrscheinlich schon, aber was soll's.«

»Außerdem ist es witziger, als hier herumzusitzen und Trübsal zu blasen.«

»Und soll ich dir etwas sagen, Liddy?«

»Was denn?«

»Wir sehen wirklich gut aus. Und ich meine *wirklich* gut. Ich weiß, dass du mir nicht glaubst, aber du siehst umwerfend aus. Am helllichten Tag wirken unsere Kleider und unser Make-up vielleicht ein bisschen übertrieben, aber wenn wir in Coconut Cove ankommen, ist es Abend, und man wird uns für fünf bezaubernde, aufgedonnerte sexy Häschen halten …«

»Schönheitswettbewerbsteilnehmerinnen.«

»Gut, dann eben fünf bezaubernde, aufgedonnerte Schönheitswettbewerbsteilnehmerinnen, die zusammen einen drauf machen wollen. Das Schlimme ist nur … Thomas sieht von uns allen am besten aus.«

»Stimmt. Erschreckend, nicht wahr?«

Bridget hat sich als Letzte Marthas, Mimis und Monas Verwandlungskünsten unterzogen und eilt jetzt durchs Foyer auf uns zu. Die drei scharwenzeln aufgeregt schnatternd um sie herum.

Bridget und ich haben unsere Haarfarben getauscht, sie ist jetzt brünett. Der Unterschied ist frappierend. Sie sieht aus wie Helena Christiansen, und als ich ihr das sage, freut sie sich sichtlich über das Kompliment.

»Also, Mädels!«, ruft sie und rafft ihren bodenlangen Rock. »Wollen wir?«

»Wartet!«

Wir drehen uns um.

Dora rennt auf uns zu. Bei uns angekommen, greift sie nach meinem Arm.

»Ich komme mit.«

»Aber warum? Wozu soll das gut sein?«

»Irgendjemand muss doch darauf achten, dass ihr nicht in Schwierigkeiten geratet.«

»Wir kommen schon ohne dich zurecht«, stelle ich klar.

»Ich komme trotzdem mit«, insistiert sie entschieden.

»Wenn du mitkommen willst, musst du dich umziehen«, entgegne ich und deute auf ihre Shorts und ihr ärmelloses T-Shirt.

»Oh nein, Liddy«, stöhnt sie, »bitte nicht!«

»Liebes Schwesterherz, was soll wohl der ganze Aufwand mit unserer Verkleidung, wenn du als Dora in die Anlage hineinspazierst und uns sofort verrätst? Wir nehmen dich nur mit, wenn du dich zurechtmachen lässt.«

»Das ist doch lächerlich, Liddy.«

»Mag ja sein, aber würdest du mich erkennen?«

Sie sieht mich lange an und fängt dann zu meiner Überraschung an zu lachen.

»Nein, niemals. Du siehst aus, als kämst du gerade von den Dreharbeiten für Dallas oder etwas in der Art.«

»Und? Willst du wirklich mitkommen?«

Sie sieht erst mich an, dann Thomas, dann Amy und zum Schluss wieder mich.

Und dann nickt sie.

»Beeil dich!«

Sie seufzt, nickt und lässt sich von unseren drei neuen Freunden ins Schlepptau nehmen.

»Oh! Wow! Wahnsinn!«

Nach zehn Minuten ist Dora zurück. Ich glaube zumindest, dass dieser Inbegriff von Schönheit und Eleganz meine Schwester ist.

Endlich trägt sie ihr dunkelbraunes Haar offen, es fällt ihr in seidenen schokoladenfarbenen Wellen über die Schultern, ihr schlanker Körper steckt in einem schlichten, aber schönen, langen schwarzen Kleid. Und erst ihr Gesicht! Wenn Martha es mit ihrer Schminkkunst geschafft hat, mich in eine Schönheit zu verwandeln, kann man sich leicht vorstellen, was sie mit Doras makellosem Teint vollbracht hat.

Eigentlich sollte ich gar nicht so überrascht sein. Schließlich wusste ich schon immer, wie gut sie aussieht. Es ist wohl eher der Unterschied, der mich so umhaut. Es ist, als gäbe es plötzlich zwei verschiedene Doras.

Sie braucht keine Perücken oder andere drastische Veränderungen, bei ihr reichen die offenen Haare, ein schönes Kleid und ein Hauch Lippenstift, Puder und Schminke, um sie nicht mehr wiederzuerkennen.

Das Einzige, was sie vielleicht noch verrät, ist ihr Gang, der unverkennbare, latschige Dora-Sandalen-Gang, den sie auch in den hochhackigen Pumps, in die Martha ihre armen Füße gezwängt hat, nicht zu kaschieren vermag.

Wir starren sie alle beeindruckt und mit offenen Mündern an. Einige Männer in der Eingangshalle reden unverkennbar über sie; sie lächeln, stoßen einander an und werfen ihr schmachtende Blicke zu.

Für einen Augenblick bin ich richtig eifersüchtig. Warum sehe ich nicht aus wie sie? Nicht einmal nach unserer Verwandlung. Oder um es mit anderen Worten zu sagen: Warum haben Dora und ich die gleichen Gene und können trotzdem nicht die gleichen Jeans tragen?

In dem Moment ruft Amy, dass der Taxifahrer bereits unruhig wird. Dora lächelt mich nervös an, und ich denke an Matt und daran, was der Abend wohl an Überraschungen für uns bereithält, und auf einmal fällt es mir wie Schuppen von den Augen. Dora steht hier vor mir und blendet mich mit ihrer Schönheit, obwohl sie es hasst, sich so herauszuputzen.

Sie tut das alles für mich, und dafür liebe ich sie von ganzem Herzen.

»Komm!«, fordere ich sie auf und halte ihr die Hand hin. »Sehen wir zu, dass sich unsere Freak-Truppe in Bewegung setzt.«

Kapitel 18

Hallo, ich bin's, Thomas.

Ich muss mich kurz einschalten, weil die gute alte Liddy sich sprachlos an die Theke zurückgezogen hat, um sich einen Drink zu genehmigen, und zwar einen ziemlich harten.

Dabei rührt ihre Fassungslosigkeit nicht etwa daher, dass sie Matt mit einer anderen Frau erwischt hat. Was Matt angeht, war unser Ausflug wenig erhellend, denn wir haben nicht einmal einen flüchtigen Blick auf ihn erhascht. Nein, was sie zu dem harten Alkohol getrieben hat, war etwas, das für die liebenswürdige Liddy in gewisser Weise noch viel, viel schlimmer war, als Matt in flagranti zu ertappen, aber ich möchte der Reihe nach erzählen. Beginnen wir also ganz vorne.

Wir waren seit über einer Stunde im Taxi, und es war so heiß, dass ich wirklich befürchtet habe, mein Make-up würde zerfließen und auf meinen umwerfenden himmelblauen Rock tropfen, als wir schließlich die Ferienanlage der Jungs erreichten. Die Sonne versank gerade langsam im kobaltblauen Meer…

»Hätten wir nicht ein Taxi mit Klimaanlage bestellen können?«, nörgelt Amy, quetscht sich von der Rückbank nach draußen, wo sie eingezwängt zwischen mir und Lydia gesessen hat, und fächert sich mit ihrer glänzenden silbernen Klemmtasche Luft zu.

»Wow, ein nettes Örtchen«, stelle ich mit einem bewundernden Pfiff fest. »Und ich dachte, unsere Anlage wäre schon ziemlich feudal.«

»Das ist sie auch«, sagt Liddy, während sie aus dem Minivan steigt und Dora hinter sich herzieht. »Diese ist nur noch ein bisschen feudaler.«

Das Hauptgebäude, durch das man Coconut Cove betritt, gleicht einem Schloss, einem zuckerwatterosafarbenen Schloss. Es sieht aus wie eine perfekte Geburtstagstorte. Köstlich überzogen, aber es gefällt mir auf Anhieb.

»Bist du sicher, dass unser Outfit gut ist?«, fragt Liddy zum fünfzigsten Mal.

»Natürlich, warum fragst du?«

»Wegen des Taxifahrers. Er hat uns während der ganzen Fahrt so komisch angesehen.«

»Weil er auf mich stand«, entgegne ich und entlocke ihr ein Lächeln.

»In deinen Träumen vielleicht.«

»In meinen feuchten Träumen«, füge ich hinzu und zwinkere ihr zu.

Direkt vor dem Eingang zögert sie.

»Ich kann in diesem Aufzug wirklich nicht da reingehen.«

»Natürlich kannst du. Deshalb sind wir schließlich hier.«

»Ob wir das Richtige tun?«

»Vermutlich nicht, aber wann hat uns das je von etwas abgehalten?« Ich nehme ihre Hand und ziehe Liddy mit in das Innere des rosafarbenen Schlosses. »Und jetzt versucht einfach, ganz normal zu sein.«

»Mit dem vielen Make-up? Das meinst du nicht ernst, oder?«, entgegnet Amy, die Liddys andere Hand hält, augenzwinkernd.

»Wow, seht euch diesen Palast an, was für eine Pracht!«

Der Rezeptionsbereich ist eine marmorne Kuppel auf Säulen, die mit prachtvollen Blumen geschmückt ist.

Nach hinten ist der fensterlose Raum zwischen den Säulen offen, seitlich schließt sich ein prachtvoller Innenhof mit einem riesigen, von Palmen und Sonnenliegen umgebenen Swimmingpool an. Auf der anderen Seite des Pools erhebt sich eine große Empore, auf der sich die Hauptbar zu befinden scheint, und links von alldem glitzert im Sonnenschein das Meer wie ein funkelnder Edelstein. Es ist ein herrlicher Ort, doch die prachtvolle Anlage beherbergt eine noch umwerfendere Ansammlung von Schönheit. Denn der gesamte Barbereich und der Pool, der Strand und der Rezeptionsbereich werden von Trauben hinreißender Frauen bevölkert, die herumsitzen, umherstolzieren, sonnenbaden, sich im Swimmingpool aalen, Wasserpolo spielen, Mineralwasser trinken, aufgeplustert und mit dem Hintern wackelnd durch die Anlage streifen und alles in allem einfach nur ihre Schönheit zur Schau stellen.

Ich sehe, wie Liddy die Ansammlung der Schönheiten mit offenem Mund anstarrt, und drücke ihre Hand fester.

»Wo sind die anderen?«, fragt sie mit bebender Stimme.

Ich drehe mich um.

Bridget bezahlt den Taxifahrer, Dora wartet auf sie, und Fleur steigt gerade aus.

Ein großer Mann in einer weißen Hose und einem blauen Blazer kommt auf uns zu.

Er hat ein Klemmbrett in der Hand und einen dieser albernen schwarzen Knöpfe im Ohr, die man normalerweise mit CIA-Agenten auf einer verdeckten Mission assoziiert.

»Und wer sind Sie?«, fragt er und wirft einen Blick auf sein Klemmbrett, als ob er es dort erfahren könnte.

»Wer sind wir?«, zischt Liddy mir aus dem Mundwinkel zu.

Wir hatten uns zwar vorgenommen, so zu tun, als wären wir Teilnehmerinnen des Schönheitswettbewerbs, aber ich habe nicht damit gerechnet, dies tatsächlich irgendjemandem erklären zu müssen. Wir dachten, wir könnten einfach herkommen und uns unter die anderen Kandidatinnen mischen. Es gibt allerdings ein größeres Problem, die sind nämlich allesamt bereits da. Und sie sind mit ihrem langen glänzenden Haar, ihren noch längeren glänzenden Beinen, ihren strahlend weißen Zähnen und ihrem zur Schau getragenen Selbstbewusstsein auch nur unschwer zu übersehen. Aber was noch dümmer ist: Sie tragen allesamt Bikinis, und, was das Schlimmste ist, eine Schärpe mit ihrem jeweiligen Titel, zum Beispiel Miss Hot Rod Minnesota, Miss Apple Blossom Arizona, Miss Cowboy Cutie Kansas und so weiter.

Liddy sieht mich an wie ein verängstigter junger Hund, also improvisiere ich ein bisschen.

»Wir sind ... äh ... wir sind ... äh ... wir sind die Third Degree.«

Er sieht uns ziemlich verwirrt an, als ob er schon von den Third Degree gehört hätte, was durchaus möglich ist, da sie auf der Insel sehr bekannt sind. Allerdings handelt es sich bei den Dreien um gut aussehende, dralle, schwarze Mädels beziehungsweise Typen, wohingegen unsere Haut eindeutig weiß, rosa oder allenfalls sonnenverbrannt ist.

»Äh ... ich meine die Vorgruppe von den Third Degree«, füge ich schnell hinzu.

In der Hoffnung, dass er die Geschichte schluckt, will ich gerade zu einer langen Erklärung anheben, dass wir uns ein bisschen umsehen, weil uns aus England ein paar Freunde besuchen kommen, die uns gebeten haben, ihnen das beste Hotel der Insel zu empfehlen und die Third Degree so von Coconut Cove geschwärmt haben, doch in diesem Moment hellen sich seine Augen auf, als ob er verstanden hätte.

»Die gebuchte Band! Ein Glück, dass Sie endlich da sind! Wir warten schon seit einer Stunde auf euch! Wir haben schon befürchtet, ihr Mr. Mehan erleidet einen weiteren Rückfall!«

Ohne weitere Umschweife schnappt er sich Liddys Arm, zieht sie mit sich und ruft uns anderen zu: »Los, beeilt euch.«

Mit vor Entsetzen starren Goldfischaugen wirft Liddy uns ein tonloses »Hilfe!« zu.

Amy und ich sehen uns schockiert an, dann raffen wir unsere Röcke und stolpern hinter den beiden her.

»Äh, entschuldigen Sie bitte... entschuldigen Sie bitte!«, ruft Amy vergeblich, während er Liddy am Swimmingpool und an der Hauptbar vorbei durch die Menge zur Rückseite der massiven Empore führt.

»Nico! Die Band ist endlich da!«, ruft er einem kleinen, glatzköpfigen Mann zu, der seinerseits auf eine vor ihm hockende Frau einschreit, die in der einen Hand eine Nadel hält und in der anderen einen zerschlissenen Bühnenvorhang aus Samt.

Der Mann dreht sich um. Er ist rot angelaufen, allerdings nicht von der Hitze, sondern weil er vor Wut jeden Moment zu explodieren droht.

»Das wird auch höchste Zeit!«

»Die Band?«, meldet sich Liddy entsetzt zu Wort, als ob sie von dem bisher Gesagten nichts mitbekommen hätte. »Ich glaube, hier liegt ein Irrtum vor.«

»Wie bitte?

Ronnie Lathan ist ein einziger Irrtum. Du kannst Ronnie ausrichten, dass ich bei ihm nie wieder eine Band buche. Warum mussten ›Herman and the High Notes‹ auch ausgerechnet heute krank werden? Er wusste natürlich, dass ich verzweifelt war, wie sonst hätte er mir so einen Haufen wie euch schicken können! Ich habe extra gesagt, keine Travestie-Show, nicht heute Abend, ich wollte bloß jemanden, der den Mädels ein Ständchen bringt. Aber doch keine Schwuchteltruppe, die auf der Bühne herumtollt und Anti-Männer-Lieder trällert.«

»Eine Travestie-Show!«, schreit Liddy aufgebracht. »Wir sind keine verdammte Travestie-Gruppe!«

Ich verpasse ihr einen Stoß in die Rippen, denn der Riese, der uns hergebracht hat, murmelt irgendetwas von »Eindringlingen« und fingert an seinem Funkgerät.

»Sie meint, wir sind keine *normale* Travestie-Gruppe, sondern eine der besten der ganzen Insel. Keine Sorge, wir singen nicht einfach nur *I will Survive.*«

»Ach nein?« Er verschränkt die Arme, offensichtlich nicht überzeugt. »Was habt ihr denn sonst zu bieten? Und kommt mir bloß nicht mit irgendeinem Scheiß à la Priscilla, *Königin der Wüste* oder einem verdammten Abba-Verschnitt.«

»Unser Abba-Repertoire ist allererste Sahne«, entgegne ich, »aber wir haben deutlich mehr drauf, zum Beispiel die Scissor Sisters …«

Er runzelt die Stirn, offenbar hat er den Namen noch nie gehört.

»Blondie, Annie Lennox, Diana Ross …«

Bei Diana Ross huscht ein Hauch des Wohlwollens über sein Gesicht, weshalb Amy auf ein Zeichen von mir sofort loslegt und eine Version von *Baby Love* zum Besten gibt. Amy hat eine tolle Stimme. Süß, rein und wahrhaftig, und auch wenn es nach Eigenlob klingt, beim Karaoke-Singen mache ich ebenfalls keine schlechte Figur.

Ich stimme mit ein in die improvisierte Darbietung und fordere Liddy durch eine Geste auf, sich ebenfalls zu beteiligen, doch sie steht einfach nur mit offenem Mund da.

So schlecht klingen wir gar nicht.

Der kleine grimmige Glatzkopf sieht uns mit verschränkten Armen zu.

»Okay, ihr beiden seid okay, aber was ist mit eurem Kumpel? Singt er auch, oder hat er keine andere Aufgabe, als dumm herumzustehen und Löcher in die Luft zu gucken?«

»Lampenfieber«, entgegne ich und verziehe entschuldigend das Gesicht. »Das hat er immer vor einem Auftritt, aber Sie sollten sie, äh, ich meine ihn mal sehen, wenn er die Bühne betritt, dann reißt er jeden vom Hocker.«

»Mir bleibt sowieso nichts anderes übrig. Ich habe ja keine Wahl, aber denkt dran, es ist ein wichtiger Abend für mich. Wenn ihr mich im Stich lasst, könnt ihr euch auf etwas gefasst machen, das verspreche ich euch.«

»Und ich verspreche Ihnen, dass Sie den Auftritt bekommen, den Sie verdienen«, entgegne ich und lächele ihn süß an. Er sieht mich verwirrt an, und ich zwinge mich, mein süßes, unschuldiges Lächeln aufrechtzuerhalten.

»Also gut, euren Playbacksound könnt ihr Adam geben«, er zeigt auf einen Typen neben einer kompliziert aussehenden Musikanlage. »Ihr habt doch Playbacksound, oder?«, hakt er nach, als keiner von uns Anstalten macht, sich in Bewegung zu setzen.

»Natürlich«, lügt Amy aalglatt. »Unser erstes Stück ist allerdings a capella.«

»Dann legt mal los. In zwei Minuten seid ihr auf der Bühne, und keine Sekunde später.«

Mit diesen Worten dreht er sich um und staucht irgendeine andere arme Seele zusammen, die den unverzeihlichen Fehler begangen hat, ein Blumengesteck zweieinhalb Zentimeter zu weit links von der Bühne aufgestellt zu haben.

Liddy findet schließlich ihre Sprache wieder.

»Was meinst du damit, dass wir ihn nicht im Stich lassen?«, zischt sie mir mit vor Entsetzen verzerrtem Gesicht zu. »Du meinst doch nicht etwa, dass wir wirklich da rausgehen auf die Bühne und eine Show abziehen, oder? Ich meine, wir können doch nicht… ich kann doch nicht…«

»Zerbrich dir darüber nicht den Kopf«, besänftige ich sie und drücke ihr beruhigend die Hand. »Natürlich werden wir diesen kleinen aufgeblasenen Wichtigtuer im Stich lassen, und zwar nach Strich und Faden. Sobald er uns den Rücken kehrt, sind wir hier weg. Soll er doch selber auf die Bühne gehen und singen! Was fällt ihm ein, schlecht über Abba zu reden?« Ich schüttele mich angewidert.

»Was für ein furchtbarer Mensch«, flüstert Amy laut, als er eine weitere unschuldige Seele zusammenstaucht.

Der Riese scheucht uns eine Treppe hinauf auf die Bühne. Liddys Blick ist zum Schießen, als Nico sich erneut zu uns umdreht, auf die Mitte der Bühne zeigt und gereizt auf seine Uhr tippt. In Anlehnung an *3 Engel für*

Charlie stellen wir uns in der Bühnenmitte auf und posieren, so gut wir können. Amy zwinkert Nico sogar unverfroren zu, der links neben der Bühne steht und von seiner protzigen Rolex an seinem rechten Handgelenk die Sekunden herunterzählt. Ihrem Beispiel folgend werfe ich ihm einen Kuss zu, woraufhin er sichtlich erblasst. Ich ergänze die Liste all der Eigenschaften, die mir an diesem Mann, den ich erst seit fünf Minuten kenne, zuwider sind, um »homophob«, und in diesem Moment hebt er seine manikürte Hand, und der Vorhang beginnt sich zu öffnen.

Liddys Knie beginnen sichtlich zu schlottern.

Amy und ich sehen uns an, und als der Vorhang den Blick auf das zahlreich versammelte Publikum freigibt, geben wir unsere Pose auf und schnappen uns jeder eine von Liddys Händen.

»Lauf!«, rufen wir im Chor, recken dem völlig entsetzten Nico einen Stinkefinger entgegen, springen von der Bühne und mischen uns schnell unter die Menge.

Hallo. Ich bin's, Fleur.

Ich will die Dinge nicht komplizierter machen, als sie ohnehin schon sind, aber ich muss mich einfach einmischen und für diesen Teil der Geschichte noch einmal zwanzig Minuten zurückspringen zu dem Moment, in dem Liddy, Amy und Thomas aus dem Foyer verschwunden sind, während Bridget und Dora noch den Taxifahrer bezahlt haben und ich damit beschäftigt war, meine Cher-Perücke zu entwirren, die sich an dem Haken über der Wagentür verfangen hatte. Verdammtes Mistding! Während der Fahrt hat mich Liddys Allerwertester ziemlich heftig gegen die Tür gedrückt, und als ich aussteigen wollte, hat die blöde Perücke einfach beschlossen, drinnen zu bleiben. Sah nicht gerade gut aus, und was der Taxifahrer erst für ein Gesicht gemacht hat!

Wie auch immer, jedenfalls waren wir nur wenige Minuten später als die anderen, aber als wir in den Rezeptionsbereich kamen, waren sie bereits spurlos verschwunden.

Wie sich jeder denken kann, war die mürrische Dora darüber nicht gerade erfreut.

»Wo, zum Teufel, sind sie denn alle hin?«, fragt sie mit so bedrohlicher Stimme, dass ich, wenn ich Liddy gewesen wäre und ihr einen Streich hätte spielen wollen, sofort hinter der Topfpflanze hervorgesprungen wäre und mich gemeldet hätte.

»Vielleicht haben sie schnurstracks die Zimmer der Jungs angesteuert, um zu checken, ob sie da sind«, mutmaßt Bridget.

»Warum sollten sie das tun? Wir wollten uns doch unter die Leute mischen und uns ein verborgenes Plätzchen in der Bar suchen, von wo aus wir unerkannt die Lage sondieren können.«

»Vielleicht haben sie sich schon unter die Leute gemischt«, sage ich.

»Ich kann sie nirgendwo sehen«, stellt Bridget fest, nachdem sie sich nach allen Seiten umgesehen hat.

Da Bridget mindestens dreißig Zentimeter größer ist als ich, glaube ich ihr, dass sie Recht hat. Ich selber kann gar nichts sehen, denn das Foyer ist knallvoll mit Leuten, die mich allesamt überragen.

»Dann sollten wir wohl am besten in die Bar gehen und sehen, ob wir sie dort finden«, schlage ich vor.

Die anderen nicken.

Wir bahnen uns einen Weg durch die Menge, treten aus dem Foyer und landen an einem nierenartig geformten Swimmingpool, an dessen Rand sich eine Schar wunderschöner Frauen in Bikinis tummelt.

Bridget mustert sie, sieht dann uns an und verzieht das Gesicht. »Wie es aussieht, haben wir zum falschen Kostüm gegriffen.«

»Zum Glück«, murrt Dora. »In diesem Aufzug hier aufzu-

marschieren, ist schon schlimm genug. Falls meine durchgeknallte Schwester meint, ich würde hier im Bikini herumspazieren, hat sie sich gewaltig geirrt.«

»Liddy ist nicht durchgeknallt«, verteidige ich meine liebe, geschätzte Freundin.

»Sie ist doch hier, oder etwa nicht!«, schießt Dora zurück, als ob es keines weiteren Beweises für ihre Durchgeknalltheit bedürfte.

Obwohl Dora heute wirklich umwerfend aussieht, fällt sie noch deutlicher aus dem Rahmen als Bridget und ich. Sie fühlt sich in dem schönen Kleid erkennbar unwohl und bewegt sich in ihren Schuhen mit den hohen Absätzen wie ein neugeborenes Giraffenbaby. Hin und wieder knickt sie um und beklagt sich jedes Mal bitterlich.

Auch in der Bar werden wir nicht fündig.

»Hier sind sie auch nicht«, stelle ich seufzend fest.

»Entweder das, oder sie haben sich wirklich sehr gut getarnt«, entgegnet Bridget in dem Versuch, die Stimmung zu heben, und lächelt uns an.

Angesichts der Umstände bin ich beeindruckt.

Ich lächele zurück.

Bei den Gelegenheiten, bei denen ich Bridget gesehen habe – und das waren vor unserem Urlaub wahrlich nicht viele –, fand ich sie immer sehr reserviert oder unterkühlt, jedenfalls für schottische Verhältnisse, aber vielleicht ist sie doch gar nicht so übel.

»Die Männer sind jedenfalls auch nicht hier«, stelle ich fest, während ich den Raum nach ihnen absuche.

»Sie zu finden, sollte kein Problem sein«, sagte Bridget trocken. »Dazu müssen wir nur der Fährte der schönen Frauen folgen.«

Wir lachen beide, woraufhin Dora noch mürrischer dreinblickt. Es scheint ihr absolut unverständlich, wie wir der Situation auch noch etwas Heiteres abgewinnen können. Ich sehe ihr an, dass sie sich gerade fragt, was, um Himmels willen, sie hier verloren hat, erst recht, da sie einzig und allein mitgekommen ist, um ein Auge auf Liddy zu werfen und wir sie jetzt schon verloren haben.

Um ehrlich zu sein, frage ich mich selber auch, was ich hier eigentlich tue.

Ich denke, ich bin wegen Liddy hier. Dass ich Lewis noch nicht so gut kenne, hätte ja dazu führen können, dass ich mir ebenfalls Sorgen mache, aber aus irgendeinem Grund habe ich das Gefühl, ihm vertrauen zu können.

Wir ticken auf der gleichen Wellenlänge.

Auf den ersten Blick würde man das bei ihm gar nicht vermuten, aber er hat mehr im Kopf als nur Sport. Wir lesen beide gerne, gehen zusammen ins Kino und machen mit Lewis' großem schwarzen Labrador lange Spaziergänge in Hampstead Heath. Wir gehen beide ins Fitnessstudio, joggen gerne am frühen Morgen und essen beide gerne, obwohl ich denke, in Sachen Appetit kann kaum jemand mit Lewis mithalten.

Kurzum, ich glaube einfach, wir verstehen uns zu gut, er würde das nicht aufs Spiel setzen, indem er mich betrügt.

– Und dennoch – Entfernung und Abwesenheit können jedes noch so starke Vertrauen beeinträchtigen, und deshalb bin ich zwar wegen Liddy hier, aber eine kleine Rückversicherung würde mir gut tun. Allerdings erwarte ich nichts weiter, als Lewis an irgendeiner Theke anzutreffen, in der einen Hand ein Bier, in der anderen ein großes Sandwich.

Eigentlich müsste Liddy das Gleiche erwarten, nur dass Matt eher in beiden Händen ein Bier hält, da er, anders als Lewis, nicht das ständige Bedürfnis verspürt, sich mit Essen voll zu stopfen.

In ein paar Wochen heiratet sie. Eigentlich müsste sie so glücklich und zufrieden wie noch nie zuvor sein. Aber, um ehrlich zu sein, bin ich ein bisschen besorgt, wie wir Matt antreffen werden.

Dabei mag ich ihn wirklich, und wir haben uns immer gut verstanden, aber er ist nun mal ein großer Frauenaufreißer, und die

Tatsache, dass er es während unseres gesamten Aufenthalts nicht für nötig befunden hat, sich bei Liddy zu melden, gibt mir schon zu denken, egal wie sehr ich ihr auch einzureden versuche, dass sie sich keine Sorgen machen soll. Ich halte es für durchaus denkbar, dass wir ihn dabei ertappen, wie er seinen Matt-Morgan-Charme voll ausspielt und nach allen Regeln der Kunst irgendeine gertenschlanke Schönheit anbaggert, und während viele Leute in einem Flirt ein harmloses Spielchen sehen, solange man es beim Flirten belässt, weiß ich, dass es Liddy zutiefst verletzen würde, Matt in Aktion zu sehen.

Dora steht mit verschränkten Armen und zusammengepressten Lippen hinter uns. Wenn sie in ihren viel zu hohen Absätzen nicht alle Mühe hätte, überhaupt aufrecht zu stehen, würde sie sicher ungeduldig mit dem Fußballen auf den Boden klopfen.

»Wo zum Teufel sind die anderen? Sie werden sich ja wohl nicht einfach verpisst und uns in diesem Aufzug hier zurückgelassen haben. Das wäre ja wohl unerhört!«

»Keine Sorge, wir finden sie schon«, versucht Bridget sie zu beruhigen. »Vielleicht sollten wir tatsächlich mal die Zimmer checken. Ich stelle mir gerade Liddy vor, wie sie es sich mit einem Fernglas an den Augen auf einer Palme vor Matts Zimmer bequem gemacht hat.«

Bridget und ich grinsen einander an, nur Dora blickt weiter grimmig drein.

»Wisst ihr denn überhaupt, welche Zimmer sie haben?«, fragt sie.

»Keine Ahnung, ich weiß nur, dass Lewis und Ben sich ein Zimmer teilen und Matt und Rupert das Zimmer direkt über ihnen haben.«

»325«, meint Bridget. »Rupert hat Zimmer Nummer 325.«

»Woher weißt du das?«

»Ich habe meine Quellen.«

»Bist du sicher, dass es die richtige Zimmernummer ist? Immerhin ist das Hotel riesig und ziemlich alt.«

Sie nickt.

»Absolut. Ich habe George gebeten, es für mich herauszufinden. Seine Cousine arbeitet hier als Zimmermädchen.«

»Hätte er sie nicht einfach beauftragen können zu überprüfen, ob die Jungs sich anständig benehmen«, grummelt Dora, als wir den Schildern folgen, die zu den Zimmern 300 bis 350 weisen. »Dann hätten wir uns diese Odyssee sparen können.«

»Kennt Liddy die Zimmernummer auch?«, frage ich Bridget und gehe über Doras Einwand hinweg.

Bridget nickt.

»Ich habe es ihr im Taxi gesagt.«

»Dann wette ich, dass sie bereits dort ist.«

Die Zimmer in Coconut Cove befinden sich in zweistöckigen, mit weißem Stuck verzierten Kolonialgebäuden mit strohgedeckten Dächern. Jedes dieser Gebäude beherbergt vier Zimmer, zwei im Erdgeschoss und zwei darüber. Zwischen den Gebäuden schlängelt sich ein Gewirr schmaler Pfade durch kleine tropische Gärten voller Hibiskus, Palmen und saftig grüner Dschungelpflanzen, die insgesamt ein kleines Eden bilden, in denen die Gäste umherwandeln können. Alle Zimmer haben einen Balkon oder eine kleine Terrasse mit Blick aufs Meer, wo man sich sonnen und die endlose Weite des Meeres beobachten kann.

Die Zugänge zu den oberen Zimmern liegen jeweils auf der Rückseite der Gebäude, und jedes Zimmer verfügt zusätzlich noch über ein riesiges Panoramafenster mit Blick auf den Garten.

Wir brauchen zehn Minuten, bis wir das richtige Zimmer gefunden haben, doch auch hier gibt es keine Spur von den anderen. Wir diskutieren gerade, wie wir weiter vorgehen wollen, als eine Gruppe ziemlich schrill bekleideter Frauen auf dem benachbarten Pfad vorbeihuscht. Sie haben die Röcke bis zu den Hüften hochgerafft und *scheinen in Eile zu sein. Es kann niemand anders sein. Bridget blickt gerade hinauf zu Ruperts und Matts Zimmer. Ich zupfe sie am Arm und zeige auf die anderen.*

»Da sind sie.«

»He!«, ruft Bridget ihnen äußerst undamenhaft hinterher.

Die Gruppe kommt zum Stehen, mustert uns misstrauisch in der Dämmerung, und dann kann man selbst auf die Entfernung beinahe die Seufzer der Erleichterung hören.

Sie ändern die Richtung, kommen keuchend zu uns, und wir fallen uns erleichtert in die Arme.

»Ihr könnt euch gar nicht vorstellen, was uns gerade passiert ist«, bringt Liddy atemlos hervor.

Zu meiner Überraschung hält Dora ihrer Schwester keine Standpauke, sondern bedeutet ihr zu schweigen und zeigt auf eines der oberen Zimmer. Inmitten unseres turbulenten Wiedersehens hat sie etwas mitbekommen, das uns anderen entgangen ist. In dem Zimmer, das Matt und Rupert sich teilen, ist gerade ein Licht angegangen. Liddy verfällt in Schweigen und starrt gebannt wie ein Kaninchen, das von den Scheinwerfern eines nahenden Autos erfasst wurde, hinauf zu dem Zimmer.

Ich höre Musik. Hinter dem Fenster bewegt sich ein Schatten.

»In dem Zimmer ist jemand«, flüstert Amy.

»Hast du gesehen, wer es war?«, fragen Liddy und Bridget gleichzeitig.

Amy schüttelt den Kopf, und dann hören wir ein Lachen ... das Lachen einer Frau.

Wir sehen uns mit offenen Mündern an.

»Seid ihr sicher, dass es das richtige Zimmer ist?«, frage ich langsam.

Dora zeigt auf die Zimmernummer, die unverkennbar auf der Holztür prangt.

»325, genau wie Bridget gesagt hat.«

»Ist das Matts Zimmer?«, fragt Liddy konsterniert.

»Matts und Ruperts«, erwidert Bridget.

»Was zum Teufel geht da vor? Ich will es auf der Stelle wissen!«

Liddy geht auf die Treppe zu, doch Bridget packt sie am Arm und hält sie zurück. Die Zimmertür öffnet sich. Wir verbergen uns schnell hinter den Pflanzen. Ich höre Liddy entsetzt die Luft anhalten. Eine Frau tritt heraus in den Schatten des oberen Treppenabsatzes. Sie blickt sich nach beiden Seiten um, dann huscht sie hinaus und stellt für den Zimmerservice ein Tablett mit benutzten Tellern neben die Tür.

Sie ist splitternackt.

Außerdem hat sie wunderschönes, langes, blondes Haar, eine Taille wie Posh Spice in einer Korsage und einen der Schwerkraft trotzenden, pfirsichrunden Hintern.

Im nächsten Moment zieht von innen eine unsichtbare Hand die Tür zu.

Die Frau dreht sich überrascht und mit vor Schreck weit aufgerissenem Mund um und hämmert, halb lachend, halb wütend, gegen die Tür und schreit.

»Du Miststück, lass mich rein! Lass mich sofort wieder rein!«

Die Tür öffnet sich einen Spalt weit, und die Nackte huscht schnell zurück ins Zimmer.

Als Nächstes ertönt ein kurzer Aufschrei, und zwar ein Aufschrei, der keinen Zweifel daran lässt, dass sich etwas Sexuelles in dem Raum abspielt, gefolgt von Gelächter, männlichem und weiblichem, dann hört man, wie etwas umgestoßen wird und auf dem harten Boden landet, danach ist Ruhe … bis das Gestöhne losgeht.

»Verdammte Scheiße!« Liddys Stimme ist nur noch ein schmerzhaftes Stöhnen. »Ich gehe da jetzt hoch.«

Sie macht erneut einen Schritt auf die Treppe zu, doch wieder hält Bridget sie zurück.

»Vielleicht ist es gar nicht Matt«, sagt sie mit ruhiger, fester Stimme.

»Die Chancen stehen fünfzig zu fünfzig«, entgegnet Liddy. Die beiden wechseln einen Blick, der Bände spricht. »Ich muss es wissen, und du?«

Bridget nickt.

»Ich auch, aber um es herauszufinden, musst du nicht da hochgehen. Im Sportunterricht war ich beim Seilklettern immer als Erste oben«, murmelt sie grimmig, dann streift sie zu meiner absoluten Überraschung ihre Schuhe ab, klemmt ihr Kleid in ihrem Slip fest und klettert scheinbar mühelos die Palme hinauf, die dem Zimmer am nächsten steht. Sie klettert bis auf die Höhe des hinteren Fensters.

»Kannst du was sehen?«, ruft Thomas leise.

»Psst«, zischt sie zurück.

»Los, sag schon, was siehst du?«, drängt Liddy. »Wer ist es? Wer ist in dem Zimmer?«

Bridget schweigt bedrohlich.

»Kann mir mal jemand da hochhelfen? Ich will es auch sehen«, flüstert Liddy mit bebender Stimme.

In diesem Moment lässt sich Bridget fallen und landet wie eine Katze sicher auf dem Boden.

Sie ist weiß wie ein Bettlaken.

»Was ist los, Bridget? Wer ist in dem Zimmer?«, fragt Dora ein bisschen zu laut.

»Bridget!«, drängt Liddy sie, als sie nicht antwortet.

Bridget atmet langsam aus und lässt ihre Schultern noch tiefer hängen.

»Rupert«, sagt sie schließlich ruhig, blickt hinauf zu dem Zimmer und wiederholt noch einmal mit festerer Stimme: »Es ist Rupert.«

Allen stockt vor Überraschung, Mitleid und Enttäuschung der Atem, und dann hören wir Schritte, die schnell näher kommen. Wir *drehen uns um und sehen den furchtbaren Nico auf uns zustürmen. Er wird von zwei extrem großen Sicherheitsmännern und dem Kerl flankiert, der die anderen im Foyer abgefangen hat.*

»Da sind sie! He, ihr da, rührt euch nicht von der Stelle!«

Und so nehmen wir, einige von uns zum zweiten Mal an diesem Abend, unsere Beine in die Hand und stürmen den Pfad zurück, vorbei an den überraschten Partyleuten in der überfüllten Bar, die, da die Bühne immer noch leer ist und weder eine richtige noch eine falsche Band die Gäste unterhält, wild nach Musik aus der Konserve tanzen. Wir rennen, so schnell wir mit unseren hochhackigen Schuhen können, zurück zum Rezeptionsbereich, vorbei an dem Swimmingpool, der nach wie vor ein Magnet für die Bikini-Schönheiten ist, wobei wir die ganze Zeit von Nico und seinen keuchenden Wachmännern verfolgt werden.

Zum Glück hat Bridget den Taxifahrer im Voraus bezahlt und gebeten, hinter der Ecke auf uns zu warten. Mit einem Seufzer der Erleichterung drängen wir uns in den Wagen und schreien auf den Fahrer ein, Gas zu geben und zu verschwinden, und als Nico und seine Männer um die Ecke stürmen, sehen sie nur noch die Rücklichter unseres in der Dunkelheit davonbrausenden Taxis.

Es war unvermeidlich und zugleich zutiefst beunruhigend, dass ich nicht mit ihnen mithalten konnte. Nicht in diesen verdammten, lächerlichen, völlig unbequemen Schuhen. Ich habe ja gesagt, dass ich lieber in Flip-Flops gehen würde, aber auf mich hört ja sowieso niemand. Ich weiß schon, was alle über mich denken: graue, unscheinbare praktische Dora: Was ist, bitte schön, falsch daran, praktisch zu sein? Warum sollte ich meine armen Füße in so beknackte Schuhe zwängen? Ich werde doch nicht durch diese Ferienanlage rennen wie ein ungezogenes Schulkind, das im Laden etwas geklaut hat und von einem aufgebrachten Ladenbesitzer verfolgt wird.

Ich trete einfach nach links in einen Türeingang, als die vier stämmigen Männer, die hinter uns her sind, um die Ecke kommen. Blind vor Wut blicken sie weder nach rechts noch nach links, sondern jagen einfach hinter den anderen her.

Weiß der Himmel, was sie angestellt haben, ich will es mir lieber gar nicht ausmalen.

Ich trete aus dem Türeingang, ziehe mir die furchtbaren Schuhe aus und spüre, wie meine Füße vor Erleichterung aufseufzen, als sie sich in dem taunassen Gras neben dem Pfad endlich wieder spreizen können. Ich gönne mir eine kurze Pause und bummele gemächlich durch die Anlage, ohne von irgendjemandem angehalten, angesprochen oder gar verfolgt zu werden. Als ich die Rezeption erreiche, bin ich nicht im Mindesten überrascht, dass unser Taxi mit den anderen bereits weg ist. Wahrscheinlich haben sie gar nicht gemerkt, dass sie ohne mich losgefahren sind. Der ganze Abend war ein einziges organisiertes Chaos, genau wie ich es von Anfang an erwartet hatte.

Ich bahne mir einen Weg durch die Menge zum Tresen und frage die Empfangsdame, ob sie mir ein Taxi bestellen kann.

»Selbstverständlich, gnädige Frau. Aber wie Sie sehen, ist hier heute Abend sehr viel los, Sie werden etwa eine halbe Stunde warten müssen. Am besten geben Sie mir Ihren Namen und machen es sich noch einmal in unserer Bar bequem. Sobald der Wagen da ist, lasse ich Sie ausrufen.«

Ich seufze schwer, nicke in Erwiderung ihrer Höflichkeit zustimmend, bedanke mich und bahne mir mit den lästigen Schuhen in der Hand einen Weg zurück durch das belebte Foyer in die überfüllte Bar.

Eigentlich will ich mir ein Mineralwasser bestellen, doch zum ersten Mal seit langer Zeit verspüre ich Lust auf einen Drink.

»Ein Glas trockenen Weißwein, bitte.«

»Zimmernummer?«

»Ich wohne nicht hier, ich zahle bar.«

Ich öffne meine Handtasche, um ein paar Dollar herauszunehmen, doch in diesem Moment legt sich eine große Hand auf meine. Ich halte inne und zucke zusammen.

»Du kannst es auf meine Rechnung setzen, Alexander«, ertönt hinter mir eine tiefe Stimme.

Ich wirbele auf meinem Stuhl herum. Das Gesicht, zu dem die Hand gehört, lächelt mich verführerisch und merkwürdig vertraut an.

»Hallo, Schöne!«, säuselt der Mann, und das Lächeln wird noch breiter. »Wie wär's mit ein bisschen Gesellschaft?«

Kapitel 19

Ich sitze in der Strandbar auf einem Barhocker. Mein Kleid und meine Stilettos habe ich noch an, die langmähnige blonde Perücke hingegen liegt auf meinem Schoß wie eine Albinokatze, die darauf wartet, gestreichelt zu werden. Um meine Augen ist die perfekt aufgetragene Schminke ein wenig verlaufen.

»Er hat mich für einen Mann gehalten«, sage ich zum vierzigsten Mal vor mich hin und kippe mir ein weiteres Glas Wodka runter. Dafür, dass es mein vierter pur ist, fühle ich mich erstaunlich nüchtern. Allerdings ist es ja auch extrem ernüchternd, ausgerechnet heute, da ich mich so weiblich wie nur irgend möglich herausgeputzt habe, für einen Mann gehalten zu werden. Ich rufe nach Antoine, dem Barkeeper, und bestelle mir noch einen Drink.

»Sehe ich aus wie ein Mann?«, frage ich ihn, während er mir erneut das Glas füllt.

Ohne auf meine merkwürdige Frage auch nur mit den Wimpern zu zucken, antwortet er schlicht und einfach mit seiner satten karibischen Stimme: »Für mich sehen Sie eindeutig wie eine Frau aus.« Dabei zwinkert er mir freundlich zu.

Eigentlich sollte mich seine Antwort beruhigen, aber dummerweise habe ich mitbekommen, dass er neulich einer Siebzigjährigen hinterhergepfiffen hat, die einen geblümten Sarong und einen Badeanzug aus Lycra trug, der wegen der vielen Hautfalten, die er halten musste, aussah, als wäre er aus Krepp; und eben hat er einen wandelnden Fleischkloß von hundertdreißig Kilo mit einem Gesicht wie sieben Tage Regenwetter und einem Atem, der einer Katze auf zwanzig Meter Entfernung das Schnurrhaar versengt hätte, »mein sexy Darling« genannt. Vermutlich gehört es zu seinem Job, seinen Kundinnen Komplimente zu machen, damit sie sich gut fühlen. Auch solchen, die selbst im Kleid wie ein Mann aussehen.

Ich bestelle noch einen Wodka.

Der Barkeeper stellt keine Fragen, sondern grinst mich nur breit an, zeigt mir zwei Reihen strahlend weißer Zähne und schenkt mir einen Doppelten ein.

Ist das nicht toll? Ich muss nicht einmal dafür bezahlen, dass ich meinen Kummer ertränke.

»Sag mir einfach Bescheid, wenn ich nachschenken soll, Süße«, sagt er mit einer Stimme, die klingt, als hätte sie seit Jahrzehnten in purem Rum gebadet.

»Am besten, ich nehme gleich die ganze Flasche«, schlage ich vor. »Auf das hübsche Mannweib«, proste ich mir zu und verziehe das Gesicht, als der scharfe Schnaps sich brennend seinen Weg durch meine Speiseröhre zu meinen Magen bahnt.

Warum ich mich in Selbstmitleid ergehe? Ganz einfach. Ich habe heute eine empfindliche Niederlage erlitten. Mein ganzes Leben habe ich daran gearbeitet, mich damit abzufinden, dass ich nicht aussehe wie eine Göttin. Ich habe mühevoll gelernt, mich so zu akzeptieren, wie ich bin, auch wenn mein Aussehen wahrlich nicht den gängigen Schönheitsidealen entspricht, ja, ich habe sogar angefangen, mich zu mögen.

Aber heute Abend wurde ich für einen Mann gehalten!

Und wenn ich erst an Matt denke. Da ist er von den verführerischsten Frauen umgeben und weiß die ganze Zeit, dass ihm nichts anderes übrig bleibt, als zu mir zurückzukommen. Zu einer Frau, die so unweiblich ist, dass sie für einen Transvestiten gehalten wird.

Und die arme Bridget erst! Wie muss sie sich erst fühlen!

Was für eine Katastrophe! Ich an ihrer Stelle… und wie leicht hätte es mich treffen können… Nach unserer Rückkehr habe ich sie zu überreden versucht, ihren Kummer gemeinsam mit mir im Wodka zu ertränken, aber da sie nun mal viel besonnener und selbstbeherrschter ist als ich, ist sie auf ihr Zimmer gegangen. Sie verarbeitet ihren Frust bestimmt auf eine vernünftigere Weise, als sich sinnlos zu besaufen.

Ich bin die Einzige von uns, die noch hier herumhängt, die anderen waren völlig erledigt.

Thomas hat mir bis vor einer halben Stunde noch Gesellschaft geleistet, aber jetzt schläft er tief und fest auf einem Rattansofa am Tisch hinter mir.

Wohin Dora verschwunden ist, weiß ich nicht. Wahrscheinlich konnte sie nicht schnell genug aus ihrem Kleid herauskommen, sich das Make-up abwaschen und ihr übliches, geschlechtsunspezifisches Wesen wieder annehmen.

Dabei sah sie heute Abend super aus.

Wie eine Schönheitskönigin. Sie hätte ohne die geringsten Schwierigkeiten in die Empfangshalle des Hotels spazieren und sich unter alle die Schönheiten mischen können, von denen es dort wimmelte, ach, was sage ich da – sie hätte ohne Frage an dem Wettbewerb teilnehmen und den Vogel abschießen können. Wahrscheinlich wäre sie sogar mit dem ersten Preis nach Hause gegangen.

Wenn ich nur auch so aussehen würde. Aber leider würde man uns nicht einmal für Schwestern halten.

Dora hat glänzendes, dunkelbraunes, fast schon schwarzes Haar mit schokobraunen und rot schimmernden Strähnchen (alles natürlich, versteht sich, und nicht das Werk eines teuren Frisörs), ich habe die langweilige nussbraune Haarfarbe meines Vaters geerbt. Sie ist gescheit, gutaussehend und patzig, aber auch reserviert und steif, ich hingegen bin das menschliche

Äquivalent eines Hüpfballs: rund, quietschfidel und amüsant, aber ein bisschen ermüdend, wenn man zu lange mit mir spielt.

Dora hasst Männer, und ich … na ja, im Augenblick bin ich nicht so sicher, wie mein Verhältnis zu ihnen ist. Insbesondere zu einem ganz speziellen Exemplar dieser Spezies. Einem, das sich viel zu gut amüsiert, als dass es daran denken würde, mich anzurufen. Und einem, dem es nicht im Geringsten etwas ausmacht, dass sein Zimmer für Seitensprünge genutzt wird.

Matt weiß, dass Rupert eine Freundin hat, er kennt Bridget seit einer Ewigkeit und mag sie sehr. Trotzdem überlässt er Rupert ihr gemeinsames Zimmer zum … Mir läuft ein kalter Schauer über den Rücken. Vielleicht wusste Matt nichts davon. Vielleicht war er woanders und hatte nicht den geringsten Schimmer, was in seinem Zimmer vor sich ging. Hatte nicht die leiseste Ahnung, dass sein bester Freund gerade im Begriff war, dem Charme einer splitternackten Blondine zu erliegen …

Aber wie wahrscheinlich ist das? Was wäre, wenn Thomas meinen Bungalow für eine verbotene Liaison nutzen würde? Natürlich wüsste ich davon! Wahrscheinlich saß Matt an der Bar und hat sich gefreut wie ein Schneekönig, dass sein Freund gerade in ihrem gemeinsamen Zimmer eine fremde Frau vögelt. Oder hat darauf gewartet , dass er endlich an die Reihe kommt … Oh nein … Vielleicht nutzen sie das Zimmer abwechselnd … womöglich haben sie einen Code oder so etwas, hängen zum Beispiel einen Flip-Flop an den Türgriff … oder … oh je … stellen schmutziges Geschirr vor die Tür …

Vielleicht war Matt schon längst drinnen? Vielleicht war gerade eine Art Orgie im Gange?

Vielleicht sollte ich auch aufhören, so hysterisch zu sein und mir stattdessen einen weiteren Drink genehmigen. Ich ohrfeige mich in Gedanken und verbiete mir diese bescheuerte

Grübelei. Wie schnell man sich doch in irgendetwas hineinsteigern kann!

Aber dieser Abend hat mir wirklich einen hammerharten Schlag versetzt.

Und es ist ja nicht nur dieser verdammte Vorfall in Coconut Cove, der mir so zu schaffen macht, sondern auch die Tatsache, dass ich überhaupt dorthin gefahren bin. Dass ich innerhalb von neun Tagen so unsicher geworden bin, was meine Beziehung zu Matt angeht. Dass ich alles in Frage stelle. Und dass ich mich zu einer so erniedrigenden Aktion wie der heutigen habe hinreißen lassen.

Ich schaudere erneut und lasse mir großzügig nachschenken.

»He, ich dachte, Saufen und die Sau rauslassen wäre nicht dein Ding!« Die vertraute Stimme schreckt mich aus meinen Gedanken.

Ich blicke tief deprimiert auf und sehe Johnny in Begleitung von drei weiteren Männern.

»Ich lasse hier bestimmt nicht die Sau raus«, erwidere ich und lächele ihn halbherzig an. »Wenn hier jemand die Sau rauslässt, dann am anderen Ende der Insel. Außerdem saufe ich nicht, ich bin stocknüchtern. Leider.«

Er bleibt stehen und runzelt die Stirn. Dann schließt er sich mit seinen Freunden kurz und verabschiedet sich Hände schüttelnd von ihnen.

»Und warum, bitte schön, bist du *leider* stocknüchtern?«, fragt er und gesellt sich zu mir.

»Weil man bekanntlich trinkt, um zu vergessen, und weil ich nichts lieber will, als diesen Abend komplett aus meinem Gedächtnis zu streichen. Aber solange ich nüchtern bin, spult sich dieser Horrorabend, den ich unbedingt vergessen will, immer wieder vor meinen Augen ab, und zwar in den schillerndsten Details.«

Er sieht mich irgendwie merkwürdig an und setzt sich auf den Barhocker neben mir.

»Was spult sich ständig vor deinen Augen ab, Liddy? Was ist denn passiert?«

»Was passiert ist? Pah!« Ich stürze den Rest meines Wodkas herunter und winke aufgebracht den Barkeeper heran.

»He! Ist das wirklich Wodka? Oder gibt es inzwischen alkoholfreien Wodka? Genau, das ist es. Ich trinke alkoholfreien Wodka. Ich will sofort mein Geld zurück!«

Ich stehe auf und gestikuliere mit meinem Glas in Antoines Richtung, doch als ich abrupt nach links schwanke, wird mir bewusst, dass ich volltrunken bin, auch wenn ich bisher vom Gegenteil überzeugt war.

»Na gut, dann verlange ich mein Geld eben doch nicht zurück«, lalle ich und und lasse mich wieder auf meinen Barhocker plumpsen, bevor mir die Beine wegsacken.

Eine einsame Träne kullert aus meinem linken Auge, und ich wische sie schnell weg.

Ich habe mich noch nie aus Frust betrunken.

Nicht, dass ich mich häufig betrinke, aber wenn ich es tue, dann aus purer Freude und Überschwänglichkeit. Ich gehöre zu der Sorte von Betrunkenen, die Gott und die Welt lieben, sich auf der Stelle mit Wildfremden verbrüdern und an einem einzigen Abend Frieden, Freude und Liebe auf der ganzen Welt verbreiten wollen. Eine Freundin von mir hat mir mal gesagt, ich sei wie ein Eichhörnchen, wenn ich zuviel getrunken habe. Niedlich und knuddelig, aber eine absolute Nervensäge.

Ich lächele Johnny entschuldigend an, der mich ansieht, als wäre ein Vulkan kurz vor dem Ausbruch.

»Tut mir Leid, ich habe einen furchtbaren Abend hinter mir, das ist alles.«

»Aber du hast doch Urlaub – und feierst deinen Jungfernabschied. Eigentlich solltest du dich amüsieren.«

»Ich weiß. Aber es kommt nun mal nicht immer wie geplant, nicht wahr?«

»Das ist wohl wahr.« Er nickt bedächtig und hebt die Hand, um den Barkeeper auf sich aufmerksam zu machen.

»He, Antoine, machst du uns zwei Espressos? Am besten gleich doppelte.«

»Gerne. Mit Doppelten kennt die junge Frau sich ja aus.« Antoine holt grinsend zwei weiße Tassen aus dem Regal und füllt sie mit pechschwarzem Kaffee.

Er stellt sie vor uns hin, und dann sehen sie mich beide an, gespannt, ob ich gehorsam mein Wodkaglas abstelle und den Kaffee trinke.

Ich bin versucht, sie zum Teufel zu jagen. Schließlich bin ich erwachsen, und wenn ich mich bewusstlos trinken will, ist das einzig und allein meine Sache, aber meine vernünftige Seite ist noch nicht völlig ausgeschaltet, sodass ich schließlich zu meiner Tasse greife und daran nippe. Ich verziehe das Gesicht zu einer Grimasse, als die dampfende Flüssigkeit mir die Zungenspitze verbrennt.

Johnny wartet, bis ich noch einen weiteren Schluck genommen habe, und fragt dann: »Also gut, was ist dein Problem? Hat es etwas mit dieser Party zu tun, auf der ihr heute Abend wart?«

»Das interessiert dich sowieso nicht.«

»Wenn es mich nicht interessieren würde, hätte ich nicht gefragt.«

»Vielleicht will ich es dir auch gar nicht erzählen.«

Er hebt die Hände.

»Ist ja gut, ist ja gut. Ich will mich nicht aufdrängen, ich dachte nur, ich könnte dir helfen.«

Ich stelle meine Tasse ab und zucke entschuldigend mit den Achseln.

»So habe ich es nicht gemeint. Ich wollte nicht unhöflich sein. Aber was ich heute Abend verzapft habe, ist mir so peinlich, dass ich nicht weiß, ob ich mit irgendjemandem darüber sprechen möchte. Also nimm es bitte nicht persönlich.«

»Hast du etwas getan, was du bereust?«

»So ähnlich. Jedenfalls fühle ich mich wie eine Vollidiotin.«

»Wir tun doch alle mal etwas, für das wir uns später schämen.«

»Nicht so etwas wie ich heute.«

Er nickt, nippt an seinem Espresso, und während er die Tasse wieder abstellt, sagt er zu dem Barkeeper: »Antoine, hab ich dir mal von dem Mädchen aus Sugar Hill erzählt, in das ich mich unsterblich verliebt hatte? Ihr Daddy war steinreich. Ich habe irgendwann all meinen Mut zusammengenommen und sie gefragt, ob sie mit mir ausgeht.«

»Sag nicht, sie hat dir einen Korb gegeben?«, fragt Antoine.

»Nein, ob du es glaubst oder nicht, sie hat ja gesagt.«

»Nicht schlecht, Johnny Boy.«

»Ja, finde ich auch. Ich hatte gar nicht damit gerechnet. Jedenfalls hielt ich es für eine gute Idee, mir den schicken Sportwagen von meinem Freund auszuleihen. Ich dachte, ich könnte Eindruck bei ihr schinden, wenn ich in so einem coolen Schlitten bei ihr aufkreuze anstatt in meinem abgewrackten alten Jeep.«

»Kommt mir bekannt vor.« Antoine nickt mitfühlend. »Könnte mir auch passieren. Du kennst ja meine alte Karre, die ist älter als die Insel.«

Johnny grinst und dreht sich wieder zu mir um.

»Es war irgendein ausländisches Modell, jedenfalls hatte der

Wagen eine Knüppelschaltung, und ich hatte keine Ahnung, wie die funktionierte. Ich habe meine Flamme also von zu Hause abgeholt und sie in dieses Restaurant über der kleinen Bucht chauffiert, du weißt schon, Antoine, wo sie diesen genialen Hummer zubereiten …«

»Gute Wahl.« Antoine nickt anerkennend.

»Sofern man bereit bist, für ein gutes Essen einen Haufen Geld auszugeben, würde ich das Restaurant jederzeit empfehlen. Das Essen ist einfach nicht zu übertreffen. Aber egal, um sie noch mehr zu beeindrucken, habe ich meine Flamme also dorthin kutschiert. Wir haben super gegessen, und ich habe mein Kreditkartenlimit mächtig überzogen, weil ich zum Hummer auch noch zwei Flaschen Champagner hab springen lassen …«

»Wahnsinn«, brummt Antoine. Er seufzt, verdreht die Augen und fächert sich mit der Cocktailkarte Luft zu. »Die Preise sind der Wahnsinn.«

»Vielleicht hatte ich ein bisschen zu viel Champagner getrunken, was ziemlich dumm war, weil ich ja noch fahren musste, aber ich war so nervös … Wir haben also gegessen, alles lief wahnsinnig gut zwischen uns, und dann sind wir raus auf den Parkplatz und wollten noch in diese kleine Bar bei St. Lawrence Gap. Wir steigen in den tollen Sportflitzer, und sie sinkt wie ein schnurrendes Kätzchen in das Leder und streicht über die Sitze und sagt, was für ein tolles Auto ich fahre. Und ich Vollidiot schalte den verdammten Knüppel aus Versehen in den Rückwärtsgang, und wir landen mit einem Satz in der Bucht.«

»Du machst Witze.«

»Ich wünschte, es wäre so.«

»Wahnsinn.« Antoine schüttelt ungläubig den Kopf.

»Und was ist passiert?«

»Die verdammte Kiste war aus Fiberglas. Wir sind eine Weile auf und ab geschaukelt und konnten uns rechtzeitig nach draußen und ans Ufer retten. Dann hat es einmal laut gegluckst, und weg war sie.«

»Wer?«, frage ich. »Deine Eroberung oder das Auto?«

»Beide«, erwidert er und zuckt mit den Schultern. »Die Versicherung hat sich geweigert, für den Schaden aufzukommen. Vor zwei Jahren habe ich die letzte Rate bezahlt. Das Mädchen habe ich danach nie wieder gesehen. Wahrscheinlich hab ich noch Glück gehabt, dass sie mich nicht verklagt hat.«

Johnny merkt, dass mir immer noch nicht zum Lachen zumute ist, und bestellt mir diskret einen weiteren Kaffee.

»Soll ich dir eine weitere peinliche Geschichte erzählen?« Er legt den Kopf schräg und versucht mir in die Augen zu sehen. Er zieht eine freundliche Grimasse, und ich kann nicht umhin, ihn anzulächeln.

»Schon gut, ich hab's kapiert. Ich weiß, was du mir sagen willst. Wir haben alle irgendwann einmal eine Dummheit begangen, aber das heißt noch lange nicht, dass wir sie anderen auf die Nase binden müssen.«

»Aber vielleicht fühlst du dich besser, wenn du darüber redest. Geteiltes Leid ist halbes Leid. Meine Mutter war Engländerin. Das war einer ihrer Lieblingssprüche.«

»Engländerin? Ehrlich? Woher kommt sie?«

»Aus Somerset.«

»Das gibt's doch gar nicht! Wenn ihr nicht weggezogen wärt, wären wir Nachbarn gewesen.«

»Wieso? Woher kommst du denn?«

»Ursprünglich aus Wiltshire, quasi nebenan also, aber ich lebe seit etwa zehn Jahren in London. Hast du noch Familie dort? Mein Vater könnte sie durchaus kennen, im Umkreis von etwa achtzig Kilometern kennt er nämlich fast jeden.«

»Klar, aber sie leben jetzt alle in Cornwall.«

»Cornwall ist schön. Warst du mal wieder dort?«

»Als ich zwölf war, ist meine gesamte Familie dahin zurückgegangen.«

Er lächelt wieder.

»Nachdem ich dich nun in mein peinlichstes Geheimnis eingeweiht habe – willst du mir nicht auch endlich erzählen, was heute Abend auf dieser Kostümparty vorgefallen ist?«

»Es war keine Kostümparty.«

»Aha.« Er sieht mich erwartungsvoll an.

Ich überlege einen Moment und nehme den letzten Schluck von meinem Espresso. Dann sehe ich ihn an und mustere ein paar Sekunden sein Gesicht.

Es ist nicht gerade das schönste Gesicht der Welt. Mit Matt, Thomas oder Paul kann Johnny nicht mithalten. Sein Haar ist von der Sonne ausgeblichen und widerspenstig, er hat Falten um die Augen, seine Nase ist ein wenig zu groß, seine Zähne sind wie sein Lächeln ein bisschen schief, aber er hat ein ehrliches, offenes und absolut vertrauenswürdiges Gesicht, und seine klaren blauen Augen strahlen mich freundlich und aufmunternd an.

Und dann erzähle ich ihm alles.

Er hört die ganze Zeit schweigend zu, während ich rede, gibt keinen Kommentar ab, kritisiert mich nicht, sondern hört nur zu; grinst über Thomas' dreiste Lüge, wir seien die Third Degree, lächelt, als ich ihm beschreibe, wie wir um unser Leben gerannt sind, seufzt zwischendurch, schnalzt mit der Zunge und stöhnt angewidert, als ich ihm erzähle, dass Bridget ihren Freund in flagranti mit einer anderen Frau erwischt hat, nickt mitfühlend, als ich ihm gestehe, wie ich mich angesichts dessen fühle, dass Matt so einen Umgang hat, nickt erneut, als ich ihm sage, wie fertig mich mein eigenes Verhalten macht, und beißt sich Anteil nehmend auf die Unterlippe, als ich ihm und einem gefesselt zuhörenden Antoine offenbare, wie miserabel mir zumute ist, seit man mich allen Ernstes für einen Transvestiten gehalten hat.

Als ich mit meiner niederschmetternden Geschichte fertig bin, legt Johnny seine Hand auf meine und drückt sie sanft, um mich zu beruhigen und mir zu bedeuten, dass jetzt alles vorbei ist.

»Du hältst mich für verrückt, nicht wahr?«, frage ich leise.

Er schüttelt den Kopf

»Nein, aber ich glaube, was dir wirklich nahe geht, ist nicht die Tatsache, dass irgendein Idiot, der dringend mal seine Augen untersuchen lassen sollte, dich für einen Transvestiten gehalten hat, sondern etwas ganz anderes.«

»Meinst du?«

Er nickt.

»Es kotzt mich aber ziemlich an, das kannst du mir wirklich glauben.«

Er nickt nachdenklich.

»Das glaube ich dir ja, aber das Hauptproblem ist doch, dass du dem Mann, den du in ein paar Wochen heiraten willst, offenbar nicht traust.«

»Aber das tue ich doch!«, protestiere ich sofort.

Er sieht mich mit hochgezogenen Augenbrauen an.

»Du hast ja Recht. Warum dann also diese Spitzelaktion ...« Ich seufze. »Ich glaube, seitdem wir von dem Schönheitswettbewerb gehört haben, ist die Fantasie mit uns allen durchgegangen. Wir haben uns nur noch ausgemalt, was in Coconut Cove so alles abgehen könnte. Aber tief in meinem Innern habe ich nicht damit gerechnet, dass wir Zeugen irgendwelcher pikanten Szenen werden würden. Ich war eher auf eine Lachnummer eingestellt, dachte, dass wir in einer dunklen

Ecke der Bar sitzen und zusehen, wie die Jungs sich betrinken und nichts weiter. Und dann das, furchtbar, was Bridget passiert ist – einfach furchtbar! Wir haben doch nicht ernsthaft mit so etwas gerechnet.« Ich seufze schwer. »Bridget muss am Boden zerstört sein. Sie hat zwar gesagt, sie traue Rupert nicht hundertprozentig über den Weg, aber ihn dann auf frischer Tat zu ertappen … Sie muss fix und fertig sein. Und ich kann nicht umhin, daran zu denken, welche Rolle Matt bei dem Ganzen spielt. Er muss von Ruperts Abenteuer gewusst haben. Heißt das, er billigt und entschuldigt es stillschweigend? Heißt das, er geht ebenfalls fremd? Heißt das, sie nutzen ihr Zimmer abwechselnd, damit sie so richtig …« Ich bringe es nicht über mich, den Satz zu Ende zu führen, aber das ist auch nicht nötig. Johnny weiß auch so, was ich sagen will.

Er rückt ein Stück näher an mich heran.

»Liebst du deinen Verlobten?«

Ich nicke langsam und versuche, die einsame Träne zu stoppen, die mir aus dem Augenwinkel kullert und eine verräterische Spur auf meiner Wange hinterlässt.

»Und du würdest ihn nicht betrügen.«

Ich nicke erneut.

»Sieh mal, er hat dich gefragt, ob du ihn heiratest, und wenn er dich so sehr liebt, dass er um deine Hand anhält, ist es höchst unwahrscheinlich, dass er dich betrügt, meinst du nicht auch?«

»Es sei denn, der Heiratsantrag ist ihm nur so herausgerutscht, und er bereut es inzwischen, hat aber das Gefühl, dass nun alles zu spät ist und er zu tief im Schlamassel steckt, als dass er noch einen Rückzieher machen könnte.«

Er sieht mich überrascht an.

Ich bin selbst überrascht. Woher dieses Misstrauen?

Habe ich mich deshalb so leicht aus der Fassung bringen lassen, weil ich tief in meinem Inneren glaube, dass es sich genau so verhält?

»Hältst du das wirklich für möglich?«

»Um ehrlich zu sein – ich weiß es nicht.«

»Hatte er einen Ring? Das ist nämlich ein sicheres Zeichen dafür, dass er gründlich darüber nachgedacht hat und nicht einfach damit herausgeplatzt ist.«

»Er hatte einen, aber er hat mir selber gesagt, dass er eigentlich zu dem Juwelier gegangen ist, um sich Manschettenknöpfe zu kaufen, und er genauso überrascht war wie ich, als er den Laden mit zwei Verlobungsringen verlassen hat.«

»Aber er würde doch sicher mit dir reden, wenn er seine Meinung geändert hätte?«

»Einen Heiratsantrag nimmt man nicht leichtfertig zurück.«

»Ach komm schon, Lydia, würdest du deine Heirat wirklich auf Biegen und Brechen durchziehen? Würdest du versprechen, bis an dein Lebensende mit jemandem zusammen zu bleiben, wenn du es nicht aus tiefstem Herzen wolltest? Nur um dein Gesicht nicht zu verlieren? Was glaubst du?«

Ich denke einen Augenblick darüber nach.

»Ich glaube …«, sage ich langsam und halte inne.

»Ich glaube«, setze ich nochmals an, »ich brauche noch einen Drink.«

Ich erinnere mich nicht daran, wie ich in meinen Bungalow gekommen bin oder wie ich mich ausgezogen und ins Bett gelegt habe.

Ich starre übernächtigt auf meine Uhr.

Es ist zehn nach zwölf. Ich fasse es nicht.

Ich habe schon wieder einen weiteren Morgen verloren. Einen ganzen herrlichen, sonnigen Morgen auf Barbados. Und warum? Weil ich mich ins Koma gesoffen habe. Was für eine Verschwendung!

Normalerweise trinke ich nicht so viel, jedenfalls nicht regelmäßig. Deshalb hat mich mein Frustsaufen gestern Abend total umgehauen. Ich versuche aufzustehen, doch kaum sitze ich aufrecht, dreht sich alles in meinem Kopf, und mir wird schlecht, weshalb ich mich stöhnend wieder hinlege.

»Was bist du für eine Idiotin, Lydia!«, schelte ich mich laut.

Ich würde ja schwören, nie wieder ein Glas Alkohol zu trinken, aber tun das nicht alle Verkaterten und halten sich dann doch nicht daran? Ich habe mir fest vorgenommen, mir ab jetzt nichts mehr vorzumachen, und an diesen Vorsatz könnte ich mich nie und nimmer halten. Vielleicht könnte ich ein paar Tage oder sogar ein paar Wochen abstinent leben, aber irgendwann würde sich, spätestens wenn mir jemand ein Champagnerglas unter die Nase hielte, all meine Willenskraft in Nichts auflösen wie die prickelnden Luftblasen, die in dem Champagner aufsteigen.

Igittigitt. Champagner. Normalerweise liebe ich das Zeug, aber wenn ich jetzt daran denke, möchte ich bei dem bloßen Gedanken daran sofort ins Bad stürzen. Hätte ich mich doch wenigstens amüsiert! Ich zwinge mich aufzustehen und trinke eine Flasche Mineralwasser. Anders als man meinen könnte, trägt der Aufenthalt an diesem herrlichen Ort nicht dazu bei, dass ich mich erhole, sondern eher umgekehrt. Der Kontrast zwischen himmelhoch jauchzend und zu Tode betrübt könnte nirgends besser spürbar sein.

Wenigstens falle ich mit einer Sonnenbrille auf der Nase hier nicht weiter auf.

Ich dusche unter einigen Qualen, zwänge mich in ein paar Kleidungsstücke und zwinge mich nach draußen in die sengende Hitze. Die Sonne knallt mir erbarmungslos auf den Kopf und ist mir ausnahmsweise einmal alles andere als willkommen.

Wo wohl die anderen sind?

Komisch, dass sie nicht längst an meine Tür geklopft haben. Andererseits hätten sie mit einem Holzhammer dagegen schlagen können, ich hätte es sowieso nicht mitbekommen.

Aber sie sind nicht weit.

Sie haben sich einige Sonnenliegen auf das Stück Strand gezogen, wo der Holzsteg das Ufer erreicht, und dösen im Schatten der Palmen.

Offenbar haben meine Schutzengel dort auf mich gewartet. Sie wollten mich nicht stören, aber dennoch sofort für mich da sein, wenn ich aus meinem selbst herbeigeführten Koma erwache, um mich mit Fruchtsaft, eiskaltem Wasser und tröstender Anteilnahme wieder aufzumöbeln.

»Morgen«, hauche ich in die Runde und lasse mich vorsichtig auf einer freien Liege nieder.

»Guten Tag«, entgegnet Dora provozierend und sieht mich über den Rand ihrer Sonnenbrille an wie eine missbilligende Grundschullehrerin einen zu spät kommenden Schüler.

Amy sagt gar nichts, sondern lächelt mich nur mitfühlend an und reicht mir eine Flasche Wasser aus der Kühlbox neben ihrer Liege.

Die einzigen Abwesenden sind Mum, die offenbar mit Monsieur Charles zu einem zweitägigen Ausflug auf eine der Nachbarinseln gefahren ist, und die arme Bridget.

Ich trinke einen Schluck Wasser und frage nach ihr.

»Auf unserem Zimmer«, antwortet Dora.

»Und wie geht es ihr?«

Dora seufzt.

»Den Umständen entsprechend. Aber ich glaube, sie will im Moment niemanden sehen.«

»Ich sehe mal kurz nach ihr, ob ihr wirklich nichts fehlt.« Ich mache Anstalten, mich zu erheben.

»Nein«, sagt Dora im Befehlston. »Sie schläft. Am besten lassen wir sie einfach in Ruhe. Ich habe ihr eine Nachricht hinterlassen, wo sie uns findet, wenn ihr nach Gesellschaft zumute ist.«

Ich lasse mich wieder zurückfallen.

»Bist du sicher?«

»Gib ihr ein bisschen Zeit, Liddy! Ich glaube, sie muss sich ein paar Sachen durch den Kopf gehen lassen, und zwar erst einmal ohne unsere Einmischung. Wenn sie nicht bald aufkreuzt, sehe ich nach ihr, versprochen.«

»Was wollen wir heute unternehmen, Liddy?«, fragt Maddie und klatscht sich strahlend wie ein Honigkuchenpferd auf die Schenkel. Offenbar will sie möglichst viel Fröhlichkeit verbreiten und uns mit ihrer guten Laune anstecken.

»Als Erstes muss ich mal meinen Kater auskurieren.«

»Einverstanden.«

»Und dann werde ich weiter meinen Urlaub genießen und mich amüsieren.«

Alle gucken mich überrascht an.

Ich sehe die Fragezeichen in ihren Augen.

»Was?«, scheinen sie zu fragen. »Heißt das, Lydia ergeht sich nicht für den Rest unseres Urlaubs weiter in Selbstmitleid und ersäuft ihren Frust im Wodka?«

Ich weiß zwar nicht mehr, wie ich gestern Abend ins Bett gekommen bin, aber ich erinnere mich ziemlich klar an Johnnys Worte. Er hat mir keine Standpauke gehalten, mich aber überdeutlich daran erinnert, dass gegenseitiges Vertrauen für eine gute und glückliche Beziehung unabdingbare Voraussetzung ist. Manchmal brauchst du einfach jemanden, der dir die Dinge noch einmal vor Augen führt. Außerdem hat er mich darauf hingewiesen, dass Rupert seine Freundin betrogen hat und nicht Matt, und auch wenn die beiden befreundet seien, habe Matt sich nichts zuschulden kommen lassen, weshalb es ungerecht sei, ihn mit Rupert in einen Topf zu werfen. Außerdem seien die meisten Dinge, die ich befürchtete, wahrscheinlich Horrorvisionen, die nur in meinem Kopf herumspuken und mit der Realität nichts zu tun haben. Und auf meinen Einwand, dass Matt mir während der ganzen Zeit nur eine einzige SMS geschickt hat, hat er gekontert, dass Gedankenlosigkeit und Untreue zwei unterschiedliche Dinge seien, und das eine bedeutete nicht zwangsläufig das andere.

Danach habe ich einen Filmriss.

Plötzlich schrecke ich hoch.

Ich greife nach Thomas' Arm.

»Hat Johnny mich ins Bett gebracht?«

»Nein, keine Panik. Ich war's.«

»Ein Glück. Mensch, wäre mir das peinlich gewesen.«

In dem Moment sehe ich, wie er bis zum Haaransatz errötet.

»Dafür habe ich mich bis auf die Knochen blamiert.«

»Warum? Was ist denn passiert?«

Er zieht zerknirscht die Mundwinkel nach unten. »Johnny hat mich geweckt und gefragt, ob ich es schaffe, dich ins Bett zu bringen oder ob er mit anpacken müsse, und ich habe mich bedankt und gesagt, dass wir schon klarkämen, obwohl du zu dem Zeitpunkt nur noch schlapp über der Theke hingst. Also sind wir losgetorkelt, und weil wir beide so betrunken waren, dass wir selbst am helllichten Tage nicht hätten geradeaus gehen können, sind wir auf dem Weg zum Bungalow über ein aufblasbares Krokodil gestolpert, das irgendein Kind vergessen hatte. Wir landeten kreischend vor Lachen im Sand, und da kam mir die Idee, diesen australischen Typen aus dem Fernsehen zu spielen, du weißt schon, dieser Steve Irvin, der mit

Schlangen und Krokodilen ringt, und was meinst du, wer genau in dem Moment, als ich gerade mit diesem Krokodil über den Boden rolle und du dich vor Lachen nicht einkriegst, auf uns zugeschlendert kommt?«

Er verstummt und zieht bei der Erinnerung eine Grimasse.

»Paul«, erwidere ich.

Thomas nickt unglücklich.

»Stell dir das bitte vor – ich liege im Sand, habe ein aufblasbares Krokodil zwischen den Schenkeln, kichere wie ein Vollidiot, und er geht cool und aalglatt an uns vorbei, und das Einzige, was mir bleibt, ist, zu ihm aufzusehen und in einem beschissen vorgetäuschten australischen Akzent zu sagen: ›Hi Alter, willst du deine Garnelen auf meinem Grill brutzeln?‹«

Wir sehen uns ein paar Sekunden niedergeschlagen an und fallen uns lachend in die Arme.

Ich habe nicht nur das Frühstück verpasst, sondern auch das Mittagessen. Mein Training mit Petronella habe ich natürlich auch verpasst, weshalb ich vor dem Abendessen bei ihr vorbeigehe, mich entschuldige und ihr verspreche, am nächsten Morgen wie üblich um halb acht auf der Matte zu stehen.

Nach einem ruhigen Dinner gehen wir in die Strandbar. Zum Glück hat Antoine an diesem Abend frei. Heute schmeißt Frankie den Laden, ein junger, spaßiger Typ, der normalerweise in der Sunset View Bar arbeitet und Gott sei Dank nichts von meinem gestrigen Wodkabesäufnis mitbekommen hat.

Heute Abend trinke ich keinen Alkohol. Die Menge, die ich gestern in mich hineingeschüttet habe, reicht bis zu meiner Hochzeit, aber zum Glück ist das Angebot an alkoholfreien Fruchtshakes riesig. Dora, die bereits alle probiert hat, hält mir einen Vortrag, welcher Shake welche Nährstoffe enthält. Ich beginne mit einem Preiselbeer-Papaya-Shake mit Aloe

Vera, der meinem Organismus angeblich dabei hilft, die Wodka-Toxine auszuscheiden. Danach gönne ich mir einen Brokkoli-Trauben-Himbeer-Shake, der überraschend gut schmeckt und angeblich in meinem Körper umherschwirrende Karzinogene abtötet. Ich weiß nicht genau, was Karzinogene sind, aber wie Dora über sie redet, müssen sie ziemlich gefährlich sein. Zum Schluss probiere ich einen Bananen-Erdbeer-Shake, um meinen Vitamin-C- und Kaliumpegel zu heben, was gut für meine matte Haut und meine verschwollenen Augen sein soll.

Nach dem dritten Shake kann ich nicht mehr. Nicht, weil ich die gesunden Drinks nicht mag, sondern weil sie erstaunlich sättigend sind. Aber sie sind tatsächlich ein Zaubermittel, denn am Ende des Abends sind meine Kopfschmerzen komplett verschwunden. Schade, dass sie nicht auch als Gegenmittel für meine nach wie vor anhaltende Paranoia dienen.

Nach unseren gestrigen Erlebnissen, oder besser gesagt unseren Missgeschicken, beschließen wir, heute früh zu Bett zu gehen. Erstaunlicherweise kommt der Vorschlag ausgerechnet von Bridget, die fast den ganzen Tag auf ihrem Zimmer verbracht hat und sich nur zu unserem ruhigen, etwas melancholischen Abendessen zu uns gesellt hat. Ich habe versucht, mit ihr über den gestrigen Abend zu reden, doch sie hat freundlich, aber bestimmt erwidert, dass sie im Augenblick nicht darüber reden wolle. Also habe ich sie einfach nur umarmt und sie wissen lassen, dass ich nachvollziehen könne, wie ihr zumute sei und jederzeit für sie da sei, wenn sie jemanden zum Reden brauche.

Dora war erstaunlich verständnisvoll. Man hätte ja erwarten können, dass sie triumphiert und sich in ihrer Theorie bestätigt fühlt, dass Männer einem mehr Unheil als Segen bringen, aber sie hat kein Wort in dieser Richtung fallen lassen und mich zum Gute-Nacht-Sagen sogar in den Arm genommen, was sie schon seit unserer Kindheit nicht mehr getan hat.

Heute Nacht leistet Thomas mir in meinem Bungalow Gesellschaft, und wir machen es uns auf dem Balkon gemütlich.

»Sieh dir nur diese Sterne an«, sagt er und seufzt. »Warum haben wir in England nicht so einen funkelnden Himmel?«

»Zu viele Wolken und zu viel Luftverschmutzung«, erwidere ich.

»Genießt du deinen Urlaub, Liddy?«, fragt Thomas unvermittelt.

Ich seufze leise und lege einen Augenblick meinen Kopf auf seine Schulter.

»Nicht so, wie ich ihn eigentlich hätte genießen sollen, aber von jetzt an will ich mich nur noch amüsieren«, schwöre ich ihm und mir.

»Um ehrlich zu sein, hätte ich gedacht, dass du nach dem gestrigen Abend nur noch ein Häufchen Elend bist.«

»Hm. Hätte auch leicht passieren können, aber es wäre doch vollkommen unlogisch, findest du nicht?«

»Seit wann denkt meine Big Mac denn logisch?«

»Da hast du natürlich auch wieder Recht, aber ich habe Matt doch nichts Schlimmes tun sehen, oder?«

»Richtig«, erwidert er und nickt zustimmend.

»Im Grunde ist es einzig und allein eine Sache des Vertrauens. Und bisher hat er noch nie etwas getan, das mich veranlassen müsste, ihm zu misstrauen.«

»Ja, das stimmt eigentlich.« Thomas klingt ein bisschen, als überraschte ihn diese Tatsache.

Ich weiß nicht, warum, aber irgendwie fühle ich mich besser. Was genau mir diese Erleichterung verschafft hat, weiß ich auch nicht, aber mir ist definitiv leichter ums Herz, und ich bin nicht mehr so deprimiert.

Wahrscheinlich hängt es damit zusammen, was Bridget widerfahren ist. Ich sehe das Leben auf einmal mit anderen Augen. Wie leicht hätte es mich treffen können… aber es hat mich nicht getroffen.

Es war nicht Matt in dem Zimmer, sondern Rupert.

Das muss ich mir immer wieder sagen.

Wir sollten jede einzelne Sekunde unseres Urlaubs genießen und keine Zeit darauf verschwenden, uns Sorgen zu machen.

»Ich will mich ab sofort nur noch amüsieren«, verkünde ich Thomas, der gerade mit einem Tablett Tee auf den Balkon zurückkommt.

»Heißt das, du hast dich bisher nicht amüsiert?«, fragt er grinsend, schenkt sich Tee ein und setzt sich neben mich.

Ich sehe ihn an und ziehe eine Augenbraue hoch.

»Leider bleiben mir nur noch zweieinhalb Tage, aber diese zweieinhalb Tage sollen die besten Urlaubstage sein, die ich je hatte. Ich mache alles. Ich mache jeden Abend einen drauf und werde mein Kreditkartenlimit maßlos überziehen und mir einen supergeilen Mega-De-Luxe-Spa-Tag gönnen. Außerdem werde ich das ganze Freizeitangebot durchprobieren und alle Ausflüge buchen, die hier angeboten werden.«

»Alles in zweieinhalb Tagen?«

»Genau. Wo ist der Prospekt?«

Lieb wie Thomas ist, holt er ihn mir. Ich blättere ihn voller Tatendrang durch.

»Gut, morgen lege ich einen Spa-Tag ein, bleibt mir also übermorgen für einen Ausflug. Packen kann ich dann immer noch vormittags an unserem letzten Tag.«

»Oh, bitte erwähne das Wort ›packen‹ nicht. Ich mag gar nicht daran denken, dass wir bald wieder nach Hause müssen. Ich will noch nicht zurück. Kannst du deine Mutter nicht überreden, Monsieur Charles zu heiraten und mich zu adoptieren, damit ich für immer hier bleiben kann?«

»Das war doch meine Idee.«

»Monsieur Charles zu heiraten und mich zu adoptieren?«

Ich gehe über seine Bemerkung hinweg und tippe entschieden auf eine Seite des Prospekts.

Thomas lugt herüber und entziffert blinzelnd die Überschrift.

»Fischen bei Nacht?«

»Ja.«

»Bist du sicher, dass du das willst?«

»Ja.«

»Bist du verrückt?«

»Nein. Ich möchte mal etwas ausprobieren, was ich noch nie gemacht habe. Außerdem schaffe ich auf diese Weise zwei Exkursionen an einem Tag.«

»Klingt so, als wolltest du unbedingt deine Tage füllen, damit du nicht dazu kommst, dir über Matt Gedanken zu machen.«

»Nein. Ich versuche die Zeit nachzuholen, die ich verloren habe, weil ich immer nur an ihn gedacht habe.«

Thomas nickt wohlwollend.

»Gebongt. In dem Fall kannst du mich mit anmelden.«

»Für alles?«

»Für alles.«

»Auch für den megateuren Spa-Tag?«

Er nickt begeistert.

»Lass uns einen draufmachen! Was gibt es sonst noch?«

»Wenn wir morgen unseren Spa-Tag haben, ist übermorgen unser letzter ganzer Urlaubstag, denn Freitagnacht um zwei geht ja unser furchtbarer Nachtflug. Wie wär's, wenn wir nur morgens etwas unternehmen und nachmittags ein letztes Mal abhängen und etwas für unseren Teint tun?«

»Klingt gut.«

»Hast du Lust auszureiten?«

»Ja.«

»Und danach geht's an den Strand.«

»Genau.«

»Und dann zum Nachtfischen.«

»Nachtfischen? An unserem letzten Abend?«

Ich nicke begeistert.

»Wäre es nicht netter, noch einmal gemeinsam essen zu gehen und danach ein bisschen das Tanzbein zu schwingen?«

»Das haben wir doch fast jeden Abend gemacht. Warum nicht mal was anderes? Oh, bitte, Thomas«, bettele ich. »Es macht bestimmt einen Riesenspaß.«

Er zieht ungläubig eine Augenbraue hoch.

»Komm schon, Thomas!«

»Na gut, wie sollte ich widerstehen, wenn ich mit ein bisschen Glück die Chance habe, einen ...«, er hält inne und sieht sich den Prospekt genauer an, »... Großaugenbarsch zu fangen. Was, zum Teufel, ist denn ein Großaugenbarsch?«

»Maddie nach zu vielen Tequilas«, witzele ich. »Nein, Quatsch, es ist bestimmt ein heimischer Fisch.«

Thomas lacht.

»Okay, ist gebongt!«, ruft er begeistert. »Was können wir sonst noch unternehmen?«

»Nichts.« Ich zucke mit den Schultern. »Danach fliegen wir nach Hause.«

»Oh.« Thomas macht ein langes Gesicht. »Aber wir sind doch gerade erst angekommen.«

»Wir sind seit zehn Tagen hier.«

»Wirklich? Wie die Zeit verfliegt, wenn man so intensiv mit seiner Paranoia beschäftigt ist.« Er lächelt mich zuckersüß an. »Müssen wir wirklich nach Hause, Liddy?«

»Das fragt Maddie mich auch ständig. Sie hat absolut keine Lust auf London. Ich würde mich nicht wundern, wenn sie sich schnell noch einen Millionär mit Yacht und Villa angeln und plötzlich feststellen würde, dass sie leider ihren Rückflug verpasst hat.«

»Eine Superidee.«

»Ja, ich sprühe momentan nur so vor Ideen. Ich habe noch eine auf Lager.«

»Lass hören!«

»Warum heiratest du nicht einfach *Paul* und bleibst für immer hier?«

Bei der Nennung dieses Namens wird Thomas schlagartig knallrot. Trotz der Dunkelheit leuchtet sein Gesicht wie eine überreife Tomate.

»Gut, ihr müsst ja nicht gleich heiraten, aber ein vernünftiges Gespräch wäre doch vielleicht schon mal ein guter Anfang, oder? Das Schneckentempo, das du im Moment an den Tag legst, ist jedenfalls ein bisschen arg langsam, meinst du nicht auch?«

Er zuckt mit den Achseln. Dann nickt er. Dann zuckt er wieder mit den Achseln. Nicht gerade eloquent.

»Heißt das, du interessierst dich nicht mehr für ihn?«

»Doch! Und wie!«

»Und warum ignorierst du ihn dann jedes Mal, wenn du ihn siehst, oder läufst vor ihm weg?«

»Weil ich mich jedes Mal wie ein Vollidiot benehme, wenn ich ihm begegne. Deshalb.«

»Unsinn. Du benimmst dich so, wie du eben bist.«

»Das ist es ja gerade«, entgegnet er niedergeschlagen.

»Jetzt hör mir mal zu, Thomas«, sage ich und zwicke ihn sanft in die Wange. »Du bist ein Supertyp, und wer auch immer dich liebt, hat dich so zu akzeptieren, wie du bist. Du musst dich nicht jemand anders zuliebe verändern, Thomas, das hast du wirklich nicht nötig. In einer guten Beziehung nimmt der andere dich so, wie du bist. Und anstatt dir ständig Gedanken über deine Beziehung zu machen, lebst du sie einfach und genießt sie.«

Zum Schluss meines kleinen Vortrags drücke ich ihm einen Kuss auf seinen Schmollmund und lasse ihn los. Er lächelt mich an und schüttelt den Kopf »Deine Ratschläge sind wirklich gut, Lydia MacDonald. Schade nur, dass du sie nicht selber gelegentlich beherzigst.«

Ich umarme Liddy, wünsche ihr eine gute Nacht und folge Bridget auf unser Zimmer. Sie hat mich den ganzen Tag gemieden, und ich ahne auch, warum.

Sie liegt im Bett und stellt sich schlafend.

Normalerweise braucht sie mindestens eine halbe Stunde, bis sie bettfertig ist. Duschen, Make-up entfernen, ihre verschiedenen Körperzonen mit allen möglichen Lotionen und Cremes einschmieren – so lange dauert ihre Prozedur nun mal. Deshalb weiß ich Bescheid.

»Bridget, wir müssen reden.«

Ich setze mich auf mein Bett, lege die Hände in meinen Schoß und warte, bis sie mich ansieht.

»Ich weiß, dass du nicht schläfst, du brauchst also gar nicht so zu tun.«

Schließlich dreht sie sich zu mir um. Ihre Augen sind gerötet, ihr Gesicht ist bleich.

»Was ist denn, Dora? Ich fühle mich nicht besonders gut.«

»Wen hast du gestern Abend mit der Blondine in dem Zimmer gesehen?«

»Was soll die Frage? Du weißt doch, wen ich gesehen habe.«

»Ich weiß, was du gesagt hast, aber wen hast du wirklich gesehen?«

»Rupert.«

»Sicher?«

Sie holt tief Luft und nickt.

»Wenn das so ist, musst du mir unbedingt erklären, wie es sein kann, dass dein *Rupert* nur zehn Minuten, nachdem er es in diesem Hotelzimmer mit einer hübschen Blondine getrieben hat, vollständig bekleidet versucht hat, mich in der Hotelbar anzubaggern …«

Kapitel 20

Am nächsten Morgen sitze ich bereits um sieben Uhr beim Frühstück, das für mich heute nur aus etwas Ananas und einer Apfelsine besteht. Auch wenn ich keine Diät mache, sollte ich den heutigen Tag nicht mit einem Bauch voller Bananenbrot, Waffeln mit Sirup und Rühreiern mit Bacon angehen.

Um acht Uhr bin ich bei Petronella angemeldet, anschließend habe ich eine halbe Stunde, um zu duschen und mich umzuziehen, und um halb elf werde ich im Spa erwartet.

Ich habe tatsächlich das Komplettprogramm gebucht.

Als Erstes werde ich mir eine Paarmassage gönnen, bei der Thomas als meine andere Hälfte fungiert, gefolgt von einer indischen Kopfmassage und einer Gesichtsbehandlung, und danach lasse ich mir bis auf mein Haupthaar jedes einzelne Körperhaar entfernen. Als Nächstes lasse ich mir die Augenbrauen zupfen und die Wimpern färben, und zum krönenden Abschluss lehne ich mich zurück, lasse mich frisieren, schminken und meine Fingernägel maniküren. Und dann ziehe ich los und amüsiere mich!

Es macht schließlich keinen Sinn, einen Haufen Geld in mein Aussehen zu investieren, um dann den ganzen Abend auf dem Zimmer zu hocken und Trübsal zu blasen.

Also springe ich nach meinen zwei Stunden angenehmer Qual mit Petronella schnell unter die Dusche und steuere zusammen mit Thomas, Heather und Fleur, die ebenfalls bereit sind, im Namen des Hedonismus einen Haufen Geld auf den Kopf zu hauen, den Spa-Bereich an.

Bridget macht zu meinem Erstaunen eine Sightseeingtour mit Dora.

Wie nicht anders zu erwarten, ist Bridget seit unserem Ausflug nach Coconut Cove eher in gedämpfter Stimmung. Gestern habe ich sie den ganzen Tag nicht gesehen. Heute Morgen hat sie sich endlich wieder blicken lassen, und ich habe versucht, mit ihr über das Geschehene zu reden, aber sie hat einfach nur gesagt: »Es ist aus«, und den Kopf geschüttelt, als ertrage sie keine weiteren Fragen. Dann hat sie meine Hand genommen und sie wortlos gedrückt.

Sie hat das Ganze wirklich tapfer weggesteckt.

Wenn ich Matt mit dieser hübschen Blondine im Bett erwischt hätte, hätte ich mich auf der Stelle vom Hackleton's Cliff gestürzt, ohne Pferd natürlich, aber Bridget hat die Erniedrigung mit einer so von Kummer getragenen Fassung ertragen, dass ich froh wäre, wenn ich so viel Rückgrat hätte wie sie, und es ihr in ähnlicher Situation gleichtun könnte.

Während unseres Urlaubs ist sie in meiner Achtung erheblich gestiegen.

Ich hätte sie auch vorher gerne gemocht, aber sie war immer so reserviert und eingebildet, dass mir das wirklich schwer gefallen ist. Irgendwie hatte ich immer das Gefühl, als sähe sie auf mich herab. Inzwischen ist mir bewusst, dass sie doch nicht so ist, und ich mag sie wirklich. Ich wünschte nur, was sie während unseres Urlaubs durchmachen musste, wäre ihr erspart geblieben. Sie muss fix und fertig sein. Und furchtbar verletzt. Sie hat nicht einmal geweint, andererseits hätte ich das von ihr auch nicht erwartet, aber ihr Gesicht sagt alles. Sie sieht gequält aus. Ich wünschte, ich könnte irgendetwas tun oder sagen, damit es ihr besser geht.

Dora hat mich mit ihrer Reaktion überrascht. Sie hat sich als echte Freundin erwiesen, und ich bin stolz auf sie.

Die beiden machen heute zusammen einen Ausflug. Auf dem Programm steht erst die Besichtigung von irgendetwas Historischem und anschließend eine Shoppingtour durch St. James, und wir alle wissen ja, wie sehr Dora Einkaufsbummel hasst, also macht sie es einzig und allein Bridget zuliebe.

Wenn ich mich nicht im Spa angemeldet hätte, wäre ich versucht gewesen, auch mitzufahren.

Amy und Maddie, die keinerlei Verschönerung brauchen, wollten an den Strand gehen, aber ich bin sicher, dass sie die meiste Zeit des Tages an der Strandbar abhängen werden.

Mum wird für später am Tag zurückerwartet.

Ich könnte schwören, sie hätte ihre Rückkehr mit Monsieur Charles für heute Morgen angekündigt, aber vermutlich war ich abgelenkt, als sie mit mir darüber gesprochen hat.

Und so steuern wir also den Spa an, um uns heute noch einmal rundum verwöhnen zu lassen. Thomas wird zusehends alberner und verschreckter, je mehr wir uns dem Frisörsalon nähern.

Die Paarmassage wird ein bisschen dadurch gestört, dass Thomas einen chronischen Kicheranfall erleidet, aber die indische Kopfmassage ist das Beste, was ich je erlebt habe. Geübte Finger massieren meinen Kopf, jegliche Verspannungen und Knoten in meinem Nacken und kneten meine Kopfhaut. Es ist einfach herrlich. Jetzt weiß ich, warum Katzen schnurren, wenn sie gestreichelt werden. Als ich fertig bin, bin ich völlig zerzaust und sehe aus wie eine Vogelscheuche, aber ich fühle mich so entspannt und relaxt, dass mich mein Aussehen überhaupt nicht interessiert.

Außerdem sehe ich nach dem anschließenden Schönheitsprogramm fast so gut aus, wie ich mich fühle. Für die vier Stunden habe ich mehr als sechshundert Dollar ausgegeben, und ich hätte nie gedacht, dass ich mich nach einer solchen Ausgabe so wohl fühlen könnte, obwohl ich gar nichts Greifbares dafür in den Händen halte, außer diesem unglaublichen Wohlgefühl, das meinen ganzen Körper erfasst hat. Ach so, und makellose Nägel, Augenbrauen und ein perfektes Make-up natürlich.

Ich gehe zurück auf mein Zimmer, um mir etwas Passendes anzuziehen. Ich hoffe jedenfalls, dass ich noch etwas Ungetragenes habe. Meine Kleidung wird nämlich allmählich etwas knapp, die meisten Sachen, die ich mitgebracht habe, habe ich bereits getragen. Normalerweise ziehe ich meine Sachen im Urlaub durchaus mehrmals an, aber in dieser Ferienanlage habe ich noch niemanden gesehen, der zweimal das Gleiche anhatte.

Allerdings nehme ich mir in der Hoffnung, meine fest eingeplante Urlaubsdiät durchzuhalten und etwas abzuspecken, jedes Mal ein paar meiner schönen Kleider mit, die mir eigentlich ein bisschen zu eng sind. Natürlich bleiben sie in der Regel unten in meinem Koffer liegen und werden ungetragen wieder mit nach Hause genommen, wo sie dann hübsch und wie neu im Schrank hängen, bis ich das nächste Mal in Urlaub fahre und mir fest vornehme, diesmal aber wirklich am Strand zu joggen und mich während der ganzen Zeit ausschließlich von Früchten zu ernähren.

Nachdem ich heute Morgen wie eine Verrückte mit Petronella trainiert habe und mir nun ins Gedächtnis rufe, was ich in den vergangenen Tagen gegessen und getrunken habe, denke ich, dass es zumindest einen Versuch wert wäre, eines dieser Kleider auszuprobieren. Also gehe ich ins Ankleidezimmer, öffne meinen Koffer und nehme ein umwerfendes rosa Kleid heraus. Es ist eng anliegend, feminin und sexy, und leider viel zu klein. Wann immer ich versucht habe, mich hineinzuzwängen, habe ich sofort aufgegeben und mich aus dem engen Fummel befreit.

Es war absolut hoffnungslos.

Ich halte es vor mich, sehe es einen Moment lang sehnsüchtig und ehrfürchtig an, dann bücke ich mich und schlüpfe hinein.

Ich kann es problemlos über meine Oberschenkel ziehen. Normalerweise kriege ich es nicht einmal bis dahin. Ich lächele. Doch dann bekomme ich es nicht über meinen Hintern. Es geht einfach nicht. So sehr ich auch zerre, es lässt sich keinen Millimeter weiter hochziehen, und aus Erfahrung weiß ich, dass ich es auch nicht wieder herunterbekomme, wenn ich nicht sofort mit dem Zerren aufhöre. Na gut. Bleibt es also wieder einmal bei dem frommen Wunsch. Ich befreie mich von dem engen Fummel und will gerade wieder auf mein gutes altes, zuverlässiges kleines Schwarzes zurückgreifen, als mir noch ein anderes »Wenn-ich-mal-gut-drauf-bin-hungere-ich-mich-da-rein-Kleid« einfällt, das ich aus den Untiefen des Koffers herauswühle.

Wenn ich mich recht erinnere, ist dies Kleid eine Nummer größer als das andere (das die für mich absolut hoffnungslose Größe 36 hat). Ich nehme es heraus und schüttele es. Zum Glück ist es aus einem knitterfreien chiffonartigen Stoff. Es ist ebenfalls unglaublich schön. Ein rückenfreies Karen-Miller-Kleid mit einem ausgestellten Rockteil, das ich mir im letzten Schlussverkauf gegönnt habe. Es ist schwarz, aber mit einigen Tupfern dunkelrosa und korallenrot versehen, die wie Blüten großzügig über das ganze Kleid verteilt sind.

Ich sende ein Stoßgebet zum Himmel, bitte um Verzeihung, dass ich wegen so einer Trivialität himmlischen Beistand erbitte, und schlüpfe hinein.

Es geht problemlos über meine Oberschenkel, aber, anders als bei meinem ersten Versuch, halte ich meine Freude vorerst im Zaum. Es spannt kurz, doch dann gibt es nach und rutscht auch über meinen Hintern. Ich stoße einen leisen Triumphschrei aus, doch dann fällt mir ein, dass das Kleid an der Seite einen Reißverschluss hat, den ich noch zumachen muss. Mit grimmiger Entschlossenheit nehme ich den Reißverschluss und ziehe ihn langsam hoch.

Plötzlich klemmt er, und ich durchlebe einen Moment der Panik, aber es hat sich nur ein Stück Stoff verheddert. Ich fumle es vorsichtig heraus und ziehe den Reißverschluss zu. Wow, es passt! Ist es zu eng? Sehe ich womöglich aus wie ein Würstchen in der Pelle?

Ich stelle mich vor den Spiegel.

Hurra! Meine harte Arbeit der vergangenen sieben Tagen hat sich ausgezahlt.

In dem Kleid sehe ich wirklich verdammt gut aus. Ich klatsche vor Freude in die Hände.

Natürlich ist es oberflächlich, und es gibt weitaus wichtigere Dinge im Leben, als seinen Hintern in ein hübsches Kleid zwängen zu können, aber ich habe mir das Leben in letzter Zeit so schwer gemacht, dass mir im Moment danach ist, oberflächlich zu sein.

Noch ein Paar schwarze Riemchensandalen, in denen ich mindestens sieben Zentimeter größer bin, und ich bin ausgehfertig. Und auch wenn es nach Eigenlob klingt, ich sehe wirklich scharf aus.

Diese Ansicht wird auch von meinen Freundinnen geteilt, die um diese Uhrzeit wie immer in der Bar anzutreffen sind, um sich vor dem Abendessen einen Aperitif zu genehmigen.

»Wow, Liddy, du siehst umwerfend aus!«, ruft Amy mir entgegen, als ich zur Strandbar hinunterstöckele.

»Findest du?«

»Und wie! Absolut super. Ist das Kleid neu?«

»Nicht ganz.«

Ich werde ihnen nicht auf die Nase binden, dass ich es mir schon vor zwei Jahren gekauft habe, es mir aber heute zum ersten Mal passt.

»Es ist nicht nur das Kleid«, überlegt Maddie laut, während sie mich eingehend mustert und dabei ihre sinnlichen Lippen schürzt.

»Nein?«

»Nein. Du siehst aus, als ob du gerade ausgiebigen und befriedigenden Sex mit deinem Traummann gehabt hättest.«

»Und genauso fühle ich mich auch, nur noch besser.«

»Haben dir die Stunden im Spa so gut getan? Wow! Wäre ich doch mitgegangen!«

»Es war wirklich supergut, und wenn ich das nötige Kleingeld hätte, würde ich bis zu unserem Abflug jeden Tag hingehen.«

Als Nächster stolziert Thomas in die Bar. In seiner hellbraunen Baumwollhose, seinem am Hals geöffneten weißen Hemd und seinen farblich zur Hose passenden, abgetragenen Wildlederschuhen sieht er entspannt und sehr gut aus. Als er mich sieht, bleibt er abrupt stehen, fasst sich mit der rechten Hand ans Herz, tut so, als würde er hinten rüberkippen, stößt einen bewundernden Pfiff aus und streicht sich mit dem linken Handrücken über die Stirn.

»Liddy! Du siehst umwerfend aus. Wie eine Göttin in Jeans!«

»Wohl eher in einem Karen-Miller-Kleid«, entgegne ich scherzhaft, doch innerlich strahle ich vor Freude über das Kompliment.

So hat Thomas mich noch nie genannt, und ich habe mich auch noch nie so gefühlt.

»Aber du siehst auch ganz schön sexy aus«, erwidere ich und nehme ihn genauer ins Visier.

Sein Outfit überrascht mich. Er ist sehr schick, ein wenig mediterran angehaucht, und bei weitem nicht so schrill gekleidet, wie es sonst seinem Stil entspricht, sondern eher gedeckt und elegant. Er sieht super aus.

»Na ja«, entgegnet er und beugt sich vertrauensvoll zu mir, »dank eines sehr hilfsbereiten Rezeptionisten habe ich Wind davon bekommen, dass ein gewisser sehr gut aussehender Coiffeur heute Abend womöglich im Paradise Bay zu speisen gedenkt. Deshalb will ich heute Abend ausnahmsweise mal einen guten Eindruck machen.«

»Verstehe«, entgegne ich mit einem Nicken. »Ich bin heute Abend in Champagnerlaune. Wie sieht's mit euch aus?«

Er hebt die Hand, um mich vom Bestellen abzuhalten.

»Ich nicht. Ich bleibe heute nüchtern und vernünftig.«

»Dann setzt du dich besser mit da vorne hin«, sage ich und zeige auf einen Tisch, an dem Bridget, meine Mum und Dora zusammenhocken, Mineralwasser trinken und mit gedämpften, manchmal allerdings ziemlich entschiedenen Stimmen aufeinander einreden.

»Was hecken die denn aus?«, fragt Thomas und sieht zu ihnen hinüber.

»Vermutlich wollen sie von Mums ausgiebiger Erfahrung mit Männern profitieren«, entgegne ich scherzhaft. »Oder sie wollen Mum bitten, Monsieur Charles zu fragen, ob er nicht weiß, wo man einen Killer anheuern kann, um die Ratte Rupert um die Ecke zu bringen.«

Bridget sieht zu Liddy hinüber, als meine Schwester in unserem Blickfeld erscheint, und rutscht unbehaglich auf ihrem Stuhl hin und her. Wir setzen eine Unterhaltung fort, die wir schon heute Mittag begonnen haben. Es geht um den Zwischenfall in Coconut Cove. Mum haben wir abgefangen, bevor Liddy überhaupt mitbekommen konnte, dass sie von ihrem Kurztrip zurück ist. Obwohl wir uns den Mund fusselig geredet haben, sind wir beim Mittagessen zu keinem Ergebnis gekommen, weshalb wir nun noch einmal von vorne anfangen.

»Ich habe einen Hintern gesehen, mehr nicht. Einen Hintern, der in einem Bett verschwunden ist, und dann habe ich nur noch eine Decke gesehen. Eine Decke, die sich bewegt hat. Aber ich weiß mit absoluter Sicherheit, dass es nicht Rupert war, denn er hat auf der linken Pobacke eine Tätowierung«, erklärt Bridget gerade.

»Und es war wirklich das richtige Zimmer?«, fragt Mum mindestens zum zehnten Mal.

»Ja. Ich habe George gestern Morgen als Erstes gebeten, es noch einmal zu checken. Um absolut sicher zu sein. Ich habe wirklich gehofft, dass sie vielleicht aus irgendeinem Grund umziehen mussten, aber Fehlanzeige.«

»Warum hast du dann gesagt, dass es Rupert war, wenn du so sicher warst, dass er es gar nicht war?«

»Weil es nur Matt sein konnte, wenn es nicht Rupert war. Ich habe Liddy erst während unseres Urlaubs richtig kennen gelernt, und sie ist so nett und liebenswürdig. Ich wünschte, ich hätte ihr schon vorher eine Chance gegeben, aber ich war völlig verbohrt, weil Claudia, Matts Ex«, erklärt sie an meine Mutter gewandt, »eine meiner besten Freundinnen ist. Inzwischen betrachte ich Liddy ebenfalls als eine gute Freundin, und wenn sie erfahren hätte, dass Matt der Mann in dem Zimmer war, wäre sie am Boden zerstört gewesen. Sie hat es wirklich nicht verdient, dass man ihr das Herz bricht, deshalb habe ich gesagt, dass es Rupert war.«

»Aber dass es Matt war, kannst du auch nicht beschwören«, hakt meine Mutter nach.

»Nein«, entgegnet Bridget, doch in ihrer Antwort schwingt ein »Aber« mit.

»Aber?«, frage ich.

»Ich habe die Frau gesehen, und sie sah Claudia verdammt ähnlich.«

»Und das heißt?«

»Matt war total fertig, als sie ihn verlassen hat. Ich will ja nicht klingen wie das letzte Miststück, und ich hoffe wirklich, dass ich mich irre, aber ich hatte von Anfang an den Eindruck, dass Liddy für ihn nur ein Trostpflaster war. Als er sie das erste Mal gesehen hat, war er gerade mal eine Woche von Claudia getrennt. Und was ihre Beziehung angeht – also ich hatte immer das Gefühl, dass es für ihn nur ein Spiel war, eine Ablenkung, um seinen Trennungsschmerz etwas zu lindern. Ich habe noch nie gesehen, dass er mit solcher Inbrunst hinter einer Frau her war wie hinter Liddy.«

»Mir hat Liddy auch erzählt, dass er, wann immer sie einen Rückzieher gemacht habe, umso verbissener hinter ihr her gewesen sei«, überlege ich nachdenklich.

»Das kann genauso gut darauf zurückzuführen sein, dass er sich unsterblich in sie verliebt hat«, wirft meine Mutter entschieden ein.

Bridget nickt.

»Das stimmt. Und ich hoffe, dass es auch so war.«

»Ha-ha.« Ich kann nicht anders, als höhnisch zu schnauben.

Mutter wendet sich wieder Bridget zu, die ziemlich bedrückt aussieht.

»Und was hättest du gemacht, wenn Dora nicht in der Bar von Rupert angemacht worden wäre, den du angeblich in dem Zimmer gesehen hast? Hättest du dann überhaupt irgendjemandem etwas erzählt?«

Bridget zuckt mit den Schultern. »Keine Ahnung. Wahrscheinlich hätte ich versucht, Rupert auszuquetschen, und vielleicht hätte ich auch mit Matt gesprochen, um herauszufinden, was, zum Teufel, da los war.«

»Und?«

»Nein. Ich habe mehrfach versucht, ihn zu erreichen, aber es war immer das Gleiche. Er ist einfach nie da. Allerdings müsste ich sowieso von Angesicht zu Angesicht mit ihm reden. Denn was auch immer er mir für eine Lügengeschichte auftischt – um wenigstens ein Quäntchen Wahrheit darin zu entdecken, müsste ich ihn vor mir haben und sehen, wie er sich windet.«

»Eins ist klar«, schalte ich mich ein, »wir fahren auf keinen Fall noch einmal nach Coconut Cove.«

Bridget nickt zustimmend.

»Solange wir nicht definitiv wissen, wer der Mann mit der hübschen Blondine in Ruperts und Matts Zimmer war, stellt sich also nur eine Frage«, sagt sie. »Sollen wir Lydia erzählen, was ich wirklich gesehen habe?«

»Was sollte das bringen?«, fragt Mutter.

»Jede Menge!«, rufe ich überrascht. »Oder willst du wirklich, dass deine Tochter einen Lügner und Betrüger heiratet?«

»Aber das wissen wir doch gar nicht mit absoluter Sicherheit«, gibt Bridget erneut zu bedenken.

»Aber so gut wie. Wer sollte es denn sonst gewesen sein?«

»Wenn wir Liddy die Wahrheit sagen, bläst sie die Hochzeit ab.«

»Das wäre unter den gegebenen Umständen auch das Beste«, stelle ich klar.

»Wir kennen die gegebenen Umstände doch gar nicht. Wie kannst du also behaupten, dass es das Beste ist?«

»Nun komm schon, wer sollte es denn sonst gewesen

sein?«, frage ich noch einmal. »Es war das Zimmer von Matt und Rupert. Es war nicht Rupert, den du gesehen hast. Wer kommt also als Einziger in Frage? Es sei denn, sie vermieten ihr Zimmer stundenweise an das örtliche Bordell.«

»Es könnte einer ihrer Kumpels gewesen sein.«

»Wer denn, zum Beispiel?«

»Guy. Es könnte Guy gewesen sein. Er ist ein absoluter Aufreißer und teilt sich ein Zimmer mit Alistair, der den ganzen Tag schläft. Vielleicht war er schon im Bett, weshalb Guy auf ein anderes Zimmer ausweichen musste, um sich, äh, ein bisschen zu vergnügen.«

»Du greifst nach irgendwelchen Strohhalmen.«

»Tue ich nicht. Ich suche nur nach einer möglichen Erklärung, bevor wir überstürzt Liddys Leben zerstören.«

»Wir würden es nicht zerstören, sondern sie vor der Zerstörung bewahren.«

Bridget sieht mich mit ernstem Gesicht an.

»Dora, ich bitte dich jetzt um eine ehrliche Antwort. Kannst du deine Hand dafür ins Feuer legen, dass du die Beziehung zwischen den beiden vor diesem Zwischenfall für gut geheißen hast? Und dass dies nicht nur die von dir herbeigewünschte Gelegenheit ist, die beiden auseinander zu bringen? Ich will mich wirklich nicht aufspielen, aber ich glaube im Ernst, du musst dir ehrlich darüber im Klaren sein, aus welchen Motiven du willst, dass wir es Liddy erzählen, denn es liegt doch eindeutig auf der Hand, dass du Matt nicht ausstehen kannst und von Anfang an gegen die Beziehung warst …«

»Weil ich genau das vorausgesehen habe, was er ihr angetan hat.«

»Also gut«, sagt Mutter mit so schneidender Stimme, dass ich sie überrascht ansehe, weil sie normalerweise selten so bestimmt auftritt. »Wir haben also keine Möglichkeit herauszufinden, ob der Mann in dem Zimmer tatsächlich Matt war, und solange wir das nicht mit absoluter Sicherheit wissen, sollten wir ihr nichts sagen.«

»Aber …«

»Kein Aber, Dora. Wir sagen ihr nichts, basta. Und jetzt muss ich los, ich bin mit Charles zum Abendessen verabredet. Aber ihr müsst mir versprechen, den Mund zu halten. Kein Wort zu Liddy. Klar?«

Nach einem weiteren Abendessen in ziemlich gedämpfter Stimmung gehen wir zur Rezeption, um uns für den nächtlichen Angelausflug anzumelden.

Überraschenderweise wollen alle mitkommen, jedenfalls alle außer Mum, die sich Dora zufolge mit Monsieur Charles zu einem weiteren romantischen Abendessen verabredet hat. Und Heather hat zwar Lust auf eine Nachtaktion, kann sich aber nicht fürs Angeln begeistern.

»Alles, was wir fangen, bringen wir mit und grillen es morgen zum Abendessen?«, fragt sie besorgt. »Wir werfen die Fische nicht zurück ins Meer?«

»Natürlich nicht, meine Liebe«, erwidere ich und umarme sie.

Ihre Lippen beben.

»Ich esse ja Fisch, aber normalerweise fange und töte ich ihn nicht selber. Natürlich ist es pure Heuchelei, da einen Unterschied zu machen, und eigentlich sollte ich Vegetarierin sein, was ich nun mal nicht bin, aber irgendwie ist es für mich doch ein Unterschied.«

»Du musst ja nicht mitkommen.«

»Ich weiß, aber alle anderen fahren doch auch mit.«

»Dann bleibe ich eben bei dir.«

»Kommt gar nicht in Frage, der Ausflug war schließlich deine Idee. Nein, ich komme mit.« Sie zwingt sich zu einem entschlossenen Lächeln.

»Bist du sicher?«

»Absolut.«

»Weißt du was? Alles, was du fängst, werfen wir zurück ins Meer.« Ich zwinkere George zu, der mein Zwinkern mit einem Grinsen erwidert.

Heather ist immer noch skeptisch.

»Machen Sie sich keine Sorgen um die Fische, kleine Lady«, wirft George schnell ein, um sie zu beruhigen. »Gott hat sie für uns dort ausgesetzt, damit wir sie fangen und essen.«

»Siehst du, selbst Gott hat keine Einwände«, stellt Dora mit einem sarkastischen Unterton fest. Sie ist natürlich Atheistin. Spiritualität ist zu emotional für sie, als dass sie sich dafür interessieren könnte.

»Also, kommen nun alle mit?«, drängt George auf eine Entscheidung.

Heather nickt, woraufhin George mit einem Lächeln zum Telefonhörer greift und bei dem Bootseigentümer anruft, der den Ausflug anbietet.

»Hallo Wisdom, ich habe hier eine Truppe schöner Frauen, die rausfahren will zum Angeln.«

Er lächelt über das ganze Gesicht, doch als der Mann am anderen Ende antwortet, runzelt er die Stirn, geht ein paar Schritte von uns weg und senkt die Stimme um eine Oktave.

»Gibt es irgendein Problem?«, rufe ich hinter ihm her.

George legt eine Hand auf die Muschel und strahlt mich an.

»Der Angeltrip für morgen Abend ist ausgebucht, und sie brauchen normalerweise eine längere Vorlaufzeit, um ein weiteres Boot rauszuschicken. Aber keine Sorge, Lydia, wir sind gute Kunden, sie werden es schon arrangieren.«

»Ich will aber niemandem irgendwelche Schwierigkeiten machen. Wenn es nicht klappt, ist das kein Problem, oder, Mädels?«

»Überhaupt nicht«, erwidert Heather wie aus der Pistole geschossen.

»Wir wollen niemandem zur Last fallen«, fügt Fleur hinzu.

Aber George winkt ab.

»Wir kriegen das schon hin, darauf gibt Ihnen Kapitän Johnson persönlich sein Wort.«

»Kapitän Johnson«, sinniert Thomas, »ich stelle mir gerade Johnnie Depp in *Fluch der Karibik* vor.«

»Träum weiter.«

»Oh, ich träume fast jede Nacht von Johnnie Depp. Außer in den Nächten, in denen David Beckham an der Reihe ist.«

»Es ist alles geregelt, meine Lieben.« George hat aufgelegt und gesellt sich mit seinem üblichen Enthusiasmus wieder zu uns. »Euer Boot nimmt euch morgen Abend um acht Uhr an unserem Hotelanleger auf. Und ich werde persönlich dort sein, um euch zum Abschied zu winken.«

Nach dem Abendessen gehen wir noch auf ein paar Drinks in die Strandbar, wo ein furchtbar enttäuschter Thomas von Antoine erfährt, dass Paul mit der Mannschaft aus dem Spa heute Abend einen auswärtigen Termin hat und nicht mehr zu erwarten ist.

Nach einer Stunde zeigen Doras bewusst zur Schau getragene Gähnanfälle und ihre Ermahnungen, dass es uns beiden gut täte, rechtzeitig ins Bett zu gehen, Wirkung. Offenbar will sie mir etwas erzählen.

Doch als wir uns gemeinsam auf den Weg zu unseren Zimmern machen und sie gerade loslegen will, kommen wir an dem Restaurant vorbei, in dem Mum und Monsieur Charles zu

Abend essen. Es ist ein Restaurant unter freiem Himmel. Zwischen den Gästen und dem dunklen Nachthimmel befindet sich lediglich ein üppig mit rosa Bougainvillea überwuchertes Blumengitter. Es ist ein idyllischer Ort. Auf jedem Tisch brennt eine Kerze, und das gedämpfte Stimmengewirr der Gäste wird von leiser Reggaemusik begleitet, die im Hintergrund dudelt. Vor der großartigen Kulisse der Karibik bietet das Restaurant einen spektakulären Anblick.

Für einen Moment bin ich ernsthaft versucht, einfach hineinzuplatzen und mir ein Glas von dem zweifellos exzellenten Rotwein auf Mums Tisch einzuschenken.

Während ich noch überlege, ob ich es wirklich tun soll, dreht sie sich um, sieht uns und winkt uns zu.

»Was hältst du davon, wenn wir Mums romantisches Abendessen stören und uns einfach dazusetzen?«, frage ich und lächele Dora aufmunternd an. »Ein Gläschen Wein wäre jetzt genau das Richtige, außerdem könnten wir uns über Mums Nachtisch hermachen.«

Dora sieht nicht gerade begeistert aus, doch bevor sie etwas sagen kann, ruft Mum uns zu: »Dora, Darling, hättest du vielleicht kurz Zeit für mich?«

Dora und ich sehen uns an, dann zuckt sie mit den Achseln. »Worum geht's denn?«

»Ich möchte nur kurz mit dir reden.« Dann sieht sie mich an. »Alleine.«

Alleine? Überrascht und zugleich verletzt über diesen Ausschluss, ziehe ich eine Augenbraue hoch.

Dora wollte nicht einmal hingehen, und jetzt wird nur sie eingeladen. Was läuft hier eigentlich ab?

»Habt ihr für mich nicht mehr genug zu essen übrig?«, rufe ich zurück.

»Bitte, Liddy. Ich will nur kurz allein mit Dora reden.«

»Verstehe«, erwidere ich und lege meine ganze Verletztheit in dieses eine Wort.

Mum lächelt mich entschuldigend an, hält mich aber nicht davon ab, beleidigt von dannen zu ziehen.

Bestimmt reden sie hinter meinem Rücken über Matt und mich. Nur deshalb will sie allein mit Dora reden. Ich habe ihre verschwörerischen Zusammenkünfte ja bemerkt, und mir ist auch nicht entgangen, dass Mum, Dora und Bridget jedes Mal, wenn ich mich genähert habe, verstummt sind. Ich bin doch nicht komplett bescheuert. Sie glauben vielleicht, dass mir ihre Geheimnistuerei nicht aufgefallen ist, aber da irren sie sich.

Ich habe Bridget sogar direkt darauf angesprochen, woraufhin sie blass geworden ist und gesagt hat, sie hätte Mum nur gefragt, wie sie weiter mit Rupert verfahren solle, aber ich bin sicher, dass mehr dahintersteckt. Erst recht, nachdem Bridget mir gestern anvertraut hat, dass sie ihn sowieso auf den Mond schießen will, sobald wir wieder zu Hause sind. Das sind meine Worte, nicht ihre. Sie hat sich ja bekanntlich etwas kürzer gefasst. Drei Worte. »Es ist aus.« Drei kurze Worte, in denen eine ganze Palette von Gefühlen und Emotionen mitschwingt. Das Problem ist nur, dass ich das Gefühl habe, dass es alles andere als aus ist.

Ich sehe Liddy hinterher, betrete das Restaurant und setze mich zu meiner Mutter an den Tisch.

»Falls es um Lydia geht«, zische ich ihr zu, »kann ich dich beruhigen. Ich habe ihr nichts gesagt, so sehr es mich auch gedrängt hat. Du kannst dir deine Belehrungen also sparen.«

»Es geht nicht um Liddy, Dora.«

»Worum geht es dann?«

Ich sehe Monsieur Charles zurückkommen. Er bahnt sich

einen Weg zwischen den Tischen der anderen Gäste. »Zwischen euch läuft doch was. Wozu brauchst du mich dabei?«

»Ich will über etwas Wichtiges mit dir reden.«

Sie klingt ausnahmsweise sehr ernst.

»Erzähl mir bloß nicht, dass du wieder heiratest und ich die Neuigkeit dem Rest der Familie überbringen soll.«

Sie grinst nicht, sie seufzt nicht, und sie lacht auch nicht schallend, womit sie sonst normalerweise jeder Art von Sarkasmus begegnet, aber sie streitet es auch nicht ab.

»Oh, nein, du heiratest doch nicht wirklich, oder?«, frage ich entsetzt.

Mutter schüttelt den Kopf, und obwohl sie darauf bestanden hat, mit mir zu reden, sagt sie kein Wort.

»Dein Verehrer kommt zurück, und es fällt dir offensichtlich schwer, die passenden Worte zu finden. Warum vertagen wir das Ganze nicht einfach?«

Als Monsieur Charles sich setzt, erhebe ich mich, um zu gehen, aber sie umfasst mein Handgelenk und hält mich zurück.

»Nein, Dora«, sagt sie mit fester Stimme und wirft ihm einen kurzen Blick zu, »jetzt ist genau der richtige Zeitpunkt.«

Kapitel 21

»Was ist denn mit deiner Schwester los?«, fragt Thomas und sieht mich stirnrunzelnd an.

»Keine Ahnung«, flüstere ich.

»Vielleicht hat sie PMS?«, rätselt Heather mitfühlend.

»Nein, an so etwas glaubt sie nicht.«

»Du kannst auch darunter leiden, wenn du nicht daran glaubst.«

»Da hast du Recht, aber in Doras Fall steht das P nicht für prämenstruell, sondern für permanent. Sie ist doch immer so griesgrämig.«

»Stimmt, aber so mies drauf wie heute habe ich sie noch nie erlebt.« Thomas runzelt die Stirn. »Ich mache mir Sorgen um sie.«

»Ehrlich?« Ich drücke ihn einmal fest. »Wie lieb von dir.«

»Ja, nicht wahr? Aber binde ihr das bloß nicht auf die Nase. Sonst denkt sie noch, ich würde auf meine alten Tage weich werden und tatsächlich anfangen, sie zu mögen.«

So etwas aus Thomas' Mund bedeutet, dass er in der Tat im Begriff ist, weich zu werden und sie zu mögen.

Allerdings hat sie sich während unseres Urlaubs wirklich von ihrer Schokoladenseite gezeigt. Heute allerdings ist sie in einer furchtbaren Verfassung, und bekanntlich ist Dora schon mit guter Laune nicht gerade das liebenswürdigste Wesen der Welt. Dora mit Stinklaune kann einem regelrecht *Angst* machen.

Ich warte, bis sie zum Büfett geht und sich einen weiteren

starken schwarzen Kaffee holt, und winke Bridget zu, die am anderen Tischende sitzt.

»Was ist los, Bridge?«, zische ich ihr zu.

Bridget zappelt nervös auf ihrem Stuhl herum.

»Wieso, was soll schon sein?«

»Na, Dora, sie zieht ein Gesicht, als hätte ihr gerade jemand den Hintern versohlt, und lässt die entsprechende Laune raushängen.«

Bridget zuckt mit den Schultern.

»Keine Ahnung.«

»Hat sie nichts gesagt?«

Bridget zuckt erneut mit den Schultern und verbirgt ihr Gesicht in ihrer Kaffeetasse.

»Oje, noch ein Trauerkloß.« Thomas runzelt die Stirn und sieht Bridget teilnahmsvoll an. »Aber die Ärmste hat immerhin einen handfesten Grund.«

Nach einem Frühstück in düsterer Stimmung nehme ich all meinen Mut zusammen und stelle Dora zur Rede.

»Was ist mit dir los?«

Sie sieht mich so finster an, dass ich lieber nicht weiter nachbohre.

»Ob es etwas mit Mum zu tun hat?«, frage ich Thomas auf dem Weg zu unseren Zimmern. »Sie hat Dora gestern Abend abgefangen, um mit ihr zu reden und mir klar zu verstehen gegeben, dass ich bei dem Gespräch nicht erwünscht bin.«

»Schon möglich. Warum fragst du nicht einfach deine Mum?«

»Kann ich nicht. Sie macht einen Tagesausflug mit Monsieur. Außerdem würde sie mir wahrscheinlich sowieso nichts verraten. Schließlich wollte sie mich gestern Abend ausdrücklich nicht dabeihaben. Warum sollte sie ihre Meinung über Nacht geändert haben?«

»Stimmt auch wieder. Dann musst du dir Dora während unseres Ausritts vorknöpfen.«

»Mache ich. Ich ziehe mich schnell um und hole sie ab. Vielleicht redet sie auf dem Weg mit mir. Die Nachbarbucht ist einen Kilometer entfernt, da hätten wir ein bisschen Zeit.«

Doch als ich eine halbe Stunde später an Doras Tür klopfe, hockt sie im Bademantel auf ihrem Bett und liest ein Buch.

»Komm, Dora!«, dränge ich sie. »Wir müssen los, und du bist noch nicht einmal angezogen.«

»Ich komme nicht mit«, sagt sie barsch.

Ich sehe Bridget an, die auch nur ratlos mit den Schultern zuckt.

»Aber du hast dich doch so darauf gefreut. Wir sind seit Jahren nicht zusammen ausgeritten.«

»Ich hab keine Lust. Kapier das doch einfach!«, faucht sie mich an. »Ich bleibe hier, basta!«

»Mach doch, was du willst. Entschuldige, dass ich atme«, entgegne ich beleidigt. »Aber du kommst doch mit, Bridget, oder?«

Sie zögert, sieht erst mich an, dann Dora und schließlich wieder mich.

»Wenn du nichts dagegen hast, würde ich lieber bei Dora bleiben.«

»Das ist nicht nötig«, fährt Dora sie undankbar an.

Bridget ignoriert ihren Einwand und lächelt sie freundlich an.

»Ich möchte aber bei dir bleiben, Dora.«

Ich starre meine Schwester fassungslos an.

Sie ist den Tränen nahe.

Dora weint nie.

Weinen ist in ihren Augen eine Zeitverschwendung.

Ich sehe verwirrt zwischen den beiden hin und her.

»Könnt ihr mir bitte mal erklären, was hier los ist!«

»Herrgott noch mal!«, schreit Dora mich an und knallt ihr Buch auf den Boden. »Es geht eben nicht immer nur um dich!«

Einen Augenblick herrscht Schweigen, dann springt Dora vom Bett auf, rennt ins Bad und knallt die Tür hinter sich zu.

Ich starre Bridget an. Dann folge ich meiner Schwester und klopfe vorsichtig an die Tür.

»Verpiss dich, Lydia!«, schreit sie von drinnen und fügt dann geknickt hinzu: »Tut mir Leid, das hätte ich nicht sagen sollen, aber ich fühle mich wirklich nicht besonders gut.«

»Soll ich einen Arzt rufen?«

»Nein ... nein, nicht nötig. Ich habe nur ein bisschen Durchfall, aber das geht vorüber. Geh einfach reiten, und mach dir einen schönen Tag.«

»Geh!«, sagt auch Bridget. »Ich kümmere mich um sie.«

»Bist du sicher?«

»Ja. Absolut.«

Ich gehe zurück zur Strandbar, wo die anderen schon auf mich warten, und von dort gehen wir zum südlichen Ende unserer Bucht, überqueren die kleine Anhöhe und steigen auf der anderen Seite hinab in die dahinter gelegene Bucht, in der sich die Reitställe befinden.

An diesem Morgen wirken alle irgendwie ein bisschen bedrückt. Dabei sind wir doch so gut miteinander klargekommen. Schade, dass unsere Stimmung so gedämpft ist. Ich glaube, Amy, Maddie und Fleur geht es gegen den Strich, dass wir bald nach Hause fliegen, Heather ist ein flatterhaftes Sensibelchen und passt sich immer den Launen der anderen an, Thomas bereut seine verpassten Chancen, und ich ... na ja, wie es um mich bestellt ist, ist ja hinlänglich bekannt.

Aber heute ist unser letzter Tag, und ich bin nach wie vor fest entschlossen, mich zu amüsieren.

Zum Glück liebe ich Pferde und freue mich riesig auf den Ausritt. Als Kind bin ich viel geritten. Ein Bauer in meinem Heimatdorf hatte ein paar Pferde und hat mich als Gegenleistung für meine Hilfe beim Ausmisten, Striegeln und Füttern immer reiten lassen. Seit meinem Umzug nach London habe ich allerdings auf keinem Pferd mehr gesessen, also seit mehr als zehn Jahren.

Als wir die Ställe erreichen, hellen sich unsere Mienen auf.

Thomas lacht sich halb tot, als man mir ausgerechnet ein Pferd namens Johnny gibt, reißt jede Menge schmutzige Witze übers »Reiten« und tauft sein eigenes Pferd prompt Paul.

Heather, die regelmäßig auf dem Hof ihrer Eltern in Devon reitet, ist ein alter Hase, und Fleur ist ebenfalls eine begnadete Reiterin. Angeblich war ihr schottisches Heimatdorf so zurückgeblieben, dass die tolle Erfindung des Autos dort erst drei Jahre nach ihrem Wegzug nach London Einzug gehalten hat. Amy und Maddie dagegen haben noch nie auf einem Pferd gesessen, und es ist zum Schießen, ihnen zuzusehen, wie sie holprig und ungelenk lostraben und vor Freude kreischen.

Alles in allem ist unser Ausritt ein Riesenerfolg.

Die Pferde lieben es offenbar, durchs Wasser zu galoppieren, und für mich erfüllt sich ein lang gehegter Traum, einmal mit einem schönen Pferd einen Strand entlangzureiten.

Ein weiterer Traum scheint sich beinahe zu erfüllen, als uns ein blendend aussehender Mann in abgeschnittenen Jeans auf einem prächtigen grauen Hengst durch die Brandung entgegengeritten kommt. Ich erinnere mich an meine Fantasievorstellung, in der Matt in gleichem Aufzug durch die Brandung auf unsere Ferienanlage zugaloppiert, und mein Herz schlägt höher.

Aber es ist nicht Matt… natürlich ist es nicht Matt.

Es ist Roberto, und Maddie ist so begeistert, ihn zu sehen, und zeigt dies auf so natürliche, erfrischende, gar nicht Maddie-mäßige Art, dass es eine Freude ist zuzusehen, wie sie sich dankbar von ihrem Ross (das übrigens Gary heißt) in seine Arme fallen lässt.

Trotz des herzerwärmenden Anblicks ist mir zum Heulen zumute.

Zurück in meinem Bungalow, dusche ich, mache mich strandfertig und komme zu dem Schluss, dass wir heute Nacht, wenn wir alle acht auf dem Boot sind, die Chance nutzen sollten, wieder ein bisschen Harmonie und Fröhlichkeit in unsere kleine Gruppe zu bringen. Also belade ich eine Kühltasche, die George für mich auftreibt, mit zwei großen Flaschen Weißwein, frischem Obst und sämtlichen Schokoladevorräten aus meiner wieder aufgefüllten Minibar.

Wenn es irgendetwas gibt, womit man eine Frau aufheitern kann, dann mit Wein und Schokolade. Das trifft sogar auf Dora zu.

Zum Glück denke ich in letzter Sekunde noch an einen Korkenzieher.

Dora und Bridget scheinen ein bisschen besser gelaunt zu sein. Dora ist immer noch gereizt, aber zu meiner großen Erleichterung wenigstens nicht mehr den Tränen nahe. An eine reizbare Dora bin ich mehr als gewöhnt, eine weinerliche jedoch kenne ich überhaupt nicht. Und mit Tränen in den Augen macht sie mir wirklich Sorgen.

Bridget ist immer noch nicht wieder ganz die Alte, aber zumindest lächelt sie wieder. Vielleicht liegt es daran, dass Thomas gerade einen absolut unpassenden Witz zum Besten gibt. Er handelt nämlich von sinkenden Schiffen, und wie ich ja bereits erwähnte, bin ich alles andere als seefest. Trotzdem habe ich mir diesen Ausflug gewünscht, und ich freue mich auch ehrlich darauf. Es ist vermutlich wie mit den meisten Phobien: An das zu denken, wovor man Angst hat, ist schlimmer als das tatsächliche Erlebnis. Sobald ich erst einmal an Bord bin, sind sämtliche Ängste verflogen, das weiß ich ganz sicher, und zum Glück ist das Meer heute spiegelglatt. Da mir noch sehr gegenwärtig ist, wie schlecht mir nach unserem letzten Schiffsausflug war, habe ich Thomas' Angebot, mir noch mehr von seinen Tabletten gegen Reisekrankheit zu geben, dankend ausgeschlagen und setze stattdessen auf meine Willenskraft. Darauf, dass mein Geist stärker ist als jede Medizin. Oder wie Thomas sagt: »Einfach nicht daran denken, dann passiert auch nichts.«

»Was ist in deiner Tasche, meine Liebe?«, fragt Thomas und hakt sich bei mir ein, während wir alle zusammen den Bootsanleger hinuntergehen.

»Eine Notration«, entgegne ich und schneide eine Grimasse.

»Was denn? Ein aufblasbares Rettungsboot?«

Ich öffne die Tasche und lasse ihn einen Blick hineinwerfen.

»Oh, dann haben wir im Notfall wenigstens zwei leere Flaschen, mit denen wir unsere Hilferufe verschicken können«, witzelt er.

»Genau, und zum Glück haben wir auch noch Amys große Titten, an denen wir uns festhalten können, damit wir nicht untergehen«, fügt Maddie grinsend hinzu.

George erwartet uns am Ende des Anlegers, und unser Boot ist auch schon da.

Unsere Crew besteht aus zwei Männern, die uns an Bord helfen.

Der Kapitän, den George uns als Sinbad vorstellt, kann höchstens siebzehn sein, und so ungern ich es auch sage, sein

Intelligenzquotient dürfte die Zahl siebzehn ebenfalls kaum übersteigen. Aber er begrüßt uns überaus herzlich und heißt uns mit aufrichtiger Begeisterung willkommen.

Der erste Offizier, Winston, geht auf die siebzig zu und wirkt so alt und ausgezehrt, dass Thomas es sich nicht verkneifen kann, irgendetwas über Seebestattungen zu murmeln und ob vielleicht jemand eine Erwachsenenwindel dabeihabe, bis Fleur ihm kräftig in die Rippen stößt.

Das Boot ist von undefinierbarem Alter, ich würde sagen, es liegt irgendwo zwischen Sinbad und Winston. Zudem ist es ein seltsames Gefährt, das ganz und gar nicht meinen Erwartungen entspricht; es gleicht eher einem schwimmenden Milchwagen als einem Motorboot. Es ist lang, niedrig und ziemlich platt und ringsum vom Bug bis zum Heck mit Sitzbänken ausgestattet. Die Kommandobrücke des Kapitäns mit den Instrumenten und dem Steuer befindet sich im vorderen Drittel des Decks in der Mitte. Von dort führt eine Treppe hinunter in den Motorraum, und über unseren Köpfen ist vom Bug bis zum Heck ein gestreiftes Sonnensegel gespannt.

Wir drängen aufgeregt quasselnd an Bord und rangeln um die Plätze im Bug, von denen aus man den besten Blick hat.

Ich suche mir ein Fleckchen im Heck und hoffe, dass ich meine Zehen im Wasser baumeln lassen kann.

Der süße Sinbad schmeißt breit grinsend den Motor an, der stotternd zum Leben erwacht, und steuert das Boot aus dem kleinen Hafen hinaus aufs Meer. George winkt uns wie versprochen vom Anleger hinterher. Winston, der, wie ich finde, wie George als alter Mann aussieht und gut sein Großvater sein könnte, verkriecht sich im Bug unter einem Haufen alter Säcke und schläft sofort ein.

Wir tuckern gemächlich weiter hinaus aufs Meer, während Thomas immer wieder *Oh a life on the Ocean wave* singt, weil es das einzige Lied ist, das er auswendig kann, bis Maddie und Amy ihm drohen, ihn über Bord zu werfen.

Nachdem wir etwa zwei Meilen hinausgefahren sind, stellt Sinbad den Motor ab und wirft den Anker.

Ich hatte damit gerechnet, dass wir mit Angelruten ausgestattet würden, doch stattdessen drückt er jedem eine Holzrolle in die Hand, um die eine lange feine Schnur gewickelt ist.

»Äh … was ist das denn?«

»Hast du schon mal etwas von Angelschnur gehört, Liddy?«, entgegnet Dora trocken. »Was hast du denn erwartet?«

»Keine Ahnung, eine Angelrute vielleicht, so etwas, wie Dad hat.«

»Sind wir vielleicht zum Fliegenfischen auf einem Fluss?«

»Ich weiß, aber was, zum Teufel, soll ich hiermit fangen?«

»Großaugenbarsche!«, ruft Thomas aufgeregt. Er richtet sich hinter Dora auf und macht sich über sie lustig, indem er den Mund zu einem Fischmaul verzieht.

Dora wirbelt herum, jedoch nicht schnell genug, um ihn zu ertappen.

Er lächelt sie zuckersüß an und setzt sich neben mich.

Dora wirft ihm einen finsteren Blick zu und lässt sich uns gegenüber nieder.

Wir scherzen, dass das Boot bestimmt besser liegt, wenn wir unser Gewicht gleichmäßig verteilen, und platzieren uns in Zweiergruppen: Thomas und ich sitzen hinten rechts, Dora und Bridget hinten links, Fleur und Heather vorne links und Amy und Maddie vorne rechts.

Durch die gleichmäßige Gewichtsverteilung haben wir uns unbeabsichtigt in Mannschaften aufgeteilt, was wiederum dazu führt, dass wir einen kleinen Wettbewerb austragen, welches Team die meisten Fische fängt.

Es ist wunderschön. Die letzten Sonnenstrahlen glitzern auf

dem Wasser, und das Boot wird von den sanft gegen die Seiten schwappenden Wellen behutsam hin- und hergeschaukelt. Thomas und ich sitzen immer noch nebeneinander, allerdings haben wir uns umgedreht und lassen unsere Arme über die Reling hängen. Unsere Beine baumeln über der Wasseroberfläche.

Bisher hat niemand etwas gefangen, aber für einige von uns zählt die freudige Spannung vermutlich sowieso mehr, als tatsächlich einen Fisch an den Angelhaken zu bekommen.

Nach einer halben Stunde gesellt sich Sinbad zu Dora und redet mit ihr.

Ich recke den Hals und versuche zu hören, was er sagt, als meine Schnur plötzlich so kräftig spannt, dass es mir beinahe die Angelrolle wegreißt.

»Ich habe einen, ich habe einen!«, rufe ich aufgeregt.

»Wir fahren woandershin«, erklärt Dora an Bridget gewandt. »Hier beißen die Fische heute offenbar nicht an.«

»Also, bei mir hat gerade ein Riesenfisch angebissen, ich kann nicht mal meine Schnur einholen.«

Sinbad lugt über meine Schulter.

»Das ist kein Fisch.« Er grinst mich breit an und amüsiert sich über meine Unwissenheit. »Dein Angelhaken hat sich in den Korallen verfangen.«

Er nimmt mir vorsichtig die Schnur aus der Hand, ruckelt ein paar Mal, rollt sie auf und reicht sie mir mit einem Honigkuchenpferdgrinsen zurück, während meine Wangen die Farbe meines sonnenverbrannten Rückens annehmen.

»Tja«, feixt Dora in meine Richtung. »Manchmal denkt man, man hat einen dicken Fisch an der Angel, doch dann erweist er sich als ein Haufen alter Steine.«

Ich blinzele sie überrascht an. Normalerweise redet meine Schwester nicht durch die Blume, sondern sagt einem alles frei heraus.

»Was soll das denn, bitte schön, heißen?«

»Nichts«, erwidert sie steif. »Du dachtest nur, etwas ganz Tolles gefangen zu haben, und in Wahrheit war es ein Scheißdreck.«

Ich starre sie fassungslos an. Dora flucht nie, nicht einmal das Wort Scheiße kommt ihr je über die Lippen.

»Willst du mir irgendetwas sagen, Dora?«

»Meinst du? Sind wir heute ein bisschen empfindlich, Schwesterherz? Dunkle Wolken im Paradies?«

»Wenn du mir etwas sagen willst, spuck es aus! Du nimmst doch sonst auch kein Blatt vor den Mund.«

Sie sieht mich mit einem eigenartig teilnahmslosen Gesichtsausdruck an und blickt wieder hinaus auf den sich endlos vor uns erstreckenden Ozean.

»Und du scherst dich normalerweise einen feuchten Kehricht um meine Ratschläge. Ich dachte, du würdest vielleicht eher zuhören, wenn ich mich auf dein Niveau begebe.«

Mir bleibt der Mund offen stehen.

Wir haben uns nie supergut verstanden, aber immerhin sind wir Schwestern und kümmern uns umeinander. Doch jetzt ist sie regelrecht gemein zu mir. Das ist sie sonst nie. Wie gesagt, sie ist eigentlich immer sehr direkt, und auch wenn ihre ständigen Kommentare zu allem und jedem ziemlich nervig sind, meint sie es doch meistens nur gut.

Ich will gerade nach einer Erklärung verlangen, als ich merke, dass wieder etwas an meiner Leine zerrt.

»Hurra! Ich habe einen Fisch!«, rufe ich.

»Oder einen weiteren Korallenbrocken«, stichelt Thomas, doch seine Zweifel verflüchtigen sich und machen einem erstaunten Lächeln Platz, als ich einen glänzenden goldenen Fisch einhole, der aussieht wie ein Riesengoldfisch.

Sinbad strahlt, nimmt ihn vom Haken und legt ihn in den Sack für unseren Fang.

Er erklärt mir, was ich da aus dem Meer geholt habe, aber ich bin viel zu aufgeregt, überhaupt einen Fisch gefangen zu haben, als dass ich mir den Namen merken könnte. Ich möchte auch gar nicht weiter mit Dora streiten, erst recht nicht, als Thomas nur zwei Minuten später vor Freude juchzt, weil er seinen Großaugenbarsch am Haken hat.

Nach einer Stunde liegen zwei prall gefüllte Säcke zu unseren Füßen, in denen sich die exotischsten Fische winden, wobei ich seit meinem gigantischen Goldfisch nichts mehr gefangen habe. Ich fühle gerade eine leise Frustration in mir hochsteigen, als ich erneut das viel sagende Rucken meiner Schnur spüre.

»Ich habe wieder einen!«, rufe ich begeistert.

Mein jüngster Fang sträubt sich mit aller Kraft, doch schließlich taucht er, sich windend wie ein Aal, an der Oberfläche auf. Es ist ein langer, schmaler, grünbrauner Fisch mit einem spitzen Kopf, und ich kann kaum fassen, wie stark er ist.

»Was ist das?«, fragt Thomas und lugt aufgeregt über die Reling.

»Ein Barrakuda«, erklärt Dora, unser wandelndes Lexikon, einigermaßen begeistert. »Seht nur, wie stark er ist.«

»Allerdings«, keuche ich und kämpfe mit der dünnen Leine. »Ich glaube, ich brauche Hilfe.«

Sinbad übernimmt meine Leine, holt den Fisch ein, als wäre es eine leichte Übung, zieht gekonnt den Haken aus dem Fischmaul, um uns das Tier in seiner vollen Pracht zu zeigen. Dann präsentiert er uns einen Rachen voller rasiermesserscharfer Zähne und legt den Fisch vorsichtig in den Sack mit unserem übrigen Fang.

Es ist halb neun, und wir haben zwei Säcke voller Fische.

Um Viertel vor zehn wollen wir zurück im Hafen sein, damit unsere Grillparty steigen kann.

Sinbad gibt das Zeichen zum Aufbruch und verkündet, dass wir die letzte halbe Stunde in Küstennähe fischen und dann nach Paradise Bay zurückkehren.

Georges Großvater, der inzwischen aufgewacht ist, lichtet den Anker und sammelt die Angelrollen ein, während Sinbad erneut seinen Platz am Steuer einnimmt.

Wir setzen uns ebenfalls in Position und warten darauf loszufahren.

Und warten.

Und warten.

»Was ist los?«, flüstert Heather mir zu, die sich neben mich gesetzt hat, um so weit wie möglich von den Fangsäcken entfernt zu sein.

»Keine Ahnung«, erwidere ich vorsichtig. »Aber Sinbad lächelt nicht mehr.«

Natürlich weiß ich genau, was los ist, aber weil Heather ohnehin schon so nervös ist, halte ich den Mund.

Jedes Mal, wenn Sinbad den Schlüssel im Zündschloss dreht, gibt der Motor ein erdrosseltes Stottern von sich. Ungutes Reiben von Metall auf Metall.

Die anderen unterhalten sich angeregt miteinander, denn sie haben noch nicht mitbekommen, dass wir nicht loskommen. Georges Opa hat sich erneut auf sein Sacklager zurückgezogen und schnarcht friedlich vor sich hin.

Ich stehe auf und gehe leise zu Sinbad.

»Der Motor springt nicht an, stimmt's?«

Er nickt.

»Das Boot ist alt. Manchmal ist es müde und will nicht mehr.«

»Meinst du, du kriegst es in Gang?«

Er zuckt hilflos mit den Achseln.

»Können wir über Funk Hilfe holen?«

Er sieht mich an, und plötzlich sehe ich die Panik in seinen Augen und bekomme Angst.

Er bringt kein Wort heraus, sondern deutet nur hoffnungslos auf das Funkgerät. Die Drähte sind schwarz und durchtrennt.

»Soll das etwa heißen, das Funkgerät funktioniert nicht?«

Er öffnet den Mund, bringt aber nur ein gequältes Stöhnen heraus.

»Oh mein Gott! Was machen wir denn jetzt … was machen wir bloß?« Ich sehe mich nach irgendeiner Art von Inspiration um, und mein Blick fällt auf Dora. Meine überaus vernünftige Schwester Dora.

Ich bedeute ihr, zu mir zu kommen.

Sie runzelt verwundert die Stirn, aber immerhin begreift sie, dass irgendetwas nicht stimmt und ich die unheilvolle Botschaft nicht lauthals ausposaunen möchte.

»Was ist los?«, flüstert sie, als sie bei uns am Steuer ist.

»Der Motor springt nicht an.«

»Sicher?«

»Sinbad hat es bereits versucht.«

»Kannst du ihn zum Laufen bringen? Kennst du dich mit Motoren aus?«

Sinbad schüttelt seinen herunterhängenden Kopf, seine Wangen glühen rot vor Kummer und Scham.

»Kann er den Motor zum Laufen bringen?«, fragt Dora und deutet auf den alten Mann.

»Sehr witzig«, entgegne ich. »Er bringt nicht mal sich selber zum Laufen, geschweige denn den verdammten Motor.«

»Wir sitzen also in der Patsche.«

»Du hast es erfasst, Dora«, zische ich sie an.

»So ein Drama ist es ja nun auch wieder nicht, oder? Wir setzen einfach per Funk einen Hilferuf ab, dann schicken sie uns ein anderes Boot, das uns abholt.«

»Und wie wollen wir ohne Funkgerät einen Hilferuf absetzen?«

»Es muss doch ein Funkgerät geben! Welcher Idiot fährt wohl ohne Funkgerät aufs Meer hinaus?«

Sie dreht sich zu Sinbad um, sieht ihn an und ist sichtlich entsetzt.

»Oh nein, wir haben kein Funkgerät!«

Das Boot ist klein, und dass wir die Horrorbotschaft nicht viel länger für uns behalten konnten, war klar. Außerdem hat Dora ihren entsetzten Aufschrei nicht gerade geflüstert.

Sinbad will am liebsten im Erdboden versinken.

»Ich schwimme an Land!«, ruft er.

»Das ist unmöglich. Die Küste ist meilenweit entfernt.«

»Doch, ich schwimme!«, ruft er erneut und rennt zur Reling, als wollte er springen.

Dort schnappt Maddie ihn sich an den Fersen, zwingt ihn, sich hinzusetzen, und erklärt ihm freundlich, aber bestimmt, dass wir ihn unter keinen Umständen schwimmen lassen, um Hilfe zu holen.

Er schluchzt wie ein Kind an ihrer Schulter, aber in Wahrheit ist er ja auch noch eins.

»Es ist nicht meine Schuld. Wir haben keine Leute und keine guten Boote. Ich habe gesagt, dass ich ohne Funkgerät nicht rausfahre, aber mein Chef hat gesagt, ihr seid Freunde von Monsieur Escoffier, und wir könnten unseren Laden zumachen, wenn wir die Buchung nicht annehmen.«

Der Ärmste ist den Tränen nahe.

Maddie nimmt ihn intuitiv in den Arm und tätschelt seine zitternden Schultern.

»Ist ja gut, du kannst doch nichts dafür«, redet sie beruhigend auf ihn ein. »Wir geben dir nicht die Schuld, wirklich nicht. Hab ich Recht, Mädels?«

»Ja!«, rufen wir im Chor, »natürlich kannst du nichts dafür, absolut nichts!« Als ihm dann auch noch ein Dutzend Hände beschwichtigend auf die Schultern klopft, hellt sich seine Miene ein wenig auf.

»Und was machen wir jetzt?« Maddie sieht mich über die seidenen schwarzen Locken des Jungen an.

»Wir werfen erneut den Anker und versuchen es noch mal mit dem Motor, und wenn es nicht klappt, warten wir. Früher oder später muss ja wohl mal jemandem auffallen, dass wir nicht zurückgekommen sind, und dann schicken sie uns Hilfe.«

»Wir sollen einfach nur warten?«

»Was schlägst du denn vor?«

Sie zuckt mit den Schultern.

»Ich fürchte, viel mehr können wir wirklich nicht tun.«

»Schade, dass wir keine Ruder haben«, meldet sich Thomas zu Wort. »Bridget hat doch in Oxford studiert, wir könnten eine super Rudermannschaft zusammenstellen und wären in null Komma nichts an Land.«

»Deine dummen Sprüche sind zurzeit völlig fehl am Platz«, fährt Dora ihn an.

»Er macht keine dummen Sprüche«, beeilt sich Amy, ihn zu verteidigen. »Er versucht nur, uns mit seinen Witzen bei Laune zu halten.«

»Also, ich weiß, wie ich mich besser fühlen würde«, sage ich.

Die Fische, die wir gefangen haben, winden sich immer noch in den beiden weißen, an Deck liegenden Säcken.

Ich betrachte sie mitleidig, dann sehe ich Heather an.

Wie es aussieht, müssen wir noch eine Weile hier draußen ausharren. Warum sollen auch die Fische darunter leiden? Ob Heather mir bei der ehrenvollen Aufgabe hilft?

Eigentlich ist sie viel zu zart besaitet, als dass sie unseren Fang auch nur eines Blickes würdigen würde, doch auf meine Aufforderung hin ist sie sofort bei dem ersten großen Sack. Wir packen beide jeweils an einer Ecke an, hieven ihn auf die Reling und kippen die zappelnden Fische vorsichtig zurück ins Meer.

Den zweiten Sack wuchten die anderen auf die Reling und folgen unserem Beispiel.

Die Fische zurück ins Wasser zu werfen und ihnen zuzusehen, wie sie schnell in die Tiefe entschwinden, bis wir sie nicht mehr sehen können, ist viel befriedigender, als sie zu fangen, dabei war ich überrascht, wie ich mich gefreut habe, als ich meinen Riesengoldfisch am Haken hatte, von meinem Barrakuda ganz zu schweigen.

Maddie sieht ihnen ebenfalls nach.

»Vielleicht hätten wir sie doch besser an Bord behalten«, witzelt sie. »Wer weiß, wie lange wir hier draußen ausharren müssen?«

»Und wie hättest du sie, bitte schön, zubereiten wollen?«, zieht Amy sie auf. »Ach ja, ich weiß schon, wir können ja jederzeit an Deck ein Lagerfeuer entfachen, schließlich haben wir jede Menge Holz zu verfeuern. Womit fangen wir denn an, mit dem Steuer oder mit dem Bug?«

»Hast du noch nie etwas von Sushi gehört?«

»Ich denke, wir haben in der vergangenen Woche genug gegessen, um für ein paar Stunden von unserem eigenen Fett zu zehren, meint ihr nicht auch?«, werfe ich ein, und sie grinsen mich an.

»Aber jetzt mal Scherz beiseite, im Hotel werden wir frühestens in einer Stunde zurückerwartet, und dann denken sie erst mal eine Weile, wir hätten uns verspätet. Es kann noch eine Ewigkeit dauern, bis sie nach uns suchen.«

Kapitel 22

Vor drei Stunden sollten wir zurück am Anleger sein.

»Mir ist kalt. Zum ersten Mal, seit wir auf Barbados sind.«

»Weil wir mitten auf dem Ozean ziellos umhertreiben.«

»Sei nicht so melodramatisch. Wir sind doch nicht mitten auf dem Ozean.«

»Wo sind wir denn wohl sonst?«

»Ich wette, wir sind höchstens eine Meile von der Küste entfernt.«

»Kannst du sie sehen?«

»Nein, aber es ist auch dunkel.«

»Das weiß ich, aber man müsste doch Lichter sehen.«

»Stimmt, das hatte ich ganz vergessen.«

»He, Sinbad, wie weit ist es von hier bis zu unserem Anleger?«

Er blinzelt mich mit seinen großen, dunklen, gischtgetränkten Augen an.

»Ich schätze, zwei Meilen.«

»Dann müssten wir doch Lichter sehen, oder?«

»Das hängt davon ab, an welchem Teil der Küste wir uns befinden und wie stark er besiedelt ist«, erklärt Dora ruhig.

Zur Krönung des Ganzen fängt es auch noch an zu regnen.

Wir drängen uns alle unter dem Sonnensegel zusammen. Ich fühle mich hundeelend. Ich bin umgeben vom Meer und lauter finster dreinschauenden Gesichtern, und der Ausflug war meine Idee. Doch dann fällt mir meine Tasche mit dem Notproviant ein, die Sinbad für mich unter dem Ruderhaus deponiert hat.

»Wein und Schokolade!«, ruft Amy entzückt, als ich die Rationen austeile. »Jetzt kann ich wenigstens glücklich sterben.«

Der wärmende Wein und die tröstende Schokolade heben die allgemeine Stimmung spürbar, sogar Georges Großvater wacht lange genug auf, um sich einen Schluck Wein zu genehmigen, dann nickt er wieder ein.

Ich komme gerade zu dem Schluss, dass die Lage doch nicht so trostlos ist, wie sie scheint, als Dora mir auf die Schulter tippt.

»Ich muss mit dir über Matt reden.«

»Ich habe mir schon gedacht, dass du irgendetwas auf dem Herzen hast«, entgegne ich mit einem Seufzer. »Also gut, schieß los!«

Doch sie sagt nichts. Offenbar weiß sie nicht recht, wie sie anfangen soll.

»Ich weiß, was du sagen willst.«

»Ach ja?« Sie blinzelt mich überrascht an.

»Ja. Du willst mir wieder vorhalten, dass Matt ein Arschloch ist, weil er sich nicht bei mir gemeldet hat, stimmt's?«

Aus irgendeinem Grund wirft Dora Bridget einen Blick zu.

Sie zögert, und dann nickt sie.

»Stimmt. Darüber wollte ich mit dir reden.«

»Und?«

»Hat er dich auch nur ein einziges Mal angerufen, seitdem wir hier sind?«

»Du weißt genau, dass er nicht angerufen hat, aber immerhin befindet er sich auch auf seinem Junggesellenabschiedstrip.«

»Na und? Du auch! Aber ich wette, du hast ihn jeden Tag angerufen, hab ich Recht?«

»Nicht jeden Tag«, erwidere ich zurückhaltend und rufe mir

in Erinnerung, wie schwer es mir gefallen ist, nicht unentwegt anzurufen. »Außerdem hat er mir eine SMS geschickt.«

»Ist ja super! Eine SMS in zwei Wochen, da kannst du dich aber wirklich glücklich schätzen.«

»Bitte, Dora, hör auf!«

»Womit soll ich aufhören? Meiner eigenen Schwester die Wahrheit zu sagen? Er ist ein absoluter Egoist, Liddy, er denkt nur an sich. Was er anderen mit seinem Verhalten antut, ist ihm scheißegal, für ihn zählt nur, dass es ihm gut geht.«

»Wenn das so wäre – wie kommt es dann, dass er mich so glücklich macht? Richtig glücklich.«

Sie seufzt tief.

»Das stimmt doch nun wirklich nicht. Jetzt mal Hand aufs Herz, Liddy, willst du mir ernsthaft erzählen, dass deine Beziehung zu Matt dich glücklich macht?«

»Natürlich.«

»Und warum hast du dich dann in den zwei Wochen hier die meiste Zeit hundeelend gefühlt?«

Ich antworte nicht. Ich kann nicht antworten, weil sie Recht hat.

»Und was ist, wenn du den Kerl heiratest und anschließend feststellst, dass es der größte Fehler deines Lebens war?«, redet sie weiter auf mich ein.

»Wer sagt denn, dass es so kommen muss? Jede Beziehung birgt ein gewisses Risiko, Dora, und wenn du dich jemals auf eine Beziehung einlassen würdest, dann würdest du feststellen, dass es sich lohnt, dieses Risiko einzugehen.«

»Das ist mir durchaus klar. Aber einige Beziehungen sind so offenkundig zum Scheitern verurteilt, dass sie es nicht wert sind, dafür sein ganzes Leben zu ruinieren.«

»Redest du von Matt und mir? Was verstehst du denn davon?«, schleudere ich ihr entgegen. »Du bist doch eine vertrocknete alte Jungfer, deren einzige Beziehung die zu ihrem verstaubten Lexikon ist!« Der wahre Kern ihrer Vorhaltungen lässt mich in Gemeinheiten Zuflucht suchen.

»Ist dir noch nie in den Sinn gekommen, dass ich nur deshalb keinen Freund habe, weil mir der Richtige bisher noch nicht über den Weg gelaufen ist?«

»Mit deiner Einstellung wirst du nie den Richtigen finden.«

»Was spricht denn dagegen, eine gewisse Vorsicht walten zu lassen? Und sich seine Zeit zu nehmen, bevor man sich lebenslange Treue schwört! Du kennst Matt seit nicht einmal achtzehn Monaten. Es ist einfach noch zu früh!«

»Was ist bloß in dich gefahren, Dora? Ich heirate in ein paar Wochen, und du versuchst mit aller Gewalt, mir den Urlaub zu vermiesen.«

»Ich versuche dir gar nichts zu vermiesen. Ich will dich nur davor bewahren, überstürzt jemanden zu heiraten, der vielleicht nicht der Richtige für dich ist. Ich sage lediglich, sei vernünftig, Lydia, benutze ausnahmsweise mal deinen Kopf. Du *musst* diesen Mann nicht heiraten, um mit ihm zusammen zu sein. Jedenfalls noch nicht jetzt«, fügt sie mit sanfterer Stimme hinzu und fasst mich am Arm. »Du kennst ihn erst seit anderthalb Jahren, Liddy, das ist absolut nichts. Du hast in diesen zwei Wochen selber herausgefunden, dass es ein paar wichtige Dinge gibt, die ihr nicht voneinander wisst, wirklich wichtige Dinge, die einen entscheidenden Einfluss auf euer Leben haben könnten. Warum nimmst du dir nicht ein bisschen mehr Zeit, um ihn erst einmal richtig kennen zu lernen, bevor du so einen drastischen Schritt tust. Wenn du ihn in ein paar Jahren immer noch heiraten willst, kannst du es doch immer noch tun. Ich sage ja gar nicht, dass du ihn komplett aufgeben sollst…«, sie hält inne und wirft Bridget einen weiteren Blick zu, bevor sie sich wieder mir zuwendet, »… obwohl es vielleicht besser wäre, bevor er dir den Laufpass gibt.«

»Was soll das denn heißen?«

»Nichts«, entgegnet sie und seufzt.

»Nun komm schon, spuck es aus! Du hast doch bisher auch kein Blatt vor den Mund genommen.«

»Du bist etwas Neues für ihn, Liddy. Und wie ein Junge, der sich von einem neuen Spielzeug, das seinen bisherigen Ansprüchen nicht ganz genügt, gelangweilt abwendet und es kaputtmacht, könnte er auch von dir bald die Nase voll haben.«

»Das ist das Gemeinste, das du je zu mir gesagt hast«, bringe ich zutiefst getroffen hervor.

»Ich meine es aber nur gut mit dir.«

»Ich genüge also seinen bisherigen Ansprüchen nicht«, wiederhole ich ungläubig und verletzt. »Und ich bin nicht gut genug für ihn.«

»Nein, im Gegenteil. Ich sage, dass er nicht gut genug ist für dich. Ob du es glaubst oder nicht, du liegst mir wirklich am Herzen, Liddy, du bist meine kleine Schwester, und ich liebe dich, deshalb kann ich nicht untätig daneben stehen und zusehen, wie dieser Mann dein Leben ruiniert.«

»Wer sagt denn, dass er das tun würde?«, entgegne ich prompt, und wir sehen uns einen langen Moment an, doch sie sagt nichts mehr. Und dann kommt Bridget, nimmt Dora am Ellbogen und zieht sie mit auf die andere Seite des Bootes, wo sie kurz mit gedämpften Stimmen miteinander reden, bevor Bridget zu mir zurückkommt und mich entschuldigend anlächelt, als ob es ihre Schuld wäre, dass Dora mir eine Standpauke gehalten hat.

»Bridget, glaubst du, dass Matt und ich für immer zusammenbleiben?« Ich kann nicht anders, als sie dies zu fragen.

Sie sieht mich merkwürdig an, zwingt sich zu einem Lächeln

und erwidert im Scherz: »Warte mal kurz, ich hole nur gerade meine Kristallkugel.«

»Na gut, eine dumme Frage, ich weiß. Aber vielleicht kannst du mir die beantworten: Haben Matt und Claudia geglaubt, sie würden für immer zusammenbleiben?«

Sie verzieht das Gesicht.

»Sag schon, es interessiert mich wirklich.«

»Na ja, eine Zeit lang haben sie es wohl wirklich geglaubt.«

»Aber dann hat sie ihn verlassen.«

»Ja, weil er mit diesem norwegischen Model herumgemacht hat.«

»Wie bitte?«

»Na, mit dieser, wie hieß sie noch? Inga. Inga mit den langen Beinen und dem unaussprechlichen Nachnamen. Er hat Claudia doch mit ihr betrogen.«

»Das hat er mir nie erzählt. Mir hat er erzählt, Claudia habe ihn wegen eines anderen verlassen.«

Bridget runzelt die Stirn.

»Das hat sie auch. Aber erst, als sie Wind davon bekommen hat, dass er hinter ihrem Rücken eine Affäre mit Inga angefangen hat. Sie hat erst mit Marcus angebändelt, als sie herausgefunden hatte, dass Matt sie betrogen hat. Das wusstest du gar nicht? Oh, Lydia, es tut mir Leid.«

Ihre Anteilnahme ist aufrichtig.

»Es ist doch schon eine Ewigkeit her«, fügt sie hinzu und nimmt meine Hand.

»Es ist genau achtzehn Monate her. Und Dora hat mir eben gesagt, dass achtzehn Monate so gut wie nichts sind.«

»Seit wann hörst du denn auf Dora?«, entgegnet Bridget und lacht etwas verlegen.

Eigentlich so gut wie nie.

Vielleicht sollte ich anfangen, öfter mal auf sie zu hören.

Ich sehe zu Dora hinüber, die ganz alleine vorne im Bug sitzt. Vielleicht hat sie Recht. Vielleicht kenne ich ihn wirklich nicht richtig.

Und dann sehe ich zu meiner Überraschung Tränen auf ihrer Wange, die kurz im Mondschein glänzen.

Ich gehe zu ihr und lege ihr behutsam eine Hand auf die Schulter.

»Dora.«

Als sie meine Stimme hört, wischt sie sich mit dem Handrücken schnell die Tränen weg.

»Verschweigst du mir irgendetwas?«

Sie antwortet nicht.

»Dora, bitte. Warum hasst du Matt so?«

»Ich hasse ihn nicht.« Ihre Stimme ist so leise, dass sie kaum zu verstehen ist.

»Also gut, warum hasst du Männer? Ist es wegen Nigel?«

»Nein. Jedenfalls nicht nur wegen Nigel. Natürlich hat mich die Geschichte mit ihm nicht gerade beflügelt, aber ich kann ihm wirklich keine Vorwürfe machen. Er hat gegen alle möglichen Widrigkeiten versucht, mit mir eine vernünftige Beziehung zu führen. Ich kann ihm wirklich nicht vorwerfen, dass er bei der erstbesten Gelegenheit das Weite gesucht hat. Wir wären nie miteinander klargekommen, weil es mir so schwer fällt, mich zu binden. Du hast vollkommen Recht, Liddy, ich schaffe es einfach nicht, jemandem ausreichend Vertrauen entgegenzubringen und ihm zu glauben, dass er mich nicht verletzen wird. Aber genau das ist die Voraussetzung für eine funktionierende Beziehung. Ich habe kein Vertrauen zu Männern, Liddy. Nicht zu Matt, und auch sonst zu keinem.«

»Aber warum nur?«

Sie zuckt mit den Schultern.

»Nun komm schon, es muss doch irgendeinen Grund dafür geben. Was ist passiert, Dora? Bitte, erzähl es mir.«

»Nichts«, murmelt sie. »Am besten hätte ich gar nichts gesagt.«

»Warum denn nicht? Bitte, sag es mir! Du machst mir regelrecht Angst! Was ist passiert? Bitte, sag es mir!«

Sie sieht mich mit eingefallenen Augen an.

»Willst du es wirklich wissen?«

»Dora, bitte! Tu es nicht!«, ruft Bridget herüber.

»Ist schon gut, Bridget!«, erwidert Dora. »Liddy hat ein Recht, es zu erfahren.« Und mit diesen Worten wendet sie sich wieder mir zu, holt tief Luft und sagt: »Es ist, weil Dad nicht mein Vater ist. So, nun weißt du es.«

»Wie bitte?«

»Du hast richtig gehört.«

»Ich habe es gehört, aber ich glaube es nicht.«

»Du kannst mir ruhig glauben«, entgegnet sie ausdruckslos. »Es ist nämlich die Wahrheit.«

Ich starre sie mit offenem Mund an.

»Du kennst doch Mums lange Männerliste.« Sie lacht, aber es ist ein schrilles, gekünsteltes Lachen ohne jeden Humor. »Da dürfte es dich doch eigentlich nicht weiter überraschen.«

Ich lasse mich neben ihr niederplumpsen.

»Seit wann weißt du es?«

»Dad und Sam haben es mir erzählt, als ich zehn war. Erinnerst du dich – das war in dem Sommer, als Mum Anfang Juli für zwei Wochen nach Cannes gereist ist und erst im September wiedergekommen ist. Sie ist so lange geblieben, weil sie meinen richtigen Vater wiedergetroffen hat. Dad und Sam waren ziemlich aufgebracht. Sie dachten, sie müssten es mir erzählen für den Fall, dass die Sache zwischen Mum und meinem richtigen Vater diesmal funktioniert und Mum womöglich verlangen würde, dass ich Sam und Dad verlasse und zu ihr ziehe. Ich habe ihnen erst nicht geglaubt, aber Mum hat es bestätigt. Sie hat den ganzen Sommer mit meinem richtigen Vater verbracht. Sie haben versucht, ihrer ›Beziehung‹ noch einmal eine Chance zu geben.« Sie betont das Wort »Beziehung«, als wäre es ein unanständiges Wort. »Natürlich hat sie es wieder vermasselt, und mein so genannter Daddy hat sich mit Lichtgeschwindigkeit wieder in seine eigene Welt verabschiedet und keinerlei Anstalten gemacht, Kontakt zu mir aufzunehmen. Er wollte nichts von mir wissen, Liddy. Er weiß, dass ich existiere, aber in seinen Augen könnte ich genauso gut tot sein. Ich bin seit über dreißig Jahren auf dieser Welt, und er hat nicht ein einziges Mal versucht, zu mir Kontakt aufzunehmen. Und deshalb sind Männer für mich ein Haufen Scheiße.«

»Aber Mum war doch mit dir schwanger, als sie Dad geheiratet hat.«

Sie nickt.

»Dad wusste es von Anfang an. Es war einer der Gründe, weshalb er Mum den Heiratsantrag gemacht hat. Er hat versprochen, mich aufzuziehen, als wäre ich von ihm.«

Ich denke einen Moment nach, um das Gesagte zu verdauen. Trotz des Schocks denke ich noch erstaunlich rational.

»Na bitte«, sage ich schließlich.

»Hä?«

»Nicht alle Männer sind ein Haufen Scheiße. Nimm zum Beispiel Dad.«

Sie sieht mich einen Moment an.

»Er hat mich zehn Jahre angelogen.«

»Er hat dich zehn Jahre beschützt.«

Sie denkt einen Moment nach und nickt langsam.

»Von der Seite habe ich es noch nie gesehen.«

»Und für Dad bist du *sein* Kind. Ich hatte nie auch nur den

Hauch einer Ahnung, und das liegt daran, dass er dich nie anders behandelt hat. Er war immer dein richtiger Vater, Dora, und das weißt du auch, genau wie Ben immer unser richtiger Bruder war, obwohl auch er einen anderen Vater hat, also komm mir nicht damit. Außerdem hast du für jemanden, der alle Männer für einen Haufen Scheiße hält, ein paar ziemlich nette Exemplare in deinem unmittelbaren Umfeld kennen gelernt.«

»Hm«, überlegt sie, »das Problem ist nur, dass die anständigen Männer dieses Planeten allesamt mit uns verwandt zu sein scheinen.«

»Dann kannst du ja immer noch Oliver heiraten, schließlich bist du mit ihm nicht blutsverwandt.«

»Ziemlich geschmacklos, Liddy.«

»Wenigstens habe ich dir ein Lächeln entlockt.«

»Ein trauriges, oder kannst du das nicht von einem fröhlichen Lachen unterscheiden? Lässt dich meine Offenbarung eigentlich völlig kalt?«

Ich zucke mit den Achseln.

Nachdem sie es mir gesagt hat, frage ich mich ernsthaft, warum ich es nicht längst wusste. Es erklärt so vieles.

»Es macht doch keinen Unterschied.«

Sie runzelt die Stirn.

»Natürlich macht es einen Unterschied.«

»Warum denn? Wir sind doch die gleichen Menschen wie vor zehn Minuten, oder etwa nicht? Antworte mir, oder etwa nicht?«, wiederhole ich, als sie nichts sagt. »Versteh mich nicht falsch, Dora, es ist eine gewaltige Neuigkeit für mich. Aber für dich doch nicht, denn du weißt es schon seit langem. Verstehst du, was ich dir sagen will? Du bist nach wie vor meine Schwester, du bist nach wie vor Bens und Olivers und Emilys Schwester, und du bist nach wie vor Dads und Sams Tochter.

Wir sind nach wie vor eine Familie. Vielleicht eine Problemfamilie, aber wir sind eine, nach wie vor.«

Dora schluchzt über diese Feststellung, und ich nehme sie in den Arm. Sie legt ihren Kopf auf meine Schulter und umklammert mich so fest, als wollte sie mich nie wieder loslassen.

»Warum hast du es mir nie erzählt, Dora?«

Sie zuckt mit den Achseln.

»Ich war immer deine große Schwester, Liddy. Deine richtige große Schwester. Vielleicht hatte ich Angst, dass du mich nicht mehr so sehen würdest, wenn du Bescheid wüsstest.«

Ich sehe hinab auf ihr gequältes Gesicht und spüre, wie mir Tränen über meine Wangen kullern.

»Du blöde Kuh«, schelte ich sie und drücke sie fest an mich. »Du bist immer noch meine große Schwester. Meine ewig an mir herumnörgelnde, mir auf den Wecker gehende, alte Schrulle von einer Schwester … die ich über alles liebe.«

»Ich liebe dich auch, Liddy«, murmelt sie in mein T-Shirt.

»Also, wer ist es?«, frage ich nach einer Weile.

»Sean Connery.«

»Echt!«, rufe ich, und mir stockt vor Überraschung der Atem, doch dann sehe ich, dass sie grinst.

»Los, Dora, spuck es aus! Dies ist nicht der richtige Zeitpunkt, mich zu verarschen. Sag mir die Wahrheit! Bitte!«

»Er heißt Charles-Henri«, erwidert sie ruhig. »Charles-Henri Escoffier.«

»Charles-Henri Escoffier«, wiederhole ich und überlege. Irgendwie kommt mir der Name bekannt vor, aber wo nur habe ich ihn schon mal gehört?

»Er ist Franzose, also heißt er *Monsieur* Charles-Henri Escoffier«, erklärt Dora mit Nachdruck, und plötzlich fällt bei mir der Groschen.

»Monsieur Charles?«, frage ich.

Sie nickt.

»*Mums* Monsieur Charles.«

Sie nickt erneut.

»Deshalb ist Mum hergekommen, Liddy. Sofort, als sie mitbekommen hat, wo du deinen Jungfernabschied feierst. Sie war beunruhigt, wie ich wohl reagieren würde, wenn ich es herausfände, und wollte es mir lieber selbst erzählen, bevor ich es durch irgendeinen dummen Zufall erfahre. Allerdings habe ich nie eins und eins zusammengezählt. Wenn sie es mir nicht erzählt hätte, wäre ich nie darauf gekommen, dass er hier ist.«

»Das sind zu viele Zufälle auf einmal.«

»Vielleicht ist es Bestimmung.«

»Du glaubst doch nicht an Bestimmung, Dora.«

»Bisher jedenfalls nicht.«

Ein Triumphschrei von Sinbad lässt uns hochfahren, und als Nächstes hören wir den Motor stotternd zum Leben erwachen.

Doch im nächsten Moment erstirbt er wieder.

Ein enttäuschtes kollektives Aufstöhnen zerreißt die Stille der Nacht. Die anderen, die offenbar gespürt haben, dass Dora und ich etwas Wichtiges zu besprechen haben und sich respektvoll auf die andere Seite des Bootes zurückgezogen haben, schnattern durcheinander wie ein Schwarm aufgescheuchter Gänse.

»Es gibt keinen Grund zur Panik«, versucht Maddie die anderen zu beruhigen, »irgendjemand wird sicher bald merken, dass wir überfällig sind. Und dann werden sie eine Suchaktion starten.«

»Lasst uns doch ein Lied singen«, schlägt Thomas vor.

»Spinnst du? Wir sind erst vier Stunden auf See, und du schnappst jetzt schon über.«

»Ich finde die Idee super«, meldet sich Dora für alle überraschend zu Wort. »Es wärmt uns ein bisschen auf, hebt unsere

Stimmung, und wenn wir laut genug singen, hört uns vielleicht sogar jemand.«

»Und was sollen wir singen?«

»Wie wär's mit *We are Sailing* von Rod Steward«, schlägt Thomas vor und grinst.

»Sehr witzig. Ich denke gar nicht daran.«

Mit einem breiten Grinsen trällert er los.

»We were sailing, engines failing, now we're wailing, on the sea.«

Ich kann nicht anders und fange an zu kichern, erst nur ganz leise, doch dann pruste ich los, bis ich mich vor Lachen schüttele.

Dann fängt auch Dora an zu lachen, und nach und nach fallen alle in das Gelächter mit ein, bis wir vor Lachen schreien und uns Tränen über die Wangen rollen.

Sinbad sieht uns bestürzt und mit offenem Mund an. Er ist zweifellos überzeugt, dass sein Boot sich soeben in ein Irrenhaus verwandelt hat, erst recht, als wir auch noch allesamt in voller Lautstärke in Thomas' Gesang einstimmen. Der Song von Rod Steward ist nur der Anfang.

Im Rückblick denke ich, dass Dora und ich ein bisschen unter Schock standen. Es war natürlich eine Wahnsinnsneuigkeit, aber das Erste, was mir in den Kopf kam und sich seitdem dort festgesetzt hat, ist, dass Dora meine Schwester ist und bleibt, ganz egal wie unser tatsächliches Verwandtschaftsverhältnis auch sein mag. Jeder geht anders mit schwierigen Situationen um. Dora und ich bewältigen sie, indem wir uns an den Händen fassen, Lieder singen und mehr von dem Wein trinken, als uns eigentlich zusteht. Wir sind gerade beim fünften Refrain von *Ten men went to row, went to row a Dhoni*, als Amy wild mit den Händen vor uns herumfuchtelt und versucht, uns zum Schweigen zu bringen.

»Psst. Alle mal ruhig«, fordert sie uns auf. »Ich höre etwas.«

Wir hören auf zu singen, halten die Luft an und lauschen angestrengt in die Dunkelheit.

Im ersten Moment höre ich nichts als die Wellen, die leise gegen die Holzwände des Bootes schwappen, doch dann nehme ich noch ein anderes Geräusch wahr.

Ein leises Dröhnen, das mir irgendwie bekannt vorkommt.

Ich brauche einen Moment, doch dann erkenne ich es.

Es ist das Dröhnen des Schnellboots, das normalerweise die aufblasbare Banane zieht.

Wie oft habe ich in den vergangenen Tagen mit geschlossenen Augen am Strand gelegen und dieses Dröhnen gehört, das in der Regel vom Jubel und dem Gekreische der Leute begleitet wird, die sich auf dem schwimmenden Riesengummiteil durchs Wasser ziehen lassen. Und wie oft habe ich es verflucht und mir gewünscht, es würde verschwinden. Wie man eine lästige Fliege zum Teufel wünscht, die an einem warmen Tag im Zimmer umhersurrt.

Doch heute könnte das Dröhnen kaum willkommener sein, und diesmal sind wir diejenigen, die aus Freude über die nahende Rettung jubeln und kreischen.

Ganz vorne im Bug des Motorbootes kniet George. Er hält sich an einem Seil fest und sucht mit einer starken Taschenlampe das Wasser ab. Ich erkenne auch den Mann am Steuer. Es ist Johnny. Und der Mann neben ihm ist mir ebenfalls bestens vertraut.

»Ben!«, ruft Heather, und ich muss sie zurückhalten, damit sie nicht über Bord springt, so eilig hat sie es, zu meinem Bruder zu gelangen.

»Ahoi«, rufen die drei uns zu, und wir erwidern den Gruß überglücklich. Als Nächstes fragen und antworten alle durcheinander, und wir bedanken uns tausendfach für ihr Kommen.

Sie werfen uns eine Leine zu, woraufhin die beiden Boote sicher miteinander vertäut werden. Dann steigen die drei Männer zu uns an Bord. Ben und Heather fallen einander sofort in die Arme, und mein Herz brennt vor Eifersucht.

Bridget kommt zu mir und nimmt mich in den Arm.

»Ich weiß, wie du dich fühlst«, murmelt sie, als könnte sie meine Gedanken lesen. »Mir geht es genauso.«

»Was machst du hier?«, fragt Heather und bedeckt Bens Gesicht mit Küssen. »Woher wusstest du, dass wir Hilfe brauchen?«

»Ich konnte dich nicht erreichen, und aus lauter Sorge habe ich Mum angerufen. Wir wussten natürlich nicht, dass tatsächlich irgendetwas passiert war, aber als ich dich telefonisch partout nicht erwischen konnte und Mum auch noch gesagt hat, dass ihr längst hättet zurück sein müssen, habe ich mir ein Taxi genommen und bin kurz entschlossen zu eurer Anlage gefahren, um nachzusehen, ob auch alles in Ordnung ist. Was ist denn passiert?«

»Der Motor ist verreckt«, erklärt Thomas. »Wir wollten gerade umkehren, als das verdammte Ding den Geist aufgegeben hat.«

»Das überrascht mich gar nicht. Das Boot ist in einem unglaublichen Zustand, es hätte niemals den Hafen verlassen dürfen.« Johnny, der sich leise mit Sinbad unterhalten hat, schüttelt missbilligend den Kopf und zeigt George die verkohlten Kabel des kaputten Funkgeräts. »Ich wette, unten im Maschinenraum sieht es noch schlimmer aus.«

Er holt eine Werkzeugkiste vom Schnellboot und verschwindet damit im Bootsinnern.

George, der immer noch das Funkgerät untersucht, beginnt plötzlich auf Sinbad einzuschreien, der sich hinter Maddie versteckt hat.

»Lass ihn in Ruhe!«, geht Dora dazwischen, als der arme Junge in Tränen auszubrechen droht.

Sie bringt George tatsächlich zum Schweigen. Alle drehen sich zu ihr um.

»Aber Dora, wie konnte er mit dieser kaputten alten Nussschale hinaus aufs Meer fahren, und dann ist auch noch das Funkgerät defekt! Ich nenne das verantwortungslos, absolut verantwortungslos und gefährlich.«

»Ich weiß, aber er hat wirklich keine Standpauke verdient. Es war mein Fehler.«

Mir bleibt vor Überraschung der Mund offen stehen.

Wir sehen Dora ungläubig an.

»Ich habe aus Versehen meinen Drink über dem Gerät verschüttet. Es hat entsetzlich geknistert, ein paar Funken ausgespuckt, und dann war es tot. Sinbad hat gesagt, wir sollten sofort umkehren, weil es zu unsicher sei, ohne Funkgerät rauszufahren, aber ich habe ihn davon abgehalten. Ich war so eine Idiotin, und dafür entschuldige ich mich von ganzem Herzen. Bitte zieht ihn nicht für meine Dummheit zur Rechenschaft, es war nicht sein Fehler. Im Gegenteil: Er war ungeheuer tapfer, er hat alles versucht, den Motor wieder zum Laufen zu bringen, und als er es nicht hinbekommen hat, mussten wir ihn mit aller Gewalt davor zurückhalten, ins Wasser zu springen und zurückzuschwimmen, um Hilfe zu holen.«

Sinbad macht lautlose Mundbewegungen wie einer der von uns gefangenen Fische, um mit der Wahrheit herauszurücken, doch Dora nimmt seine Hand und drückt sie beruhigend.

»Es war nicht dein Fehler, Sinbad. Du wolltest mit dem kaputten Funkgerät nicht weiter rausfahren, stimmt's?«, redet sie auf ihn ein und sieht ihm eindringlich in die Augen.

»Du wolltest es nicht, stimmt's?«, wiederholt sie, als er nicht antwortet.

»Nein«, erwidert er schließlich langsam.

»Na bitte, also war es auch nicht dein Fehler.«

»Nein«, bestätigt er und strahlt vor Erleichterung und Dankbarkeit über das ganze Gesicht.

Johnny erscheint mit seiner Werkzeugkiste aus dem engen Maschinenraum, übernimmt das Steuer des alten Kahns und dreht den Zündschlüssel um.

Der Motor erwacht tuckernd zum Leben.

»Ich glaube, er hat magische Hände«, witzelt Thomas und nimmt mich in den Arm.

Als wir da draußen auf dem Meer waren, hatten wir das Gefühl, unendlich weit weg zu sein, doch nach kurzer Fahrt erreichen wir bereits die Küste. Ben ist auf unserem Boot geblieben, während Johnny und George mit dem Schnellboot vorausfahren. Als wir endlich wieder festen Boden unter den Füßen haben, begrüßen uns Mum und Monsieur Charles mit lautem Hallo in der Strandbar. Zum Glück haben sie auch Sandwiches und kalte Getränke für uns bereitgestellt. Sie bilden jedoch nicht allein das Begrüßungskomitee, denn die Nachricht von unserem Abenteuer hat sich wie ein Lauffeuer im ganzen Ressort verbreitet, und auch unsere neuen Freunde, unter ihnen Martha, Mona, Mimi, Lulu, Arthur und Roberto, erwarten uns und heißen uns mit Umarmungen und Küssen willkommen.

Beim Anblick von Monsieur Charles wird Dora blass. Ich nehme ihre Hand. Sie zittert, und um ehrlich zu sein, zittert meine auch. Es ist eine herzliche Willkommensparty, nur einer fehlt, und das tut weh.

Ich drehe mich zu Ben um.

»Wusste Matt, dass du in unser Ressort fährst und warum?«

»Ich habe gesagt, dass ich mit Mum sprechen muss, aber ich

habe natürlich auch erzählt, dass ich Heather nicht erreichen konnte und mir Sorgen gemacht habe, weil ihr zu einem Angeltrip aufs Meer rausgefahren seid.«

»Und? Was hat er dazu gesagt?«

»Du weißt doch, wie Typen sich in einer Gruppe verhalten, Liddy. Ich musste mich als Waschlappen beschimpfen lassen, weil ich hinter meiner Freundin herrenne, anstatt mit ihnen zu saufen.«

»Und als du hier angekommen bist und wir immer noch verschollen waren?«

»Habe ich ihn angerufen, um ihn zu informieren, dass wir mit dem Schnellboot rausfahren, um nach euch zu suchen, aber ich habe ihn nicht erreicht.«

»Kommt mir bekannt vor«, entgegne ich und lächele matt.

»Aber ich habe mit Lewis gesprochen.«

»Wirklich?«, fragt Fleur und strahlt.

»Er ist ein netter Kerl«, erwidert Ben und lächelt sie an. »Als ich losgefahren bin, war er joggen, deshalb hatte er keine Ahnung, dass ihr verschollen wart.«

»Aber du hast Matt eine Nachricht hinterlassen, oder?«

»Ja. Dass ihr immer noch nicht zurückgekommen seid und wir deshalb rausfahren, um euch zu suchen.«

Das muss ich erst mal verdauen.

Ben hat sich Sorgen gemacht, weil er Heather nicht erreichen konnte.

Er hasst Bootsfahrten und ist trotzdem rausgefahren, um uns zu suchen.

Ben kann meine Gedanken lesen wie ein Buch.

»Wenn Mum nicht hier wäre, hätte ich mich vielleicht auch nicht auf den Weg gemacht«, sagt er.

»Hättest du doch«, entgegne ich, und er widerspricht mir nicht.

»Wenn ich dich etwas frage, Ben, versprichst du mir dann, ehrlich zu antworten?«

»Ich versuche es.«

»Magst du Matt?«

»Spielt das für dich irgendeine Rolle?«

Die Antwort überrascht mich.

»Ja, ich würde es gerne wissen.«

»Also gut, ja, ich mag ihn«, erwidert er und macht eine Pause. »Aber das heißt nicht, dass ich glaube, dass er unbedingt der Richtige für dich ist.«

»Warum sagst du das?«

»Weil ich dich kenne. Ich weiß, was du in einer Beziehung brauchst, wir sind uns in dieser Hinsicht nämlich sehr ähnlich. Du brauchst jemanden wie Heather, jemanden, der nicht davor zurückschreckt, dir zu zeigen, dass er dich mag, der daran denkt, dich anzurufen und dir immer wieder sagt, dass er dich liebt, und es dir nicht nur mit Worten sagt, sondern es dir auch zeigt...«

»Wie schade, dass Heathers Bruder erst zehn ist«, falle ich ihm ins Wort und versuche zu lachen, aber es klingt eher wie ein Schluchzen.

Ben nimmt mich in den Arm.

»Lass mich«, schniefe ich. »Ich will nicht heulen, und wenn du mich in den Arm nimmst, breche ich sofort in Tränen aus. Ich weiß, dass es gegen euer albernes Männergelübde verstößt, irgendetwas zu verraten, aber sag mir lieber, was diese Woche bei euch los war.«

»Du willst wissen, ob Matt sich danebenbenommen hat.«

»Ja«, bestätige ich, denn die Zeit des diplomatischen Herumgeplänkels ist für mich eindeutig vorbei. »Ich will es wissen. Was auch immer er gemacht hat, ich will es einfach nur wissen.«

»Also, ich habe nichts Ungebührliches gesehen. Jedenfalls nichts, was Matt betrifft«, fährt er fort und wirft Bridget einen Blick zu. »Allerdings war ich nicht immer mit ihm zusammen. Wir haben uns in zwei Gruppen aufgeteilt. Lewis nennt uns die Trinker und die Denker. Es gibt eine Art natürliche Kluft zwischen uns, auf der einen Seite die, die nahezu rund um die Uhr auf der Piste sein können, und auf der anderen Seite die, die zwischendurch auch mal eine Verschnaufpause brauchen. Rupert nennt uns die Trinker und die Stinker.«

»Rupert ist ein Arschloch.«

Ben nickt zustimmend.

»Ist Matt auch ein Arschloch, Ben?«

Er denkt einen Moment nach, dann zuckt er mit den Achseln und sagt: »Er kann manchmal eins sein.«

»Hast du letzten Donnerstag einen Bootsausflug gemacht?«

»Nein.«

Puh, was für eine Erleichterung.

»Aber einige von uns haben einen gemacht. Einmal die Küste rauf und wieder zurück. Ich hatte keine Lust. Du weißt doch, wie seefest ich bin, dir geht es ja nicht anders.« Er fasst sich an den Bauch und verzieht das Gesicht. »Deshalb bin ich auch ziemlich überrascht, dass du heute Abend mit auf diesem Boot warst.«

»Keine Sorge, den Fehler mache ich so schnell nicht wieder. War Matt auch mit auf diesem Bootstrip?«

»Ja. Danach war er so braun wie ein Schokoladenweihnachtsmann.«

»Mir hat er erzählt, er wäre in Orchid World gewesen.«

»Da waren wir auch, allerdings am Tag davor. Wir haben so viel unternommen, Liddy, wahrscheinlich hat er einfach nur die Tage durcheinander gebracht.«

Heather gähnt vernehmlich, woraufhin Ben sie sofort zu sich

zieht. Sie kuschelt sich an seine Schulter, und er küsst sie auf den Kopf. Dann gähnt er ebenfalls, worauf sie ihm eine Hand auf den Mund legt.

Was für ein Augenblick schlichter, einfacher Vertrautheit!

»Hört zu, ihr beiden«, sage ich, »es ist schon ziemlich spät, und wir sind alle fix und fertig. Warum schlaft ihr heute Nacht nicht einfach in meinem Bungalow? Und probiert endlich mal aus, wozu dieser Jakuzzi gut ist.«

»Das ist doch nicht nötig.«

»Ich möchte es aber. Ich schlafe bei Thomas und Fleur.«

»Äh, das glaube ich kaum«, wirft Thomas ein.

Ich folge seinem Finger und sehe Fleur in den Armen eines besorgten Lewis liegen, der sie fest und innig an sich drückt.

»Er ist gerade mit einem Taxi gekommen«, klärt mich Amy auf.

»Wie es aussieht, werden wir beiden die Nacht wohl am Strand verbringen«, stellt Thomas mit einem Seufzer fest.

Ich drehe mich mit leerem Blick zu Ben um.

»Warum ist Matt nicht hier?«, flehe ich ihn um eine Erklärung an. »Du bist hier. Lewis ist hier. Warum ist Matt nicht hier?«

Ben legt seinen freien Arm um mich.

»Wir kümmern uns eben umeinander, Liddy, es hat damit zu tun, wie wir aufgewachsen sind. Bei Mums unstetem Lebensstil wusste man doch in der einen Woche nie, ob man sie in der nächsten zu Gesicht bekommen würde. Also mussten wir uns aufeinander verlassen. Wir waren immer füreinander da, und genauso behandeln wir jeden anderen Menschen, der in unser Leben tritt. Aber die Kehrseite der Medaille ist, dass wir viel unsicherer sind und ständig eine Bestätigung brauchen, dass die Menschen, mit denen wir zusammen sind, auch wirklich mit uns zusammen sein wollen. Aber nicht jeder zeigt das so deutlich wie wir. Dass Matt dich nicht jeden Tag anruft, heißt noch lange nicht, dass er dich nicht liebt und nicht an dich denkt.«

Ich seufze tief.

»Und dass du sofort hergekommen bist, als du dachtest, wir wären in Schwierigkeiten, und Lewis auch – was sagt uns das, Ben?«

Ich brauche keine Antwort, wir kennen sie beide. Es heißt, dass ich Matt nicht genug bedeute. Den Mann, den ich bald heiraten will, interessiert es einen Scheißdreck, dass ich vier Stunden lang auf dem Meer verschollen war.

»He, Liddy, alles in Ordnung?«, fragt Ben.

Ich antworte nicht, weil ich nicht mehr weiß, wo mir der Kopf steht. Ich fühle mich irgendwie taub und brauche dringend eine Umarmung, aber zum Glück kenne ich jemanden, in dessen Armen ich jederzeit Schutz und Geborgenheit finden kann. Gut, dass es Thomas gibt, der immer für mich da ist, wenn ich ihn brauche. Aber Thomas steht gar nicht mehr neben mir.

Amy zupft mich am Ärmel.

»Ich glaube, Thomas kriegt Besuch«, sagt sie und zeigt auf jemanden, der auf die Strandbar zueilt.

Es ist Paul.

Die beiden stehen einander gegenüber und sehen sich eine Weile einfach nur wortlos an, dann fallen sie einander in die Arme. Endlich. Das wurde auch allerhöchste Zeit.

»Wie bei den verdammten Waltons«, schniefe ich. »Für jeden gibt es ein Happy End.«

Nur für mich nicht, denke ich, ohne es auszusprechen.

Ich muss es auch gar nicht aussprechen, Amy weiß es auch so und Maddie ebenfalls. Sie kommen zu mir und haken sich bei mir unter.

»Du schläfst heute Nacht bei uns, okay?«

»Ja«, willige ich ein. »Ich bringe nur schnell Ben und Heather zu meinem Bungalow und hole ein paar Sachen, dann komme ich zu euch.«

Ich folge dem glücklichen Paar zu meinem Zimmer, schnappe mir mein Handy und ein paar Klamotten für den nächsten Tag und wünsche den beiden eine gute Nacht.

Draußen wähle ich sofort Matts Handynummer.

Es klingelt und klingelt, bis schließlich seine Mailbox anspringt.

»Hi, ich bin's. Könntest du mich bitte zurückrufen? Ich muss mit dir reden.« Ich halte kurz inne und unterdrücke den Seufzer, der meinen Lippen entweicht. »Ich muss wirklich mit dir reden. Warum hast du mich nicht angerufen? Warum bist du nicht gekommen? Ich verstehe nicht, warum …«

Ich drücke die Löschtaste, gehe zurück zur Aufnahmefunktion und stelle fest, dass ich nichts zu sagen habe.

Als ich den Steg zurückgehe, begegnet mir Monsieur Charles, der mit seinen Schuhen in der Hand Mums Zimmer ansteuert. Er lächelt mich verlegen an.

Ich lächele zurück.

Und dann stoße ich ihn vom Steg hinunter ins Wasser.

Ich höre ihn laut aufplatschen, als Nächstes keucht er und spuckt Wasser aus.

Ich gehe zum Rand des Stegs und blicke hinunter.

»Das war für meine Schwester«, rufe ich dem entsetzten, wie ein Hund im Wasser umherpaddelnden Mann zu und setze meinen Weg über den Steg fort, ohne mich noch einmal umzudrehen.

Da ich im Moment keine rechte Lust auf Gesellschaft habe, mache ich noch einen Umweg über den Strand, wo ich mich in den Sand setze, mich an eine Palme lehne und zusehe, wie

Monsieur Charles sich tropfend zurück auf den Steg zieht und Einlass bei meiner Mutter findet, deren entsetzter Schrei durch die Nacht schallt.

Ich fange an zu lachen und zwinge mich aufzuhören, als mein Lachen ein bisschen zu hysterisch wird.

Dann höre ich hinter mir im Sand Schritte.

Noch bevor ich mich umdrehe, weiß ich, wer es ist.

»Hallo«, begrüßt mich eine männliche Stimme.

»Hallo Johnny.«

»Was machst du denn um diese Uhrzeit noch hier?«

»Das Gleiche könnte ich dich fragen.«

»Ich habe mir noch einen letzten Drink mit Antoine genehmigt und war gerade auf dem Nachhauseweg, als ich dich hier unten am Strand gesehen habe.«

»Ich bin hier, weil mein Zimmer gerade von meinem Bruder und meiner künftigen Schwägerin als Liebesnest benutzt wird.«

»Aha, verstehe.«

»Für mich war es sowieso vergeudet, es ist ein Zimmer für ein Liebespaar, nicht für jemanden wie mich, die niemanden hat.«

»Aber du bist doch gar nicht allein.«

»Jetzt nicht mehr«, entgegne ich mit einem traurigen Lächeln, als er sich neben mich setzt.

»Und wo schläfst du heute Nacht?«

Ich zucke mit den Achseln.

»Ich habe einen Platz zum Schlafen, aber im Moment ist mir noch nicht danach zumute.«

»Alles in Ordnung?«

Ich zucke erneut mit den Achseln.

»Ehrlich gesagt, war es ein ziemlich aufreibender Tag.«

»Es geht um den heißen Junggesellen, stimmt's?«

»Nicht nur, aber auch.«

»Willst du darüber reden?«

»Ja und nein.« Ich lege meinen Kopf in die Hände und stöhne. »Ich dachte, unsere Beziehung wäre in Ordnung. Wie kann alles in nur zwei Wochen zerplatzen wie eine Seifenblase?«

»Bist du sicher, dass es das ist?«

»Ich weiß nicht, aber ich kann es einfach nicht fassen, dass er heute Abend nicht hergekommen ist, um sich zu vergewissern, dass es uns gut geht und mir nichts zugestoßen ist. Wenn ihm so etwas passiert wäre wie mir, wäre ich auf der Stelle bei ihm gewesen.«

»Vielleicht wusste er es nicht.«

»Mein Bruder hat ihm gesagt, dass er sich Sorgen macht und deshalb zu uns fährt.«

»Und? Was hat er erwidert?«

»Offenbar haben sie meinen Bruder als Waschlappen beschimpft, weil er nichts Besseres zu tun hat, als hinter seiner Freundin herzurennen, aber als er hier ankam und festgestellt hat, dass wir immer noch nicht wieder aufgetaucht waren, hat er Matt noch einmal angerufen, um ihm zu sagen, dass er jetzt mit euch rausfahren und uns suchen würde, und kurz darauf war Lewis auch da, aber Matt … Offenbar ist es ihm die Mühe nicht wert, sich zu vergewissern, ob ich gesund und munter bin …«

»Wie dumm von ihm.«

»Nein, ich bin die Dumme. Ich habe mir die ganze Zeit etwas vorgemacht. Wir sind nicht füreinander bestimmt. Deshalb habe ich mich die vergangenen zwei Wochen die ganze Zeit damit gequält, ob er mich betrügt, und deshalb ist er heute Abend auch nicht gekommen. Wenn er verschollen gewesen wäre, hätte ich sofort eine Suchaktion gestartet, und wenn ich das Meer auf einer Luftmatratze hätte absuchen müssen.«

Johnny nickt zustimmend.

»Eins ist mir jedenfalls in dieser Zeit klar geworden: Eigentlich will ich einen Partner, dem ich etwas bedeute und der sich um mich kümmert. Was mich wiederum wundert, weil ich mich immer für unabhängig gehalten habe.«

»Nein. Ich glaube, du hast Angst davor, abhängig zu sein. Das ist ein Unterschied.«

Er hat Recht.

»He, wieso kennst du mich so gut, wo du mich doch kaum kennst.«

Er hat keine Zeit zu antworten, da jemand meinen Namen ruft.

»Liddy! Liddy, wo bist du?« Es ist Thomas, oder besser gesagt, es sind Thomas und Paul, Arm in Arm.

»Thomas!«, rufe ich zurück.

»Gott sei Dank, da bist du ja!«, ruft er melodramatisch, stapft über den Strand und fällt mir um den Hals. »Wir haben dich überall gesucht. Mann, haben wir uns Sorgen um dich gemacht. Du warst von einer Minute auf die andere verschwunden. Ich habe von der Bar in deinem Zimmer angerufen, und Ben hat mir gesagt, du seiest bei Maddie, also habe ich bei ihr angerufen, und sie hat gesagt, du wolltest nur ein paar Sachen holen …« Er hält inne und drückt mich an sich, bis er sich wieder so weit gefasst hat, dass er sich mit klarem Kopf umsehen und feststellen kann, dass ich nicht alleine bin.

»Mir geht es gut«, beruhige ich ihn und löse mich behutsam aus seiner Umarmung.

»Das sehe ich«, entgegnet er und zwinkert Johnny zu. »Ich übernachte heute bei Paul. Wir wollten dich mitnehmen. Er hat ein freies Zimmer, auf dem sogar dein Name steht.« Mit diesen Worten wendet er sich Johnny zu. »Besten Dank, dass du dich um mein Lieblingsmädchen gekümmert hast, aber ich denke, ich sollte sie jetzt ins Bett bringen.«

»Mir geht es bestens, Thomas, wirklich. Ihr könnt beruhigt verschwinden.«

»Aber wo willst du denn schlafen? Heute Nacht geht es in allen Betten rund. Ich bin ziemlich sicher, dass Maddie Roberto mit in Amys und ihr Zimmer geschmuggelt hat.«

»Dann gehe ich zu Dora, aber im Moment ist mir noch nicht nach schlafen zumute. Außerdem habt ihr beide eine Menge nachzuholen, da braucht ihr bestimmt niemanden, der euch dazwischenfunkt.«

»Du würdest doch nicht dazwischenfunken«, sagt Paul und strahlt mich glücklich an. »Wir wären wieder das furchtbare Trio von damals.«

»Das wäre wirklich cool, aber ein andermal. Heute Nacht ist es an der Zeit, dass endlich das sagenhafte Duo auf seine Kosten kommt. Geht zu Paul, redet miteinander und klärt, was es zu klären gibt.«

Paul nickt.

»Bist du sicher, dass du ohne uns klarkommst?«, fragt Thomas.

»Keine Sorge, ich kümmere mich schon um sie«, beruhigt Johnny ihn.

Thomas mustert ihn von oben bis unten und zwinkert Paul zu.

»Ich glaube, bei ihm ist sie in guten Händen. Also dann …«

»Sehen wir uns morgen. Und komm rechtzeitig zum Packen zurück!«, rufe ich hinter ihm her. »Um halb elf geht es zum Flughafen.«

»Erinnere mich bloß nicht daran!«, ruft er zurück.

Als Thomas außer Hör- und Sichtweite ist, drehe ich mich zu Johnny um.

»Johnny?«

»Ja.«

»Ich muss dich etwas fragen. Woher wusstest du, dass wir nicht von dem Ausflug zurückgekommen sind? Warst du im Ressort?«

»Nein, ich war zu Hause. Antoine hat zufällig mitgehört, wie dein Bruder mit deiner Mutter und Monsieur Charles-Henri darüber gesprochen hat, und hat mich angerufen.«

»Und warum hat er dich angerufen?«

»Weil er wusste, dass es mich interessieren würde.«

Wir sehen uns einen Moment lang an. Bis auf das Meeresrauschen und die melodischen Rufe eines in einem nahen Hibiskus quakenden Frosches herrscht Stille.

»Darf ich dich um einen Gefallen bitten?«, frage ich ruhig.

»Gerne. Was immer du willst.«

»Kannst du mich in den Arm nehmen? Ich sehne mich nach einer Umarmung.«

Er zögert kurz, lächelt sein warmes Lächeln und legt seine Arme um mich. Ich lehne mich an ihn und seufze.

So sitzen wir eine Weile da, seine Wange an meinen Kopf geschmiegt, und betrachten schweigend den dunklen, wogenden Ozean. Die Zeit kommt mir vor wie eine Ewigkeit, obwohl es wahrscheinlich nur zwanzig Minuten sind. Schließlich lockert er seinen Griff und lässt mich los.

»Komm, du hattest einen höllenlangen Tag. Ich bringe dich zu Dora.«

Kapitel 23

Ich wache von den Klängen eines Liedes auf.

Wenn ich mich nicht irre, ist es *Kiss* von Prince. Allerdings klingt es so schief, dass es kaum zu erkennen ist.

»Was ist das bloß für ein Geplärre?«, frage ich Dora, die sich neben mir regt.

»Bridget unter der Dusche«, murmelt sie.

»Konntest du deshalb immer nicht schlafen?«

Dora nickt.

»Sie duscht viermal am Tag«, entgegnet sie, streckt sich und lächelt mich verschlafen an. »Wann bist du ins Bett gekommen?«

Ich zucke mit den Schultern.

»Keine Ahnung.«

»Hat Matt sich gemeldet?«

»Nein.«

Sie beißt sich auf die Unterlippe, verkneift sich aber jeden weiteren Kommentar.

Mein Bruder stellt mir als Erstes die gleiche Frage, als wir ihn und Lewis eine Stunde später in der Empfangshalle verabschieden, bevor sie in ihre eigene Anlage zurückfahren.

»Hat er dich angerufen?«, fragt er deutlich gereizter als Dora, was ungewöhnlich ist, denn normalerweise ist es immer anders herum.

Ich schüttele den Kopf.

»Ich rede mit ihm, wenn ich zurück bin.«

Ich schüttele erneut den Kopf.

»Lass es, Ben. Morgen sind wir zu Hause. Da rede ich mit ihm.«

»Aber es ist so total daneben, Liddy. Eigentlich hätte er herkommen müssen, aber nicht einmal anzurufen, um sich zu vergewissern, dass es dir gut geht… Was für ein Arschloch! Ehrlich gesagt, würde ich ihm am liebsten eins aufs Maul hauen, sobald ich ihn wiedersehe.«

»Bitte tu das nicht. Überlass das mir, Ben, bitte!«

Er antwortet nicht.

»Bitte«, flehe ich ihn nochmals an, »du musst mir versprechen, dass du nichts sagst. Ich muss das selber mit ihm regeln. Versprich es!«

Schließlich nickt er, wenn auch widerwillig.

»Weiß Ben über dich und Monsieur Charles Bescheid?«, frage ich Dora, als Ben und Heather sich verabschieden.

»Nein.«

»Erzählst du es ihm?«

»Ich denke schon, aber zum richtigen Zeitpunkt.«

»Der nicht jetzt ist.«

»Genau«, bestätigt sie und sieht zu, wie die beiden sich leidenschaftlich küssen. »Was ist mit dir, Liddy? Was willst du tun? Was willst du Matt sagen?«

Ich sehe meine Freundinnen an, dann sehe ich meiner Schwester in die Augen.

»Ich werde ihm sagen, dass es vorbei ist.«

Ihr bleibt vor Überraschung der Mund offen stehen.

»Was?«

»Ich blase die Hochzeit ab. Du hattest die ganze Zeit Recht, Dora. Wir passen nicht zueinander, aber das ist mir erst letzte Nacht klar geworden.«

»Warte mal ab, Liddy, er wird schon wieder angekrochen kommen, da bin ich ganz sicher.«

»Aber ich will ihn gar nicht zurückhaben. Warum sollte er auch ankriechen?«

»Weil ich mir jetzt ein Taxi bestelle und nach Coconut Cove fahre, um ihm seine verdammten Beine abzuhacken«, erwidert sie.

Ich muss lachen, aber gleichzeitig fange ich an zu schluchzen, was ziemlich bescheuert ist, weil ich davon automatisch einen schlimmen Schluckauf bekomme. Ich habe Dora noch mehr zu erzählen, aber im Augenblick ist auch dafür nicht der richtige Zeitpunkt. Zum Glück rollen gerade überall Tränen, weil die Jungs sich verabschieden, und so merkt keiner, was mit mir los ist.

Jede von uns hat ihre eigenen Gründe zu schniefen.

Heather krallt sich wie eine Klette an Ben und muss gewaltsam von ihm getrennt werden.

»Morgen Abend sind wir doch schon zu Hause«, versucht Ben sie zu trösten.

»Ich will nicht nach Hause«, jammert Maddie daraufhin.

Amy nimmt sie in die Arme, aber auch sie kämpft sichtlich mit den Tränen.

Fleur zwingt sich mit aller Kraft, sich nicht ebenfalls an Lewis festzuklammern und loszuheulen.

Und Bridget läuft schon seit Sonntagabend herum wie ein wandelnder Trauerkloß.

Sogar Dora wirkt irgendwie müde und ein bisschen weinerlich.

»Was für aufregende zwei Wochen, nicht wahr?«, sage ich und drücke sanft ihre Hand.

Sie lächelt matt und erwidert den Händedruck.

»Seht uns bloß an!«

»Die reinsten Heulsusen!«, ruft Fleur.

Trotz unserer Bräune sehen wir alle müde, blass und elend aus.

»Wir müssen etwas tun, um uns aufzuheitern«, stellt Maddie fest.

»Wir müssen packen«, entgegne ich, ganz die Vernünftige.

Bei der Erinnerung an unseren Rückflug fangen alle an zu stöhnen.

Dora nimmt die sauertöpfischen Gesichter ins Visier und schüttelt langsam den Kopf.

»Scheißt auf das Packen!«, ruft sie plötzlich. »Lasst uns in die Strandbar gehen und uns betrinken!«

Wir starren sie wie vom Schlag gerührt an, doch nach der sprachlosen Stille brechen wir alle in Jubel aus.

»Auf geht's!«, ruft Maddie und klopft ihr freudig auf den Rücken.

Wir sind seit zwanzig Minuten in der Bar, als ich ein bekanntes Gesicht auf uns zukommen sehe. Eine Woge der Verlegenheit steigt in mir hoch, doch zu meiner Überraschung lächelt er mich an.

Ich fasse Dora am Arm.

»Ich glaube, da möchte jemand mit dir reden, Dora.«

Sie sieht Monsieur Charles an, der sich hoffnungsvoll in unserer Nähe herumdrückt, dann sieht sie mich an und seufzt einmal tief; sie wirkt unentschlossen und zögerlich, als ob sie sich nicht ganz wohl in ihrer Haut fühlte, aber da ist noch etwas, das ich nicht genau ausmachen kann, aber wenn ich es beschreiben sollte, würde ich meinen, in ihrem skeptischen Gesicht einen Funken Wehmut und Hoffnung zu erkennen.

»Geh und rede mit ihm!«, dränge ich sie.

Sie nickt und braucht keine weitere Aufforderung.

Als ich in meinen Bungalow zurückkehre, gibt es nur einen Mann, mit dem ich sprechen möchte …

»Ich liebe dich, Dad.«

Mein Vater lacht und beginnt, mit seiner Baritonstimme völlig unmelodisch *I just called to say I love you* zu trällern.

»Ehrlich, Dad. Du bist der Beste.«

»Ist alles in Ordnung, Lydia? Du klingst so melancholisch.«

Ich hole tief Luft und platze heraus.

»Dora hat es mir gesagt.«

»Aha«, entgegnet er.

Nur »aha«. Eine weitere Erklärung ist überflüssig, denn er weiß sofort, wovon ich rede.

»Dora hat mich gestern Morgen angerufen und mir erzählt, was passiert ist. Wir haben es ihr überlassen, es dir zu sagen oder auch nicht. Und? Was sagst du dazu, Lydia? Wie hast du es aufgenommen?«

»Mir geht es gut, mach dir keine Sorgen. Ich wünschte nur, sie hätte es mir früher erzählt.«

»Sie hatte ihre Gründe, es für sich zu behalten. Wie geht es Dora jetzt? Alles in Ordnung mit ihr?«

»Ich denke schon. Ich glaube, es hat ihr sogar gut getan, mit mir darüber zu reden. Aber es ist natürlich ein ziemlicher Hammer, dass Monsieur Charles hier auf Barbados ist.«

Für einen Augenblick herrscht Stille.

»Dad?«

»Lydia«, entgegnet er mit aller Entschiedenheit. »Was Dora und mich angeht, bin *ich* ihr richtiger Vater, das war so und wird auch immer so bleiben. Also ist es auch kein Hammer und kein Problem, verstehst du mich?«

»Und wenn sie Monsieur Charles kennen lernen möchte?«

»Dann soll sie es tun, ich habe nichts dagegen. Kinder zu haben, garantiert dir keine Exklusivrechte, Liddy, das ist nun einmal so. Irgendwann kommt immer der Zeitpunkt, ab dem du die Liebe deiner Kinder mit anderen teilen musst, da ist jede

Art Egoismus völlig fehl am Platz. Du musst einfach vernünftig sein und dir vor Augen halten, dass Liebe grenzenlos ist; einen Menschen zu lieben, schließt nicht aus, auch noch jemand anders zu lieben.«

»Aber …«

»Nein«, unterbricht er mich, »es gibt kein Aber, Liddy. Denk mal darüber nach. Sam und ich haben bald ein neues Baby. Aber das heißt doch nicht, dass wir euch deshalb weniger lieben, oder glaubst du das etwa?«

»Nein, natürlich nicht.« Ich lächele den Hörer an.

»Na bitte.«

»Dad, darf ich dich etwas fragen?«

»Nur zu!«

»Was hast du empfunden, als Sam dir von ihrer Schwangerschaft erzählt hat?«

»Na ja, ich will dir nichts vormachen, im ersten Moment war ich total schockiert, aber positiv. Ich war überglücklich. Kinder zu haben, ist etwas Großartiges, Liddy, wirklich.«

»Wusstest du schon immer, dass du welche haben möchtest?«

»Tja«, grübelt er. Meine Frage trifft ihn offenbar etwas unvorbereitet. »Doch«, sagt er schließlich, »ich glaube, der Wunsch, einmal Kinder zu haben, hat schon immer in mir geschlummert. Irgendwie wusste ich, dass ich eines Tages Vater werden würde, und das wurde ich dann ja auch an dem Tag, an dem Isadora zur Welt kam … Warum fragst du mich das eigentlich, Darling? Sag mal, Liddy, liegt etwa sonst noch irgendetwas im Argen?«

»Nein … alles bestens«, stammele ich.

»Alles in Ordnung mit dir und Matt?«

»Ja«, lüge ich, obwohl es mir schwer fällt.

»Na, wenn es euch allen gut geht … morgen geht's ja schon

nach Hause, nicht wahr? Sollen wir euch vom Flughafen abholen?«

»Nein, das ist wirklich nicht nötig. Wir fahren alle zusammen mit dem Zug nach London. Aber vielen Dank für das Angebot.«

»Dafür sind Väter schließlich da«, entgegnet er und lacht. »Für ungebetene Ratschläge und kostenlosen Taxiservice.«

Ich unterdrücke die Tränen, die in mir aufsteigen, und zwinge mich ebenfalls zu einem Lachen.

»Bis bald dann, ja?«

»Aber sicher. Und vergiss uns nicht! Ruf deinen alten Dad an, sobald du zurück bist, sonst machen Sam und ich uns Sorgen. Versprochen?«

»Versprochen. Sobald ich in Bow bin, melde ich mich.«

Ich lüge Dad äußert ungern an. Was Matt und mich angeht, hat es mich einige Mühe gekostet, ihm nicht die Wahrheit zu sagen, aber am Telefon möchte ich ihm nicht von meinem Entschluss erzählen. Er würde sich nur übertriebene Sorgen machen. Wenn wir zusammen sind, kann ich ihn eher davon überzeugen, dass es mir gut geht und dass ich nicht überstürzt handele.

Jetzt muss ich allerdings erst einmal etwas anderes angehen, wozu ich überhaupt keine Lust habe.

Ich muss packen.

Heute Abend um halb elf werden wir abgeholt und zum Flughafen gebracht.

Aber dank meiner speziellen Methode bin ich bestens organisiert.

In meinem Schrank habe ich ein Extrafach eingerichtet, das ausschließlich für bereits getragene Sachen bestimmt ist. Sobald ich etwas getragen habe, lege ich es sorgfältig zusammen und lege es in dieses Fach. Wenn es also ans Packen geht, kann ich alles auf einmal aus diesem Fach nehmen und in meinem Koffer verstauen. Außerdem fahre ich grundsätzlich mit halb leeren Kosmetikflaschen in den Urlaub, sodass ich nie Shampoo, Haarspray oder Duschgel wieder mit nach Hause schleppen muss. Aus dem Badezimmer wandert alles direkt in den Müll.

Deshalb dauert das Packen bei mir maximal zehn Minuten. Als ich fertig bin, klopft es an der Tür, es ist Dora.

»Hallo, Liddy, kann ich reinkommen?«

»Klar. Alles in Ordnung?«

Sie nickt überschwänglich.

Und sie lächelt.

»Ich habe gerade mit Monsieur Charles Mittag gegessen.«

»Und?«, frage ich neugierig.

»Er hat mir alles erklärt. Er hat keinen Kontakt zu mir aufgenommen, weil Mum ihm zu verstehen gegeben hat, dass ich ein geregeltes, glückliches Leben führe, das er nur auf den Kopf stellen würde, wenn er sich darin einmischt.«

»Und warum hat er dir das nicht an dem Abend erzählt, als Mum dich eingeweiht hat?«

»Weil ich ihn gar nicht habe zu Wort kommen lassen. Das war mal wieder typisch für mich, Liddy, kaum hatte ich die Fakten gehört, habe ich sie beide angebrüllt und bin eingeschnappt davongestürmt. Du hast wirklich Recht, ich gebe einfach niemandem eine Chance.«

»Du versuchst nur, dich selbst zu schützen, Dora.«

»Kann ja sein, aber du hast mir noch nie etwas getan, und trotzdem bin ich oft ziemlich gemein zu dir, stimmt's?«

»Gut, dann handelt es sich wohl um eine tief sitzende, schlechte Angewohnheit. Komm her, und nimm mich in die Arme, du dumme Gans!«

Kaum knuddele ich sie, schluchzt sie laut los, doch diesmal

beunruhigen mich ihre Tränen nicht, im Gegenteil, ich bin froh, dass es endlich passiert, denn es ist höchste Zeit, dass sie ihrem Ärger und ihren verletzten Gefühlen Luft macht, damit sie befreit nach vorne blicken und ein glücklicheres Leben führen kann. Schließlich trocknet sie sich die Tränen, und ihr Lächeln kehrt zurück.

»Also ist jetzt alles zwischen euch geklärt?«, frage ich sie.

»So würde ich es nun auch nicht nennen, immerhin müssen wir uns unsere kompletten Lebensgeschichten erzählen, und dazu reicht ein einziges Mittagessen nun wirklich nicht aus, aber es war ein Anfang. Außerdem hat er mich eingeladen, nach der Hochzeit wiederzukommen, Liddy. Damit wir uns richtig kennen lernen.«

Ihr ist offenbar gar nicht klar, was sie da gerade gesagt hat. Wenn es zwischen Matt und mir aus ist, wird es natürlich keine Hochzeit geben. Und was mich angeht, ist es zwischen uns definitiv aus. Ich weiß, es klingt drastisch, aber ich bin fest entschlossen, beinahe wundere ich mich selbst darüber. Es ist, als wären meine Gedanken auf einmal viel klarer, jedenfalls bin ich überzeugt davon, dass es für keinen von uns beiden das Richtige wäre, zusammenzubleiben, was natürlich nicht heißt, dass die Aussicht auf so eine drastische Veränderung meines Lebens mir nicht ziemlich unheimlich wäre. Im Gegenteil: Sie macht mir regelrecht Angst.

»He«, sage ich und reiße mich gegenüber Dora zusammen, »jetzt weiß ich wenigstens, woher du dein gutes Aussehen hast. Wow, du bist eine halbe Französin, wie aufregend!«

»Wenn du meinst. Aber was für ein Elend, dass ich kein Wort Französisch spreche.« Sie zuckt mit den Schultern.

»Ich glaube, es gibt jemanden, der dir liebend gerne Unterricht erteilt.«

Sie nickt zögernd.

»Er scheint wirklich nett zu sein, Liddy.«

»Das glaube ich, aber du musst ihm auch eine Chance geben.«

»Wie kommt es, dass du das Ganze so gut aufnimmst, Liddy?«

»Tue ich das?«

»Ja.«

»Na ja, es ist doch nichts Schlimmes dabei. Du bist und bleibst doch dieselbe, alle mögen dich genauso wie vorher. Das Einzige, was sich geändert hat, ist, dass es jetzt noch einen weiteren Menschen gibt, der Teil deines Lebens werden will, und zwar aus gutem Grund.«

»Aber was ist, wenn er mich besser kennen lernt und zu dem Schluss kommt, dass er mich nicht mag? Immerhin bin ich nicht gerade der umgänglichste Mensch, das weiß sogar ich.«

»Stimmt. Aber die Tatsache, dass du so ein Miesepeter bist und dich trotzdem alle mögen, müsste dir doch auch etwas sagen, oder?«

»Dass ihr alle bescheuert seid«, erwidert sie und lächelt wieder. »Einer der Gründe, weshalb ich zu dir gekommen bin, ist übrigens, dass er dich auch besser kennen lernen möchte, Liddy. Hast du Lust, ihn zu begrüßen?«

»Gerne«, sage ich. »Das Problem ist nur, dass er gestern Abend bereits das zweifelhafte Vergnügen hatte, mit mir Bekanntschaft zu machen, und zwar auf dem Steg, wo ich ...«

»Ich weiß. Er hat mir alles erzählt.«

»Oje, und was hat er gesagt?«

»Dass du nach deiner Mutter kommst«, erwidert sie und lacht. »Aber er hat auch gesagt, wie stolz er ist, dass du so für mich eintrittst. Nicht dass das wirklich nötig gewesen wäre, aber trotzdem vielen Dank.«

»Keine Ursache.«

Wir lächeln uns verständnisvoll an.

»Eins würde mich noch interessieren. Lassen Mum und er ihre Romanze gerade wieder aufleben, oder haben sie nur wegen dir zusammengefunden?«

»Also, ich glaube, Mum ist vor allem wegen uns hergekommen. Aber inzwischen … na ja, ich würde sagen, sie verstehen sich ziemlich gut. Immerhin hat sie ihn gestern Abend nach seinem unfreiwilligen Bad sogar abgetrocknet. Die beiden erwarten uns übrigens im Ocean Grill. Kommst du mit?«

»Meinst du, er schubst mich aus Rache über die Klippe?«

»Glaube ich nicht.« Dann fügt sie mit unverkennbarer Anerkennung in der Stimme hinzu: »Er ist ein wahrer Gentleman.«

»Dann komme ich mit.«

Ich mochte ihn auf Anhieb.

Als er meine Mutter kennen lernte, war er verheiratet, weshalb die beiden nicht zusammenblieben. Nachdem sie sich schmerzlich und von einiger Verbitterung begleitet getrennt hatten, verhielt Mum sich ziemlich unsäglich, indem sie ihm Dora einfach verschwiegen hat. Er erfuhr erst von ihrer Existenz, als Dora schon sieben Jahre alt war und er und Mum sich zufällig in Paris über den Weg liefen. Nachdem er erfahren hatte, dass meine Schwester seine Tochter war, trennte er sich offenbar von seiner Frau. Ihre Beziehung war wohl sowieso problematisch und seine Affäre mit Mum eher ein Symptom ihres Scheiterns als die Ursache dafür. Die Enthüllung, dass er eine Tochter mit einer anderen Frau hatte, gab der Ehe zwischen ihm und der ersten Mrs. Escoffier den Rest.

Mum war zu jener Zeit gerade mit ihrem dritten Ehemann zusammen, weshalb zwischen ihr und Monsieur Escoffier außer ein paar hitzigen Diskussionen nichts weiter lief, doch als sie sich drei Jahre später – Dora war inzwischen zehn – erneut über den Weg liefen, waren sie zum ersten Mal beide ungebunden und wollten es noch einmal miteinander versuchen. Doch das Experiment scheiterte, vor allem weil Mum so viele Hummeln im Hintern hatte, aber das liegt nun auch schon mehr als zwanzig Jahre zurück, und im Alter werden wir alle ruhiger, sogar meine flatterhafte Mutter.

Er hat keine weiteren Kinder, hat nie wieder geheiratet und scheint sich aufrichtig zu freuen, dass er jetzt endlich die Gelegenheit hat, seine Tochter kennen zu lernen.

Er ist offen, witzig und sehr charmant, im Grunde also das genaue Gegenteil von meiner lieben, ernsten Schwester, doch wenn ich sie jetzt nebeneinander sitzen sehe, erkenne ich dennoch jede Menge Ähnlichkeiten.

Ihre Haut hat den gleichen Farbton, sie haben die gleichen hohen Wangenknochen und die gleichen großen grün-blauen Augen mit den gleichen langen Wimpern. Doch sie ähneln sich auch in ihren Gesten und Bewegungen.

Nach dem Essen sind wir noch lange sitzen geblieben, um den einen oder anderen Drink zu uns zu nehmen, und ich habe die beiden die ganze Zeit fasziniert beobachtet. Er fasst sich genauso wie Dora beim Sprechen ans Kinn, er schiebt sich das Haar genauso wie Dora hinter die Ohren, damit es ihm nicht ins Gesicht fällt, er nimmt beim Reden genau wie sie gelegentlich den Nasenrücken zwischen Daumen und Zeigefinger, und er runzelt wie sie die Stirn, wenn er versucht, eine schwierige Frage zu beantworten.

Und sie haben beide das gleiche Lachen.

Die Tatsache, dass er Dora häufiger zum Strahlen bringt, als ich es jemals erlebt habe, macht ihn mir sofort sympathisch. Trotz der grundsätzlich eher schwierigen Situation begegnet er ihr locker und entspannt, was schon für sich genommen ein

Wunder ist, denn es kann ja durchaus eine Weile dauern, bis man mit Dora warm wird. Außerdem habe ich das Gefühl, dass er immer noch sehr stark für meine Mum empfindet, und das, obwohl die Kluft zwischen ihm und Dora einzig und allein auf sie und ihr übles Spiel zurückzuführen ist.

Doch nachdem er seine Tochter nun endlich kennen gelernt hat, scheint das für ihn alles Schnee von gestern zu sein.

Und er hat sie wirklich gern.

Sie ist total von ihm angetan, das ist mehr als offensichtlich.

Mädchen und ihre Väter. Wie kann ein Mann ernsthaft glauben, einem guten Vater je das Wasser reichen zu können?

»Du magst ihn, stimmt's?«, fragt mich Dora und hakt sich bei mir ein, als wir zum Strand gehen, um uns wie versprochen mit den anderen zu einem letzten gemeinsamen Sonnenbad zu treffen.

»Ja.«

»Das ist gut. Ich mag ihn auch.« Sie sieht mich von der Seite an. »Hier läuft übrigens noch jemand herum, den ich total gerne mag.«

»Tatsächlich?«, frage ich. »Wer denn?«

»Johnny Wyatt.«

»Aha.«

»Weißt du eigentlich, dass Johnny, der Poolboy, in Wahrheit ein sehr viel beschäftigter Poolboy ist?«

»Wie meinst du das?«

»Er arbeitet nicht etwa für die Firma, die die meisten Swimmingpools auf Barbados und diversen anderen Inseln des Archipels reinigt, ihm gehört die Firma, die die meisten Swimmingpools …«

»Ja, ja«, unterbreche ich sie. »Ich hab's verstanden, aber warum erzählst du mir das?«

»Weil er offenbar viel zu bescheiden ist, als dass er es dir gegenüber je erwähnt hätte.«

»Warum hätte er es auch erwähnen sollen?«

»Jedenfalls zeigt es, was für ein sympathischer Kerl er ist.«

»Das ist er in der Tat«, stimme ich ihr zu. »Irre ich mich, oder ist meine Männer hassende Schwester gerade im Begriff, mich mit einem Exemplar dieser Spezies zu verkuppeln?«

»Ich finde einfach nur, dass du einen netten Mann verdient hast und kein rücksichtsloses, egozentrisches Arschloch.«

»Danke. Aber ich glaube, ich brauche ein wenig Zeit, um mit Matt und mir alles zu bereinigen und mir selber über einiges klar zu werden, bevor ich mich in eine neue Beziehung stürze. Außerdem haben Johnny und ich uns gestern Abend voneinander verabschiedet.«

»Ach, ja?«, entgegnet sie enttäuscht. »Natürlich brauchst du erst einmal Zeit, da stimme ich dir voll und ganz zu, aber sobald du deine Gedanken geordnet hast … und ich hierher zurückfliege, wäre es doch super, wenn du mitkämst. Johnny steht übrigens voll auf dich, Liddy. Angeblich redet er ständig von dir, wenn er mit …«

Sie zögert einen Augenblick, weil sie nicht weiß, wie sie Monsieur Charles nennen soll.

»Wenn er mit …«, dränge ich sie.

»Ich weiß einfach nicht, wie ich ihn nennen soll. Dad ist und bleibt Dad, aber Charles erscheint mir auch unpassend, irgendwie zu distanziert.«

»Zu distanziert?« Und das von meiner Schwester, die normalerweise so unterkühlt ist, dass sie selbst im Hochofen kaum auftauen würde.

»Ist doch ganz einfach«, sage ich.

»Ach ja?«

»Ja. Er ist doch Franzose, nenn ihn doch einfach Papa.«

Dora prustet los, doch dann probiert sie das Wort aus und bringt es über die Lippen.

»Papa«, sagt sie mit festerer Stimme. »Weißt du was, Liddy? Ich glaube, das gefällt mir.«

»In den vergangenen zwei Wochen hat sich ganz schön viel verändert«, stelle ich fest.

»Ja«, stimmt sie mir zu. »Auch zwischen uns beiden.«

Ich nicke nachdenklich.

Zu meiner Freude sind Thomas und Paul endlich in die Anlage zurückgekehrt und erwarten uns zusammen mit den anderen in der Strandbar.

Sie bestürmen mich beide gleichzeitig.

»Alles klar mit euch?«

»Nicht nur klar, wir sind im siebten Himmel!«, rufen sie und strahlen sich so glücklich und verliebt an, dass mir ganz warm ums Herz wird. »Und du? Hast du etwas von Matt gehört? Ich habe ein ganz schlechtes Gewissen, dich ausgerechnet jetzt allein gelassen zu haben.«

»Ich war doch gar nicht allein«, entgegne ich mit einem Blick auf die anderen, wobei ich vor allem Dora anlächele.

Thomas nickt.

»Matt hat sich nicht gemeldet, habe ich Recht?«, fragt er ruhig.

Ein angedeutetes Kopfschütteln genügt, um meinem ältesten und besten Freund zu übermitteln, was los ist.

Er sagt nur: »Nun dann«, beißt sich auf die Unterlippe, fasst mich am Arm und streicht mir übers Gesicht.

»Ich denke, wir können noch einen Drink gebrauchen«, sagt er. »Antoine hat uns eine Runde seines gestrigen Spezialdrinks zubereitet, er heißt ›So Long Sucker‹.« Er reicht Dora und mir je ein Glas.

Dora mustert den schrillen Cocktail mit einiger Skepsis, schnuppert daran, riecht den kräftigen Alkoholgeruch und verzieht das Gesicht.

»Wir haben heute schon ganz schön zugeschlagen. Ich glaube wirklich nicht, dass wir vor dem Flug noch mehr Alkohol trinken sollten«, belehrt sie uns.

Ich sehe sie an und muss lachen. Meine Schwester mag sich zwar in den vergangenen zwei Wochen verändert haben, aber sie ist trotzdem noch ganz die Alte – die Dora, die ich kenne, über die ich mich gelegentlich schwarz ärgere und die ich von ganzem Herzen liebe.

Als Thomas und Liddy in ihr Gespräch vertieft sind, stelle ich das furchtbare Getränk heimlich zur Seite und bestelle mir eine Flasche Mineralwasser. Liddy wirkt inzwischen viel zufriedener und entspannter, und da sie bisher nur einmal an ihrem Killer-Cocktail genippt hat, kann es daran also nicht liegen. Wahrscheinlich liegt es an Thomas. Überrascht stelle ich fest, dass mir bisher gar nicht aufgefallen war, wie gut Thomas meiner Schwester tut. Ich kenne ihn, und wir sind schon so manches Mal heftig aneinander geraten, aber es lässt sich nicht bestreiten, dass Liddy sich keinen besseren Freund wünschen könnte. Ich habe ihn wohl voreilig als den oberflächlichen »Immer-gut-drauf-Schwulen« abgestempelt, den er anderen gegenüber immer heraushängen lässt, doch wie ich in den vergangenen Tagen festgestellt habe, ist Thomas Templer mehr als nur ein schriller Paradiesvogel.

Ich habe Freundschaften vielleicht immer zu sehr gesehen wie Liebesbeziehungen. Wenn du zu viel Vertrauen in jemanden steckst, läufst du Gefahr, umso ärger enttäuscht zu werden. Inzwischen habe ich begriffen, dass ein wahrer Freund oder eine wahre Freundin dich niemals im Stich lassen würde.

»Dora! Dora!« Ich brauche einen Augenblick, bis ich realisiere, dass irgendjemand meinen Namen ruft. Ich drehe mich um und sehe Bridget. Sie winkt mir zu und ist offenbar darauf bedacht, nicht die Aufmerksamkeit der anderen zu erregen. Sie rennt beinahe, dabei rennt Bridget nie. Wahrscheinlich wurde es ihr in frühester Kindheit von irgendeiner strengen, unverheirateten Tante eingeimpft. »Eine Lady rennt nicht, Bridget.« Sie mäßigt ihr Tempo, bevor sie uns erreicht, damit niemand merkt, wie eilig sie es hat, und wendet sich atemlos an mich.

»Dora, du hast Liddy doch nichts gesagt, oder? Ich meine, dass es bei unserem Abstecher nach Coconut Cove in Wirklichkeit nicht Rupert war, den ich in dem Zimmer gesehen habe? Nachdem Matt es gestern Abend nicht für nötig gehalten hat, anzurufen oder vorbeizukommen, dachte ich, dass du vielleicht versucht gewesen sein könntest, ihr alles zu erzählen …«

»Nein.« Ich schüttele den Kopf. »Beinahe hätte ich es getan, aber dann habe ich es doch nicht über mich gebracht. Es schien mir irgendwie falsch.«

»Ein Glück! Ich habe gerade mit Henry gesprochen. Er ist mein Cousin, und ich habe meine familiären Beziehungen ausgespielt, um die Wahrheit aus ihm rauszubekommen …«, sie hält kurz inne und schnappt nach Luft, die Hand auf ihre Brust gepresst, »er hat mir erzählt, was wirklich vorgefallen ist … Es war weder Rupert, den ich an besagtem Abend mit der hübschen Blondine in dem Zimmer gesehen habe, noch Matt.«

»Wer war es denn dann?«

»Lewis!«

»Das darf nicht wahr sein!« Ich schnappe nach Luft und werfe Fleur einen schnellen Blick zu.

»Ist es auch nicht, vergiss es, war nur ein schlechter Scherz«, sagt Bridget und grinst mich an.

»Wie kannst du über so etwas Witze reißen!«, entgegne ich aufgebracht. »Ich hätte wirklich nicht gedacht, dass du so einen bösartigen Humor hast, Bridget Granger.«

»Tut mir Leid, ich konnte einfach nicht widerstehen. Ich bin ja so froh, dass es nicht Matt war. In Wirklichkeit war es nämlich genauso, wie ich zuerst vermutet hatte: Es war Guy, und er war nicht in seinem eigenen Zimmer, weil es von einem schlafenden Alistair in Beschlag genommen war.«

»Bist du sicher, dass dein Cousin dir die Wahrheit sagt?«

Sie nickt. »Ich habe einen dicken Trumpf in der Hand. Er würde nämlich bestimmt nicht leichtfertig sein Erbe aufs Spiel setzen, indem er mich belügt.«

»Na, da bin ich aber erleichtert. Allerdings sieht die Welt nach den Ereignissen von gestern Abend sowieso ein bisschen anders aus, meinst du nicht?«

Bridget nickt.

»Ich weiß, was du meinst. Es war unmöglich von Matt, nicht wenigstens anzurufen.«

»Und wie geht es dir? Schließlich war Liddy nicht die Einzige, die gestern Abend nichts von ihrem Liebsten gehört hat.«

Sie zuckt mit den Schultern.

»Keine Sorge, mir geht es so weit ganz gut. Mit mir und Rupert ist es sowieso vorbei. Was mich am meisten wurmt, ist, dass Rupert es noch nicht weiß, und angerufen hat er immer noch nicht. Ist das nicht ätzend? Wenn ich nicht so sauer wäre, würde ich über all das lachen. Aber was ist mit Liddy? Was hat sie vor?«

»Das Gleiche wie du, denke ich. Schluss machen.«

Bridget sieht mich überrascht an.

»Schluss machen? Sicher? Mein Entschluss, Rupert auf den

Mond zu schießen, ist immerhin das Resultat all der Unstimmigkeiten, die uns im Laufe der Jahre auseinander gebracht haben, aber zwischen Matt und Liddy lief es doch bis zum Tag unserer Abreise nach Barbados ganz gut. Will sie nicht zuerst einmal mit Matt reden, bevor sie die Beziehung für beendet erklärt?«

»Du hast schon Recht, aber ich glaube, sie hat ihren Entschluss gefasst.« Ich deute auf Liddy, die sich gerade aus unserer Mitte erhoben hat und sich Gehör verschafft.

Bridget sieht sie an und kneift fragend die Augen zusammen. Liddy blickt in die Runde, hüstelt nervös und beginnt zu sprechen.

»Als Erstes möchte ich euch allen dafür danken, dass ihr in den vergangenen zwei Wochen für mich da wart. Und nicht nur in den vergangenen zwei Wochen, sondern all die Jahre, die ich euch kenne. Ihr habt mir immer zur Seite gestanden, und ich liebe euch alle und bin auf ewig dankbar, dass ich so tolle Freunde habe.«

Sie hält inne und holt Luft, woraufhin sich allgemeiner Jubel und Applaus erheben, doch dann bedeutet sie uns erneut zu schweigen.

»Bevor wir zum Flughafen aufbrechen und nach England zurückfliegen …«, dieser Hinweis verursacht ein kollektives Aufstöhnen, »… möchte ich euch noch etwas Wichtiges mitteilen. Heute geht nicht nur unser Urlaub zu Ende …«

Kapitel 24

Es fühlt sich ziemlich komisch an, wieder zu Hause zu sein, in Thomas' und meiner Wohnung in Bow. Ich stehe in meinem Zimmer, in dem ich nur noch selten war, seit ich Matt kennen gelernt habe.

Ich muss es so herrichten, dass es sich auch wieder anfühlt wie mein Zimmer.

Ich beziehe das Bett mit frischer Bettwäsche und drehe die Heizung ein wenig an, denn obwohl es eine herrliche Sommernacht ist, ist mir nach der Hitze auf Barbados ein bisschen kalt. Dann nehme ich meine schmutzige Wäsche aus dem Koffer und stopfe sie in den Wäschekorb, doch einige Teile nehme ich wieder heraus und verstreue sie im Zimmer, damit es ein wenig belebter aussieht. Zum Schluss packe ich noch die Fotos aus, die ich bereits auf Barbados habe entwickeln lassen, und klemme einige von ihnen an den Spiegel, sodass ich jedes Mal von meinen alten und neuen Freunden angelächelt werde, wenn ich mich im Spiegel betrachte und bei meinem Anblick das Gesicht verziehe.

Als ich nach unten komme, hat Thomas uns ein paar Scheiben Toast mit Käse hingestellt und eine Flasche Wein geöffnet. Er sitzt am Küchentisch und klopft auf den Stuhl neben sich.

»Jetzt sind wir endlich allein. Setz dich hin, und erzähl mir alles.«

»Es gibt nichts mehr zu erzählen, Tom, du weißt bereits alles. Ich will Matt nicht heiraten, fertig.«

»Aber du himmelst ihn doch an.«

»Stimmt, aber was bedeutet das schon?«

»Es bedeutet, dass du gerne mit ihm zusammen bist, dass du dich darauf freust, ihn zu sehen, dass du ihm an die Wäsche willst...«

»Das mag ja alles sein, aber ich glaube, Anhimmeln ist keine Grundlage für eine lange währende, glückliche Liebe.«

»Aber es ist eine gute Grundlage für eine Beziehung.«

»Ja, aber für was für eine Beziehung? Anhimmeln ist zu wenig und kann zu schnell in Enttäuschung umschlagen.«

»Da hast du natürlich Recht, aber du liebst ihn doch, oder etwa nicht?«

»Doch, aber nur weil du jemanden liebst, Thomas, sogar von Herzen liebst, ist er noch lange nicht der Richtige für dich. Matt und ich hatten eine Affäre, bei der wir ein bisschen zu weit gegangen sind, das ist alles.«

»Sieh mal, Liddy«, er nimmt meine Hand, »natürlich hast du das Gefühl, dass er dich in den vergangenen zwei Wochen total im Stich gelassen hat, aber deshalb musst du doch nicht gleich die Hochzeit absagen.« Er versucht die Stimme der Vernunft zu sein. »Verschieb sie doch einfach nur, bis ihr alles geklärt habt.«

»Da ist nichts mehr zu klären.«

»Woher willst du das wissen, bevor du mit ihm gesprochen hast?«

»Weil es an meinen Gefühlen nichts ändern wird, ganz egal, was er sagt. Dieser Urlaub, diese Zeit, die wir voneinander getrennt verbracht haben, hat mir nur umso deutlicher vor Augen geführt, was ich von einem Mann erwarte und was Matt im Gegensatz dazu für ein Mensch ist. Ich sage nicht einmal, dass es allein seine Schuld ist. Wir passen einfach nicht zusammen. Du hast doch gesehen, wie ich mich in Barbados aufgeführt habe: wie eine Besessene. Ich brauche einen Partner, der zu mir so aufrichtig ist wie ich zu ihm. Mit Matt zusammen zu sein, verwandelt mich in jemanden, der ich nicht sein will, nämlich in eine eifersüchtige, paranoide, unsichere Frau. Und um ehrlich zu sein, geht es gar nicht um meine Unfähigkeit, Matt zu vertrauen, sondern viel mehr um mein eigenes Selbstvertrauen. Ich habe geglaubt, nicht gut genug zu sein, um von einem Mann wie Matt geliebt zu werden.«

»Natürlich bist du gut genug!«, unterbricht er mich aufgebracht.

»Ich weiß, Tom, zumindest weiß ich es inzwischen, aber es ist mir neulich in der Nacht wie Schuppen von den Augen gefallen. Nicht Matt, sondern ich habe kalte Füße gekriegt. Ich war zwar nicht auf eine letzte Nummer aus, aber auf eine Rechtfertigung, das Ganze noch rechtzeitig abblasen zu können. Die ganze Zeit habe ich mich damit herumgequält, nicht Matts gewohntem Standard zu entsprechen, dabei ist es in Wahrheit genau andersherum. Er ist nicht *mein* Typ. Ich war so geschmeichelt, auf so alberne Weise geschmeichelt, dass ein Mann wie Matt tatsächlich so ein hässliches Entlein wie mich genommen hat, dass ich dabei komplett übersehen habe, dass er überhaupt nicht der Typ Mann ist, den ich für eine langfristige Beziehung suche.«

Während ich rede, wird mir schmerzlich bewusst, dass ich tief in meinem Herzen gar nicht in Matt verliebt war, ich war lediglich in die Vorstellung verliebt, mit einem Mann wie ihm zusammen zu sein. Ich bin bloß mit ihm zusammen, weil er reich und erfolgreich ist und gut aussieht.

Ein purer Vorzeigefreund sozusagen.

»Auf lange Sicht ist es für uns beide das Beste«, ende ich schließlich.

»Was für eine abgedroschene Phrase«, entgegnet Thomas traurig.

»Abgedroschen, aber wahr.«

»Das war's dann also. Du machst Schluss, ohne auch nur noch einmal mit ihm zu reden.«

»Nein, natürlich nicht. Ich gehe morgen zu ihm.«

»Gut. Und dann?«

»Dann werde ich wohl die Hochzeit abblasen.«

»Oje!«, stöhnt er, als würde ihm die Tragweite dieser Worte erst jetzt richtig bewusst. »Aus und vorbei. Kein Matt, keine Hochzeit, gar nichts?«

»Na ja, das Kleid könnte ich ja behalten. Der Mann ist vielleicht nicht der Richtige, aber das Kleid ist perfekt«, scherze ich in dem Versuch, unsere trübe Stimmung ein wenig aufzuheitern.

»Oh, Liddy, erzähl mir jetzt bitte nicht, dass du die Hochzeit nur abblasen willst, damit du deine Jimmy-Choo-Schuhe schon jetzt tragen kannst und nicht mehr bis Mitte August warten musst«, sagt er und versucht das Ganze ebenfalls von der humorvollen Seite zu sehen, doch sein Gesicht ist voller Sorge. »Oh, nein, du musst in Sedgeborough Hall anrufen und die Feier absagen!«

»Deshalb musst du dir wirklich keine Sorgen machen! Von der rebellischen Lydia MacDonald mit der pinken Punkerfrisur würden sie doch sowieso nichts anderes erwarten!«

Eigentlich hatte ich gedacht, dass ich eine unruhige Nacht verbringen würde, doch ich schlafe wie ein Murmeltier, und als ich am Samstagmorgen aufwache und einen Blick auf den Wecker werfe, ist es ein seltsames Gefühl zu wissen, dass Matt inzwischen auch zu Hause ist.

Ich stehe auf, dusche und ziehe mich an. Als ich nach unten komme, telefoniert Thomas gerade mit Paul. Er wirft mir einen Kuss zu, dann noch einen zweiten im Namen von Paul und zeigt auf den Küchentisch, auf dem er Tee, Toastbrot, Saft und Cornflakes bereitgestellt hat.

Aber mir ist nicht nach Frühstück zumute. Ich schenke mir nur ein Glas Saft ein, und der frische, süße Geschmack erinnert mich sofort an Barbados. Plötzlich wünschte ich, ich wäre zurück in Paradise Bay und würde am Frühstückstisch mit meinen Freundinnen diskutieren, anstatt in unserem kleinen Haus in London zu hocken und mich psychisch darauf vorzubereiten, gleich zu Matt zu fahren. Was für eine Kehrtwendung! Während des Urlaubs habe ich mich die meiste Zeit danach verzehrt, ihn zu sehen, und jetzt, da ich ihn sehen kann, will ich am liebsten nichts von ihm wissen.

»Hast du immer noch vor, heute mit Matt zu reden?«, fragt Thomas, setzt sich neben mich und nimmt sich eine Scheibe Toast.

Ich nicke.

»Soll ich mitkommen?«

»Danke für das Angebot, aber da muss ich wohl alleine durch.«

»Dann bin ich auf jeden Fall da, wenn du zurückkommst.«

»Das wäre toll.«

»Wie wär's mit einem Tässchen Tee?«

»Nein, danke, lieber einen doppelten Wodka.«

Draußen ertönt eine Hupe.

»Mein Taxi ist da«, stelle ich fest, stehe auf, umarme ihn und schnappe mir meine Tasche.

»Du hast dir ein Taxi bestellt?«

»Ich wollte es lieber nicht darauf ankommen lassen, die U-Bahn zu nehmen. Ich fürchte nämlich, dass ich dann vielleicht kneife und einen kleinen Umweg über die Oxford Street einlege, um mich mit ein bisschen Shopping auf andere Gedanken zu bringen.«

Von der Rückbank meines Taxis sehe ich mit einem merkwürdigen Gefühl hinaus auf die Stadt, die ich immer so geliebt habe. London war für mich stets der Inbegriff einer lebendigen Stadt, doch nach meinem Barbadosurlaub sehe ich sie mit neuen Augen; auf einmal wirkt alles grau und lieblos und einsam. Vor Matts Wohnung angekommen, klopfe ich leise an die Tür, und als niemand aufmacht, schließe ich so leise wie möglich mit meinem Schlüssel auf und husche hinein. Beim Anblick des Schlüssels und der Erinnerung daran, wann er ihn mir gegeben und was er dabei gesagt hat, macht mein Herz einen kleinen Satz.

Ehrlich gesagt, habe ich keine Ahnung, was ich mir dabei denke, mich klammheimlich bei ihm einzuschleichen. Vielleicht erwarte ich, dass er sich ein Souvenir in Form einer langbeinigen Schönheitskönigin mitgebracht hat. Ihn in flagranti zu ertappen, würde mein mieses Gefühl wenigstens rechtfertigen.

Sein Koffer steht im Flur. Ich stolpere beinahe darüber, und mir schlägt das Herz bis zum Hals. Matts Schlafzimmertür ist geschlossen. Ich zögere kurz, hole tief Luft und gehe dann doch weiter in die Küche, um mich erst einmal bei einem Glas Wasser zu beruhigen.

Auf dem Küchentisch liegt ein Fotomäppchen, aus dem jede Menge Fotos hervorquellen.

Ich kann nicht anders, als sie mir anzusehen.

Das erste Bild zeigt Matt auf einem Schiff, bei dem es sich zweifellos um die Windward Princess handelt. Er hat seine Sonnenbrille auf, in der einen Hand ein Bier, die andere reckt er mit einem Victory-Zeichen in die Kamera. Das nächste Foto zeigt ebenfalls Matt auf dem gleichen Schiff, doch diesmal hat er eine hübsche Frau im Arm. Eine wunderschöne, sonnengebräunte Blondine in einem knappen aquamarinblauen Bikini.

Ich wusste es! Ich wusste, dass ich ihn auf dem Schiff gesehen habe. Schnell blättere ich auch die anderen durch. Die meisten zeigen Matt mit irgendwelchen Frauen oder Rupert, der mit seiner Zunge tief in irgendeiner weiblichen Kehle steckt, einen halbnackten Guy, der, gefolgt von einer halbnackten Frau, aus einem Badezimmer stolpert. Außerdem gibt es jede Menge Schnappschüsse, auf denen die Jungs in den verschiedensten Bars einen draufmachen.

Die Bilder sind allesamt empörend und sprechen für sich, und mir rutscht das Herz immer tiefer in die Hose, doch beim Anblick des letzten Fotos kullern mir heiße Tränen über die Wangen.

Es zeigt wieder die blonde Schönheit von dem Schiff, allerdings diesmal ohne den aquamarinblauen Bikini. Sie ist splitternackt, das Einzige, was sie bedeckt, ist Matts Bein, das ihre schlanke Taille umschlingt. Es ist ein regelrechter Paparazzi-Schnappschuss, mit dem irgendjemand, vermutlich Rupert, die beiden überrascht hat. Die Blondine greift nach der Decke, um sie über sich zu ziehen, und Matt hält die Hand vor die Linse, um den Fotografierenden von seinem Tun abzuhalten.

Es dauert eine Weile, bis ich merke, dass Matt hinter mir steht. Er lehnt in der Tür und beobachtet mich schweigend. Offenbar kommt er direkt aus dem Bett. Sein Haar ist zerzaust, und er trägt nur eine Jersey-Boxershorts. Sein Körper ist dunkelbraun.

Ich wische mir schnell die Tränen weg und drehe mich zu ihm um.

Es ist, als hätte ich ihn monatelang nicht gesehen und nicht nur zwei Wochen. Nein, im Grunde kommt er mir völlig fremd vor. Aber vielleicht habe ich ihn ja auch nie wirklich gekannt.

Er sieht erst mich an, dann wandert sein Blick zu dem Foto, das ich in der Hand halte.

Er sagt nicht einmal hallo. Stattdessen rümpft er nur verächtlich die Nase, geht zum Herd, nimmt sich den Wasserkessel und bereitet sich in aller Seelenruhe eine Tasse Kaffee zu.

»Das Foto kannst du behalten«, sagt er schließlich schroff. »Ich wollte es dir sowieso zukommen lassen.«

Ich starre ihn ungläubig und mit offenem Mund an.

»Was hast du gesagt?«

»Du hast mich schon verstanden.«

»Was ist los, Matt?«

»Die gleiche Frage könnte ich dir stellen.«

»Was soll das heißen? Ich verstehe gar nichts mehr. Du hast dich nie bei mir gemeldet, du hast nicht auf meine Nachrichten auf deiner Mailbox reagiert, du hast mich kein einziges Mal angerufen...«

Er zuckt mit den Achseln.

»Matt, warum hast du mich derart versetzt? Wir wollten heiraten... und was das hier angeht«, ich knalle das Foto auf den Tisch, »wie konnte es mit uns so einfach in die Brüche gehen?«

Zu meiner Überraschung sieht er mich anklagend an.

»Was willst du von mir hören? Dass ich wegen der Hochzeit kalte Füße gekriegt habe? Dass ich eine tolle Zeit mit all diesen hinreißenden Schönheiten hatte, die sich mir an den Hals geworfen haben, und ich mich deshalb gefragt habe, warum, um alles in der Welt, ich mich auf ewig an eine Einzige binden soll? Dass ich auf Teufel komm raus herumgeflirtet habe? Dass ich einige der Mädels geküsst habe? Dass ich in einer Nacht mit drei verschiedenen Frauen im Mondschein am Strand entlangspaziert bin? Dass ich mit einer anderen an zwei aufeinander folgenden Abenden essen gegangen bin und ihr gesagt habe, wie schön sie ist? Dass ich mich nicht bei dir gemeldet habe, weil ich ein zu schlechtes Gewissen hatte, mit dir darüber zu reden? Also gut.« Er zuckt mit den Schultern. »Ich gebe alles zu.«

Er klingt so gleichgültig, so ungerührt, als ob er nichts Falsches getan hätte.

»Aber das hier«, er nimmt das Foto vom Tisch, »ist erst in der letzten Nacht passiert.«

»Ach so, du meinst, dann ist es nicht so schlimm, oder wie?«, explodiere ich schließlich, überwältigt von seiner umfassenden Beichte. »Du hast dich bis zur letzten Nacht zurückgehalten. Toll, Matt, wirklich, du bist ein Supertyp.«

»Es liegt nur an dir, dass es passiert ist.«

»Verstehe, es war mein Fehler! Und was, bitte schön, habe ich falsch gemacht? Komm mir nicht damit, dass ich dich zu oft angerufen und mir zu viele Gedanken um dich gemacht habe! Du bedeutest mir nun mal viel, und deshalb habe ich versucht, dich zu erreichen! War es das? Verdammt noch mal, Matt, sag es mir!«

Er setzt sich an den Tisch, stützt den Kopf in die Hände und beginnt nach einer schieren Ewigkeit, während der ich nichts höre als meinen eigenen schweren Atem, endlich zu reden, ganz langsam und so leise, dass ich mich hinsetzen und vorbeugen muss, um ihn zu verstehen.

»An dem Abend, als ihr den Motorschaden hattet, bin ich in mein Zimmer gekommen und habe Bens Nachricht gehört. Vorher wusste ich gar nicht, dass ihr ernsthaft in Schwierigkeiten steckt. Nicht bis zu diesem Anruf, ich dachte, dass Ben wieder einmal überreagiert, ich meine, er hat doch während des ganzen Urlaubs ständig mit Heather telefoniert, und kaum kann er sie einmal nicht erreichen, rast er zu eurem Ressort, als wärt ihr irgendwo am Ende der Welt verschollen. Mir war einfach nicht klar, dass ihr wirklich ernsthaft in Not wart, und als es mir schließlich klar wurde, hat mich das ziemlich aufgerüttelt und mir vor Augen geführt, was für ein absoluter Idiot ich war. Also habe ich mir sofort ein Taxi genommen und mich zu eurer Anlage bringen lassen, um mich zu vergewissern, dass es euch gut geht. Und um mich für mein Verhalten zu entschuldigen und alles wieder einzurenken …«

»Du warst da?«, frage ich überrascht.

Er nickt, und dann verfinstert sich sein Gesicht.

»Ja, ich war da. An der Rezeption haben sie mir deine Zimmernummer gegeben, und was musste ich sehen, als ich dich gefunden hatte? Dich mit einem anderen Mann! Deshalb habe ich …«

»Wie bitte?«

»Du brauchst es gar nicht abzustreiten, Liddy, ich habe es mit eigenen Augen gesehen. Dich und diesen Typen, ihr wart am Strand. Er hatte dich fest umschlungen. Du saßt da in seinen Armen, eng an ihn gekuschelt, und ihr habt euch die Sterne angesehen … Also habe ich mich umgedreht und bin wieder gegangen, doch dann habe ich gedacht, was soll's, du hattest einen schlimmen Tag, vielleicht ist es nur ein Freund, an dessen Schulter du dich ein bisschen ausweinst, gib ihr noch eine Chance, und leg es zu ihren Gunsten aus, du warst ja selber auch nicht gerade ein Engel … Also bin ich wieder umgekehrt, aber inzwischen wart ihr verschwunden.« Er holt Luft und sieht mich wütend an. »Ich bin zu deinem Zimmer gegangen und konnte es schon von weitem hören, euer Stöhnen und Keuchen und Kichern. Ich brauche keine besonderen Vorstellungskräfte, um mir auszumalen, was ihr da getrieben habt …« Er verstummt angewidert und nimmt mir das Foto aus der Hand.

»Das hier«, faucht er und wedelt mit dem Bild vor meinem Gesicht herum, »ist am Tag danach passiert. Sie hat mich die ganze Zeit angebaggert. Sie war bildhübsch, und alle Jungens waren hinter ihr her, aber sie hatte nur Augen für mich. Jawohl, ich war geschmeichelt, mehr als geschmeichelt. Nachdem ich dich mit diesem Kerl gesehen habe, bin ich zurückgefahren, habe mich voll laufen lassen und gedacht, warum soll ich nicht auch …«

»Du hast mit ihr geschlafen.«

»Ja, ich habe mit ihr geschlafen«, wiederholt er und sieht mich herausfordernd an, um mich zu provozieren.

»Ich habe mir nichts vorzuwerfen, Matt. Ich habe nicht mit dem Mann geschlafen, mit dem du mich gesehen hast. Er hat mich nur in den Arm genommen. Er war bloß ein Freund, der mich ein bisschen getröstet hat, weil ich so aufgewühlt war. Und die Einzige, mit der ich in dieser Nacht das Bett geteilt habe, war Dora. Ich habe mein Zimmer Ben und Heather überlassen. Du hast Ben und Heather gehört, nicht mich.«

»Ben und Heather?«

»Ja. Sie haben die Nacht in meinem Zimmer verbracht.«

»Das warst gar nicht du?«

»Nein.«

»Du lügst.«

»Du kannst sie ja fragen. Es waren Ben und Heather, Matt, nicht ich.«

Matt stöhnt auf, es klingt wie ein leises tierähnliches Wimmern, und sein Kopf sinkt auf den Tisch.

»Oh, mein Gott, Liddy, was habe ich getan?«

Er sieht so niedergeschlagen aus, dass meine Wut verraucht und er mir nur noch Leid tut.

»Was, um alles in der Welt, habe ich getan?«

»Ist schon gut, Matt«, entgegne ich ruhig, »dieser Typ, mit dem du mich gesehen hast, war zwar nur ein Freund, aber ich hätte gerne mit ihm geschlafen. Ich wollte es so sehr, wie ich noch nie in meinem Leben irgendetwas wollte.«

Er sieht mich gequält an.

»Und wenn er mich in mein Zimmer gebracht hätte, um mich zu verführen, hätte ich ihn gelassen, und zwar ohne mit der Wimper zu zucken«, ich schnippe mit den Fingern. »Ich habe also vollstes Verständnis für deinen Seitensprung mit der hübschen Blondine, und wenn ich gewusst hätte, dass es mit uns aus ist, hätte ich das Gleiche getan.«

Ich lüge nicht, damit Matt sich wegen seines Fehltritts besser fühlt oder um ihn gar zu verletzen. Ich sage endlich die Wahrheit, und zwar nicht nur ihm, sondern auch mir selbst.

»Aha«, sagt Matt nur. »Verstehe. So ist das also. Ist es also aus mit uns, Lids?«

Auf dem Weg zu Bridgets und Doras Zimmer hat Johnny meine Hand gehalten, einfach so, als wäre es das Normalste von der Welt, und vor der Zimmertür hat er mich noch einmal umarmt und mich auf den Kopf geküsst, so wie Ben es immer bei Heather tut, so zärtlich und angenehm und voller Leidenschaft, und dann hat er mir noch gesagt, dass ich in ihm jederzeit einen Freund hätte, egal was ich tun würde. Zum Schluss hat er mir noch seine Telefonnummer gegeben und gesagt, ich könne ihn immer anrufen. Das war's, und wir haben uns verabschiedet. Aber ich habe mich in seinen Armen total wohl und geborgen gefühlt, und plötzlich ist mir klar geworden, dass ich in jenem Moment nichts lieber getan hätte, als ihn zurückzurufen, diesen Mann, den ich kaum kannte, und bei ihm zu bleiben, um ihn durch und durch kennen zu lernen. Und da wir gerade bei der Wahrheit sind – am liebsten hätte ich ihm auch die Kleider vom Leib gerissen, ihn aufs Bett geworfen und es die ganze Nacht bis zum Sonnenaufgang mit ihm getrieben.

Es war genau dieses Gefühl und sonst gar nichts, das mir klar gemacht hat, dass ich Matt unmöglich heiraten kann. Denn wie ich bereits sagte: Wenn ich jemanden wirklich liebe, würde ich ihn niemals betrügen. Wenn ich Matt wirklich geliebt hätte, hätte ich niemals derartige Gefühle für Johnny entwickeln können, es wäre einfach kein Raum dafür gewesen. Natürlich werden mich einige für eine verträumte Idealistin halten, und natürlich lernt man im Laufe seines Lebens jede Menge Menschen kennen, die alle möglichen Gefühle in einem hervorrufen und denen man nicht jedes Mal Bedeutung schenken muss, aber was mich betrifft, weiß ich eines mit absoluter Sicherheit: Wenn ich so für Johnny empfinde, kann ich Matt nicht wirklich lieben.

Ich liebe Matt nicht.

»Ist es aus mit uns?«, wiederholt er seine Frage.

»Du hast mit einer anderen geschlafen, Matt.«

»Und du nicht«, entgegnet er beschämt.

»Nein, ich habe nicht mit ihm geschlafen. Aber darauf kommt es nicht an. Ich hätte es getan, ohne mit der Wimper zu zucken.«

»Also haben wir uns doch beide irgendwie danebenbenommen«, stellt er fest und sieht mich plötzlich wieder hoffnungsvoll an.

»So kann man es wohl ausdrücken.«

»Dann können wir es vielleicht auch wieder gerade biegen.«

»Meinst du?«

Er nickt mit Nachdruck.

»Willst du das denn überhaupt?«

»Du bedeutest mir nach wie vor viel, Lids. Vielleicht können wir diese Geschichte einfach hinter uns lassen und noch einmal von vorne anfangen, auf dass es uns diesmal besser gelingt …«

»Matt, ich muss dich etwas fragen.«

»Schieß los!«

»Und ich möchte eine ehrliche Antwort, versprochen?«

»Versprochen.«

»Magst du Hunde?«

»Hä?«

»Du hast richtig verstanden. Magst du Hunde?«

»Nein, überhaupt nicht. Was soll das, Lids?«

»Könntest du dir vorstellen, auf dem Land zu leben?«

»Wie bitte?«

»Ob du dir vorstellen kannst, auf dem Land zu leben?«

»Scheiß aufs Land, worauf willst du hinaus, Liddy?«

»Bitte, Matt, beantworte einfach nur meine Frage.«

»Ich hasse das beschissene Land.«

»Möchtest du Kinder haben?«

Er verfällt in Schweigen, sieht mich an und nickt, aber es ist kein bejahendes Nicken, sondern ein Nicken der Erkenntnis. Er hat verstanden.

»Nein, Lydia«, sagt er langsam. »Ich will keine Kinder.«

»Und trotzdem glaubst du allen Ernstes, dass sich zwischen uns alles wieder gerade biegen lässt und wir heiraten sollten?«

Epilog

Es ist der 16. August. Der Hochzeitsmorgen bricht herrlich klar und schön heran, die Sonne steht wie ein strahlendes Juwel am tiefblauen Himmel, und eine sanfte, ganz seichte Brise umschmeichelt mein Gesicht wie eine Liebkosung.

Ich befestige die letzte Blume in meinem Haar und prüfe im Spiegel mein Make-up.

Draußen wartet Thomas auf mich. Er ist so nervös, dass er schon seit einer Stunde fertig angezogen und zurechtgemacht ist. Er wartet ungeduldig in der Sonne und sieht alle paar Sekunden auf die Uhr, um nur ja nicht zu spät zur Trauung zu kommen. Ich muss lächeln, als ich ihn vor dem Fenster auf- und abwandern sehe wie einen werdenden Vater im Warteraum vor dem Kreissaal. Er ist so ein guter Freund. Ich habe ihn unwahrscheinlich lieb und bin glücklich, dass er Teil meines Lebens ist. Thomas ist in einer heiklen Phase meines Lebens mit mir durch dick und dünn gegangen.

Als ich mich schließlich zu ihm geselle, dreht er sich zu mir um und lächelt mich besorgt an. Er sieht gut aus in seinem Anzug. In einem der Knopflöcher steckt eine weiße Rose, die ich ihm als Symbol meiner wahren Liebe geschenkt habe.

»Na endlich!«, seufzt er erleichtert. »Ich habe schon befürchtet, du hättest es dir womöglich anders überlegt.«

»Natürlich nicht.«

»Du siehst toll aus, Liddy, einfach umwerfend.«

»Hör auf«, bitte ich ihn leise. »Sonst kommen mir noch die Tränen, und ich möchte mein Make-up nicht ruinieren.«

»Alles klar? Bist du bereit?«

Ich nicke.

»Ein perfekter Tag für eine Hochzeit.« Ich lächele ihn an.

Er schürzt besorgt die Lippen.

»Bist du wirklich sicher, dass du es über dich bringst? Ich könnte dich gut verstehen, wenn du einen Rückzieher machst. Noch ist es nicht zu spät.«

Ich nehme seine Hand und drücke sie beruhigend.

»Nichts macht mich glücklicher. Ehrlich. Und jetzt lass uns gehen, sonst kommen wir zu spät.«

Als wir durch den Mittelgang schreiten, vorbei an Reihen mit den lächelnden Hochzeitsgästen, sehe ich den Bräutigam am Altar warten.

Er wirkt unglaublich nervös und schaukelt leicht hin und her, als ob er gleich in Ohnmacht fiele. Doch dann dreht er sich um, sieht uns kommen und stößt einen tiefen Seufzer aus, der all seine Ängste und Sorgen mit sich nimmt und nur noch ein breites Strahlen auf seinem Gesicht zurücklässt. Wir stellen uns neben ihm vor den Altar.

Der Zelebrant sieht uns lächelnd an und beginnt:

»Liebe Freunde, wir sind heute zusammengekommen, um dieses liebenswerte Paar zu vereinen, seinen Bund zu segnen und Zeugen seiner gegenseitigen Liebe und des beiderseitigen Versprechens zu sein, von nun an immer füreinander da zu sein.«

Thomas zwinkert mir aufmunternd zu, als der Priester sich uns zuwendet und fragt: »Und wer übergibt die Braut diesem Mann in den heiligen Stand der Ehe?«

»Wir«, erwidern Thomas und ich stolz im Chor.

Damit haben wir unseren Part erfüllt und lassen uns auf den von Dora frei gehaltenen Plätzen in der ersten Reihe nieder.

»Alles klar?«, flüstert sie mir zu.

Ich nicke, woraufhin sie meine zitternde Hand nimmt und sie einfach nur festhält und auf diese Weise ruhig stellt.

»Das hast du klasse gemacht, Schwesterchen«, lobt sie mich stolz.

»Seht nur, wie hübsch sie ist«, stellt Thomas schniefend fest und kramt ein Taschentuch aus seiner Hosentasche.

»Sie sieht umwerfend aus«, flüstere ich.

»Wer hätte das gedacht?«, fragt Dora.

Sie hat Recht. Wer hätte es für möglich gehalten, dass ich heute, an dem Tag, an dem eigentlich meine eigene Hochzeit hätte stattfinden sollen, zurück bin auf Barbados, um stattdessen eine meiner liebsten Freundinnen in die Ehe zu schicken?

Bereits zwei Tage nach unserer Rückkehr ist Maddie wieder nach Barbados geflogen. Ein Anruf von Roberto genügte, und Thomas hat sie auf einen Virgin-Air-Flug gesetzt.

Den Flug nach England hätte sie sich eigentlich sparen können.

Der rasante Übergang der Phase des Vermissens hin zur Gewissheit, dass sie nie wieder ohne ihn sein will, hat niemanden so überrascht wie Maddie selbst, die immer noch ganz benommen davon ist, mit welcher Geschwindigkeit sich ihre überstürzte Liebesbeziehung entwickelt hat.

Sechs Wochen nach ihrem ersten Barbados-Aufenthalt ist sie nicht nur zurück in Paradise Bay, sondern sie ist dort, um zu heiraten. Roberto hat sie raketenartig in den siebten Himmel befördert, und in Folge ihrer euphorischen Verliebtheit hat sie all ihre Vorstellungen über Treue in einer Partnerschaft und übers Heiraten aus ihrem schönen Kopf verbannt.

Maddies alte Liebesphilosophie lautete: »Es gibt nicht nur ›den einen‹, und heiraten ist eine überholte Zeitverschwendung.«

Ihre neue Liebesphilosophie lautet: »Wenn es der Richtige ist, ist es der Richtige, und welchen Sinn sollte es machen, noch länger zu warten?«

Und es war nicht etwa Schicksal oder Zufall, dass diese in Wirbelsturmgeschwindigkeit anberaumte Hochzeit ausgerechnet heute stattfindet. Sie haben das Datum mir zuliebe gewählt. Thomas dachte erst, es würde mich überfordern, erst recht, als Maddie uns auch noch gebeten hat, sie zum Altar zu führen, doch für mich hätte es kein besseres Datum für ihre Hochzeit geben können. Anstatt von nun an an jedem 16. August zu denken, dass dies der Tag ist, an dem ich eigentlich Matt hätte heiraten sollen, denke ich jetzt immer an meine Freundin Maddie, die nie heiraten wollte, jedoch an diesem Tag feierlich versprochen hat, ihren Roberto und nur ihren Roberto bis ans Ende ihrer Tage zu lieben, zu ehren und ihm treu zu sein.

Die Zeremonie ist vorbei und Maddie küsst ihren frisch angetrauten Ehemann so lange und leidenschaftlich, dass ihm die Schamesröte ins Gesicht steigt. Dann stürmt sie freudestrahlend auf uns zu, umarmt uns und bedankt sich.

»Danke, dass ihr da seid... oh, mein Gott, ich bin verheiratet... Könnt ihr euch das vorstellen – verheiratet!«

»Bereust du es?«, ziehe ich sie auf.

»Dumme Frage. Genauso könntest du Thomas fragen, ob er sich den Hintern verbrannt hat«, entgegnet sie grinsend.

»Oh, wie ich dich vermissen werde!«, seufzt Maddie und fällt Amy in die Arme.

»Ich denke, Roberto will einen ganzen Stall voller Kinder haben. Ihr könnt mich ja adoptieren und mich zu euch nehmen«, schlägt Amy wehmütig vor.

Ich habe so ein Gefühl, als ob sich einige von uns auf Barbados niederlassen wollen.

Maddie und Roberto haben sich nach einem Haus in Sugar Hill umgesehen, das groß genug ist, eine Familie zu beherbergen, denn als Italiener wünscht Roberto sich natürlich viel Nachwuchs, was Maddie zu meinem Erstaunen nicht annähernd so geschockt hat, wie ich erwartet hätte.

Mum ist immer noch auf unbefristete Zeit da und immer noch mit Monsieur Charles zusammen – beziehungsweise mit Papa, wie Dora ihn überraschender- und glücklicherweise seit kurzem nennt.

Dora hat drei Wochen Urlaub, aber ich könnte mir vorstellen, dass sie ihren Aufenthalt auf der Insel verlängert. Ich kann stolz und erleichtert berichten, dass sie definitiv nicht mehr der frustrierte Trauerkloß ist, der sie mal war. Sie wirkt viel glücklicher, und wer weiß, was weitere sechs Wochen Barbados aus ihr machen würden?

Thomas und Paul hatten ein ekstatisches Wiedersehen, als wir vor drei Tagen anlässlich der Hochzeit wieder auf Barbados eingeflogen sind, und ich würde mich absolut nicht wundern, wenn aus dem zweiwöchigen Urlaub meines guten alten Freundes ein Daueraufenthalt würde.

Heather und Fleur sind nur für die Hochzeit hier und ansonsten mit ihren Herzen und Hoffnungen fest in England verankert, allerdings sind sie mehr als glücklich über das Angebot, wann immer ihnen der Sinn danach steht, günstigen Urlaub an der Sonne machen zu dürfen.

Und ich … tja …

»Und du?«, fragt mich Thomas, als könnte er meine Gedanken lesen.

»Ich?«, frage ich zurück.

»Ja. Bereust *du* irgendetwas?«

Ich denke einen Moment nach.

Bereue ich es in irgendeiner Weise, dass ich mit meinen

Freunden und meiner Familie hier auf Barbados im herrlichen Sonnenschein stehe, Rumpunsch trinke und einer Steelband lausche, die Gute-Laune-Musik spielt, während in England gerade einer der schlimmsten Sommerstürme des vergangenen Jahrzehnts durchs Land tobt?

Empfinde ich irgendwelche Reue zu wissen, dass Matt just in diesem Moment auf dem Weg nach New York ist, unterwegs zu einer jungen Frau, die bei einem vor nicht allzu langer Zeit stattgefundenen Schönheitswettbewerb den zweiten Preis gewonnen hat?

Bereue ich, dass heute Abend auf Maddies und Robertos Hochzeitsparty jemand an meiner Seite sein wird, auf den ich mich so freue, dass ich Schmetterlinge im Bauch habe? Ich glaube, es bedarf keiner weiteren Worte, wer dieser Jemand ist. Natürlich war es in gewisser Weise vorhersehbar, aber ist es nicht so, dass manche Dinge, die einem im Leben widerfahren, vorhersehbar sind, weil sie schicksalhaft sind?

Ich drehe mich zu Thomas um und strahle ihn an.

»Nein«, erwidere ich, und mein Lächeln strahlt mit der Sonne um die Wette. »Ich bereue nichts.«